主编 李炳银

时代长镜头

——短篇报告文学佳作选

河南文艺出版社
·郑州·

图书在版编目（CIP）数据

时代长镜头：短篇报告文学佳作选／李炳银主
编. —郑州：河南文艺出版社，2020.9
ISBN 978-7-5559-0982-8

Ⅰ.①时 …　　Ⅱ.①李…　　Ⅲ.①报告文学–作品
集–中国–当代　　Ⅳ.①I25

中国版本图书馆 CIP 数据核字（2020）第 142975 号

选题策划　刘晨芳
责任编辑　崔晓旭
书籍设计　张　萌
责任校对　殷现堂

出版发行　河南文艺出版社
本社地址　郑州市郑东新区祥盛街 27 号 C 座 5 楼
邮政编码　450018
承印单位　河南瑞之光印刷股份有限公司
经销单位　新华书店
纸张规格　735 毫米×1040 毫米　1/16
印　　张　27.5
字　　数　401 000
版　　次　2020 年 9 月第 1 版
印　　次　2020 年 9 月第 1 次印刷
定　　价　48.00 元

目录

1　序　李炳银

1　哥德巴赫猜想　徐迟

《哥德巴赫猜想》的轰动绝非偶然　温金海

27　对面坐着马向东　长江

我依然坚持当年的"功利"　长江

65　木棉花开

——任仲夷在广东　李春雷

真正的创新是综合发酵的过程　李春雷

93 　"水鬼"的天下　朱晓军

　　仅仅真实是不够的　朱晓军

140 　不能缺失的心

　　　　——是什么阻断了中国创新路　沙林

　　为创新的第一声呐喊　沙林

191 　走向崇高　纪红建

　　报告文学创作要过"三关"　纪红建

217 　004 号水井房　李迪

　　小切口表现大主题　李迪

231 　我的中国梦　李春雷

　　心摹手追,欲说无言　李春雷

246 　"懒汉"治村　徐锦庚

　　一篇"插柳"之作　徐锦庚

259 　北方水困境与汉水大移民　梅洁

　　世上最难的写作　梅洁

272　诗词,滋养心灵的沃土

　　　　　——记中国古典诗词专家叶嘉莹　江胜信

我找不到别的捷径　江胜信

294　一个村庄的抗战血书　铁流

短篇有短篇的好处　铁流

327　玛多,一个人的记忆　陈启文

关于报告文学的人物形象刻画　陈启文

355　一个记者的九年长征　艾平

最关键的是要保持真实　艾平

383　塞罕坝时间　李青松

《塞罕坝时间》背后的故事　李青松

399　生命的重量　王剑冰

报告文学创作手法是多样的　王剑冰

419　行走的脊梁

　　　　　——泰山挑山工纪事　徐锦庚

不要被自己的眼睛蒙蔽　徐锦庚

序

李炳银

  报告文学是伴随新闻报纸业发展萌生兴起的一种年轻文体,所以开初的报告文学作品都是刊发在各种新闻报纸上。由于报告文学的真实性特性和积极参与现实生活观察思考与形象生动表达的能力,报告文学在适应社会环境变化发展的同时,自身也在不断迅速地变化着。在坚持本身文体特点的原则基础上,适应和满足新闻报纸业及文学出版业的需求,自身的体量包容也有了很大的改变。

  过去,人们将短小的报告文学作品称为"轻骑兵",可今天的很多报告文学从承担的题材内容和体量规模上看,已经可以视为类似"远程导弹""巡洋舰"般的重型武器了,而且这样的趋势愈来愈明显。这无疑是报告文学兴盛重装的好现象,是它走向宏阔厚重,甚至史诗品格的表现,需要接受和肯定。但是,在社会生活节奏变快,信息传递交流日益迅捷的现今时代环境下,人们更乐意阅读精简生动和见识独特的真实报告文学,而且因为短篇作品便于操作传递,可以更灵活迅速地表现社会生活中的热点、焦点对象,具有特别的需求及优越生成方式等。所以,在不是简单地否定报告文学的鸿篇巨制的同时,我们力倡精简灵动的短篇报告文学写作。

  短篇报告文学,时常在一人、一事、一点上发力,真实发现,精准捕捉,瞄准发镖,独到观察,生动描绘,艺术呈现,使人在简短的阅读中感受到新颖特别的收获,促进对社会生活与人生的理解,有一种精妙的魅力。但短篇报告文学写作,并不因为短小而便易成功,而是很需要智慧功力和才能的。不少接触报告文学写作的人,常从短篇写作开始,可时常感到难以摆脱新闻和年谱、工作总结式的套路,十分苦恼。总有人问我应该怎么写,我也难以简单回答。

这些年来,短篇报告文学作品中,有不少被人们称赞的作品,我想,若把这些作品收集起来,再配上作家的创作经验教训札记文章,通过阅读,是会给在报告文学写作中存在疑惑困难者不少启发的。这正是这个短篇报告文学选编本的由来。

因为很多作家长篇出色,短篇较少,再则本书容量有限,这里无奈只是汇集了较少的篇章。感谢河南文艺出版社促成这件事,感谢作家朋友和编辑的热情支持!

2019 年 6 月 6 日

于北京

哥德巴赫猜想

徐 迟

……为革命钻研技术,分明是又红又专,被他们攻击为"白专道路"。

——一九七八年两报一刊元旦社论《光明的中国》

一

命 $P_x(1,2)$ 为适合下列条件的素数 p 的个数:

$$x-p=p_1 \text{ 或 } x-p=p_2p_3$$

其中 p_1,p_2,p_3 都是素数。〔这是不好懂的;读不懂时,可以跳过这几行。〕

用 x 表一充分大的偶数。

命 $$C_x=\prod_{\substack{p\mid x \\ p>2}}\frac{p-1}{p-2}\prod_{p>2}\left(1-\frac{1}{(p-1)^2}\right)。$$

对于任意给定的偶数 h 及充分大的 x,用 $x_h(1,2)$ 表示满足下面条件的素数 p 的个数:

$$p\leqslant x,p+h=p_1 \text{ 或 } h+p=p_2p_3,$$

其中 p_1,p_2,p_3 都是素数。

本文的目的在于证明并改进作者在文献〔10〕内所提及的全部结果,现在详述如下。

二

　　以上引自一篇解析数论的论文。这一段引自它的"（一）引言"，提出了这道题。它后面是"（二）几个引理"，充满了各种公式和计算。最后是"（三）结果"，证明了一条定理。这篇论文，极不好懂。即使是著名数学家，如果不是专门研究这一个数学的分支的，也不一定能读懂。但是这篇论文已经得到了国际数学界的公认，誉满天下。它所证明的那条定理，现在世界各国一致地把它命名为"陈氏定理"，因为它的作者姓陈，名景润。他现在是中国科学院数学研究所的研究员。

　　陈景润是福建人，生于一九三三年。当他降生到这个现实人间时，他的家庭和社会生活并没有对他呈现出玫瑰花朵一般的艳丽色彩。他父亲是邮政局职员，老是跑来跑去的。当年如果参加了国民党，就可以飞黄腾达，但是他父亲不肯参加。有的同事说他真是不识时务。他母亲是一个善良的操劳过甚的妇女，一共生了十二个孩子，只活了六个，其中陈景润排行老三。上有哥哥和姐姐，下有弟弟和妹妹。孩子生得多了，就不是双亲所疼爱的儿女了。他们越来越成为父母的累赘——多余的孩子，多余的人。从生下来的那一天起，他就像一个被宣布为不受欢迎的人似的，来到了这人世间。

　　他甚至没有享受过多少童年的快乐。母亲劳苦终日，顾不上爱他。当他记事的时候，酷烈的战争爆发。日本鬼子打进福建省。他还这么小，就提心吊胆过生活。父亲到三元县的三明市一个邮政分局当局长。小小邮局，设在山区一座古寺庙里。这地方曾经是一个革命根据地。但那时候，茂郁山林已成为悲惨世界。所有男子汉都被国民党匪军疯狂屠杀，无一幸存者。连老年的男人也一个都不剩了。剩下的只有妇女，她们的生活特别凄凉。花纱布价钱又太贵了，穿不起衣服，大姑娘都还裸着上体。福州被敌人占领后，逃难进山来的人多起来。这里飞机不来轰炸，山区渐渐有点儿兴旺。却又迁来了一个集中营。深夜里，常有鞭声惨痛地回荡；不时还有杀害烈士的枪声。第二天，那些戴着镣铐出来劳动的人，神色就更阴森了。

陈景润的幼小心灵受到了极大的创伤。他时常被惊慌和迷惘所征服。在家里并没有得到乐趣，在小学里他总是受人欺侮。他觉得自己是一只丑小鸭。不，是人，他还是觉得自己也是一个人。只是他瘦削、弱小。光是这副窝囊样子就不能讨人喜欢。习惯于挨打，从来不讨饶，这更使对方狠狠揍他，而他则更坚韧而有耐力了。他过分敏感，过早地感觉到了旧社会那些人吃人的现象。他被造成了一个内向的人，内向的性格。他独独爱上了数学。不是因为被迫，他只是因为爱好数学，演算数学习题占去了他大部分的时间。

当他升入初中的时候，江苏学院从远方的沦陷区搬迁到这个山区来了。那学院里的教授和讲师也到本地初中里来兼点课，多少也能给他们流亡在异地的生活改善一些。这些老师很有学问。有个语文老师水平最高，大家都崇拜他。但陈景润不喜欢语文。他喜欢两个外地的数理老师。外地老师倒也喜欢他。这些老师经常吹什么科学救国一类的话。他不相信科学能救国，但是救国却不可以没有科学，尤其不可以没有数学，而且数学是什么事儿也少不了它的。人们对他歧视，拳打脚踢，只能使他更加爱上数学。枯燥无味的代数方程式却使他充满了幸福，成为唯一的乐趣。

十三岁那年，他母亲去世了，死于肺结核。从此，儿想亲娘在梦中，而父亲又结了婚，后娘对他就更不如亲娘了。抗战胜利了，他们回到福州。陈景润进了三一中学，毕业后又到英华书院去念高中。那里有个数学老师，曾经是清华大学的航空系主任。

三

老师知识渊博，又诲人不倦。他在数学课上，给同学们讲了许多有趣的数学知识。不爱数学的同学都能被他吸引住，爱数学的同学就更不用说了。

数学分两大部分:纯数学和应用数学。纯数学处理数的关系与空间形式。在处理数的关系这部分里,讨论整数性质的一个重要分支,名叫"数论"。十七世纪法国大数学家费马是西方数论的创始人。但是中国古代老早已对数论做出了特殊贡献。《周髀》是最古老的古典数学著作。较早的还有一部《孙子算经》,其中有一条余数定理是中国首创,后来被传到了西方,名为孙子定理,是数论中的一条著名定理。直到明代以前,中国在数论方面是对人类有过较大的贡献的。十三世纪下半纪更是中国古代数学的高潮。南宋大数学家秦九韶著有《数书九章》。他的联立一次方程式的解法比瑞士大数学家欧拉的解法早出了五百多年。元代大数学家朱世杰,著有《四元玉鉴》。他的多元高次方程的解法,比法国大数学家毕朱,也早出了四百多年。明清以后,中国落后了。然而中国人对于数学好像是特具禀赋的。中国应当出大数学家。中国是数学的好温床。

有一次,老师给这些高中生讲了数论之中一道著名的难题。他说,当初,俄罗斯的彼得大帝建设圣彼得堡,聘请了一大批欧洲的大科学家。其中,有瑞士大数学家欧拉(他的著作共有八百余种);还有德国的一位中学教师,名叫哥德巴赫,也是数学家。

一七四二年,哥德巴赫发现,每一个大偶数都可以写成两个素数的和。他对许多偶数进行了检验,都说明这是确实的。但是这需要给予证明。因为尚未经过证明,只能称为猜想。他自己却不能够证明它,就写信请教那赫赫有名的大数学家欧拉,请他来帮忙做出证明。一直到死,欧拉也不能证明它。从此这成了一道难题,吸引了成千上万数学家的注意。两百多年来,多少数学家企图给这个猜想做出证明,都没有成功。

说到这里,教室里成了开了锅的水。那些像初放的花朵一样的青年学生叽叽喳喳地议论起来了。老师又说,自然科学的皇后是数学。数学的皇冠是数论。哥德巴赫猜想,则是皇冠上的明珠。同学们都惊讶地瞪大了眼睛。老师说,你们都知道偶数和奇数,也都知道素数和合数。我们小学三年级就教这些了。这不是最容易的吗?不,这道难题是最难的呢。这道题很难很难。要有谁能够做了出来,不得了,那可不得了啊!

青年人又吵起来了。这有什么不得了。我们来做。我们做得出来。他们夸下了海口。

老师也笑了。他说:"真的,昨天晚上我还做了一个梦呢。我梦见你们中间有一位同学,他不得了,他证明了哥德巴赫猜想。"

高中生们哄的一声大笑了。

但是陈景润没有笑。他也被老师的话震动了,但是他不能笑。如果他笑了,还会有同学用白眼瞪他的。自从升入高中以后,他越发孤独了。同学们嫌他古怪,嫌他脏,嫌他多病的样子,都不理睬他。他们用蔑视的和讥讽的眼神瞅着他。他成了一个踽踽独行、形单影只、自言自语、孤苦伶仃的畸零人。长空里,一只孤雁。

第二天,又上课了。几个相当用功的学生兴冲冲地给老师送上了几个答题的卷子。他们说,他们已经做出来了,能够证明那个德国人的猜想了,可以多方面地证明它呢。没有什么了不起的。哈!哈!

"你们算了!"老师笑着说,"算了! 算了!"

"我们算了,算了。我们算出来了!"

"你们算啦! 好啦好啦,我是说,你们算了吧,白费这个力气做什么? 你们这些卷子我是看也不会看的,用不着看的。那么容易吗? 你们是想骑着自行车到月球上去。"

教室里又爆发出一阵哄堂大笑。那些没有交卷的同学都笑话那几个交了卷的。他们自己也笑了起来,都笑得跺脚,笑破肚子了。唯独陈景润没有笑。他紧结着眉头。他被排除在这一切欢乐之外。

第二年,老师又回清华去了。他早该忘记这两堂数学课了。他怎能知道他被多么深刻地铭刻在学生陈景润的记忆中。老师因为学生多,容易忘记,学生却常常记着自己青年时代的老师。

四

福州解放！那年他高中三年级。因为交不起学费，一九五〇年上半年，他没有上学，在家自学了一个学期。高中没有毕业，但以同等学力报考，他考进了厦门大学。那年，大学里只有数学物理系。读大学二年级时，才有了一个数学组，但只有四个学生。到三年级时，有数学系了，系里还是这四个人。因为成绩特别优异，国家又急需培养人才，四个人提前毕了业；而且，立即分配了工作，得到的优待，羡慕煞人。一九五三年秋季，陈景润被分配到了北京！在第 × 中学当数学老师。这该是多么的幸福啊！

然而，不然！在厦门大学的时候，他的日子是好过的。同组同系就四个大学生，倒有四个教授和一个助教指导学习。他是多么饥渴而且贪婪地吸饮于百花丛中，以酿制芬芳馥郁的数学蜜糖啊！学习的成效非常之高。他在抽象的领域里驰骋得多么自由自在！大家有共同的 dx 和 dy 等等之类的数学语言。心心相印，息息相通。三年中间，没有人歧视他，也不受骂挨打了。他很少和人来往，过的是黄金岁月；全身心沉浸在数学的海洋里面。真想不到，那么快，他就毕业了。一想到将要当老师，在讲台上站立，被几十对锐利而机灵、有时难免要恶作剧的眼睛盯视，他禁不住吓得打战！

他的猜想立刻就得到了证明。他是完全不适合于当老师的。他那么瘦小和病弱，他的学生却都是高大而且健壮的。他最不善于说话，多说几句就嗓子发痛了。他多么羡慕那些循循善诱的好老师。下了课回到房间里，他叫自己笨蛋，辱骂自己比别人的还厉害得多。他一向不会照顾自己，又不注意营养。积忧成疾，发烧到三十八摄氏度。送进医院一检查，他患有肺结核和腹膜结核症。

这一年内，他住医院六次，做了三次手术。当然他没有能够好好地教书。但他并没有放弃了他的专业。中国科学院不久前出版了华罗庚的名著《堆垒素数论》，刚摆上书店的书架，陈景润就买到了。他一头扎进去了。非常深刻的著作，非常之艰难！可是他钻研了它。住进医院，他还偷偷地避开了医生和护士的耳目，研究它。他那时也认为，这样下去，学校没有理由欢迎他。他想他也许会失业。又有什么办法呢？好在他节衣缩食，一支牙刷也不买。他从来不随便花一分钱，他几乎积蓄了他的全部收入。他横下心来，失业就回家，还继续搞他的数学研究。积蓄这几个钱是他搞数学的保证。这保证他失了业也还能研究数学的几个钱，就是他的生命；他的生命就是数学。至于积蓄一旦用光了，以后呢？他不知道。那时又该怎么办？这也是难题，也是尚未得到解答的猜想。而这个猜想后来也被证明是猜对了的。他的病好不了，中学里后来无法续聘他了。

厦门大学校长来到了北京，在教育部开会。那中学的一位领导遇见了他，谈起来，很不满意，提出了一大堆的意见：你们怎么培养了这样的高才生？

王亚南，厦门大学校长，就是马克思的《资本论》的翻译者，听到意见之后，非常吃惊。他一直认为陈景润是他们学校里最好的学生。他不同意他所听到的意见。他认为这是分配学生的工作时，分配不得当。他同意让陈景润回到厦门大学。

听说他可以回厦门大学数学系了，说也奇怪，陈景润的病也就好转了。而王亚南却安排他在厦大图书馆当管理员。又不让管理图书，只让他专心致志地研究数学。王亚南不愧为政治经济学的批判家，他懂得价值论，懂得人的价值。陈景润也没有辜负了老校长的培养。他果然精深地钻研了华罗庚的《堆垒素数论》和大厚本儿的《数论导引》。陈景润都把它们吃透了。他的这种经历却也并不是没有先例的。

当初，我国老一辈的大数学家、大教育家熊庆来，我国现代数学的引讲者，在北京的清华大学执教。二十世纪三十年代之初，有一个在初中毕业以后就失了学，失了学就完全自学的青年人，寄出了一篇代数方程解法的文章，给了熊庆来。熊庆来一看，就看出了这篇文章中的英姿勃发和奇光异彩。他立刻把它的作者，姓华名罗庚的，请进了清华园来。他安排华罗庚在清华数学系当文书，可以一面自学，一面大量地听课。尔后，派遣华罗庚出国，留学英国剑桥。学成回国，已担任在昆明的云南大学校长的熊庆来又介绍他当联大教授。华罗庚后来再次出国,在美国普林斯顿和依利诺的大学教书。中华人民共和国成立以后,华罗庚马上回国来了,他主持了中国科学院数学研究所的工作。

陈景润在厦门大学图书馆中也很快写出了数论方面的专题文章,文章寄给了中国科学院数学研究所。华罗庚一看文章,就看出了文章中的英姿勃发和奇光异彩,也提出了建议,把陈景润选调到数学研究所来当实习研究员。正是:熊庆来慧眼认罗庚,华罗庚睿目识景润。

一九五六年年底,陈景润再次从南方海滨来到了首都北京。

一九五七年夏天,数学大师熊庆来也从国外重返祖国首都。这时少长咸集,群贤毕至。当时著名的数学家有熊庆来、华罗庚、张宗燧、闵嗣鹤、吴文俊等等许多明星灿灿;还有新起的一代俊彦,陆启铿、万哲先、王元、越民义、吴方等等,如朝霞烂漫;还有后起之秀,陆汝钤、杨乐、张广厚等等,已入北京大学求学。在解析数论、代数数论、函数论、泛函分析、几何拓扑学等等的学科之中,已是人才济济,又加上了一个陈景润。人人握灵蛇之珠,家家抱荆山之玉。风靡云蒸,阵容齐整。条件具备了,华罗庚做出了部署:侧重于应用数学,但也要向那皇冠上的明珠——哥德巴赫猜想挺进!

五

要懂得哥德巴赫猜想是怎么一回事,只需把早先在小学三年级里就学到过的数学再来温习一下。那些 12345、个十百千万的数字,叫作正整数。那些可以被 2 整除的数,叫作偶数。剩下的那些数,叫作奇数。还有一种数,如 2,3,5,7,11,13 等等,只能被 1 和它本数,而不能被别的整数整除的,叫作素数。除了 1 和它本数以外,还能被别的整数整除的,这种数如 4,6,8,9,10,12 等等,就叫作合数。一个整数,如能被一个素数所整除,这个素数就叫作这个整数的素因子。如 6,就有 2 和 3 两个素因子。如 30,就有 2、3 和 5 三个素因子。好了,这暂时也就够用了。

一七四二年，哥德巴赫写信给欧拉时，提出了：每个不小于6的偶数都是两个素数之和。例如，6＝3＋3。又如，24＝11＋13等等。有人对一个一个的偶数都进行了这样的验算，一直验算到了三亿三千万之数，都表明这是对的。但是更大的数目，更大更大的数目呢？猜想起来也该是对的。猜想应当证明。要证明它却很难很难。

整个十八世纪没有人能证明它。

整个十九世纪也没有人能证明它。

到了二十世纪的二十年代，问题才开始有了点儿进展。

很早以前，人们就想证明，每一个大偶数是两个"素因子不太多的"数之和。他们想这样子来设置包围圈，想由此来逐步、逐步证明哥德巴赫这个命题一个素数加一个素数（1＋1）是正确的。

一九二〇年，挪威数学家布朗，用一种古老的筛法（这是研究数论的一种方法）证明了：每一个大偶数是两个"素因子都不超九个的"数之和。布朗证明了：九个素因子之积加九个素因子之积（9＋9），是正确的。这是用了筛法取得的成果。但这样的包围圈还很大，要逐步缩小之。果然，包围圈逐步地缩小了。

一九二四年，数学家拉德马哈尔证明了（7＋7）；一九三二年，数学家爱斯斯尔曼证明了（6＋6）；一九三八年，数学家布赫斯塔勃证明了（5＋5），一九四〇年，他又证明了（4＋4）；一九五六年，数学家维诺格拉多夫证明了（3＋3）；一九五八年，我国数学家王元证明了（2＋3）。包围圈越来越小，越接近于（1＋1）了。但是，以上所有证明都有一个弱点，就是其中的两个数没有一个是可以肯定为素数的。

早在一九四八年，匈牙利数学家兰恩易另外设置了一个包围圈。开辟了另一战场，想来证明：每个大偶数都是一个素数和一个"素因子都不超过六个的"数之和。他果然证明了（1＋6）。

但是，以后又是十年没有进展。

一九六二年，我国数学家、山东大学讲师潘承洞证明了(1+5)，前进了一步；同年，王元、潘承洞又证明了(1+4)。一九六五年，布赫斯塔勃、维诺格拉多夫和数学家庞皮艾黎都证明了(1+3)。

一九六六年五月，一颗璀璨的信号弹升上了数学的天空，陈景润在中国科学院的刊物《科学通报》第十七期上宣布他已经证明了(1+2)。

自从陈景润被选调到数学研究所以来，他的才智的蓓蕾一朵朵地烂漫开放了。在圆内整点问题、球内整点问题、华林问题、三维除数问题等等之上，他都改进了中外数学家的结果。单是这些成果，他那贡献就已经很大了。

但当他已具备了充分依据，他就以惊人的顽强毅力，来向哥德巴赫猜想挺进了。他废寝忘食，昼夜不舍，潜心思考，探测精蕴，进行了大量的运算。一心一意地搞数学，搞得他发呆了。有一次，自己撞在树上，还问是谁撞了他。他把全部心智和理性统统奉献在这道难题的解题上了，他为此而付出了很高的代价。他的两眼深深凹陷了。他的面颊带上了肺结核的红晕。喉头炎严重，他咳嗽不停。腹胀、腹痛，难以忍受。有时已人事不知了，却还记挂着数字和符号。他跋涉在数学的崎岖山路，吃力地迈动步伐。在抽象思维的高原，他向陡峭的巉岩升登，降下又升登！善意的误会飞入了他的眼帘，无知的嘲讽钻进了他的耳道。他不屑一顾，他未予理睬。他没有时间来分辩，他宁可含垢忍辱。餐霜饮雪，走上去一步就是一步！他气喘不已，汗如雨下。时常感到他支持不下去了。但他还是攀登。用四肢，用指爪。真是艰苦卓绝！多少次上去了摔下来。就是铁鞋，也早该踏破了。人们嘲笑他穿的鞋是破了的：硬是通风透气不会得脚气病的一双鞋子。不知多少次发生了可怕的滑坠！几乎粉身碎骨。他无法统计他失败了多少次。他毫不气馁。他总结失败的教训，把失败接起来，焊上去，做登山用的尼龙绳子和金属梯子。吃一堑，长一智。失败一次，前进一步。失败是成功之母，成功由失败堆垒而成。他越过了雪线，到达雪峰和现代冰川，更感缺氧的严重了。多少次坚冰封山，多少次雪崩掩埋！他就像那些征服珠穆朗玛峰的英雄登山运动员，爬啊，爬啊，爬啊！恶毒的诽谤、恶意的污蔑像变天的乌云和九级狂风。然而热情的支持为他拨开云雾，爱护的阳光又温暖了他。他向着目标，不屈不挠，继续前进，继续攀登。战胜了第一台阶的难以登上的峻峭，出现在难上加难的第二台阶绝壁之前。他只知攀登，在千仞深渊之上；他只管攀登，在无限风光之间。一张又一张的运算稿纸，像漫天大雪似的飞舞，铺满了大地。数字、符号、引理、公式、逻辑、推理，积在楼板上，有三尺深。忽然化为膝下群山，雪莲万千。他终于登上了攀登顶峰的必由之路，登上了(1+2)的台阶。

他证明了这个命题，写出了厚达二百多页的长篇论文。

闵嗣鹤老师给他细心地阅读了论文原稿。检查了又检查，核对了又核对。肯定了，他的证明是正确的，靠得住的。他给陈景润说，去年人家证明(1+3)是用了大型的、高速的电子计算机。而你证明(1+2)却完全靠你自己运算。难怪论文写得长了。太长了，建议他加以简化。

本文第一段最后一句说到的"文献〔10〕"就是这时他以简报形式，在《科学通报》上宣布的，但只提到了结果，尚未公布他的证明。他当时正修改他的长篇论文。就是在这个当口，突然陈景润被卷入了政治革命的万丈波澜。滚滚而来的巨浪冲击了一切剥削阶级的思想意识。史无前例的无产阶级"文化大革命"，像一颗颗的精神原子弹、氢弹的成功试验一样，在神州大地上连续爆炸了。

六

无产阶级发动的"文化大革命"也是政治大革命。人类历史上从来没有过这样伟大的群众运动。整个人类的四分之一，不分男女老少，齐动员起来。壮丽的大革命，把工、农、兵、劳动群众和知识分子，还有圣徒和魔鬼，一股脑儿卷了进去。检举和被检举，揭发和被揭发，批评和反批评，批判和自我批判。中国发生了"内战"。到处是有组织的激动，有领导的对战，有秩序的混乱。无产阶级的革命就是经常自己批判自己。一次一次地胜利；一次一次地反复。把仿佛已经完成的事情，一次一次地重新来过，把这些事情再做一遍，每一次都有了新的提

高。它搜索自己的弱点、缺点和错误,毫不留情。像马克思说过的要让敌人更加
强壮起来,自己则再三往后退却,直到无路可退了,才在罗陀斯岛上跳跃;粉碎了
敌人,再在玫瑰园里庆功。只见一个一个的场景,闪来闪去,风驰电掣,惊天动
地。一台一台的戏剧,排演出来,喜怒哀乐,淋漓尽致;悲欢离合,动人心魄。一
个一个的人物,登上场了。有的折戟沉沙,死有余辜;四大家族,红楼一梦;有的
昙花一现,萎谢得好快啊。乃有青松翠柏,虽死犹生,重于泰山,浩气长存!有的
是英雄豪杰,人杰地灵,干将莫邪,千锤百炼,拂钟无声,削铁如泥。一页一页的
历史写出来了,大是大非,终于有了无私的公论。肯定——否定——否定之否
定。化妆不经久要剥落,被诬的终究要昭雪。种子播下去,就有收获的一天。播
什么,收什么。

天文地理要审查,物理化学要审查,生物要审查,数学也要审查。陈景润在
无产阶级"文化大革命"中受到了最严峻的考验。老一辈的数学家受到了冲击,
连中年和年轻的也跑不了。庄严的科学院被骚扰了,热腾腾的实验室冷清清了。
日夜的辩论,剧烈的争吵。行动胜于语言,拳头代替舌头。无产阶级"文化大革
命"像一个筛子,什么都要在这筛子上过滤一下。它用的也是筛法。该筛掉的最
后都要筛掉,不该筛掉的怎么也筛不掉。

曾经有人强调了科学工作者要安心工作,钻研学问,迷于专业。陈景润又被
认为是这种所谓资产阶级科研路线的"安钻迷"典型。确实他成天钻研学问,不
关心政治,是的,但也参加了历次的政治运动。共产党好,国民党坏,这个朴素的
道理他非常之分明。数学家的逻辑像钢铁一样坚硬;他的立场站得稳。他没有
犯过什么错误。在政治历史上,陈景润一身清白。他白得像一只仙鹤。鹤羽上,
污点沾不上去;而鹤顶鲜红,两眼也是鲜红的,这大约是他熬夜熬出来的。他曾
下厂劳动,也曾用数学来为生产服务,尽管他是从事于数论这一基础理论科学
的。但不关心政治,最后政治要来关心他。并且,要狠狠地批评他了。批评得轻
了,不足以触动他。只有触动了他,才能使他今后注意路线关心政治。批评不怕
过分,矫枉必须过正。但是,能不能一推就把他推过敌我界线?能不能将他推进

"专政队"里去？尽量摆脱外界的干扰,以专心搞科研又有何罪？

善意的误会,是容易纠正的;无知的嘲讽,也是可以谅解的。批判一个数学家,多少总应该知道一些数学的特点。否则,说出了糊涂话来自己还不知道。陈景润被批判了。他被帽子工厂看中了:修正主义苗子,安钻迷,白专道路典型,白痴,寄生虫,剥削者。就有这样的糊涂话:这个人,研究(1+2)的问题。他搞的是一套人们莫名其妙的数学。让哥德巴赫猜想见鬼去吧！(1+2)有什么了不起！1+2 不等于 3 吗？ 此人混进数学研究所,领了国家的工资,吃了人民的小米,研究什么 1+2＝3,什么玩意儿?! 伪科学！

说这话的人才像白痴呢。

并不懂得数学的人说出这样的话,那是可以理解的,可是说这些话的人中间,有的明明是懂得数学,而且是知道哥德巴赫猜想这道世界名题的。那么,这就是恶意的诽谤了。权力使人昏迷了;派性叫人发狂了。

理解一个人是很难的。理解一个数学家也不容易。至于理解一个恶意的诽谤者却很容易,并不困难。只是陈景润发病了,他病重了。钢铁工厂也来光顾了。陈景润听着那些厌恶与侮辱他的、唾沫横飞的、听不清楚的言语。他茫然直视。他两眼发黑,看不到什么了。他像发寒热一样颤抖。一阵阵刺痛的怀疑在他脑中旋转。血痕印上他惨白的面颊。一块青一块黑,一种猝发的疾病降临到他的身上。他眩晕,他休克,一个倒栽葱,从上空摔到地上。"资产阶级认为最革命的事件,实际上却是最反革命的事件。果实落到了资产阶级脚下,但它不是从生命树上落下来的,而是从知善恶树上落下来的。"(马克思:《路易·波拿巴的雾月十八日》——一)

七

台风的中心是安静的。

过了一段时间,不知是多少天多少月,"专政队"的生活反倒平静无事了。

而旋卷在台风里面的人却焦灼着、奔忙着、谋划着、叫嚷着、战斗着,不吃不睡,狂热地保护自己的派性,疯狂地攻击对方的派性。他们忙着打派仗,竟没有时间来顾及他们的那些"专政"对象了。这时有一个老红军,主动出来担当了看守他们的任务。实际是一个热情的支持者,他保护了科学家们,还允许他们偷偷地看书。

待到工人宣传队进驻科学院各所以后,陈景润被释放了,可以回到他自己的小房间里去住了。不但可以读书,也可以运算了。但是总有一些人不肯放过他。每天,他们来敲敲门,来查查户口,弄得他心惊肉跳,不得安生。有一次,带来了克丝钳子。存心不让他看书,把他房间里的电灯铰了下来,拿走了。还不够,把开关拉线也剪断了。

于是黑暗降临他的心房。

但是他还得在黑暗中活下去啊,他买了一只煤油灯。又生怕煤油灯光外露,就在窗子上糊了报纸。他挣扎着生活,简直不成样子。对搞工作的,扣他们工资;搞打砸抢的,反而有补贴。过了这样久心惊肉跳的生活,动辄得咎,他的神经极度衰弱了。工作不能做,书又不敢读。工宣队来问:为什么要搞 1+1 = 2 以及 1+2 = 3 呢?他哭笑不得,张皇失措了。他语无伦次,不知道怎样对师傅们解说才能解释清楚。工人同志觉得这个人奇怪。但是他还是给他们解释清楚。这(1+1)(1+2)只是一个通俗化的说法,并不是日常所说的 1+1 和 1+2。好像我们说一个人是纸老虎,并不就是老虎了。弄清楚了之后,工人师傅也生气地说:那些人为什么要胡说?他们也热情支持他,并保护他了。

"九一三"事件之后,大野心家已经演完了他的角色,下场遗臭万年去了。陈景润听到这个传达之后,吃惊得说不出话来。这时,情况渐渐地好转。可是他却越加成了惊弓之鸟。激烈的阶级斗争使他无所适从。唯一的心灵安慰从来就是数学。他只好到数论的大高原上去隐居起来。现在也允许他这样做,继续向数学求爱了。图书馆的研究员出身的管理员也是他的热情支持者。事实证明,热情的支持者,人数众多。他们对他好,保护他。他被藏在一个小书库的深深的角落里看书。由于这些研究员的坚持，数学研究所继续订购世界各国的文献资料。这样几年，也没有中断过，这是有功劳的。他阅读，他演算，他思考，情绪逐步地振作起来。但是健康状况却越加恶化了，他从不说，他也不顾。他又投身于工作。白天在图书馆的小书库一角，夜晚在煤油灯底下，他又在攀登、攀登、攀登了，他要找寻一条一步也不错的最近的登山之途，又是最好走的路程。

敬爱的周总理一直关心着科学院的工作，腾出手来排除帮派的干扰。半个月之前，有一位周大姐被任命为数学研究所的政治部主任。由解析数论、代数数论等学科组成的五学科室恢复了上下班的制度。还任命了支部书记，是个工农出身的基层老干部，当过第二野战军政治部的政治干事。

到职以后，书记就到处找陈景润。周大姐已经把她所了解的情况告诉了他。但他找不到陈景润。他不在办公室里，办公室里还没有他的办公桌。他已经被人忘记掉了。可是他们会了面，会面在图书馆小书库的一个安静的角上。

刚过国庆，十月的阳光普照。书记还只穿一件衬衣，衰弱的陈景润已经穿上棉袄。

"李书记，谢谢你。"陈景润说，他见人就谢。"很高兴，"他说了一连串的"很高兴"，他一见面就感到李书记可亲，"很高兴。李书记，我很高兴，李书记，很高兴。"

李书记问他："下班以后，下午五点半好不好？我到你屋去看看你。"陈景润想了一想就答应了："好，那好，那我下午就在楼门口等你，要不你会找不到的。""不，你不要等我，"李书记说，"怎么会找不到呢？找得到的。完全用不着等的。"但是陈景润固执地说："我要等你，我在宿舍大楼门口等你。不然你找不到。你找不到我就不好了。"果然下午他是在宿舍大楼门口等着的。他把李书记等到了，带着他上了三楼，请进了一个小房间。小小房间，只有六平方米大小。这房间还缺了一只角。原来下面二楼是个锅炉房。长方形的大烟囱从他的三楼房间中通过，切去了房间的六分之一。房间是刀把形的。显然它的主人刚刚打扫过清理过这间房了，但还是不太整洁。窗子三槅，糊了报纸，糊得很严实。尽管秋天的阳光非常明丽,屋内光线暗淡得很。纱窗之上,是羊尾巴似的卷起来的窗纱。窗上缠着绳子,关不严,虫子可以飞出飞进。李书记没有想到他住处这样不好。李书记坐到床上,说:"你床上还挺干净!"

"新买了床单,刚买来的床单。"陈景润说,"你要来看看我,我特地去买了床单。"指着光亮雪白的蓝格子花纹的床单,"谢谢你,李书记,我很高兴,很久很久了,没有人来看望……看望过我了。"他说,声音颤抖起来。这里面带着泪音。霎时间李书记感到他被这声音震撼起来,满腔怒火燃烧。这个党的工作者从来没有这样激动过。不像话,太不像话了!这房间里还没有桌子。六平方米的小屋,竟然空如旷野。一捆捆的稿纸从屋角两只麻袋中探头探脑地露出脸来。只有四叶暖气片的暖气上放着一只饭盒,一堆药瓶,两只暖瓶,连一只矮凳子也没有。怎么还有一只煤油灯?他发现了,原来房间里没有电灯。"怎么?"他问,"没有电灯?"

"不要灯。"他回答,"要灯不好。要灯麻烦。这栋大楼里,用电炉的人家很多,电线负荷太重,常常要检查线路,一家家地都要查到。但是他们从来不查我。我没有灯,也没有电线。要灯不好,要灯添麻烦了。"说着他凄然一笑。

"可是你要做工作。没有灯,你怎么做工作?说是你工作得很好。"

"哪里哪里。我就在煤油灯下工作;那,一样工作。"

"桌子呢?你怎么没有桌子?"

陈景润随手把新床单连同褥子一起翻了起来,露出了床板,指着说:"这不是?这样也就可以工作了。"

李书记皱起了眉头,咬牙切齿了。他心中想着:"唔,竟有这样的事!在中关村,在科学院呢。糟蹋人啊,糟蹋科学!被糟蹋成了这个状态。"一边这样想,一边又指着羊尾巴似的窗纱问道:"你不用蚊帐?不怕蚊虫咬?"

"晚上不开灯,蚊子不会进来。夏天我尽量不在房间里待着。现在蚊子少了。"

"给你灯,"李书记加重了语气说,"接上线,再给你桌子、书架,好不好?"

"不好不好,不要不要,那不好,我不要,不……不……"

李书记回到机关。他找到了比他自己早到才一个星期的办公室老张主任。主任听他说话后,认为这一切不可能:"瞎说!怎么会没有灯呢?"李书记给他描绘了小房间的寂寞风光。那些身上长刺头上长角的人把科学院搅得这样!立刻找来了电工。电工马上去装灯。灯装上了,开关线也接上了。一拉,灯亮了。陈景润已经俯伏在一张桌子之上,写起来了。

光明回到陈景润的心房。

八

〔他写着,写着〕…………

由(22)式及上式,当 x 很大时,有

$$M_1 \leqslant (8+24\varepsilon) Cx(\log x)^{-1}$$

$$\sum_{\substack{x^{\frac{1}{10}} < p_1 \leqslant x^{\frac{1}{3}} < p_2 \leqslant \left(\frac{x}{p_1}\right)^{\frac{1}{2}} \\ n \leqslant \frac{x}{p_1 p_2}}} \left[\frac{\Lambda(n)}{\log \dfrac{x}{p_1 p_2}}\right] \Phi\left(\frac{x}{p_1 p_2 n}\right)。$$

由引理1,本引理得证。

引理8,设 x 是大偶数,则有

$$\Omega \leqslant \frac{3.9404 x C_x}{(\log x)^2}。$$

〔引理8的一句话,读作"设 x 是一个大偶数则有奥米茄小于或等于三点九四零四 xC_x 除以括弧中的罗格 x 的平方"。请注意,这一公式是解决哥德巴赫猜想的(1+2)证明的关键。〕

证。当 x 很大时,由引理5到引理7,我们有

$$\Omega \leqslant \left\{\frac{8(1+5\varepsilon) x C_x}{\log x}\right\}$$

$$\left\{ \sum_{x^{\frac{1}{10}} < p_1 \leq x^{\frac{1}{9}} < p_2 \leq \left(\frac{x}{p_1}\right)^{\frac{1}{2}}} \frac{1}{p_1 p_2 \log \frac{x}{p_1 p_2}} \right\}, \tag{23}$$

又有：

$$\sum_{x^{\frac{1}{10}} < p_1 \leq x^{\frac{1}{9}} < p_2 \leq \left(\frac{x}{p_1}\right)^{\frac{1}{2}}} \frac{1}{p_1 p_2 \log \frac{x}{p_1 p_2}}$$

$$\leq (1+\varepsilon) \sum_{x^{\frac{1}{10}} < p_1 \leq x^{\frac{1}{9}}} \int_{x^{\frac{1}{9}}}^{\left(\frac{x}{p_1}\right)^{\frac{1}{2}}} \frac{\mathrm{d}t}{p_1 t (\log t) \log \frac{x}{p_1 t}}$$

…………

何等动人的篇页！这些是人类思维的花朵。这些是空谷幽兰、高寒杜鹃、老林中的人参、冰山上的雪莲、绝顶上的灵芝、抽象思维的牡丹。这些数学的公式也是一种世界语言。学会这种语言就懂得它了。这里面贯穿着最严密的逻辑和自然辩证法。它是在探索太阳系、银河系、河外系和宇宙的秘密，原子、电子、粒子、层子的奥妙。但是能升登到这样高深的数学领域去的人，一般地说，并不很多。

且让我们这样稍稍窥视一下彼岸彼土。那里似有美丽多姿的白鹤在飞翔舞蹈。你看那玉羽雪白，雪白得不沾一点尘土；鹤顶鲜红，而且鹤眼也是鲜红的。它踯躅徘徊，一飞千里。还有乐园鸟飞翔，有鸾凤和鸣，姣妙、娟丽，变态无穷。在深邃的数学领域里，既散魂又荡目，迷不知其所之。

闵嗣鹤老师却能够品味它、欣赏它、观察它的崇高瑰丽。他当时说过："陈景润的工作，最近好极了。他已经把哥德巴赫猜想的那篇论文写出来了。我已经看到了，写得极好。"

"你的论文写出了，"一位军代表问陈景润，"为什么不拿出来？"

陈景润回答他："正做正做，没有做完。"军代表说："希望你早日完成。"

室里的领导老田对李书记说："可以动员动员他,让他拿出来。但也不急。他不拿出来,自然有他的道理的。"

李书记问了问他,陈景润说:"有人还在骂我,说我不交论文是因为现在没有稿费了,说是恢复了稿费我就会交了。"李书记追了他句:"谁这样说你?"他回答:"你不要问了。谢谢你,你可别去问啊!问了我更麻烦了。没有稿费,谢天谢地。我不要稿费。我压根儿也没有想到它。那个稿子我还在做。我确实没有做完。"

九

"我确实还没有做完。我的论文是做完了,又是没有做完的。自从我到数学研究所以来,在严师、名家和组织的培养、教育、熏陶下,我是一个劲儿钻研。怎么还能干别的事?不这样怎么对得起党?在世界数学的数论方面三十多道难题中,我攻下了六七道难题,推进了它们的解决。这是我的必不可少的锻炼和必不可少的准备。然后我才能向哥德巴赫猜想挺进。为此,我已经耗尽了我的心血。

"一九六五年,我初步达到了(1+2)。但是我的解答太复杂了,写了两百多页的稿子。数学论文的要求是:(一)正确性,(二)简洁性。譬如从北京城里走到颐和园那样,可有许多条路,要选择一条最准确无错误,又最短最好的道路。我那个长篇论文是没有错误,但走了远路,绕了点儿道,长达两百多页,也还没有发表。国外没有承认它,也没有否认它,因为它没有发表。从那年到今天已经过去了七年。

"这个事是比较困难的,也是难以被人理解的。从学习外语来说,我是在中学里就学了英语,在大学里学的俄语,在所里又自学了德语和法语。我勉强可以阅读而且写写了。又自学了日语、意大利语和西班牙语,到了勉强可以阅读外国资料和文献的程度。因而在借鉴国外的经验和成就时,可以从原文阅读,用不到等人翻译出来了再读。这是必不可少的一个条件。我必须检阅外国资料的尽可

能的全部总和,消化前人智慧的尽可能不缺的全部的果实。而后我才能在这样
的基础上解答(1+2)这样的命题。

"我的成果又必须表现在这样的一篇论文中,虽然是专业性质的论文,文字
是比较简单的;尽管是相对严密的,又必须是绝对精确的。若干地方就是属于哲
学领域的了。所以我考虑了又考虑,计算了又计算,核对了又核对,改了又改,改
个没完。我不记得我究竟改了多少遍。科学的态度应当是最严格的,必须是最
严格的。

"我知道我的病早已严重起来。我是病入膏肓了。细菌在吞噬我的肺腑内
脏。我的心力已到了衰竭的地步。我的身体确实是支持不了啦!唯独我的脑细
胞是异常的活跃,所以我的工作停不下来。我不能停止……"

十

一九七三年二月,春节来临。

早一天,数学研究所的周大姐说,佳节前后,要特别关心一下病号。她说:
"那些老八路的作风,那些过去部队里形成的作风,我们千万不能丢掉了。尤其
像陈景润那样的同志,要关心他,他很顽强。他病得起不来了,但又没有起不来
的时候。在任何情况下挣扎起来,他坚持工作。他为什么? 他为谁? 为他自己
吗? 为他自己,早就不干了。不是,他是为人民、为党工作。我们要去慰问他。
也要慰问单位里所有的病人。"

其实,外表看来魁梧、说话声音洪亮的周大姐自己也是一个力疾从公、患有
心脏病、应当受到慰问的人。

大年初一早晨,周大姐和几个书记,包括李书记,一行数人,把头天买好了的
苹果、梨子装进一些塑料网线袋子。若干袋子大家分头提了,然后举步出发,慰
问病人。他们先到陈景润那里。他住得最近。

陈景润正从楼梯上走下来。大家招呼他。他很惊讶,来了这许多的领导同

志。周大姐说："过春节，我们看你来了，你的病好点了吧？"李书记也说："新年好，给你贺新年。"陈景润说："噢，今天是新年了啊？我很高兴，谢谢你们，谢谢你们。新年好，你们好。"李书记说："到你屋里去坐坐吧。""不，不行，"陈景润说，"你没有先给我打招呼，不能进去。"周大姐沉吟了一下，说："好吧，我们就不去了。李书记，你给他送水果上楼吧。我们还上别家去，你回头再赶上我们好了。"李书记说："好。"周大姐和陈景润握手，并祝他早日恢复健康，然后转过身走了。李书记把水果袋递给陈景润说："春节了，这是组织上送给你的。希望你在新的一年里，多给党做点工作。""不要水果，不要水果。"陈景润推却了，"我很好，我没有病，没有什么……这点点病，呃……呃，谢谢你，我很高兴。"说着说着他收下了水果。李书记说："上你屋聊聊？"他又张手拦住："不，不要进屋了，你没有给我打招呼。"

李书记说："那好，我不上去了。你有什么事，随时告诉我。我也得去追上他们，到别家去看望看望。"于是握手作别，他返身走，刚走两步，后面又叫："李书记，李书记！"陈景润又追过来，把水果袋子给了李书记，并说，"给你家的小孩吃吧。我吃不了这么多。我是不吃水果的。"李书记说："这是组织上给你的，不过表示表示，一点点的心意罢了。要你好好保养身体，可以更好地工作。你收下吧，吃不下，你慢慢地吃吧。"

他默然收下了。他噙着泪送李书记到大楼门口。李书记扬手走了，赶上了周大姐他们的行列。陈景润望着李书记的背影，凝望着周大姐一行人的背影消失在中关村路林荫道旁的切面铺子后面了。突然间，他激动万分。他回身上楼，见人就讲，并且没有人他也讲："从来所领导没有把我当作病号对待，这是头一次；从来没有人带了东西来看望我的病，这是头一次。"他举起了塑料袋，端详它，说，"这是水果，我吃到了水果，这是头一次。"

他飞快地进了小屋，一下子把自己反锁在里面了。

他没有再出来。直到春节过去了，头一天上班，陈景润把一沓手稿交给了李书记，说："这是我的论文。我把它交给党。"

李书记看看他,又轻声问他:"是那个(1+2)?"

"是的,闵老师已看过,不会有错误的。"陈景润说。

数学研究所立即组织了一次小型的学术报告会。十几位专家,听了陈景润的报告,一致给予高度评价。然后,数学研究所业务处将他的论文上报院部。

十一

显见,我们有

$$P_x(1,2) \geqslant P_x(x,x^{\frac{1}{10}})$$

$$-\left(\frac{1}{2}\right)\sum_{x^{\frac{1}{10}}<p_1\leqslant x^{\frac{1}{3}}}P_x(x,p,x^{\frac{1}{10}})-\frac{\Omega}{2}x^{0.91}。 \tag{28}$$

由(28)式、引理 8 和引理 9,即得到定理 1

$$P_x(1,2) \geqslant \frac{0.67xC_x}{(\log x)^2}$$

的证明。

完全类似的方法可得到定理 2 的证明。

以上就是陈景润的著名论文《大偶数表为一个素数及一个不超过二个素数的乘积之和》的"(三)结果"。作为结果的定理就是那个"陈氏定理"。

四月中的一天,中国科学院在三里河工人俱乐部召开全院党员干部大会。武衡同志在会上作报告。他说到数学研究所一位中级的研究员作出了世界水平的重大成果。当时没说人名,听到了,还不知说谁。李书记在座中,捅了一下旁边的人。"干什么?"那人说。他问:"你听到没有?""怎么啦?"那人又说。"这活儿是陈景润做出来的啊!""噢?还这么重要?"那人说。"这是世界名题。真不简单!"

第二天,新华社记者来访。他见到了陈景润,谈了话,进他房间看了看。回去就写出一篇报道,立即在内部刊物上发表。其中,说到了陈景润的经历、他刻苦钻研的精神、重大的科研成果以及他现在还住在一间烟熏火烤的小房间里。生活条件很差！疾病严重！！生命垂危！！！

伟大领袖和导师毛主席看到了这篇报道，立即作出了指示。

当天深夜，武衡同志走进了陈景润的小房间。

他立即被送进医院，由首都医院内科主任和卫生部一位副部长给他做了全面的身体检查。他患有多种疾病。他们要他立即住院疗养，他不肯。于是，向他传达了毛主席的指示。

他一共住院一年半。

在住院期间，敬爱的周总理曾亲自安排了陈景润的全国人民代表席位。在第四届全国人民代表大会上，陈景润见到了周总理，并和总理在一个小组里开会。人代会期间，当他得知总理的病时，当场哭了起来，几夜睡不着觉。大会后，他仍回医院治疗。

当他出院的时候，医院的诊断书上写着：

"经住院治疗后，一般情况较好。精神改善；体温正常。体重增加十斤；饮食睡眠好转。腹痛腹胀消失；二肺未见活动性病灶。心电图正常；脑电图正常。肝肾功能正常；血沉及血象正常。"

关于他的工作和健康，华国锋也非常关怀，并亲自作过几次批示。

早在他的论文发表时，西方记者迅即获悉，电讯传遍全球。国际上的反响非常强烈。英国数学家哈勃斯丹和西德数学家李希特的著作《筛法》正在印刷所校印。他们见到了陈景润的论文立即要求暂不付印，并在这部书里加添了一章，第十一章："陈氏定理"。他们誉之为筛法的"光辉的顶点"。在国外的数学出版物上，诸如"杰出的成就""辉煌的定理"等等，不胜枚举。一个英国数学家在给他的信里还说，"你移动了群山"！

真是愚公一般的精神啊！

或问：这个陈氏定理有什么用处呢？它在哪些范围内有用呢？

大凡科学成就有这样两种：一种是经济价值明显，可以用多少万、多少亿人民币来精确地计算出价值来的,叫作"有价之宝";另一种成就是在宏观世界、微观世界、宇宙天体、基本粒子、经济建设、国防科研、自然科学、辩证唯物主义哲学等等等等之中有这种那种作用,其经济价值无从估计、无法估计,没有数字可能计算的,叫作"无价之宝",例如,这个陈氏定理就是。

现在,离开皇冠上的明珠,只有一步之遥了。

但这是最难的一步。且看明珠归于谁之手吧!

十二

陈景润曾经是一个传奇式的人物。关于他,传说纷纭,莫衷一是。有善意的误解、无知的嘲讽、恶意的诽谤、热情的支持,都可以使得这个人扭曲、变形、砸烂或扩张放大。理解人不容易,理解这个数学家更难。他特殊敏感、过于早熟、极为神经质、思想高度集中。外来和自我的肉体与精神的折磨和迫害使得他试图逃出于世界之外。他相当成功地逃避在纯数学之中,但还是藏匿不了。纯数学毕竟是非常现实的材料的反映。"这些材料以极度抽象的形式出现,这只能在表面上掩盖它起源于外部世界的事实。"(恩格斯)陈景润通过数学的道路,认识了客观世界的必然规律。他在诚实的数学探索中,逐步地接受了辩证唯物论的世界观。没有一定的世界观转变,没有科学院这样的集体和党的关怀,他不可能对哥德巴赫猜想做出这巨大贡献。被冷酷地逐出世界的人,被热烈的生命召唤了回来。帮派体系打击迫害,更显出党的恩惠温暖。冲击对于他好像是坏事;也是好事,他得到了锻炼而成长了。

病人恢复了健康,畸零人成了正常人。正直的人已成为政治的人。他进步显著,他坚定抗击了"四人帮"对他的威胁与利诱。无所不用其极地威胁他诬陷邓副主席,他不屈!许以高官厚禄,利诱他向人妖效忠,他不动!真正不简单!数学家的逻辑像钢铁一样坚硬!今后,可以信得过,他不会放松了自己世界观的继续改造。他生下来的时候,并没有玫瑰花,他反而取得成绩。而现在呢?应有所警惕了呢,当美丽的玫瑰花朵微笑时。

（原载《人民文学》1978 年第 1 期）

《哥德巴赫猜想》的轰动绝非偶然

温金海

徐迟的《哥德巴赫猜想》是"文革"结束后,最早也是最有影响的颂扬知识分子的报告文学佳作。作品问世之际,报刊纷纷转载,人们争相传阅,其在社会上引起的强劲冲击波,绝不亚于当时任何一部伤痕文学作品。

取得如此的轰动效应,并非偶然。科学技术是生产力,人才资源是第一资源,只有尊重知识、尊重人才的社会,才是文明、进步的社会。这一真理已经为历史所证实。然而,在风雨如磐的动乱年月,知识贬值,知识分子遭到排斥,同时也成了文学创作的禁区,某些作品虽然描写知识分子,却大多采取丑化的态度。这无疑是一种历史的倒退。

《哥德巴赫猜想》以极大的勇气和胆识,站在社会发展的高度,热情洋溢地颂扬了数学家陈景润以及关心支持陈景润的人们,通过陈景润人生经历的展示,表达了对知识的渴求、对人才的呼唤,端正了人们对知识与人才的认识。

其实,《哥德巴赫猜想》的诞生也有一段曲折的过程。当时,还是乍暖还寒的季节,写这个题材是需要一点勇气和胆识的,人们的看法也并不完全一致。有人说:陈景润是走"白专道路"的数学家,写他干吗?科学院里有的是"又红又专"的科学家。劝阻徐迟。然而当徐迟和陈景润接触后,他兴奋地说:"他是一个可爱的人! 我爱上他(指陈景润)了,写他,一定要写他!"为什么呢? 徐迟认为:"(陈景润)把自己的一切献给了事业。他是好样的,他每天钻研十二小时之久,除了研究数论,还自修两门外语。他的经历够惨了,身体够坏了,但他却始终坚持攻关,刻苦钻研世界范围内数学界的这一大难题。这样的科学家,国家需要,四个现代化需要呀!"

终于,徐迟写活了陈景润,写活了一个勇于登攀科学高峰、摘取数学皇冠明珠的人!同时,他在《哥德巴赫猜想》的第六节,又大胆地然而是真实地描写和尖锐地抨击了"文化大革命",这在当时是突破性的,大快人心。许多人竟背诵下了关于"文革"的精彩描写。

《哥德巴赫猜想》是粉碎"四人帮"后,率先冲破禁区,第一篇以知识分子为主人公的报告文学;也是首先在文学作品中揭露和抨击"文化大革命"的报告文学。这两个突破,有力地起到了"拨乱反正"的作用。因而它一经问世,便使人们压抑已久的情感喷薄而出,在社会各界产生强烈共鸣。加之全国各地报纸的纷纷转载及电台的广播,一时间几乎家喻户晓,产生巨大的轰动效应。

从此,我国的报告文学有了一个新的开端。

诗人徐迟在这篇作品中还充分运用了诗的语言、诗的手法,打破以往的八股文风,以巧妙的构思、形象的语言、新颖的手法,生动地表现和刻画了作品中的众多人物,使得《哥德巴赫猜想》极富艺术感染力,能够拨动读者的心弦,震撼人们的心灵,成为新时期发端的名篇佳作。

作品当年的轰动,有其特定的历史因缘。时隔二十年,陈景润的故事已为人们熟知,然而,这部作品所体现的关注知识、关注人才的精神,却并未过时,而是值得发扬光大的。

目前,我国正在实施科教兴国战略。在这世纪之交的特殊历史时期,文学理应承担起特殊使命,为科教兴国尽一份力。

改革开放十多年,我国科技事业取得了突飞猛进的发展,同时也涌现了众多的科技精英。这些都是文学创作的重要宝藏,新时代的文学应当理直气壮地关注他们。重温《哥德巴赫猜想》,我们可以得到诸多有益的启示。

对面坐着马向东

长　江

第一章

2002 年酷暑,首次进京亮相的《报告文学》杂志 7 月号刊发了苏新华、季伟二人的报告文学《蠹虫末路——江苏省纪委侦办马向东腐败大案纪实》,文章所提沈阳"慕、马大案"一串"原"字头的人物——沈阳市委原常委、原常务副市长马向东,沈阳市建委原主任宁先杰,沈阳市财政局原局长李经芳,沈阳市检察院原检察长刘实,沈阳市政府原副秘书长泰明、迟若岩,等等,这些人都曾先后接受过我的采访。别的人采访过去也就罢了,只有马向东,几番周旋,曾经和他面对面、脸对脸长时间地口舌交锋,采访下来心里总觉得像堵了一团东西似的难受,寻了机会一定要对什么人说说才好解闷。另外,原本那次采访是为了制作两集大容量的《新闻调查》电视节目,后来节目因故停播,这样,有些事,特别是当时一些采访的感触如若不说,日后必会很快随时间麻木掉,混淆于人生的种种凡俗。

不晓得今天已经不在人世的老马(我就曾这样称呼他),还记不记得临终前有位中央电视台的女记者曾受命和他长聊过。我没有忘记他坐在我面前接受采访时的可怜、绝望,没有忘记或者说无法忘记他是怎样从一位市委常委、常务副市长一跟头摔到失去人生自由的"阶下囚"的地步,在看守所里任看管人员"提"来"提"去。这样的天地变化,以及这天地变化的错位给他带来的措手不及与无可奈何,那种"无可奈何"不是普通的"大势已去",那种"无可奈何"是飞扬的马车在仕途上狂奔猛跑,忽然间被掀翻在地,然后在他眼前一路绝尘而去宿命般地追悔莫及与难以玩味。

2001 年 12 月 19 日,我为"慕、马大案"最后一次采访中纪委副书记刘丽英。开机采访前我曾不经意地问到马向东的生死结果,恰好当天老马选择了最新死亡方式,接受针头注射,刚刚于上午被执行了死刑。

我又感到了心里那团让人难受的东西,采访结束人回到办公室,"神"其实已经回到了 3 个月前的南京,又回到了绿园宾馆,那是我和摄制组下榻的地方,我们刚刚从后院儿回到前院儿,"前院儿"就是绿园宾馆,"后院儿"就是江苏省看守所。马向东就被关在那里,每天和我只有几十米的距离相隔,但是为了能让他接受采访,为了让他在接受采访时能说出一些真正有价值的东西,我已经做了好多天的准备。

有时,人的记忆会因为某个细节而挥之不去。

采访马向东让我心里攒下那团难受的东西,更多的不是他的贪污腐败,不是他的罪大恶极,而是某一种眼神、一个动作、一个细节,不知怎的,我总是把这些"眼神""动作""细节"和死亡联系在一起,也许早在采访之初我已经预感到马向东"死之将至",而他也已经发觉自己此时正"命悬一线"。

老马嗜烟,对于嗜烟如命的人来说,关在看守所,失去抽烟的自由可能比失去什么自由都更现实得让人难以忍受。

与老马"长聊",我是事先预备好了香烟的,没有什么特别,就是"红梅",备着我自己抽,也备着给老马。一盒廉价的香烟能冲淡敌意,能支撑仁慈,当然这里面也有我的另外一份儿用心:"老马,老烟鬼,你说不说,说了,就给你烟抽。"在这个层面上我是有一点残忍,但是这一点"残忍"对于有正义感的新闻记者的良心不知道算不算过分。

老马的可怜和贪婪全都被这一盒"红梅"给勾引了出来。开始他一如我们摄制组的几个人猜想的那样，不会一坐到记者面前就"竹筒子倒豆子似的"说出他的相关罪恶。让老马最后开口，我知道不都是香烟的作用，但一定有那盒香烟的作用。总之采访之前我和他先坐下来拉家常，第一次休息，我拿起就放在身旁的"红梅"，自己抽，同时也问老马："老马，抽吗?"不难想象，老马还没等我问完，眼睛早就把那盒"红梅"给卷走了。

谁都能想象羊的舌头饥饿时怎么对待青草。老马对烟的急切让人怜悯，他熟练到炉火纯青地步的点烟动作更让人想到馋嘴而不知害羞的孩子。"抽吧，抽一支以后还有。"那一刻我竟忘了坐在我面前的他是一个以权谋私受贿金额达到两千多万的腐败典型。

第二章

到了第二还是第三次休息，这是老马主动要求休息的一次，我知道他的烟瘾又犯了。一支烟在他手上很快便抽完，用作烟缸的纸口杯因为放在他那边的脚下，我和他又是面对面而坐，我就把我手里抽了一大半的烟屁股递给他，意思是："老马，帮我把烟头儿扔到你那边的烟缸里。"谁知老马接过我的烟蒂，看都没看，想都没想，接过来的同时就放到了自己嘴里，一连猛吸几大口，那份贪婪没法儿让人想象他曾经是一位高官，曾经是一位有着"老板"派头的堂堂副市长。在场的摄录人员看了老马的这个动作每个人都来不及反应，每个人都愣在了那里，老马却半点不好意思也没有，他的动作像贫困家庭里的母亲刷锅前用舌头舔去孩子碗边上的剩粥一样自然。我的天呀，这么大的官还捡"烟屁股"，如果不是在看守所，谁会相信，人，到了这一步，怎么会是这样呢?

马向东自由的时候，当他一人之下、万人之上，穿着名牌儿、坐着名车，耀武扬威、颐指气使地做着他的市委常委、常务副市长的时候，一截儿烟屁股对他是什么？4.5元一包的"红梅"想必他是永远不会动的。想抽烟了，更多的时候都会有早已侍立一旁的人闪身上前麻利地把烟卷递上，温柔地点上火儿，然后毕恭毕敬地退到一边。可是现在，在江苏省条件上乘的看守所里他的很多物质要求都可以得到满足，比如他是回民，习食清真，看守所就给他专门开设回民灶；再比如2001年是他的"本命年"，他的老婆章亚非提出要给他买条红裤衩儿，大过年的，办案人员就上街去给他买"红裤衩儿"。可唯独香烟，按照看守所的规定，被看管人员一律不得吸烟，因此，马向东只有在个别提审或谈话的时候才能有机会向别人要根烟来解解馋，所以他接过我剩下的那半截儿烟屁股才会那么本能地不舍得丢弃，才让我们看到了一个高官往日的威风如何在半截儿烟屁股面前被一扫而光。过去他大笔一挥，说给谁批地就批上一块，说给谁减免几百万税费就减免掉几百万、上千万。但是到了看守所，这么个大人物的尊严竟敌不过几块钱一盒的香烟，而且是一盒香烟里的一根儿，一根儿香烟里的一截儿。人啊，有烟瘾的人们啊，千万别犯事让人拿住，千万别以身试法锒铛入狱。不知道这样的话老马在"里面"有没有一遍遍徒劳地对自己问过，反正我看了老马的"可怜相"已经发下铁誓：这辈子，为了不失去抽烟的尊严，我是不会贪污受贿以卵击石触犯什么法律的。

在素有新闻"航母"之称的中央电视台《新闻调查》栏目做记者，我已经养成一种习惯——每逢采访犯罪嫌疑人或罪犯必先反复研究其预审卷宗。"重量级"人物的大卷摞在地上往往要两三尺高。但没有哪一个人的卷宗比马向东的更枯燥无聊，比如"厦门远华走私大案""汕头惊天税案"所涉及的各路要犯。马向东的卷宗总共68本，当中百分之七八十都是账，一笔笔、一本本地记录着他和妻子章亚非共同受贿的时间、地点、数目。这些账时间长的可以上推到20世纪90年代初的某年某月。我惊奇他们两口子的记忆力怎么会好到这么完整又琐碎的地步。

看着老马的"账本"，问及预审人员为什么要把他的受贿事实弄得这么清楚、这么细，有个大数够判刑的不就完了。其实不问我也知道法院量刑、定罪重证据,犯罪嫌疑人自己承认了贪污受贿有多少多少也不行,也必须一件件地锁定言证、物证。马向东夫妻共同受贿以及转移家财折合人民币总数高达两千多万元,想想这么多的钱,如果要一笔笔地记账那要记掉多少张纸,费掉多少笔墨和时间,可是他们两口子就是有这个耐心。下面是我随便从老马的卷宗中摘出的两笔"回忆":

某某某,沈阳某大厦总经理。1990年送2000元,1991年送3000元,1992年送5000元,1993年送5000元,1994年送5000元,1995年送2000元,1996年送10000元,1997年送10000元,1998年送20000元。另:1995年章亚非煤气中毒住院该人送10000元,1996年马向东生病送5000元,1996年10月单送10000元,1996年某天又另送17000元,1997年马去党校学习又送10000元。

某某某,沈阳某商城董事长。1991年送1000元,1992年送1000元,1993年送2000元,1994年送2000元,1995年送2000元,1996年送5000元,1997年送10000元,1998年送10000元,1999年送10000元。另:1995年章亚非煤气中毒住院该人送2000元,1996年马向东生病送5000元,1998年5月马向东过生日送一个玉件(不知多少钱),1998年下半年送10000元(这次是美金)。

第三章

老马坐在我对面开始给我"翻"他们家的"账本",那已经是边聊天边抽烟一个多小时以后的事:"起初就是一两千元、两三千元,到1995年以后,人们收入水平提高了,有人就送一万,个别的也有送两万的。"

我问:"送钱这事儿也能跟着水涨船高?"

马:"对。1997年末我当上常务副市长,手里的权力越来越大,分管的部门越来越多,而且在工作中、在城市建设上确实做出一些成绩来,在成绩面前我就有点忘乎所以了。"

问:"你能告诉我人们都是以什么样的借口给你送钱的吗?"

马:"能。春节、给小孩压岁钱、生病、出国、上学,什么借口都有。"

问:"那你能记得给你送钱的都是一些什么人,能分分类吗?"

马:"能。三类。主要是沈阳市的政府官员,委办局的和区县主任;另外就是下属干部;再就是几个私人老板,几位外商。"

问:"你一共收过多少人的钱?"(我开始变得严肃起来。)

马:"我一共向司法机关交代的是130多人。"(马向东受贿涉及行贿人总共189个,其中被核定、认定的是130多人。)

我继续问老马:"你记得最多一次收了人家多少钱?"

马:"记得。50万。"

问:"收的谁的钱?"

马:"泰明。我们市政府副秘书长,他的工作直接对我负责。"

问:"泰明为什么要给你送钱?"

马:"他到计委来是我建议的,当副秘书长也是我建议的。"

问:"也就是说泰明是你一手提拔的?"

马:"怎么讲呢,这话? 他的成长进步有我的帮助。"

问:"那泰明的钱是从哪儿来的?"

马:"他说是一个搞房地产的同学的。"

问:"他搞房地产的同学和你有什么关系?"

马:"他说是他给我的,没说是他同学给的。"

问:"这样的钱你收得踏实吗?"

马:"对泰明我是比较了解、比较信任的。"

问:"了解、信任是什么含义?"

马:"我觉得不会出问题。"

问:"就是说他不会给你说出去?"

马:"对!"

马向东一旦开口,对于受贿,并不躲闪。而我曾经设计了这样一个采访方案,具体点出每一个行贿人的名字,然后问这些人都送了你老马多少多少钱,我想一口气点出 71 个人的名字,但是人名实在太多,一口气根本问不下来,只好中间打"隔断";而对这 71 个行贿者,马向东一一承认,没有在听完任何一个人的名字后打过一次愣,点头并回答"收过"的速度也非常快。也许,他知道这 71 个人的名字我肯定是从哪一本卷宗上抄下来的,这 71 个行贿者的身份和行贿过程办案人员早已一清二楚,办案人员清楚,我也就清楚。不过即使是这样依然让我十分惊诧,更没有想到的是我这边这么有点像相声"灌口"似的问着(显得并不够咄咄逼人),老马那边从容听完却还要补充:"除了这些人,还有一些人我也主动向司法机关交代了,只不过在取证当中他们没有核实下来。"天啊,我又忍不住要叫天,怎么谈到这么一筐的行贿者老马听过就那么平静地听过了,平静到他自己面无愧色,平静到让我"没脾气",那么过去他在面对这些人一次次登门送钱时又该是何等麻木啊!

那么,老马有没有什么人的钱他不收呢?

"有!"老马斩钉截铁地回答我。

问:"这么说你是想告诉我,你收钱也是有原则的了?"

马:"不,不是,我收钱是错误的,怎么说也是没原则的,只是要寻求一种安全感,争取不出事,就能得实惠。"(好像老马也感到他自己太过张狂,开始收敛。)

沈阳一个行贿者不知道属不属于马向东所言行贿人的三种类型之一,开始老马拒收过这个人的钱,后来却收下了这个人送来的价值 16 万的一尊金佛,老马告诉我:"那一万美金开始我觉得没把握就没收,后来我去党校学习他送一万元人民币,我收下来了,以后的金佛也收下了。"为什么开始不收,后来就对这个人来者不拒了呢? 具体原因老马没有解释,仿佛根本没有解释的必要,他的表情已经让我明白:后来他可以收下那个人的钱,肯定是因为彼时认为这个人的钱可以收了,此人已经"有把握"了。

第四章

在马向东所有经济犯罪的条目中,"私分公款"是赫然醒目的一条。

1998年年底至1999年年初,马向东、李经芳、宁先杰3人拧在一块儿策划并"玩儿"了一个"私分公款"的"猫儿腻"。事情的起因是沈阳市为了奖励香港某大公司对沈阳大二环路建设的投资,决定对帮忙拉投资的两位港商做出奖励。瞅准了这个机会,马向东先指使人将100万元打入了香港,然后又把100万元拆成了两份,再派了3个用场:他们从100万元中先拿出了40万元放在了他们仨事先已经在香港注册成立的一个取名为"定志"的私人有限公司(为什么要成立这个公司后文我还要向马向东请教);然后从剩下的60万元中抽出48万元真正作为奖金交给了领奖人;而其余的12万元则由马向东做主,马、李、宁3人每人4万元私下分掉,以"自我奖励"为名分别装入了个人腰包——请注意,这里的100万元、60万元、48万元、12万元、4万元都不是人民币,而是美元,每个人4万美元,换算成人民币可是要往上翻出8倍还多!

马向东为什么要这样做?他哪来的这么大胆量,或者说他并不认为做这样的事需要什么胆量?听听坐在我对面的他怎么说。

问:"当时要用100万美元奖励港商是谁提议的?"

马:"我提议的。"

问:"是谁决定的?"

马:"市政府决定的。"

问:"市政府决定每人奖励多少?"

马:"没说那么细,总奖金是100万(美元)。"

问:"后来两个人每人奖励了多少?"

马:"24万。"

问:"24万的数目是谁说了算的?"

马:"我。"

问:"为什么100万美元奖励港商你只决定给每人24万?"

马:"……"

马向东的表情显得有点复杂,好像在告诉我要说清楚这件事很费功夫。

问:"那么到了香港以后,你们是怎么具体把钱给的那两个港商?"

马:"我让港商到我住的酒店房间来,分别给了他们。"

问:"钱是谁给的?"

马:"我本人。"

问:"还有其他人在场吗?"

马:"没有。"

问:"钱是用什么东西装的?"

马:"事先准备好了的鞋盒子。"

问:"名义上你打算给两个港商多少?"

马:"60万。"

问:"那到了香港为什么每人只给了24万,两个24是48,剩下的12万呢?"

马:"为了弄到那笔投资,我们3个人也跑了十几趟,也挺辛苦的,港商也有那个意思,也想给我们仨表示表示。"

问:"港商想从他们的奖金中拿出一部分感谢你们?"

马:"对,确实有这个心意。"

问:"那为什么不通过其他途径,你们为什么要分走人家的12万?"

马:"是我错了。"(我的话也许太硬,老马不想往下说了,这可不行。)

问:"老马,你完全没有必要跟我说你错不错,我不是法官,我只是想知道你当时到底是怎么想的。"

马:"你要是这么说,我,我当时就是觉得大头60万给人家香港人了,当然,12万也不是小数儿,但是对于60万元来说,是20%,港商也有这个心意,我,我觉得我们3个人,给他们俩点奖励,我自己也留一点,说老实话,我想以后还要和外商打交道,公款不能报销的一些费用,我想我留点备用金将来用,也就留下了4万元。"

马向东就是这样向我解释他是怎么具体"玩儿""私分公款"这个"猫儿腻"的,我不觉得,起码从他的态度中我不觉得他有什么慌张、胆怯,好像这么"玩儿"并没有什么不应该,好像这么做是在用一种什么"变通"的手法处理一件公务,受益人哪怕包括他自己也在情理之中,不值得什么大惊小怪。我接着往下问:

问:"老马,咱们这样说吧,从这60万元中你们仨就这么拿走了12万元,这个事情你跟其他人商量过吗?"

马:"没有。"(老马显得很理直气壮也很义气。)

问:"完全是你自己做主?"

马:"这个事我已经主动向司法机关坦然承认,这个决定是我做出来的,是我决定的。"

问:"那么这样做算不算私分公款?"

马:"司法机关怎么定,我就怎么接受。"

问:"我不管司法机关怎么定,你自己认为这个行为是不是私分公款?"

马:"我认为这个行为没有经过组织程序去办。"

问:"是不是私分?"

马:"是。"

采访到这里,老马终于有点被迫地承认了他这么做是私分公款,但他的理直气壮并没有些许减少。为什么他如此理直气壮?我至今都想不明白,是因为这么"变通"在当时的确没什么大不了,还是他知道别人也曾这么"变通"过,只不过他也学着这么干了一回,这一回没干好是因为他功夫还不到家,或者命运不济?

第五章

现在我可以解释一下马、李、宁 3 人当初为什么要在香港事先成立一个叫"定志"的私人公司，为什么要把 40 万美元打入这个公司，其真实的目的是什么了。关于这个私人公司的成立，按老马的说法是为了将来沈阳市在香港运作股票上市做些资金准备。为了将来沈阳市政府在香港运作股票为什么要成立"私人公司"？这已经是漏洞百出，不能自圆其说，因此这一点没必要深究，我所感兴趣的关键是为什么要把 40 万美元打入这个公司，其目的究竟是什么？这里面会不会有更大的"漏洞"？

果然，据办案人员讲，那 40 万美元是马向东、宁先杰留给自己日后到香港赌博之用的"备用赌资"，因为老马到了 1999 年 6 月，赌资已吃紧，而此时他的赌瘾已经很大，所以必须想什么办法给自己留出一笔钱来在香港"备用"。老马对这种说法"不能苟同"，他不想给自己罪加一等，反正到案发时这笔"备用公款"也好，"备用赌资"也好，这笔钱都没来得及使用，马、李、宁于 7 月 2 日晚被统统"双规"，这笔钱就被冻结，很快就被退回到了沈阳。

老马好赌，他的东窗事发毁就毁在这个"赌"字上。

1999 年初，有人举报几位内地高官多次出入澳门赌场，一掷千金。经查"几位内地高官"之一就有原来的沈阳市委常委、常务副市长——马向东。

马向东初赌在何时？赌瘾上身在何时？赌到什么程度？都在哪儿赌？赌多大数目？谁给他提供赌资？一系列疑问都源于一个"赌"字。我是和他这样进入这个话题的——

问："老马，关于你赌博的事，外面传得沸沸扬扬，到底是怎么回事，你什么时候开始赌博的，能跟我说说吗？"

马："第一次到境外赌博是 1996 年，去马来西亚，招商引资，对方的客户领着我到赌场去赌过。"

问："你好赌吗？"

马："应该说这个事我没有把握住自己，因为我后来的确是去澳门赌过，去玩了，当然我不能强调是别人领我去的，我还是自己没把握住自己。"

问："你好不好赌？"

马："我只是说我确实是参与过赌博，但开始我并没有好赌成性。"

问："后来呢？"

马："后来我是喜欢去了。"

没想到让老马承认他好赌，比让他承认他受贿还要难。如果不是面对记者，如果在他锒铛入狱之前，我想恐怕不止我一个人听说过马向东的"赌性"，人们谈论他赌博时的状态，称他虽然算不上一身豪胆，却也有几分当仁不让之气。

俗话说"常赌必输"，老马赌博却是赢多输少，当然这是指开始的时候。

我问他："开始去赌场的时候花的是谁的钱？"

马："开始都是我自己的零花钱，几百、几千，自己玩的。"

问："一般都赌多大？"

马："每次都是一百、二百地往上押。"

问："在哪儿赌？"

马："澳门。我一般没去过葡京那种大赌场，我一次都没去过，我去的都是比较小的地方，因为我怕在葡京那种大赌场会碰到熟人。"

问："什么时候开始玩得比较大了？"

马："1998年下半年。"

问："那时赌多大？"

马："宁先杰开始给我5万元港币，后来赌得大了给10万元。"

问："为什么每次都是宁先杰给你出钱？"

马："因为赌博是他张罗，领我去的，讨好我，他是建委主任，我的下属。再一个，后来他从我们沈阳借了50万美元，我们就用这个钱做赌资。"

问："你有没有问过宁先杰这50万美元是跟谁借的？"

马："问过,他说是从一个私人集团老板那儿借的。"

问："宁先杰怎么会有这么大的面子,说借50万美金就50万?"

马："宁先杰在1997年为这个集团减免了1200万元的费用,是建委打的报告,当然我在报告上也签了字,请慕绥新市长酌定的。"

为了过赌瘾、搞赌资,权钱可以自然而然地交易。被捕前马向东、宁先杰从官场到赌场沆瀣一气堪称"哥们儿",事发以后,二人背对背,各执一词,一点都没有"攻守同盟"的意思。说到从沈阳借的那50万美元,按宁先杰的交代,根本就不是他的主意,相反是马向东先向借钱人打好了招呼,他宁先杰只不过是去跑跑腿儿,把钱取了回来;而且,一开始也不是50万美元,是100万美元,马向东最初是让他去借100万美元!

第六章

宁先杰："马向东当时是以私人名义,说借100万美元,我这个人呀,太实在,当时就是唯命是从,就给他去借,结果,人家说先拿50万美元行不行? 我跟'老板'讲先拿50万美元行不行? 他说行,就先拿了50万美元。"

马向东听了宁先杰这么说,显得十分伤心:"怎么会是这样? 1998年年初,宁先杰说要借点钱去赌,我说你可不能动公款啊,后来他借了这50万美元,另外他说这些钱他能把握得好,这个钱他管借管还。"马向东和宁先杰在50万美元的问题上谁说的是真话,我在采访时并不觉得有多么重要,但是有两个关键点,第一,马向东每次犯赌瘾,每次想要出去赌,总不能大张旗鼓明言明语自己去张罗,总得有人替他把话说出来,宁先杰在这一点上最会"把脉",表现得最"善解人意",这是肯定的,所以马向东一去香港总是带着他,以致招来身边不少人的嫉妒,连宁妻都觉得马向东每次出差都带着她丈夫"这很奇怪"。第二,马向东尽管不承认那50万美元是他借的,但借钱赌博的事他是同意并且没有反对和反感的,只是说"不能动公款"。

我问老马："你当时说'不能动公款'，这么说你是同意去借钱赌博的？但你想过没有，借钱赌博，即使是和私人借，这也不合适呀！"

马："不合适，是很不合适。"

老马到底还是接受了自己借钱赌博"很不合适"的说法，而事实上就在他用着"很不合适"地借来的钱到境外豪赌的时候他的赌瘾已经大于从前。从 1998 年到 1999 年他被"双规"，老马曾经到境外赌博的次数有人说是 19 次，有人说 23 次，每次去赌博，借口都是"谈项目"，时间都是安排在周末，这样的安排无法遮掩，显而易见就是为了能有"赌"的日程安排，对这一点老马丝毫不否认。

问："每次去谈项目都要去赌一赌吗？"

马："都要去。"

问："那么你在外边赌博的时候经常会想到你的身份吗？比如说你是沈阳的副市长。"

马："我自己正是会经常想到了自己的身份，所以才不去葡京那样的大赌场。"（看老马，竟是这样回答我的这个问题的。）

问："你想过万一有人认出你的副市长身份，那样会有什么样的影响？"

马："会给党和政府的形象抹黑，不过我的身份的确没有暴露过。"（他的侥幸心理有多强，就在采访的时候，一边承认"会给党和政府的形象抹黑"，一边还在为自己"我的身份的确没有暴露过"而庆幸，他的"赌病"是深了去了。）

我还曾问道："你在北京党校学习期间也去赌过吗？"

马："赌过，两到三次。"（其实是八九次。）

我对老马说："老马，还有一个问题我得问问你，作为副市长，沈阳有多少国企，有多少下岗职工，你知道吗？知道他们每个月只有多少生活费吗？"

提到沈阳的国企，提到下岗职工，老马脸上的表情有所紧张，但没有愧色，他只是说了这样两句话，一句是："我去澳门赌博，忘了自己的劳动人民本色，忘了党的全心全意为人民服务的宗旨，我犯了错误。"（这明显是在应付我。）第二句："我一直觉得我为沈阳引进了那么多资金，已经给了那么多人就业的机会。"后面的话,谁都能听出,那才是他真正的心声:"……这样,赌博花点钱又算得了什么呢?!"他的心安理得让我觉得像他的"侥幸心理"一样也被带到了看守所里。

马向东在接受我采访的时候说到他的问题从来都是说"我又犯了错误",从来不说"我犯了罪"。也许在他的心里压根儿就没把收受礼金,特别是"赌博"当过罪。马向东赌博,尤其借款赌博究竟属于什么性质,自有法院来定性,那 50 万美元很快就被输光倒是事实,这一点最清楚的人还是他的老"赌友"宁先杰。

宁:"不到一年,那 50 万美元就输光了。"

问:"这一年你们都在哪儿赌?"

宁:"澳门,还有香港赌船。"

问:"老马赌博不是总是赢吗,怎么会很快就把钱输掉?"

宁:"赢什么? 每次去赌都输。他上去开始玩儿赢一点,赢了就不撒手,继续想赢,最后玩来玩去就都没了。"

第七章

我问这个时候马向东赌瘾到底大到什么程度,宁先杰的回答带着一种明显的嗤之以鼻:"赌瘾大到什么程度,就是想方设法,无论公还是私,想方设法找理由。我们去香港这么多次,不是说有些事非得到香港去办不可,这个李经芳都可以讲,在沈阳就可以办了,但是马向东每次都可以找到一个理由去香港,然后就去澳门赌博。"

此时宁先杰对老马的"嗤之以鼻"不排除争取立功做戏的成分,他对马的声讨也不能不让人感到这两个坏家伙是"狗咬狗一嘴毛",因为宁本人也是一个赌徒。但是实事求是地讲,在采访的时候,马向东没有在我面前更多地讲过宁先杰的什么"坏话",宁先杰倒是把老马赌博时的"德行"抖搂了个底朝天:"没告诉你嘛,他去赌的时候有几件宝物不离身,一个手链儿、一个戒指、一个金烟嘴儿,还戴什么护身符……"

对于老马的"赌态",他生前的副秘书长泰明也有"精彩"描述:

"到赌场去,那时候你根本就看不出来他是市长。胸前戴个金刚法轮,手上戴着戒指,脖子上戴着项链,总是吆喝着……"

无论有没有遇见熟人,在赌场,身边人都一味地称马向东为"老板"。我问老马:"为什么你手下人都叫你'老板'?"

马:"我没让他们这么叫,是他们自己这么叫的。"

问:"那你听着心里舒服吗?"

马:"开始有点别扭,后来也就顺耳了。"

问:"你在赌场里更愿意让人叫你市长还是老板?"

马:"当然是老板。"

马向东在赌场十分中意手下人把他叫成"老板"、当作"老板",也许只有在老马对我不无得意地说出"当然是老板"的时候,我才能想象当初他带着手下时常出没于澳门、香港赌船,那时候他的"风采"。

"马老板"当初是何等牛气冲天,他的"牛气"和外国大老板赌博时出手几十万、上百万的真正阔绰也许不能比,但他在赌场上"一掷千金",那些钱都不是他自己的,那些钱,除了有人不断"进贡",大部分都是借来的,哪怕只有50万美元,试想,哪个外国大老板能有他这样的"气派"。况且那50万美元输光也就输光了,要不是老马被审查,那家"借"钱给老马的集团怎么会和老马计较,怎么会让他到时候还钱,这件"借钱赌博"的事又有谁能够知道呢?

马向东谈到自己受贿面无愧色,因为有"大老板"已经在前面这么做着,在前面这么领着,一旦有什么"不合适",慕绥新首当其冲,一旦有什么"要追究"的,有一把手慕绥新在,怎么也不会、也不该拿他马向东开刀。

马向东在没有坐上沈阳市委常委、常务副市长宝座以前肯定没有听过太多的批评,因为在他的成长记录中,从青年到中年几乎都在积极进取,一路提升;1997年在他当上了市委常委、常委副市长的前后几年,他也不可能听到任何微词,包围着他的只有连绵不断的恭维逢迎;等到他仕途落马,"双规"受审,这个时候他再想听听人们对他起初的评价，已经没有机会，此时他所面对的不是纪委、司法机关的办案人员，就是冰凉的监室。不知道这于他是幸，是憾？

沈阳老百姓看到城市里的某个大桥、公路没准还会偶尔感念那是老马在位时修建的，而我所采访的马在位时都是"马市长""马老板"鞍前马后的一些人，随马翻车后却没有一人肯对他施舍半句好话。相形之下，老百姓的评价显得散漫而又盲目，对缔造和颠覆一个人的政治生命起不到直接的作用，而这些身旁的"知情者"，特别是在预审人员"坦白从宽，抗拒从严""检举他人，争取立功"的咄咄目光下却能对准老马身上的痛处戳一刀是一刀。这也真是，群民众生哪里会懂得年年忙、月月忙，天天日理万机的市长大人究竟每天都在忙什么，怎么会知道他是怎样在忙中取乐，乐在何处？

马向东在回答我有关赌博的问题时还有些东躲西闪，而谈到他和妻子章亚非共同收受他人财物金额高达两千多万时却口无遮拦，总让人觉得他心里有一份"理直气壮"，他的"理"在哪里，"气"又在何处呢？

的确，马向东的心里确实有气，他"气"的不是别人，就是他的"大老板"慕绥新。和慕绥新相比，老马也许觉得他自己贪得还不够档次，手法还不够狠，甚至是小巫见大巫。

第八章

1999 年 6 月 21 日，沈阳故宫门前一尊国家级重点保护文物——"下马碑"被一辆违章行驶的"奔驰"撞成三截，12 天后，马向东被中纪委审查，这个时候慕绥新还好好地做着他的沈阳市市长。马向东对慕绥新怀恨在心就是觉得自己出了事，尚在位的慕绥新没有往外救他，他在看守所里并不知道，过不了多久，他的那位"不够意思"的搭档也就要"泥菩萨过河，自身不保"了。

事实上慕绥新在任沈阳市市长的时候利用职权贪财敛富，并不在马向东之下。2001 年 3 月，慕绥新被"双规"，"慕案"揭开后，检察机关在对他的前妻贾桂娥的住处进行搜查时,当场起获的现金就有一千多万元,大量贵重物品无法细数,而据贾桂娥称这些还是她和慕绥新没有离婚之前的"共同财产"。那么慕绥新离婚、再婚以后,"揽"到"新家"里和第二任夫人的"共同财产"又有多少?据他的妻子平晓芳交代,慕绥新出事后仅让她转移的家中财产,其中就有美元79万元、港币10万元、人民币97万元,另有名贵手表34块以及其他大量贵重物品。

曾经,老马像孩子向大人告状似的向我狠命揭发慕绥新。

马:"慕绥新到沈阳工作后,好大喜功,他在个人捞钱上胆子也非常大。"

问:"慕绥新的胆子能大到怎样一个非常的地步,你能给我举一些例子吗?"

马:"比如沈阳有一个搞房地产开发的人,欠了建委五六百万的赔偿金,这个钱是不能免的,老慕也没有征求我的意见,他就同意给免掉了。这种事,说老实话,我的胆子就不小了,但是我的胆子再大,也不敢干这种事,他就敢干。还有走私车,沈阳一个私人老板手里有走私车,老慕就公开把这些走私车推销给我们市接待办,4台奔驰、2台旅游车推销给了北京办事处。所以我看他这么做,我没和他做斗争,反正他公开捞,我送上门来的不拒绝就得了。"

在以权谋私方面慕绥新和马向东像是在赛跑,老马的"愤愤不平"让我证实了两个信息:第一,他在官场上和慕绥新的确展开过一场疯狂的敛财大赛;第二,他们和行贿者进行"钱权交易"的诸多管道之一就叫作"减免"。慕绥新可以为私人老板说减免几百万费用就减免掉几百万,按照马向东的逻辑,你免我就可以免。为什么马向东可以借款赌博,动辄50万、100万美元?为什么人家就肯把钱借给他?马向东也是靠为这个私人老板减免了1200万的费用为交换条件而拿到了那笔钱的,要不谁做"冤大头"啊!

马向东曾收过130多人所送钱财,慕绥新为140多人,后经调查核实这140多人当中,市级领导干部6人,局级干部71人;送10万元以上的16人,送1万至4万的有101人。难怪马向东谈到自己受贿面无愧色,因为有"大老板"已经在前面这么做着,在前面这么领着,一旦有什么"不合适",慕绥新首当其冲,一旦有什么"要追究"的,有一把手慕绥新在前,怎么也不会、不该拿马向东开刀。我曾问老马是不是这样想,马向东的回答很解恨:"就是!"

我曾经在网上看到有人"埋汰"慕绥新,说慕绥新有一次在北京治病,按"习俗"此时必有想"表忠心"的人或单位会抓住机会好好"表现表现",可是沈阳某局只送了 3000 元,还是人民币,当时就惹翻了慕绥新,于是甩出这样的话:"这样的局还有什么必要存在?"

网上的"埋汰"不知是真是假,但 1997 年年初,慕绥新当上沈阳市市长,一方面曾在就职大会上庄严宣布"依法从政,廉洁奉公,牢记宗旨,报效人民",并"希望全市人民及各界监督";另一方面人们却常能看到他衣装必是世界名牌,出入必坐豪华车,外出必住豪华套间甚至总统套房,"当官做老爷"的气派十足。试想马向东作为他的副手,就那么在一旁看着"老大"气度超人,把风光占足,难道就不能"心有所动",就不能"东施效颦"?

有不少人曾多次看到在首都机场,每逢慕绥新下飞机,总有一辆豪华奔驰车径直开到飞机的翅膀下面,等着把一位身披黑风衣,戴着黑眼镜、黑手套的酷似黑社会老大的"大人物"直接接走,这个人当然就是慕绥新。而他手下的人都知道,这样的"行头"打扮,正是慕绥新所要追求的"黑老大"的派头。

今天的时代早已不允许舆论以貌取人,如果慕绥新包着一身黑外表,干的却是服务社会、报效人民的好事,他"黑"又何妨?然而问题是他胆大妄为,大捞不义之财。不仅如此,慕绥新为官飞扬跋扈,和"黑道人物"称兄道弟,公然庇护子女亲属经商,这些事身边人都有目共睹,嫉羡有加。

第九章

马向东临死前能不能想得通他和慕绥新在"受贿"项目上的比赛不管谁输谁赢,结果法院判决他这个"老二"是"死刑",而"老大"慕绥新是"死缓"?我想如果他知道这个结果一定会暴跳失态,因为在他们"哥儿俩"没出事以前,马向东心里就有"谱儿",他贪,慕绥新也贪;出事后马向东更以他的所有"错误"都是因为慕绥新"上梁不正下梁歪"所引发的结果,每每说到慕绥新,他的眼神儿都是"不屑"的,有的时候是"仇恨"的。他让我感觉他的所有不满没有一点是冲着他自己,甚至也不冲着办案人员,他内心最对抗的就是慕绥新,有慕绥新贪,他就不能不贪;慕绥新贪,他的贪就不能算罪。在这一点上马向东已经陷入"偏执",他总是和慕绥新比,仿佛只要有慕绥新在,做官、做人的其他标准可以统统化为乌有。

有人的地方就有人场,有做官的地方就有官场。

官场自古以来就是一潭深不可测的水。慕绥新、马向东在位时沈阳"官场"的水有多深多浑,非身处其中者难以描述,就是身在其中,哪一个人能看得清当时的"庐山真面目"呢?

据有关部门介绍,"沈阳腐败大案"(俗称"慕、马大案")一共被查处的涉案人员有106人,其中移交司法机关的84人。这些人当中23人是副厅局以上的领导干部,17人是单位的一把手。他们贪污受贿,疯狂敛财,以人画线,拉帮结派,大有"官员群体腐败"的猛虎下山之势。在这样的"官场"形势下,诞生类似慕绥新、马向东这样的大贪官是不是就"顺理成章"?

我曾问过接受过我采访的所有"慕、马大案"的涉案人员:"前几年在沈阳,只要你想在官场上混,就都得学会玩送钱的游戏吗?"得到的回答是一样肯定。那么沈阳的"送钱风"是从什么时候开始的? 宁先杰这样告诉我:"比较重一点的是从1997年开始的,慕绥新来了以后,沈阳官场送钱的确是肆无忌惮。"

问:"什么叫肆无忌惮?"

宁:"就是这个送礼送钱,你不送不行。"

问:"怎么个不送不行? 不送,他们会公开要吗?"

宁:"不用公开要,不支持你工作,大会上批评你,搂你几回,你不就完蛋了?!"

问:"如果我想'进步'呢?"

宁："想'进步',就必须得送！"

显然宁先杰完全懂得我所说的"进步"在这个语境里是什么含义。

李经芳，沈阳市财政局原局长，在马向东这一圈子犯罪嫌疑人中是最木讷的一个。李经芳为什么木讷？用宁先杰的话说，要不是他当初及时给老慕送了钱，又跟着马向东跑，他这个财政局局长也早就坐不住了。（哦，还有这么一回事？）

我问李经芳："你也给马向东送过钱吗？"

李："送过。"

问："送了多少？"

李："8000元左右美金。"

问："为什么要给马向东送钱？"

李："怎么说呢，现在看来是犯罪，但从前来说是一个坏习惯，特别是春节期间，好像不送不行。"

问："你是说都送吗，包括那么多局长？"

李："反正我知道范围很大。"

问："大到怎样一个范围？"

李："包括政府机关之间的各层干部都送来送去的。"

问："送来送去，这不成了八月十五送月饼？"

李："不一样。我们往上送，下级的人给我们送，钱数肯定不一样。"

问："每一级都有每一级的价格？"

李："具体价格我说不清。"

问："像你们这些局长给市长、副市长要送多少钱？"

李："一般要一万。"

局外人无法想象沈阳当时的"送钱风"刮得有多甚，委办主任、局长给市长、副市长送，处长给局长送，科长给处长送。其中送钱的"游乐场"除了当权者可以利用手中的权力为请托人减免各种税费外，还有诸如"审批项目""协调贷款""提拔干部"等等许多名目，而推动这场"游戏"正常"玩儿"起来的只有一种东西——钱。如果现在哪一位社会学家想根据上个世纪末几年的沈阳写一部新的《官场现形记》，他肯定会于污浊混乱中发现一条最简单的原则，这条"最简单的原则"就是"金钱说话"。那么你办事也要送钱，他办事也要送钱，沈阳一个重工业城市，慕绥新、马向东当政时正是国家提出国有企业三年"脱贫"的困难时期，行贿者手里哪有那么多钱？钱从哪儿来？

第十章

我接着问李经芳："你能告诉我你们送礼的钱从哪儿来，出手就一万，出手就一万。"

李："反正各种渠道都有，有的是小金库，有的是别人送来的钱。"

问："有没有什么人单纯从自己工资、自己腰包里拿出钱来给市长行贿的？"

李："好像没有。"

没有人从自己工资、自己腰包里拿出钱来行贿，人们行贿的钱就另有渠道。沈阳一个重工业城市，70%的社会资本是国有企业，因此"企业行贿"成为当年官场送钱方式的一大特点，但"企业行贿"和"个人行贿"有多大差别？"企业行贿"和"个人行贿"孰为表，孰为里？二者是否兼有？有没有什么人假以"企业行贿"之名，行"个人行贿"之实？沈阳之所以能够在那几年生发官场群起腐败，之所以能够积累起那么巨大的行贿、受贿的"营业额"，和这种用"公家"的钱给"官家"行贿有没有直接的关系？别忘了在"慕、马大案"中，肆意收受他人钱财的可不仅仅是慕绥新、马向东二人，别忘了在"沈阳窝案"中已被立案或移交司法机关处理的政府官员光"一把手"就有17人。慕、马可以在在位时给自己大捞"油水"，他们为什么不可以捞？许多部门像建委、财政局、国税局、土地局、物价局、烟草专卖局、国有资产管理局，哪一处不是政府的"要害"部门？正是"要害"，才有"油水"，这些部门的"一把手"才都纷纷落马，这些主任、局长既行贿又受贿，可以想象他们用来给市领导送礼的钱怎么会是从自己的腰包里开支，用得着从自己的腰包里开支吗？他们只要坐在"主任""局长"的位子上，怎么会不年年"大丰收"呢？

宁先杰,利用沈阳市建委主任的职位之便,为他人谋取利益,从中获利100多万元,拿出一部分送给"上级领导"确保仕途通畅绝不是大问题。

李经芳,在看守所里一副受气包的样子,谁能想象在位时他也和几十位请托人进行过权钱交易,收受他人贿赂也有100多万元。

沈阳市物价局局长王秀珍被捕前是宣传部门准备树立的"廉政"典型,可据说她的物价局的"小金库"自有资金竟高达4000多万元。王秀珍动用公款购买了6套住房,不仅自己和女儿各一套,弟弟和妹妹也都有份,丈夫生病期间这位女局长仅收受他人礼金一项就获利60万元,拿出一点再去送送"有用的人"还不是易如反掌？

沈阳"慕、马大案""一把手"犯罪问题让人不能不相信这起"窝案"有着当时太好的"作案"土壤,当时沈阳官场逢年过节包个信封、送个"红包"去看看领导已是一种类似"民俗"的行为。

沈阳市国税局局长赵士春无论办公室还是自己的家都装潢得极尽豪华,案发后办案人员在他家里找到一个又一个装满现金的信封,有的还没有来得及拆开。

沈阳市大东区法院院长不仅贪污受贿金额巨大,而且长期包"二奶",到案发时和"二奶"非婚生育的孩子已经长到5岁。

沈阳客运集团总经理夏任凡除了100多平方米的住宅外,还有一座占地1000多平方米的庄园。

…………

"不跑不送,原地不动;又跑又送,提拔重用",在沈阳,当时这已经是想花钱买官的人的座右铭。"有钱就有一切",已经是当时打算到沈阳发展的各方商家的行动"指南"。后来上任的沈阳市市长陈政高曾经不无沉痛地为慕、马当年的"政绩"算过这样一笔账:沈阳在过去的几年中总共批租出去的土地有3300万平方米,其中 1800 万平方米是无偿划拨,1500 万平方米是有偿转让,而收到的"转让金"一共才有多少？7000 万元。这个数字如果要和大连比,大连的土地比沈阳转让得少,可大连得到的"转让金"是 17 亿元。两个数字不比看不出差距,不比更看不出中间是怎样"广阔天地,大有作为"。

和沿海开放城市相比沈阳本来就穷,穷不怕,沈阳父母官手里有批地、租地的权力,可以用国家现成的地为自己捞好处。7000 万元和 17 亿元,这中间有多少引诱在挑逗着当权者的贪欲？"转让金"这个口子一开,哪怕沈阳再穷,官员们手里还愁没钱吗？

在一批政府大小官员比赛似的玩儿着送钱、收钱"游戏"的时候,沈阳 10 万下岗职工的生活得不到保障,这个惨痛的情况在当时究竟让多少正在"游戏场"上"乐此不疲"的人动过恻隐之心？

第十一章

马向东是泰明的主管领导,泰明仕途发展有求于马向东,这就是他要从同学那里拿来 50 万元给马向东装修房子、拍马屁的直接原因。

泰明对自己的行为并不以为意:"我送钱只是延续了一种风俗,因为沈阳官场就是这个样子,你就是入乡随俗,你做了,领导也不当回事,不这样做,就该觉得你怪,而且我相信这种风气恐怕也不仅仅是沈阳有。"

多么可怕的"恐怕",泰明拿出 50 万元,只是为了不让领导认为他是个"怪人"！成了"怪人",提拔重用哪还有你的份儿？阿谀奉承、投机贿赂本是官场一怪,但是当年在沈阳官场不这样做反而有人认为你"怪",这岂不是咄咄怪事！

天下没有播种者不期待回报的。迟若岩,沈阳市政府另一位副秘书长(当时沈阳市政府共有 10 多位副秘书长),在做副秘书长之前是沈阳市自来水公司的经理,1998 年曾连续多次像开炮似的用美元、人民币对马向东拉开攻势,轮番进攻。看看他这一年用来行贿的"投入产出比",就知道沈阳当年玩儿的送钱"游戏"对企业、个人有多大的诱惑,值不值得人们倾心去玩儿……

问:"1998 年你第一次给马向东送了多少钱?"

迟:"一万五千美元,在马来西亚的云顶赌场。"

问:"第二次呢?"

迟:"两万元,也是美金,也是给他的赌资。"

问:"以后还给他送过吗?"

迟:"送过,而且是多次送过,送到党校、送到他家,还有办公室。"

问:"你给他送钱想得到什么具体好处吗?"

迟:"当然。"

问:"得到了吗?"

迟:"得到了。"

事实证明迟若岩的"金钱大炮"轰一次解决一个问题,前后算一下,自来水公司在 1998 年总共给了马向东 8 万元美金、12 万元人民币,用迟自己的话说:"这些钱加到一块才合不到 100 万元人民币,而我们单位得到了多少好处呢? 首先公司应缴的费用 3000 多万元被一笔免掉了,这是第一个数字;第二个数字,安排了 1000 多名下岗工人上岗就业;第三,公司得到了固定资产几个亿;第四,因为马向东给我批了一块地,我还给职工盖了 5 栋宿舍楼。职工高兴,市长开会多次表扬,后边好多问题解决起来就不费吹灰之力了。"

区区不到 100 万元买通了马向东,这种"投入"得到的"产出"可以令任何经营者自叹弗如,而迟若岩动用公款"滋润"了马向东,一方面,这种行贿不是个人行为,是典型的"企业行贿",万一将来有人检举他个人也不会承担什么责任;另一方面他本人在仕途上潜在的实惠也搭上了一辆行贿的"特别快车"。对此,迟本人一点也不讳言。事实上正是有了这些"政绩"后不久,迟若岩就从自来水公司经理的位置上摇身一变成了沈阳市政府又一位年轻有为的副秘书长,日后的"官运"从此打开。迟若岩的"游戏"可算是玩儿出了水平,玩儿出了一箭双雕、两全其美!

1999 年 7 月初马向东被中纪委"双规",接着被辽宁省检察机关立案审查,2000 年 11 月底"马案"整体移至江苏,这中间横跨了 17 个月。这 17 个月的时间是怎样的一段日子？这 17 个月究竟发生了一些什么事情？

应该说在这段时间里,从全国面上的情况来看,正是中国出了多起领导干部腐败大案的时候。记得我就不止一次听到社会上有人议论:"哼,一旦出了事,到底还是要看谁在上边儿的关系硬。瞧,东北的马向东抓起来有一年多了,就是有人保他,案子就是查不下去。"

马向东在上边儿的关系到底有多"硬"谁也不能真正知道,"马案就是查不下去"倒是让人们心里生出疑问:为什么"马向东的案子"就是查不下去？障碍出在哪里？是不是有什么人在中间捣乱,干扰办案？人们的疑虑后来得到了证实,这根"搅屎棍子"不是别人,正是马向东的爱妻——章亚非。

章亚非,沈阳医学院原副院长、沈阳医学院附属第二医院原院长,出事前和马向东一样都是辽宁省人大代表,她身上这些职务和头衔是不是"夫贵妻荣"的结果人们尽可猜测,但她对丈夫马向东的"忠诚"和"爱"却是可圈可点的,尤其在马向东被关进东北吉林的一处看守所以后,这个女人干出来的事情让人觉得她简直是疯了。

马向东被"双规"后,章亚非四处活动,提溜出一条条过去的老关系,到处呈送歪曲事实的材料,状告纪委,买通看守,刺探案情,用重金拉拢腐蚀办案人员,还扬言要某某某的人头,她的目的就是要营救马向东,尽快将马向东"捞"出来。

第十二章

从 1999 年 7 月到 2000 年 10 月章亚非也被"双规"时为止,她花出去的各种"营救经费"已高达 130 万元。

在"马案"北案南审后,我在江苏省看守所曾问过老马为什么在东北的时候要"翻供"。老马不喜欢"翻供"一词,说他在东北,办案人员只是查了他两件事,一是贪污,二是涉嫌挪用公款。换句话讲,老马在东北没有"翻供",他只是"停"供,停止了对自己问题的交代,比如如何巨额受贿,包括收受刘涌(涉嫌黑社会犯罪)的4万美元,比如如何用受贿的钱置办了3处房产(每处价值100多万元),怎样将186万美元的受贿资产转移至境外,还有大量股票、财物藏匿何方,等等等等,都咬死不讲。

的确,在东北办案的时候,检察人员在审查中除了发现马向东有赌博、涉嫌私分12万美元、挪用公款40万美元以外,他所交代的问题的冰山一角之下到底还隐藏着什么更大的罪恶,马向东就是缄口不语。为什么缄口不语?因为他知道章亚非正在给他活动,知道办案的进度,知道有人为他的事"奔跑",能够在看守所里通过"内线"和章亚非通电话,相信章亚非所言:"只要钱到位,没有摆不平的事。"一句话,他手中握有"底牌",何必主动"坦白从宽"自找"牢底坐穿"的结果呢?

专案组的工作有一段时间显得非常被动,一个已经被逮捕关押的犯罪嫌疑人在看守所里竟然能和外面的人通电话,这种事情怎么可能发生?他哪来的机会打电话?谁给他提供保护?马向东的反应怎么那么异常呢?

在南京我问马向东:"你在吉林省看守所的时候可曾往外打过电话吗?"

马:"打过。"

问:"电话打给谁?"

马:"打给章亚非。"

问:"哪来的电话?"

马:"一个干警给的。"

问:"这个干警叫什么名字?"

马:"叫谢文秀。"

谢文秀,马向东在吉林省看守所的看守,男性,老马出事后被章亚非买通,照顾马向东身体,也"照顾"马向东与外界联系。我们采访小组为了采访到他曾专程赶赴吉林他的收监地。

问:"马向东出事前你和章亚非认识吗?"

谢:"不认识。"

问:"那马向东出事后章亚非怎么找到了你?"

谢:"通过关系。"

问:"你为什么要给章亚非帮忙?"

谢:"怎么说呢? 开始章亚非就让我照顾照顾老马的身体,说给他买点烟。"

问:"后来也就是这么点事吗?"

谢:"后来不是,后来我还给了马向东手机,让他和章亚非通了电话。"

问:"章亚非给过你钱吗?"

谢:"给过。"

问:"给了多少?"

谢:"开始是一万元,后来又给过我、给过我爱人和小孩一共一万九千元。"

问:"马向东向外打电话是谁安排的?"

谢:"是我,每次都是我。"

问:"安排他在哪儿打电话?"

谢:"一次是在打扫卫生时,还有的时候就在监室,没人的时候。"

问:"马向东给章亚非打电话你在干吗?"

谢:"可以说我在望风。"

问:"他给章亚非打电话都说些什么?"

谢:"身体什么的。"

问:"他们说的东西涉及案情了吗?"

谢:"这我不知道。"

问:"他们说的东西如果涉及案情,你控制得了吗?"

谢:"我控制不了。"

谢文秀在看守所里为马向东和章亚非通电话提供通信工具,还经常和章亚非互通情况,问到他身为看守所干警为什么竟会如此执法犯法,是不是看中了章亚非给他的那不到两万元的"收买"钱,谢文秀说:"不完全是,我以为马向东是冤枉的。"

正因为章亚非的四处活动、干扰办案,马向东一案才一直办不下去,不仅办不下去,还给社会上许多错误信号。谢文秀说自己不全是因为贪财才让马向东夫妇串通情况,他以为马向东是冤枉的,这一点有可能是真的。因为章亚非四处活动,被她行了贿的人一共有 39 人,很多人官位远在谢文秀之上,这些"大人物"都在"过问"马向东的案子,莫非马向东被"拿下"真的是"事出有因"?如果马向东在看守所里关上一阵子,以后很快以"蒙冤受屈"的好干部被放了出去,这些人不就成了"危难之时"挺身相救的好汉?他谢文秀加入这个行列不就是在干一件"有头脑"的事情?毕竟政治的东西谁也说不清。

第十三章

有人还在上"贼船"。

你说他是上了"贼船"也好,把错了"风向"也好,总之他就是个"小人物",虽然他在"马案"中起了非同寻常的作用,但他是最盲目、最可怜的一个。

谢文秀在马向东"身陷囹圄"之时一伸援手有没有想在日后图报我说不准,连他自己也说不准,可是另外有一人,在马向东案发后,主动找到马家给章亚非四处活动充当"跑腿儿"的,却实实在在是在搞政治投机,拿自己的政治生命作赌注。这个人叫于海洋,这个人的出现着实给"马案"这一贪污受贿为主色的腐败大案平添了一笔更怪异的色调。

于海洋,沈阳浑南开发区副主任。在他主动"献身"为章亚非四处活动充当"跑腿儿的"之前只与马向东见过 3 次面,这 3 次见面还"纯属工作关系"。于海洋自言他与马向东、章亚非没有一点私交并非虚言,事实上这只是一个四处寻找机会想努力向上爬一爬的"小人物"。但是这个"小人物"为什么要在马向东已经被抓起来以后还要主动往马的"贼船"上蹭,干出后来连他自己也认为是不可思议的"傻事"？这个"小人物"的心里当时在盘算些什么呢？我很想听听于海洋怎么说。

于："我在单位一直不顺心，人的矛盾，一直就想能找到市里、省里某一位大首长，以便逃脱工作环境，回避矛盾。后来省里的一位大领导和我谈起马向东的案子，说了一些内幕，当时他认为马向东是冤枉的，是政治斗争的牺牲品，希望我能在这困难的时候照顾照顾他的家属。"

问："你就决定去照顾了？"

于："我当时没多想。我一贯是比较听话的，小时候上学的时候，家长让我听老师的话，老师让我听家长的话；参加了工作，我母亲说在外面一定要听党的话、听领导的话。现在大领导说让我去照顾照顾马向东的家属，我就决定去了。"

问："那你认识章亚非吗？"

于："不认识。"

问："不认识她能信任你吗？"

于："开始不信任，我去了有三四次，当时认为自己还是比较虔诚的，去照顾她妈妈、孩子，逢年过节还送些水果什么的。"

问："后来章亚非是怎么求你帮忙的？"

于："她拍着胸脯说老马绝对没问题，我一去她和她妈就都哭，说老马绝对没问题，非常冤枉。后来打电话让我给她跑跑腿儿，因为她不便出面，她说：'嫂子求你了，你就给我跑一趟，都联系好了，就跑一趟。'"

问："她说的跑一趟指的是什么？"

于："就是让我去送个包裹。她为了马向东求了一些人，让我去联系一下，送个礼、送个材料。"

问："你帮她送过吗？"

于："送过。"

问："也帮她送过钱吗？"

于："送过。"

问:"送过多少?"

于:"我这边数字都不大,两三万元。有一次送过大的,后来办案组的同志找我谈,我才知道。当时就是一个皮包,包都封好了,我也没看,也不知道是钱。她送我上的飞机,后来知道那是钱。"

问:"是多少?"

于:"好像是 10 万元。"

章亚非干扰办案,要买通的一个十分重要的人物是当时沈阳市检察院的检察长刘实,特别是在"马案"由当地审理的时候,于海洋与刘实刚好是一二十年的朋友,因此安排于海洋去找刘实也就成了章亚非交代给于海洋去办的一件非常重要的事情。(马向东异地受审时,刘实也因"涉嫌泄露国家机密罪"同时接受审查。)

问:"你为什么要去见刘实?"

于:"就是去送一封信,送个律师材料。"

问:"你向刘实打听过马向东案子的进展情况吗?"

于:"他也没跟我说什么,我给他材料的时候,他用手弹了弹,说沈阳是管不了这个事的,沈阳听中央的,中纪委说怎么办就怎么办,所以你也别管。就是有一次,说过一点,是开政协会,散会以后他告诉我,马向东的他看了(是指卷宗还是材料,于未解释),有些证据有些翘角,就是慕绥新的事,如果慕绥新能下去,意思是马向东的案子就有可能别过来、翻过来。"

问:"别过来、翻过来是什么意思?"

于:"按当时的情况,是指马向东的案子。"

问:"是指翻案吗?"

于:"我理解好像是。"

问:"那你把这个情况告诉章亚非了吗?"

于:"当天我就给章亚非打了呼机,通了电话。"

第十四章

于海洋为章亚非大致就做了这些事情，你说他是上了"贼船"也好，把错了"风向"也好，总之他就是个"小人物"，虽然他在"马案"中起了非同寻常的作用，但他是最盲目、最可怜的一个，他的交换目的也最小，只是想通过"照顾"马向东家属，买那位曾经托付于他的"大领导"的"好儿"，日后寻机求那位"大领导"帮他改变改变工作。当然如果万一马向东真是冤枉的，日后他自然成了马向东的患难知己，得到提携自不待言，这就是"小人物"的那么一点"小心眼儿"。

我可怜马向东，可怜他那么大个人物贪财敛富、赌博成性，到了成为"阶下囚"的地步，便现出一副弯腰捡烟屁股的寒碜样；我也可怜于海洋，可怜这个小人物贪图小利，不辨良莠。但可怜的味道完全不同，于海洋投错了机，押错了宝，但至少这个小人物还有一份用错了地方的虔诚和义气。马向东出事后，于海洋是主动献身帮忙。他去了马向东的家，看到马家装饰一般，并非奢华，便信以为真。但他哪里知道马家陈旧的大衣柜后面另有天地，那里面才是真正的豪华所在。更可悲的是，他为章亚非忙前跑后，那是在"你大哥一出事，都躲了"（章亚非曾对于海洋说过的话）的时候，他为章亚非送钱，却从来没有被章亚非送过钱，有时跑腿儿的路费都是自己搭，时间用的是节假日。我记得很清楚，于海洋对我说："章亚非曾经告诉我，她家里那时一分钱都没有了，她是向别人借了 50 万，这样的话，我一直认为他们家在最困难的时候，我不能花她一分钱，不能乘人之危。"

昔日沈阳官场，"小人物"成了"大人物"的过程可能让很多人丢了良心，捡起了贪得无厌。于海洋还没有从"小人物"变成"大人物"，他只有"小人物"的"坏心眼儿"，还没有"大人物"的"坏心眼儿"。马向东就是判了够枪毙 100 次的大死刑，好赖他生前还贪了、赌了，而于海洋后来也成了"同案犯"，他得到了什么？马向东在"里面"，他在外面为人家跑来跑去，结果马向东没有被"跑"出来，他却把自己给"跑"了进去。这样的下场他是该恨马向东、章亚非，还是该为自己的贪心和愚蠢被人耻笑,也被自己嘲笑?

政治海洋的波涛汹涌,也许世人真不明白他一个"小虾米"跟着糊里糊涂瞎蹦跳什么?! 这是怎样的一种爱,对于章亚非来说,丈夫受贿,她也受贿;丈夫犯法,她也犯法;丈夫有罪,她也冒着犯罪的可能为丈夫四处活动;而到了最后丈夫"扛"不住了,她也就不"扛"了。这样的女人,到了这个份儿上,她究竟是为了什么?

马向东被抓特别是后来案子越闹越大后,过去他身边跟他贴得最近的人,要么一个个跟着"翻了车",要么一个个"都躲了",要么落井下石、隔岸观火;不怀目的的相助者,唯有一人,他的老婆章亚非,死心塌地、一意孤行、不惜钱财、干扰办案,"头拱地"地也要把老公给"捞"出来。

章亚非为什么要这样做? 她的"固执"和"疯狂"根基在哪里?

章亚非到底是怎样一个老婆? 她对马向东所怀的是怎样一种感情、怎样一种爱? 那种爱究竟是单纯到旧式妻子"守节"般没道理可讲,还是混杂着一荣俱荣、一损俱损的"同船"色彩? 我想知道,我真的很想知道。

在南京,我曾经问过马向东:"你受贿的钱都怎么处理了?"

老马告诉我:"都交给我妻子章亚非了。"

如果事实真是这样,章亚非对丈夫的情感就有理由让人怀疑其单纯性,进而想到"唇亡齿寒"的利益关系。但是据说,章亚非自从跟了马向东,一直就对老马好到一如一个"旧式妻子",最有说服力的例子就是老马每天回来,不管多晚,进门必有一碗热乎乎的面条等着他。年轻时,若论门当户对,章、马绝对搅和不到一块儿,因为章亚非出身高干,马向东出身贫寒,不仅门第太低,而且父母早亡,靠姐姐拉扯长大。但是章亚非不嫌贫爱富,不听别人劝阻,认定情窦初开时的恋人就一爱到底,这又让人不愿意怀疑她后来对马向东的感情到底有多少"铜臭"味道。

两口子的事情外人说不到正点。到了马、章这样层次的"两口子",关系就会变得更复杂、更微妙,不管怎么说,他们毕竟是"共同受贿"。可是据说马向东被关看守所，章亚非心无旁骛，白天照常上班装着没事，晚上回来却总是把自己一个人关在屋里，面对佛像，默默不语，这份儿虔诚也够让人刮目相看了。

第十五章

　　因为做电视节目的需要，我曾经请李经芳、宁先杰、迟若岩、泰明等人分别评价马向东的为人，李经芳的评价是："这个人心好像不太宽。"宁先杰的评价："他这个人就是顺我者昌，逆我者亡！"迟若岩的评价颇有"学术"色彩："他这个人，优点和缺点都很突出，其中缺点最致命，就是太贪，老想赢。"而这些人中泰明给我讲的故事，透露给我的感觉简直让我毛骨悚然："1997 年，我和马向东去北京开会，晚上他叫了几个人，说咱们出去放松一下，我以为他说的'放松'就是去外边歌厅唱唱歌，没想到到了歌厅他就叫了几个三陪小姐。小姐要陪我们跳舞，我既不会跳舞，也不会抽烟、不会喝酒，他就在那里一个人尽兴。一会儿他跟小姐要赌一种骰子，小姐说你要输了就给我 100 元钱，马向东说那我要赢了呢？小姐说你要赢了，赢一把我脱一件衣服。马向东也不愧是老赌客了，连赢了 4 把，最后把小姐身上的衣服脱得精光。我当时非常紧张，这要叫别人看见了多不好……"

　　老马在歌厅里可以让三陪小姐把衣服一件件脱到精光，这时候他对妻子章亚非还有什么感情，章亚非知道这件事吗？

　　我曾经期望得到相反回答而问过马向东："这么多年你受贿，曾经回避过你妻子吗？"

　　老马告诉我："没有。"

　　问："你妻子也替你收过钱吗？"

　　马："收过。有时我不在家，有时有的人觉得把钱直接送给我情面不好看，就送到我妻子手里。"

　　问："你有没有嘱咐过你妻子不要掺和这种事，不要接钱？"

马:"没有。"

问:"这么说你是同意你妻子替你收钱的了?"

马:"对。"

问:"那你知不知道,如果你同意她替你收钱,这就构成了你们夫妇共同受贿,这在当时你想过吗?"

马:"没有。"

马向东大凡谈到他妻子都没有让我感到什么特别的感情流露。他妻子在外面为了"营救"他几乎把浑身的解数都使了出来,老马对此并没有表现出一点感动。

我还曾问他:"你在吉林省看守所,你妻子为你四处活动、干扰办案是谁的主意?"

马:"我的。"

问:"你让你妻子在外边为你四处活动,有没有想过这可是会把她也牵扯进来的?"

马:"我对不起我妻子。"

问:"那是肯定的,但我想话不能说得这么简单。一开始你同意你妻子和你一道收钱构成你们夫妇共同受贿,这已经是害了她;后来你接受审查,又让你妻子为你四处活动、干扰办案,这是又一次害了她。你们夫妻关系既然这么好,为什么你会这么做?"

马:"我对不起我妻子。"

据泰明说他用他同学的 50 万元向马向东"进贡"的时候,钱根本就不是交给马向东,而是存了一张存折由他本人直接交给了章亚非的,存折上写着存款人"庄一飞",这也是取章亚非名字的谐音。章当时接过存折根本没有拒绝,就是反复在问泰明:"你的这个同学可靠不可靠?"然后叮嘱泰明千万别让他这个同学出去乱讲! 章亚非在替丈夫收钱时原来竟是这样平常自然。

马向东在东北"扛"了 17 个月,到了南京只 4 天就"秃噜"了他的全部罪行,然后他给章亚非写了一封信,其中有一句话难得地让人动心:"即使我在你面前长跪不起,我也不能表达万一我对你的悔罪……你的东。"

章亚非就是在看了丈夫给她的这封信后才打破了她那比马向东还要顽强的沉默,开始交代实质问题。

有一线之机,我们的摄像人员被允许进入章亚非的监区进行拍摄,那是一个晴天的下午,摄像回来后告诉我,章亚非在他们的摄像机镜头里那一刻正在跟监友聊天,一边聊一边笑,一边笑还在一边不停地嗑瓜子……

不知道为什么,听摄像这么说,我眼前出现的章亚非已经完全是一个坏女人的形象了,在她丈夫可能就要迎接死刑的时候,她还有心和人聊天?还有心在和别人聊天的时候噼里啪啦地嗑着瓜子?

整个采访下来,我和老马已经很熟,所以老马对我的话有问必答。

问:"你现在最担心什么,是不是怕什么都承认了,脑袋还是保不住?"(我当然指的是他有可能被判死刑。)

老马一拍大腿,像谈论一件无法挽回的平常事一样:"就是呀,我看这事悬!"

我最后一次惊讶,即使在谈论有关生死这样的极限话题时,马向东也没有向我流露出对妻子章亚非的一点不舍。

这下,我实在是被这两口子的关系弄得彻底糊涂了……

(原载《报告文学》2002 年第 10 期)

我依然坚持当年的"功利"

长江

我发表在《报告文学》2002 年第 10 期的《对面坐着马向东》，今天再拿出来看，时间已经过去了 17 年。文字粗粗回首，很是汗颜，因为按我今天的眼光，文章一来写得不够经济，二来谋篇、描述还欠"文学"，只是忠实地记录，一丝不苟。我当时就想，马向东坐在我对面，他是一个贪官，也是一个人；是"一个人"，更是"一群人"。我要写彼时彼景中国官场生态的贪婪与土壤，怎样把一个年轻时或许还真是"有志者"的国家公务人员变成了一个赤裸裸物欲膨胀的贪污犯。这篇东西是因为我做央视的《新闻调查》，作为记者接受国家的统一安排去采访马向东、"马案"的一系列相关人，其中也包括马向东的妻子章亚非。最后电视没有公开播出，只是作为"教育片"在党员干部内部广而"警示"了，因此我的大量采访没有呈现，"成就感"不足，我便动了写报告文学的念头，想推动这个报道向社会更大面积地蔓延，让更多的人看到这个"反面教材"——可见，报告文学在 17 年前，至少在我写这篇东西的时候，目的还是挺"功利"的。今天这种"功利"是否依然有必要、有理由存在？不知道评论家们还有没有情趣去继续争辩。只是十几年了，我一直还在写，对于"报告文学是什么，是不是文学，应不应该直白地为社会服务"，我还想坚持一点自己的看法，那就是：20 世纪 80 年代，"文革"刚一结束，"报告文学"作为一个新的文学品种应运而生，最先冲破思想禁锢，如朝阳般喷薄而出，挡也挡不住！那个时候人们接受这种"功利"、喜欢这种"功利"，为这种"功利"而欢欣鼓舞或叫好解气！只是今天，今天，我依然坚持：如果你觉得有话要说，不吐不快，为一个真相、一种使命、一种新知、一腔感动，那报告文学对你便还是神圣的，是对大众、对社会、对自己都有益的，为什么不值得动笔去写？至于"报告文学"与"纯文学"的区别,我一直觉得没有太大的意义去较真。如果一定要分,前者是充饥的食物,后者是慢性的滋补,原本就没有谁高谁低;如果非要分得一清二楚,那我就认为:涉及很个人的爱好、追求、口味了,也就没有谁对谁错更加"标准"的标准了……

木棉花开
——任仲夷在广东

李春雷

　　到广东上任的时候,他已经 66 岁了。面皱如核桃,发白如霜草,牙齿全部脱落了,满嘴尽是赝品。心脏早搏,时时伴有杂音,胆囊也隐隐作痛。但他显然还没有服老,1.71 米的个头,80 公斤的体重,敦敦实实,走起路来,风风火火,踩得地球"咚咚"直响。

　　省委门口有一个副食店,每天凌晨 3 点钟,黑黝黝的寒风中,市民们揣着鱼票、油票、糖票等花花绿绿的票证,开始在这里排队抢购。什么物资都缺,广东产鱼,广东人更喜欢吃鱼,可市民们每人每月只有五角钱的鱼票,而且还不能保证供应。副食店 7 点 30 分才开门营业,买鱼的队伍长长的,人比鱼还多。排在前面的阿公阿婆实在困倦了,要回家再睡一觉,于是就放下一个个替身:一把凳子、一顶帽子,或者一只菜篮子……

　　几天后的一个傍晚,他又来到了深圳的文锦渡口。放眼望去,河对岸就是被英国政府租借的香港,高楼大厦,灯火璀璨。而自己这边呢,黑灯瞎火,四野无声。

　　就在去年,这里曾经发生了一起震惊全国的大逃港事件。7 万多饥民身背行囊,扶老携幼,面对着荷枪实弹的边防军,冒死闯关,出逃香港。一位村党支部书记向着黑压压的人群哭喊:"跟我回去！跟我回去！"因为在跑过界河的人群中,还有他患难多年的妻子。但隔着界河抛过来的却是一句比石头还要生硬冰冷的诅咒:"死了以后骨灰都不要吹回这边来!"……

黑格尔称中国历来就是一个"灾荒之国"。亚当·斯密则认为中国下层农民的生活状况,比欧洲的乞丐还要凄惨。

萧瑟的秋风,吹乱了他的满头白发和满心愁雾。

这一顶白发,这一腔愁雾,就是 1980 年 11 月的中共广东省委第一书记任仲夷!

疯狂的年代过去了,苦难的中国终于找到了自己的轨道,而濒临香港、澳门和台湾的广东省还是一片低地。长期以来的战争思维,国家在这里基本上没有工业项目投资。交通更是落后,京广铁路在广东境内竟然全是单行线。从广州到珠海、深圳,中间都要转乘四五次轮渡,需要花费一天的时间。农业也不行啊,是全国最大的缺粮省份,虽然国家每年都要调进 5 亿公斤,但仍是饥肠辘辘,路人相闻。1979 年全省工农业生产总值人均只有 520 元,远远低于全国平均数字636 元。还有一个数字更让粤人汗颜,偌大的广东省,面积是香港的 200 倍,而每年的创汇总量却不足人家的十分之一。与台湾相比,更是无法同日而语。

台湾海峡对岸的蒋经国一直在宣称,让共产党划给他两个省,看看国民党的治理水平。香港、澳门也像两颗复杂的眼睛,在冷眼观望着这一块沉浮未定的大陆。

也许正是这诸多的原因,中央政府才下决心在广东试办经济特区,先行一步。于是,在前任书记习仲勋上调中央后,就选派了他。

应该说,在共产党的高级干部里,任仲夷是一位少有的既懂政治又懂经济的通才。青年时代,他在中国大学攻读的专业就是政治经济学;抗战时期,他曾担任八路军某军政干部学校校长,并主编了党内第一本《政治经济学》教材;新中国成立后,长期担任黑龙江省委书记,他的政绩至今仍然传颂在松花江畔;主政辽宁三年,这个"文化大革命"的重灾区,不仅政局平稳,经济发展更跃至全国三甲之列。

可他毕竟已经年近古稀,又是第一次来到广东,这一片土地,能接受他吗?

省委大院里植满了榕树,这南国的公民,站在温润的海风中,悬挂着毛毛茸茸、长长短短的胡须,苍老却又年轻,很像此时的他。

但他似乎更喜欢木棉树,高大挺拔,苍劲有力。二月料峭,忽地一夜春风,千树万树骤然迸发。那硕大丰腴的花瓣红彤彤的,恰似一团团灼灼燃烧的火焰,又如英姿勃发的丈夫,用刚健的臂膀傲然挽起娇美的新娘,虽然来去匆匆,却也轰轰烈烈……

他的血液像珠江一样奔腾起来。

他摸了摸满头霜草,似乎那是蓬蓬勃勃的南国春芽……

查阅《中国统计年鉴》:1978年广东省的经济总量为185亿元,列全国第23位。可到任仲夷离任的1985年,广东已经赫然位居榜首。短短的几年时间,这是一个怎样超常规的跨越啊!

二十多年后的今天,回味那一场硝烟散尽的"战争",好多故事仍然令人瞠目结舌,不可思议。

放开物价、市场经济、私营企业、出让土地、政企分离、股份制、外资银行……在那个严格的计划经济体制年代里,这一切都无异于玩火弄险,又无异于雾中疾行,而路途中又是一个个隐蔽的雷区,随时都有可能被炸得人仰马翻……

2007年8月,我应邀到广州采访丰田汽车公司,晚上和广东作家吴东峰、鲍十诸位喝茶。聊及广东经济已超越新加坡,以及我国香港、台湾时,话题自然而然地谈到了已故的中共广东省委原第一书记任仲夷先生。吴东峰兄喟然长叹,任仲夷是广东的恩公,实在应该写一笔。

此时,窗外桂兰氤氲,室内茶香袅袅。我心内猛然一顿,似乎感应到了一个神圣使命的深情呼唤。

在哈尔滨,我曾听到关于他亲手研制和推广冰灯的传说,那里的人们尊称他为"冰灯之父";我也去过辽宁,他冒险为烈女张志新平反的故事更是妇孺皆知。其实,在座各位并不知晓,我与任仲夷本是同乡,相距不过百里,他的传奇在我们冀南一带也早已广为流传。

于是,年底的时候,我再一次赶到羊城,开始了有关任仲夷的采访。

很多广东人现在依然清晰地记得当年的"鱼骨天线"风波。

经济状况稍稍好转,广东沿海地区的不少家庭开始有了黑白电视。可有了电视却没有可看的节目,内地电视台节目频道少,信号不稳,且播出时间太短。很快,不知谁发现了一个好看处,那就是香港电视节目,只需要一根带有放大器的鱼骨架形天线,用竹竿伸进天空,指向东南方向,就可以直接收看。于是,美味的食品、漂亮的服饰、欢快的主持人、批评总督的辩论、自卖自夸的广告,还有邓丽君的情歌、恋人的拥抱和接吻……哇,香港人居然是这样生活的!资本主义社会原来竟是这般模样!

一时间,家家户户效仿,很快就普及到了整个珠江三角洲,连广州市中心高高矮矮的楼顶上也发豆芽般地长出了密密麻麻的"鱼骨天线",像葵花一样,仰望东南。

当时正值全国舆论开始猛烈围攻广东的时候,"鱼骨天线"事件犹如火上浇油,再次引爆了海潮般的谴责声,又赶上中央主抓意识形态工作的负责人正在酝酿发动"排除精神污染"活动,广东更成了众矢之的。

"香港电视每分每秒都在放毒!"

"广州已经香港化了!"

高层某领导公开批评:"广东变修了,变烂了!"有关部门更将此定性为"反动宣传",必须"坚决打击,依法严惩"。不少内地城市甚至打出了"反对广州的精神污染"的标语。

"资本主义道路"属于意识形态的高压线,是当时最敏感的政治问题。迫于压力,广东省委、省政府紧急采取措施,严禁收看香港电视,对违反的党员干部进行严厉处分,并严令各地派出工作组,动用消防车逐村逐户地强行拆除。特别是每每有中央领导人莅临广州,位于东莞某地的一个大功率干扰电台就会施放出强烈的干扰信号,使得整个珠三角地区的电视屏幕里飘满"茫茫大雪"。

老百姓竟然想出了一个当年对付日本鬼子的办法:空舍清野。工作组未进村,消防车刚出动,家家户户的"鱼骨天线"就快速地撤下来。夜幕降临之后,再悄悄地送上屋顶。当地人称之为"晚上升旗,早晨降旗"。有的党员干部家庭被查住了,也有解释:"孩子老婆不是党员,他们觉悟低,是他们看的。"无法处分,只能收缴。但仅仅到了当天晚上,另一架"鱼骨天线"就伴随着恶毒的咒骂声再一次升上了天空。

群众骂声如蝉鸣蛙鼓,"鱼骨天线"似春树满山。于是,全省各地的数百辆红色消防车,像热锅上的蚂蚁,四处出击,疲于奔命,焦头烂额。各地收缴的"鱼骨天线"堆积起来,像柴垛,而后又成吨成吨地卖给了冶炼厂。

外商们意见更大。此时,佛山、南海、江门、中山、顺德、东莞和惠州一带的"三资企业"渐成气候,无数的港、澳、台客商及东南亚华侨资本,如过江之鲫,纷纷来粤试水。他们都在驻足观望:连香港电视也不让看,还算什么经济特区?我们的生意怎么做?我们的信息哪里来?我们的娱乐何处寻?

"鱼骨天线"恰如鱼骨在喉,顿时成为任仲夷最为棘手的火辣辣的难题。

广东省委宣传部原副部长张作斌告诉我,当时的省委真是左右为难:中央三令五申,严禁收看,坚决拆除,而城乡群众怨声载道,情绪激烈。长此以往,不仅进一步激化干群矛盾,而且将严重影响外资的引进。任仲夷苦思许久,终于下定了决心。一天,他打电话把张作斌找去,给他布置了一个特殊的任务。

1983年5月上旬的一天,张作斌带着两名干事,悄悄赶到深圳,住进临近香港的一家旅馆里,专门找了一台画面清晰的电视机,三天三夜没有合眼,把香港电视台所有的节目一一记录下来,并写出了一份详细的调查报告,交给了任仲夷。报告中分析,香港两家电视台的电视剧和综艺节目,是为了迎合一般香港市民的口味而设计的,比起还处于起步阶段的内地电视剧和文艺节目,自然具有较大的吸引力。而知识分子喜欢的是香港电视台快捷的新闻,尤其是那些转自CNN(美国有线电视新闻网)、BBC(英国广播公司)的快讯,中央电视台要么没有,要么隔一天才能看到。低俗无聊的节目时有所见,而黄色和反动的宣传几乎没有。

几天之后的一个上午,任仲夷来到省委宣传部,召集宣传文化系统负责人开会,正式表明了自己的看法和意见。

采访时,我想方设法找到了这份当年的讲话稿。

在这份约5000字的讲话里,任仲夷主要谈了两个问题。一是不提倡看香港电视,要与中央保持一致。二是要千方百计办好自己的广播电视节目,丰富群众的文娱生活。

正是在这个讲话里,他第一次提出了那个著名的观点:"排污不排外"。自觉排污是必要的、明智的,但决不能因噎废食,笼统地反对一切外来思想文化,盲目排外是错误的、愚蠢的。排污要分清界限,要排真正的污,对资本主义国家先进的科学技术和优秀的文化成果,我们不仅不能排斥,还应当积极地吸收借鉴。

在整篇讲话里,对于拆除"鱼骨天线"和干扰香港频道,他只字未提。

就在此后的不长时间,中共中央总书记胡耀邦来到广州,住进了珠岛宾馆。按照惯例,服务员把他房间电视的香港频道全部锁闭了。任仲夷发现后,马上吩咐解除频道锁闭,并把所有的电视频道全部打印出清单来,放在电视机旁边,方便客人选择收看。

连续几天,胡耀邦始终没有提出什么意见。

从此之后,香港电视在任仲夷的任期内再也没有受到强行干扰,"鱼骨天线"也成了南粤大地一道独特的风景,在悄悄地却是猛烈地唤醒着传统的岭南意识……

正是这个时候,发酵的珠江三角洲像一个硕大无朋的香喷喷的蛋糕,依靠毗邻港澳的独特地理优势和侨乡众多的人文优势,以较低的土地价格和充足的廉价劳动力吸引了大量外资的直接进入,尤其吸引了港澳台制造业的大规模转移,以"三来一补"(来料加工、来样制作、来件装配、补偿贸易)为主要贸易形式的外向型企业迅速遍布城乡,如春风野火,熊熊燎原,形成了星河般繁密的群落,掀起了中国改革开放之后的第一轮经济大潮……

搬掉罗湖山，填平罗湖洼地，是深圳特区建设的第一项大工程。可刚刚开工，就遇到了种种人为的难题，任仲夷不得不亲临现场疏通。

正是从这个问题中，他又觉察到了一个更大的问题：特区的领导班子不够协调团结，靠这个班子打不开局面，更别说"杀出一条血路"了。经与省委刘田夫、梁灵光、吴南生等人协商后，决定马上动手调整。

经过多方考察，他认定省委常委、广州市委第二书记梁湘是最佳人选。

身材魁梧的梁湘是军人出身，新中国成立之初跟随叶剑英南下接管广州。他不仅是一位具有开拓精神的实干家，还十分熟悉城市管理和经济工作，更重要的是，他身上充溢着一种饱满的理想主义激情。

但62岁的梁湘毕竟是一位老资格的省级干部了，而且性情刚烈如火。他明确表示不去深圳，唯愿留任广州。

反复谈话，梁湘仍然固执。不少资料在叙述这一段历史时，都记载了一个相同的情节：梁湘曾为此事与习仲勋大吵一架。这应是笔误或者是以讹传讹，因为习仲勋此时早已离开广东。如果确有此事，吵架的对象应是任仲夷。这的确是一个颇具戏剧性且无比珍贵的文学细节，只是缺少鲜活文字的详细描述。采访时，我曾多方刻意搜寻，但因为两位当事人俱已作古，当时无人在场，笔者又不能妄自虚构，所以只好无奈地望风而叹了。

不过，任仲夷并没有轻易放弃，他再次约见了梁湘。

这一次谈话，他的秘书琚立铭正好值班。那是1981年1月的一天晚上，心事重重的梁湘步履迟缓地走进了任仲夷的办公室，这可以从他的满脸愁云里看得出来，也可以从他上楼时拖沓沉重的脚步声中听得出来。任仲夷微笑着从座位上站起来，与梁湘握手后，又亲自为他沏了一杯热茶，而后就随意地坐在了旁边的一把竹制藤椅上。

琚立铭回忆，直至凌晨时分，任仲夷办公室的门才缓缓打开。他进去的时候，两人的正式谈话已经结束，原本诙谐幽默的梁湘又恢复了本性，他似乎刚刚讲了一个广州时下流行的笑话,任仲夷猛然"哈哈"大笑起来。他仰躺在竹椅里,一前一后地晃悠着。雪亮的灯光下,洪亮的笑声在四壁间清脆地撞击着、回响着。他头上的丝丝白发也仿佛是一绺绺导电的钨丝,闪烁着明晃晃的辉光。

1981 年 2 月,梁湘慷慨赴任。

随后,任仲夷又从各地选调一批专业对口、德才兼备的精锐干部,为深圳特区打造了一个特别能战斗的领导班子。

自此,深圳特区建设驶入快车道,开始上演一幕幕惊天活剧!

但是,一切都在试验摸索,樊篱重重,荆棘遍野,跨越常规,冲破体制,特事特办,很多创举连最高决策层也无法明确表态,这就使得深圳的道路显得格外血腥和惊险。

要加快发展,必须面向世界招商引资。要招商引资,必须提供诱人的优惠政策,这是一个简简单单的道理。对此,梁湘的"蚂蚁理论"很是明确:只有让第一批蚂蚁尝到甜头,才会引来更多的蚂蚁。于是,深圳特区政府经过相关立法程序,制定了特区土地管理法规,允许外商参与开发特区土地和缴纳土地使用费使用特区土地兴办企业,并于 1982 年 1 月 1 日起正式颁布施行。

这项法规刚刚出台,便引起国内震惊,传统封闭的国民意识如何能承受这种"卖国行径"呢? 一时间,舆论如鞭似刀,黑云压城:"深圳除了九龙关门口仍挂着五星红旗,一切都已经资本主义化了。""姓梁的把国土主权卖给了外国人,是卖国贼!"……正在这时,中央针对广东开展了大规模的反走私斗争,而深圳又深陷其中。更令人惊骇的是,中央有关部门还专门下发了一个白头文件——《旧中国租界的由来》,矛头直指深圳! 政治气氛骤然紧张。在高层会议上,某领导人甚至声言"要收回失地""要杀一批头"。果然,不久之后,广东海丰县委书记和一名副书记就被枪毙了……

向来敢说敢干、敢冒风险的硬汉梁湘,此时也胆怯了,常常紧锁双眉,沉默不语,缓缓踱步,狠狠抽烟。

梁湘当年的秘书邹旭东清清楚楚地记得,就在这气氛最为肃杀的一个多月里,平时很少亲临的任仲夷竟然连续三次来到深圳,时间分别是 2 月 2 日、2 月 18 日和 3 月 6 日。每次到来后,他都要与市委领导班子全体成员见面谈话。针对北京方面和理论界的质疑,他旗帜鲜明地对大家说:"有的同志怀疑办特区是否有损主权,是不是会变成殖民地? 我们要肯定地回答:不会! 恰恰相反,只有掌握主权才能办特区,办特区是对主权的运用,是行使主权的表现!"

谈话之后,重点就是与梁湘谈心,消释他心底的顾虑。最后一次谈心是在任仲夷下榻的宾馆房间里,关着门,吩咐谁也不许打扰,一直进行了 3 个小时。两人具体讨论了什么内容,谁也不知道,但送别任仲夷时的场面大家都印象深刻:两人紧紧握手,相视无言,一个笑靥如菊,一个满面春风。

从此之后,梁湘如释重负,依然故我。

地球人都知道,正是在这短短的几年时间内,深圳以她特有的"深圳速度",从一片偏僻的小渔港蜕变成为一座繁华的大都市,成为面向世界的最靓丽的东方传奇……

几年后,67 岁的梁湘悄然卸任。站在市政府大楼门口,面对着近千名依依不舍的深圳人,他满眼泪花,哽咽着说:"如果我必须生一千次,我愿意生在这个地方;如果我必须死一千次,我也愿意死在这个地方!"那一天阴云密布,电闪雷鸣,但所有的人都黯然不动,任凭冷雨浇淋。梁湘汪然出涕,猛地扔掉雨伞,双手抱拳,大声鸣誓:"我在此先立下遗嘱:死后骨灰安葬在梧桐山上!"说到这里,整个深圳泪流滂沱,号啕失声。

历史已经证明,梁湘是这座城市的英雄! 而成就梁湘的正是任仲夷!

他们之间肯定有着太多的故事和秘密,只可惜无法探知了。但有一个细节让我感慨不已:多年以后,梁湘病重,80 多岁的任仲夷不顾年老体衰,多次亲临探望。病危通知书下达之时,任仲夷正在医院输液。听到消息,他马上拔掉针头,执意让家人搀扶着,赶到病房,紧紧握住梁湘的手,无语凝噎,老泪纵横……

在采访中,我还听到一个任仲夷和袁庚的故事。

深圳腾飞的同时,位于其西部一隅的蛇口工业区也以惊世骇俗之举引起社会瞩目。蛇口工业区隶属交通部,管委会主任袁庚也是一位老干部,曾任中国驻印尼雅加达总领事馆领事、交通部招商局常务副总经理。此人有胆有识,敢作敢为。任仲夷经过多方考察后,深知袁庚是一个不可多得的干才,考虑到特区工作过于繁重,而梁湘又身兼两职,便以省委的名义向中央推荐袁庚拟任副省长兼深圳市市长。中央组织部经过相关程序后,同意省委意见。

可是,出乎所有人意料的是,袁庚竟然拒不赴任。他表示蛇口的改革试验刚刚全面启动,自己不愿离开。另一个原因是自己与梁湘性格相近,一山二虎,恐生矛盾。更主要的是本人无意为官,决心为中国的经济改革和政治改革做一些实质性的探索。

任仲夷经过慎重考虑后,理解并同意了袁庚的请求。后来又反复向中组部解释,最终收回成命。

不久之后,任仲夷主持省委常委会,专门为蛇口工业区制定了一个"31号文件",赋予四大特权,使之成为中国大陆上第一个真正实现政企分离的工业区,为袁庚的改革扫平了道路。果然,蛇口很快便成为中国最先锋也是最鲜亮的"改革试管"。

如果说深圳是中国改革开放的皇冠,那么蛇口就是这顶皇冠上的明珠。

深圳和蛇口,梁湘和袁庚,相互避让,相得益彰,成为一段历史佳话。

那一年,青涩男孩郑炎潮还是华南师范大学的一位在读研究生,专修经济学。

这时候,他用自己的眼睛惊奇地发现了一个天大的秘密:马克思经典著作与广东现实之间竟然存在着尖锐的矛盾!

按照马克思《资本论》中的界定,个体经济的雇工不能超过8人,超过这个数目就不是普通的个体经济,而是资本主义经济,其性质是资本家剥削。根据这个论断,1980年出台的中央75号文件,对个体经济的帮工和学徒数目进行了明确限定,不允许雇工超过8人的个体经济存在和发展。但是,广州的现实情况却是大相径庭,几百年通商口岸的历史在这里积淀了丰厚的经商传统,政治气候稍稍回暖,以手工业者和小商贩等为代表的中国第一代个体户已在街头巷尾星火重燃。特别是近年来,随着与港澳地区联系的增多和外资企业的逐渐进入,以服装、皮具、电器、餐饮等行业为主的大量家庭作坊和私营工厂的规模越来越大,雇工数目何止 8 人,有的已经突破 80 人,甚至 800 人。这是一种什么性质的经济呢? 他们都是新兴的资本家吗?

此时,"私"字在中国还是一个让人谈文色变的名词,官方理论界仍然坚持马克思的说法,言辞甚是霸道,且杀气腾腾。他们说,个体企业的再扩大就是私营化,而私营化就是私有制,私有制就是地地道道的资本主义经济,允许私有制经济发展,中国就是走资本主义道路。正在这时,1981 年 12 月 30 日,国务院又出台了严格控制农村劳动力进城务工的规定,舆论界更蔑称其为"盲流"。

面对这种现状,郑炎潮很是担心,但这个课题却又强烈地吸引着他。于是,这个初生牛犊不怕虎的研究生在毕业论文里悄悄地列出一章,进行专门探讨。他走街串巷,对广州市超过 8 个雇工的个体企业进行了大量调查,为这种新兴的经济形式定义了一个名字:"社会主义初级阶段的私营经济"。无疑,这个概念太敏感、太越轨了。论文答辩前夕,导师明确告诉他,这一章必须放弃,如不放弃,答辩肯定不能过关,他也不能毕业,更分配不了工作。

郑炎潮很迷茫,很痛苦,也很不甘心。这时候,他偶然听到一则消息:省委第一书记任仲夷很重视个体经济的发展,最近曾要求广东学术界专门研究这个问题。于是,1982 年 5 月的一天,他突发奇想,把这一敏感的章节单独抽出来,买了一张 8 分钱邮票,用平信寄了出去。

让他做梦也没有想到的是,仅仅几天之后,任仲夷的电话就来了。

任仲夷是亲自打电话给学校研究生院办公室的,说要找小郑。办公室人员根本没想到对方就是省委第一书记,说小郑不在,有什么事我们转告吧。任仲夷说这个事可没法转告,我要和小郑本人见面谈谈。于是就留下了一个电话号码,让郑炎潮晚上与他联系。

那一天晚上,这个平时羞与人言的农家小伙子忐忐忑忑地拨通了省委第一书记办公室的电话。

"您是任书记吧?"

"是啊。"

"我是郑炎潮,您打电话找我吗?"

"是啊,我打电话找不到你呀。"

"您有什么事吗?"

"你的论文,我收到了,感觉非常好,我想约你谈谈这个事,你有没有时间来?"

"好啊,我也想请教您啊。"

"明天来吧,怎么样? 我接你过来。"

"不用接,不用接,我自己坐车就行了,我知道您在省委。"

"你不用自己来,我派车接你。是我请你的嘛,怎么能让你自己来?"

郑炎潮的心激动得"嘭嘭"狂跳,他不敢想象省委第一书记的专车到学校接他会引起什么后果,他只是不想让别人知道他的秘密。于是就在电话里结结巴巴地解释着,坚持要自己去。最后,任仲夷只好同意了,并约定第二天下午3点在省委办公楼三楼办公室等他。

谈起那一天,郑炎潮永远记得。

第一次走进省委大院,而且是面见省委第一书记,对于这个乡下出身的孩子来说,实在是太离奇了、太紧张了。当走进那栋神秘的办公楼时,他愈发双手颤抖,心如撞兔。他被领进了一间宽大且简朴的办公室,一位满头白发、满脸皱褶的老者微笑着迎了出来,拿住了他的手,用力地握着。当郑炎潮明白这一掌温暖、这一泓微笑就是任仲夷时,心底那一只惊慌的兔子竟然倏忽不见了,他猛地感到面前这位慈善的老者极像自己乡下的父亲。这位慈善的父亲告诉他,自己46年前上大学时,专业也是经济学,自己也曾对理论感兴趣,后来在战争间隙还写过一本书叫《政治经济学》……话题就这样徐徐展开了。

　　原来,以任仲夷为首的广东省委,对新兴的个体经济和雇工经营不仅没有任何"制止"和"纠正",而且一直在努力为其争取着合法地位。上一年底,广东省工商局就出台了全国第一个鼓励支持个体经济发展的具体措施,就在十多天前,佛山市还成立了全国第一家个体劳动者协会。

　　郑炎潮不知道,此时的任仲夷正被"陈志雄事件"困扰着。

　　陈志雄是广东省高要县沙浦公社社员,1980 年承包鱼塘 141 亩,夫妻俩参加劳动,雇请固定工 1 人,临时工 400 个工日;1981 年承包 497 亩,雇请固定工 5 人,临时工 1000 个工日。广东省委认为"集体增加了收入,承包者也有所得益",应大力推广。但在 1982 年初召开的全国农业生产责任制问题讨论会上,认为陈志雄已经不是以个人劳动为基础,而是以雇佣劳动为基础的大规模经营,其资本主义性质是明显的。于是,新华社某记者以《广东沙浦公社出现一批以雇佣劳动为基础的承包大户》为题写了一份内参,引起高层重视。几天后,主管意识形态的中央领导的批示送到了任仲夷的手上:"附上材料一份,不知确实性如何。如果属实,不知省委怎样看法? 我个人认为,按这个材料所说,就偏离了社会主义制度,需要做出明确规定予以制止和纠正,并在全省通报。事关农村社会制度的大局,故提请省委考虑。"

　　这个批示,无疑是下了一道讨伐"雇工"令。

　　恰逢此时,任仲夷收到了郑炎潮的来信。

　　郑炎潮结合调研资料和一些具体案例,对自己的观点进行了阐述。

　　任仲夷说:现在对于个体经济,只能扶持不能压制,但要扶持,首先就要正名,如果头上始终悬着一把"资本主义"的达摩克利斯之剑,那还怎么发展? 马克思关于个体经济有一个"8 人规定",但是到底雇工超过 8 人的个体经济应该叫什么,我们也没有想好,刚好看到你的论文,这在理论上是一个重大突破和创新,为我们的决策提供了依据,我支持你! 我们还要围绕你的这些观点,制定一个政策,给它取一个正式的名字,就叫作"私营经济"怎么样? 让它发展,让它壮大。

从此,中国改革开放史上正式诞生了一个全新的名词:私营经济。

接着,任仲夷深深地叹了一声:"在中国搞学问不容易啊,有风险。"

"是啊,导师提醒我有麻烦,答辩可能过不了关。"

"你已经超出了马克思的书本,人家说你怎么样你就怎么样,说你反马克思你就成了反马克思。"

"我没有反啊,马克思也主张解放生产力,列宁还有'新经济政策'呢,为什么我们不能借鉴呢?"

"不过你不要怕,时代在进步,你要根据自己掌握的材料,选准自己的研究方向。选准了方向就要坚持下去,坚持自己的学术品格,不要为任何非学术的评价所动。"

…………

窗外的木棉树在静静地谛听着,思考着。

谈话时,任仲夷的眼睛一直在慈祥地抚摸着郑炎潮。据不少见过他的人说,任仲夷相貌清奇,最奇迥的就是那一双凸出的大眼:愤怒时猎猎如火,静思时深邃如渊,兴奋时明亮如灯。"文革"的时候,造反派画漫画,就抓准他这个特点,三笔五笔,就是一幅肖像画。多少年后,郑炎潮依然铭记着那一双慈祥的眼睛,热热的,亮亮的,像一盏灯,在他的心底温暖了几十年。

这次见面之后,郑炎潮的论文答辩顺利过关。毕业后,他也走上了经济研究之路,直至成为广东一名优秀的经济学家。

这一年,广东有关部门专门召开了一次关于雇工问题的大型研讨会。由于是国内理论界第一次公开讨论这个敏感话题,立时引起社会关注,中央有关部委也派负责人前来参加。经过激烈争论后,会议认为:在我国现阶段里,雇工经营有利有弊,利大于弊,对雇工经营应因势利导,兴利除弊。会议还进一步认为:对改革开放中出现的一些新情况、新矛盾,要多做调查研究,对一时看不清楚的问题,要多看一看,不要操之过急,更不应动辄指责和取缔。

这一年,广东省进一步出台了一系列支持个体私营经济的措施,并组建广东省和广州市个体私营协会,同时设立皮具、服装、美容、饮食、眼镜等行业分会,西湖路灯光夜市、一德路咸杂干果市场、文园电器城、番禺易发商场等专业市场纷纷成立。

"东南西北中,发财到广东",一时间,广州成了个体私营者的天堂,成了试水者冒险家最早的乐园,大街上挤满了操着南腔北调、提着大包小包的外地批发商……

喇叭裤、牛仔装、运动鞋、电子表、计算器、烫发头、迪斯科、邓丽君……"广式潮流"引发的蝴蝶效应,像春风一样吹绿了全国城乡的角角落落,为正在从动乱和贫穷中走出的 10 亿国民送上了第一束五彩缤纷的时尚之花。

据不完全统计,截至 1985 年年底,珠江三角洲地区的个体私营从业人员已经超过 500 万人。

这 500 多万名个体私营企业雇工,连同"三资企业"里的数百万打工仔一起,共同掀起了声势浩大的第一轮中国民工潮,汹涌澎湃,直至今天。

他们为传统的中国带来了时尚,带来了财富,带来了活力,也带来了方向……

那是一个乍暖还寒的时节。一棵初试天地冷暖的幼苗刚刚出土,或冻死荒郊,或傲霜凌寒,只要挺过惊蛰前的冰雪肃杀,她就是天之骄子,她就占领了整个春天。

那是一个意识形态过分敏感的年代,"公"和"私"、"资"和"社"、"左"和"右",这几个金属般生硬的字块常常在天空中碰撞着,碰撞得火光四溅,铮铮作响,浓雾弥漫,空气中的每一丝颤动,都有可能引爆一场惊雷和闪电……

1981 年,广东旅游部门开始组织内地公民香港游,这是内地第一批惊艳的眼睛。

也是在这一年,香港歌星第一次来广州演出。按照多年的模式,歌者只能端庄地站在舞台上,对着固定的麦克风,像作报告一样表演。但是这一次却出现异常:唱到兴奋处,这位名叫罗文的著名歌星,一把抓过麦克风,拉起电线,在舞台上边跳边唱,摇头摆尾,煞是陶醉。

这一下,引得舆论大哗。各地报刊纷纷开炮,痛批"资产阶级腐朽台风"。

炮声越来越响,硝烟愈来愈浓,任仲夷不得不出面表态:马克思是怎么说的?难道站着唱就是社会主义,走着唱就是资本主义?我们共产党的省委应该只管唱什么,不应该管怎么唱。

东方宾馆最早开设了一家营业性音乐茶座,很是火爆。笙歌悠悠中,霓虹明暗里,青年男女在这里唱歌、跳舞、喝咖啡,广州人开始享受一个个温馨浪漫的彩色之夜。

时尚渐起渐盛,街头巷尾处处飘起了港台流行的抒情歌曲,浓浓的情歌情调中,款款而行的是烫发头、喇叭裤、迷彩服、高跟鞋、超短裙……内地传言成虎:广州街头到处是"美军"(男青年的迷彩服上襻多、兜多,类似美国军服)!到处是妓女!内地一位副省长来到广州出差,看到种种场面,气愤得在旅馆里擂墙大哭:"没想到我们社会主义国家竟然变成这个样子了!"还有一位老将军,更是跺足捶胸,仰天长叹:"靠这一代年轻人当兵上战场,我们部队如何能打胜仗?"于是向中央写信控诉,痛骂广东,坚决要求"收复失地"。

1981年4月,国务院副总理万里到广州督导疏港(因广东进出口量剧增,港口吞吐量太小,致使不少外国货轮无法报关,在公海等候,形成国际纠纷),看到大街上的花花世界,这位中国农村改革的先行者也有些担心,便以一个老朋友的口吻好言相劝:"仲夷,还是管一管吧,北京议论很大啊。"

任仲夷半开玩笑地说:"万里同志啊,我们要管大事,这些生活小事还是随他吧。留胡子,我们共产党的祖师爷马克思就是大胡子。穿喇叭裤有什么不好,我们老祖先在唐朝就开始穿了。至于迪斯科,不就是蹦蹦跳跳扭扭屁股吗?男女并不贴身。我们过去跳交谊舞,可都是男男女女搂在一起的。在延安时,我们党的领袖们不是每个周末都举办交谊舞会吗?"

白天鹅是第一个来粤试水的客人。

这是中国内地出现的第一家五星级宾馆,由香港霍英东先生投资,设计楼高

40多层,是当时广州的最高建筑。可想而知,白天鹅从开工的第一天起,就引起国内舆论热议:"共产党怎么能和资本家签约呢""五星级宾馆里允许开妓院"……

白天鹅本来是涉外宾馆,可是为了汇聚人气财气,1982年试营业时,霍英东决定向全社会开放。于是,门童的斑马裤、礼仪小姐的旗袍、银制的餐匙、精致的牙签、室内的瀑布等等都惊爆了广州人的眼球。

可好景不长,尴尬事接踵而至。原来不少广州人此时还没有见过牙签、餐巾等一次性用具,顺手就牵走了。当时卫生纸在普通市民中尚未普及,因此酒店卫生间的厕纸也成了抢手货,一天就要补上几百卷。更让店方痛惜的是,一些男青年穿着时髦的带有铁掌钉的皮鞋,在大理石地面上随意踢踏,留下了难以修补的斑斑点点。

宾馆不得不有所规定:衣冠不整者禁止入内,皮鞋掌钉者禁止入内,并在门口专设了拔除铁掌钉的工具和工作人员。

这一来,引起举国议论,羊城内外,南北媒体,口诛笔伐,气势汹汹地围攻这一只刚刚出巢的白天鹅:根本不合中国国情,倡导资产阶级生活方式,歧视国人,是旧中国"华人与狗不得入内"的翻版。

霍英东忧心如焚,悔恨自己投资内地过于冒险了。

苦恼的霍英东决定在白天鹅宴请任仲夷,于是便试探着发出了一份请柬。

身边人员劝说任仲夷,这种场合还是不要去了吧,一旦出席,明天的香港报纸就登出来了,北京也都知道了。你吃一顿饭,人家就会说你与资本家穿连裆裤,是"把兄弟"。

任仲夷一边打领带,一边哈哈大笑:"广州和香港不是'把兄弟',而是亲兄弟,不仅共穿连裆裤,还同吃一个奶(指同饮珠江水)。今天亲兄弟请客,又是一个出名的好机会,我为什么不去?况且,谁规定共产党的省委书记不能去五星级酒店呢?"

席间,面对着境内外的新闻记者,西装革履的任仲夷与港澳各界商人谈笑如故友,满堂生春风。

霍英东喜出望外,唤来纸笔,请他题词。

任仲夷环视大家:"题什么好呢?"稍稍构思,援笔立就,是李白的浪漫诗句:"两岸猿声啼不住,轻舟已过万重山。"

白天鹅起飞之后,李嘉诚、胡应湘、郑裕彤、利铭泽、李兆基等港商投资的中国大酒店、花园酒店也先后落户羊城。接着,连官方的东方宾馆也扩建成了五星级。

1985 年,中国公布了内地第一批五星级酒店,共 5 家,前 4 家全在广州。

一场突如其来的风暴,几乎击碎了广东的春天。

那是 1982 年的早春二月。

广东率先放开物价等几项大胆的经济改革引起了各地恐慌,在价值规律的作用下,国内流通渠道里原本十分匮乏的商品物资纷纷流向广东,周边几省惊呼"广东成特区,我们变灾区",于是在省界各路口设立岗哨,严查过往物品和商贩。财政部、经委、计委、税务总局、工商总局、外贸部、物资部等国家机关也叫苦不迭,因为当时实行严格的计划经济,而广东的市场经济是对全国一盘棋的巨大冲击。还有意识形态的开化和自由,也让内地省份视若洪水猛兽、瘴氛瘟疫。这一切,都使得中央高层屡屡震怒,甚至曾严厉斥责:"任仲夷还是共产党员吗?"

风暴在云层里剧烈地酝酿着。

伴随着经济的突飞猛进,广东沿海也出现了较为严重的走私现象。于是,走私事件便成了这场风暴的导火索。

1982 年 1 月 11 日,中央以 2 号文件形式下达了一个中共中央紧急通知,矛头直指广东,言辞之烈,让人心惊肉跳:"对于这个严重毁坏党的威信,关系我党生死存亡的重大问题,全党一定要抓住不放,雷厉风行地加以解决。对那些情节严重的犯罪干部,首先是占据重要职位的犯罪干部,必须依法逮捕,加以最严厉的法律制裁。"

文件下达后，中纪委主要领导立即带队进驻广东，调查办案。

不难想象，此时的南粤大地已是山水战栗，群鸟惊飞。

事态还在继续恶化。2月上旬，中央书记处紧急电令广东（还有福建）所有的省委常委立即进京开会，集中整顿。接到通知，任仲夷大惊失色！本党针对某一个省委班子采取如此特殊的严厉措施，在"文革"之后还从未有过。

会议气氛极为紧张。中央大员纷纷发言，认为这是"资产阶级又一次向我们发动的猖狂进攻"，"宁可让业务上受损失，也要把这场斗争进行到底！"因为"文化大革命"后已经宣布不再搞政治运动，所以就讲这场斗争是"不叫运动的运动"，"决不能手软！"由于过去对走私罪没有规定死刑，会上就有人提出要修改刑法，要准备枪毙一批人。某领导人在讲话中明确表示，广东已经变了颜色，过去的租界就是糊里糊涂送给外国人的，经济特区就像当年的租界。还有人说，广东这样的地方，是资本主义的熟门熟路，不应当用思想解放的人，必须用金刚钻。广东出了那么多事，任仲夷为什么见怪不怪？甚至提议免去他省委第一书记的职务。

同时参加会议的福建省委书记项南附在他耳边，善意地提醒："开了两天会我才明白，原来福建是来'陪绑'的，（这次会议）实际就是针对你们广东。"

会议结束后，任仲夷扛着一颗沉重的脑壳，踉踉跄跄地回到了广州。刚刚坐下，胡耀邦的电话又急急火火地追了过来，说书记处将会议情况向中央政治局常委做了汇报，政治局常委认为广东省委主要负责人的思想还是不够通畅，有些问题还没讲清楚，明确指令任仲夷一个人马上再次进京。

这就是社会上传说的所谓"二进宫"。

见面后，胡耀邦代表政治局常委再次对广东进行严肃批评，并希望他站稳立场，明确表态。最后，责成他给中央政治局写出一份书面检查。

任仲夷呆若木鸡。

胡耀邦摊开双手，同情却又无可奈何地说："我都（口头）检查了啊。"

当天晚上，任仲夷回到宾馆后，枯坐无言，感慨如海。参加工作近50年，他还从来没有写过检查。"文化大革命"中,他曾受到过 2600 多次大大小小的残酷揪斗,鞭鞭见血,唾液满脸。一年冬天,红卫兵把一桶臭臭的墨汁兜头浇下,棉袄棉裤全湿透了,他彻底被涂成了黑人。虽然皮肉受苦,脸面受辱,可他的心底是坦然的、清白的。但这一次写检查,他是违心的、扭曲的。作为一个历经政治运动的省委第一书记,他清楚这份检查意味着什么。但是,如果不承担这一份责任,不仅自己过不了关,整个广东的干部都难逃一劫啊。

夜色如铁,冷月似冰。昏黄的灯光,映照着任仲夷乱草般的白发和乱草般的愁绪。47 年前,就是在这里,就是在北京,自己还是一名大学生,秘密加入了共产党,从此舍生忘死,投身战火。中华人民共和国成立后,从北方的黑龙江,又到南方的广东,兢兢业业为党工作了一辈子,总还算是一个合格的党员吧,难道中央真的要开除自己的党籍吗?他的心在颤抖,在泣血,他哆哆嗦嗦地拿起了笔……

在以后的日子里,他一直挂念着这一份沉痛的检查。退休后,他曾多次向有关部门申请,想复印一份,留作永远的纪念,但至死也未能如愿。

书面检查交上去了,所幸邓小平、胡耀邦等领导人并没有表态处分任仲夷。

但另一道难关却在广州等待着他。

如何向全省传达会议精神呢?广东的各项改革刚刚开始,正是如火如荼的时候。现在不少地方墙壁上"千万不要忘记阶级斗争""阶级斗争一抓就灵"的"文革"标语还没有洗刷干净,人们对那一场刚刚过去的大灾难仍然心有余悸。如果把会议实况全部传达下去,势必会浇灭大家的热情。还有,会议明确提出要查处一批,杀掉一批,但他坚信,广东的干部除极个别害群之马外,绝大多数是清白的。面对这些披荆斩棘、冲锋陷阵的亲爱的可敬的勇士,他如何能下手呢?

几天之后,全省三级干部大会庄严召开。

风声鹤唳,草木皆兵。各路诸侯早就闻知了中央会议的内幕,不少人战战兢兢,如临大难,有的人干脆带来了行李,准备接受随时可能到来的审查和讯问。

但出乎所有人预料的是,在会上,任仲夷仍然镇静自若,谈笑风生。他在检讨自己对"走私犯罪"重视不够并申明将加大打击力度的同时,反复重点强调的仍然是"改革开放坚定不移",并正式提出了"对外更加开放,对内更加放宽,对下更加放权"的"三放"政策,希望大家进一步放开手脚,加快发展。

省委班子里一位年龄稍长的老干部闻听此言,心内暗暗吃惊,在会议休息时间悄悄地拉住他,担心地说:"现在都是什么时候啦,你怎么还讲这些话?最近北京的报刊都不讲了。"

任仲夷盯着这位好心的老友,看了一会儿,又故作轻松地反问道:"中央文件并没有不让讲啊。"

讲到大家最为关心的干部处理问题时,任仲夷霍地站了起来,深深地注视着在座的各位,双目炯炯似火,然后,慢慢地却是庄严地、斩钉截铁地承诺:"只要没有往私人腰包里装钱,而是按照省委部署抓工作的,即使出些问题,也由省委负责,主要由我负责!"

这时候,整个会场鸦雀无声。旋即掌声雷动,泪飞如雨。

广东的那一批干部至今都在感谢任仲夷。他们说,如果任仲夷是一个明哲保身的官僚,或者是一个胸怀野心的政客,他完全可以顺着高端的旨意,严厉清查干部队伍,进行人人过关,撤职一批,判刑一批,甚至杀掉一批。他自己不仅可以金蝉脱壳,顺利过关,而且还可以博取上悦,邀功讨宠。如果那样,广东肯定会是另外一种样子,广东就没有今天!

这一场风暴总算过去了。但是,有谁知道任仲夷为此付出的是一个怎样沉重的代价?

那一年的秋后,中共"十二大"即将召开,以他的资历、能力、政绩和威望,本来已经被列入中央领导班子的考察人选,并很有可能出任十分重要的职务。但他到广东后的所作所为,在社会上引起了太多的是是非非,他的名字最终被删除了,并且永远地被删除了。

历史上的改革者大抵如此。他们在冒险革除社会痼疾的同时,往往也革除了自己的前程。

香一年,臭一年,香香臭臭又一年。

在这香香臭臭、坎坎坷坷的雾途中,是任仲夷和岭南人倔强的背影。

走私事件之后,中央政府及有关部门把下放给广东的外贸进出口权收了回去,在很多有关经济政策的文件中也特别注明"经济特区也不例外"或"经济特区也要执行"的字样。内地一些省市也采取措施,把广东运往各地的许多物资当作走私物品扣押、冻结。广东的供销人员到外省市进行正常的业务活动,也受到冷落,有的还被当作走私分子看待,轻则搜去证件,重则无理扣押,有些省市甚至明确表示不准供销人员去广东做生意⋯⋯

全国各地的邮政部门对来自广东境内的邮品也格外虐待,随意拆封检查。在他们的意识里,广东就是全国黄货毒品的老巢、精神污染的源头。

这种现象也渗透到了意识形态领域。在那些年拍摄的电视和电影中,几乎形成了一个固定模式,经济领域的反面人物很多被刻画成了广东人,讲一口半生不熟的粤味普通话。

一段时间,北京曾纷纷传言,要将任仲夷撤职,开除出党。

经济特区的思路是邓小平提出的,但是几年来,他一直在观察、在思考,不否定,也没有肯定,他只是说:"深圳经济特区是个试验,路子走得是否对,还要看一看,搞成功是我们的愿望,不成功是一个经验嘛。"

境外不少媒体就此大肆渲染,夸大中共高层的分歧,说深圳只是一个试验品,很可能是牺牲品,最后肯定还要斩马谡。

那些年,中国的经济改革正是全面探索时期,连国务院的官方文件中也表示"要摸着石头过河"。的确,在那个复杂的年代里,在那个特殊的环境中,处在那个敏感的位置上,任仲夷需要摸的石头太多了,不仅有经济的,还有政治的、文化的,稍不小心,这些石头就会突然飞起来,无情地砸破他的头颅。

他的秘书琚立铭告诉我,年岁的逐渐增大,工作的极度繁忙,心理的重重压力,再加上生活习惯上的巨大差异,使得任仲夷的健康状况频频亮起红灯。他的牙齿很快地全部下岗了,满口假货,吃东西很不方便,且极易损坏,常常要去看牙医。

1983 年春天，任仲夷明显感到心律不齐，去医院检查，连医生的脸都白了：他的心跳竟然每天早搏 3 万次。规劝他马上动手术。他笑一笑，说自己身体好，能扛得住，拒绝了。又提醒他半天工作半天休息。这怎么可能呢？

任仲夷的工作量之大让人难以想象。有一个细节可窥一斑，他在任期间极少乘坐轿车，他的专车就是一部 12 座的丰田面包。为什么？就是为了利用路途时间便于听取汇报和开会讨论。面包车就是一个流动的办公室，而他就是一台永远不知疲倦的机器，每时每刻都在高速地高效地运转着……

驾驶着羸弱的身躯，背负着繁重的压力，任仲夷像一个无所畏惧的孤胆英雄，高擎着自己的灵魂之火，透支着全部的生命能量，义无反顾地行走在广袤的岭南大地上。他在探求着一条道路，他在追寻着一个梦想。

那是百姓的福祉，那是文明的微笑，那是人类的大道！

…………

他的胆囊又开始隐隐作痛了，愈加剧烈，发展到腹胀、厌食，疼痛难忍。

1984 年元旦过后，他被送进了医院。胆囊炎，必须马上切除，否则，腹背受敌，危及生命。

手术开始后，所有的医生惊呆了，做了这么多例手术，还从来没有见过如此畸大的胆囊，畸大的胆囊被撑得鼓胀胀的，像一个熟透的桃子，随时可能爆裂。打开"桃子"，医生们更是目瞪口呆：里面塞满了 16 枚圆圆滚滚的结石，大的像鹌鹑蛋，小的似花生豆、黄豆、豇豆……

哦，怪不得老家伙如此生猛，原来他的胆囊里揣满了石头！

哈维尔说，政治是求得有意义的生活的一种途径，是保护和服务人的一种途径。

但在中国，政治是一个复杂、危险而又甜蜜、高贵的特殊职业，一些官员只是在使用和享受着政治的特权和舒适，而很少去理解和履行真正的政治责任。"实事求是"和"不唯上、不唯书、只唯实"等等这些崇高的信条在官场重复学习了几十年,但真正执行到位的又有几人呢? 当群众的根本利益与上司的个人利益发生冲突的时候,他们往往不敢坚持前者,而是乖乖地选择了后者。这种传统、落后而又根深蒂固的"官本位"思想,不能不说是我们中华民族政治文明的一个大大的悲哀。

其实,真正的政治家,并不仅仅是那些手握国柄、经略风云的股肱巨擘,而是每一个公务员,他们是不是在各自所处的岗位上尽到了应尽的社会责任。从这个意义上说,绝大多数的人都有所欠缺,而任仲夷则是一位伟大的政治家。他在广东省委第一书记任上,竭尽全力,敢踩逆流,不避斧钺,为天地立心,为生民立命,为岭南开太平,尽到了当时的历史条件下所能尽到的几乎全部天职。

但他又是一个清醒的现实主义者,他阅尽沧桑,大彻大悟,洞察世事,知其所能为,亦知其所不能为。这就注定了他的一生是一位奋勇的开拓者、冒险者,同时又是一位清醒的孤独者、失落者。

任仲夷离休的 1985 年,广东的经济总量已经跃居全国第一位。

岭南大地已经全面发酵,物阜民丰,山河肥美,而只有他在日渐萎缩。他的体重比上任时减少了近 30 公斤,身材也矮小了 5 厘米。他,瘦弱成了一个干巴巴、颤巍巍的岭南阿公……

卸任前,他又一次去了深圳。站在文锦渡口,眺望着两岸星河般灿烂的灯光,他笑了,笑容一如这星河般灿烂。

挥挥手,他要告别这一片灿烂的星河了。

这是一次平静而隆重的谢幕……

任仲夷离休时,中央本已安排他到北京定居。但是,他的感情已经在这里深深扎根,他决心把自己的余生交给这片土地。

生为岭南人,死亦岭南土!

他的身体在一天天地衰老下去,像一株粗皱枯朽的木棉树,但他思维的枝叶依然滴青流翠,激情的火焰仍旧时时喷薄迸溅。而且愈到晚年,其情愈殷,其心愈烈,烈烈如火,殷殷似血。他用颤抖的双手高捧着自己滴血的心脏,向他的后人、向这个民族奉献着最后的真诚……

他惋惜邓小平的人生憾事主要是没有利用自己的崇高威望,在经济改革基本成功之际适时地进行政治改革。

他大胆建议,中国可以借鉴经济特区的成功经验,进行政治体制改革试验,然后再逐步推广。

对于"和谐社会"建设,他也有着自己独特的慧解:从字面上看,"和"左边一个"禾",右边一个"口",表示老百姓张开口要吃饭,首先要解决的是温饱问题,也就是民生问题。"谐"字左边一个"言",右边一个"皆",表示人人皆言,言无不尽,也就是实行民主。一个民生,一个民主,这两个问题解决好了,社会和谐就不难了。所以,和谐社会的基础应该是经济发达,生活富裕,社会民主,言论自由。

…………

哦,人之将死,其言亦善。让我们理解这位可敬的老人的一颗大爱之心吧!

任仲夷晚年交往的多是思想界人士。

2004 年 3 月的一天,他突然吩咐儿子把家院的门槛锯掉,家人大惊。原来是北京的好朋友于光远要来了,于氏小他一岁,已经瘫痪,出行需乘坐轮椅。

于光远终于来了。90 岁的任仲夷颤巍巍地推着轮椅上的老友,慢慢地在东湖边散步、聊天。哦,两个历尽沧桑的思想者,他们的躯体已经垂垂老矣,但他们的心理依然青春,他们思想的羽翼像两只轻灵的鸟儿,在高远的天空中自由地飞翔着、鸣啭着……走不动了,就坐下来,静静地看着湖畔晚霞般的猩红的木棉花,那是生命的火焰,那是岁月的叹息,那也是他们永远的遗憾和隐痛啊……

2005 年 4 月 5 日,在广东省中医院住院的任仲夷,再次约见郑炎潮。他仰躺在危重症病人监护床上,浑身插满了导管,喘着粗气,竟然交谈了 3 个多小时。临别时,他语重心长地说:"大胆地想问题,讲的时候要谨慎。我们过去批评胡适的'大胆假设,小心求证',但他是对的。鲁迅和胡适都是伟大的,鲁迅是揭露黑暗的人,胡适是在黑暗中点亮蜡烛的人,在黑暗中点亮蜡烛的人更重要。"

郑炎潮没有想到,这竟是任仲夷留给他的学术"遗嘱"。

公元 2007 年 11 月,我去广东采访的时候,任仲夷已经去世两周年了。

我穿过繁华的广州街市,去银河公墓凭吊。浩瀚的碑群中,静静地矗立着一块普通的石碑,碑面上只是镌刻着他的名字。如果不注意的话,来往的人们根本不会联想到他。可他的碑石似乎是一块奇异的磁铁,吸引了几乎所有人的目光和脚步。人们站在他的墓前,垂首躬身,默默地致敬,或上前抚摸一下石碑,似乎在与主人对话,似乎在与主人握手。而那块幸运的碑石,早已被抚摸得光光亮亮的了,像老人慈祥的笑脸。

他的儿子告诉我,临终时,任仲夷早已不能言语,但意识里仍然半明半昧,似乎仍有牵挂,便用手指为笔,在儿子的手掌上哆哆嗦嗦地写字,让把生前所用的老花镜、放大镜、收音机、钢笔与他的骨灰放在一起。

哦,可爱的老人,即使在天国里,也在惦念着这片土地,凝视着这个民族……

我相信,千年之后,当广东的后人们在数念起 20 世纪时,仍然会敬重他的名字。

岭南的疆土上肃立着数不清的木棉树,像一支支硕大的火炬,默默地燃烧着……

(原载《广州文艺》2008 年第 4 期)

真正的创新是综合发酵的过程

李春雷

2007 年秋天,我应邀赴广州市采访丰田汽车公司。一天晚上,著名作家、《广州文艺》主编吴东峰等人宴请。席间,他们提到 2008 年是改革开放 30 周年,中央要高规格纪念,广东有很多题材,并列举出几个。

当谈到任仲夷时,我眼前一亮,似有感应。稍加犹豫,便欣然接受。

任仲夷是邢台市威县人,与我的故乡相距不远。前几年我创作《宝山》时,在北京采访前冶金部部长李东冶,曾多次谈到他。可见,他在高层也是威望素著。

年底,我再次来到广东,正式采访。因任仲夷已于两年前去世,所以采访过程十分艰难。记得当时接触了数十人,有省委老领导、任老的家属和秘书,还有理论界人士,其中省委原副秘书长、时任省政协秘书长琚立铭先生帮助颇多。

稿子写作是在春节期间。我闭门谢客,认真研究文字材料,努力想象任仲夷的音容笑貌。对一些缺少的素材,又进行电话采访,比如任仲夷与大学生郑炎潮的交往故事。

创作的过程十分艰难。我想创新,却又力有不逮,只能苦心营构。素材太宽泛了,我要在熟悉全国和广东整个改革开放过程的基础上,凝眸几个最具代表性的亮点。于是反复比较,多方筛选。我喜欢古典散文,特别向往其神妙的叙事结构和语言,便悉心玩味,揣摩借用。任仲夷是一位政治和经济通才,且因其爱党爱国心切,言论热辣大胆且敏感,我应该如何处理?

总之,真正的创新是一个综合发酵过程,少有轻松愉悦,多是苦恼郁闷。突然一道电光闪过,便趁机前进。猛然一扇石门洞开,遂疾步跨入。但是,坦途不远,欣喜未尽,面前又是一团深不可测的迷雾、一道紧紧关闭的石门。于是,再苦恼,再痛苦,再突破。就这样,反复轮回,轮回反复。直到最后一道难关攻克,你才会感到如释重负,死里逃生,天蓝地绿,鸟语花香,心旷神怡,生命多么美好!

所以,真正的快乐是在成功之后!

但话又说回来,又有几个人能挺过来呢?

别的不说,单说文本结构,我的确煞费苦心。表面上,看似只是选取了广东改革开放过程中几个最具代表性的亮点加以表述,如果仅是这样,那就太简单了,谁都会筛选。最关键的难点在于,这几个亮点如何排布,在整个行文叙述中如何相互避让、补充和响应,以及在叙述行进中的节奏、详略和高潮点等等的火候把握,都十分微妙。这一系列的细节都激活到位,效果就出来了,如同书画作品的神韵。而这一切,大都只可意会不可言说,偶尔心中有,届时笔下无。

初稿写完后,我已感觉不是一个俗物,只是其中有些地方较为敏感,担心过头。但想到文学的使命,便没有删除。发送吴东峰后,他大为赞赏,并表示甘冒风险,也要全文推出。于是,发表于该刊 2008 年第 4 期。

文章发表后的反响,大大出乎我的意料。数百家报刊转载或选载,入选数十个选本,并荣获第四届徐迟报告文学奖、新中国六十年优秀中短篇报告文学奖等等。

"水鬼"的天下

朱晓军

引言

在美国波士顿市中心的公园,有六座六层的玻璃塔相并耸立,塔壁刻有被关进纳粹集中营的犹太人代号和幸存者的留言,旁边有座一人高的石碑,上面刻着德国新教牧师马丁·尼莫拉撰写的碑文:

> 当初他们(德国法西斯)杀共产党,我没有作声,因为我不是共产党;后来他们杀犹太人,我没有作声,因为我不是犹太人;再接下来他们杀天主教徒,我仍然保持沉默,因为我不是天主教徒;最后,当他们开始对付我时,已经没有人为我讲话了……

我们试图改变人的天性——自私,在墙壁写下"大公无私""宁愿为公前进一步死,绝不为私后退半步生";我们挥舞着语录本,高喊"狠斗私心一闪念",可是父母师长、至爱亲朋无辜遭受批斗,被游街,被暴打,被判刑,被枪杀时却不敢作声。我们每个人都像马丁牧师那样以自私出发,以害己告终。人不仅是自然的,也是社会的。一个人不能像老虎和雄狮独步非洲原野,需要依靠社会而存在。"马丁式自私",是对社会生态的破坏。

近年,央视10频道的公益广告引人关注,一位渔民对着镜头说:"生命是无价的,我能在海上救那么多人,感到很幸福。"

他叫郭文标,被当地渔民称为"水鬼"。郭文标三十年如一日,守护着浙江东南温岭一带海域,不计报酬,不计得失,不顾个人安危,已在惊涛恶浪中救了1000多人。当许多人站在自私的石礁,望不见幸运船只驶来时,不识字的"水鬼"却成功地登陆自己的"诺曼底",博得百姓尊重和拥戴,当选为浙江省人大代表,荣获全国道德模范荣誉称号和国际海事组织颁发的"海上特别勇敢奖"。

10年前,郭文标登上观礼台,观看阅兵式时,影星唐国强对他说:"得民心者得天下。郭文标啊,你能得到老百姓这样的认可,不容易啊!"

一　梦想的起航

倘若上苍允许我们每一个人删除经历过的一刻钟,你会删除哪一刻?肯定是悔之肠断那一刻钟,那一刻或许让你失去了亲人,或许让你倾家荡产,或许把你变成阶下囚……

郭文标可能有许多选项,包括2010年5月7日22时52分10秒。

"文标,出事了,出大事了!"这声音像山体滑坡呼啸而来,势不可当。

时间是2010年5月8日中午。

文标年逾不惑,个头不高,长得结实,面色古铜,头发蓬乱,总像刚刚从海里钻出来似的。

镇长的电话像巨石将他的心扉撞开,震惊、焦急和不安像高速公路上一望无际、亮着红屁股的车辆,拥挤着涌来。他那像胡萝卜似的短粗泛红的手指不由得攥紧手机。

管渔业的镇长来电话很少有好事,不是渔船遇险就是渔民生命垂危,亟须送医送药救治,可是这种像世界末日降临的情况尚属少见。

接电话时,文标站在家门口。码头南边有条四五米宽的道,道边是山,半山腰兀立着一排三层的石头房子,西数第三门就是他家。他望着山下那一浪高过一浪的海水问:"出什么大事了?"

"'浙岭渔23594'号没回来……失踪了!"镇长喘口气说。

"浙岭渔23594"号是石塘镇四岙村的。

前一年的9月,"浙岭渔23594"号和其他四艘渔船驶离四岙港,前往100多海里外的东海海域捕捞。这一走就是8个月,大年三十都没回来。说好今天上午10时回港,船老大和本地船员的妻儿老小早早就等候在码头,目光像雷达似的一波又一波地扫向大海,扫得其他四艘渔船像欢快的鱼儿一艘接一艘游进渔港,唯独不见"浙岭渔23594"号。

渔船又不是高铁,哪能将回港时间拿捏得那么精准,分秒不差。可是,再差也不能差六七个小时。家属急了,打电话,不通;讲机呼叫,不应。看来出事了,急忙报警。

边防、渔政等部门通过渔船定位系统发现:"浙岭渔23594"号在5月7日22时52分10秒,在东经123度12分48秒、北纬28度12分04秒消失,消失前航向为274度,航速7.3872节,同时发现韩国的15万吨货轮"C.VISION"从航道驶过。

稍有经验的渔民一听就明白了,"浙岭渔23594"号不是被"C.VISION"撞沉就是撞上"C.VISION"沉没。"浙岭渔23594"号不算小,船长34.8米,吨位182吨,可是与"C.VISION"相比就微不足道了,"C.VISION"船长相当于其10倍,吨位相当于其800多倍!

"文标,你能不能开船出去看看?"镇长问道。

"好的。"郭文标答应了,一点儿都没犹豫。

"看看"不仅要搭上时间,还要搭上钱,往返两百多海里起码要损耗几万元钱柴油。这也是"浙岭渔23594"号和另外四艘渔船为什么大年三十都不回港的原因。

郭文标挂断电话时，已是下午 1 点多钟，他的"浙岭渔 22528"号渔船没出过远海，没配备卫星电话。他一边打电话告诉堂叔和两个侄子立刻加油，一边跑到石塘镇，花 8000 元钱买了一部卫星电话。

下午 2 时许，郭文标驾着"浙岭渔 22528"号渔船驶离石塘渔港。

石塘位于温岭市东南部，面积 28.47 平方公里，过去是岛，即石塘岛，也叫松门山。海浪像衔泥筑巢的燕子，将海底的泥沙一点点衔来，在 20 世纪上半叶石塘岛便与陆地连接在一起。如今的石塘镇不仅是浙江省的渔业重镇，也是全国著名的渔业乡镇，拥有国家一级渔港和 1700 多艘船只。

郭文标注视前方，船速很快，似乎它不是航行在海上，而是行走于浪上。

女大十八变，海则有一千八百变。如果说，退潮的海是充满母性的少妇，涨潮的海就是剽悍刁蛮的泼妇，大风下的海就是杀人越货的孙二娘，台风下的海就是死神塔纳托斯。渔民对海怀有崇仰、虔诚和敬畏之情与感恩戴德之心，他们不与海斗，而是祈求神灵保佑，一个不灵就求两个，两个不灵就求三个，三个不灵就求四个五个、六个七个。在石塘镇儒、释、道、基督兼容，信奉之多超出想象，如土地神、观音、夏禹王、龙王、妈祖、上帝，以及济公、白鹤大帝、七星神，还有蔡王、殷府元帅、施王爷、朱王爷等，寺庙宫观和教堂随处可见。

渔民不仅信奉多，而且忌讳亦多，吃鱼忌挖鱼眼，忌翻过来；帆船要说篷船；忌说"洞"字，渔船最怕的是洞；忌乱泼水，尤其是不能把水泼到渔民身上；出海前忌穿草鞋或蒲鞋上船……

可是，不论他们信奉多少神灵，多么虔诚，也不论忌讳什么，怎么忌讳，石塘的海难从未绝迹。

12 岁那年，郭文标目睹到海的残忍与暴虐。早晨，台风登陆，山摇地晃，坐落于半山腰的石屋像着魔似的动起来，文标一家吓得抱成一团，等待老天爷发落。上午 9 点多钟，风终于小了，文标和老爸走出去。山下的海水被风狂暴地卷起，摔在礁石上，溅起十几米高的浪，落下似雪的白沫，白沫还没散去，又一浪摔了下来……

"船,快看那船……"文标拽着老爸,指着大海叫道。

汪洋里有条渔船忽隐忽现,忽现忽隐,惊恐万状地逃往渔港。渔民拼命地划着,划着,划着,偏偏刮的是北风,渔船逆风而行,像过山车忽而被甩到浪峰,忽而跌到浪谷,岌岌可危。

"快、快、快啊!"文标的心随渔船忽沉忽浮,攥紧拳头,大声喊道。

船若进港就会躲过此劫,还有300米、200米……还有100米了,死神似乎不想放过他们,一个巨浪拍下,渔船被拍进水里,顷刻间漂起一根桅杆和六七个白点,那是渔民戴的安全帽。落水的渔民抱着桅杆,凄绝地喊道:"救命啊,救命啊!"

喊声似箭,穿透12岁少年的心。文标死死抓住老爸胳膊:"老爸,有什么办法救他们?"

老爸面部像冻土层,目光哀怆地看着漂在海里的白帽,默默摇摇头:"有什么办法? 没办法。"

"我们救不了他们吗?"他急得眼噙泪水,嘶哑问道。

"救不了。"老爸把他紧紧地搂到怀里,摸着他的脑袋,黯然神伤地说。

老爸驾船能力那是没说的,他们家也有渔船。不过,那是一条小船,抗风浪能力极弱,一个大浪就能把它送到海底。老爸还是个旱鸭子,8岁那年掉进海里,差点儿被淹死,此后畏水,风里浪里摆渡几十年,愣是没学会游泳。

文标水性很好,打小就跟着小伙伴光着小屁股在水里扑腾。后来,小伙伴都穿上裤衩,他却没的穿。他仅有一套像工作服的帆布衣服。八九岁了,哪能赤裸裸地游泳,只好把裤脚挽起。帆布的裤子沾水后变得又沉又硬,加之泥沙流进去出不来,越游越沉。10岁那年,文标终于有了一条裤衩,他一个猛子扎进海里,像条金枪鱼谁也追不上。

石塘的港湾犹如一个大畚斗,刮南风时,水上的树枝或破烂船板会被风浪扫进"畚斗",孩子纷纷去捞。南风越大,港湾漂来的柴就越多。海里捞柴凭的是水性、胆量和运气,谁捞得越大、捞得越多,谁越有面子,文标往往捞得最多。

一次打台风①,浪像一群群非洲斑点鬣狗疯狂扑进渔港,文标家的渔船像受惊的马挣断锚绳,随浪奔腾,这样下去不是被浪冲走,就是被浪打翻,抑或在礁石上撞碎。

老爸是旱鸭子,在岸上转悠好几圈儿,也没转悠出个辙,狠狠心对文标说:"你能不能下去把锚绳接上?"

打台风谁敢下水? 不是被浪卷走,就是被拍进海底,或被受惊烈马似的脱锚船撞死。

文标拿根锚绳跳进水里,几分钟过后钻出水面,用手摩挲一下脸,又冲老爸喊道:"接上了!"

还没等文标爬上岸,一个大浪打来,锚绳又被小船挣断,小船又被浪卷得团团乱窜。文标又转身游回去把锚绳接上。文标能在台风中下水接锚绳,但要游到渔港之外去救六七个渔民,那是绝对办不到的。他只能和老爸眼睁睁地看着那些渔民在海里挣扎。

浪犹如贪婪的舌尖,将那桅杆和渔民卷向大海。呼救声越来越小,白帽越来越小,最后被吞没了。

这凄惨的一幕像幅铁画铸进文标心灵深处。

"我长大了,一定去救人,救这些在海里遇险的人。"文标心想。

这是一个孩子的梦,一个天真的梦,一个质朴的梦,一个想成为英雄的梦。

文标有了自己的目标,苦练水性,不论酷暑严寒,还是风大浪急,都泡在海里,深更半夜都不回家。

15 岁那年,文标在渔港救了一个老渔民。

那天,一股南风突然袭来,渔港的几十条小船像遭鞭子抽打的毛驴,东躲一下,西躲一下。渔民七手八脚地下水拖船,文标刚把一条小船拖到岸边,还没拽

---

① 当地渔民将刮台风叫打台风。

上沙滩,一个大浪劈头盖脸打来。他像河边的柳丝摇曳了一下,年过半百的老渔民郭家喜却被回头浪卷走。

文标丢下缆绳去拉他,自己也跌进海里。郭老汉不会水,像根圆木既不挣扎也不扑腾。文标拽着他游向岸边。水里救人比捞根木头难多了,没扑腾几下他的腿就软了,手也没劲了,两人一起往下沉……文标终于把郭老汉拖上岸,一屁股坐在沙滩上就起不来了。

"咦,那条小船是谁家的啊,冲走了!"不知谁吆喝了一嗓子。

那是文标家的。老爸和爷爷慌忙下水把船拖上来。

"你怎么把船丢下不管了?"老爸嗔怪道。

郭老汉绵软无力地摆摆手说:"幸亏这孩子……要不然我就没命了。"

次日早晨,郭老汉的老伴拎着8斤长寿面登门致谢,拍拍文标的脑袋对老爸说:"这点儿面给孩子补补寿吧。"

当地人认为,被浪卷走就是他已到寿,被救则意味救人者将自己的寿数匀给了他,这样要送人家长寿面,让人家补补寿数。在1982年,8斤长寿面算是重礼。

老爸说:"文标啊,你能下水救人,给老爸长脸了。"

"老儿子、大孙子是老人的命根子。"老爸最疼爱的就是这个没少给他惹祸的小儿子。文标实在太淘,在海里一泡就是一天,晚上回来在身上涂满泥,有人路过猛然钻出,把人家吓得魂飞魄散、鬼哭狼嚎。邻居没少找上门来,要他老爸好好管教管教。有人骂道:"泥鬼,你老爸再不管教的话,你将来就是垃圾!"

于是,"泥鬼"成了文标的第一个绰号。谁承想"泥鬼"居然能救人,村里人说:"听说没有,'泥鬼'很厉害,能救人了。"

夸奖和鼓励像道暗渠,可以将孩子引至意想不到的境地。从那以后,寒冬腊月,风雪交加,别人躲在石屋里还冻得发抖,他却跳进冰冷的海里游几个小时;浪高六七米时,小船都不敢动了,他像条金枪鱼似的穿浪而过。他潜水的功夫更是不得了,一个猛子能扎下20米,5分钟不换气,还能在水下扛着100多斤重的铁锚行走。不仅如此,他还对附近海域的暗礁险滩、大小岛屿了如指掌,谁要说出经度和纬度,他就能说出该水域情况……有人感到奇怪:"这小子八成是水鬼托生的。"

在"泥鬼"之后,他又多了一个绰号——"水鬼"。后来,"水鬼"取代"泥鬼",成为他的"大号"。"'水鬼'啊,我船的锚绳要断了,你敢不敢下海帮我接一下?"他纵身跳入海里,三下五除二,不一会儿就把锚绳接牢了。"'水鬼'啊,帮帮忙,我的船在礁石上戳个洞,你能不能帮我堵上?"他潜到船底下把漏洞堵上了。

文标在石塘的名声越来越大,以至于有些人不知道他的姓,只知道他叫"水鬼"。

一个雪日,渔港周围的山上和半山腰的石屋,以及远远近近的树木像挂霜似的白了。渔港之外的一艘渔船的螺旋桨被渔网和缆绳缠住,像患肌无力似的不论怎么使劲儿都动不了。船像被缚住腿脚的战马,只能任凭宰割。

冬季天短,下午4时天就暗了下来,浪和涌似乎跟老天有约,渐渐大起来,渔船的故障不排除的话,有可能被浪打翻。船老大和船员急得不得了,却没办法。

有人想起"水鬼"。

"他?不行,不行,海水接近0℃,人下去还不冻成冰棍?"有人反对。

"那你说怎么办?等着船被打翻?"

反对者不吱声了。

文标手持利刃跳进海里,像海豚似的潜到船底。1分钟过去,2分钟过去了,他没冒出来。船老大急坏了,海水温度过低,人体热量散发过快,会导致丧失知觉。

3分钟过去了,他还没冒出来。坏了,"水鬼"是不是出事,上不来了?

将近5分钟时,海水翻动几下,文标手缩着破网和烂绳子钻出水面,把东西扔到甲板上,又钻进水里。他在水下干了差不多一个小时,愣是把缠绕在螺旋桨上的破绳子、烂渔网清除干净。

　　他爬上船时,船老大忙不迭地说:"哎,赶紧把衣服穿上,喝几口酒,驱驱寒,可别落下毛病啊。"

　　"没事儿,不冷。我的身子像烧红的铁似的,还冒着烟呢!"他得意地说。

二　成年的追求

　　郭文标目视着前方的海面,手握着操纵杆,将船速提至上限。

　　"浙岭渔22528"号是他的骄傲。这艘船是去年9月下水的,它的性能和配置都不错,船长41.5米,吨位230吨,功率735马力。船是好船,油耗也不低。它耗的哪是柴油,那是钞票,每小时600元钱,往返一趟三四百海里,加上拖船,起码要几万元钱!保险公司补贴的是单程油费,而且是去时的,按风平浪静计算,余下的都得自己埋单。也就是说这"出去看看"的代价实在是太高了,比去美国百老汇看歌剧还昂贵,一般渔民是"看"不起的。

　　海上救助需要有艘好船,抗风浪能力要强,速度要快。这艘船不仅配备必要的救助设备,还要有专业救助人员。这些人大多是文标的亲戚,其中有他一个堂叔、两个侄子。

　　文标最喜欢的就是船,这是他造的第9艘船,投资260万元。

　　他的第一条船是12马力的木船。那是1985年9月,夜昼还没完成交割,天将亮没亮,公鸡或趴在窝里睡觉,或等待着打鸣的时辰到来。

　　"咣咣咣……"房门被拍得山响。

　　鸡被惊醒,惊慌失措地尖叫起来,母鸡声短、公鸡声长。

　　睡得迷迷瞪瞪的老爸爬起来,打开门,外边站着镇长和边防警察。

　　见警察找上门了,老爸吓得说不出话来,他平时爱打麻将,动点儿输赢。

　　"有条船沉了,你能不能开船把人救回来?"还没等老爸问,警察急切地说道。

　　那是一艘福建运煤船,在驶往石塘的途中突然西北风大作,大雨如注,无风三尺浪的海亢奋了、张狂了,转眼之间浪高十来米,船大起大落地颠簸起来。在距石塘不远的航道上,礁石若狼牙林立,或隐或现,船只稍不留意就会触礁。船老大不由得紧张起来,两眼圆瞪,把船舵的手握出了汗,倏地一道惨烈刺眼的闪电,"轰隆"一声雷响,闪电过后,他眼前漆黑一片,急忙减速,可是已经迟了,脚下猛然一抖,船头就翘了起来。坏了,坏了,触礁了,搁浅了,怕啥来啥。

船老大冒汗了,急忙倒车,船头从礁石上下来了,平稳了,海水却涌进船舱,船漏了。

船老大见情况不妙,加大马力驶向岙门口。船边行边沉,距离岙门口三四百米时,船体抖动,左右摇摆一下,像片茶叶沉入海底,整条船只有桅杆竖在水面。9 名船员连滚带爬地爬上桅杆,疾呼:"救命啊,救命啊!"

"文标啊,快醒醒,有条船沉了……"老爸唤道。

他扑棱一下坐了起来,那年家里造了一条 12 马力的木船。他穿着裤衩跑到码头,"扑通"一声跳进水里,向他的船游去。他爬到船上,船"咚咚咚"地启动了。

救了 9 条性命,文标甭提多开心了。造船那会儿,他们想多花钱造条好船,然后多捕鱼,赚得更多的回报。谁知这条"石塘第一船"不是下金蛋的母鸡,却是不产蛋的公鸡。原以为马力大是优势,事后发现其油耗甚高,辛辛苦苦捕一年鱼,赚的钱全让船"喝"掉了。家人想把船卖掉,文标不同意,当年要是有这么一条船,那六七个渔民就不会遇难。在船去留之时,突然派上大用场,救了九位渔民。

"渔民要有良心,在海里救人是天经地义的。"对文标来说,还有什么比海上救助更有价值、更有意义呢?

"九九那个艳阳天来哟,十八岁的哥哥呀想把军来参,风车呀跟着那个东风转哪,哥哥惦记着呀小英莲。风向呀不定那个车难转哪,决心没有下呀怎么开言!"小沙头村的 18 岁的哥哥为娶"小英莲"都在赚钱,石塘订婚是要有彩礼的,起码也得几万元。

村里的女人说了:"'水鬼'这小子心地倒是蛮善良的,却养着一条赔钱的船,哪个女人肯嫁他?"

真是杞人忧天,肯嫁给文标的女孩儿早已等候在他婚姻的路口。

文标是在18岁和她认识的。

他叫郭文标,她叫庄文华,名字的中间都有个"文"字;他们俩同庚,均属羊。他跟她的表哥是朋友,朋友结婚不能不捧场,她表哥结婚他去了,别人坐在那儿抽喜烟、喝喜酒,他却一头钻进灶间,劈柴担水,忙得满头大汗。他引起她的一位亲戚的关注:"你多大了,我给你介绍一个老婆怎么样?"

在亲戚的撮合下,他与她见了面。两人一聊,他不仅认识她的老爸,他们还在一条小船上打过鱼。

她读初中时,见老爸赚钱养家太辛苦,于是辍学去打工。她看中他的心地善良、勇敢、能干、水性好、见义勇为……

19岁那年,他家给她520元彩礼。22岁,他到了法定年龄,她已超过法定年龄2岁,因他穷结不起婚。1992年,他们已25岁,成了家。年底有了儿子,当时热播的电视剧是《射雕英雄传》,他给儿子取名为郭靖。她不同意,不愿让儿子像电视剧里的郭大侠那样打打杀杀。一位教书先生说,"靖"有平安、安静和恭敬之意。这么一说,她觉得"郭靖"这个名字挺合她意。同一个名字,夫妇的想法却满拧。

不过,有了家,文标赚钱的才能很快就显露出来。那几年,渔民都在造大船,去远海,捕大鱼。造不起大船的就合伙造,或兄弟几人造一艘,或亲朋好友造一条。没钱造大船的只好到别人船上打工,能力差的没人要,只得开着小船在附近碰运气。小船捕鱼少,付出多,不仅烧柴油要钱,一个人还干不了,需要雇人,这样成本过高,有的打一年的鱼倒赔十几万元。

他凭自己对附近海域了如指掌,独自一人开着小船在附近海域捕小鱼,捞小虾。他捕捞的鱼虾每天能卖三四百元钱,最少也能卖两百元钱,扣掉柴油费,一天至少赚一百元。在20世纪90年代,一天能赚三四百元钱那可不是小钱。文标的腰包渐渐鼓起来,日子过得越来越舒坦。

"那生意很好的。别人能赚 10 万的话,那我肯定能赚 20 万。那几年的积蓄就用在救助上面了。"提起那段日子,他得意地说。

许多渔民感到奇怪,文标这人不争不抢,怎么富起来了呢?

一天,一位渔民哭丧着脸找上门来:"文标啊,你帮帮忙,我的日子过不下去了……"

说着说着,他眼泪就下来了。他没钱造大船,小船去不了远海,近海捕鱼少,还要雇人,几年下来亏掉了好几万,家里穷得就剩那条船了。

对渔民来说,是不好跟人家打听捕鱼技巧的,那等于从别人碗里舀饭吃,另外人家也不会轻易告诉你。他在文标家门口转悠很久才硬着头皮进来的。

"没事,你把你那张渔网扔了,我帮你织一个。"文标爽快地说。

文标织的网小,一个人就能搞定,不用雇工,这样成本就降了下来。那个渔民第一年赚 16 万元,第二年赚 18 万元。他感激不已,一直尊称文标为师傅。

第三年,那渔民见郭文标就问:"师傅,还要做别的事吗?"

文标明白,他的意思是渔网还可以做哪些改进。文标又帮他改进了一下,结果第三年他赚 23 万元。

在 20 世纪八九十年代,几十万元钱可不是小数,在省城杭州买套房子才十来万元,一年赚 20 多万元,即便在石塘算不上首富,也算是有钱人了。

随之,其他渔民也纷纷找上门来,拜文标为师。文标来者不拒,毫无保留地将自己的捕鱼经验教给了他们,还帮他们每个人织张网。

文标每次上街都有一种"巡视"的感觉,渔民见他就像八戒、沙和尚看到唐三藏似的,老远就点头哈腰打招呼:"哈哈,师傅!"他走到哪里,他们就跟到哪里。有什么做不来就有人说:"你去问师傅吧。"文标成了当地渔民的主心骨,时常有人问:"师傅,你看这件事该怎么做……"

渔民是聪明的、智慧的,他们也会照顾一下庄文华的生意,去她那儿多买点鱼虾。

　　亲朋好友见郭文标这样实心实意地帮助别人，嗔怪道："同行是冤家。蛋糕总共就那么大，海里的鱼虾也就那么多，你把经验告诉了别人，那就等于把自己的饭跟别人分着吃。"

　　他说："海里的鱼虾又不是我的，有饭大家吃嘛。"

　　后来，他把自己的捕鱼经验和那张小网普及到了松门、洞头、玉环、箬山等地，那片海域涌现出四五百条捕小鱼小虾的渔船，有的是他亲自教的，有的是他"徒弟"教的，还有"徒弟的徒弟"教的，不论他走到哪里都有人喊他"师傅"，还不时有陌生电话打来："老师公啊，你帮看看这个怎么办……"

　　他就开船过去帮看看。钓浜的一个渔民产量总是上不去，文标帮他找原因，最后发现他的船不行。文标就劝他造条新船，他苦着脸摇摇头。文标知道他没钱，就主动借给他钱。几年后，那位渔民不仅有一艘价值28万元的船、一套30多万元的房子，还给儿子买了一套40多万元的婚房。那位渔民对文标很感激，当文标外出开会时，他就丢下自己的生意跑过来帮忙。

　　文标的收入少了，过去在家门口随便撒一网就能捞三五斤白虾，随便拉拉网都能拉上两三斤重的黄鱼，后来不仅黄鱼和白虾没的捞了，连虾爬子和墨斗鱼都不多见了。

　　庄文华心理不平衡了，抱怨道："你多想点家里事儿，别总往外跑，不干正事儿。"

　　"他们来找我，是信得过我郭文标，能帮忙尽量帮，家里的事可以慢慢来。"

三　救助的悲喜

　　在风浪中颠簸10个小时，行程120多海里，5月9日凌晨2点多钟，文标赶到"浙岭渔23594"号的出事水域。

　　洋面像永远穿不透的黑暗，文标一边借助雷达扫描沉船方位，一边打开悬在船头的水银灯，船员都上了甲板，趴在船舷眺望。茫茫大海，那水银灯的亮度还不如一盏煤油灯,远处漆黑一团。

"看,在那儿,在那儿!"有人喊道。

"浙岭渔23594"号出现在眼前,它犹如一头被射杀的鲸鱼,肚皮朝上漂浮在洋面,任由风吹浪打。

文标既欣喜又失落,欣喜的是船找到了,有的船失踪后连残骸都找不到;失落的是船在海上倒扣25个小时,船上的渔民要是没逃出来的话,怕是难以存活。

听说沉船找到了,遇险渔民的家属打来电话,苦苦哀求文标:"你帮忙找找,看还有活的没有。"

家属不哀求文标也得尽心尽力找啊,从石塘到出事海域100多海里,干啥来了,不就是救人吗?

郭文标穿好潜水衣,准备爬上"浙岭渔23594"号时,又一难题出现了,洋面风力太大,有8级之高。在这个世上,有什么比浪还会看风使舵? 没有! 浪与风狼狈为奸,风往哪儿刮浪往哪儿去,风有多大,浪有多高。

翻了的船随波逐浪地漂着,忽前忽后,忽左忽右,忽高忽低。郭文标要想潜入船舱救人,两船必须靠近,否则氧气管不够长。可是,在这种风浪下,两船靠近很难保证不发生碰撞,182吨位的船倒扣在水里,那就像个气球,舱内充满压力,碰撞相当于在气球上扎一下,船会撞出个洞,舱内的气体"噗"的一声跑掉。舱内空气没了,船就沉下去了。该处水深60多米,船沉下后恐就再也捞不上来了。

除此之外,他潜入船舱还存在三种危险:一是渔船倒扣后,水下布满渔网,可能会被缠住,上不来;二是他潜入后,有可能使封闭的船舱进水,导致船体沉没;三是他潜入的话要携带氧气管,这会使舱内的空气增多,舱内空气增多也许会造成船体侧翻,沉入海底。三种危险不论哪种发生,他都插翅难逃,随船体沉入海底。

"浙岭渔23594"号若沉入海底,查不到碰撞痕迹,也就没法证明是否与"C. VISION"碰撞。没证据也就无法索赔。对遇难者的家属来说,这笔经济赔偿将是最好的安慰了。怎么办? 是等其他船到后商量一下,还是自己决定?

在文标赶赴出事海域时,在附近海域捕捞的 15 艘渔船已开始地毯式搜救;5 月 8 日晚 5 时,"浙岭渔运 231"号从石塘赶过来。可是,文标抵达时,现场除了浓得化不开的夜色和打在甲板上的大浪之外,没见到其他船只。他无法与别人探讨救助方案,只得按自己的想法做。

这几年,文标引起一些人的不理解。在这个世道上,你说你为名,别人能接受;你说你为钱,别人能接受;你说你为官,别人也能接受;你说你什么都不为,就想做好事,别人可能会跳起来,你让他看不懂了,有人会说你居心叵测……

难怪有人质疑:雷锋要是活着,还会不会是雷锋? 社会复杂了,人的思想复杂了,人与人之间的关系也复杂了。这种复杂为好人设置了太多的障碍。在雷锋时代做好事,人们会尊重你;当今做好事,却会遭到怀疑。

世道有病,是多发病。没病的话,怎么会出现"前赴后继"的贪污腐败;怎么会出现层出不穷的假冒伪劣;怎么会出现"野火烧不尽,春风吹又生"的坑蒙拐骗;怎么会像"雨后春笋"般地出现摔倒不扶,见死不救的冷漠无情现象?

做人难,做好人更难,真难。

郭文标让船员用绳子将一个油桶筏子放到海里。

所谓油桶筏子就是将汽油桶或柴油桶竖着剖开,变成两个半圆形的铁槽,取其一半在四周绑上白色泡沫。油桶筏子的抗风浪能力极低,铁槽边缘距水面不足一尺,在风浪小的渔港还将就,在深海怕是险象环生,一个大浪就会将槽内灌满海水。

这些年来,郭文标不停地购置救助设备,可是资金有限,不得不因陋就简。郭文标不过是个渔民,一个没有企业背景、没有雄厚资金支持的渔民。他的"浙岭渔 22528"号船充其量也不过是条配备一些救助设备的渔船,而不是专业的海难救援舰。

我看过一部纪录片《发现者——海上救援》,讲述的是在德国北海博尔库姆岛上有一支海上救援船队——德国乘船遇难者救援协会船队,这支船队拥有 60 艘救援船只和 1000 名营救人员。队长尔·弗里德里希·布律可纳驾驶的海难救援巡洋舰长 28 米、宽 6.5 米,机舱安装着 3 台发动机,马力 3500 匹,时速可以达 42 公里。舰上装有彩色雷达、电子海图、卫星导航装置、无线电探向器、回声测量器等。这种救援舰不仅可以在 12 级大风中航行,而且具有自由翻转性能。

油桶筏子随时都可能被浪打翻打沉,划之前必须做好掉进海里的准备。郭文标脱下衣服,不禁打个哆嗦。他前几天就感冒了,有点儿发烧。不过,这天气即便不感冒也会感到冷的,温岭的最低气温只有 19℃,洋面温度将会更低,何况此时风力 8 级呢。

要上筏子时,他被两个侄子拦住了,见他身体不适,他们要代他去。这很危险,他怎能让他们去,万一发生意外怎么跟哥哥交代,再说他们两个还那么年轻,才二三十岁,还有漫长的人生。海上救助是他坚持要做的,紧要关头自然就得冲在前边。

海上救助是高危行当,即便是武装到牙齿的德国乘船遇难者救援协会船队也发生过两次事故,一次是在 1995 年,一艘救援巡洋舰在救援行动中被巨浪打翻,船体严重受损,两名船员遇难;一次是在 1990 年的夜晚,海上风力 12 级,一艘救援巡洋舰被 15 米高的水墙击中后倾斜 100 度,一名没系安全带的船员被浪打进海里,他在海水里漂了一个半小时,被救上来时体温已降至 31℃,失去了知觉。

郭文标干 20 多年没出过事,一是凭本事,二是靠运气。

这些年来,他的运气够好的了,哪怕差那么一点儿,恐怕也活不到现在了。最惊险的一次是在台风"麦莎"中救人。

2005 年 8 月 6 日傍晚,台风"麦莎"以排山倒海之势直逼石塘镇,此时恰逢第五次天文大潮,风、浪、潮"三聚首",再加上风力超过 12 级台风和强暴雨,大浪呼啸着翻过十几米高的山岗,"轰"一声,触目惊心地砸在岩面上,泛起一层雪白的沫子。

郭文标家静悄悄的,庄文华站在窗前,默默地祈祷:"老天啊,可千万别发生什么险情,这么恶劣的天气,这么大的风浪,别说遇难者救不上来,救助者的性命也难保。"

真是怕啥来啥,郭文标的手机偏偏惊心动魄地响了起来,她的心一下子被拽到嗓子眼儿。

"文标,有四个人被困在大桥底下了……"电话里传来镇委书记焦急的声音。

"完了,完了,他们死定了,死定了!"他一下子跳了起来,大声喊道。

下午5时,林应福来过电话,说他家养殖渔排的锚绳被海浪打散,眼看网箱就要被风浪卷走了。网箱里养殖的香螺,那东西100多元钱一斤,网箱里有四五千斤,那四五十万元钱近乎他的身家性命,怎能眼看着被风浪卷走? 于是,他想请边防派出所和郭文标帮帮忙。

这几年,郭文标真就成"海上110,一拨我就灵"了;有人掉海里了,打电话找他;船出了故障,打电话找他;船上的柴油没了,打电话找他;这不,网箱要被台风刮走了,也打电话找他……

"台风要登陆了,这时候下海会没命的,钱损失点儿没事儿。"郭文标冷静地劝道。

生命比金钱重要,这时候别说几十万,就是几百万、上千万元损失也得挺着。

林应福哪能甘心,6点多钟,他们兄弟俩再加上两个渔民一起下海了。他们加固好渔排,想上岸时台风挟着暴雨排山倒海扑过来。他们一下子就吓傻了,趴在渔排上一动不敢动了。下水前,他们穿着救生衣,腰间系着绳子,万一遇险岸上的人好把他们拽上来。谁知这时岸上的人无论如何也拉不动那救命的绳子了,眼睁睁地看着他们要被台风卷走,死无葬身之地了,有人拨通了110……

"不行! 你不能去,你不能逞能!"她一把拦住了郭文标。

她知道寻常的日子大桥下的水流就复杂湍急,潜伏着漩涡,让人打怵。强台风登陆的当口,去那儿救人,那不就等于去送死吗?

"好,好,我不去,我去看看,看看行吧?"

这都什么时候了,他还想搪塞她,她有点儿火了。大海惊天动地的咆哮声从外边传来，她紧紧地抓住他的衣服，不让他走。

在这种时候，是没人能拦住他的。他有他的逻辑：如两人遇险，我要是能把他们俩都救上来，即使我死了，还赚一条命呢。他居然没想到"赚"的是别人的命，失去的是自己的命。人的生命仅有一次，一旦失去就再也找不回来了。他万一没了，她没了丈夫，儿子没了老爸，他母亲没了儿子，在这种情况下，哪个女人会不拦呢？

他把她的手拉开，冲入狂风暴雨之中。

"你不要命了！"她边喊边披上雨衣，不顾一切地追了出去。

平常晚上听说有人遇险，村民都习惯地抬头看看郭文标家下边的灯亮没亮，亮了说明他知道了，去救助了；灯没亮，说明他还不知道，他们就打电话告诉他。今天却没人给他打电话，谁都清楚这时让他去救人就等于让他去送命。可是，不打电话并不等于不关注，他们都站在窗前，注意着郭文标家那边的动静。他们见郭文标夫妇一前一后冲出家门，跑了出去，也急忙穿上雨衣跟来了……

郭文标他们跑到跨海大桥的桥头时，见几位警察和镇干部正身穿救生衣，腰上系绳子，手拉手想从桥上过去。林应福的渔排距离对面的蚊子岛，也就是蚊虫浜屿不远。

"完了，快回来，快回来！"郭文标急切喊着。

他的喊声像树叶似的被狂风扯碎，刮走了，那几个人没听见，还在努力前行。

"干吗？"站在郭文标身旁的镇干部听到了，问道。

"快点，快点……"他迫不及待地说。

他们急忙拉绳子，把那几个人拽回来。真是说时迟，那时快，那几个人刚刚离开，大浪呼啸着"轰"地一头撞在桥墩上，恼怒地腾空而起，越过桥面七八米后砸了下来，正好落在他们刚才站的地方。

他们惊恐万状地看着被浪打过的桥面，半天没说出话来。

"'水鬼'，你真厉害。幸亏呀，幸亏。"站在他旁边的镇干部说。

"你们不要从桥上过去，快开车把我送回去。"他对镇领导说。

"送回去干吗？不救了？"有人不解地问他。

"快把我送回去,回去就有办法了……"

情况紧迫,哪里有时间解释,他一猫腰钻进派出所的车,坐着车跑了。

车从桥头转到码头,他跳下车,边跑边脱衣服,一个猛子扎入水里,游到他的船上,驾船而去。

他把船上的探照灯打开,天黑雨大,能见度极低,恶浪似恐怖片里的恐龙似的一群群地迎面扑来,船忽而被抛至半空,忽而被抛下深渊。暴雨像沙石打在脸上,眼睛难睁开,他抹一把脸,又抹一把脸,瞪大眼睛,目视着前方,驾着船冲向浪头。他的那条船长 15 米,浪高二三十米,只有顶浪而行才能相对减小被浪掀入海底的危险。往常从码头到桥下仅需几分钟,这次却颠簸了三四十分钟才见到大桥的踪影。

风把海水刮到甲板上,再加上从天而降的雨水根本就排不出去,船吃水越来越深,随时都可能沉入海底。可是他顾不得这许多,用探照灯紧张地在海面搜寻,眼前除了雨帘就是漆黑的海面,想找到那四个人实在是太难了。

前边没看见,左边没看见,右边也没看见,他们到底在哪儿,会不会已经遇难?

四条性命的丧失就等于四个家庭被拽进不幸的深渊,恐怕几年、十几年都爬不上来。不行,得找到他们,活要见人,死要见尸。

突然,在乌嘴门坑的礁石上发现一道人影,他急忙掉转船头赶过去,没想到一道巨浪从桥外横扫过来,船遽然像电线杆子似的戳在海上。

"完了,完了,这下没命了!"他惊叫一声。

此时,文华抱着他脱下的衣服,坐在码头的石头上,像尊望夫石望着海面,望着狂风巨浪,望着大桥的方向。眼前黑咕隆咚,什么也看不见,她仍执着地望着。狂风粗野地扯去雨衣帽子,雨像疯狂的蝗虫似的往衣服里钻,她不去理会。围在身边的邻居的安慰话,她好像没听见,也没回应。

她爱他,疼他,也恨他。他为什么在关键时刻只想着遇难者,而不想她和孩子,不想这个家呢？他简直是不要命了,这是 12 级台风啊,即使是专业救助的海警艇在风力超过 8 级的情况下也不出海营救。

20 分钟过去了,他没回来;30 分钟过去了,他没回来;一个小时过去了,他还没回来。

也许是大海不想把他收去,那像电线杆子似的竖起来的船,在眼看要扎入海底的瞬间,又被浪平稳地放了下来。

惊魂未定的他没有退缩,继续将船开向乌嘴门坑。这时,被浪冲到礁石上的林应福等人趴在那儿一动也不敢动。开始时,他们一次又一次地想站起来,结果刚一站起就被大浪扑倒,摁进水里。大浪像吃饱喝足的猛兽,将他们玩弄于股掌之间。最后,他们再也不敢站了,也没力气站了,只得趴在礁石上等待救助。

可是,在这 12 级台风下,谁会下海救助,谁敢下海救助呢？他们绝望了,听天由命了,知道等待是徒劳的、枉然的、没有意义的,可是此时此刻除了等待之外,还能怎么样？

郭文标的船出乎意料地出现在眼前,他们喜出望外,他们振奋了,使出浑身的力气高呼:“救命啊……”

可是,郭文标不敢靠近,浪头打来时,船头高高翘起,浪头过后船头被压到浪谷,他的船要靠过去的话,可能一下子就把他们拍到船底,即便不死也得重伤;他想把绳索扔过去,把他们拽上船来,可是风浪实在是太大了,绳子不是被拦回来,就是被风浪拨到一边。

他突然想到这片礁石的南边是船厂,那边有条隔离带,他们可以拽着隔离带爬到岸上。

“往南游,快往南游……”他声嘶力竭地喊了两声。

也许他的喊声被风刮散,也许被浪拍进海里,林应福他们没动。

他明白了,他们准是没听见。他用灯向南晃动几下,林应福他们开始一点点南移。天黑,浪大,雨急,寸步难行,他边驾船边用探照灯为他们引路……

林应福他们四人连滚带爬,最终从造船厂那边的隔离带爬上岸。

惊涛骇浪、狂风暴雨中突然划过一道被雨帘扫过的光,码头上那被黑暗和涛声吞没的"望夫石"一下跳了起来,码头变得生动起来。光在剧烈地颠簸着晃动着向她靠过来,那是他船上的探照灯。

那颗悬在她嗓子眼里的心渐渐落下了。他越来越近,知道她一定坐在那块石头上,于是朝她晃了晃。在场的那一大群人中,只有她能读懂他的意思,那是在说:"老婆,我回来了!"

她的泪水夺眶而出,急忙掏出手电回晃几下,那是呼唤他:"老公,回家,快点儿回家!"

他把船停泊好,游上岸来。闻讯赶来的温岭市领导、镇政府的领导和村民围了过来,温岭电视台的记者将镜头对准了这位英雄……

"她到底哪儿去了?"浑身上下仅穿条裤衩的他拨开人群,到处寻找妻子,周围的人都以为他在找妻子要衣服穿,他却担心地说:"她被浪卷走了还是怎么了?"

他找到她时,见她坐在码头的石头上哭得昏天黑地。

"你哭干吗?"他走过去,莫名其妙地问道。

"你看看这浪这么大……"她声嘶力竭地对他喊道。

他明白了,她在为自己担心。他内心深处涌动着感动,默默地接过她怀里的衣服,什么也没说,跟她回家了。

后来,他就在那块石头的位置建造了"石塘海上平安民间救助站"。

这场台风造成 3064.2 万人受灾,20 人死亡,直接经济损失 177.1 亿元。林应福四人却被郭文标从死神魔爪下救了回来。

这一年,他在继 2004 年的温岭市第八届"见义勇为、助人为乐"先进人物、2005 年的"感动台州十大人物"之后,被评为浙江省抗台救灾先进个人,以及浙江省见义勇为先进分子。

四　现实与内心委屈

穿着游泳短裤的郭文标从船上下来，上了油桶筏子，奋力划向倒扣在海里的"浙岭渔 23594"号。

浪像一群饥肠辘辘的鬣狗，拼命地追赶着猎物，筏子似仓皇逃窜的羚羊，哪里掌控得了？幸亏筏子上拴着一根绳子，绳子攥在他的侄子手里，不然的话不知被浪冲哪儿去了。筏子犹如方向失灵的汽车，无法操控，郭文标经过一番努力之后失望了，索性放弃了筏子，纵身跳进海中。

海水冷冰冰的，身体好似一下缩小一圈儿，他拼命游向沉船，浪将他托上拽下，推来抛去。他经过一番拼搏终于到了沉船旁边。他围着沉船绕了一圈儿，也没找到从哪儿上去。倒扣的沉船浮出水面大约一米五，船底不仅光滑、陡峭，没任何抓手，还在风浪中漂来荡去，不停摇晃，哪里攀得上去？

攀不上去也得攀，他选择来选择去，最后决定从船尾爬上去。船尾相对船头和两侧低些，也易于攀爬。他攀爬了好几次，划破了胳膊，蹭破了腿，最终总算爬了上去。"咚咚咚。"他用随身带去的锤子敲敲船底，趴下来将耳朵贴在船底听了听，通常情况下，舱内若有回应则说明被扣在下边的渔民还活着。遗憾的是连敲几遍，没有回应。他失望地摇摇头，船上那 7 个渔民或在船翻时逃出来，或已遇难。他估计后者的可能性大得多，船是在将近半夜 11 时沉的，通常在这时间除开船的渔民之外，其他人早已进入梦乡，船在瞬间就翻了，休息舱的渔民哪里逃得出来？能逃出来的仅有一人，即驾船的，这人很可能是船老大。

既然没发现沉船里有生命迹象，又无法潜入船舱，他只好由沉船跳进海里，游回到自己的船上，等待天亮和其他救助船只将沉船拖回石塘。

天亮后，郭文标再次下水，将直径 15 厘米粗的缆绳拖到沉船那儿，拴在了船尾的地轴上。他拴好之后，"浙岭渔 23593"号和"浙路渔 2918"号两艘渔船也赶到了。这两艘渔船承担了拖"浙岭渔 23594"号回港的重任。

"轰轰——"随着黑烟冒出,两船同时发力,牵引着"浙岭渔23594"号徐徐而行,速度仅两三节。1节即1海里/小时,相当于1.852公里/小时,两三节即每小时3.7—5.6公里,照这速度拖到石塘起码要60—90小时,这怎么能行呢?可是你快得了吗?"浙岭渔23594"号倒扣在水里,不仅阻力很大,而且水浅难以通过。

这不,前边的拖船稍微快些缆绳就断了,这已是郭文标船上最粗的,每根要一万多元。他只得再次下水把缆绳重新拴好。在返航时缆绳又断两次,郭文标又下两次水。这么一次次下水,反复着凉,他的感冒加重了,再加上这两天没吃什么饭,身体很虚弱。可是,在这时候,他哪怕身体再难受、再虚弱也得硬撑着。

2006年3月15日,央视10套《讲述》栏目播放了专题片《平安"水鬼"》;2009年1月27日,央视1套《焦点访谈》又播出《情动己丑,恒爱无疆》;2009年8月5日,新华社内参刊发了《浙江渔民义举感人,海上救助亟须扶持》。2008年,郭文标当选为浙江省人大代表;2009年,又当选为第二届全国道德模范。他在石塘镇、在温岭市、在台州市是名人,是浙江省人大代表、温岭市政协委员,是全国道德模范,不能随便讲粗话,不能像普通渔民那样想怎么样就怎么样,得严格要求自己。

树大招风,名气大了,不仅压力大,风言风语也多了,为此他们夫妻俩还吵过架。

10日凌晨1时许,沉船被拖回车关水域。正值低潮位,水浅,沉船拖不进港内。郭文标没回家,连夜调来两条小船协助东海救助局温州基地对沉船进行生命迹象探摸。可是,船体周围渔网密布,潜水员哪里潜得进船舱?

6时左右,借助平潮期水位上涨,沉船好不容易被拖进石塘镇三呁港。缆绳不知被拉断多少次,每断一次郭文标就要下水拴一次。船宽6米,水深也是6米,拴缆绳不仅要绕船一圈儿,还要从船下潜过去。这是很危险的,那船极有可能突然沉下,他会被压在船下出不来。

水下绝非电影《海底世界》里那么绚丽多彩,鱼虾蟹、海带、珊瑚尽收眼底,这里的海水浑浊,下边黑乎乎一片,什么都看不见,凭感觉去捆缆绳。在水下眼睛是完全用不上的,一切靠触摸,靠感觉。被撞一下,摸摸是什么东西。选择"探摸"一词绝对是准确的、恰到好处的。在海下探摸是危险的,你说不上身体的什么部位"探摸"到了什么上。郭文标的胳膊不知"探摸"到什么地方了,被划了一道挺深的口子,鲜血直流。对潜水员来说,这是小事儿一桩,是经常发生的。让他最难忍受的是深处的水温特别低,压力还很大。他的感冒越来越重了,身体在水下不停地抖动……

他那天接到镇长的电话就急三火四地走了,船上除方便面和点心之外,许多该带的都没带,淡水忘加了,什么药都没带,感冒了只能硬挺着。这两天,他和船员几乎是要吃没吃,要喝没喝,还没睡觉,就这么苦战苦熬着。

8时30分左右,再次下水探摸,发现拖船导致船舱变形,舱门已打不开了。

下午3时30分左右,历经几次失败之后,一艘打捞船和两艘渔船终于成功地将"浙岭渔23594"号扶正。

可是船破损严重,扶正后缓慢下沉,直至整船淹没,不过排查出船左舷水线下有3个篮球大小的洞。郭文标越来越难受,虚汗越冒越多,但他仍然没有回家,在现场忙碌着。

晚7时许,经镇、村干部和家属代表商定:利用平潮将沉船拖进港内,退潮后船体甲板即可露出水面,用潜水泵抽空舱内的水。

11日下午,郭文标与其他潜水员再次进行了水下探摸,在驾驶舱找到一具尸体。

这一天,从上午到晚上10时,在打捞船吊起沉船,3艘渔船拖拉下,又历经失败与挫折,沉船拖进100多米,仍达不到退潮后用潜水泵抽水的要求。12日凌晨1时许,打捞停止。郭文标抱病潜水7次。这晚,他又没回家,住在了船上。

12日12时30分,郭文标在侄儿的帮助下匆匆穿上橄榄黄色的胶质潜水衣,戴上那像猪嘴似的潜水镜。别说,他还真像"水鬼",看来当初给他起外号的人有点儿先见之明。他向前走几步,步履有点儿沉重、迟缓和疲惫,甚至有点儿晃晃悠悠。他这几天实在是太累了,从早忙到晚,三天三夜没合眼了,饥一顿,饱一顿,没什么吃的就来一桶方便面,偏偏感冒也跟着凑热闹,发烧,头痛欲裂,喉咙发炎。此时正值低潮位,"浙岭渔23594"号的驾驶舱已露出水面,他从驾驶室旁边的舱口向下走去,下边的船舱浸泡在海水之中。

下舱前他刚从医院回来,连午饭都没顾得上吃。上午,庄文华见他病得挺重,陪他去医院看了看病。

他在医院输液时,镇委副书记和镇长匆匆赶来找他:"文标,你挂完瓶赶快把尸体摸上来。"

他理解这些镇干部,知道他们不容易,尤其是分管渔业的书记和镇长,渔船该回没回来,他们觉都睡不着。"浙岭渔23594"号出事后,他们也被折腾得几天几夜吃不好、睡不着。他们上任时一头黑发,看上去挺年轻;卸任时已白发苍苍,老了十年都不止。有一年,船老大亏损,没钱给船员开工资,船员不干了。管渔业的镇长只好将家里的房产证拿到银行抵押贷款,将贷款借给船老大,让他给船员开工资。

既然理解他们,那么能帮就帮帮他们。他爽快地答应了。他身体不适,本可以让两个侄儿代他下水,他们也都有潜水资格,可是这种摸尸体的事儿,他是绝不让他们干的,舍不得。

这次是他和另一位潜水员一起下去探摸。他先从驾驶舱右侧的楼梯下去,驾驶舱下边是船员的生活区,即船员睡觉的地方。那里很小,也就四五平方米的样子。他下去不一会儿就摸到一只脚,接着又摸到一缕长发,这是两具尸体,一具头朝下,一具头朝上。这几个渔民在海上已8个多月了,头发已长得像女人那么长了。

郭文标一个胳膊夹着一只脚,将两具尸体捞了上来。

有人劝他别下了,让其他潜水员去摸吧。

"我水性好,有经验,还是我下吧。"他说。

几年前,《焦点访谈》记者问他:"郭文标,听说捞一具尸体能赚一万元钱,捞一百具尸体就赚一百万,你干吗不赚呢?"

如今,捞尸已成为赚钱的手段。2009 年 11 月初,《长江大学 3 名大学生救人溺亡,捞尸者手牵绑尸绳谈价》《渔船老板:"活人不救,捞尸体,白天每人一万二千元,晚上一万八千元"》等数则新闻报道像西伯利亚寒流横扫中国媒体。

为何如此冷酷无情,难道在这些人眼里除钱之外就一无所有了吗?

据报道,10 月 30 日上午,长江大学的 3 位新生在长江救两个落水男孩时遇难。大约 40 分钟后,两条带篷的小船划过来,开口:"活人不救,只捞尸体,打捞一个 1.2 万元,先交钱,后打捞。"

寻常的日子,谁口袋里揣那么多钱?岸边的师生哪里凑得上 3.6 万元,他们只得恳求付一部分钱,赶快捞人,余额事后补齐。船上不动,有几个女生急哭了,跪地相求。最后,打捞公司的老板陈波收了 4000 元钱,才让捞人,还说:"钱不到位的话,只打捞一个。"

第一具遗体捞到,被送到岸上,据年逾七旬的打捞者王守海说,陈波对此特别不满,责备道:"你们是第一次搞这个事啊?"言外之意是钱还没到位,不该把尸体交给学校。

第二具遗体捞到后,身穿白布衫、黑裤子,满头白发的王守海右掌比画着,左手拽绳子,绳子另一端的铁钩钩在遇难者白 T 恤上。他身旁的一位穿深灰 T 恤的打捞者双手拽着绳子,绳子另一端拴在遇难者右手腕上,手被拽过甲板。摄影者李铁的图片的说明是——挟尸要价,"'……说好的三万六,钱到位了再往上拉……我只听老板的。'王守海站在船头,一只手牵着一根绳子,绳子的另一头在水中,系着一具英雄的遗体。"

图片《挟尸要价》以全票赢得第 18 届中国新闻摄影最高荣誉"金镜头"奖的最佳新闻照片奖,并引起争议。王守海说自己没说那番话。《南方周末》的记者杨继斌撰写的《"挟尸要价"另有其人 "见死不救"渔民被冤》证实:"没有一个当天的学生能够回忆证实,执行打捞任务的捞尸人曾经在那一刻'手牵绑尸绳与学生谈价钱'。"不过,他紧接着写道:"但王守海不知道的是,在他背后沙洲上的阳伞下面,捞尸队老板陈波已经跟长江大学的师生们发生了争执。在最初的4000块钱之后,剩余的32000块钱还没有拿来,陈波不干了,按照'讲好的规矩',要拿到现钱才干活儿。看不到钱,陈波给船上的王守海打了一个电话,让他停下来。在把方招的遗体放到岸边后,王守海们驾船退到了沙洲边上,他们蹲在船上抽烟,等着老板陈波的下一个指示……半个小时后,钱送到了,陈波下令,王守海们再次开始搜寻。"

游泳队的人说:"只要江对面的渔船一来,肯定是要钱的,他们来不是来救人,是来捞人,他们只捞死人。"游泳队因救落水者,遭到打捞公司的指责和威胁:"你妈的坏老子好事!"

人心怎么可以黑到如此地步?假如落水的不是别人,而是陈波们的孩子或家人,有人阻挠别人去救,他会有何感想?

"挟尸要价"何止陈波,2012年,一位年轻男子在济南的绣源河溺水,警方帮忙联系打捞队,其开价一天3万元,遇难者的老父亲拿不出钱,"无奈自己跳水寻儿"。

2013年,又报道《温岭再现"挟尸要价""捞尸业"乱象,谁来买单》。晚上11时许,一对情侣跳河自尽,死者家属当晚联系打捞队。打捞队拖到次日10时才到,并开价捞起来1.2万,捞不起来8000元。温岭也就是郭文标所在的那个县级市。

2014年3月,成都市大邑县一名22岁的男子落水身亡,次日请来打捞公司,开价一天8000元,捞到再加1万。当天打捞6小时,没有捞到,死者家属支付4000元。第三天,打捞公司终于打捞到尸体,可是并没将尸体拖上岸,而是绑在桥墩上,"挟尸要价",讨要红包。最后死者家属只得给每位打捞者40元的红包,加上前一天支付的4000元,总共支付22000元打捞费。

在《焦点访谈》的记者采访时,他说:"人家的人都没了,够不幸的了,你怎么还能赚人家的钱呢?我不赚这种钱,我要想赚钱就去海里多拖点儿鱼来卖。"

2009年,也就是陈波在长江边上"挟尸要价"那年,郭文标在北京接到边防派出所转来的电话,说有个妇女跳海自杀了,请他帮忙打捞尸体。

他过去接到这种电话时,总有人劝他,这种事情不要理,能回避就回避。

他就说:"这事可以回避,良心能回避吗?"

做一个有良心的人、一个有良心的渔民的确很累,很不容易。可是,做一个没良心的人就容易吗? 自己没良心就没理由要求他人有良心,他的亲人在水中遇难,有何理由谴责陈波之流的"挟尸要价"?

郭文标没有以自己不在石塘为由"回避",而是打电话给叔叔,让他开船去"捡元宝"。

"捡元宝"要亏钱,不捡要亏心。"元宝"捡回来,要雇人从船上抬下来,再送到殡葬场。渔民忌讳抬这种尸体,只得雇不忌讳的、不是渔民的人来抬。另外,"捡元宝"后,还要放鞭炮,丧事办完还要吃长寿面,这些风俗一样都不能少。

不过,这次还好,丧葬费没让他出,是边防派出所出的。

无可非议,在市场经济下,我们不能苛求打捞者像郭文标这样,但是也不能像陈波那样不许别人救人,也不能像济南那家打捞队那样漫天要价,逼得死者的父亲要跳水自尽。

郭文标太累了,太疲惫了。他摘下面镜喘息,休息半个来小时就又下去了。他又在水下摸了一个多小时,捞上来3具尸体。这5具尸体都是在生活区摸上来的,说明在撞船时这些渔民还在睡觉。加上11日下午在驾驶舱捞的那具尸体,总共捞上来6具,分别是44岁的大副赵美云,22岁的二管轮江斌,以及43岁的杨辉富、20岁的黄文俊、37岁的邓学华、39岁的俞开标,除两名石塘人之外,其余都是外地的。

惨,太惨了,江斌的母亲在四岙村等了4天,哭了4天。3年前,22岁的大儿子在车祸中丧生,让她痛不欲生,还服毒自杀过。现在,她的22岁的小儿子又死于海难,让她怎么活啊!

"浙岭渔23594"号上有7人,还少一人,即船老大赵美桂。郭文标估计那天驾船的就是船老大,可能被浪打走了,也可能船翻时跳水逃生了。

船老大是石塘人,他的许多亲友都在现场,有人对郭文标说:"你帮我到机舱摸摸。"

尽管他感到精疲力竭,体力不支,而且还冷得要命,尽管他认为船老大不可能在机舱,可是他还是从船舱后门下去,进入机舱,另两名潜水员从后机舱出气孔进入机舱,他们在水下又摸了个把小时,不仅摸遍了机舱,还把渔货舱等区域也摸一遍,仍然没摸到船老大的尸体。

他上来时潜水衣已变成黑色了,上面全是黏糊糊的机油。

"郭文标,都捞上来没有?"一位刚到的记者问道。

"找到了6具,还有1具没找到,估计没在船上。"他摇摇头,有气无力地说。

"你仔细找了吗? 没仔细找就别乱说!"一位年过半百的男人情绪失控地说。

"天地良心,我都摸6个了,还差1个? 做人要讲良心,我是义务帮忙的,即使是赚钱的,你也不能这样,干吗凶巴巴的? 我帮你白帮了。"他也来气了。

海上救助通常不负责打捞沉船与尸体,往往在确定没有生命迹象后就可以撤了。打捞沉船与遗体是船家的责任,郭文标本可以帮忙把船拖回渔港就回家休息。

"你管我凶巴巴不凶巴巴的? 等找到尸体就把你扔到海里去!"那人愠恼地说。

"估计船上是没有了,算了,不做了。"他说着就要脱下潜水衣。

那人见郭文标将潜水衣脱去,不再下水去摸,掏出电话就打给岸上的人,让找几十个人过来,把郭文标和几位镇领导揍一顿。

现场有3条小船,郭文标在一条船,镇领导在一条船,家属在一条船。

郭文标听后,急忙给镇干部打电话:"有人要找你们的麻烦,赶紧跑,不然就要挨揍了。"

镇干部坐的那条小船急忙靠过来,4个镇干部跳到郭文标的船上。这时,船上除郭文标和俩侄子之外,还有记者,大约20人。

"你给我一个说法，为什么你现在才把死人摸上来，为什么他们活着时你不摸？"这时，家属那条船也靠了过来，冲过来几个人，一把薅住副镇长的衣领责问道。

"你们干吗？人家这么辛苦在帮你们，你们干吗这么凶巴巴的？谁也不希望看到这个事情。这个事情是船长的责任，你不应该这个样子。"郭文标边拦边说。

那几个人根本就没理睬郭文标，大骂起来。

"文标，快把船开到码头。"副镇长焦急地说。

那是一条小船，船长仅11米，这伙人要是在船上打起来，还不得翻？郭文标急忙钻进驾驶舱，将船开向码头。可是，船还没靠到码头，岸上一群人纷纷跳到船上。坏了，船上已经有20多人了，又拥上20多人，这船不就翻了吗？郭文标见势不妙，急忙把船向后倒去。

"你还想退，还想跑？"有人边喊边冲向船尾的驾驶台。

一个穿着蓝衣服的男子朝郭文标的颈部打了三拳，又有几人跑过去，对郭文标就是一顿拳打脚踢。

甲板上一片骚乱，喊声叫声骂声像开锅似的，船不断大幅度摇晃，随时都会翻掉。

船老大的侄子冲到船尾，照郭文标的腹部狠狠踹了一脚。他被踹趴下了……

那年轻男子还要打，被船老大的两个兄弟拉住了。

村镇干部和记者把郭文标扶起来。他已被打得鼻青脸肿，直不起腰，无法行走了……

郭文标被送进温岭市第四人民医院，经检查头部血肿，颈部软组织挫伤，腹部软组织挫伤，另外由于劳累过度，水下作业时间过长，左上肺出现了局部炎症，需住院治疗。

庄文华看着被打得脖子僵直，脑袋不能转动，看人要斜着眼睛的丈夫，心疼得两眼噙泪。不顾一切地帮别人，这边拔下输液针头，那边就挺着虚弱的身子下水,遇难者家属不感激也就罢了,怎么还能把他打成这样呢? 这多么憋气,多么窝火,多么让人咽不下这口气。

"带着病去救援,不收人家一分钱,怎么还会发生这样的事?"郭文标百思不得其解,躺在病床上哭了。他感到委屈,自己带病救援,不收人家一分钱,往返240多海里,搭柴油、人工、渔船磨损不说,断掉的那两根缆绳就将近3万元钱,遇难者家属不感谢也就罢了,还把自己打成这个样子,冤不冤哪?

可是,流言像一群发情的狗在石塘传着:"郭文标救人不仅收费,而且价格还很高。"

"谁说郭文标是见义勇为,谁说他的救助是义务的? 给我'解叶子'还收两百元钱呢。"

从一开始就反对郭文标干海上救助的二哥来气了:"你们说他坏话干什么,有事儿你不要找他好了。"

在二哥的眼里,这些人说郭文标不好,是因为他做了好事。二哥认为:"做好事好多人说你不好,这是正常的。你做好事被宣传了,出名了,好多人就说你坏话。还有好多人当面说你好话,背后说你坏话,这是正常的。"

在郭文标没搞渔家乐之前,除捞小鱼小虾卖之外,还打捞渔港下边的废钢烂铁卖,也干过"解叶子"生意。

渔港下的废铁不仅影响行船和泊船,有时还会戳破船底,搞沉渔船。他把它们打捞上来,清除掉了,对渔民来说是莫大的好事。

不过,这活儿不能天天干,再说渔港也没有那么多的废钢烂铁让他打捞。他干得最多的还是"解叶子"。

"解叶子"是件辛苦的活儿,有时潜到船底一干就是一两个小时,解的要是渔网和缆绳还好办,解不开就用刀割;解的要是烂铁丝那就麻烦了,实在解不开就得水下切割。郭文标过去给解一次叶子收取一二百元钱,碰到熟人分文不取。他收费合理,服务周到,不仅石塘的渔民爱找他,过往的船只也爱找他。清理螺旋桨要用船,船要耗柴油,柴油需要花钱买;他潜入水下,上面要有船员帮忙,助手要有薪水。有时收的一二百元钱连成本都不够。

指责郭文标"解叶子"收费的人，是否对郭文标这样的见义勇为者要求过于苛刻了呢？

我在百度上查阅了海上救助的解释与规定，海上救助又称"海难救助"，没有法律上的义务而对遭遇海难又无力自救的船舶、货物、船上人员和旅客进行援救的行为。目的是使遇难船舶、货物和人命得到救助，或使损害减少到最低限度。

有关人命救助，法律规定，对于在海上遭遇生命危险的任何人，任何船长只要对本船没有严重危险，都应当予以援救。各国除法律有特别规定者外，生命被救的人没有支付报酬的义务。

依海商法规定，海上救助在救助人和被救助人之间产生一定的权利义务关系，救助人有权为自己的救助行为请求支付报酬。构成海上救助行为应具备如下条件：（1）被救助的船舶、货物、人员等遭遇海难，且陷于不能自救之处境。若船舶遇难后确能自力救助，或货物落水正在自力捞救，而他人强欲代劳，图得报酬，不构成海上救助。（2）救助对象为任何水域的人身与海上财产。

由此可见，海上救助是可以收取一定报酬的，也就是说收不收取报酬不影响海上救助的性质。

郭文标说，他所从事的海上救助是义务的、免费的，也从来没收过一分钱。他指的是"在海上遭遇生命危险的任何人"的救助完全是义务的，对遭遇海难的船舶或货物的救助基本上是义务的、免费的。而他所从事的"解叶子"是在渔港内进行的，那么被救助的船舶、货物没有遭遇海难，且也没有陷于不能自救之处境。这可以视为一种有偿服务，与海上救助无关。

郭文标是个人，是个没有任何工资待遇和津贴的渔民，而不是神，他要吃饭，要穿衣，还要养家糊口，如强求他干什么都是义务的、免费的，他怎么生存？另外，他还要养一支海上救助的船队，要给船员开工资，要不断地更新和购置救助设备，还在筹建民间海上救助站，这些资金从哪儿来？政府能补贴点儿，那够吗？

远远不够,他还要自己去筹去赚。

世道变了,过去被救者往往感激涕零,感恩戴德,哪怕生活再困难也要送上8斤长寿面,让施救者补补阳寿。现在,许多人已经不懂感恩,不会感恩了。在郭文标救助过的人中,有很多人连句感激话都不说就走了,而且连头都不回。

中国有一句成语:知恩图报。还有"滴水之恩,涌泉相报"之说。人要有感恩之心。感恩是什么?是善,而且是大善。如人人都能知恩图报,最终将是人人行善,恩恩报报无穷尽也。

英国人的谚语说得更明白:"感谢是美德中最微小的,忘恩负义是恶习中最不好的。"

自救人以来,他吃过多少苦头?前几年,还被村里的一个喝醉酒的渔民打过。

天气越恶劣越容易发生海难,往往别人在慌慌张张地回港,他要急三火四地开船去救人,有时难免会与停泊在旁边的船只剐碰。一位邻居不干了,破口大骂:"你个王八蛋,风浪越大你越往外跑,你要是把我的船碰坏了,我揍死你!"

真是怕啥来啥,一天晚上救助回来,他一不小心把那邻居船上的锚绳给碰断了。这还得了,那邻居本来就对他不满,船要是在风浪中撞坏了,还不跟他玩命?他急忙跳进水里,把断了的锚绳给接上了。按理说,锚绳碰断给接上也就没事了,谁知那邻居却不依不饶,坐在他家门口骂个不停,还越骂越起劲儿,越骂越难听……那邻居可能见没人理睬,感到寂寞了,也可能觉得自己这么费劲巴力地骂着却没人听,于是在楼下号叫:"郭文标,你有种就出来!"他躺在床上听着外边的叫骂,越想越难过,越想越窝囊,泪水不知不觉地流下来。何必这样,都是一个村的,又是邻里,锚绳碰断,给你接上了,你不满意,给你买根新的就是了。船又没碰坏,碰坏了,我赔你就是了,干吗这样骂呢?人说,家庭不是说理的地方,其实不是说理的地方多了去,邻里之间你又能讲出个什么道理来呢?

这委屈上哪儿说去呢?有人说:"你郭文标干吗去救啊,没有你地球还不会转?"那意思是你郭文标没事找事,活该。

有的渔民说，你"水鬼"给政府做事，拿的是政府的钱，救助是应该的，那是你的责任。你告诉他不是这样，他不信，"无利不起早"，政府不给你钱，你干吗要干这个？有的渔民认为，你郭文标是全国道德模范，是浙江省人大代表，我有困难不找你找谁，过去船沉了找你，现在船出了小故障也找你去拖，甚至肚子痛了也找你。你的船开慢了点，还要挨骂："船开这么慢还来救我？"你说，救人是每个渔民都应该尽的义务，拖船不是我的责任。他说，你拖拖，我把保险公司给的柴油给你。保险公司理赔的柴油够拖船吗？

一次，去台湾海峡拖船，来回四百来海里，事故船的船老大问："拖船是不是要收柴油费？"

他的侄儿阿勇开玩笑地说："那就用你船上的柴油好了。"

他的那条船一天要喝四五桶柴油，拖这么一趟船柴油费就要五六万元。

没想到船老大听阿勇这么一说，那脸像相机快门似的，"咔嗒"就变了，破口大骂："你们他妈的是土匪啊，拖船还要柴油，国家给你钱，你还跟我收钱……"

拖船，保险公司会给一点儿柴油补偿，按去的单程计算，不按拖船计算，而且对流和风浪忽略不计。拖船时的油耗远比去时大得多，这事谁都能想明白，拖船所耗的是两艘船的动力。根据郭文标的计算，保险公司所给的补偿相当于实际费用的三分之一，甚至四分之一，也就是你花两万元，补你五六千元。

保险公司提倡渔民互救，现在捕鱼越捕越远，来回一趟要十来个小时，渔船在100多海里外出了故障，谁去拖呢？柴油价高，船员工资高，又耽误捕鱼，又耗柴油，渔民就不互救了。别人不救，他不能不救。他开船去了，把遇险的渔民救上来，渔民说了："你把我的船拖回去吧，船不给我拖回去，我什么都没有了，那我活着还有什么意思？你还不如让我死了呢。"怎么办？"帮人帮到底，救人救个活。"连人带船都救回来吧，那么你就要搭拖船的柴油了。

保险公司仅支付三分之一、四分之一的柴油补偿，你平白无故要为他们"赞助"那三分之二，甚至四分之三，你说你冤不冤？这柴油补偿纯属鸡肋，你不要吧，它多少还算是一笔钱，而且确实可以减少你的开销；你要吧，又有点儿憋气，保险公司是最大的受益者,船只被救回来了,他们不用理赔了。他每年救回的船只起码在25艘次以上,给保险公司减少的损失有三五千万。

虽说是鸡肋,可是有些渔民也想私吞。船出了故障,他打电话向你求助,你帮他把船拖回来了,他还想把保险公司理赔的柴油钱揣进自己腰包。"溺水要命,上岸要包袱"是人性的弱点,他落水了,求你救他,命要紧,什么都答应你,包袱也可以给你;你把他救上岸了,他跟你要包袱。

按规定,船出事故要上报,有关部门要调查为什么出事故,要追究责任,甚至要扣柴油补贴。柴油补贴是渔民的命脉,柴油补贴要是被扣完了,渔民打鱼就不赚钱了,甚至要赔钱,就没法生存了。于是,出了事故,渔民不仅求他帮忙,还求他给保密,他们说:"文标好心,帮帮忙,不要说。"他不说,保险公司的柴油补偿也没了。

还有,你光有柴油就能把船拖回来吗?不能啊,还要有拖它的船,还要有人开船,有人施救。郭文标的海上救助团队有11个船员,这些人要生存的,要养家糊口的,他每年要给这些船员支付八九十万元的工资。他投入海上救助的船只有4艘,这4艘船一年的维修费就要20万多元。再加上救助过程中所搭的500桶柴油,一年下来起码要180万元。

"郭文标哇,你能坚持几年?"每次人大和政协开会,温岭市委书记见到他就关切地问。

一次,书记召集8位人大代表,讨论郭文标的事情,大家协调来协调去,把电话费解决了。他过去每月要花1000多元话费,现在是180元封顶。

这些钱从哪儿来?他一没有实力雄厚的企业,二没人给他投资,三不能像其他渔民那样去捕鱼。禁渔期船都停泊在渔港,他有时间了,又不能去捕鱼;开禁后,渔船去渔场了,事故也多了,他要在家待命,随叫随到。政府的确给他点儿补贴,那很有限,连零头都不到。为海上救助,为他的那个梦,他每年都要搭许多钱。2008年的下半年,他没钱给船员开工资了,怎么办?最后,他狠狠心把一条船卖了53万元,拿出18.6万元给船员开了工资。

五 心底的一艘"沉船"

"郭文标让被救者家属打了!"这消息一传出,石塘镇震惊了,温岭震惊了,浙江震惊了,中国也震惊了,国内主流媒体纷纷报道。

有人说,"水鬼"被打,我们很痛心,痛的是打人者良心泯灭。

有人说,必须严惩打人凶手,否则今后谁还救人?

也有人说,不要让道德被拳脚给践踏。

"中国利剑"发帖:《温岭全国道德模范做好事被殴打,好人看来不能做》。

还有人说,中国民间救助第一人郭文标在救援中被打,还会再救人吗?

人们纷纷谴责被救者家属殴打郭文标的行为,强烈要求他们向郭文标道歉。

小沙头村愤怒了,石塘镇愤怒了,五六百人聚集在海边的广场,他们要为标哥讨回公道,扫平四岙村——打人者所在的村子……

这些年要是没有标哥,将有多少渔民遇难,多少人家家破人亡?

2008年4月23日,"浙岭渔7136"号在洛屿岛附近触礁沉没,船员爬上了一座孤岛。郭文标接到呼救电话,立即驾驶他的"东巴黎渔家乐2012"号赶去救助。最终,14名船员全部获救。

2009年6月22日,受热带风暴"莲花"影响,一条10余米长的木船在花岙海域遇险,郭文标接到求救电话后,顶着10级风5级浪出海搜救,最终在百亩礁海域,将4名被困在礁石上长达13个小时的渔民解救。

2010年1月13日夜11时许,石塘边防派出所接到报警:"浙岭渔22528"号在三蒜岛附近触礁搁浅,船体严重倾斜,随时有可能倾覆。在台州出席人代会的郭文标闻讯赶回石塘,连夜带船出海救助,几经尝试最终靠上遇险渔船,将9名船员解救后,又将遇险渔船拖离险境……

标哥救的人多了去了,这十里八村,哪个村没有他救的人、他救的船?石塘之外,山东的、福建的,连巴拿马的船他都救过,敢打标哥,谁能答应?

广场上怒潮翻滚,谁劝都没用,控制不住了。镇长慌了,弄不好要出人命的。

"文标,不得了了,快点儿,就得你去制止了,不然的话,真的要打死人了。"镇干部急忙给郭文标打电话。

"会有这事儿?你问一下挑头的是谁。"郭文标大惊。

"是一个叫九哥的。"

他立马打电话给那个叫"九哥"的渔民:"九哥啊,我求求你们,不能去,千万不要去啊。他打就打了,没事的,死不了的……"

"好像我们娘家没人似的,人家这样帮他,他还打人家,还有没有良心?"九哥气呼呼地说。

"九哥,你们的心意我真的领了,不能去,真的不能动,去了会出大事情的。没事的,政府会给我讨回公道的。"

他苦苦劝了好一番,九哥终于答应不去了。

放下电话不一会儿,一个渔民打来电话,破口大骂:"郭文标,你个王八蛋,从今往后我不叫你标哥了。你都被人家打成这样还不让我们兄弟给你出气。"

原来九哥放下电话就对聚集在广场的人说:"标哥有话,让我们不要去,政府会给他一个公道。"

听说这是标哥的意思,多数人撤了,该干啥干啥去了。这年头谁不忙,不忙哪来钱。这位渔民见大家散了,这样的话,标哥不就白让人打了吗?连公道都讨不回来!他一气之下打来电话。

郭文标喘口气,事情总算是解决了。

在现实中,人往往自觉与不自觉地将人分为两种,即好人与坏人。坏人即恶人、敌人,从上到下一无是处,哪怕用显微镜也找不出一丁点优点;好人即完人,十全十美,浑身上下没有瑕疵,因此,容不得好人身上有任何缺点,有任何私心杂念。

好人难当。难在别人对他的期望值太高,高得已超出常人的范畴。

其实,任何人都有私心杂念,恐怕只有"元宝"——死人没有私心杂念了。

郭文标有私心杂念,在采访中,他实实在在地说:"海上救助对家里的话,有好也有坏。对于一个家庭来说的话,老是跑出去,家里的事情你不管,这样也是不好的。我觉得,人家叫你了,你不去的话,心里就会过意不去的。刚才说了,方便别人,就是方便自己,不管什么事情,看能不能帮助别人。"

作为全国道德模范的郭文标把方便别人与方便自己放在了一起,既没只想方便自己不想方便别人,也没为方便自己而伤害他人,用老话儿说就是:"前半夜为别人想想,后半夜为自己想想。"如果说一个人在商品经济下"心中装着全世界,唯独没有他自己",这不大现实。

第二条"沉船"是对命运的担忧,而这种担忧恰恰与现实中的一艘沉船有关。

"你死了,大不了给你一个烈士,有什么用?"亲朋好友不时将竿子伸到他的心里,搅和几下。

"没关系,我郭文标要是救上来三个人,就是死了还赚两个呢。"

他说得轻松,蛮不在意,可是随着时间的推移,阅历的丰富,态度和语气多少有些变化。

这话他已说了几十年,也许没意识到这对庄文华来说相当于"哪壶不开提哪壶",她最怕的、最忌讳的就是这个,可以说他说一遍她就伤心一次。

生命怎么可以做这种简单的加减。生命不是钱,你没钱别人可以给你,你没命了谁能给你?谁也给不了你。他的生命属于自己,也属于老婆,属于家人。人的生命仅有一次,失去就没了。他的命要是没了,即便赚回十条或二十条生命,对她和他们这个家能有多大意义呢?能改变她失去丈夫、孩子失去父亲的结局吗?不能。

他怎么总算不明白这道个位数加减法,命与命是一样的吗,在这个家谁能代替得了他?他就是她的幸福,是她的未来,是她的生命啊。可是这些他似乎想不到,想到的话哪会在她面前算这笔不吉利的账?

在石塘镇,在小沙头村,男人死在海里,将孤儿寡母丢在愁云惨雾中难以生存的例子多了去了。这种事情,她打小就耳闻目睹,看了几十年。女人为什么不愿嫁给渔民,怕的就是这个。

她不愿让他再干下去了,宁愿他不当什么见义勇为先进人物,不当温岭市政协委员,不当"感动台州十大人物",不当浙江省抗台救灾先进个人……

在第一次采访中,郭文标就跟我提起那艘沉船。庄文华却没提起过,那次采访她谈得不多,可以说是碍于情面,不得不应付一下。第二次采访时,她拒绝再谈。我理解她,说话是件力气活儿,何况谈的又不是什么轻松事儿,回忆起的那一件件事,哪件不是曾让她提心吊胆、坐立不安,她怎么愿意重温一遍?

她不说我也知道,在她的心里肯定有郭文标讲的那艘沉船,没准儿那艘船先在她的心里沉没,然后才掉进他的心底。我还可以肯定那残骸还在她的心里,没有打捞上来,时不时压得她喘不过气来。

那艘船是 2004 年 8 月 12 日沉的。

2004 年 8 月 11 日 9 时许,"浙临渔 5310"号收到台风"云娜"即将袭来的消息,慌忙收拾起下到海里的蟹笼,往温岭市松门礁山港夺路而逃,那是离他们最近的渔港。这个世上最善于见风使舵的家伙,那就是浪;这个世上最善于四两拨千斤的家伙,那就是浪;这个世上最卑鄙无耻的家伙,那也是浪。平时你看它溅起一朵朵浪花,以为多么纯洁,多么温柔,多么善良,那不过是假象,是陷阱,偶尔露一下峥嵘就让你死无葬身之地。此时,"云娜"犹如黑压压的一大片冲出跑道的轰炸机已轰鸣升空,以每小时 20 公里的速度向浙江省温岭市石塘镇逼近。它一旦出现在这一海域,与之狼狈为奸的浪也随之而起,一会儿工夫就掀起十几层楼房高的巨澜。

晚 11 时许,"浙临渔 5310"号已望见石塘镇钓浜渔港的红灯,再过几分钟就进港了。这时,船老大陈永海接到温岭市政府的电话:"浙临渔 5176"号失去动力,船上的 12 位船员岌岌可危,请 5310 号就近施救。

台风即将来临,救还是不救?救人就得将船上的蟹笼扔进海里,这将是一笔不小的损失。这船不是陈永海自己的,是大家入股的。年仅 32 岁的船老大在征求大家意见时说:"你不帮别人,别人怎么帮你呀?"不能见死不救,这是海上行船的规矩,也就是郭文标的爷爷和老爸所说的:"渔民在海上救人那是天经地义的。"陈永海丢掉蟹笼,掉转船头,义无反顾地加足马力赶了过去。

12日凌晨3时,5310号赶到时,5176号的机舱进水,决定弃船逃命,救生筏已放了下来,3名船员已爬上去。5310号的到来让5176号船员心里有了底,于是返回船上,继续抢修。在陈永海和轮机长李昌伟轮番通过对讲机指点下,5176号的抢修进度加快。

"老大,风浪越来越大了,他们的船也快修好了,我们先走吧!"有船员着急地催。

"不行,我们等人家彻底脱险后一块儿走。"陈永海说。

凌晨4时许,5176号终于恢复动力。陈永海让其先行,自己断后。

凌晨6时许,台风袭来,风力已达15级。陈永海决定将价值数十万元的渔具抛进大海,结果一个巨浪把陈永海的弟弟陈永都和另一船员打进海中。当大家将那个船员救起后,却找不到27岁的陈永都的身影,为大家的安全,陈永海决定放弃寻找,加速返航。

凌晨6时,风力高达17级,浪高数十米,意外发生了,5310号的螺旋桨被漂浮的绳索缠住,失去了动力,在海上打起了转转,巨浪砸下,船舱进水……

陈永海急忙向5176号呼救,船员在甲板跳高挥手,拼命呼喊,谁知5176号没有回应,一点点消失在他们的视野中。

这时,台风逼近,巨浪拍天,5310号的救生筏被冲走。陈永海一遍遍向临海市、温岭市、台州市、海洋渔业局、海事局、海上搜救中心等部门发出求救信号。可是,浪高风大,当地政府请附近的"浙临渔20997"号进行救助。20997号将5310号拖了两海里,15厘米粗的缆绳被浪打断。换绳后,20997号后舱触礁,撞一窟窿,于是砍断缆绳,独自返航。

缆绳断后,5310号船体倾斜,并被告知已无船救助,陈永海与他的9位船员都哭了。他拨通妹妹的电话,大声喊道:"老天哪,你救我们吧!我死没事,还有这么多人的命啊!"

在最后一刻,陈永海将仅有的 9 件救生衣分发给大家,他高喊一声:"弟弟,我来了!"喊罢抱根木头跳入海中……

陈永海、陈永都,以及他们的叔叔等 7 人遇难,4 人生还。5310 号价值 120 万元,船是合股买的,买船的钱是借的。陈永海兄弟占有 70% 的股份,80 多万元的债务砸在陈永海家人的肩上。

为还账,陈永海的妻子远离家乡,去南方打工,陈家父母靠 1.8 亩薄田养活年仅 6 岁的孙子……

遇难者家属认为,陈永海他们是受政府指令去营救 5176 号的,政府应对沉船的损失给予赔偿,同时追认陈永海等人为烈士。他们的要求被临海市有关部门驳回,理由是 5310 号和 5176 号出海捕蟹属违规出海。

可是,5310 号若不救助 5176 号会沉船吗,陈永海等 7 人会遇难吗?

在第二年的台风中,陈永海那个渔村的一条渔船被风浪打翻,镇政府呼救了 4 个小时,也没有一条船出海救助。一位船老大说:"这可怪不得我们,去年陈永海舍命救人,事后落下这样的结果。"最终错过救助时机,8 个渔民仅有一人生还。

仅宣传好人、评选道德模范是远远不够的,若让好人吃亏,让英雄流血、家人流泪的话,即便天天宣传,时时宣传,又有多大影响力和号召力,谁肯向他们学习呢?

5310 号没有打捞上来。海底不知有多少像它这样的沉船永远也打捞不上来。可是,它与其他沉船有着不同的意义,它不仅沉在海里,还沉在许多相干或不相干人们的心里。

5310 号沉后,亲朋好友都劝郭文标见好就收,不要做下去了,万一像陈永海那样发生意外,再也回不来了,老婆孩子怎么办?庄文华没有工作,儿子郭靖还在读书。

还有人说,你不同于公职救助人员,他们背后有国家、有政府,你背后只有老婆孩子;他们遇难是以身殉职,是烈士,家人生活有保障;你遇难了,有可能像陈永海那样什么也不算,老婆孩子没人管。

他们把这个现实得不能再现实的问题摆在郭文标的面前,容不得他不去面对。

"文标啊,你别再干傻事了,这事没那么简单。有人遇难了,你只有义务没有责任。你要是救了,救助中出现意外,你就得负责了。"朋友劝他。

"如果你在海上有什么三长两短,叫我帮忙,我推辞了,你们会怎么想?"

"假如救助时,你的船员遇难了,你不得承担责任?你不过是个渔民,这些责任你承担不起。"

"心善自有天佑。"

"你没文化,对社会根本就不了解。"朋友无奈地说。

庄文华说:"你见义勇为,我支持你。可是,你现在已经不是见义勇为了,渔民遇险找你,海事、渔政、公安、镇政府接到报警也找你,你已变成人家找你勇为了,义务变成责任和任务了。"

确实有求助者让他心里犯堵。一次,他去温岭市政协开会,晚上喝了点酒没有回来。

半夜11时30分,一个电话打来:"喂,你是郭文标吗?我的船螺旋桨被缠住了,浪很大,你赶快过来一下。"

"对不起,我在温岭呢,晚上喝了点儿酒……"

"你是人大代表不为人民办事!"

他急忙爬起来,花100元钱打车回石塘,帮助那位渔民处理完故障,又打车回温岭开会。

电话又响了,一艘渔船在大陈海域沉没,7名船员失踪,请求救助。可是,他被打住院了,赶不过去了。

没过多久,电话再次响起,"浙岭渔119"号在港口搁浅,请求救助。文标只好打电话通知侄儿阿亮和阿月,让他们立即赶过去。

　　10 分钟后,又一个电话打来,一艘停泊在石塘渔港的 40 余米长、320 吨重的渔船忘关底阀,机舱进水,船上的水泵功率太小,船体在下沉。文标打电话给叔叔,让他把自家船上的 3 台水泵给送过去。

　　叔叔来电话说,3 台水泵送过去了,机舱的水还是排不出去。他急忙从病榻上爬起来,戴着脉搏器就跑到松门街上去买水泵。

　　"这不是郭文标嘛,你不是被打住院了吗?"店主问道。

　　文标尴尬不已,买完水泵,找个熟悉的"摩的"送给叔叔。

　　电话不断响起,有不少人闻讯来电表示关切,玉环县一位遇难者家属劝他好好养病,不要伤心难过。遇难者是位像文标老爸似的摆渡人,一伙窃贼偷东西,让把他们送过去,遭到他的拒绝。窃贼怕事情败露就把他杀害,抛尸大海。文标去帮助把尸体捞上来,他们一家感激不已。

　　入院时,根据他的病情,医生说,至少需要住院一个月。可是,他住了一周就出院了。他在医院哪里躺得住,求救电话一个接一个,那么多船、那么多人需要他,他哪能在医院躺得住呢! 2005 年,他当选为浙江省见义勇为先进分子,时任浙江省委书记的习近平在给他颁奖时说:"郭文标,拿奖后要再接再厉,要好好干,不要让浙江人民失望。"

　　郭文标被打事件得到浙江省领导的关注,不仅打电话询问他的伤势,还做出重要批示。有两千多人赶来看望,有他救过的渔民,还有素未谋面的陌生人,他的病房摆满了鲜花。还有无数条短信:

　　"文标,你救人被打,我们都很愤怒,不能让好人流汗又流血,这一脚蹬在你的腰上,痛在我们的心里! 好好休息,多保重!"

　　"上午知悉英雄模范被人打了,我们表示很愤怒,好人被欺辱,我们绝不答应! 祝你早日康复。"

　　"郭大哥,听说你的事了,好好养伤,我在海上祝你平安。"

　　他看着短信笑了:"有这么多人理解我,支持我,值了! 以后就是受到再大的委屈,我也要坚持下去……"

在各级领导的重视下,殴打他的 3 名涉案人员被缉拿归案。有人说,他们把郭文标打了,肯定完蛋了,抓进去还不得判个三五年。

18 日,温岭市市长打电话对他表示慰问,并劝他在医院好好养病,不要过于操劳。他却跟市长求情,希望对打他的人从轻发落。他说:"他们有情绪才那样的,教育教育就可以了。"

"唉,他们打了就打了吧,得饶人处且饶人,冤家宜解不宜结。"他跟温岭市委书记说,跟温岭市公安局局长说,跟石塘镇政府说,跟边防派出所说,"算了,不要处理那几个人了,教育一下就放了吧。"

那 3 个打人者被释放了,连医药费都没掏。有人说,看来打人的白打了,挨打的也白挨了。对郭文标来说,这事想起来仍然感到窝囊,感到委屈,泪水仍然还在眼圈打转儿。可是,把他们判了,让他们赔偿了,过去的事情还能改吗?算了,还是往前看吧,再说人生也就这几十年,要干的事情多着呢。

被打事件像"草鞋礁",激起过波澜,形成过漩涡,可是岁月是不回头的。

郭文标出院就投入海上救助之中,他没时间逗留在记忆中,没时间烦恼,每天都像钟表的秒针似的在忙碌中度过。随着世道顺着公平正义的路径前行,那种"绝不让好人吃亏,定要恶人付出代价"的社会氛围渐渐浓了,社会"好人一生平安""好人得好报"的愿望越来越强烈了,于是乎,一个好人的好日子来到了。

一次,一艘巴拿马籍万吨货轮在石塘钓浜海域漏水,船上 22 名船员遇险。文标在 3 小时船程之外的海域,无法及时赶到。

"我是郭文标,在钓浜附近作业的渔船请注意,北纬 28 度 10 分,东经 122 度 06 分,有船遇险,请快去救人。"

没人回应,他换个频道继续呼叫,心想对讲机有 1000 个频道,都呼叫一遍,准会有人回应。

"'水鬼'吗?我的船就在钓浜附近,我马上过去营救!"突然传来回应,让他感动不已。

"'水鬼',我正在赶往出事地点。"又有人回应。

"我不在钓浜附近,可是我这就赶过去。"

…………

当郭文标赶到时,几十艘渔船已将那艘巴拿马货轮围住,22名船员都被救了上来。

"'水鬼',你这次来晚了,这些人我们已帮你救了。"

好兄弟!他热泪盈眶地望着那些渔船,感到自己一点儿都不孤独。

这几年,在郭文标的带领下,那片海域的渔民发生了明显的变化。2012年4月20日下午1时,石塘的"浙岭渔20198"号航行在公海,发现一艘侧翻渔船,上面空无一人。他们立即展开搜寻,最后在一海里外救了10名韩国渔民。

我第一次去石塘采访是在2009年深秋,郭文标的石塘海上平安民间救助站还像枚热气球悬在空中,没地方着落。郭文标给我指了指码头那块地方,说想在那里建救助站,不过希望渺茫。

2016年年底,我再去石塘看望郭文标,当年妻子抱着他的衣服哭的地方立起一幢灰色小楼,门口挂着"温岭市石塘海上平安民间救助站"的牌子。郭文标的海上救助越来越受到有关方面的重视,"渔民在海上救人是天经地义的"这个观念也越来越深入人心。他说他希望不论何时何地,只要有船和人在海上遇险就有双温暖的手伸过来。

这不是他这个"平安水鬼"的平安梦吗?

只有执着地坚守梦想,脚踏实地为梦想奋斗,梦想才会一点点靠近。

仅仅真实是不够的

朱晓军

2009 年,我在全国道德模范获奖名单中发现郭文标。那时,我正在指导浙江理工大学第二届写作创新班,班里的六个学生,已跟我学了一年非虚构写作。我鼓励他们采写郭文标,他是浙江的,温岭离杭州又不远。卢珍珍同学欣然接受了这一选题,她家在台州,温岭系台州下边的县级市。珍珍采写了一篇四五千字的特稿,发表在《家庭》。

我觉得这一选题还可以深度挖掘,郭文标数十年如一日坚持义务海上救助,故事与矛盾冲突实在太多,社会背景发生了巨大的变化,他从一个让人讨厌的"泥鬼"到成为全国道德模范、浙江省人大代表,四五千字的容量哪能写得深、写得透?

2009 年年底,我背着背包去了温岭小沙头村。那十多天,我像影子似的紧跟郭文标,跟他一起喝酒、捞蟹、出海。他跟我讲摆渡一生的父亲和祖父,讲他的快乐与烦恼,以及遭受打击后内心深处的冲突……回来后,我完成《"水鬼"的天下》初稿,发给李炳银老师请教。

炳银老师回复:

这是一个很奇特也很有社会内容和人性道德包容的题材,很不易得。

但是,这样的表现过于直观和平面。从这样的文字提供看,作家在其中是可以有许多生发空间的。例如,现在讲他救了多少人,而没有很充分地去描述他在救人前后丰富复杂的心理感受和选择。人家送长寿面他接受,他为 20 多具无名死尸下葬花费金钱,付出情意,老爸将去,为了救人而放弃了守护,他在水中舍命救人,妻子在岸上抱着他的衣服的内心感受,等等,这些地方,都需要借助作家的采访和合理的想象给予复原,使真实的人物、情节在一种真实、生动、感人和直视中表现出个性和撼人的行为与精神力量。

炳银老师的话令我深思。从事报告文学创作前,我写过十几年的特稿。特稿与报告文学均为新闻与文学相融文体,不过特稿偏重新闻,报告文学偏重于文学。新闻是事学,文学是人学,事学注重事实,文学注重主观感受,不仅对事对人有深层解读,而且融有作家的主观感觉与情感,表述不仅要准确,还要有情感的体温。我明白一稿的问题所在,那就是过于纠结于事实,忽略了文学。于是,我又写了第二稿和第三稿。《"水鬼"的天下》发表后,引起较大反响,被多家媒体转载,并获得中国短篇报告文学奖。

有的项目结项后犹如卖掉的耕地,不再考虑明年种什么;有的项目结项后却难以割舍,郭文标时常浮现在我的脑海,坐在对面讲述没写进文本的故事,讲述他的纠结与烦恼,以及又救了多少条性命……

2013 年的一天,炳银老师说:"晓军,你可以给'水鬼'写本书。"于是,我又背起背包去了温岭小沙头村,住进郭文标家。

同事和文友均认为《天地良心》是我创作的最好的作品。这篇《"水鬼"的天下》由《天地良心》压缩而成。

不能缺失的心
——是什么阻断了中国创新路

沙　林

引言

　　有一个像老虎一样的妈妈,是童年的灾难,还是福分?

　　或可以这样说,现在中国任何一个恨儿不成钢的妈妈都想成为"虎妈"。"虎妈"这个称呼,又是美国人捣的乱。他们拿它称呼一个在美国把女儿严加训诫成功的中国裔妈妈——2010 年在美国畅销的《虎妈战歌》是虎妈蔡美儿自己写的训诫女儿过程的书。这种西式幽默让人联想到中国"文革"年代驰骋冲杀的铁姑娘,战未休,冲不止。

　　虎妈的做法在我们中国人看来难谈好坏,"子不教,父之过""书中自有黄金屋""书中自有颜如玉"的说法,现在几乎一半的美国人也叫好,《虎妈战歌》畅销就说明这一点。另有一半的人想起了什么,平等自由、自由发展、尊重人权、家庭暴力……? 他们因此谴责虎妈,弄得虎妈蔡美儿在美国一再辩称这只是自己的育儿日志,而不是训儿宝典,而且还有一种自嘲在里面,并不代表自己全面认同。

　　中美两国育儿民气的真正区别是,创新、发明、心灵的自由发展……这些很好听的名词,在两国都是上好之词,但在美国这些是真好词,几乎所有的父母(不管他们是否欣赏《虎妈战歌》），都认真实行贯彻之，他们的文化决定了他们的行为，从来发展凭自由，"儿权"向来也平等，这里面牵扯到人权、个人发展等民族深层心理因素。对孩子的尊重等在西方人看来是很神圣的概念。而在我们这儿，这些报章、书籍和文件上的好词一落到民间父母中，就成了对外的装饰，如果事实上妨碍了自己后代上个好学、寻个好职，那可以被平凡父母们弃之如履，视同垃圾。

几年前，当我在据说素质教育做得最好的北京的一个教学质量中等的中学会议室抬眼望去，家长会上300多位父母无不在女教导主任的训话下显出恭敬从命的表情，我知道他们，包括我这个父亲，几乎没有一个不希望自己的孩子听老师话，记老师说，做老师题，规规矩矩，不要僭越，不用创新，不得违逆。高考的独木桥就在前面，我们都是这样的父母，谁也不要说谁。

我一直苦想这种民族惯性是否有合理之处：整个民族的实用主义的倾向造就了我们的特质，这里面没有好坏高低之分——几千年的历史就这样过去了，到头来，雷霆闪耀之处，这个保守、实用的民族创造了一个东亚的奇迹，也可能无数人的循规蹈矩，跟仿谨记，上下有分，尊卑有别，造成了整体的最小损耗，五千年能完好存于世，这本身就是一个最大的创造。善于自保或许与善于开创同重，越接近文明发展的近期，文明本身的互相借鉴就越发重要，而且可能在这方面落后几十年，在另外的通道上亦能弥补，器物发明的暂时落后，在制度典籍和气韵精神上却不乏领先。纵观中华民族的发展史，这种领先有时可能更为重要，整个民族有一种文化的内向力，就像一个棱角很小的滚圆巨石，滚动跃跳在种族、国家纷争向前的竞争大道上，摩擦最小，耗损最小，一下子滚蹦到了21世纪。

当然，这种"四百年于人类贡献不大"的自保式生存，在文明史上无论用什么样的词去溢美，还是遮挡不住发展模式上的不足，无论如何，"创造"，是人类最美的物事之一。

我们岂能心无愧怍地面对峥嵘现实：我们实际是在用创造力不足的内闭性社会中的人民的血汗去与一个异想迭出再加上制造力坚雄的整个西方世界拼

争。"一个模仿的民族","一个山寨的国家",这是近几十年,一些国内外的专家学者、官人,甚至国内的学术界和新闻界赠送给国人的不雅名号。

在高科技武器方面最能明显看出民族间原创能力的对比。同样出身于落后封建帝国的社会主义国家苏联,同样遭受对手的严密围堵,在十月革命后的50年间,创造了令世界咋舌的世界第一:第一颗人造卫星、第一颗氢弹、第一个原子能发电站、第一艘核潜艇("台风"级战略核潜艇)、第一艘原子能破冰船、第一艘最大的巡洋舰("基洛夫"级核动力巡洋舰),在20世纪50年代就拥有庞大的航母编队……实际他们在建立政权仅24年时,就遇到了世界上武备最先进的疯狂军队的突袭,他们迅速爆发出自己的原创能力,研制出众多世界上独一无二的,理念新颖、制作粗糙的T-34坦克、米格战机、喀秋莎火箭炮,与世界上机器制造业最发达的国家展开了殊死搏斗。可以说某种程度上是苏联的原创能力决定了世界战局,挽救了自己的国家和其他许多国家(包括中国)。二战后,美国可以说是全球的人才收割机,苏联以一己之力能在科学上对抗整个西方这么多年而且基本上不落下风,确实非常非常了不起!

反观我们,俄罗斯国防部的一位将军曾很不客气地说,离开了仿造俄式武器,中国就没有武器了。英国广播公司也夸张地调侃道:"中国国庆阅兵就像是苏联武器展。"这些话带有侮辱和夸大成分,虽然我们在武器方面已慢慢跨出"山寨"格局,有了自己的设计思想,但比起我们民族几千年的文明史,比起我们新中国成立60周年的伟大业绩,比起苏联20世纪20年代就扬言苏维埃要做世界上最大最强的东西而且也实现了,我们的创新成就还是比较微薄。

最骇人的一句话是我们的学者自己说的:中国人四百年来对人类文明贡献不大!这句话是基于遍查我们这个民族,我们现在百姓众生所享用的一切制度、体例、器物、运动、经济、服饰……一切的一切,几乎很难找到一件是中国固有的东西这个事实上的。

令人困惑的是,我们又是这个世界上最大的器物制造国、最大的商品出口国、最快的经济发展国、最猛的财富积累国、最众的人口国。这里面到底发生了什么？创新和国富民强的关系到底如何？"创新"和"墨守成规"这两个截然不同的概念分别在国计民生中起什么作用？

本文尤其想探讨一下，为什么国人有了一定的物质基础却还创新难为，而山寨蜂起？是什么阻碍了我们？是否有一条既符合国人严分守纪的特性，而又不至于谈起创新四百年来对人类文明贡献不大的让人羞愧的路？

"床"的悲情

制造业的核心是机床，机床的关键是精密。

20世纪五六十年代，有苏联、东欧的技术设备支撑，我们与世界工业的平均水准差距还不大。但从精细机械、电子技术占领工业核心的70、80年代开始，我们还没生长出创新的信心和习惯，又没了当年苏联那样强大兄弟国的大强度输血，颓势渐渐明显，工业文明的核心地带离我们渐行渐远，有的领域几乎彻底望"洋"兴叹。"像高级汽车、航空发动机、高级机床母机，"有一位汽车工程师这样沮丧地说，"离开了德国的母机，中国机床业将一无是处，所有的高级芯片、所有的高级混合材料……全是洋品。在一些稍微低级的领域，即使我们勉强模仿造出了自己的东西，也因材料不过关，用了不久就会出现各种毛病，被我们自己摒弃，以致一些国产的东西几乎沦为笑谈。"

一位同济大学搞汽车发动机的博士生导师愤懑地说："谈起创新、技术、研究、攻关，大家都在怀疑我们有没有这个能力。作为整个国家工业发展中技术含量最高、具有领头羊意义的汽车工业，我们的现状是：1.车型全部是抄袭、引进。2.设计软件、流程都是购买国外或者盗版。3.制造设备生产线都是引进。4.试验设备都是外购、引进。"

不是没有同步起跑的平台，不是没有赶超的机会，我们曾经有过。

"1956年苏联帮助造出的卡车，到了1985年，快30年了，还是那个样子……别说这个了，你看看过去的影像资料，暖水瓶从清末英国进来就是那个样子,到了20世纪90年代,还是那个样子,一点没变。十几年前才从日本引进了新的样式,大陆的一些民营工厂才开始仿制。没有改变的欲望,能拖过去就拖过去,这就是我们的状态。"

一位解放前大学毕业、原国防科委和四机部的高级工程师康老记得,20世纪50年代末,我们要搞某尖端武器,从苏联运来了十几卡车的资料,当时的部长王铮下令一个字不能少,全部翻译。这么大数量的俄文资料,紧急动用了部内外几百名懂俄文的官员、技术员等进行翻译。后来我们在仿制过程中,改动了几个地方,研制出来后,出了问题,结果仔细调查,就是咱们改动的那点出了问题……这不能说我们一味模仿后的一点"创新"不对,恰恰是不经学术研究而匆匆想让工农兵占领舞台、证明"离了赫鲁晓夫我们也行"有问题。

改革开放以后,我们的原创精神更加稀少,安于几十年如一日地平庸度日,又甘于模仿、山寨、偷取,让我们在工业文明迅速发展的今天,只能屈居工业产业链的下端,用廉价的工资和不计污染的劲头去和人家竞争,好不容易赚得一点外汇,却污染了祖国大片河山,人民在焦躁繁忙中奋拼度日,工资待遇福利却屈居世界末端。(如此发展、竞争、生产,甚至革命的目的是什么?如果不以全体国民幸福为目的,那这样的发展以及所有的冠冕堂皇的大词都可以休矣。)这真是贪小便宜吃大亏——看似以廉价的人力和不交知识产权保护费的偷窃模仿能迅速跟进一段,看似好不容易赚得的一点利润宁愿去拉关系搞腐败,也不愿投入科研和原创的研究上……恶果延宕,所造成的人们的疲惫偷懒、投机取巧心态和不负责任的污染现实,是极大的得不偿失,阻滞中华民族创新精神的发展,甚至损害了中国的道德环境,每一个中国人和企业也不可能在投机取巧和短暂私利的旋涡中有一个安稳幸福的家园。

这是我们民族的一个致命隐伤,创造和发明很少,而在制造这个层次上,又因材料的不过关和技术粗糙等因素,产品质量较低下。追赶似乎遥遥无期,关键是很难见到业界仁人志士在国家高度呼吁一把,鼓起全民族的勇气,下定决心去追赶。

有这么一个大军工企业的工程师,他的故事让很多人感慨。其实那么多浮华就是浮云,增长数字、GDP(国内生产总值)迷雾、高铁房地产类的喧嚣、春晚类的歌舞升平……都是浮云,让我们一看而伤心流泪的,这个国家,除了底层百姓生活的不易、国土污染越来越严重,就是实实在在的制造实业和引领它的科技,在与发达国家竞争中有着实质性的落后。

这位自称"老愤青"的工程师,五十四五岁,不愿让我写出他的真名。但又非常想表达,虽然自己说早已心灰意冷了,但分明能感受到他对国家的热度、对行业的深爱,只是冷冷的方式,让人刺痛。

他是 721 大学学出来的,现在的人可能不太熟悉这种厂办或者是工业局办的大学了。过去这种工人上升为技术员、干部甚至工程师的通道是很诱人的。

他所在的工厂是东北非常有名的军工大厂。这种北方几万、十几万人的大厂照例不是苏联援建就是在日本遗留基础上扩建。"共和国长子"的福利收入和名气傲视群雄,令周边市民无限向往之。

"老愤青"能进来是因为亲人关系——家亲相选,友朋环套,是这种大厂的特色,也是 20 世纪八九十年代极力想用"现代企业制度"改革掉却又效果欠佳的。但"老愤青"是一个有为青年,虽然因为父亲的关系进的厂,但还是想好好干一番事业,特别是在市场经济的冲击下厂子渐显颓势的时候。

这个大厂为了自救早就不只生产军品,也在商品大潮中投身民用市场了。因为曾在人力物力方面在国内独占鳌头,因而除了一些独资合资企业外,这种企业的技术实力当时是中国大陆最强的。但国企积习难改,"老愤青"在厂子"初下海"时就感到一种深深的忧虑。

这种忧虑来自我们大多数国人都已熟视无睹、而懂行的人细分析起来却很可怕的事实:如果没有洋设备依凭,没有洋成品模仿,没有洋人远远监督,我们做出来的东西将粗糙得可怕,能用与否或许是未定之天。

"我们的办公室人员只会在那里凑数据、吹业绩,没有看到我们在许多方面大大的不足。比如我在的那个企业,以及所有我知道的这类制造企业,每当攻坚精活、硬活、高档次活计的时候,都照例用外国进口的机床、刀具、材料。我们国企自己生产的设备、刀具等,质次,价格还不便宜。"

"老愤青"这类技术员的不满根本无足轻重,他的最终离去来自两代人的苦涩。他们父子同在这个大厂活命,2004年"为企业卖了一辈子命"的老父突然发现得了癌症,可这个大厂竟然不给报销医药费,"老愤青"全家很是伤悲。底层许多百姓,一直挣扎在这种生老病死的痛苦漩流中,在粗放式发展所产生的污染以及各种低劣烟酒浸染中染上了重病,又得不到发展的补偿,国家的强盛,国家的关怀,很少照到他们身上,可能经过了层次太多的层层盘剥,到了他们身上才是一点烛火般的光。

"老愤青"愤而离厂,外出打工,既是对这个没有人情味的国企的摒弃,也是挣钱救父的需要。他首先来到了上海一家台资小厂,规模比原来的国企小多了,可设备和技术要先进得多。"老愤青"在那儿使用正版的 Cimatron、UG(高级软件),为20余台3万转的高速加工中心(一种国外最先进的大型综合性机械加工系统,把车、刨、削、铣、钻、磨、镂等所有工艺集于一身,一个铁块扔进去,电脑控制,走完流程,出来就是一件精致、精密、复杂无比的成品)编程。而他原来的那家国家大厂只有一些有心报国但并不被重用的知识分子弄来盗版软件,苦巴巴地想着做一些好东西。在软件上,一些国企大厂还没有台资小厂开窍;硬件当然也没有人家的系统、先进。"老愤青"在这家台资厂学到了很多东西。

没有创新,没有那种引领的创新,有的只是那种总是模仿别人然后说自己是"创新"的那种创新,整个技术意识和意识体系必然落后,再加上没有精细用心的工作态度,做出来的东西必然是粗糙而不经用的。"老愤青"下海后认识到这一点:"2008年,我在韩国做手机的朋友知道我在一家日本机床制造厂打工,也知道我在国企干过设备采购,为降低成本,托我买几台国内的高速机——手机模具只有用高速加工中心做,否则后续抛光工序会非常麻烦。我遍寻了国内的加工中心制造厂家,南北方各大城市的,最后厂家销售部门的说法让我心都凉了,国内没有一家能制造真正的高速加工中心,相比速度最高的竟然是宁夏的机床制造厂,人家是合资公司,用的是日本技术——但日本只让国内做到 1.2 万转。其他的厂家只有 8000 转。意思很明确,国内没戏。我郁闷了半天,中午吃饭时我转头问我们日本经理,他告诉我,日本已有 5 万转的加工中心,气浮动导轨,用于日本飞机的试制,但明令不能向中国出口。这家日本厂在日本国内只算通用机床制造厂,日本还有更高级的设备已在研制中……"

我们在制造业方面的危机已经很严重了!一位国外归来、现在同济大学研究发动机制造的博导徐先生也证实了"老愤青"的说法:"我们项目里甲方一般要求电机为 ABB,减速器为德国 SEW 或 FLENDER,控制系统为西门子或施耐德的产品。其他电器原件,如断路器、接触器等都是要西门子或施耐德的产品。国产的东西因质量次一般沾不上边,除非项目资金较少才选用!而且所谓国产设备,高级点的主要或核心部件全部是进口的!

"我们国家发动机制造技术落后世界水平多少年?不说那个英国给了图纸、'攻关'了 30 年也没仿造出来的罗尔斯·罗伊思飞机发动机,就是普通的汽车,稍大功率的发动机都是进口的。徐工生产的大型吊车,发动机都是美国康明斯的,液压控制中的主件是德国的,连大型吊车上的钢丝绳都是进口的,我真感到有些悲哀。"

几十年来,"老愤青"看遍了中国的机械业,他"愤"中有忧,从小家的愤,思中国的悲:"我曾经负责对单位的几台大型落地镗铣床电气技改,除调速电位器和转速表采用国产的外,其他关键部位全是进口元件。机床使用的五年中,进口元件工作正常而国产元件却不知换了多少次。中国生产大型机床的企业一般仅做床身和一些附件,丝杠、主轴、电气控制系统都靠进口,为了保证床身导轨的精度还得采用进口的导轨磨床。中国机械制造业全面落后美欧日。机械制造业工人工资偏低,人员大量流失,很多有技术的人下岗,要振兴中国机械制造业谈何容易。"

"老愤青"提出的问题让笔者思索:自己的"床"能让飞机、导弹、卫星飞吗?我们做这些东西的机床都是来自国外,一旦国外"敌对势力"发威,又是问题。

20世纪70年代苏联躲避美国监控,购进日本东芝的高级机床,加工自己的导弹,美国为此狠狠制裁了日本,在国际上酿成轩然大波。实际上我们现在一些最尖端的机床是买不到的,西方国家集体对我们限制出口。

有时甚至买了设备也不会用,"老愤青"评价道:"买的时候,要组织数次出国考察,然后数次地邀请外国专家,开无数次的论证会,进行无数次的探讨,当然旅游吃饭是不能少的,然后展开无数次的谈判,讨价还价吃回扣。机器发到后,肯定需要一个仪式,请各级领导和媒体参与,大吹特吹一下,弄个大红花,举行个开工仪式,完了,就放仓库。若干年过后,'经过各级科研人员的攻关,投入了大笔的资金和人力,现在能达到90%使用率了',起码要开个庆祝大会,表彰有关人员节省了上百万的资金,至少要发个几十万的奖金给相关领导,请领导和媒体讲话……大家终于知道许多报捷的新闻是怎么来的了吧?"

说起中国的制造业,大家都有点想哭的感觉,像"老愤青"一样,许多人都把自己最宝贵的青春岁月献给了国企,曾经一起厮混过的弟兄还在那里苦熬,微薄的收入支撑一家人,有些人不知去哪儿了,父母还在那个老旧大院里残破的家属楼出入,只是佝偻了,早没年轻时的精壮。

当年是汽车修理工、现在是某贸易企业总经理的张京凤回忆道,每天中午,他们从蒸汽炉中拿出从家带来的饭盒,男女各自品尝。那边突然爆笑起来,某男占便宜又被一堆女工围打……下班时铃声一响,无数自行车冲出厂门,饭盒叮当响着,青工们互相打趣笑骂……瞬间工厂清静了,上中班的人静悄悄劳作,夕阳把工厂染成金黄色。

"因为企业大,有几年效益也很好,有点本钱,所以一度说要学习国外的先进技术,搞引进,引进技术、引进人才等,自己是个大傻瓜,以为是真的呢。""老愤青"接着回忆,"每天查资料,查专利,学习新的东西,忙得像个总理似的,实际上,所谓引进,就是厂长和几个主要的领导出国玩了几次,啥也没干。现在厂子不行了,工人都拿基本生活费,艰难度日,那些当官的当然不怕,他们也捞够了。唉,这些事不说也罢!"

　　"老愤青"的故事总是那样悲情，不管他如何觉得混得可以光宗耀祖了，他还是忘不了曾经相依为命的厂子："讲个真实的故事激励国有军工企业，我过去的那个企业买了一台日本高精尖设备。安装时由于国内工程师没有能力安装，专门从日本找了一个高级工程师来中国帮助安装。但是等到了厂子大门，日本人看到一辆坦克(厂子里维修的功勋坦克，打朝鲜时立过功的，退役后就放到厂子正门了)，扭头就走，拉都拉不住。等向日本总部汇报过后，制造厂家宁可违约赔钱，将设备硬生生给拉走了……每次我回去看到就想哭，为那耗费了许多我们工人血汗买回的高级设备闲置、损毁、丢弃、不会用，也为国×集团的明天，也为国×集团用1万块钱买断我10年青春岁月而哭！"

　　"床"是机床，我们曾经那么重视机床，视同于工业整体。许多成功人士背后都有当年机床的影子，但现在国产机床的地位跟工人的地位一样，很低，很破。最遗憾的是，几代人的奋斗，为工业的呼喊奋争，还有他们的青春，像水中花镜中月，一去不返。

"芯"的缺失

　　创新之道，全民求之。民族大业，与之相合。20世纪90年代以来，创新被提到国家战略层面上。几位国家领导人都一再强调自主创新的重要性，前国家主席江泽民1995年就曾经说："创新是一个民族进步的灵魂，是一个国家兴旺发达不竭的动力。当今世界的竞争，归根到底，是综合国力的竞争，实质则是知识总量、人才素质和科技质量的竞争。"近年中央领导也一再强调，科技创新能力是中国经济社会发展的驱动力，是国家立足激烈竞争的国际社会的重要手段。未来国家发展的关键在于科技的新突破，要进一步增加研发投入，加大人才培养和引进力度，力求在一些领域的核心技术方面有所突破。

　　在国家上下高度关注自主创新十几年后，中国国家创新能力的确有很大提高，这是铁的事实：我们国家自主研发、自己制造的"神五""神六"载人绕地飞行,"嫦娥"绕月飞行,最近神舟八号飞船在外太空和天宫一号目标飞行器对接,建立中国第一个外太空实验室……这都显示了中国航天技术的成熟,使中国真正跻身成员不多的"全球航天俱乐部";我国在2010年9月宣布,研制出全球运算最快的大型计算机,这也是一个不小的成绩,虽然许多元件、机件,甚至还有整机是进口的,但成千上万台这样的机器排列整合起来,使其形成一个超大型机器阵,也是需要真本领的,全球没有几个国家有这样的气魄和能力做出来;我们海上石油工业的科技发展也进展神速,其标志之一就是我们自己设计制造出了全世界技术最先进的深海半潜式钻井平台981,这个平台体格巨大,高130米、重达30万吨,全部锚链海上覆盖面积超过北京六环路的范围,有人说能够制造出981,航空母舰也就不在话下了……

但灿烂的图景掩盖不了严重的问题,中国科技和工农业各方面自主创新的实际态势是,一方面突飞猛进,一方面隐患多多。其中最要命、最关键的问题是,我们不掌握关键技术、核心技术,许多创新成果往往徒有其表,实际是不到位的创新,"拼凑创新",严重依赖外国人和外国产品进行的"创新"。比如中国的高速铁路的建设,对我们来说就是整合功夫,关键部位往往要仰仗外人。比如对轮,也就是高速列车的轮子的制作技术,是高铁中很关键的技术,对轮是高铁中最"吃劲"、最易磨损的部件,我们的材料和技术不过关,不得不引进挪威的制造技术,与挪威办了合资企业。比如无砟铁轨技术是从德国引进的。有人统计,高铁技术相当多来源于外,但我们却把它说成了自己的知识产权,关于这一点,德国等国家非常不满,他们甚至编了歌谣来讽刺这种"二道贩子"式的"创新"。因而,对于许多中国的"创新产品"来说,到底算不算创新,很有争议,一直争论到全世界。

其实在技术文明上,我们跟在外国人后面亦步亦趋,甚至远远难趋,已经持续数百年了,一直到现在,改革开放已经35年了,虽说总体有所改善,但在主要和关键工业经济项目上,还是如此,而且因工业文明的高度发展,民族间竞争意识的日益增强,有的领域这种状况越来越严重。对此外国人这样评价:"对外国技术的严重依赖,已成了中国建设经济强国的最大、最现实危机!"

在文化、科技、经济领域,这些年提及次数最频繁的一个词是什么? 自然是"自主创新"了。如果找几份中央大报细数一下,可以发现,"自主创新"的用词量远远多于其他的一些热词,而与最热词"绿色发展""低碳经济""转变方式"等不相上下,有的时候还略高一点。在我们国家的宣传领域,大家都知道一个"潜规则","缺什么,补什么",什么方面面临危机,就从什么方面去正面反复提及。

"自主创新",国家战略,到底缺到什么程度? 或者说创新不足在当代有什么表现?

我们或许能从一组海关数据中读出些什么:

2009年,中国花费资金最大的单项进口商品是什么? 是石油? 不是。2009年中国进口石油花了900亿美元。是铁矿石? 也不是,2009年中国铁矿石进口花费500亿美元。正确答案是芯片! 2009年,中国的芯片进口价值达1200亿美元。

排在进口第四位的是大尺寸电视液晶面板,2009年进口达400亿美元!

芯片和液晶面板,支撑着中国电子业的两项主要产品,基本全是进口。对此国内媒体称,中国是"没有芯的发展"! 外电这样刻薄地问道:中国所谓的"连年高速增长的高技术产品对外出口",离开了这些进口的芯片,还能剩下多少呢? 一台大屏幕电视机1万元人民币,芯片、液晶面板等关键进口组件就要占去7000元人民币。以至于本土电视厂商感叹"电视机论斤买,利润同大白菜差不多"。

怪不得这两年日韩面板厂商一发力进入终端组装环节,国产彩电这朵被称为"开放创新、市场换技术最鲜艳的花",市场份额立即有跌落到一半的感觉!

进口不易,进口要看人脸色,特别是在高技术方面。

有三大进口是我们民族的"致命伤",一个是粮食:某些地方,官员和开发商腐败勾结越演越烈,各种名目、跟个人贪欲私利紧密相连的开发区、新校区、政府办公区、高档住宅区,特别是所谓城市化的"农民上楼"等,动辄占用粮田数千上万亩，还有官员、富商、黑老大的"官邸""豪宅""花园"轻而易举变相侵占农村几十亩、上百亩土地，作为国民命脉的 18 亿亩耕地越来越难保证完好，"红线"已经逾越，加上水旱天灾呈加重状，粮食供应已难保证，进口量势必越来越大，一旦国际粮食市场发生变故，或者主要产粮国与中国为敌，拒绝输送，粮食问题将成为中华民族最大问题，决定亿万国民生死。

触动我们民族伤口的第二大进口项是石油、天然气。2010 年我国石化能源消耗 4 亿多吨，其中进口达 52%，2011 年将达 55%，一旦国际能源发生危机，或者主要运油海道、管道被封锁，将有一半的机动车趴窝，各大城市街道、居民区将被钢铁废物覆盖，中国的工农业、汽车业、航空业、化学工业、服务业、食品业……所连百业，难逃其苦。

第三大"危机进口"就是芯片。有人形容，如果芯片被封锁，进口被堵死，那比汽车多得多的计算机、大型商用机、大型机床、网络、通信服务器等，都将身处险境，带伤运行，或者趴窝"死机"，整个现代社会的正常运行都将大受影响，甚至整体停顿，所遭受的打击一点不比能源短缺小，有可能危害更烈。

单说芯吧，我们可以想象一下，离开了进口的芯片，我们"连年工业品出口增长"的那部分，工业品的出口大宗，我们国家外汇收入的支撑，计算机、电子玩具、手机、手表、中低档机床、家电产品等，还能否成"器"，还将剩下多少含金量？

对于电子行业方面芯片缺失的窘状，一位电子工程师以真情实感写的"泣血"文章很能说明：

> 长话短说，本人作为一个有 10 年经历的电子工程师，就从电子行业看现状。电子控制系统作为系统控制的核心，控制小到家用电器，大到汽车、飞机的运行，是一切工业制品的核心。
>
> 虽然看似中国有很多大型高科技企业，每年也出口很多的电子产品，但是作为电子控制系统核心的芯片，80% 以上都需要进口。
>
> 当然芯片也分三六九等，有做一些简单工作的辅助芯片，几角钱一个，

这些大概国产的可以占到 50% 市场,这些芯片可替代性强。还有做复杂或者核心工作的核心芯片(比如电脑 CPU 之类),从 1 元钱到成千上万元不等,几乎全部是进口,而且是系统中必不可少的。

即使低端的国产率较高的芯片,其中很大一部分还是买的国外的晶圆,然后自己回来切割,装个外壳测试一下就是成品了。相当于买个进口的产品,自己包装一下就 Made in China(中国制造)了。

还有极个别那些真正所谓 100% 国产的芯片,其实也就是拿着国外的某些低端芯片,拆开来,在显微镜下面拍照,然后完全照着抄袭,而且抄都抄不像,性能比原版差,只能和原版拼价格。如果芯片设计还能有一点点改动,那已经牛得一塌糊涂了,估计可以申报国家科技进步奖了。国外高端的复杂的芯片,给国内抄都抄不出来;甚至人家把图纸资料都给你,国内也生产不出来。

电子行业的现状就是,最好的芯片在美国,其次是日本、欧洲,再次是韩国,最垃圾的是中国台湾。中国大陆?这地方也生产芯片?开玩笑的吧,至少我 10 年来还真没用过 Made in China 的芯片。当然,在批发市场那些廉价的,用几个月就坏的小玩具或者遥控器里面,是有国产芯片的。

国外芯片厂受 2008 年金融危机影响,产量压缩,结果 2009 年开始,国内芯片就缺货、涨价,个别紧俏品种还翻番地涨,对国内控制器生产造成很大影响,生产不得不一再延期。

举个小例子,中国是最大的电动自行车生产国,而电动车控制器的芯片全部是进口的,其中 MOS 管芯片以某国外大牌的为最佳。结果每年 5 月份开始,当电动车生产销售进入旺季后,那个品牌的 MOS 管芯片都会涨价,普遍涨 30%—50%,2006 年最离谱,从 2 元涨到 8 元,一个电动车控制器要用 6—12 个这样的 MOS 管,基本上占到一个控制器成本的 60% 以上。人家涨价就涨了,宰你就宰了,你爱用不用。只有个别技术实力强的厂家尝试别的国外芯片,虽然质量下降了些,但是毕竟省了成本,整体还算合算。国内的

MOS 芯片是断没有人去用的,而且这些芯片的核心晶圆也是国外的,只是国内装了个壳,即使这样的,哪怕白送都没人用,差距还真不是一点点。

所以,有人说,别看中国出口了多少多少,其实也就赚点劳务费,八成以上的利润其实是上游的国外大公司赚走了。

哪天如果美国拉着日本和欧洲对中国芯片禁运,那中国的电子行业可能就彻底废掉,中国所有的带电子控制系统的,包括家用电器、汽车、飞机、电网控制,甚至小小的灯泡都不能生产了。说到这,怎么感觉和说 1949 年一样啊,真正的一穷二白。

为什么中国经历了所谓高速发展的 30 年了还这样,我的经历就是答案。

10 年来,做工程师赚的钱,只有房产升值的零头,比炒股赚得辛苦,我现在已经开始逐步放弃研发方面的工作转而进入收入更高、更好玩的商务领域了。虽然很可惜我那 10 年的技术经验,但是中国其实并不需要什么经验丰富的工程师,中国只是工厂,只需要工人。

10 年前,我刚毕业,中国就是这样;今天还是这样,甚至还倒退了(某国有芯片大厂最近宣布停止研发芯片,专注于代工业务);10 年后……

这是本人电子行业的现状,如果大家有本行业的现状,也可以说说。

我记得曾经看一个机械工程师说的,如果离开德国的母机,中国的机械行业就彻底完蛋。

世界离开中国,生活成本或者生产成本会略高一点,但也就几个百分点而已,因为中国其实也就在整个产业链中占据着利润最低、产值最小的一个环节而已,也就帮老外在组装阶段省了几个人工费。

国家的悲剧在于技术研发和创新方面与国外的差距越来越大。

这位工程师所写的不加一点掩饰,真实得有点残酷。与我们一些不明就里、沾沾自喜的宣传完全是两个腔调。到底哪个真?读者自有分晓,反正这篇文章在网上流传的时候,几大网站的所有的跟帖几乎都是一边倒地支持"楼主"。网友们恨铁不成钢,嬉笑怒骂皆文章,冷嘲热讽中展露了一颗颗真的爱国心,所道出的自己单位地界的真相更加触目惊心。

关于芯,我们为什么匍匐跟随了 30 多年而难以超越?芯这种精细活虽然包含高科技,但同时也是一种人力密集型的产业,与中国人精细的天性相去不远,我们能在头发丝宽窄的丝缕金玉上刻一首诗,为什么不能在大许多的"方寸"上"磨"一片硅锌铜?何至于落后如斯?何至于 20 多年来踽踽前行?难道在芯上,除了精细,我们还缺更多的东西?

在芯上,逼近美国人的是日本人,他们给了我们些许信心,能打破芯片等高科技上"白人中心论"的就是他们;我国台湾做得也可以,他们毕竟供给了全世界 20%左右的芯片。

我们缺什么,比起欧美人、日本人和台湾同胞,在芯片研制方面?

我们在材料上不过关,在制芯材料上要仰仗他人。材料是最来不得假的东西,不像某些"创新",我们"拿来主义",整合一下就是我们的"成果"了,材料"整合"不了,它是硅、碳、金、铜、钼、砷化镓等非常精细的配比结合,要经过千百次对比、记录、研磨和炉炼;我们在芯片线路编排、刻蚀加工上的欠缺也不是一星半点,在小拇指指甲那么一点的面积上要嵌上数百万个晶体管,线宽只有 0.1 微米,或更纤细,这需要极灵敏的设备和精细的心绪去长时间操作、刻蚀,需要研制人员有极大的耐性,心无旁骛,一心投入。大多数国人目前好像没有这种细心、耐性和责任感。

这道出了科学研究中最重要的一点:态度。态度决定一切。我们的态度难道不对吗?方向对,但程度不够,全情投入者少,在这个事情上,或许尤不能一会儿想着顶头上司脸色不对,决定奖金升迁的主任还没打点,一会儿惦记着职称还没搞定需去笼络讨巧于众评委,尤其不能总想着逃离研究而弄上个一官半职管"研究的"——科技界官本位思想也浓厚,"好处都是当官的得,苦了死研究的傻博士"。如此,谁也不是活雷锋,科研人员也想活在更好的环境中,思想上移情别恋是自然的。

　　从 20 世纪 80 年代初开始，去过国外的科研人员就非常羡慕国外的学问环境：一就是一，二就是二，人事关系简单，黑白对错分明，没有那么多矫情阿谀，嫉恨嗔恚——这是我们面子社会、人情社会、官本位社会所必然有的负面东西（这种社会性格当然也有许多正面的东西）。我们想一夜暴富、走人情脉络、靠"贵人"提携的大有人在，能够沉下心来默默无闻地精研"物"的高层次人才太少。知识分子本来应该是最干净的"士"，竟也沾染了许多社会上的不良习气，大环境所致，殊为可悲。科学研究上的大忌就是这个，整体氛围浮躁，这与"芯"的安稳内敛的性质大相径庭。

　　这是非常现实的脑力分配博弈，在大脑可使用的 10% 的范围内（大脑像宇宙一样，有 90% 是当前科学家还弄不清楚的"暗物质"），琢磨"人事"多了，自然要挤占研究"物理"的地盘。科学研究的想法和灵感，是需要足够多的资源去堆砌的，量够了它们才会某一天突然不期而至——有可能"暗物质"部分起了相当大的作用，但必须用 10% 的那部分去充分发动启迪。

　　芯的缺失，还有一个重要原因，是投资阶层短视心理严重，谁也不想"放长线，钓大鱼"，都想捞一票就走。企业界是这样，有些政府部门也是这样，结果导致基础科学、基础研究投入太少，产出自然微薄。

　　我们也有人曾经放出卫星，放出狠话，与美国叫板，说做出了国人自己的芯，可替换中国人电脑中的主板，"中国人要用中国人的芯"，打爱国牌，一时间很是热闹，最后被揭露造假成分太多，有骗取国家投资之嫌。这道出了一个大问题，在科技研究上我们尚不真诚，还不老实。山寨可以，但要明言山寨。创新就是创新，来不得半点虚假。否则真相早晚被揭穿，到头来名利全空——悲剧是，太多的人视名声为粪土，"什么名誉、名声"，万一失手，打通关节，照样没事。的确如此，谁见那些伪造芯片的有什么名誉损失？谁见他们坐被告席上名誉扫地了？搞不好还自诩能人而洋洋得意呢。名誉这个事，信用记录这个事，在我们这儿好像根本不算什么，"敬畏"早被几十年"反封建迷信"尤其是"文革"折腾得不知去向，君不见那么多抄袭论文的被揭穿后，照样振振有词，毫无羞怯，官照当，钱照赚。对比一下，前不久发生的德国国防部长博士论文抄袭事件(有部分论点与其他论文相同)，媒体大做文章，民众反应强烈，最后这位高官先是在报纸上公开道歉，放弃博士学位的申请，没过几天就宣布辞职。

巧的是同一天的新闻，山东某地一官员，某学位论文抄得更是彻底，全篇抄，连标点符号都没改，报纸揭露出来后，他大言不惭说，只是"参考了某些观点"，而且大骂媒体记者别有用心，煽动不满情绪。这不禁让人们联想到，这十几年涌现出的"博士局长""硕士主任"，有多少是自己亲学出来的？他们如此厚颜，是不是吏治，尤其是百姓的灾难？

总之，民性有待改进，政府有待督促，风气有待更新。芯是牵一发而动全身的，芯有待于五脏六腑的强健。缺芯不可，心健而身健，芯强而国强。

说到最后，芯的缺失还是心的缺失。

三位天才少年的"归凡"记

两年前的一个傍晚，一位知道我曾经在大报混过的母亲突然给我打来电话求助，说她儿子小新(化名)有两个大发明，现在遇到了一些各方阻力，希望我能帮他找一位《中国青年报》的记者报道一下。我对这种敢把自己子女事社会化的举动稍微有些吃惊，她的独生子，一个很胖的初中生，那时才12岁。我知道向来少年多想象，让大脑纵马狂飙不足为奇，但两个很严肃的发明还是有些不同。这位母亲的孩子我稍早时见过，跟别的同龄孩子是有点不　样，喜欢一个人想问题，构建"发明"。他成为这个样子跟妈妈的宽容有关，这位母亲多才多艺，会传统的诗词曲赋，有宗教信仰，对他人慈悲使她对自己儿子也慈悲，希望他能在宽松中成长，在兴趣中发展自己。

小新的两大发明听起来气魄很大。一个是海浪发电机，即在浅海中建一个方圆数千平方米的巨大的平台，上面安置海浪推动装置，当潮汐海浪涌来时，巨大的装置被推动,电能随着潮汐涌动而源源输出。另一个发明是运用风能或者太阳能等新能源,把东部沿海的海水淡化后引入西部缺水的青海、新疆等地,把东部的湿润化为西部戈壁沙漠的绿洲……这两个科学计划只是小新十几个发明中的两个。前面说了,一个年轻的头脑在这个年龄是最无挂碍的,但科学这个概念强烈吸引着他,成为他的梦想。这在现在的孩子中已不多见了。现在的孩子,在"最想成为的人"这一栏中,科学家早已排名甚后了,某地调查,排在前面的是老板、警察、局长,甚至还有黑老大。孩子的心灵不过是社会风气的晴雨表罢了,社会风气的整体转变对文明、对科学都十分不利,中华民族的有关领导者,仁人志士,一定要有所警觉,认真对待。

虽然小新的功课并不特别优秀,在全班中仅居中游偏上,但因为有这个梦想的牵引,他并没有太多的坏习惯,比如说通宵上网玩游戏、巷间林中和女同学亲昵等,这对一个孩子一生何等重要!孩子有一个高尚的兴趣是一家人的福分,孩子有一个坏习惯是一家人的灾祸。可惜当所有人明白了这个道理,孩子的一生已经步入生命中间了。

这两个科学计划寄给中国科学院等有关科研单位,有的回信了,大多是泥牛入海。回信说,想法不错,但不切实际,望好好学习,长大后再进行科学研究。孩子的学校也进行干预,找到家长,说孩子好高骛远,不利于学习,望进行帮助改正。本来对孩子满怀期望,想保护12岁的男孩一颗难得发明心的母亲犹豫了。

这个时候她想在报纸上发起一个讨论,主要是想靠大家给儿子指出一条路。我帮她找到《中国青年报》的一位记者,但记者的一番话,改变了她。

这位文教科学版的记者,因为是朋友介绍,对母亲说了真心话:如果从新闻角度上讲,这是一条好新闻,"12岁男孩发明大海发电,权威部门扼杀幼小心灵",但在报纸上炒起来,对孩子、对学校都不好,况且马克思早说过"在科学的路上没有平坦的道路,只有不畏艰险的人才能到达光辉的顶点"。科学的道路,走起来很艰难,就像足球运动员,成名后有名有利,但现在中国的家长有几个愿意自己的孩子从小练足球?一个球星背后必然有成百上千个垫底的孩子,还是老老实实地走高考上一个好大学的路子稳妥……

这位想在自己孩子身上试一条不同于应试路子的母亲,终于拗不过社会习俗的力量,不再对自己儿子"发散性思维"置之不理了,她也要求儿子"紧盯""牢记""重复""背诵"老师所说的各种考试的套路、课本的重点……

两年过去了,很少与他们母子联系,因为要写这篇关于创新的文章,打去电话。那天晚上我忽然发现母亲的声音稍微有些黯淡,没有过去那种亮的感觉。小新现在已经考上北京排名前15的某重点中学,课业很繁忙,因而很少在发明方面用力了。我告诉他母亲,现在"大海潮汐发电"和"引渤海入西部"等大项目已经被国家和中国海油等大企业提到议事日程上谋划商讨,报载:2010年11月,中国科学院、中国工程院、中国海油等十几家单位召开渤海海水引入新疆、宁夏讨论会,与会者一致认为,这是一个可行的宏伟计划,以我们的国力和科研技术能力,应该可以在十几年内把计划变为现实。潮汐发电也正在被中国海洋局和中国海油等单位考虑实施。

没有任何根据说这些国家级项目,跟小新当年的策划有关,但也证明了小新当年的畅想不是不切实际的好高骛远,也不是年少轻狂的纸上谈兵。他只是12岁就做出了这样的策划,如果稍大一些,经过了科学训练,还有这样的年轻畅想心,那还能做出多少对人类有益的发明来?

在本文即将完稿时,又与小新的父母联系上,他们说,他们像保护火种一样小心翼翼地保护孩子的想象力,生怕在其成年后泯灭消失。这个想象力是成年后培养不出来的,不像做奥数的能力,苦练或许就行。因此小新在家长的宽容、学校的默许下(北京人文大环境对有"倾向"的孩子还算宽容,比起外省市许多每天"填鸭"十六七个小时、每月只休两三天的"集中营"不可同日而语)并没有沉寂下去,还在"异想天开"。前几天他与一群孩子出现在中央电视台《异想天开》栏目,出镜露脸,获得好评。最近他还发明了一个工具和玩具结合的东西,自己策划,自己设计,自己画图,并申报了专利,中国专利局竟然也受理了。现在他们一家日夜盼着好消息来,等拿到专利,再找企业做出产品。"那对孩子的鼓励和成长帮助就太大了!"孩子的父亲憧憬道。

小新是幸运的,但小新经历的些许曲折不也说明我们上上下下反复呼唤的创新型社会的建立尚艰难,建这个大厦所需的块块砖瓦都没有精心脱坯烧好,即使烧好后也没有珍惜爱护,何谈建一个精美大厦。一个个年轻的大脑就是一块块砖瓦,如何保护、开发和利用,非常重要,其重要性在笔者看来不亚于成人科研队伍的培养,甚至更重要。有一句话说:"少年是希望,中年是现在,老年是回顾。"前不久,因中国足球队连年屡败,让各界感到希望渺茫,中国足协不得不下决心花大钱请来国际足联的专家诊治。专家们来华考察一番后,结论是,本土教练水平有限,现有球员们上升空间不大。有什么办法改变? 教练不行请洋帅,这个容易些。球员的问题却不能一蹴而就,所谓"十年树木,百年树人",只有花大力气培养青少年,扩大青少年的踢球基数,让青少年从小就接触国际上最先进的踢法,几年、十几年之后这些摒弃了那些因循守旧东西的孩子成长起来,或许还有希望。

洋专家看得挺准的,他们的意思其实很明确,就是把现有的推倒重来,造就一代全新人才。创新的问题也是这样,现有成年人就这么样了,要做的是,保护孩子们的先天灵思,培养创新少年队。

从一代代年轻人思维和能量节奏的加快,从出成果的年龄越来越"低龄化",从各国经济社会的繁荣主要由资金和人力密集型逐渐转到由创新来推动这一点看,孩子的创新思维问题,真的不是小事,比 GDP 重要,关乎国家民族未来。而我们还没有真正认识到这一点! 当主要由环境污染和民工血汗堆积起来的 GDP 的泡沫破灭后,我们还能剩什么? 如果只剩下会背书、会考试、会上网打游戏、会见网友、会 QQ 聊天……的孩子,那真就没希望了。

小新是无数有才情、有想法的中国孩子的一个缩影,他还算好,被保护好了,而没被保护好的孩子呢? 十年来,百年来,应该以千万计。中华民族曾经流失过多少珍贵的大脑资源。那是无数颗珍贵的灵感宝石,本应在宇宙中熠熠发光、造福于人类地球的。这么多灵光聚集中国,中国该多灿烂?

小新的故事还引出了一个很敏感的问题，就是创新上到底有没有"人种优劣"？中国人到底适不适合在大脑中进行开创性的探索？我们四百年来对人类文明贡献不大，不仅在工业发明和科学技术上，在各种体制、规则、标准、管理和文化格调上也基本上无建树，无愧无怍地安享现成，总是大言不惭"勇敢智慧"，四大发明挂在嘴边……如果不是从基因上就欠缺发明因子，那到底从什么阶段开始慢慢丧失脑力上的创新冲动的？

笔者文笔生涯中，类似小新这样的少年还是很见识了几个。小新的例子告诉我们，一些中国人在少年时还是能够冲破思想藩篱的，问题是"小新"太少。在一个学校、一个地方，"小新"还是太少了，比起西方国家少年在行为认知方式和类人文领域里普遍从心所欲的不拘一格，显然还是太少了，基本就是特例。

而且，即使小新的发明天性一时没有被压制，暂时能够顺畅发展，在他成人之后，还将会遇到重重阻力，最终能否成才，纯属未定之天。整个民族的创新氛围太弱了，缺少地力和水汽，一棵幼苗很难长成大树。

中国科协副主席、中国工程院院士韦钰在 2011 年 11 月 21 日的"明天小小科学家"活动开幕时曾发言说：这些获奖的孩子只是个例，他们在小学和初中阶段都必须在当前教育为他们设置的"网"中成长，要压不垮、变不呆，脱颖而出才能争得后来的机遇。美国的创新人才是由美国的教育大批有计划地培养的；而我们的创新人才是当前中国教育下的"漏网之鱼"。

还有一个问题我一直比较迷惑，是我们从儿童起本来就没有多少这方面的奇苗，还是我们的孩童与世界任何一个优秀民族孩童是一样的，是普遍充满创新冲动的，只是成长环境不同，最后智动的火花一一隐灭？

也就是我们孩子的"基因"是否与那些欧美发明大国的孩子有所不同？

基因暂且不论，我相信中国人是聪明的。据英国剑桥心理科学院的测试，东亚黄种人在大脑容量方面是最大的，中国人和韩国人、日本人等东亚人种，平均智商 105，与犹太人持平，高于欧美白人的 100，高于美国黑人的 90……

可以肯定的是，在聪明方面我们毫无问题，只是在创造性方面的智力指向上有问题,在比重分配上更偏重于人与人之间的关系上,会敏锐察觉人与人交往的微妙感觉,在社会实用人文能力方面的领悟力超常,在考虑解决物质方面问题时突起力量不足,在科学、技术和方法论上没有另辟蹊径的勇气,脑力跃动曲线平稳过渡,较少有冲动、峰起的智力波。

现在还是有科学家相信,这不仅是文化习惯的问题,可能还有多代习惯而造成的基因或者大脑结构的突变,也就是说由软件的反复刺激而使大脑的硬件发生了改变。硬件的改变使本来智商不低的中华智力洪涛不再沿着创造的沟壑奔流,而是分配给需要更多智力去平衡的复杂的社会环境中去为寄主(身体)谋求更好的生存环境……

或许这种硬件的改变并不可怕,它能随着软件、环境的变化,而较轻易地改回和复原。比如我们一些有中华文化背景的学子,到了欧美后,经过十几年的中长期熏染,也能在白人之侧开出绚丽的创造之花。

因而,在基因、智力、环境诸因素中,可能环境是最重要的。

环境在挤压着我们每一个人,塑造着我们每一个人。智力的幼苗都一样鲜艳,幸或不幸就看它们遇到什么样的社会、民族的气候和土壤了。当时间风吹过后,我们回忆起少年时的轻狂总是羡慕和苦涩的,每个少年都有童真式的思想蓬勃时,伴着多年前那清亮的河水和浓密的林中小道,那一代的孩子在一种近乎半仙半幻中享受和畅游,在思想和习俗的挤迫使我们固化之前,我们就是这样无忧无虑,虽然物质生活比较艰难,但童年的思绪在清新的大自然中酝酿着一种再也呼唤不回来的甜蜜。我似乎能回忆起每一位小朋友对我说的梦境和遐思,中世纪的城堡、海底龙宫、某一强大国家的导弹基地……小朋友都是其中的主角,在与将军、首相、王子、总督、仙女、龙王、狐仙、鬼魂……打交道。那一代的童年记忆,是在"文革"风暴的间隙中镌刻在历史中的,扫去政治口号的狂躁和皮鞭棍棒的乱象,如果真有大脑复印机的话,印制出来的将是十分旖旎奇幻的图画,谁也不会相信那是 20 世纪 70 年代初的产物。

我从很小的时候一直到上大学之前,总爱在脑子里构想一个理想国,那不是欧洲中世纪但有骑士侠义和公民议政的公正,不是中古和上古时代的中华但有古中华曼妙的神韵(有一种说法,崖山以后无中华,我想象的理想国,凑巧也从没有"大辫子"的影子)。理想国中军队是乘一种能飞能行的装甲光电飞车,士兵和人民都有一种无形的心灵沟通,人们自然遵循着一种道德,惩恶扬善,扶弱济贫。哪有恶人和强豪,主人公(我)就会乘着装甲飞车去铲平。飞车上的武器系统极为先进,有光电枪,有定型雾状喷射枪(如武术中的点穴,使人呆立不动。那时大陆还没有古龙、金庸等类的武侠书,这种制敌招数是纯想象的产物),最妙的是我能如穿隐身衣般飘忽到恶人身边……这一切有取悦于一位美丽的公主、女郎、少女的意思。对女性美的朦胧憧憬使我思绪丰富。其实在这种少年轻狂的思绪中有许多可以挖掘的东西,比如瑰丽的形象、少见的物品、可资借鉴的风情制度等。可惜多少这样的少年思维随风飘散,无缘利用。而成年以后,呼唤不得。有人说一个人后来的创造中最大的要务就是保有这种"童心",务实之雾迷蒙了灵思本真的纯童之心是人生可惜之处。

俄罗斯著名作家果戈理就说过,他青少年时,经常在夜的火车上,看着窗外大片的黑暗,突然远处有一点灯火,就遐想起来,那是谁的家,那户人家有什么样的故事,那是什么样的山和河……这勾起他很温柔的玄思,他的童年,他的亲人,往往这就成就了他的一个作品。可他年岁渐长后,再遇到相同的夜车外的灯光,突然有一天他发觉没有任何遐想了。他惋惜莫名,他知道,思绪的无遮拦、见景生情是青年的象征,徒悲青春不在,而活跃的想象消失。

小召(化名)是一个身体结实、智力充沛的北京孩子,我是看着他长大的,也是看着他如何从汪洋恣肆归向传统"成才"路的。他小学的时候并不是一个循规蹈矩的孩子,每次在数学完美交卷后,总是在作文上让老师不痛快。他有时用诗歌代替,诗是那种有很多文言文的近乎赋的新体诗——这说明他看许多语文课本以外的古书。有时他又用"怪论"惊人,比如在要求记述一个人的时候,他会写一个鸟,以一个鸟的角度看人的世界,说鸟的烦恼,说人的残暴等——推己由人,由他论己,这绝对是想象力丰富和思维灵活的表现,但当遣词造句还并不规范流利的时候,这种怪论肯定会被大多数老师视为异类。最关键的是他很直率,他会以一个孩子的细敏去分辨老师每每的言不由衷和行止的虚伪,并在作文或者日记中写出来。这就叫语文老师很不痛快了,有时候在课堂上大声责骂他,有时给他的作文判不及格。这让小召一度很懊丧,破罐子破摔,周围人也视他为一个问题少年。我知道这是智力超前惹出的祸。其实这种少年的童言无忌多可爱,我们有些被刻画、被固化了的人就是不喜欢。不喜欢异于自己的孩子,这是人类认知的一个缺憾。

小召所在的小学是北京最热门的史家胡同小学,以素质教育和关注学生心理闻名,在那儿还竟然因智力超前而受到指责,可以说就不会容于北京甚至全国的所有小学了。幸亏有一位快要退休的语文特级教师,仔细阅读了小召的每篇作文和日记,大声叫好,说这是一位不可多得的智力超群的孩子。她把他找来细心询问谈心,并在小召的母亲与训斥小召的那位老师“对簿公堂”时,旗帜鲜明地支持前者——公然支持外人挑战本利益团体,在中国,这种勇气和正义可以说近几年甚少乃至绝无仅有。

让小召不爽的那位老师受到批评,调到了别的班级——这是中国教育界少有的学生胜利个案,到底是史家胡同小学,在公平和公正方面做得就是不一样!那位特级教师实际是救了这位“小天才”,让他知道不是自己的脑子出了乱子,而是对方,一个强大的有社会支持的一方出了问题。这对一个孩子来说很难得!可能我们有成千上万个像小召那样智力超前的孩子,就因为得不到这样的支持而被扼杀。

小召与所有智力超前的孩子一样,还很关心社会问题,他为北京市政府想了许多办法治理连孩子都深感急切的难题,比如如何治理交通堵塞,如何提高植树成活率(改变“年年植树,年年秃,风沙照旧袭路人”的状况),如何制止街头犯罪等。难得的是小召的传统课业也非常优秀,他初中考入了北京二中,高中考入北京四中(北京排名第一的中学)。在学校自己创办电视台,创办网站,模拟纳斯达克进行投资尝试,关注华尔街的股市变化……他的兴趣虽然广泛,但专业的兴趣点集中在最前卫的理论物理上面,高中毕业直接考入美国一所非常著名大学的电子工程系……

但就是这样一个我希望在智力和创新领域为华人争光的孩子,两年后再见面,我觉得他变了。最大的变化是务实了,他已经对物理学上的尖端发现没有兴趣了,他在美国主要攻学两门,一门是计算机(最实用的、能立即找工作的学科),一门是金融或者工程管理(能迅速赚钱并占领管理层的捷径,虽然往往百人中无几人)。重逢的饭桌上,跟他的父母主要讨论他的发展方案,是进入美国的大公司赚得第一桶金,还是创办小的网络公司然后卖掉以便迅速赚钱。

他走的是一条绝大多数在美国的优秀华人孩子都要走的路,无可厚非,但我还是想看见一位物质上相对贫穷,精神上有无限索求,并在科学理论或者制度层面有所创造的华人精英青年。我经常能想起十几年前他圆嘟嘟的小脸在倔强地指出老师不足时的样子,以及发现了成人世界的缺陷而想出解决办法时的那认真和骄傲的样子。现在取而代之的是外表的分外沉稳和冷静,比同龄孩子更不动声色,更会观察别人。我知道他迅速成熟是因为父母事业突然受挫,家里已经供不起他的学费,只能自己想办法了。他要挑起整个家的担子,父母老了,以后这个家庭中兴的责任就全落在他肩上了。

笔者甚至不用专门采访,随手拈来周围就有好多这样的聪慧少年最后没有走上创新成才路的例子,有几个孩子的事情让人伤感。这时候我越发感叹这个社会有一条以环境为主的夹杂许多其他因素的鸿沟在阻止一个个颖慧的孩子奔向另一种成功。

小晴(化名),在他襁褓的时候我就见过,很漂亮的一个婴孩,圆脸、白皙、亮眼、神色喜庆,八九岁的时候就显露出博闻强记的聪明劲,在别的孩子还对成人世界懵懂的时候,他就开始对成人世界的过往历程——历史感兴趣了。二战史、二战人物传记过目不忘,给旁人讲起来头头是道,绘声绘色。一般来说,二战史的宏烈壮观很容易吸引年轻人,一向不乏粉丝,但小晴由国外战争史进而对国内革命战争史也关注起来,而且是一种很正式的研究的态度,比如对解放战争中共产党军队很漂亮的一仗孟良崮战役,他就是以一种学术的态度去对待的,非要让他原来学文、现在做生意的父亲假期带他驾车实地考察一番。山东临沂,京沪高速驾车疾驶六小时到。孟良崮,山原不大,父子二人仔细勘查了地形、村落、道路,结合海内外资料查询,最后竟然得出了与主流研究不一样的结论,国民党嫡系74师师长张灵甫不是被解放军击杀的,而确如国民党方面所说是自杀"殉国"。当然,这种研究也只是简单写出结论和考察日志,并没有很严肃去写论文想着发表,完全是兴趣使然而没有功利驱使。父子俩还去过雁门关(平型关大捷之处)、台儿庄、黄桥镇等地,最远的地方去的是广西的昆仑关——中国军队和日军血战之地,此行耗时四五天,费油无算,过路费若干,只为验证书中的一说,或书中不说——对国民党的抗日功绩我们过去的教科书是能隐则隐。

这样一个孩子,我一向觉得以后定能成就大事,不仅因为他的聪慧和对知识的执着,还因为他对历史学的态度。在这个实用主义炽盛得已经变异的年代,人们都不青睐这个"终将混去孩子堆"(历史老师)的职业,历史这门几千年来一向是几大显学之一的显赫门第到现在竟成了无奈者的归宿,但小晴似乎只从天性出发,兴趣和学问结合得那么紧,没有仕途什么份儿——这也是这种大城市富裕家庭衣食无忧的好处,孩子完全可以从兴趣出发去选择专业、职业——笔者曾接触许多艺术学方面的学人比如雕塑、绘画、美学的硕士、博士等,发觉这些个阳春白雪、所费甚多的学业多是中等富裕以上的知识分子家庭的子女从事。午后或者黄昏天气宜人时,你在这种学术单位、艺术研究院所门口可以看到名媛靓女云集,袅袅婷婷出入——这是这种家庭背景最好的一种结果,选择一个优雅的职业而不用去为更多的金钱去打拼,不是钱多了不想挣了,而是习惯了一种生活态度而不想为钱去改变。

但这种家庭的孩子也容易缺乏忧患意识和责任感,其向下的流变,不好的结果就是任性懒散,以及纨绔类型。

小晴按说很早就已经走上了正途,而且走的是那种不拘一格的开创性的路子,但不幸也转向了"下途"。我很痛心地看到了这种变迁。他初中时寄宿学校,因性子直纯,不会世故圆融,看不惯班主任的许多做法,比如说假话,对同学不公正等,就当面顶撞,几次冲突后,老师就处处给小鞋穿,他情绪就变得很低落。小晴父母工作忙,只是周末接送一趟,没有察觉他情绪上的变化。直到有一次小晴坚决不再去学校了,才知道事情的严重。因这孩子本性很执拗,说到做到,只能给他换一个学校。他这时已经搁置学业很长时间了,本来就是凭兴趣学习的孩子,这时对物理、数学这些课业更感无聊了,公然拒学,经常到外面去闲逛,结交了一帮哥儿们。最长的一次两个月没上学。这样一个书卷气很浓的孩子,竟也结交了一帮"道上"的朋友。

父母为这个孩子操碎了心,所付出的不计其数。孩子已快高考的年龄,学业已弛,但大学的文凭不能没有。万般无奈之下,父母就为小晴选择了学画画,据说从这条路子考大学文化课往往要少一二百分。这是一个高考要考两次的门类——绘画专业和文化课。现在各个美术学院附近都有各种门庭若市的美术训练班,全国各地的孩子云集而来。小晴攻了两年多的绘画,前一年基本没好好画。蹉跎间他的性情发生了很多改变,小时候聪颖好学的样子没了,长相也相应改变了,所谓相由心生,圆脸亮眼变成了瘦脸上一双警觉闪烁的眼睛。还时常和一帮哥儿们去街上逛,呼啸而去,参加群殴,好几次深夜,老父亲被召至派出所领人,以致当爹的心灰意冷,几次想放弃,任由沉浮。

小晴耽误了大好时光。后来被家人逼迫,才上心学画,但临近高考,时间仓促,前景难料。可他什么时候都没忘记他钟情的历史、战争史,即使在最颓唐放逸的时候也要在临睡前看上两页历史人物传记。孩子喜欢历史,往往是被历史上的英雄壮举所感召。我曾记得他很小的时候,眼睛亮亮地跟我说起在俄罗斯大地上的几次历史大碰撞,拿破仑和希特勒两位枭雄,都惜败于莫斯科城下,全因为俄罗斯大地的严寒。希特勒孤注一掷的那支装甲铁流,集本国以及七八个国家最精锐的兵力,拼死突进已经见到了克里姆林宫塔尖上的红星,如果再早一两天赶在寒流和苏联援军前到达,那历史就可能是另外一个样子。

"希特勒不能胜,他若胜了是人类的灾难! 德国人对黄种人更狠!"他父亲对德国人是另外一种感觉。看到父子俩有时候在学问上争执一下，我感到很温馨。小晴和许多人觉得，德国人有两种，一种是康德和歌德那样的，一种是希特勒那样的，德国人民对中国还是好的。现在，喜欢德国人也成了中国人的一种潮流，小晴是其中一员。在这个浮躁功利的时代，有思考，有感觉，就不错了，起码不会堕落到什么地方去的，虽然这个小小的历史天才还在为一个大学文凭而苦读。

　　笔者曾建议小晴家人，干脆不要大学文凭了，等积累丰富后，直接攻读社科院的历史学硕士。曾有某单位修理工，不会英语，直接考上大学哲学硕士，被大肆宣传过。我知道，这只是孤例，在中国真正实行很难。

　　我一直在想，这个小天才到底"毁"在哪儿了，是住宿学校的老师不具师德？是家长疏于管理？是我们高考制度的不足？是我们对特殊人才选拔的拘谨轻视？大概是环境的力量阻隔了他的成才路，但他自己是不是有一点原因，可能是更本质的原因，他是不是缺少一种一往无前、百折不挠的向上的力量，正像他所敬仰的那些历史巨人一样的力量？

　　我想即便有基因的因素（曾见过这样的报道，东亚儿童在记忆力和默写方面超过西方人，而西方儿童在不墨守成规方面超过东亚儿童），然而环境和后天因素更强大。所谓"子不教，父之过"，少年情景是我们成人的镜像，他们的一切过失，都是我们成人社会的原因。毫无疑问！

"艺术"的缺失

　　2010年年底，全国大媒体都在显赫位置登载一篇消息：《中国青少年想象力世界倒数第一　创造力倒数第五》。《长江日报》如是评论道：

　　　　"传统的教育观念束缚了孩子的想象空间，中国教育的解放必须从解放孩子的好奇心开始。"昨日，刘道玉在武汉枫叶国际学校举行的首届毕业生情况介绍会上如是说。

刘道玉认为,中国孩子的想象力状况令科学界陷入忧虑。2009年,教育进展国际评估组织对全球21个国家进行的调查显示,中国孩子的计算能力排名世界第一,想象力却排名倒数第一,创造力排名倒数第五。在中小学生中,认为自己有好奇心和想象力的只占4.7%,而希望培养想象力和创造力的只占14.9%。

此外,美国几个专业学会共同评出的影响人类20世纪生活的20项重大发明中,没有一项由中国人发明;中国学子每年在美国拿博士学位的有2000人之多,为非美裔学生之冠,比排第二的印度多出1倍。但美国专家评论说,虽然中国学子成绩突出,想象力却大大缺乏。

刘道玉拿世界上两个最重视家庭教育的国家——中国和以色列做了比较。以色列家长教育奉行"狮子育儿法":让小狮子离开母亲,自己学会生存。中国的家庭教育则走向两个极端:要么娇宠,要么棒喝。结果是,以色列的诺贝尔奖获得者有近10位,而中国却一个人也没有,"中国孩子的创造力被传统教育扼杀了"。

刘道玉以武汉枫叶国际学校首届毕业生为例说,75名毕业生全部被国外大学录取,20余人获得奖学金。而这75名学生中,绝大部分曾经在"体制内"受教育,成绩并不突出,有的孩子甚至被认定为"没前途、没希望"。

在另一种教育体系里,同样是这些学生,每天下午3时30分就放学,参加各种活动展示自我,可以获得学分;主动上网或去图书馆查资料,完成研究性报告或论文,也可以积攒学分;而达到一定学分,就能申请理想的大学。学生因此有了目标和求知欲。

刘道玉说,中国"一考定终身"的应试教育,严重束缚了学生,埋没了学生的潜力和创造性。他提出,教育改革应首先从高考制度下手。如果现阶段无法取消高考,至少可以采取"一年多考"的形式,同时将考试与录取分开。只有高考"指挥棒"变了,孩子的好奇心才能回来。

要取消高考，刘道玉？30多年前，仰仗邓公和刘道玉等君冲破"两个凡是"，居险一呼，恢复高考，我辈千万，才有了与"文明世界"正式接触的机会。恢复高考实际是让数百万中国"落难青年"重见天日的伟大的人道工程，是对公正和教育的呼唤。那时"左"的思潮还泛滥中国大地，各种沉弊积存。高考恢复之后，他作为我的校长（武汉大学），以身试"法"，以身斗酋，尝试各种冲破当时教学体系的鲜策，比如在全国高教领域第一个实行学分制，允许学生转系，允许文理生互换，允许文理课程互动……教育改革家的声名鹊起，反而掩盖了他作为中国"高考之父"的名气。

此一时，彼一时，三十年的高考一个轮回，成也它，败亦它，现在振臂一呼取消高考（让考试和录取分开）的竟也是这位"高考之父"。但吾爱吾师，吾更爱真理，无论如何，高考不能废，因为它是众多办法中相对公平的选拔机制，它平衡过滤了大多我们这种国民性少不了的人情、贿赂、权势（当然，只能阻挡部分官权施展，真正的权势阶层是超越高考的），使一个穷人的孩子、父母没有关系的孩子、农人的孩子、罪犯的孩子、单亲的孩子、没有父母的孩子、一切弱者的孩子，能够与富者权贵的孩子同台竞争，这在我们国度是少有的一个现象。我们可以设想，如果"自主招生""一校一招""不考而招""素质而招""推荐而招"等种种变通之法遍行大学，将会有多少关系、金钱、人情、权力缠上大学、悄悄运作，又会有多少无依无靠的弱者的孩子被无形中踢出大学？考而优则仕是中国自古以来就很了不起的平等，是非常符合中国国民性的历史的选择。当代的"高考"在公正性和平等性上，是可以与中国古代了不起的人力资源发明——文官选拔的科举制度相媲美的，是中国现当代少有的一个民主平台。

高考不能废，大众少年还得走"独木桥"，两端中有无中间道路？老校长刘道玉和许多人也在思考。有了高考，灵思必然"死性"，这又是一个悖论。向以灵活著称的中国人多年来也总是吃非此必彼的亏。一放就乱，一收就死，这是多年来我们经济社会与意识形态的种种措施实行时的一个顽症。与之相反，死的制度中有活的开脱，主体意识旁又开放繁复百花，好像是"死板"的西人的一个让人羡慕的固有常态。看来在许多事情上，西方人不板，中国人不活。这也合了老子的想法，阴中有阳，阳中有阴，看似是阴，实则是阳。

于是关键问题来了，怎么能让天才孩子在应试的大环境下不"退凡"，怎么能让更多的孩子除了应考也能多有灵思？

前些时候我上网突然发现，我9年前在《中国青年报》上发的一篇文章，《一个硬币的两面：艺术和科学》被收入9年级中学语文课本。这篇文章是我采访中国科学艺术大会时写的，当时感触很深，诺贝尔奖获得者李政道博士极力促成此次大会，而且每每来华呼吁，中国教育要融入艺术的元素，要把科学和艺术更紧密地联系起来，以他科学研究的亲身经历，他发现，研究到最后，世界上的道理，不管是文科还是理科都归拢为一个点上，就是真理，宇宙物理的真相。如果单从理工科的道路去攀登这个点，有可能行道太窄，不利上行，而艺术和理工结合了，就能获得更多的灵感，丰富上攻的路径，最终可能攀得更高。

"美苏之争的实质是什么，我们一直以为是军备竞赛，是工业竞争，是钢铁比赛，直到世纪末我们才明白，他们最深层的竞争是有艺术气质的高科技人才。"

李政道博士从20世纪80年代开始，每年回国两次倡导科学与艺术的结合，他所有举动是基于以下的一个事实：

50年代美苏空间技术竞争中，苏联于1957年11月把人类第一颗人造卫星送上天。美国一直自认为是20世纪科学技术第一超级大国，这一下举国感到耻辱，各部门首先指责教育界，教育部门也觉得对不住大家，认真反省。10年后，一些教育家提出这样的观点：美国的科学教育是先进的，但艺术教育落后。也即两国科技人员不同的艺术素养导致了美国空间技术的落后。

他们说：从19世纪到20世纪初，俄罗斯文学艺术达到了世界的顶峰。俄国人说：他们仅仅贡献出一个列夫·托尔斯泰，19世纪的俄国人就无愧于全世界。当然他们还有屠格涅夫、契诃夫、普希金……音乐上的柴可夫斯基，世界19世纪后半叶难有人与之相比，那时世界最重要的音乐流派——民族主义音乐，除了德沃夏克、西贝柳斯等少数几个外,全都是俄国人……说到美术,19世纪的美国名画,你能举出10幅来吗?而俄罗斯名画你能举出100幅,如《伏尔加河上的纤夫》《伊凡雷帝杀子》《近卫军临刑的早晨》等,给人的震撼甚至艺术大国法国也无法与之相比……文学、音乐、美术三大门类,美国都不如俄罗斯。文学不要说了,除了马克·吐温、杰克·伦敦、福克纳等少数作家外,美国的作家可以忽略。而美国一直引以为骄傲的音乐家拉赫玛尼诺夫、斯特拉文斯基等,一查家谱全来自俄国。

这些文化艺术的背景决定了美国科学技术在那个时代某些主要方面不如俄国人。

这个结论到底是否准确?艺术的差距对于空间技术的竞争到底有哪些间接作用?为此,1967年美国哈佛大学教育研究生院设立"零点项目"研究,之所以用"零"命名,是表示对艺术教育认识的空白。

"零点项目"20多年来花费了上亿美元,参加的科学家超过百名,远远超过一个课题组,甚至一个系。他们在100多个公立和私立学校做实验,有的从幼儿园起连续追踪20年,到目前已出版了几十本专著,发表上千篇论文。他们的研究成果导致了美国国会1993年3月通过克林顿政府提出的"2000年目标:美国教育法",在美国历史上第一次将艺术与数学、历史、语言、自然科学并列为基础教育核心学科。

为此而制定了《美国艺术教育国家标准》,总结出这样的结论:缺乏基本的艺术知识和技能的教育绝不能称为真正的教育。

因为很多中国人还没认识到这一点,所以李政道博士不辞辛苦,每年数次回国,与高层领导和普通科技人员交谈、说服、暗示,关切之情溢于言表。1999年的一天他病中从医院偷跑出来,挂着输液瓶来到"科学与艺术"讨论会会场,第二天、第三天还要与某中央领导会面、与科学院领导恳谈……在所有场合,他谈的只有一个主题:科学和艺术。

李政道说:"现在大家可以相信科学和艺术是不能分割的。它们的关系是与智慧和情感的二元性密切关联的。伟大艺术的美学鉴赏和伟大科学观念的理解都需要智慧,但是,随后的感受升华和情感又是分不开的。没有情感的因素,我们的智慧能够开创新的道路吗? 没有智慧,情感能够达到完美的成果吗? 它们很可能是确实不可分的,如果是这样,艺术和科学事实上是一个硬币的两面。"

问题不在高考,问题在我们考进去以后学的是什么。我国目前教育中科艺、文理相互沟通状况很不理想,课程内容单质化明显。科技人员常说的一句话是"我没有音乐细胞",而文艺界常常炫耀的是"小时候我数学考了个零"。

中央音乐学院前院长赵沨认为:我们的学校结构大有问题。1956 年他就提出疑问,这样不是把人弄僵化了吗?

"从那时起我们实行的制度与英美有很大不同,全是苏联的那一套,回想起西南联大时,不严格分科,我要选闻一多的课多一点,就成了楚辞专家;要是选游国恩的课多一点,就成了文学史家;要是选唐兰的课多一些,就成了语言学家。而我们现在一进校门就框死了,想变也变不了。"

专门到美国考察"零点项目"的沈致隆教授说:"美国所有大学艺术之普及不是我们能想象的,所有科的学生都可选艺术课程,专业艺术教育与非专业艺术教育界限不清,常常一个化学博士又是一个著名的演奏家,功利主义不像我们这么明显。

"比如,我们今年全国大学生艺术节都变了味,只有少数艺术尖子、少数特长生在那儿排练、比赛,观众不多,大学生也没什么兴趣,似乎艺术节就是给几个评委办的。那些艺术尖子也只是为了比赛,为了升学。而国外大学生参与艺术似乎是人生艺术化的一个需要。比如哈佛大学生艺术节,几乎所有的学生都参加了,技术高的不高的都卷在一起,热烈,有一种狂欢节的气氛。"

人生艺术化,教育艺术化。不仅仅是这些,我们缺的是整个人文世界对我们社会的全面覆盖和熏陶。社会、心理、哲学、宗教、伦理……种种学科全部让位于经济,这样也诱使教育只往实用技术学科和应考的路子上钻。

我们的教育在内容上首先要突破技术层次,进入一种人文和理工相通的境界。比如孔夫子学琴,自言经历了三个阶段,术、志、仁,一级比一级高。

看来,突破不突破高考是小事,突破不突破"术"的思维才是大事。"术"永远只是跟随的工具,不可能是寻找新通道的"志"和"仁"。

而且更糟糕的是,我们"术"也不精(在高级制造业方面仰人鼻息)。"术"精了,还能在制造层次上有许多发明改进,如日本。如果只是更低层次的匠的记忆、模仿,那就更无从寻找"志"和"仁"了。

快乐的"诺贝尔"

在创造性的领域,心最是不能被束缚的,只有在最轻松的状态下,灵感姑娘才能姗姗而来。你去问那些热衷创造的人,百分之百都会不喜欢那种煞有其事的严肃、装腔作势的领导、人海战术的盲目、"群策群力"的添乱、官场做派的圆滑……非常不幸,这是许多单位或公司的特产,我们那种惯有气氛好像与创造天然为敌,我们缺的是弹性和舒适:随意的任务、平等的关系、散漫的风格、艰苦的过程、有趣的主旨……经过了史上最严酷的政治斗争,最无遮拦的一切向钱看后,我们似乎很难回到单纯、自然的人的关系上了,这极大影响我们的幸福感,当然也绝对影响科技成果的产出。

诺贝尔自然科学奖似乎总与轻松挂钩。2010 年 10 月初,两位俄裔科学家安德烈·海姆和康斯坦丁·诺沃肖洛夫"琢磨"铅笔芯获得诺贝尔奖。他们研究出最薄但也最硬的一种材料——石墨烯,这种二维石墨晶体薄膜的厚度只有一个碳原子厚,强度却是钢材的 100 倍。它是目前室温导电速度最快、力学强度最大、导热能力最强的材料。这两位在英国的俄国人,利用透明胶带,将一张纸上的铅笔笔迹进行反复粘贴与撕开,这使得石墨片的厚度逐渐减小,最终他们通过显微镜在大量的薄片中寻找到了厚度只有 0.34 纳米的石墨烯,而 20 万片石墨烯加在一起,才相当于一根头发丝。

瑞典皇家科学院宣布,石墨烯将取代硅,使电脑更快,并引发电子产品的新革命。"由于它基本上是透明的，而且有极好的导电性，石墨烯很适合制作透明的触摸屏、轻型显示屏，甚至太阳能电池。"伦敦大学国王学院材料科学研究部门的负责人马克·米奥多尼克表示，"今年的物理学奖将让每一位科学家的脸上露出笑容。"曼彻斯特大学校长罗斯维尔称，这再次证明，源自对科学好奇心的基础研究将给人类社会带来巨大益处。

咱们国内某报也以《"玩"出诺奖，国内专家学者汗颜否？》直指我们的科研环境和心态："诺奖年年有，今年尤需几番思量。由人及己，两位物理学家的治学态度以及周边土壤，对我们不乏多重讽喻意味——

"让人敬佩的是，师徒俩在那惊喜瞬间所流露的波澜不惊的获奖心态。海姆听到评审委员会的电话感到很意外，因为自己'忘了当天是物理学奖揭晓的日子'；当记者问及当天后续日程安排，海姆的回答简单干脆：'回去工作。'同样，诺沃肖洛夫受到一名记者电话'骚扰'，却不愿放下手头实验……而反观国内的诸多'大师''专家'，一朝爆得大名，立即喜形于色、如癫似狂，投身镁光灯前，乐不思蜀。

"更让人敬佩的是，师徒俩在教学和研究中体现出来的平等健康之学术人格。昔日的学生，可与恩师一同遨游学海、共同钻研尖端课题，已属幸运；与恩师共同名列诺贝尔奖候选人，更是难得。在海姆和诺沃肖洛夫身上，我们看到可贵的平等互利、舍得分享的学术品德。而反观国内的导师、学生关系，导师是'老板'，手下博士乃至博士后都是'打工仔'，学业工作都是以导师的项目为中心，'工程'分包下来，大家分头干，期讫交货，学生领取薄酬，出名的、获奖的、著作等身的，自然是'老板'。表面皆大欢喜，输家则是那个名叫学术公平、学术独立或学术创新的异类。

"两位物理学家面对荣誉的第一反应、平时的平等关系，绝非国内一些学者对着镜子、打好腹稿就可学来的，而是源于前者干净纯粹之学术心态。现场评审委员会介绍，把研究工作视为'游戏'是海姆和康斯坦丁团队的特点之一；值得一提的是，2000年海姆还因通过磁性克服重力让一只青蛙悬浮在半空中，获得

'搞笑诺贝尔奖'……瞧，这就是出类拔萃的科学家的研究心态，一切研究均基于兴趣而非功利。大音希声，如此无欲无求，方能心无旁骛，方能成为玩耍中拾到珍珠的那个孩童。反观国内一些专家学者，不仅在学术上时时斤斤计较、处处考量'投入产出比'，就连追逐名利的过程也屡屡触犯道德底线，比如，项目公关者有之，剽窃抄袭者有之，连使出下三烂手段雇凶伤人者亦有之……无怪乎研究成果难登大雅之堂，只能围着项目经费频频打转、低层次循环。

"瑰丽的学术之花，只能绽放于干净纯粹之治学生态中。诺沃肖洛夫获奖后，感谢曼彻斯特大学为他们提供了良好的研究环境。环顾历届诺贝尔奖得主以及优秀世界知名学者的研究环境，无不宽松、自由、学术至上。海姆师徒获奖当天，俄罗斯总统梅德韦杰夫批评俄政府部门工作不力导致人才流失；而 2003 年诺贝尔物理学奖得主、已故俄科学家维塔利·金茨堡去年也公开批评俄学术界存在官僚主义和资金使用不当等现象。俄罗斯人的反思，同样适用于我们——只要看看国内泛滥的学术行政化、高校衙门化，再看看畸形的学术晋级指标、急功近利的任务式研究考核，学术环境的差距，显然不是一两块'短板'的问题。"

2011 年春节刚过，中央电视台军事栏目播出美国新研制出的震撼性军机 X-47B，一种超隐形无人侦察攻击机，隐形能力远超 B-2，能不落地飞行 280 多天，随时从空中呼啸闪现攻击任何目标，而且不像以往的无人机那样需要人遥控，是一种真正智能型无人机。这种武器的新奇感引起大家的讨论，张召忠教授说，美国人在军事上的原创能力跟他们在娱乐中激发的想象力有关，他们在新武器策划时往往邀请好莱坞的导演和制片人参加，斯皮尔伯格等以想象力见长的导演曾乐此不疲。借助这些娱乐大亨的脑子，美武器研究用想象勾画高远目标，也刺激了技术上的拼命实现，两相刺激，使美国武器花样迭出，异想天开。比如现在美军正在开发的机器战士、变形飞行装甲等，无不带有娱乐的影子，很明显能看到《变形金刚》《星球大战》《黑客帝国》等未来电影特有的天马行空的狂欢心态。

对比一下，我们的尖端研究，完全是另一种路子，痛苦跋涉，严肃刻板，一步一仿，被动追赶，应接不暇，总是低人一档，从构想设计，到制作品质，多少显得有些艰难困苦和了无乐趣。

从两位俄裔科学家玩一样得诺奖、美国军事科技娱乐出新品中，我们要学的是一种自由心态。中国人的沉重桎梏太多：领导、权威、政治、会海……心被绷得太紧了。中国人踢球为什么没有创意和默契，米卢早看出来了，为松弛"心肌"，他针对性提出"快乐足球"口号。

没心灵自由也就没幸福感，现在幸福感的缺失是整个民族的最大问题。2011年4月新华社发文："盖洛普民意调查所本周公布的2010年全球幸福度调查结果表明，只有12%的中国人认为自己'生活美满'。多达71%的答问者说，他们生活艰难。17%的人说自己的生活苦不堪言。与此相比，只有38%的美国人说自己生活艰难，有多达59%的答问者认为自己生活美满。即便考虑到中国房价失控和食品价格持续上涨的因素，仍无法理解为什么将近四分之三的中国人认为自己生活艰难。更何况，美国去年的失业率达到两位数，大多数美国人却都还感觉不错。"

幸福感看似跟创新无关，暗中却是大大的相关，没有幸福就没有松弛，没有松弛就没有灵感，这是一个铁定公式。中国人幸福指数大有问题，中国人离诺奖的距离也长途遥遥。当我们的领导懂得了幸福创新的话，也愿为人民去创造幸福感，那一切皆有可能。

这个世界有两种情商

"我在国外的时候，所接待的中国学生、访问学者，普遍是算小账可以，算大账不行。""北欧学派"渐成显学，张钢（化名）所在的丹麦，中国人的身影越来越多。

这位某央企的首席科学家，在丹麦学习工作了22年，他泉涌般的发明，彰显了中国人在一种新的环境中所焕发出的智慧,被严谨的英国皇家学会吸纳为会员。

有一段时间他整整 6 年没回国,纯西方环境的长时间熏染,让他对欧美文化有了深层理解,一直揳入感性层次。他告诉我印象深刻的一段事:几位英国皇家学会会员 20 年前来中国访问,参观幼儿园、小学后,看到小孩很小的时候,都背着手,很有规矩守纪律的样子,回去后看到他们的幼儿园是一盘散沙,就写了国情咨文,说他们西方竞争一开始就落后了。过了 20 年,他们重访中国,看到中国大学的样子,又写国情咨文说,"中国完了,我们什么也不用干中国也追不上了!中国大学进去的都是活鱼活虾,但出来的都是罐头"。

这岂是有些人形容的一个"木"字所能涵盖?张钢所说的中国学人不灵光包含很多意思:"智力活动暂且不谈,要想科技创新,沟通,协调,合作,这三个 C(英文都是 C 打头)是少不了的。这属于很微妙的科学家的情商问题,更多是人文因素在里面,这几十年来被我们自己破坏得很厉害。比如沟通,我们也叫得很响,但是哪种沟通?如果不是真正的沟通,像我们惯常那样担心我把我的东西说了,成绩就是你的了,那这种沟通等于没有,甚至比没有还坏——我们的研究者在打小九九上是很灵光的,一点都不木。

"中国搞科研的有四个'同',争取科研项目,同舟共济,一起想着怎么把故事说圆,弄到经费;第二个'同'是同床异梦,怎么我多拿点,你少拿点;第三个'同'是同室操戈,钱到了,自然内战开始;项目结束后,是同归于尽。你想占便宜没门,我怎么也要让你不好过。这时候验收已经过了,纳税人的钱也花了,下一轮,再来一遍。"

心胸问题?心智问题?民族性问题?张钢刚回国两年,感到一种很强烈的对比。

关于创新中的情商问题,表现在一个人的方方面面,但他这时候考虑的已经不是情商问题,而是如何应对让他倍感头大的国内的人文环境。他是被"引智计划"招回来的,当时有关方面更多考虑的是如何把他们这些人"弄"回国来,但怎么留人，考虑得比较少。张钢初回来时是一派清纯，他一般两年回国一次，早已经忘了怎么攻防迂回了。时间不长，一些奇怪的敷衍以及有的人不时浇的辣椒水，把他惊醒。他悔悟："像我这样死心塌地回来的很少，大多数是'海鸥'，不是'海龟'。把老婆孩子留在那边，不行就回去。"

他这时候才知道，情商有两种，一种是研究和创新所需的情商，一种是人事关系方面的情商。国人不是没有情商，而是前者很少，后者太多。

在创新的情商上，张钢是很具足的，他像许多西方人一样，在研究上活力十足。用他的话说，科学研究要找创新的敏感点。现在许多方面看似发明尽了，要找自己的知识和人类的知识的结合点，看还需要什么。这方面的敏感性，国人比较差。

张钢发现国内研究者的知识面宽度不够："我发现国外许多大师级人物，各门类都懂。他们知识面特别宽。现在人类文明走到这一步，成果是建立在交叉学科、集成学科之上的，某一方面单一成功是不可能的。国人在这方面相当不足。国人特别强调某人的专业是什么，好像分外神圣不可逾越，很少听说一个人理和工、文和理、工和理，特别是艺术和科学的合作突进。"

针对国人科研心性弹性不够、层次不丰、不能贴切反映自然本来面貌的问题，张钢回国后专门提出"心无疆"的概念。

心灵要弹性涵盖，不要僵硬划分，要以事务本真为出发点，不要墨守已有的人为学科界定。

不得不承认，自 1610 年以后长达 400 年的历史时期内，世界科技史上的重大发明创新似乎已与中国无缘。于是"科学"这个概念一经讲来，就被顶礼膜拜，几乎为不可触犯的神。另一方面，我们却忘了宇宙的真相永远重过科学概念这个道理。为了真相这个目的，可以不择手段，不分界别……

实际上，对跨越学科樊篱的冲动，对拓宽知识边界的冲动，说白了就是对科学的热度问题，有没有对人类知识文明拥抱的冲动。如果只是在本职上应付差事了事，那科学的女神永远不会在梦中出现——在科学史上，发明的出现多是不经意间的意外之得,只是必须有全情投入的丰厚积淀。

在科学研究上,我们久不见那种专心和渴望了,这个民族偶尔出了一个陈景润,还是几十年前的事了,饱受嘲笑打击,幸被徐迟写出正名。

张钢1987年到丹麦,硕博连读,有180多项发明专利,2009年被某央企老总看中,经多顾茅庐,反复说服,遂举家归来。

但思维方式已经是西方的了,初回国都不知怎么说话了。走一步绊一步,说一句得罪一人。他后来知道,情商也分两种,他在学业上的情商高过一般国人。

"有一年在丹麦搞燃料电池,一个问题难住我了,电解质如何融进更多的氧气?我一直在想这个问题。一天读了一本医学方面的杂志,要知道搞化学的一般不读医学杂志,我却有读杂书的习惯。杂志上有一张照片,一个装满液体的烧杯,里面有一个管子,有小气泡在游走,一个小白鼠依靠这个存活。一看到这个图,就觉得有什么东西把我抓住了,就认真琢磨。这些液体是人造血,在战场上给伤员输这种代用品,使他们能被安全运送到后方医院。我眼前一亮,我不是就想找一种介质输送氧气吗?血就有这种功能呀。随后我找到文章的作者,一个学院的教授,我请他帮我找到这种血。他给我很多指点,介绍了许多文章。通过分析这些化学品的分子结构,我发现很多化学品有这种输送功能,能提高燃料电池的性能。我买来一份份挨个试,把择选出的液体混到老的液体中,融解氧的能力明显提高。这成了我的第一份专利。"

在国外这么多年,他最大的感受就是中外科研者的态度不同。一个"态度"包含很多。他在西方所见的那些科学家,态度是那么积极主动,想法是那么角度各异,沟通是那么四面八方,回应是那么公正坦然,跨越是那么不分文理,跃动的性情、激动的反应,终生活跃,"一直到退休后还那么活跃"。

科研是一份谋生饭碗,还是爱好、理想,这是分别。

"我的同学,没出国的,都有一官半职了。我跟他们不一样。"张钢最后说。

勇的缺失

缺机床、缺芯片、缺环境、缺弹性、缺跨界、缺艺术、缺快乐，我们还缺勇气。

现在我们所知道的宇宙真相，最高的秘密，似乎早不是一加一那么简单分明了，比如揭示宇宙多层空间真相的弦的理论，比如量子物理，比如相对论，都是缥缈虚幻、神龙见首不见尾的。

用常规的观念去捕捉它们肯定不行，非常规观念的引入往往需要大勇气。

比如西方的科学家最近发现的量子层次的物质真相，那些极微小的量子的活动，竟然受观察者的心态影响而动，也就是说观察者的心，没有实质的物理接触，就能使"他们"有不同的运动。还有电子，在特定的情况下"他们"如双子星一样存在，而且有"心灵感应"。一个电子在这里，必有一个一模一样的"兄弟"在宇宙另外一个什么遥远角落。妙的是，这边的被你动了一下，十几光年那一边的"兄弟"也会相应动一下。这让科学家大为不解，这十几光年的距离，"他们"是怎么沟通的，即使是用咱们现在接近光速的手机，这边拨了号，那边也得过个十几年才会响铃，难道真有超越时空的宇宙通道？

于是根据这些现象，伦敦大学的物理学家 David Bohm 相信，尽管宇宙看起来具体而坚实，其实只是一个幻象，一个巨大而细节丰富的全息摄影相片。更有科学家提出，其实宇宙同时包含过去、现在和未来这三者，一切发生过的和没发生的，都是搅在一起的，这是个宇宙剧本，一切都导演好了，我们人类所有的轰轰烈烈活剧只不过在出演它、重复它。这个理论能解决许多物理学上的老大难问题，广义相对论和量子学说在这个假说上得到了统一，超光速的现象也有了解释……甚至一向被视为"封建迷信"的唐代的《推背图》、刘伯温的《烧饼歌》、邵康节的神机妙算等，也都有了"科学依据"。

这些理论的搭建，需要有突破一切已有成见的大智慧大勇气，需要有强大的想象力、人文情怀、艺术的柔性去弥补支撑。还有一点与灵性思维有关，属于大艺术范畴的,就是宗教的超越和领悟——这也亟须勇气去承认和赝服的。

佛教和现代物理学的关系早被世界物理学界所关注,也成为文化界的一个时髦话题,西方有物理学家说,当代物理学至今所发现的,不过是在证明佛陀两千五百多年前早已说过的。当你汗流浃背地攀上高峰,却见释迦牟尼佛早已拈花微笑站在那里。

比如佛经上曾有"佛观一碗水,四万八千虫"一句,古人多有不解,一碗水洁净到底,如何有物?但有了电子显微镜的今天,发现了真有类似数目的微生物浮游在一碗水中的时候,除了惊讶佩服,你还能想到什么?

再比如,释迦牟尼佛曾经说,宇宙是由亿万个远超地球的"恒星"组成的,即"三千大千世"(一个恒星和行星组成的系统是一个世界——如太阳系,一千个这样的世界组成小千世界,一千个小千世界组成一个中千世界,一千个中千世界组成一个大千世界)。三千大千世界构成了我们这个宇宙,宇宙之外有宇宙,世界之外有世界,其数无量。的确,天体物理学家用最先进的射电天文望远镜观察到,宇宙的浩瀚超过了我们几十年前所能想到的,那时我们所看到的银河系就觉得已经浩瀚无比了,现在又发现了许多河外星系,以及由许多河外星系组成的巨大无比的星系团——由亿万万个远超太阳的恒星组成的庞大星云,更远处有更加庞大的几万亿光年大小的星系团,其数量和体积的巨大的确远远超过了我们的观察和想象。但佛陀早已无比恳切地说过这个事实,他老人家是怎么感知这个宇宙的?

心,我们暂且理解为意识,唯物论认为是与物完全隔绝的两个东西。"物质决定意识,意识反作用于物质"这通常的说法,看似互相也有作用,但那只是指心驱使物去改变物,但现代物理学所观察到的心,是直接作用于物,无须通过人手人力去触动。心通过一个神秘通道指使物,改变物,在"冥冥之中",心与物就互转了,甚至心和物融在了一起,心就是物,物就是心,心物一体。现代一些物理学认为,宇宙既有物理性,也有意识性。古人似乎更能理解这个现代物理学的境界,岳飞曾经说"运用之妙,存乎一心",王阳明也说,"心外无物""盖天地万物,与人原是一体,其发窍之最精处,是人心一点灵明"。过去我们把这种说法简单扣上唯心主义的帽子,但任何帽子在最真实的现代物理观察面前都是浮云。

以上这些,美术、音乐、文学、宗教的精神,暂且归为大艺术范畴,是构成发现宇宙深层真相的必要条件,而不是选择条件。这些,我们现在的教育哪能提供?中学没有,大学也没有。而西方国家早早就渲染这种人文精神。且看他们十年级也就是高中生的文科必读书目,其深度直逼我们研究生层次,其人文的宽度又远远超过我们一般研究生的阅读范围。而我们许多研究生在目前这种打游戏、租房同居、替导师打工、找工作、拼凑论文……的状态下,未必有心绪、有时间看这么多的人文著作。如果只是在中小学时代计算比别人快,背诵比别人利,而整个教育时代都缺少这种人文熏染的话,最后,谁能先到达发明、发现、理解、宽容的人类知识的彼岸?

我们许多研究先给自己设框,不能超越"唯物"的底线,比如即使我们发现了基本粒子心物一体的性质,我们的科研人员敢宣布、敢深究、敢说明其意义吗?或者视而不见,或者隐而不宣,那岂不错过了成为一个革命性变革首创人的机会?那在世界科学史或者人文历史的关键节点上,不又少了一个中国人的身影?

没有心物一体的大勇气、大智慧,我们能像爱因斯坦那样去构建时空会弯曲、人寿会随旅行速度不同有长短、当超过光速旅行我们会回到过去相会秦皇汉武的相对论吗?

没有宇宙在于一心、无量统于一念的大气魄,我们能像霍金那样营造《时间简史》,把虫洞、黑洞、时间以外的世界,解释得那么振振有词而成为当代世界第一大家吗?

没有超越一切现有观念的勇气,我们能像现在西方许多科学家那样去研究心灵的作用吗?研究它是否在肉体毁灭后还存在?心灵在承载生命信息上神秘无限——许多现代心理学家催眠试验可以回溯到幼童时代,到达零岁时明显有一个坎,敢不敢超过?过去了就是另一个天地,进入了"上一世生命阶段"。这个全新的生命阶段让许多西方心理学家也又惊又怕。惊的是这是一个跨时代的巨大发现,意义重大;怕的是他们也担忧被扣上"不务正业""谈玄说怪"的帽子。怕归怕,西方科学界没有"领导"召集人批判、帮助、教育,此类研究终归正途,成为现在西方科学界的显学——心灵学。

"心灵学"的意义还不在于它本身的那点事实,而是昭示和宣告了一个普遍原则,科学无底线,发现任君游。当心灵没有障碍地在宇宙中随意翱翔的时候,发现就会以任意的姿态随时进入世间人心了。

心的意义还在于道德,"道"和"德"是紧密相连的,道就是宇宙真相,德是内心守则。在此次写作快结束的时候,一位不愿透露姓名的专家说的话非常直接:没有敬畏和信仰就接受不了来自大自然的灵性的启示,就做不出精巧灵妙的东西! 我们跟西方优秀科学家最大的区别是没有信仰,心灵是麻木不仁的,必然是浮躁的、马虎的、粗心大意的,做不出精良绝妙的东西来的!

自由的缺失

创造的本质是自由心态,这是我们什么时候都不能忘记的。

"我们是崇老的社会,年轻人要出东西不容易。"84 岁的老人康安(化名)感慨道。他是中国电子学会副理事长,原某国防研究所所长。两弹一星宏伟工程、洲际导弹的大洋试射,都离不开他所从事研制的通信系统。他有一句名言很震撼:"大师和权威就是拦路虎!"

一切东西,只要成套路了,就完了。国人特别爱弄套路,论资排辈,陈规旧习。康先生的观点基于他一生研究经历。他说他一辈子得益于两个东西,一个是解放前那种欧美的通才教育,一个是解放初期平等宽松的环境。

康安解放前读的"国立武汉大学",那时的大学向欧美看齐,根本不分那么细的专业。这样的好处很多,至少不会像现在年轻人那样,稍有变化就专业不对口了。专业不细分,重心在基础。最好的教授教最基础的课。康先生他们的物理系主任查谦教授,多次赴美学习研究,师从诺贝尔奖获得者 A.R.Millikan。查先生亲自教新生们光学课,讲起课来,水平之高,往往引来几十名外班外系的学生、老师来听。而现在的大学,别说系主任了,就是教授也不肯屈尊下教本科生基础课。

"听查先生讲课,简直就是一种享受。给我印象最深的是讲到量子理论的波、粒现象的那几课。要没有查先生那样学识渊博的老师,用巧妙的讲课艺术,深入浅出地诱导,要让我们比较牢固地建立起这样一个全新的量子理论概念,可真是不容易。以后我在防空、导弹等通信工作中,经常要用到这个量子理论的概念,每到这个时候,我都立刻想起查先生,感谢他让我受用无穷。"

康先生说,当时国家极为重视高等教育,他们不仅不交学费,每月还能拿到国家补给4块大洋的伙食费。4块大洋是什么概念?应该轻松超过现在的两千元吧?反正他们吃得很好,在中西合璧的宏伟的山间校园里,春赏樱花,秋感桂香,还不时在地下党的鼓动下搞搞学运。但学校并不一味宽容他们,在学习上把关很严。他们这个班入学时30多人,到3年级的时候只剩下了7人。宽进严出,与美国的大学相仿。

"这种注重能力培养的美式的通才教育让我受益很大。1955年我被组织上调到军委通信研究所去,因为有比较好的数理基础和外文,捧着几本英文专业书恶补一两个月后,马上进入了状态,很快做出成绩,根本没有专业不对口之感。"

科研环境可能更重要。康安先生认为现在的年轻人受的束缚太多,不像他们年轻的时候有那么多创作的欲望。"现在年轻人要受大师、专家、领导的约束,不能发挥。我们中国人太重视大师了,政治、社会上如此,科学技术上也是这样,总说某某大师就是顶峰,你学他就行,实际上大师是拦路虎。"

"非典"时有一个例子,一个年轻研究员已经研究出"非典"是病毒引起的,但有院士放话了,是衣原体引起的,年轻人就不敢再多说什么了。没过多久,新加坡发现了SARS病毒,结果发明权被国外拿走。

除了"大师",还有一个东西妨碍创新,听起来很新鲜,那就是规划。康先生认为,实际发明创造,十次有一次成功就不错了,创造就是由失败引领的渐进。

许多人不明白这一点,弄出许多妨碍创造自由的计划、规划。实际上,科学和技术是不一样的,科学是那种不能规划的东西。

"近几十年更坏了,官僚体制进入大学和科学院所,导致年轻人出成绩太难。"

康先生曾是一个有几千人的国防工业研究所的一把手,又主持过中国电子学会的学术工作,知道什么最妨碍创造和创新。他一生中最快意的关系国家军机大事的创新就是摒除了以上他说的种种束缚而做出来的,那时他20多岁。

康先生从关"老虎"的牢房里出来,调到中央军委通信研究所。那时国家防空系统有一个大问题需要解决,就是几千里距离的通信问题,比如敌机从广州入境,怎么以最快时间让北京知道,而且高炮阵地能自动接收反应?传统的电话线要是断了怎么办?能解决这个问题的是刚在国外兴起的微波、超短波通信。这也是从美国技术杂志上看到的,具体怎么做,谁也说不清楚。这时候康先生又表现出十足的冲劲和创意。他凭借着武汉大学打下的底子,查询各种能弄到手的技术书和只言片语的有用资料,搞了一个大策划:把我们广袤国土当成一个大试验室,选择几个城市之间搞电波传播试验。这个策划的大胆和险要,可能并没人真正看懂,但中央军委一下子就批准了。当时康先生就一个顶头上司,从美国回来的吕保维博士,他很有学者风范,对这事也没把握,竟也放手让康先生去干了。结果康先生一个人说了算,让灵思肆意放光。

这件事困难重重,首先是没有设备。从国外的资料得知,需要大功率发射机、高灵敏接收机和高增益天线。曾考虑进口大功率速调管,自己来研制整机。但这种管子只有美国有,对我们封锁禁运,即使通过第三国去买,何时能到货不可知。时间耽误不起。康先生他们灵机一动,发现国内有一种引导高炮的雷达,脉冲功率、天线增益、频率都很强劲,接收机灵敏度也不错,稍一改装,足可供测试之用。

征用3部可引导多门高射炮、部队正在使用的高级进口雷达,长期调用100多名军人和技术人员听喝,这29岁的年轻人真有点胆大妄为了吧!但申请报告最后还是由通信兵部部长王铮签署，送到副总参谋长张爱萍那里。几天后老将军批准了，3 部 COH-4 型雷达从上海和福州的部队运往北方，原操作人员随雷达一起调来。就这样，在北京建站发射，由石家庄、保定两个站接收。一个硕大无比的电波传播网在华北大地建立起来。

后来试验又迁到南京、常州、上海三个城市进行，又在太白山和五台山 800 公里之间建立了中国第一条微波电话通信（现代中国微波电话网的鼻祖），又在上海和青岛间进行跨海通信试验……这种大距离、多角度的电波传播试验完全是中国原创（国外的类似试验都是单角度的），一试就是 8 年，积累的数据资料如屋似塔。根据这些数据，康先生推演出最终公式，曾被业界俗称为"安公式"。后多人多次完善，1990 年送到国际无线电咨询委员会第十七届大会上与美国、法国等国的公式 PK（对决），一举胜出，被委员会认为比已在国际上流行了 20 多年的美国公式简便易行。结果康先生他们的公式成为主公式，美国的公式退为附属公式。康先生也因此成为国际电器电子工程师学会终身会员、英国皇家工程师学会会员。

这个世界第一的研究，历时 30 年，就出自一个小伙子的灵机一动，终成正果。

要是现在，这事有三大障碍做不起来。康先生感叹：一是领导"研究研究"，这挺可怕的，往往拖黄了。二是"群众路线"，这种科技原创的事最要不得众人讨论来讨论去，往往都是最四平八稳的通得过，有棱角的先被 pass（淘汰）掉，碰到坏的群众还故意给你破坏。三是重资历学历不重能力。康先生大学本科还有半年毕业，就跟着地下党跑到了解放区，结果落得个肄业学历（后来补授本科文凭）。据说现在中国博士数量世界第一，但有多少闪光的东西？这种金钱学历社会，很难再见到这种低中学历的年轻人的闪光原创了。

康先生说他当时非常幸运，碰到了留美大专家吕保维，他没私心，乐于看到年轻人起来。"幸好当时我没有分到另外一个课题组，那里有主任、副主任、专家一大堆领导，到那儿就坏事了，他们有一定的技术积累，但没有激情和创意，各怀心思,能让你一个后生蹦出来?"现在许多大学、研究所的状况不正是这样?

在漫长的人文历史中,我们民族表现出了一切优秀民族所具有的长处,但在发明创造的跋涉中,我们总遇到一个很难攀越的山峰。这个山峰实际就是我们自己心的变现。

这个世界最值得我们珍重的,除了学识、心绪、环境、跨界、艺术、自由、快乐等,就是我们对这个国家的责任感。在当前相当污浊的世俗社会中,我们期盼这种纯洁和高尚,如果我们科技、工业、人文界的多数人,能把中华文明的伟大复兴作为心中愿景,能把让百姓活得更好一点作为心中祈愿——这是创新的题中之意,就好了。

一切历史都是心灵史。

四百年的空白,四百年的跋涉,这个民族缺的就是一颗心。创新,就是创心!

(原载《时代报告·中国报告文学》2012 年第 1 期)

为创新的第一声呐喊

沙林

我 2012 年写这篇作品的时候,创新这个问题还没有像现在这样成为全国人民共同关注的焦点。经历过"腾笼换鸟"、企业转型、产业升级等一系列中国经济的翻腾复转之后,特别是经历过中美贸易战以及部分高科技民族企业被卡脖子的万般无奈之后,创新才被人们重新认识到是一个关乎民族生存的核心中的核心。

而 2012 年我写《不能缺失的心》的时候就"阴差阳错"把创新当成了民族不可缺少之心,极尽渲染之能事地认为,创新是中国经济更上一层楼的关键;也还竟在那个时候就提出了芯片问题，暗喻此之芯乃彼之心，芯就是民族之心，把芯片提到了命门般的高度。所以经过了前一段时间贸易战芯片之殇后，有评论文章说我是"章鱼保罗"——这只章鱼在 2008 欧洲杯和 2010 世界杯两届大赛中，预测 14 次猜对 13 次，被当成预言神物。

当然，说状如"章鱼保罗"也是指我 2007 年就写了《钓鱼岛，中日未来最大的冲突》一书，在香港出版，预言了以后中日之间因为钓鱼岛发生的大事端。

其实真的没有什么高深的理论和神秘手段来预测未来大事，只因身在搞理工的知识群中（我父亲就曾是搞雷达电波的某军工研究所的所长），耳濡目染，感受到了在科技和制造方面，我国跟随西方，甚至曾经一段时间追随苏联之后亦步亦趋的惨状；我也比较感兴趣于世界科技史和文明史，知道在近 300 年来的 100 件影响世界的重大发明中，没有一项是中国人所为……于是我便萌生了站出来呼一嗓的念头。

中国人吃创新弱的亏太大了！我一直好奇智商不低的国人，是什么让我们记忆力那么好，规范性那么好，而旁枝斜逸的发明火花却那么少而暗淡？

我知道这里面有传承的问题、民族性格的问题，更有体制机制的问题。

我当时很纳闷，中国创新力不足的问题已经很明显了，为什么文学作品不见反映，新闻上略有报道，但也是浅尝辄止？有的时候我们还是太麻木了。

我觉得这个时候报告文学一定要站出来，这个文学轻骑兵就是要在人们的心口痛处捣一拳引起震痛，让人们记住这种带刺的文章，以唤起全民关注，最终能有所改变。这就是报告文学的战斗性和责任感所在。

在中国报告文学学会负责人何建明、李炳银等著名作家、评论家的鼓励下，我拿起笔，开始写这个题义很浩大的东西。

的确庞杂浩大，我一直想不透怎么用一个血肉很丰满的人物，或一个细节很丰富的故事来贯穿全篇。需要表现的东西太多了，它牵扯到民族、历史、传承、西方、心理、性格、文化、制度等种种方面，以及各种新闻事件作为引子，又有作者不甘寂寞跳出来的评论，这一切都需要呈现，而一个完整动人曲折的故事会限制随时迸发出来的语言的抨击。所以，为了适应表达，我不得不采用了西方惯有的非虚构著作的手法,以一个个小的新闻带出语言的随意表达,凝出整体的宏观效果。

写作很辛苦,内容素材太多了,整理、归纳、削减,又要找出合适的角度抒发……但有一种心结一直在鼓励着我,就是为这个民族做一点实事,以求得生在此处回馈此处的安心。

《不能缺失的心》获得2012年中国报告文学学会十篇年度推荐作品之一。这个嘉奖证明努力没有白费。7年之后,又听到了全社会轰隆轰隆的创新呼声。众声之中,谁也不知道第一声在哪里,心安就好了。

走向崇高

纪红建

东方少女

2006 年 5 月，从上海飞往美国的航班上，并肩坐着一对 50 岁左右的男女。男的是个高个子，还披着长发，上唇留有一撇短胡须，戴着一副眼镜。不用猜，十有八九是个艺术家。女的个子也不矮，面带微笑，将头幸福地依在男的肩上。一看就知道是个知识女性。他们是第一次去美国，不过不是去旅游，而是去参加美国明尼苏达州圣保罗市的国际石雕研讨会。

男的叫雷宜锌，是湖南雕塑院的院长，一位在全国很有名气的雕塑家；女的叫石洁莹，是名副其实的雷夫人。

飞机在白云上方平静地飞行着，下面是莽莽云海。这样的场景，为极具艺术细胞的雷宜锌提供了无限的遐想空间。

雷宜锌以前对美国并不向往，当时最大的梦想是要当一名画家。小时候的雷宜锌养成了这样的“毛病”：只要笔在手就会不停地画，上课的时候画老师，画前座同学的后脑勺。当老师抓住他画画的时候，也不禁惊叹，这家伙画得真像！中学时，他意外地得到一本美术教科书，俄国素描大师契斯恰科夫的《素描教学体系》。正是这本书,帮助他奠定了坚实的素描功底,同时也为他打开了专业美术的大门。

一个十几岁的少年,对未来满怀憧憬,可那个时代冷酷的巨手打碎了他的生活,打碎了他的憧憬。1970 年 4 月,16 岁的雷宜锌还没有机会受到更多正规的美术教育,就主动报名下乡,离开家乡长沙到芷江当知青去了。

其实雷宜锌是在逃避。那时,母亲被挂了"特务"的牌子,剃着阴阳头,被别人吐口水,父亲则被关了牛棚。一向敬爱的父母突然变成人人唾弃的"坏人",家庭四分五裂。于是,他只得与许多同龄的中学生一起,挤上去芷江的卡车。他没有告诉父母,心里有些不平和羞耻。然而,母亲毕竟是母亲。正当卡车要发动时,他猛然听到了母亲的声音,不顾一切地叫着自己的名字。母亲赶来了,手里还拿着两个包子。话也不知从何说起,母子之间未免有些尴尬,这却使离别变得比较容易。两个包子代替言语,说尽了一切。看着母亲挥着手的身影渐渐远去,16 岁的雷宜锌感到一丝抱歉和不舍。两个包子握在手里,仿佛握着母亲温暖的关爱。卡车行了一路,包子在他的手里握了一路,舍不得吃。

那无疑是一段艰苦的日子,知青们在恶劣的环境中生活与工作着,但雷宜锌并没有因为环境的艰苦而放弃绘画。从长沙来的时候,他也没有从家里带什么值钱的东西,却将素描用具当宝贝一样从家中带来,并且随身携带,有空就画。他唯一的老师是宽广的田野、流淌不息的河水和静默的山丘。他甚至把画画当成写日记,无论是打鼓队还是抽烟的老农,每当看到一个有意思的场景,他就画在他的日记里,再写上一两句话。只有绘画的时候,他才忘记了困顿的环境,忘记了自己有"污点"的出身。

命运总在捉弄着他。虽然后来因为画画名气增大,他先是被借到怀化铁路局从事写毛主席语录、写标语、画宣传画等工作,后来又被调到芷江县文化馆,但当长沙的知青开始利用各种机会返城,县里也不时会有一些回长沙工作或深造的指标时,他却总是与机遇擦肩而过。一次,湖南师范大学到芷江招工农兵大学生。在招生考试中,雷宜锌考得最好,但最后被推荐的却是他的一个朋友。原来,招生的老师之所以选中他的那个朋友而不是雷宜锌,只不过因为那个本地年轻人看起来比较老实,而这个长沙来的知青一副文艺青年的打扮,吊儿郎当,实在看不顺眼。又一次,地区电影公司到芷江招美工,雷宜锌毫无疑问是最合适的人选。但当他赶回县里,见到两位招工人员时,就感觉事情不妙。两人都不苟言笑,一问缘由,原来是看过档案了,出身有"问题"。雷宜锌没有哭,而是微笑着面对生活与未来。

命运还是垂青了这个孜孜以求的年轻人。1976 年,已经下乡 6 年、时值 22 岁的雷宜锌终于等到了回城的机会。这年,长沙服务公司下乡招工,雷宜锌根本没抱希望,因为有一名知青是服务公司的子弟。谁知这却是命运的转折点。那名知青由于个人原因,丧失了这次招工的机会。周围的群众知道了这个情况,就向招工的人推荐雷宜锌。他们劝说那个招工的人:"你们都是长沙人,要互相帮忙嘛,何必浪费一个指标呢? 小雷是好人,这个我们可以打保票,档案你就不要看了。"工人出身的招工同志生性淳朴,心里一热,竟拍着胸脯答应了。回到长沙,服务公司的领导让雷宜锌选了一门手艺。他选择了摄影,在照相馆工作。由于他有了深厚的美术基础,上手很快,很快就掌握了照相的技术,尤其擅长拍摄结婚照。

机遇再次向他走来。1977 年国家恢复高考,恢复了尊重知识、尊重人才的局面,大批失学已久的年轻人涌向大学,如饥似渴地学习知识。雷宜锌当然也不例外。凭借深厚的绘画功底,他以长沙考区总分第一的成绩被广州美院录取。

雷宜锌决定将雕塑作为一生的事业,得益于广州美院雕塑系的李汉宜教授。当时爱才的李教授向雷宜锌分析了学油画和学雕塑的不同。学油画,雷宜锌已有了深厚的基础。这个领域人才多,选择性也多,对人才需求大。而雕塑,是美术界的"重工业",需要体力与耐力。雷宜锌身材高大,体格好,这一点是优势。而尤其重要的是,雕塑家出作品比画家更慢,想出类拔萃更难,要能耐得住寂寞。李教授甚至预言,虽然现在雕塑并不热门,但中国城市雕塑的春天就快来了,那就是你大展才华的时候。李教授还诚恳地说:"你再慎重思考一下,三天后给我答复。或许我会误你一辈子,又或许我会成就你一辈子。"

确实,那时我国的雕塑几乎还是空白,像样的雕塑作品还只有北京天安门广场上有,长沙也有,但仅仅是一些毛主席像。东方的雕塑少,雷宜锌便把目光投向了西方,故西方的雕塑对他的影响深远。比如摆在联合国的由叶夫根尼·武切季奇制作的《铸剑为犁》、米开朗琪罗的《大卫》、奥古斯特·罗丹的《思想者》,这在雷宜锌看来,是当之无愧的伟大作品,并强烈地震撼着他的内心。

他坚毅地选择了雕塑,并迈着坚实的步伐,走出湖南,走向全国,走向世界……

飞机飞得还算平静,但雷宜锌的心里却有几分不平,感觉时间是如此漫长。想着几个小时前进入飞机场,安检时没收的几玻璃瓶剁辣椒,他还在埋怨,并小声地对身边的老婆石洁莹说:"没有辣椒,这日子怎么过咯?"雷宜锌是地道的湖南人,辣椒就像雕塑一样,已经融入了他的生活与生命。同时,他对英语几乎是一窍不通,到了人生地不熟的美国,也就跟聋子哑巴差不多。连最简单的交流都不可能,何谈"研讨"呢?好在同行的老婆大人还懂点英语。当然,对于雷宜锌来说,这次美国之行的烦恼还远不止这些。他还是个老烟民,创作的时候几乎是烟不离手,烟成了他形影不离的好朋友;他还嗜酒如命,没事的时候,总爱喝上三二两;他还有睡午觉的习惯,一年三百六十五天,天天中午要睡上一阵,雷打不动。对于自己的这些"毛病",雷宜锌都知道,他也知道美国是一个发达国家,不能随便在大街上抽烟,那里没有地道的湖南辣椒。所以,他刚收到那份来自美国明尼苏达州的邀请,请他作为中国雕塑家的代表,参加在明尼苏达州圣保罗市的国际石雕研讨会时,他并没有打算去,甚至想推荐另一位年轻雕塑家代替自己前去。即便他是从数名被推荐的中国艺术家中脱颖而出,机会来之不易;即便这个研讨会仅仅只是自由的学术交流,并根据现场石头长相即兴创作一件雕塑作品。后来,雷宜锌是在老婆石洁莹的坚持下决定到美国的,她说:"不走出去,怎么能看得见更宽广的世界?"听后,他点头了。

即便这次美国之行,要打破雷宜锌很多的生活习惯,也让他显得有些烦躁与疲劳,但这并没有影响他的创作。因为对于他来说,艺术高于一切,不管是贫穷,还是饥饿,他都义无反顾。

创作工场位于圣保罗技工学院的校园。巨大的石块从明尼苏达州各个不同的采石场运来,大多高 2 米,形状不一,质地各异,散落在绿色的大草坪上。由艺术家们选定自己的石块就地进行创作。

第一天艺术家们去选石头,雷宜锌看到了一块石头,他觉得很好,因为它立即让他想到了东方少女,一个正在遐想的东方少女。因为他需要一个既富有中国艺术特色,又易于为其他民族所理解的形象,来表达超越国家界限的雕塑艺术的美。他精挑细选,挑了一块自己满意的石头。

与往常一样,进入创作状态的雷宜锌,他的思维全都被自己将要完成的作品所占据。雷宜锌像以往一样认真,绝大部分时间都在工作。当别人的作品还处于雏形时,他的作品已经显山露水,趋于完成了。与生俱来的形体感、深厚的艺术功底以及多年的经验,使得他的作品炉火纯青。更令他国艺术家们惊讶和折服的是,这个"中国雷"竟然可以直接在石块上切削打磨,以刀代笔进行创作,根本不用在石块上打底稿。"你的先生雷太优秀了,我们都在他的阴影下。"津巴布韦雕塑家拉扎瑞斯对石洁莹说。雷宜锌从不恃才自傲,他平和谦虚的个性让其他艺术家愿意与他亲近,交流中,虽然语言不通,对艺术的热爱和追求,却使他们结成惺惺相惜的朋友。就这样,"中国雷"渐渐被广大的外国艺术家熟悉和认可,直到最后竖起大拇指,从心灵深处发出感叹。

虽然艺术家们都十分推崇雷宜锌的能力和作品,但他们并未意识到,他在创作上付出的时间和精力是他人的几倍,同时在体力上也承受着几倍的痛苦。现在每天他要持续几个小时敲打坚硬的石头,使得他晚上感到浑身每一块肌肉都酸痛不已。这是他很多年来未曾有过的体力上的折磨。短短 5 个星期的研讨会结束,他的体重下降了 30 斤。

当他挥舞着锯和锉,在烈日和石屑中挥汗创作时,机遇女神正默默地关注,并将垂青这位勤奋忘我的艺术家。

4周时间过去了，越来越多的人聚集在他的工作场地。他的作品渐渐成形，一位美丽少女的脸庞在坚硬粗糙的岩石上浮现出来，细长的眉眼，若有所思的微笑，十指尖尖轻托脸颊，充满东方韵味。

一天中午，石洁莹冲着正在一棵大树的树荫下呼呼大睡的雷宜锌说："老雷，快点起来，快点起来，又有人要你做雕塑了。"被叫醒的雷宜锌，有些疲倦，迷迷糊糊地说："还做什么咯，这一个都做得累死了。"回到自己还没有搞完的雕塑边，他看见了三位西装革履的客人正在等他。一个身材高大、目光炯炯的黑人向他伸出手，并说："你好！我是埃德·杰克逊。"他是华盛顿马丁·路德·金纪念园基金会总建筑师。听完杰克逊的介绍后，雷宜锌心里一震，瞌睡完全没了，客人竟然是要他为华盛顿国家公园里的马丁·路德·金纪念园雕塑马丁·路德·金石像。虽然雷宜锌并不了解美国太多的名人，但对马丁·路德·金他并不陌生。马丁·路德·金在美国可是家喻户晓的黑人民权领袖，1964年35岁的他在挪威首都奥斯陆接受诺贝尔和平奖，是有史以来最年轻的诺贝尔奖获得者。雷宜锌记得在他十二三岁的时候，毛主席还写过两篇文章支持马丁·路德·金。更为重要的是，马丁·路德·金的雕像还将安放在华盛顿国家广场，那意味着在美国的心脏塑一尊雕像。他知道这件事非同小可，他更知道这样的机会下辈子也不一定遇得到。

"我能做。"他认真地察看纪念园区设计图，随后肯定而简短地回答。雷宜锌和他出色的作品不可思议地忽然出现，又以这个似乎过于简单的方式，来回答这么重要的问题。可是这个简短的回答，与其他艺术家的回答也略有不同，他们的回答是："我愿意做。"这种微妙的差别，让杰克逊立即感到了眼前这个中国艺术家的回答里所包含的自信。

杰克逊又问："你们中国能不能找到上好的花岗岩石料呢？我曾在加利福尼亚的雕塑家工作室里看到过那样的石料……"雷宜锌毫不犹豫地说："找得到。"其实雷宜锌也是蒙的，不过他蒙还是有资本的，他想，中国这么大，哪样的石头没有。实际上，后来的事实证明，这样的石头还真不好找，全世界只有中国和巴西才有。

《东方少女》完全征服了参加研讨会的各国艺术家，征服了美国的观众，更征服了杰克逊他们。杰克逊认为，原来自己一直在苦苦寻找的艺术家，能够胜任马丁·路德·金纪念雕像的人，就是站在跟前的这个中国人。

事实上，此时雷宜锌并不知道，这些年来，杰克逊他们找雕塑马丁·路德·金的艺术家找得特别辛苦，找了整整 6 年了，找了 52 个国家的 2000 多位雕塑家，设计方案多达 900 多个，居然一直没有找到合适人选。他们甚至满怀希望地前往"在艺术中呼吸"的意大利，找到过一位年过九旬的雕塑家，请他制作了一座小型的马丁·路德·金全身像，但他却只是一位擅长抽象艺术的雕塑家，他制作的小样令杰克逊一行十分失望。就在雷宜锌犹豫来不来美国参加这个研讨会时，杰克逊的助手也在互联网上偶然看到了举办这个国际石雕研讨会的消息，并准备到这里来物色艺术家。杰克逊他们在现场已经走了几圈了，不断与这些石尘满面的石雕家交流、沟通，最终形成一条信息，"你们应该找中国雷，他最合适"，艺术家们展示出了极大的艺术情怀与风度。雷宜锌更不知道，就在他刚才在树荫下午睡时，杰克逊怕打扰他，正准备离开，改天再来，如果那样的话，机遇有可能要重新分配。

这个石雕研讨会一结束，雷宜锌两口子就背着大包小包，直奔美国首都华盛顿。在杰克逊的办公室里，作为马丁·路德·金纪念园基金会总建筑师的他，请雷宜锌在一份合同书上签字，正式委托他制作纪念园中马丁·路德·金的巨型雕像。拿着这份非同寻常的合同书，雷宜锌如同背负着无与伦比的荣誉和千斤重担般的责任。

这，无论是对马丁·路德·金纪念园基金会，还是对雷宜锌，都是巨大的考验。后来的事实也充分证明了这点。

面对挑战与狡诈的艺术

从美国回来的飞机上,雷宜锌心里只想着两件事:如何设计与找石头。此时,他不觉得时间漫长了,甚至感觉不够用。他心里十分清楚:马丁·路德·金是一位美国各界民众极为敬仰的、圣徒般的人物,纪念园基金会把如此重任交给一个素不相识的中国人来做,是对自己艺术水准和成就的莫大肯定,更是对自己艺术水准的考验。他还想,自己虽然从架上雕塑到大型公共雕塑,创作过无数作品,也获得多项荣誉,但马丁·路德·金雕像可能是自己一生中最重要的作品。这不仅关系到他本人的艺术声誉,同时也关系到中国艺术家在世界大舞台上能否被理解和尊重。

马丁·路德·金纪念雕像是由华盛顿马丁·路德·金纪念园的设计方案所确定的,那将是一组高度近 9 米的巨型石雕。马丁·路德·金的雕像被称为《希望之石》,两座山形的石雕被称为《绝望之山》。《希望之石》将矗立在《绝望之山》之间,略往前方推进,呈三角形排列,象征着马丁·路德·金从绝望之山中走出,为世人辟出一条希望之路。

雷宜锌知道,要创作出形神兼备的马丁·路德·金雕像,必须对他了如指掌,必须与他成为十分熟悉的"朋友"。于是,他把从美国带回来的,和自己发动所有亲戚朋友与同事收集的马丁·路德·金的大量图片,贴得创作室满墙皆是。只要在创作室,他就能看到马丁·路德·金。白天看了还不行,他晚上还要睡在创作室看着他。他整天沉浸在马丁·路德·金的世界里。他要与他成为朝夕相处的好朋友。看马丁·路德·金年轻时的照片,看他的生活照片,看他的工作照片,看他演讲时的照片。直到现在,这些照片仍旧贴在他的创作室。每张照片都不一样,有各自的特点。他结合大量的文字资料和影像资料,认真分析,从不同的角度分析他不同的动作、不同的表情、不同的心境。

渐渐地,雷宜锌与马丁·路德·金成了好朋友,并成了永生的朋友。他只要一闭眼，就能立刻想起他的面容、他的动作、他的表情，甚至他的心情。马丁·路德·金已经成为鲜活的有生命力的立体的人。而事实上也是如此，世人都很熟悉他、怀念他，有时候甚至还会觉得需要他，觉得他还在，就在自己身边。因此，他觉得马丁·路德·金应该是一个"呼之欲出"的人。

这个灵感让雷宜锌的创作有了定位，并且让艺术语言的处理方式变得清晰起来。他觉得，应该把马丁·路德·金塑造得有虚有实，虚实结合。这样才会使作品的艺术语言更有变化，更具有视觉冲击力。他已经被创作冲动所激励着，浑然不知今天是几月几日、星期几了。他在工作室里一待就是一个多月。他首先做了一个模型。在这个模型中，马丁·路德·金站立着，双臂合抱在胸前，一只手中握着笔。他希望给观众传达这样一个信息：当你看到这座马丁·路德·金的雕像，你可能会想到世界上所有的不公正，那会激起你为正义而共同奋斗的信念，完成金本人未竟的事业。

雷宜锌觉得，虽然中西方在文化方面有差异，但有一个事实却是不容否认的。马丁·路德·金虽然是和平战士，但他是有对抗性的，只不过他一直是用非暴力来实现他的这种理念。他一直是受压抑的，他讲话时一直都是很愤怒很激昂的。大部分时间，你看不到他的笑脸，而且很难看到他平静的时候。他总是皱着眉头，总是双手抱胸目视前方在思考着什么。他是一个内容丰富的思想者，同时也是身体力行的实践者。他的动作是收敛而坚定的。

雷宜锌紧抓这点做文章。同时，他还认真研究了美国国家广场上最具有代表性的人物纪念性雕塑，注意到在那个领域，审美的习惯更偏重非常写实、非常具象的表现手法，崇尚严格地忠实于对象，强调准确精细地再现对象。于是，他最后创作出来的《希望之石》，即马丁·路德·金雕像，是浮在石头上的圆雕，整个身体有三分之二多从《希望之石》出来，少部分仍在石头里面。最清晰、最具象的是马丁·路德·金的头部和手部，雷宜锌花了很多时间刻画，并且希望参观者首先看到它们。然后再看身体其他地方，越往下越虚，越粗犷，到腿部以下逐渐融入石头里。而对于《绝望之山》，雷宜锌让山的表面凹凸不平，布满尖角，以使人有一种稍一触及便可能被扎伤的感觉。还因为这是绝望之山,所以他想使它令人产生一种困难无望的感觉。

6个星期后,当基金会的总建筑师杰克逊和助手来到长沙,看到这个模型后,十分惊奇,也十分动容,不仅完全认可雷宜锌的设计,还感觉大大超出了他的预想。他看后迸出一句话:"这就是我们要的金!"

不久后,美国国家艺术委员会举行了听证会,评审雷宜锌为马丁·路德·金设计的小样。听证会的评审委员由美国总统亲自任命,由最权威的艺术家、建筑师、规划师组成,他们也被认为是最挑剔的专家。在此之前,纪念园的瀑布设计经过几轮评审都未获通过。因此,在听证会之前,基金会负责人有些担心评审委员会是否能接受一个中国雕塑家和他的作品。然而出乎意料的是,最后艺术委员会全票通过了雷宜锌的设计。翻译对有点不知所措的雷宜锌说:"大家认为你的作品无可挑剔,解说也很精彩,征服了这些苛刻的评委,真是可喜可贺!"

此阶段,雷宜锌的当务之急,除了设计模式外,就是找石头。有了巧妇,还要有好米啊。

纪念园的设计方案,决定了对雕像石材的要求十分严格,需要有极高硬度才能抵御华盛顿地区的严寒酷暑、日晒雨淋、风刀霜剑。另外还需要容易维护,不能因为日久累积污垢而变色。

自雷宜锌从美国回到长沙的那一刻起,他就开始寻找石头。这并非易事。他先是利用便捷的网络,在网上搜索了一下,中国哪里盛产石头。通过认真的研究比较,他最后明确了三个地方,一个是四川,一个是福建,一个是山东。这三个地方不仅盛产石头,品种也比较多。然后,他又带着助手分别来到这三个地方进行探访,对石头的色样和材质进行了比较,把四川排除了,范围缩小在福建和山东两省。

让雷宜锌没想到的是,当他带着助手来到福建和山东两地,却无法找到矿山。原来中国的石材行业是保密的,你能找到石材和板材,却很难找到厂家。如果你晓得矿山在哪里,意味着你就断了石材商的财路了。这也是行规。所以很难打听到。费了九牛二虎之力,最后他们在两地都打听到了一些石材山。

2006 年 11 月初,雷宜锌和助手来到了山东。他们遇到了一个女石材老板。女老板问雷宜锌:"你要做个什么?"雷宜锌说:"我要做个雕塑。"女老板问:"做什么雕塑?"雷宜锌说:"做个马丁·路德·金的雕塑。"一听是做马丁·路德·金的雕塑,女老板立刻热情起来,并说可以优惠。几天后,山东女老板给雷宜锌来电话了:"雷先生,你到我们矿山看的这些石头,我不要你的钱,由你挑由你选。你挑选好后,我就捐两千万的石头,一分钱都不要,只要你在雕塑上刻个名字,做个广告,证明我们的石头走向了世界,走进了美国的心脏。"

雷宜锌知道,马丁·路德·金纪念园基金会还是缺钱的,他认为,如果这个女老板的石头与福建的石头相比,确实更适合,而他们又愿意捐赠,那当然是好事,但如果稍逊一筹,那也就没有商量的余地,给再多的钱也不干。他必须对艺术负责。他又打了一个越洋电话,把这一情况向基金会进行了通报,且与他们的想法不谋而合。他们对雷宜锌说,你自己判断,哪个石头好就用哪个,如果山东那位老板的石头达到了要求我们就用,他们愿意捐就非常感谢他们,不愿捐就用钱买。雷宜锌又认真对山东这位女老板的石头与福建泉州出产的一种浅灰褐色花岗岩进行比较,最终决定放弃山东的石头。但这并不是说山东的石头不好,甚至某些方面还要比福建的强。但从艺术表现的角度考虑,颗粒较细的石材比较易于表现细节,使得雕像的纹理更细腻一些。所以他最终选定了福建泉州出产的瑕红,硬度很高,有小小的黑色颗粒,又隐隐透出若有若无的浅红。这种颜色不但容易维护,也符合黑人的肤色特征,确实十分理想。

马丁·路德·金雕塑小样获得通过后,雷宜锌又进入了紧张的创作之中。最让他揪心的算是做 1:1 泥塑雕塑模型。2007 年下半年,模型初稿基本上得到基金会认可后,他便开始根据定稿按比例进行泥塑放大。泥塑放大是一种再创造,艺术难度和技术难度都很高,并且泥塑的内部先得用钢材和木材构成一个骨架,用来支撑未来的泥稿,给泥稿留出 10—15 厘米的厚度。骨架搭好后就开始堆大泥。这个阶段由工人团队参与完成,总共用掉 10 车陶泥。当所有的大泥堆好后,雷宜锌和他的艺术家团队就开始塑造。这是最关键的一个环节,也是一个漫长的过程,需要反复地推敲,不断地修改,最终达到自己满意的程度。雷宜锌和他的团队工作了6个月,《希望之石》和《绝望之山》的塑造基本上已接近尾声。

那时正好是2008年1月,既临近春节,又正好是湖南百年一遇的冰灾。马丁·路德·金的泥塑矗立在长沙市区省委办公楼对面的一个花木市场大坪的临时工地上。为了应对严寒,雷宜锌安排工程队将它用塑料严严地封裹起来。随后的日子里,雷宜锌就像看宝贝一样,三两天就要去花木市场转转,但也没有看出什么名堂。现在想来,雷宜锌觉得可能是泥塑全被塑料包了起来,也看不出什么问题。春节过后,当大家回到工地,揭开覆盖在泥塑上的塑料时,雷宜锌的心瞬间坠落到了谷底。他跌坐在椅子上,半天动弹不得。

在这场冰灾中,泥塑也遭到了意想不到的毁灭性的损坏。工地上,临时工棚的棚顶被积雪压塌,《希望之石》和《绝望之山》被局部破坏。持续的冰冻使雕像上的泥土被冻坏,先是出现一些裂纹,后来不断扩大,导致大面积垮塌。特别是雷宜锌觉得做得最精彩的两只手没了。雷宜锌和他的团队花了大半年的精力所塑造的雕塑,已经被毁得惨不忍睹。

按照计划,美国方面3月份就要到长沙来审稿。而这一事实,完全打乱了工作进度,根本无法在基金会到来之前完成泥塑。如此沉重的压力,几乎让雷宜锌透不过气来。他反复思量,一面与基金会联络,解释发生的意外,一面奋力和团队夜以继日地修复泥塑。他们承受了极大的压力,一边尽力回忆,一边修复,有的地方则需要重新塑造。

这时,泥塑的头部已经翻成模子,可是手和上身都损坏了。看着自己精心塑造的作品毁于一旦,这让雷宜锌极为痛心,尤其是手部的被损,更使他沮丧。他始终认为手是人的第二面目,看雕塑首先就是看手。一般来说,人们总认为人的面部表情很丰富。其实对于雕塑来说,面部表情很有限,而手的形象却是变化多端,可以繁衍成数不胜数的姿态。而在最初的泥塑中,雷宜锌对于手部的塑造相当满意,感觉很好。泥塑被毁之后,别处的修复都顺利完成,但他总感觉手部的塑造无法回到当初的满意状态,怎么也找不回那时的感觉。

雷宜锌虽然为此郁闷得很,但他是个追求完美的人,发现作品有什么毛病,就必须改。泥塑虽然完工,而旁人也丝毫看不出这与之前的作品有什么区别,但对于雷宜锌来说,却被这种"本来可以做得更好"的感觉所折磨。因为当时是在架子上做的,每一次修改,都是从架子上下来,退到一定的距离看,然后再爬上架子去改。总是这样来回折腾,反复修改,不仅不太方便,也因为被脚手架挡住了,总是难以完美地看到全身的泥塑。他觉得,未能保留手部的原始塑造始终是极大的遗憾,以至于在泥塑翻成玻璃钢模具之后,他仍旧孜孜不倦地用机械工具不断进行创作和完善。因为玻璃钢模是硬的,他可以锯断,拿下来改。

在这3个月中,雷宜锌和他的团队天天在花木市场早出晚归,这是他们最难忘、最痛苦的一段经历。

整个创作过程中,虽然美国人对他的争议给了他巨大的压力,但让雷宜锌没想到的是,最让他痛苦,最让他愤怒,痛苦和愤怒得让他几乎抓狂的却是自己的一些同胞。因为名利的诱惑,不少人把这一国际性的工程当作谋取名利的大好机会,把雷宜锌当成西天路上的唐僧,各路妖怪都想跳出来咬上一口。实际上,这一工程完全是民间行为,并没有政府的强有力支持,所以不管是美国的还是中国的事,雷宜锌都要自己去应付。

为了将来海运方便,雷宜锌决定与福建惠安某雕刻厂合作,将创作好的模型运到他们厂里,在那里进行石头加工。这家雕刻厂曾经诚恳地对雷宜锌说,只要能够有幸做这个项目,钱不成问题。没想到,这好似"装修队伍进屋",带来的尽是痛苦。

为了达到无缝衔接的目的,减少石块间的缝隙,每一块拼装的石头都必须尽可能大。根据这个要求,经过精心设计安排,雷宜锌在玻璃钢模上画线分块,《希望之石》和《绝望之山》被分成159块。每一块都标注尺寸,再将这个尺寸提供给采石场,采石场依据这些数据开采荒料。

为了保证质量,基金会的第二个要求是石料的厚度要达到80—100厘米,这是通常石雕所用坯料厚度的2—3倍,最终成型石块的最薄处,比如说山体的尖端部分,也必须达到40厘米厚。但这一要求立即带来了麻烦。

根据基金会提出的规格,雷宜锌要求荒料的厚度是100厘米。这在合同中也是白纸黑字写得清清楚楚。然而,这家雕刻厂在看过模型图纸后,却开始想方设法偷工减料,想方设法钻合同的空子。他们发现,在石雕的侧立面,石块不需太多加工,就是说,如果荒料是40厘米厚,雕刻完成之后,还是40厘米厚,难道不是达到最低标准了吗?省一点是一点。于是他们就没有按合同中所提供的数据规格,自作主张地将石雕侧立面荒料的厚度开成40厘米。

这让雷宜锌很气愤,他甚至在心里骂,这些人真是太无聊了,这是关系到中国人诚信与脸面的工程啊,怎么能这样呢?再说,以后雕像必须经受住各种恶劣天气,以及自然灾害的考验,比如飓风、地震等。石料的厚度必须达到基金会所要求的规划100厘米啊。雷宜锌要求这家雕刻厂按照数据,重新开采荒料,再次切割,却遭到了拒绝,除非再次付款。这让雷宜锌十分失望,他看到了失信、贪婪、狡诈、凶蛮等人性中卑鄙肮脏的东西。相比于这一工程的重要性和对完美的要求,雷宜锌只能选择对金钱让步……

有人发出了这样的慨叹:一个关系到国家诚信与荣誉的雕塑作品,有的人以国家利益为重,全力以赴;而有些人却为了金钱,不要脸,不要国格。是啊,马丁·路德·金雕像的创作,既检验了中国艺术家的水平与品质,也检验了部分中国商家的水平与品质。

《绝望之山》和《希望之石》的全部雕塑散件159块,重达1764吨。如此庞大的物体,如何运?海运。按照美国巴尔的摩市鲍威尔国际航运公司估算,每吨运费会在60—150美元之间,行程的总花销将在10万—24万美元之间。其实早在纪念园筹备期间,社会各界都在关注这个重大事件。当希腊政府听说雕像需要从中国不远万里运到美国时,为了表达对马丁·路德·金这位民权偶像的敬意,承诺免费运输。美国方面当然高兴,其一可以省掉一笔费用,其二希腊运输业是世界上最发达的,自然安全可靠。然而不巧的是从 2009 年年底开始,希腊发生了经济危机,已无法兑现当初的承诺。

一直到 2010 年 7 月,美国方面才找好德国的一家运输公司的船只,装着石雕离开厦门,前往美国巴尔的摩港。虽然采取集装箱海运,算是相当安全,但雷宜锌还是准备了几种备用方案,包括多运了四块备用石头。经过 30 天的航行,货船于 9 月安全抵达美国巴尔的摩。

洋流中的风帆

自雷宜锌被确定为马丁·路德·金雕像的主创艺术家,到雕像揭幕,一直受到来自美国方面少数人的非议,甚至卷入了一场声势浩大的政治旋涡。这太正常不过了。因为是一个来自中国的艺术家雕塑马丁·路德·金雕像,并立在美国首都华盛顿的国家广场。但雷宜锌从未因为非议而气馁过,他始终挺直脊梁,始终理性对待,并最终用精湛的技艺和艺术品格赢得了广泛的认可与尊重。

美国历史上第一次为一位黑人,也是历史上第一次为一位普通公民,在国家广场设立纪念园,这本身就有着重大的历史意义,也注定了这一事件备受关注。所以当由中国雕塑家雷宜锌来塑造马丁·路德·金雕像的消息一经宣布,就如同一石激起千层浪,媒体哗然,并且在美国公众间引起一场言论大战。

为什么要由一个以雕刻毛泽东半身像闻名的中国人去雕塑,而不是美国人呢?

最开始质疑这一决定的是原本期望获得这一历史性雕塑任务的美国艺术家,最激烈的是亚特兰大的吉尔伯特·杨夫妇。吉尔伯特·杨是一位全美知名的黑人艺术家。他强烈要求马丁·路德·金雕像应当由一位黑人雕塑家担当,所用石材,也应当来自美国本土。他的呼吁得到了一些人的支持,包括美国的花岗石工作者。他们甚至建立了一个网站,域名十分醒目,就叫"金是我们的"。他竟然激动地写道:"纪念园基金会的领导者们竟然无法找到一个可以雕刻马丁·路德·金的黑人艺术家吗？纪念园的设计方案通过竞标确定,可是选择雷宜锌有没有公平竞争呢？"他甚至进一步发出愤懑之词:"走遍世界,中国、俄罗斯、法国、意大利、印度、德国,没有一个纪念雕像上刻着黑人艺术家的名字。这并不是他们不喜欢我们,而是每一个纪念雕像都是那个国家的文化遗产。"

还有更厉害的。吉尔伯特·杨说:"对于那些相信马丁·路德·金属于全世界的人,认为他的工作、他的话语、他的立场是国际化的人,请你们花点时间去回顾历史,看看他的演讲。在《我有一个梦想》的演说中,黑人这个词出现了14次。金关注的是谁,这毫无疑问。"这段话成了这场争议的关键。非裔美国人当然有理由认为,马丁·路德·金属于黑人,属于美国。

美国雕塑家克林特·马滕也加入了杨的行列。在一次公开集会上,他呼吁大家加入他们的斗争。他甚至用"斗争"来形容这场争夺。他大声疾呼:"现在美国人自己有机会好好地用美国的花岗岩,用美国的观念在美国土地上来纪念马丁·路德·金。我自豪地与吉尔伯特·杨站在一起,向世界证明,一个黑人和一个白人就能共同为美国有所作为!"

这一切虽然并没有让雷宜锌感到愤怒,却足以让他陷入困惑。他想,马丁·路德·金的梦想难道不就是终止种族主义,让所有人都拥有同等的机会吗？我只是很幸运地拥有了这次机会而已。

事情远没有结束。这时,黑人雕塑家埃德·德怀特也加入了杨夫妇的阵营。他申诉说,基金会本来是签订了合同,请自己做主创设计雕像,可是当雷宜锌出现了之后,他却被排挤出局。德怀特甚至写了长达13页的批评文章,认为雷宜锌的模型塑造的是一个干瘪萎缩的人物,他宣称雷宜锌不是黑人,不懂得黑人的站立、行进的姿态。也许他没有意识到,这么说其实毫无说服力,难道要想画好一匹马,艺术家必须是一匹马吗？

辩论逐步升级。德怀特甚至宣称,基金会之所以选择雷宜锌和中国花岗岩,是因为基金会将得到中国政府捐款2500万美元,帮助他们尽快达到募捐目标。

美国反对派做得更绝的是,有新闻媒体派出了驻华记者去接近雷宜锌,在他毫不知情的情况下，访问他的工作室。于是，报道说，雷宜锌在中国也不是知名人物，工作室的条件十分糟糕，等等。

对此种种争议，雷宜锌泰然处之，甚至私下表示十分理解美国公众的激烈反应。他说："假如咱们的天安门广场要立雕像，而作者是美国人，我们也会表示不满嘛。"

基金会对于外界的种种质疑也一一作出了解释。首先，雷宜锌的入选并非轻率，而是经过长期考察作出的结论，是一个设计团队的集体决定。而这个团队的12名成员中，有10名黑人。不仅如此，雷宜锌还将与两位美国艺术家密切合作，这两位也都是非裔。基金会主席哈利·约翰逊说："我们从未接触过请求捐款的中国官员或者公司。我们选择雷，是因为他的艺术能力，他善于把握人物个性，精于雕刻花岗岩，并且具有丰富的大型公共雕塑的经验。"他甚至进一步表示，马丁·路德·金的根本理念是超越种族、肤色以及社会阶级的偏见来判断个人，而我们在选择雕塑家的过程中就是这样做的。我们只考虑雕塑家的天赋，对雕塑的理解和完成雕塑的能力。

一波未平，一波又起。2008年雷宜锌所做的1∶1泥塑模型发表后，又立即引起了争论，甚至比上一次来得更为猛烈。这场争议大战，各种人物纷纷登场，社会活动家、社会工作者、历史学者、大学教授、政客、专栏作家等。也因为这是个网络时代，所以公众的参与更加广泛、更加直接。有一位评论者曾经参与了当年金所领导的民权运动，他表示："在基金会发布的模型中，马丁·路德·金双手交叉在胸前，从来没有见过金有这样的姿态。这位作者从未在美国生活过，即使他看过全部有关金博士的材料，他可能也无法真正理解一位美国英雄。"甚至有人挑剔地说，雕像中的马丁·路德·金居然左手握笔，难道他是左撇子不成？

其实，雷宜锌的雕像并非出自想象，而是脱胎于一张马丁·路德·金的照片。在照片里，他站在"圣雄"甘地的画像下，双手抱在胸前，注视着前方。早在征集纪念园设计方案时，基金会选中这张照片作为蓝本，因为这个姿态反映了马丁·路德·金作为思想者的一面。而雷宜锌的艺术手法使得雕像的双臂更加坚定,眼神更加自信,又同时呈现了这位"民权之父"作为斗士的一面。他追求的绝不是简单的具象再现,而是更有震撼和内涵的表达。

雷宜锌在接受《华盛顿邮报》采访时表示,雕塑艺术和芭蕾舞一样,是从西方传到中国的艺术。艺术没有国界,只有优劣之分。协同雷宜锌一起工作的两位黑人艺术家詹姆斯·沙福土和乔恩·罗克德则认为,雷宜锌的雕塑表达了金作为一位战士的鼓舞人心和有力的形象。密歇根大学教授乔恩·罗克德进一步说,金就是一位斗士,为和平而奋斗的战士,而不是一个心平气和的和平主义者。

更为重要的是,金的家人也站在了雷宜锌的一边。金的儿女对雷宜锌表示感谢,认为他的雕塑表达了他们心中父亲的形象。金的侄子法理斯说:"太有对抗性吗?那你觉得我叔叔当年在做些什么呢?"《华盛顿邮报》副主编、黑人专栏作家尤金·罗宾逊撰文支持雷宜锌的设计,他在那篇名为《他正是金》的文章中说:"对抗,是他(金)身上的一个基本特质……雷的雕像固然有些冷冰冰,但我开始逐渐爱上这尊雕像。如果面临两个选择,一个马丁·路德·金是以圣徒般的殉难来救赎白人美国的灵魂,另一个马丁·路德·金是对抗的,以不屈不挠的意志来改变国家,我会选择后者!"

争议告一段落,但只要工程没有结束,风波也不会完全平息。前面还有更多的困难在等待着基金会和雷宜锌。

当重达 1764 吨的《希望之石》和《绝望之山》离开厦门港口,在太平洋上驶向美国的巴尔的摩港时,马丁·路德·金纪念园基金会和雷宜锌开始为他的安装团队办理赴美国的短期工作签证。北京的美国驻华使馆虽然批准了雷宜锌的安装团队的面签,但最后的批准和签证的发放,还需要通过美国国务院内务部的审核。而就在这个节骨眼上,华盛顿地区的泥瓦工及手工业者工会对基金会提出了抗议,指责中国的工程队是来抢他们的饭碗,必须由美国工人配合雷宜锌来安装,他们不仅在工地附近游行、散发传单,而且还将此事告到了国务卿希拉里那里。

不过,这次的争执与三年前有很大的不同。2007 年的观点以"金是我们的"

这个口号为代表,坚持排斥由一个外国人来创作美国英雄的雕像,其原因更倾向于民族感情,倾向于象征意义。而泥瓦工及手工业者工会的抗议,更主要的理由是经济上的,基于当时的高失业率和对于外包工程的反感情绪。

虽然泥瓦工及手工业者工会并没有得到普遍支持,这场争执也没有再次掀起全国性的舆论浪潮,但是工会在美国政坛有相当的影响力,也不是可以被忽视的小帮小派。实际上,雷宜锌工程队的签证当时已经得到国务院的批准,但因为与工会的争议没有解决,国务院也不肯轻易得罪他们。

其实那些美国人不明白,此时雷宜锌的创作还没有完全完成,因为159块石头他们还没有完全打磨到位,主要是怕在路途中碰坏了,还留有余地,等到了华盛顿把石头组合好后,再来细细打磨。如果是在福建就把石头全打磨到位,一旦碰了,就把真实的东西碰坏了,现在没打磨到位,碰坏一点,再打,就正好。雷宜锌说:"这些只有搞艺术的人才知道。实际上到美国还有20%的工作量,我们的工人都熟悉这些工作,并且都安排好了,你做什么,他做什么,很默契。"

这一闹,雷宜锌只得自己一人先来美国,给他们讲道理,并写了一份声明:

"这个团队中的每一个成员都是跟随我多年的助手。他们是最优秀的雕塑艺术家、雕塑专业技术人员和石雕工匠。他们都经过了长时间的艺术和技术的双重培训,并有着丰富的施工经验。单纯的雕塑家和工匠是不能完成这项工作的。他们参与了这件作品的前80%的工作。我们到美国来之前已将这件总重量达1764吨的作品非常小心地分解成159块散件。现在我们的任务是组装这些散件。组装工作是不能有误差和错误的,这是一件非常专业的工作,不熟悉前期工作的人是不可能完成这一工作的。将作品组装后,剩下的20%工作是修改、完善、精雕细琢及表层艺术处理,原有的参照物1∶1的模型已不存在,很多未完成的细节及最后效果都在大家心里。他们将继续完成。将这件作品安装修饰完成,最后展示给世人,是我的合同内分内的工作。在短期内我不可能在美国重新挑选和培训新的助手来为我工作。合作中除了艺术技术以外,默契配合也是很重要的……"

关键问题是,如此重的石头,又必须是无缝衔接,吊装完毕后,你如何把吊石头的绳子抽出来?这种传统的无缝对接,对于小石头没问题,比如湖南湘江橘子洲头上青年毛主席像就没问题,因为那都是由小石头组成的,小石头好弄,可用钢筋撬。而马丁·路德·金都是由大石头组成,一块石头就是几十吨重,一落地后钢筋都撬不动了。也就是说,石头一落地,就要落到位,非常准确,否则麻烦就大了,缆绳根本就抽不出。

雷宜锌胸有成竹地对泥瓦工及手工业者工会的人说:"你们自己去研究,只要能准确把石头落到位,并将缆绳抽出来就让你们干。你们去研究。"他们研究三天后,找到雷宜锌。雷宜锌问他们:"研究出办法没有?"他们说:"No(没有)。"并要雷宜锌告诉他们,要怎么办。雷宜锌说:"那不能告诉你们,这是我们的绝活。"

其实,雷宜锌所谓的绝活,是采用了一个几乎失传的最古老的吊装方法:在石块的向上衔接面上打洞,用膨胀螺丝的方式,装上挂钩,利用挂钩与洞壁之间的张力,吊起石块。安放完毕后,再将挂钩取出。这一方法虽然古代就有了,但实施在重达40吨的石头上还是创纪录的第一次。还有,由于石块形体太大,吊装时如果摆放不平稳,稍微碰一下就可能碎,施工难度非常大。因为石块并非形状对称,为了保证吊起时的水平,挂钩的位置最为关键。每块石头的形状不同,位置也不同。通常需要两个挂钩,有时需要三个。

事实证明了雷宜锌是正确的,159块石头的吊装没有任何失误,每次落地都相当平稳。是啊,正是这一古老的技术,保证了无缝衔接。这就是中国人的智慧。

雷宜锌对艺术完美的追求简直疯狂。在马丁·路德·金雕像全部顺利安装完毕,甚至雷宜锌带着他的工程队准备启程回国的情况下,他决定对雕像进行修改。当时他觉得,还可以做得更好,因为从雕像的侧面看,稍稍觉得重心偏后,走出来的动感不足。以前做泥塑,做玻璃钢模,都是把《绝望之山》和《希望之石》放在一个平面上。正式安装以后,《希望之石》在前方,侧面完全突出,这点瑕疵才显现出来。他想,现在不修改,以后就永远没有机会了。即便他们回国的机票需要改期,住处也要延期,麻烦不少。

而这也是最让杰克逊为之感慨之处:"当我看到雷所创作的那些细节,比如马丁·路德·金嘴唇上的唇纹、手上的筋和关节,我很感动。作为游人在地面仰望一座近 9 米高的雕像是不会在意那些细节的,但这对艺术家本人很重要,他不是为别人而创作,他是为艺术而创作。"

走向崇高

《希望之石》比原先国家广场上最高的人像雕塑林肯总统像高出了约 3 米,是迄今为止华盛顿国家广场上最高的人像雕塑。2011 年 8 月 22 日,马丁·路德·金纪念园向公众试行开放。试行开放的第一天,纪念园就接待了来自全美各地、各种族、各肤色的人们。他们轻松愉快,仿佛在参加一个社区聚会,开心地与陌生人交谈,互换相机,在马丁·路德·金雕像前拍照留念。仰望马丁·路德·金的仿佛死而复生的面容,他们的感激之情如此诚挚。

在这一周里,纪念园基金会同时还举办了为期 5 天的相关活动,专题音乐会、社会活动家午餐会、妇女代表聚会、青少年主题活动、纪念园捐助单位展示会等,作为星期日揭幕典礼的序幕。

然而这一周,注定要像纪念园的建造过程一样,充满动荡和风风雨雨,无法平静。

8 月 23 日下午 1 点 51 分,华盛顿地区突然发生里氏 5.8 级地震。虽然震级不大,但由于美国东部地区的地质构造较为坚硬,地震影响范围较大,成为自 1944 年以来,美国东部地区最大的一次地震。华盛顿地区多处建筑受损,国家大教堂受到损坏,塔尖断毁;国家广场上的华盛顿纪念碑也出现明显裂缝,对公众关闭进行检修。而马丁·路德·金雕像却经受住了地震的考验,没有丝毫损坏。这种与华盛顿纪念碑鲜明的对比,比出的是雷宜锌技术的精湛,比出的是中国人的诚信。

　　就在这个关键时刻,被称为"艾琳"的飓风将要来临。不,准确地说,它是要来光临马丁·路德·金雕像,要检验一下这个来自东方大国的艺术家的技术过不过硬。飓风的来临,声势浩大,来宾自然得让道。原定于 8 月 28 日这天在华盛顿国家广场举行的由奥巴马总统主持的马丁·路德·金雕像揭幕典礼被迫取消,延迟举行。

　　这多少有些让人失望! 当时成千上万的人正从美国各地赶来,希望见证星期日的揭幕典礼。当时湖南还去了三个代表团,一个是湖南省政府的代表团,一个是长沙市政府的代表团,还有一个是粉丝团。

　　这天,虽然揭幕典礼已经取消,但雷宜锌还是如期来到纪念园。他一出现就被人群围住了。游客们对他的形象已经十分熟悉,毫不费力就能认出他。人们纷纷与他握手,感谢他的杰作,要求与他合影,并拿着自己手里的纪念园导游手册请他签名留念。就连在纪念园外的独立大道上执勤的警察,也在雷宜锌经过时上前与他握手,盛赞他的作品。

　　话说回来,虽然揭幕典礼被临时取消,但雷宜锌并不遗憾,因为从另一方面说,他的作品经受住了飓风的考验。也正应了中国人"好事多磨"的古话。

　　通过基金会的反复考虑,决定 10 月 16 日举行揭幕典礼。这次,雷宜锌带着老婆、儿子来到了华盛顿,心境也与以往大有不同。雷宜锌见到了许多好朋友,包括马丁·路德·金的姐姐、女儿、儿子,还有他的姨妈。在雷宜锌看来,在美国见到任何人都是一样的故事,不管是奥巴马总统,还是普通老百姓,都是重复着他听不太懂的赞美之词,甚至是同样热情的拥抱、同样真挚的泪水。

　　这天早上 6 点,纪念园会场一开门,立即就涌进了很多人,并且有相当一部分是从外地赶来的。一位来自加州旧金山的女士乘飞机于凌晨 2 点抵达华盛顿,立即赶到会场排队,却失望地发现有人比她更早。她并不是唯一一个特意从外地赶来参加的人,拖着行李箱走在排队人群中的观众随处可见。到早上 8 点左右,能容纳几万人的主会场就已经座无虚席了。

　　9 点左右,雷宜锌一家三口经过安检,来到了 VIP 贵宾席场地。他进来一看,会场黑压压的一片,根本就没有空位置了。这下雷宜锌着急了,埋怨自己没早点来。正当雷宜锌一家人不知所措时,同他们一同进来的几个美国人立即跟会场的工作人员说,这是雕塑家呢,我们没座位没关系,但他们总要安排座位吧。工作人员朝雷宜锌他们一看,是啊,这是雕塑家呢。于是,工作人员扯着雷宜锌一家三口就往前面走。走到贵宾席的最前面,雷宜锌看到那里还留有三个很好的位置。

没多久,奥巴马总统携夫人和两个女儿在马丁·路德·金家人的陪同下,来到了纪念园。这时,人们在大屏幕上看到他们到来,情绪也达到了沸点,纷纷起立欢呼。

奥巴马在作了45分钟的精彩演讲后,走下讲台与贵宾席最前排的嘉宾握手。当介绍到雷宜锌是创作雕像的艺术家时,奥巴马立刻回答:"我知道,我知道,我知道。"连讲了三声,随后又双手握着雷宜锌的手说,"非常感谢,祝贺你,你的作品做得真是太棒了!"

揭幕典礼一直持续到下午1点左右。随后,雷宜锌一家三口受奥巴马总统邀请,到白宫二楼大厅参加一个有百余人的酒宴。之后,又在白宫工作人员的陪同下参观了白宫的图书馆、影视厅和会客厅。

在二楼会客室,奥巴马夫妇接见了雷宜锌一家。雷宜锌再次真切地感受到了美国人的热情。见面后,奥巴马首先跟雷宜锌拥抱,然后跟他老婆拥抱,再跟他儿子拥抱;然后奥巴马的夫人米歇尔先跟雷宜锌拥抱,跟他老婆拥抱,再跟他儿子拥抱。接着,白宫专职摄影师拍下了他们亲切的合影。这时,奥巴马总统握着雷宜锌的手说:"星期五我和我的夫人及两个女儿已经到马丁·路德·金纪念园参观了,那一刻我们真的非常震撼,你的作品太杰出了!"这是雷宜锌与奥巴马的第二次握手。

随后,雷宜锌与奥巴马进行了短暂的谈话。雷宜锌有点兴奋,也不失幽默,他说:"您蛮辛苦的,星期天请这么多人来,影响您休息。当总统不容易啊,星期天还要忙。"奥巴马笑了笑,说:"我就是做这个事的。今天大家都很开心,我也很高兴。"……最后,雷宜锌说:"我希望您连任。"奥巴马笑着说:"谢谢您。很多人都这样跟我说。"

从会客室出来,雷宜锌一眼看见美国驻联合国前大使,即马丁·路德·金过去的战友安德鲁·杨。他在雕像即将完成时,就在纪念园工地上参观过雕像,与雷宜锌见过面。当时他心潮澎湃,紧紧握着雷宜锌的手,一直走出很远。现在他特意等在总统会客室外面,对雷宜锌说:"我们在工地上见过,但我还想再和你握手一次,再和你合影一次。"他想赠送一个纪念品给雷宜锌,将全身上下的口袋拍了拍,一时找不到什么合适的物件,最后将自己礼服上的徽章摘下来,送给雷宜锌留念。

从白宫回到纪念园,雷宜锌再次被热情高涨的人群围住,签名、合影。正当他给群众签名时,总感觉腿上有怪怪的感觉,好像是有人在摸他的腿,并且是从上面一直摸到鞋子上。雷宜锌越来越感觉不舒服起来,于是对他儿子说:"石可,你跟那个人说一下,请她别摸我的腿了,感觉不舒服。"人太多了,石可根本就没听到。于是,雷宜锌只得任那个女的跪在地上,像虔诚的教徒一样,不停地从腿的上面一直摸到鞋子上,把鞋子抹得干干净净。是的,美国是一个敬仰艺术的国度,他们把艺术家当明星,对艺术家的崇拜超过了政治家。其实,对于真正而神圣的艺术的崇拜,又何止美国呢?

让雷宜锌这样感觉不自在的细节,在昨天晚上基金会在希尔顿酒店举行的"梦幻晚宴"上就已经碰到过了。当时,雷宜锌一家三口刚进酒店,一个服务生对着他就鞠了一个90度的躬。雷宜锌礼节性地跟他打了个招呼,再往前走。让雷宜锌没想到的是,那个服务生走了上来,又朝他鞠了一个90度的躬。紧接着,那个服务生再鞠了一个90度的躬。虽然这让雷宜锌感觉很不自在,但他还是十分感动,并主动提出与那个服务生合影。合影时,雷宜锌发现,那个服务生竟然流泪了。

在许多人看来,创作了马丁·路德·金雕像,并立在华盛顿国家广场上,这应该是雷宜锌莫大的成就与荣誉了。但,此时的雷宜锌还是6年前的雷宜锌,没有任何变化。他仍旧痴迷于雕塑创作。他仍旧爱着他的亲人和朋友。他仍旧一副长沙大叔的形象:有事没事抽支烟,喝点小酒,吃点辣椒,加上那口地道的长沙话。他仍旧保持一贯低调的作风,从未就此事对外张扬,以至于在很长时间内,国内媒体并没有大篇幅地对此事进行曝光,甚至在他工作和生活的长沙都鲜为人知。

…………

听完雷宜锌的讲述,我开始思索两个问题:艺术的真谛是什么,彼岸在哪里?为何雷宜锌和他的作品在美国赢得了广泛尊重?

难道仅仅是走出国门、走向世界,抑或是走向世界上最发达国家美国的国家广场? 或许,那些都只是表象。艺术的真谛、艺术的彼岸,依然在拥有丰富感情的人类的心灵深处。

雷宜锌和他的作品走出国门、赢得尊重的事实告诉我们:

艺术是崇高的,但崇高源于艺术的魅力!

艺术是崇高的,但崇高源于艺术家严谨的创作态度和永远流淌在艺术家骨子里的气节!

(原载《时代报告·中国报告文学》2012 年第 4 期)

报告文学创作要过"三关"

纪红建

《走向崇高》是 2011 年年底写的一个短篇。还在酝酿这个选题时,我就想,一定要深入采访,有文学性,有思辨性,或叫"三关"。虽然在这个作品中我做得不够完美，但好在我有强烈的文体意识。在此之后，我更加警醒自己，一定要紧紧围绕"三关"下功夫。不少报告文学被人诟病，就是因为没过这"三关"。

采访关。报告文学是行走的文学，甚至有"七分采访、三分写作"之说。所有优秀的报告文学作家，不论他多么才华横溢，但脚力是基本功。行走，自然孤独，也必须孤独，在孤独中方能远行，才能吸收丰厚的营养，才能构建起属于自己的精神世界。当然，行走也是有讲究的，必须善于用独特的思维发现独特的现象与问题，寻找文学的空间、戏剧的冲突。

文学关。报告文学，"报告"在前，落脚点还是在"文学"上。为什么同一个题材，不同的人写，结果不同？就是因为不少报告文学"报告多""文学少"，文学表现力弱化，而失去报告文学应有的力量。或者说他有这个意识，但如果缺乏文学修养，同样难以给作品注入更多的文学元素。一部作品，没有文学，又何谈感染力。所以加强文学修养，是每一个作家的必修课。在采访途中，我的包里总会带上书籍，有优秀的报告文学作品，也有经典的小说和优美的散文，就是为了加强文学修养。

思辨关。报告文学最重要的力量，或者说文学的张力，来自思辨。思辨就是有反思，有忧患意识，有问题意识，有批判意识，发现问题，提出问题，解决问题。一部报告文学作品是否优秀，最重要的还是体现在思辨上。思辨是为了写好问号，还原真相、照亮现实，是作家的使命与情怀的具体体现。当然，思辨不能无病呻吟，必须建立在较为深厚的思想理论基础上，必须建立在扎实的故事描述基础上，必须建立在情感自然流露的基础上。这不仅要求作者有家国天下的情怀，还要求作者有较为广泛而又深刻的政治经济学和哲学类书籍的阅读积淀。

当然，报告文学创作要注意的因素还不止这些，还有如"真实性""时代性"等等。但相对来说，这些是毋庸置疑必须遵守的"铁规"，而上述"三关"则是每次创作都必须面对和创新的。

004 号水井房

李　迪

一

天还不亮,小沙漠就叫醒了大沙漠,也叫醒了邓师傅。

邓师傅摸黑爬起,耶,刚刚梦到回锅肉端上来,你就叫喽!你等一会儿叫要得不,让我吃口嘛!

小沙漠摇摇尾巴,终结了邓师傅舌尖上的美梦。它的时间掐得很准,该开发电机抽水啦!

小沙漠是一只可爱的京巴,灰黄的绒毛,大大的眼。刚来时只有巴掌大,一个鸡蛋黄儿要舔两天才能吃完。邓师傅把袋装牛奶挤在手心里,一滴一滴地喂,生怕养不活。含在嘴里怕化了,顶在头上怕摔着;白天揣在怀里,晚上搂进被窝。他脸对脸亲着小东西说,你毛色像沙子,又来到塔克拉玛干大沙漠,就叫你小沙漠吧!

就这样,大沙漠里有了小沙漠,邓师傅家再也不寂寞。

大清早,邓师傅被小沙漠叫醒了,爬起来穿好衣服。刚一开门,小沙漠就蹿出去,三跑两跳,来到电机房。邓师傅跟进来,摸黑儿开动了柴油发电机。

嘣嘣嘣！嘣嘣嘣！

发电机响了。来电了,灯亮了,抽水了,做饭了。

为什么来电了就做饭了?因为用的是电磁炉。

发电不是为做饭,是为开水泵抽水浇树。浇树的时间是固定的,一早一晚,一天只浇两次。所以,邓师傅的媳妇谷花就要趁有电,把饭菜抢着做出来。

嘣嘣嘣！嘣嘣嘣！

发电机吵得耳朵聋,屋里屋外,谁说什么都听不清。

邓师傅问谷花,今天是不是该浇东边的树?

嘣嘣嘣！嘣嘣嘣！

谷花回答,今天给你炒肉吃!

嘣嘣嘣！嘣嘣嘣！

绿化队今天来送树苗吗?

嘣嘣嘣！嘣嘣嘣！

昨晚我梦到掉猪圈里了,吓醒一看是你在打呼噜,呼啊呼的像猪!

嘣嘣嘣！嘣嘣嘣！

夫妻俩各说各话,驴唇不对马嘴。

小沙漠不管这些,撒着欢儿跑起来,为邓师傅浇水带路。

二

邓师傅叫邓东平,今年55岁,四川南充人。不高的个子,瘦小的脸,越发显得眼大而精神;说话声音尖,语速快,感叹起来,耶,耶,很动听。2004年春天,他带媳妇来到塔里木油田工作,几经辗转,把家安在了004号水井房。抽水浇树,养林护路。

这不是一条普通的路,而是世界上最长的流动沙漠等级公路塔里木沙漠公路。全长522公里,北起轮南,南至民丰,如长龙穿越塔克拉玛干。塔克拉玛干

沙漠位于新疆塔里木盆地，是世界第二大流动沙漠。1900 年，瑞典探险家斯
文·赫定领着一批人和几十匹骆驼来到这里探险，走了不到 100 公里就遭遇沙
暴。天昏地暗，人畜覆没，唯有他一人逃出世界末日。他在回忆录里，惊恐万状
地称塔克拉玛干是"死亡之海"。其实，在维吾尔语中，塔克拉玛干的意思就是
"进去出不来"。斯文·赫定能活着出来，算他命大。同样在维吾尔语中，塔克
拉玛干还有一层含义，"地下埋有珍宝的地方"。沧桑巨变亿万年，动植物被陆
地覆盖而生成石油和天然气，像藏在蛋壳里的蛋黄和蛋清，被沙漠包裹起来。20
世纪 50 年代，石油人就怀揣梦想，闯进"死亡之海"，为祖国寻找油气。茫茫沙
漠，寸步难行。冬天冻掉耳朵，夏天把土豆埋沙里就能熟。在这样的地方寻宝，
艰苦卓绝可想而知。征战悲壮几起落，流血流汗又流泪。女队长戴健和队员李
越人等五个年轻人，更是在作业中突遇山洪，把二十几岁的生命永远留在荒漠。
生如闪电之耀亮，死如彗星之迅忽。1989 年春天，中石油天然气总公司在库尔
勒成立了塔里木石油勘探开发指挥部，集结精兵两万展开石油大会战，以新的管
理体制和工艺技术，实现油气开发的高水平与高效益，同年 10 月 19 日，一股强
大的油气流从塔克拉玛干腹地第一口探井里呼啸而出，宣告了塔克拉玛干具有
良好的油气勘探前景。

但是，茫茫沙海没有路，纵有油气，大规模勘探也难以展开。

沙漠筑路，迫在眉睫！

要命的是，塔克拉玛干是"活的"，沙丘每年要平移一米五。在流动的沙漠
上筑路，听起来像摘下星星当灯点。别说筑路，就是为筑路选线，都让邓师傅惊
叫起来，耶！

给邓师傅讲这段往事的是当年参加选线的老高。那天他坐车路过 004 号水
井房，驾驶员是这里的熟人，带着水果来看邓师傅。好客的小沙漠跳进老高怀
里，把他的手指当香肠，一个接一个轻轻地咬。十根"香肠"都咬过来了，再从头
咬。眼前的沙漠公路蔚为大观，让老高回到了青春岁月。

三

　　当初,筑路先要选一条最佳路线。怎么选? 坐飞机在沙漠上边飞边选。那是一架小飞机,叫双水獭。驾驶员是个老把式,大家都叫他老驾。老驾爬进机舱,一伸手把我拽上去,呼地一下就离了地。我俩在沙漠上飞呀飞,飞到中午,肚子饿得咕咕叫,电台忽然叫起来,老驾,飞到我们井队来吧! 我们今天改善伙食,包饺子! 哎哟喂,真是瞌睡来了碰到枕头。前方不远就有个钻井队,队上人听说飞机选线要路过,就让下去吃饺子。美得我俩口水淌。可是,飞了半天还没到,这才发现大风把飞机吹偏了。坏了,迷航了! "饺子井"也联系不上了。老驾急了,掉头就往回飞。飞着飞着,没油了,飞机一头栽下沙漠。我来不及喊共产党万岁,叫了一声妈就献身了。想不到没摔死。老驾在关键时刻拿出看家本领,操纵飞机平稳滑落到沙丘上。他看见我睁开眼了,说小高咱俩现在啥也别想,没水没粮没人知道,就看老天保不保佑了。我一听就哭了,说我还没娶媳妇哪! 老驾说谁让你挑呢,这个丑那个也丑。晚啦! 他把飞机上的罗盘卸下来拿着,又找到一块塑料布和一个杯子,揣在身上,然后拉着我按罗盘的指引一直朝南走,说我们死不了,一定能走出去! 我说走出去了再丑的也要! 老驾说这话可是你说的,后勤喂猪的傻二妞找不到对象,跟我说过好几回,让我介绍。得,就你了! 我叫起来,她长得也太吓人了,连猪看见都害怕! 老驾说还没走出去就不是你了,要我说你俩挺合适! 我说你饶了我吧! 就这样,我俩边走边说,一直走到天黑。我又累又饿,瘫倒在地上。老驾用手刨个沙坑,把塑料布搭在沙坑上,让我躺进去。沙子晒了一天,里头是热的。到了夜晚,湿气就吸附在塑料布上。第二天太阳一晒,湿气化成水珠儿,滴答,滴答,直往下掉。老驾赶紧用杯子接住。就这样,靠这点儿可怜的水,我俩在沙漠里走了三天,直到喘出最后一口气,昏死在沙漠里,才被救援的飞机发现……

　　耶!

邓师傅惊叫起来。

小沙漠也停止了"香肠"试吃。

老高说完冲公路一指,看这路修的!沙漠再"活",也没难倒咱!

从1990年6月开始修筑,至1995年9月全线竣工,塔里木沙漠公路神话般穿越了塔克拉玛干,成为石油建设的生命线。随着主路南北贯通,支路继而向东西开拓。身着红色工作服的石油人,如火如霞扑向大漠深处,一座又一座钻塔矗立蓝天,滚滚原油流出沙漠,巨量天然气喷吐而出。轮南油气田、东河塘油田、哈得逊油田、牙哈-英买力凝析油气田群、塔中1号油气田等30座油气田相继投产。位于库车的克拉2井,更是探明工业油气储量高达2000多亿立方米,直接促成国家西气东输工程的建设。优质天然气通过轮南站输向北京、上海等80多个城市,让4亿多居民和数千工业企业从中受益。

数字无言。而数字背后有着多少可歌可泣的故事!

沙漠公路为塔里木油田年产油气当量超过2000万吨并向2015年实现3000万吨、2019年达到4000万吨宏伟目标迈进,提供了坚实有力的保障!

四

筑路艰难,护路同样不易。

沙漠到底是"活的",流沙随时会侵害公路。怎么办?最初,聪慧的石油人采用芦苇方格固沙。把芦苇切成60厘米等长,压软对折,编成一米见方的方格,一格连一格栽进公路沿线的沙丘。栽15厘米,露15厘米,形成一张密实的芦苇大网,网住沙地,让流沙动弹不得。然而,沙欲静而风不止。风卷黄沙,一次次扑向方阵,一寸寸填埋大网。随着时间的推移,方阵被填平,大网也模糊。危急时刻,一场准备良久的植树造林战役打响了!

只有植树造林,才能彻底治沙。

耶!

每当向人说起植树造林,邓师傅都感慨万分。

当年我也参加了!那阵势就像打仗,公路两旁搭起帐篷,满眼都是种树的人。睡在沙里,吃在沙里。端起饭碗,风一吹,沙半碗!管不了那么多喽,筷子一扒,连沙吃下去,放下碗就忙去种树。有的是两口子来的,娃儿就在帐篷里长大,两口子都忙种树,顾不得带娃儿。娃儿长到三岁还不会说话,像个活木偶。那个时候,大家一心想的就是种树,种树,种树!种哪样树?红柳、梭梭草、沙拐枣!就种这几样在沙地里耐活的树,这都是经过专家精心培育出来的。种了多少棵?哪个数得清嘛!打个比方,光是我的水井房所管的 4 公里路,就种了 16 万多棵!

小沙漠摇着尾巴提醒邓师傅,水井房也是我的耶!

对头,邓师傅抱起小沙漠,咱家水井房不能少了你!

种了树,就要浇水,何况是在沙漠。小树一天也离不开水。

在沙漠里,往下打 10 多米深就能打出水,苦咸苦咸的不能喝,只能浇树。地下水资源毕竟有限,不能哗哗哗地敞开浇,那样浇效果也不好。为此,国家发改委和中石油天然气集团公司共同投资 2.18 亿元人民币,在 2003 年 8 月开始植树造林的同时,在沙漠公路东侧打出 108 口水井,每隔 4 公里一口,引进、安装了以色列先进的滴灌设备,在树丛中铺起带小孔的细水管,一个小孔对准一棵树,水泵一开,抽出的井水就从小孔慢慢滴出来,渗进树根里。

像邓师傅当初给小沙漠喂牛奶一样,一滴又一滴,小沙漠活了;一滴又一滴,小树活了;一年又一年,小树长大了。

树根抓住流沙,树丛挡住风沙,公路再也不会受到侵害了。

有了水井,就要有人守井。

于是,108 个红顶蓝墙的水井房,像童话里七个小矮人住的森林木屋一样,在公路东侧的绿荫中间隔闪现。

又于是,邓师傅带着媳妇谷花来到了 004 号水井房。

五

20 多平方米的小屋,一个矮桌两张单人床。邓师傅让人搬走一张,把留下的床用木板加宽,说两个人挤到一起睡暖和些。

进门的地上摆着三个大号塑料桶,是用来装水的。水井抽出的苦咸水不能喝,洗手都麻。生活保障车每周过来送一次水,哗哗哗,灌满三大桶。洗漱、烧水、做饭,全靠它。要管一个星期,得省着用。生活车每周还送一次菜,白菜、土豆、胡萝卜,都是放得住的菜。也带一点儿肉来,多了放不住,也吃不起。肉和菜要自己花钱买。每月工资 1700 元,得计算着花,还要存钱养老。

把菜摆在机井房里,那儿凉,是不花钱的冰箱;把肉抹上盐挂在墙上吹干,隔一天取下来切几片炒进菜里。

邓师傅馋肉,干活儿回来,进门就问有肉吃吗?

谷花说,有!把自己的胳膊伸到他嘴前,红烧肘子!

邓师傅抓住啃一口,耶,还是生的!

远离人烟,枯对黄沙。春去冬来,风多雨少。

一个水井房,一对老夫妻。清苦能忍受,寂寞最难熬。

白天还不觉得,干着活儿,车辆呼啸而过,就像看电影。

耶,这油罐车好长好长,从来没见过!

耶,连着过去几辆拉的都是钻井架!

耶,这车上写的门号好巴适,只有荒凉的沙漠,没有荒凉的人生!

可是,晚上就难过了。树浇完了,活干完了,发电机停了。夜幕四合,漆黑一片。屋里屋外,死气沉沉。有月亮还好,月光是灯,能看见模样;没月亮的时候,就摸黑枯坐。蜡是有的,又没活计,点也白费,省了吧。儿女都大了不用牵挂,老两口朝夕相对,要说的话早就说说完说尽了,只有枯坐。坐到眼皮打架,倒头便睡。

忽听门响,忙问谁呀?没人答应。

邓师傅起身开门,迎面碰上风。冲风说,是你呀!

谷花问,谁呀?

鬼!

关门上床接着睡。

也有睡不着的时候,俩人就摸黑说话。一说,就是浇树的事。你咋浇的,我咋浇的。半夜里讲梦话,也是浇树的事。

这样的日子,一过就是八年!

这样的水井房,一共108个!

还是小沙漠来了,像添了孩子,邓师傅家里有了生气儿。这小东西,白天玩不够,天黑也不闲。亮起一对大眼睛,一会儿地上跑,一会儿床上跳,一会儿让抱抱。邓师傅刚抱一会儿,又要往谷花怀里钻。小屋里热闹极了!围绕小沙漠,老两口有说不完的话,今天说小沙漠知道躲车了,明天说小沙漠会追耗子了。

小沙漠懂事,家里吃什么,它就吃什么。菜里有几片肉,本是邓师傅的最爱,邓师傅舍不得吃,挑出来给它。

小沙漠摇摇尾巴,不吃。

吃吧,吃吧,邓师傅一再劝。

谷花说,可怜喽,整天跟我们吃素!说着,掉下泪。

小沙漠就扑到她怀里,用舌头舔去她脸上的泪。

004号水井房位于公路北起130.9公里至134.9公里之间,同其他水井房一样,管理范围是4公里。东西两侧相加,长8公里,宽80米,种有大小树16万多棵。这些树是邓师傅夫妻俩一棵一棵精心数过来的,一棵也不少。每棵树下都有一根细水管通过,邓师傅叫它毛管。毛管上有一排小孔,每个小孔对准一棵树,邓师傅叫它滴头。发电机一开,滴头就乳汁般滴出小水珠儿,滋润每棵树。

邓师傅每天的工作,除去定时开关电机,分片为树浇水,更重要的是认真查看每一个滴头。因为邓师傅知道,小沙漠也知道,毛管铺在沙地上,风吹沙动,沙粒常常会堵住滴头。滴头不滴水,树就会干死。

16 万多棵树,就有 16 万多个滴头!

每个滴头邓师傅都编了号,一一记在本上。

查看滴头,没有省事的办法,只有在浇树的时候,钻进树丛里,一遍又一遍仔细查看。不放过一棵树,不放过一个滴头。发现堵塞了,就把毛管提起来使劲儿抖,直到抖出沙粒见到水。

像在地里翻红苕秧耶!邓师傅这样说。

在检查滴头的同时,还要观看树的长势,有没有虫害,有没有损坏。如果发现有树死了,就要准确登记,在哪一组毛管,在第几号滴头。树死的原因很多,每发现一棵,邓师傅都很心疼。沙漠里有这点儿绿多珍贵!渴望绿的石油人用铁管焊成树形,刷上绿漆栽在沙漠里;铺设油管的施工中,为了绕开一棵胡杨树,把管道弯了七个弯儿;为了躲开一块儿湿地,油田多花五百万元……现在,种活的树还死了,邓师傅怎么能不心疼?

他赶快报告绿化队,请求发苗补种,不能让绿色长廊缺半点绿。

就这样,为 16 万多棵树的平安,邓师傅每天奔忙不止。

六

邓师傅出工了,小沙漠总是跑在前头带路。每次跑到 130.9 公里分界处,它就停下来,冲邓师傅摇尾巴,喂,要是不学雷锋,咱们就从这儿开始干吧!

耶,邓师傅叫起来,想学雷锋也学不成,咱家的毛管就只管得到这儿!

邓师傅钻进树丛查看滴头,小沙漠也钻进树丛查看。

邓师傅只能用眼看,小沙漠不但用眼看,还用舌头舔。看到滴头不滴水了,一舔,是干的,它就叫起来。

听到小沙漠叫了,邓师傅就过来"翻红苕秧"。

突然,邓师傅听见小沙漠叫声异常,好像有什么东西在惊逃,撞得树丛稀里哗啦乱响。小沙漠紧追不放,邓师傅急忙跟上去看。

逃跑的是一只兔子！

莫追！邓师傅叫起来，那是受保护的！

小沙漠很听话，不再追了。

邓师傅说得对，那是一只生活在沙漠里的塔兔，长长的耳朵、大眼睛，是国家二级保护动物。在沙漠里，看见动物比看见绿色更难。塔兔原本不会来到这里，是公路两旁的绿树吸引了它。

小沙漠回到邓师傅身边，突然又冲地上的毛管叫起来。邓师傅低头一看，哎呀，毛管被兔子咬烂了一块儿，水汩汩地流了出来。

耶，邓师傅看明白了，兔子是来喝水的，滴头滴得慢耶，它口渴等不得，就把滴头咬烂了。这水苦咸苦咸的，可怜喽！

邓师傅难过起来。小沙漠也跟着难过起来。可怜喽！它听得懂。

毛管咬烂了就得换新的。换了，它还会来咬。咋办？再说，水苦咸苦咸的，咋个喝嘛！邓师傅看着沙地上留下的小脚印，心里有了主意，回去买几个塑料盆，倒些清水在树林里摆起。兔子是受保护的，应该让它喝上清水。这样，它也就不咬毛管了。一举两得耶！

两个月前，一只飞得又累又渴的鸽子，几乎是掉到水井房后院的，把睡在那儿做梦娶媳妇的小沙漠吓了一跳。邓师傅捡起来，捧在手上，喂了水，又喂了粮。鸽子缓过神了，睁圆眼睛，咕咕咕。它在后院住了两天，飞走了。没过几天，咕咕咕，邓师傅听到鸽子叫，还以为自己耳鸣。出去一看，鸽子又飞回来了，还带来一只。耶，你们俩是夫妻吧！邓师傅说，跟我和谷花一样，要来水井房安家呀！咕咕咕。好，欢迎，欢迎！有我们吃的，就有你们吃的！邓师傅用木板搭了个窝，两只鸽子当真就在水井房安了家。打这以后，邓师傅特意在后院摆了一大盆清水，还撒了粮，给过往的飞鸟送上小温暖。

现在，邓师傅又打算在树林里给兔子摆水了。

它们在沙漠里没吃没喝，能活下来，不易！

收工了，还是小沙漠跑在前面。邓师傅心疼，赶上去弯腰抱起来。

七

今年国庆节前,我来 004 号水井房采访,邓师傅高兴得像个孩子,一双大眼睛笑成豌豆芽儿,耶,你快看,油田给我家安了太阳能!太阳一照,128 块板板一起发电,用都用不完!再也不摸黑过,再也不"嗵嗵嗵"!过上共产主义啦,好安逸!

小沙漠跳到我怀里,也把我的手指当香肠,一根根试吃。

我说,下次来的时候,一定给你带香肠!

小沙漠听懂了,起劲儿摇尾巴。

国庆节过后,我带着两大包香肠再次来水井房采访。

一下车就喊,小沙漠!小沙漠!

听不见回答。看不见快乐的小身影。

邓师傅迎出来,两眼红红的。我忙问,小沙漠呢?

邓师傅呜的一声哭起来。

……过节的时候,来了两车旅游的人,把车停在这儿去爬沙丘。我还说,你们小心点儿,注意安全。想不到他们走的时候,偷走了我的小沙漠……呜呜……小沙漠太乖了,跟谁都亲,谁来了都不咬。它不提防,我也不提防,想不到有这么良心坏的人!我和谷花天天哭,天天哭……

小沙漠,你在哪里啊?小沙漠……

(发表于 2012 年 11 月 13 日《北京日报》)

小切口表现大主题

李迪

2012 年，我三进塔克拉玛干大沙漠，结识了农民工邓师傅夫妻和"小沙漠"，写了《004 号水井房》。全篇 6500 字。一个短篇报告文学，我却为此三进塔克拉玛干，连接待方都说，李老师，人家来一次就够了，你为写一个农民工来三次。你疯了？我说我早疯了。

年初，随《中国作家》采风团进大漠，我吃了一惊，石油工人居然在流沙中修筑了一条世界上最长的沙漠公路。公路两侧绿树葱茏。树根抓住流沙，树叶挡住风沙，形成绿色屏障，保护这条大漠生命线。石油开采设备从公路运进，新疆维吾尔族瓜农的瓜果从公路运出。

我问同行的石油人，沙漠里没水，这些树怎么活呀？

浇啊！看到了吗？那就是水井房。

我这才发现，绿荫中间隔闪现一栋栋红顶蓝墙的水井房，像童话里七个小矮人住的森林小屋。这样的水井房，在公路沿途共有 108 个。是谁在守井？他们怎样工作和生活？我立刻来了兴趣，或者说来了好奇心。好奇心、童心和爱心，一直支持我的写作。这次也不例外。

没有好奇心就会错过好题材，没有童心就看不到人物内心的纯洁，没有爱心下笔就没有感情。

我跟同行的作家们说，你们走吧，我留下来，进水井房看看！

就这样，车停了，刚好停在 004 号水井房旁，于是，我走进了邓师傅的"家"。一切如文。夫妻俩传奇色彩的工作与生活吸引了我。

中石油请作家们采风,主题很宏大,线索很丰富:找矿、打井、产油、产气、输油、销售,从艰苦奋斗到改革创新,从光荣传统到薪火相传,从对国家贡献到挺进世界高强。这样宏大的主题,靠一次采风,靠材料堆砌,全面铺开了写会有人看吗?

从小切口入手,表现大主题。如同卖西瓜的为说瓜熟,用刀在瓜上切个小三角口儿让买者品尝。口儿虽小,却很深,直达瓜心。不要说熟瓜,就是八成熟的瓜,瓜心也是甜的。肯定成交。

我从004号水井房,看到了小切口入手表现大主题的可能。

可惜时间太短。傍晚,采访团的车回来了,路过时把我接走了。与邓师傅夫妻意外相见,匆匆分手。好多话来不及说,好多事来不及问,甚至我想跟他们一起劳动也不可能。

回京后,时在念中,不能忘怀。

年中,当我得知又有采风团要去塔克拉玛干,想尽办法参加进去。仍然,采风团去看胡杨,我走进水井房。我惊喜地发现,邓师傅家里多了一只小狗"小沙漠",像多了一口人。我和邓师傅夫妻一起劳动,和"小沙漠"一起玩耍,对坚守水井房的农民工有了更深入的了解。他们的艰辛,他们的爱,他们的情怀,他们的可歌可泣。当然,还有"小沙漠"。我爱上了这家人,爱上了"小沙漠"。我说,如果再有机会来,我一定带香肠!

邓师傅说,你还来?我说,我跟"小沙漠"有个约定,我还来!

我处心积虑寻找再次去塔克拉玛干的机会。终于,听说《北京日报》受中石油委托组织采风,我赶紧报名。人家说你疯了,奔七的人了,去了两次还不够?我说我早疯了,没人搀扶,我自己找旅馆住。接待方说,沙漠里没旅馆。我们欢迎你,又心疼你!我说那就让我去吧!就这样,国庆节后,我带着两大包香肠,第三次走进塔克拉玛干,走向004号水井房。结果,如文中所述。

我心情况重地回到北京,写下结局伤心的《004号水井房》,发表在2012年11月13日《北京日报》。同年12月5日,《人民日报》以《邓师傅和他的"小沙漠"》为题,再次发表。这篇作品被评为当年全国报纸副刊报告文学金奖,并拍成电影《水滴之梦》。目前正由中国图书进出口公司组织改编绘本。中国作协副主席高洪波就这篇作品在报纸上发表评论:"素描手法,诗意表达,感人至深。写大沙漠普通劳动者,传导信息丰富,能源、民族、国企、生态、环保、人与自然、农民工现状等均可联想。小文章,大手笔。'小沙漠'失踪的收尾令人感叹,它为这篇文章的结尾而生。祝贺迪兄三走塔克拉玛干,辛苦中有大收获。"

年终,中国作家杂志社会餐,第一次与我同行的副主编萧立军举起酒:"迪兄,这一杯,我们为'小沙漠'祈祷!"

说完,泪就下来了。

这篇作品的写作,"三心"之外还要加"恒心"。

深入生活要有恒心。

我的中国梦

李春雷

从珠海飞回沈阳的时候,已经是晚上8点了。

南北温差太大,冰火两重天。他体内虚火浮躁,满嘴起泡,唇角还淤结了一片不大不小的疮痂,黑乎乎的,像一粒溃烂的桑葚。

他打电话给妻子,说连夜赶去外地参加一个活动,月底结束,今晚就不回家了。

妻子问:"十多天没照面,又要到哪儿去?"

他沉默了一会儿:"你别问了,保密。"

妻子不说话了,这是多年的习惯。但又不放心,就叮嘱一句:"如果是在东北,务必带上棉大衣。"

他赶回办公室,处理了几个急件。然后,拿上棉衣和一件工装——海蓝色夹克,就披着浓稠的夜色,匆匆忙忙地奔向几百公里之外的基地。

作为中航工业沈阳飞机工业(集团)有限公司董事长兼总经理,他担仟研制现场总指挥的中国第一代舰载机——歼-15,几天后就要公开在辽宁号航母上进行第一次起降训练了,那肯定是一个世界瞩目的事件。只是现在,还不能透露丝毫。

这一天,是2012年11月17日。

罗阳是部队大院里长大的,父母亲都在第三军医大学工作。

高考的时候,他成绩非常优秀,完全可以考取北大、清华,可他执意选报了北京航空航天大学、西北工业大学和南京航空学院。他是军人的孩子,他的梦想是国防军工。

进入北航读书,专业是高空设备制造。

在班里,他不仅成绩好,体育也好,立定跳远 2.75 米,引体向上能做数十次,腹部竟然练出了 8 块坚硬的腹肌。他 1.8 米的个头,身材清瘦,弹跳如簧,是班里的体育委员,是系排球队的主攻手。

1982 年,罗阳分配到沈阳飞机设计研究所,担任设计员。

这是共和国组建最早的飞机设计研究所,主要从事战斗机的总体设计和研究,中国空军现役的歼击机大都在这里设计定型。

那时候,所里正在进行歼-8 Ⅱ 的设计攻关。

有一年,罗阳与几位专家到美国考察。人家的航母甲板上,战机像蜻蜓一样飞飞落落,机翼像双臂一样收收放放。想起自己的落后,年轻的他急得直想大哭。

几十年前,冯如与莱特兄弟几乎同时开始研制飞机,而现在呢?

差距太大了,太大了!

要拼命追赶啊。

一个国家,没有安宁的国防,就没有安宁的一切。

我们的天空并不安宁。未来的威胁,最多的将来自天空。

没有人能够想象,这些年来,中国军机制造走过了一条怎样的艰难之路。

借鉴、消化、吸收、提升,失败、苦恼、汗水、泪水、血水……几十万中国航空人在追赶、追赶,苦思冥想,殚精竭虑,参悟天机,披星戴月,只争朝夕。

从二代机、三代机到四代机,由望尘莫及,到望其项背……

到达基地时,已经接近凌晨 1 点了。

舰载机应急保障队的队员们还在等待,他们将举行战机上舰之前的最后一次检测。

飞机跑道上,停泊着几架橘黄色的歼-15,都睁大眼睛,亲昵地瞅着他。他也用深情的目光,细细地抚摸着,紧紧地拥抱着。这些,都是他的心肝宝贝啊。而现在,又仿佛是待嫁的女儿,更好像是出征的儿子。

两个月前,中国第一艘航母辽宁号正式诞生,震惊世界。但航母是什么?它是以舰载机为主要武器并作为其海上活动基地的大型水面舰艇,是移动的机场,舰载机才是真正的战斗力。

说起舰载机的历史,国人真是汗颜啊,整整迟到了100年。

1912年5月2日,英国人查尔斯·萨姆森第一个从航行中的战舰上起飞。第二次世界大战中,舰载机被广泛应用,特别是在太平洋战场上起到决定性作用,从日本海军偷袭珍珠港,到双方舰队自始至终没有碰面的珊瑚海血战,再到决定命运的中途岛海战,无不如此。

1991年的海湾战争和2003年的伊拉克战争,美国尽管在中东没有足够的陆上机场,却依然能够利用其舰载机群进行主要攻击,并彻底摧毁敌国。

全世界所有航母上的舰载机数量在1250架左右,其中美国超过1000架,俄罗斯、英国和法国排列其后。而中国呢,还是一片空白。

如今,这第一架,就要横空出世了。

美国媒体曾公开断言,中国的舰载机至少要两年后才能上舰。

而现在,仅仅两个月。

他微微地一笑,忽地感到一团雾茫茫的困倦袭来。

自从投身这一片温热而浩瀚的海洋,他就再也没有回头。

20世纪80年代,国家倾力于经济建设,军工萧条。好多专业人才下海了,转行了,可他依然坚守。趁着清闲,他自学俄语,每天抱着收音机听读,还试着翻译俄文军事资料。后来,他干脆又考回母校,读全日制研究生,专业更是飞机设计。

90 年代之后,军工航空的春天终于来临。

那个时候,他重点研究飞机座舱,侧重于舱盖玻璃和金属的老化疲劳问题。高空高速中,气流温度接近 190℃,材料选用至关重要。为了快速筛选,需要到广州和海南做试验。试验是在强烈的紫外线环境中,强度是海南最高值的 5 倍。由于防护简陋,身体的照射时间每天不宜超过两小时。可他,每天照射 5 个小时以上,烤得皮肤火辣辣的,生疼。半个月,收获颇多,他的脸上虽然全部爆皮了,像一个烧伤病人,可仍然掩盖不住笑容灿烂。

他在科研上成绩骄人:在国内首次采用气动力分析法进行座椅的适应性分析;率先提出开展透明材料人工加速老化研究,填补了国内空白;主持了歼-8 系列飞机弹射救生系统重大技术攻关……

各方面的优秀表现,使他一步步走上了领导岗位。10 年之后,他担任了这座国内最大的歼击机设计研究所的党委书记。

2007 年,人到中年的罗阳又肩负更大重任,出任中国歼击机生产基地——中航工业沈阳飞机工业(集团)有限公司董事长兼总经理。

沈飞,被誉为"中国歼击机的摇篮",自 1951 年创建以来,这里创造了中国航空史上的无数个"第一":第一架喷气式歼击机——歼-5,第一架喷气教练机——歼教I,第一架超音速歼击机——歼-6,第一架双倍音速歼击机——歼-7,第一架高空高速歼击机——歼-8,第一架全天候高空高速歼击机——歼-8II……

由设计军机到制造军机,罗阳承担着国家安全的一项特殊的神圣使命!

说起来,罗阳与军机似乎有一种天缘。

有两个数字,真是惊人的巧合:

他出生那一年——1961 年,正值沈阳飞机设计研究所成立。

而他的生日——6 月 29 日,竟然就是沈飞的诞生日!

起床后第一件事,就是细细观察天气,这也是多年的习惯了。

东方一抹银灰的鱼肚白,晴天,能够试飞。他的心里立时升起一轮太阳,明亮亮的。

8时整,乘坐直升机,飞往辽宁号。

这是他第一次登上航母。但他早已通过图像和视频对这个庞然大物进行过千百次的熟悉,所以,对它的雄壮、繁华和先进性并不感到新奇。风大浪急,波涛汹涌,但航母不为所动,碾过喧闹,平稳前行。站在航母甲板右侧高高的舰岛上,凭栏远眺,有一种凌驾万物的感觉。

不知怎么回事,他总是豪迈不起来。

航母上的起落平台不及陆上面积的十分之一,且处于运动状态和微颠簸状态,舰载机要实现平稳且精准的起降,其难度远高于岸基。根据美国海军的说法,飞行员在航母上降落时的紧张程度甚至要超过空战的时候。

有关资料显示,几十年来,为了舰载机的成功起降,美国曾损失上千架飞机。

一条极危险的血路,一次刀尖上的舞蹈。

这,正是他最揪心的。

现代化战争,制空权的重要性不言而喻。在这个领域里,常规军机可以购买,通用技术可以借鉴,而最高尖的核心技术定然是国家绝密。

目前,世界上现役的舰载机主要有美国F-18、俄罗斯苏-33、英国"鹞式"和法国的"阵风"。几年前,中国选择与其处于同一平台的歼-15作为舰载机进行自主研制,无疑是一个巨大挑战。

中航工业集团牵头,以沈阳飞机设计研究所和沈飞公司为主体,组成精英团队,联合攻关。

按照常规程序,设计单位应在完成设计定型之后,再将生产定型的任务交给沈飞。

但是,为了提高效率,罗阳另辟蹊径。他力主打破先设计、后制造的老规矩,将两个单位的研制人员整合为一个"飞鲨"团队,不分你我,不分先后,联合设计,联合制造。

制造与设计单位是一对矛盾体。设计者唯愿立足技术最前沿,而在工艺水平相对落后的我国航空制造界,设计意图很难完全工程化实现。

但作为新机研制生产现场总指挥的罗阳,总是给上游最大的创新空间。研讨设计方案时,他很少要求修改以降低制造难度,反而总是鼓励大胆设计,加工制造时遇到困难,他再去攻关。

"你们怎样设计,我们就怎么干!"这是罗阳常说的一句话。

制造一辆时速200公里以上且性能稳定的高级轿车,其难度系数是多少?而制造一架时速2000公里以上且性能稳定的舰载机,其难度系数又是多少?

老天知晓!

工欲善其事,必先利其器。这些年,在罗阳的主持下,沈飞集团已经逐渐拥有一整套国际先进水平的飞机装配、整机试验、可靠性试验、飞行试验的技术、设备和制造生产线,特别是在钛合金机械加工和大型复杂结构件的数控加工等方面已达到世界一流水平。

但是,千千万万个难关和险隘,横亘面前……

这里是高科技的极顶,是人类的至高玄奥,但又是一个绝密的军事禁区!

所以,作为一个写作者,我无权窥探其中,也无法向读者描述,更不能臆想。

但,我们可以想象,想象那个邈远而神奇的高空世界。

舰载机的第一次公开起降训练,将由军方飞行员完成。

由于此次任务特殊,世界瞩目,军方、航空界高层及新闻界都亲临现场。所以,军方只邀请罗阳一人作为沈飞公司的代表上舰工作。

这样,他的担子更加沉重了。

虽然训练任务由军方执行,但作为研制现场总指挥,作为"孩子"的"父亲",他必须对一切结果负责。

在这几天里,他不得不亲自检查全部机舱,核对数据,并对相关环节进行全面监测。

他拿着一个小本,日日夜夜地记录着和计算着,那些只有他明白的麻麻密密的数据……

由于工作紧张和舰上生活不习惯,他睡眠严重不足。嘴上的口疮时时蹿火,麻麻刺刺地疼痛,疮痂渐次扩大,像一枚风蚀的葡萄干。

新机试制部工程师韩崇杰的右脸颊上有一个红包,罗阳发现了。

飞机车间里,竟然还有小飞机——蚊子。

当天,他安排给车间所有人配上了花露水。

一位老技师患有糖尿病,他专门安排食堂准备无糖食品;深夜,看到车间加班,他叮嘱后勤一定要准时送餐;进入冬季,他又给外场人员每人配发了一个暖宝。

罗阳说,越是大干,越不能忽视大家的身体健康。

过去,除了特殊工种,沈飞人每三年体检一次。罗阳决定扩大员工体检范围,缩短体检间隔。从2011年开始,职工们每年体检。

对于"飞鲨团队"和特殊工种,罗阳请医生每周二上午到各个生产现场,为大家量血压,做心电图,随时监测身体状况。

从此,沈飞人的身体不仅有"年检",还有了"周检"。

可他自己,却有两年没有体检了。

…………

罗阳是一个极简朴的人。

他家住在家属院的六楼,没有电梯,是20世纪90年代初期的老房子。装修呢?仍是当年的模样,客厅的八个莲花灯,其中三盏从未亮过。最让人惊奇的是,他家的厕所里还是蹲便池,明显落后时代二十年。

这些年来,他一直佩戴着一块卡西欧运动手表,表带是黑色布制的,边缘已经磨损,露出白色线边儿。他用碳素笔描成黑色,继续使用。

他唯一的爱好,就是待在各个车间里。

公司的工作服是一件海蓝色夹克,他常年穿在身上,即使到北京开会,也从不穿西服。不是不穿,是没有。由于缺少锻炼,他原本标准的身材略微发胖,过去的西服不合身了。

一次,省里开会,明确要求着正装。没有办法,他只得委托秘书上街买了一套,1390 元。

开完会后,这套西服就闲置了,挂在办公室里,只在会见外宾时穿一下。

他就是一个工人。

一个最特别而又最普通的蓝领工人。

采访时,罗阳的秘书给我讲过一个故事:

中秋节,他去看望母亲。父亲 7 年前去世了,他是唯一的儿子。他坐在床边,与母亲说话,不知不觉中,竟然斜靠在床上睡着了。秘书在客厅看电视,长久听不到声音,感觉有些异常,便往里面看了一下。只见母亲轻轻地拿着罗阳的手,静静地看着他,不忍松开。屋里面,飘荡着他低沉而香甜的鼾声。他太累了!

好一会儿,罗阳猛然醒来,不好意思地笑一笑,告别。

23 日早晨,6 时。

罗阳爬上甲板,看天气。风小了,雪也停了,天边露出了丝丝缕缕的霞光。

今天,将有两架歼-15 公开训练。

8 时 30 分,舰岛上和甲板上聚集了数百双焦渴的眼睛。全副武装的飞行员端坐座舱,等待起飞信号。

头戴帽盔、身穿黄色外套的飞行助理经过细密的检查之后,下蹲屈身,左手握拳放于背后腰际,右臂上扬,指向前方。

飞机快速滑行,呼啸而起,直刺长空……

罗阳的心,猛地高悬起来……

制造车间的墙上,有一行字特别醒目:一手托着国家财产,一手托着战友生命。

某系统偶尔出现一次渗油现象,最终发现是由于胶圈沿用老标准,未达到新工艺要求。及时转换标准后,大家以为事情可以画上句号了。他却小题大做,召开质量大会,领导班子成员和 1 万多名员工,手持剪刀,一起动手,剪碎了剩余的两万多个老胶圈。

还有一次,某关键部件出现瑕疵,罗阳坚持不能原谅,从分厂厂长到车间主任,一撤到底。

拦阻系统综合试验时,有一个部件出现故障。有人认为,这只是一个偶然事件,更换部件就行了。罗阳说,绝不能这么简单下结论,故障原因不能有一丝一毫含糊!他连夜启动全系统普查,进行对比分析,最后发现,故障确非偶然,原因在于对设计思想理解不到位,造成产品存在不确定因素,如果只是简单处理,就会留下致命隐患。

罗阳始终盯在现场,经过几天几夜攻关,这个部件重新研制,达到了完全可靠。

他揉着红肿的眼睛,开心地笑着:"这才是我想要的。"

从此之后,生产中无论出现什么故障,罗阳都会严厉地说:"要找出原因背后的原因、问题背后的问题!"

是的,对于罗阳来说,所有的努力没有及格和优良,只有两个成绩:满分,或零分。

满负荷运转,超极限爆发。

武器系统、火控系统、通信系统、动力系统,起落架、机翼折叠、阻拦钩等等关键技术……

一个个钉子拔除了,他们日夜兼程!

每每有重大突破,他们也会忘情地庆贺。

只是,他们的庆贺不是在酒店里,而是在办公室里、在楼道里。他们泪流满面,相互拥抱,大喊大叫,歇斯底里。但走出大楼,走出厂区,却又面沉似水,守口如瓶。

他们的痛苦和快乐,不能与亲人分享。

9 时 03 分,一架歼-15 飞临航母上空。

大家指着那个时隐时现的黄色斑点,兴奋地小声议论着。

罗阳仰起头,瞪大眼睛,心脏剧烈地跳动着……

甲板上的飞行助理用手势指挥着,舰上的降落指示灯也在闪闪烁烁地提示着。

1000 米、500 米、200 米,越来越近了。飞机进入环形航线,降低高度和速度,放下起落架、襟翼和空气减速板,伸出阻拦钩……

发动机的轰鸣震天撼地,撕心裂肺。而罗阳的距离,不超过 20 米。

巨大的战机扑向甲板,尾钩牢牢钩住阻拦索。一阵狂飙,飞机瞬间降速至零,像鹰爪抓枝,稳稳停下,而后折叠机翼,缓缓地向指定位置靠拢……

这个场面,那么熟悉,宛若在影视里。不!那是他 20 多年前在美国亲眼看见的。

人群顿时沸腾起来。

50 分钟后,第二架歼-15 再次成功着舰。

17 时,罗阳参加总指挥部例会。他拿着厚厚一摞数据表,认真审阅。机械系统,正常!电传系统,正常!液压系统,正常……

从设计发图,到新机下线,歼-15 创造了中国航空史上研制速度的奇迹。

但是,如果你认为罗阳只是完成了一个歼-15,那就大错特错了。

他是多个型号的研制现场总指挥,歼-15 仅是其中之一。只是由于保密原因,我不能深入采访。但我坚信,每一个型号的背后,都有一串惊心动魄的故事。

最近 5 年,沈飞研制了超过过去 50 年总和的新机型。从陆基到舰载,从三代机到四代机,托举了中国歼击机研制生产的半壁江山。

另外,沈飞的民用飞机生产任务也同样繁重,每天都会有一架飞机出厂。而民用飞机,同样容不得半点瑕疵。

安全生产、工艺创新、严防泄密、国家责任、竞争世界……

一座座大山,压在肩上,压在心上。

数万个零件,经过几千道严密的工序,构成一个个整体,组成一架架飞机,最终将飞出厂房,飞向高空,以 2.3 马赫的速度,巡航领空,保卫国家。

他们是一群什么样的人?

作为这个群体的领导人,罗阳又是一个什么样的人?

24 日上午,继续进行歼-15 起降训练。

今天进行 3 个架次。

又是三次过山车般的肝胆欲裂。期盼、焦急、紧张、兴奋,波峰波谷,大开大合……

12 时 03 分,参加本次训练的最后一架飞机成功着舰!

将军和列兵,专家和员工,所有的人纷纷拥上甲板,忘情地握手、拥抱、流泪、手舞足蹈……

平生内敛儒雅的罗阳,此时再也控制不住自己,涕泪滂沱,泣不成声。他面对苍天大海,放声呐喊:"我们的孩子,成功了! 成功了!"

当天下午,亢奋中的罗阳致电岸上的几位副手,通报喜讯,并特别嘱咐一定要办好明天的庆功宴,要喜庆,隆重,喝茅台。

这时,他想起了妻子,便打去一个电话,平静地告诉她活动结束,放心吧。

"你在哪里?"妻子问。

"我明天赶到大连,晚上回家。"

妻子和母亲,是他事业最坚定的支持者和知心人,却从来不是知情人。这么多年来,她们仅仅知道他在研制飞机,而进一步的内容,他从来不说,她们也从来不问。该公布的,国家自然会公布,看电视新闻吧。

…………

罗阳是什么时候开始发病的,已经没有人能够知道。

他的异常,是在第二天早上返航时出现的。码头上锣鼓喧天,彩旗飘舞,所有的人都在狂欢,只有他一反常态,无精打采,特别是嘴角大片的疮痂,像一颗干瘪瘪的黑枣,格外触目惊心。

但是,即使如此,谁也没有多想,谁也不会多想。大家都在忙于准备庆功宴,单纯地以为他近日太过辛苦,需要休息。

这次盛宴,由沈飞公司在大连主办,下午 4 点开始。是啊,这是中国航空界多年的渴望,这是中国军工业重大的突破,这实在是一个特别值得庆贺、值得铭记的日子!

谁也想不到,仅仅半个小时之后,他病情发作。

立即送往大连友谊医院!

两个小时后,宣布不治。

医院公布的死因:急性心肌梗死、心源性猝死。

一切,竟是这么突然!

罗阳的去世,让所有人备感意外。

他正值壮年,爱好运动,体质良好,向来没有检查出什么病症。于是,大家不得不想到了他近几年的过度疲劳和心理压力。特别是今年,尤其是最近。

且看他临终前三个月的行程:整个9月和10月,都在忙于另外两个重点型号的研制任务,这是两项和舰载机同样巨大的工程,提心吊胆,夜以继日;项目成功后,未及休整,8日即直赴珠海,参加第九届国际航空航天展览会;17日傍晚返回沈阳,没进家门,就连夜赶往基地;第二天早晨,又马不停蹄地奔上了辽宁号。

医学专家进一步分析,罗阳的生理和心理长期处于亚健康状态,再加上刚从珠海归来,马上置身于冰冷的北国海上,两地温差达到40多摄氏度,血管骤冷骤热。还有,海上的不规律生活和巨大的情感起伏,更加剧了这种失衡……

即使是钢铁,也有疲劳限度,超过承载,就要断裂。罗阳本人就是研究玻璃和金属疲劳的专家,却没有意识到自己的身体。

这是一个遗憾的疏忽,这是一个罕见的偶然,却不幸发生在了罗阳身上。

为了在遗体僵硬之前换上一件正装,让他体体面面地上路,伙计们在他的行李箱中翻找。没有西服领带,只有那一件海蓝色夹克。

他原本就是计划穿着这件工装出席庆功宴会的。

伙计们面面相觑,再次号啕大哭。

于是,大家一起动手,把这件他最喜爱的海蓝色夹克,穿在他身上。

这是他最深的牵挂,这是他永远的梦想!

庆功宴前,大将倒下。

现场的气氛,骤然由大喜转至大悲。原本丰盛的晚宴,顿时索然无味,草草收场。

当天傍晚,中国航空工业集团公司董事长林左鸣率各路大员,陪同罗阳的遗体从大连返回沈阳。原定直接送往龙岗殡仪馆,但沈飞和沈阳飞机设计研究所的战友们,坚决要求他们的罗阳最后一次回家看看。于是,大家决定,遗体在厂区内绕行一圈。

当车队进入沈飞大门时,已是晚上8点了。

长长的试飞跑道上,没有一盏灯,黑黑的。大家自觉地把上千辆私家车整齐地排列在跑道两侧,打开大灯,雪白雪白,照亮他回家的路。那一夜,雪花飘飞,银屑满地,上万人默默无语,泪流满面……

灵车驶出厂区之后,突然有人想起了罗阳母亲。79岁的老人家只有这一个儿子,而罗阳更是一个大孝子。这最后的时刻,应该让他们母子见一面啊。

于是,大家紧急商议:让罗阳轻轻地从母亲的窗外走过,悄悄地看一眼。

于是,浩浩荡荡的车队,熄灭大灯,禁止鸣笛,蹑手蹑脚。

罗阳母亲就住在三楼,就是临街的那一扇窗,里面灯光明亮,笑语喧喧,电视里正在播放一台庆典晚会。老人家已经从儿媳处得知儿子今天晚上就要回家的消息,正在满心喜悦地等待着。她多么祈望儿子平安归来啊,多么希望疲累的儿子能躺在自己的床上,像婴儿一样酣酣地睡觉、打鼾,而她,就那样微笑着静静地看着儿子、看着儿子……

但是,可敬的可怜的母亲啊,您不知道,您的儿子此时就在窗外,就在窗外,只是他已经永远永远地睡着了……

…………

2012年11月25日,中国官方正式宣布:辽宁号航母顺利完成舰载机起降训练任务,舰机适配性能良好,达到设计指标要求。

至此,歼-15舰载机终于揭开神秘的面纱,展示在世人面前。同时,这也表

明,作为中国自行设计研制的首型舰载机,歼-15 已经完全具备与世界各国现役
舰载机并驾齐驱的能力!

　　罗阳陨落了。

　　但他的梦想已经起飞。

　　他的笑容,他的笑声,写满了中国的万里空疆!

　　祖国,终将选择那些忠于祖国的人!

　　祖国,终将记住那些奉献于祖国的人!

(发表于 2013 年 1 月 9 日《人民日报》)

心摹手追,欲说无言

李春雷

　　应该说,在我近几年的创作经历中,这篇作品最为仓促。

　　首先,我没有踏上航母,无法感受罗阳临终前工作的情景。

　　其次,罗阳的任何家属,包括妻子、母亲和女儿,都无法采访。因为她们正处于极度的悲痛中,沈飞方面没有安排,我也不忍打扰。不仅他的家属没有见到,就连近几年与他一起工作的秘书和司机,也没有见到。

　　再次,沈飞及罗阳之前工作的沈阳飞机设计研究所,都是高度保密的军工单位。两个单位人员接受采访,都是思考再三,语焉不详。

　　最后,罗阳去世后,由于新闻单位采访太多,沈飞宣传部已经形成一个定式,复印了很多新闻素材,装在塑料袋里,每人发一份。他们是以对待记者的方式在对待作家。

所有这一切，是一个巨大挑战，简直无法翻越。

还有一个情况，我并不是军事迷、发烧友，对最新型的军机、军舰等武器知识，知之甚少。

所以，当时我想，肯定写不出满意的报告文学。

可想起此行机会难得，想起这些困难对我来说又是一次考验，而我过去都是这样一步步走过来的。于是，我还是下定决心，勇闯难关！

沈飞提供的大量已发表的文字材料，我都认真研究，从这些资料的缝隙中去寻找有用素材，去串联，去发酵。我格外重视每一次采访。每每听到被采访人介绍情况时有只言片语的闪光点，我就抓住不放，趁他下台时、上车前，赶紧走上前去，再深问几句。另外，我临阵磨枪，上网查阅资料，在最短时间内，初步熟悉了当今世界最先进飞机舰艇方面的一些知识。

但是，即使如此，这一切也都只是片片断断、各自游离的碎片，构不成通畅滑润的故事链条。

面对这一系列难题，动笔之初，我苦恼至极。

经过认真设计，我采取了目前这种结构。

用两条线索，一条是罗阳的人生经历，一条是生前几天的场景。一慢一快，一动一静，泾渭分明，缠绕推进，相互闪回，相映生辉，相得益彰，而且开开合合，张弛有度，最后融为一体，掀起高潮，形成强烈的气场和余韵。

这样，就可以把这些片片断断的碎片有机地串联起来，既实现了内容的饱满，又给读者带来了全新的阅读感觉。

当然，这样写的难度也很大，要避免繁芜庞杂，给读者带来阅读混乱。在语言上，更要注意节奏的轻重缓急，避免生硬和孤立。

总之，就像写字和作画，那种感觉和效果，只能心摹手追，而言语又说不明白，更说不清楚。所以，文学艺术的感觉往往妙不可言，欲说无言。

"懒汉"治村

徐锦庚

懒汉非懒汉,为小名,大名徐樟顺。懒汉与我同村。村在浙西开化,一听村名,便知是深山冷岙:东坑口。

前些天,弟弟来电,语带喜气。哥,懒汉连任村主任了。

我纳闷,上个月,他刚选上村支书,咋一人占俩窝?

镇里动员他的,要他"双肩挑"呢。

其他候选人服气吗? 我有点担心。

怎么不服气? 其他人选票差了一大截呢。

我是外来户,懒汉是土著,虽然同姓氏,并非亲戚,远房都攀不上。他当选,弟弟何以兴奋?

他当家,村里有盼头。弟弟说。

我涌起一阵冲动,要为这个小人物立个传。

一

我这个村,人多有小名,为保孩子平安,特意取个贱名。我两个外甥,大的叫狗懵,小的叫癞痢。狗懵的意思,像狗一样傻,狗那么通人性,咋会傻呢? 狗懵自然鬼灵精怪。至于癞痢,一头茂密黑发,还带自然卷。

懒汉兄妹五个,皆有小名,然而除了懒汉,个个命运多舛。两个哥哥,一个阿福,一个阿伴,阿伴也叫两斤半,奇怪不? 哥俩差一岁,三十刚冒头,接连暴病归西。二姐小妮姑,幼患癫痫,婚后加重,孩子半岁夭折,精神彻底崩溃,二十三岁就没了。大姐小名不雅,也叫癫痫,因是女孩,多个后缀,mao(音猫),类似语气助词。癫痫mao患过小儿麻痹症,一腿瘸,两耳聋。村妇背后嚼舌,啧啧,幸亏又瘸又聋,不然……言者虽没恶意,听者头皮发麻。看来,取小名保平安,纯属扯淡。

懒汉可不懒。人没锄把高就砍木头、抬石头,尽干苦力。二十三岁,任村火腿厂厂长,两年后自己承包。三十岁,揽交通工程,再办融资担保公司。栉风沐雨,苦没少吃,钱没少赚,是村里首富。

当老板后,懒汉多了新名:徐总。不过,村里人叫顺了,张口闭口懒汉长、懒汉短。县干部下乡,也会远远吆喝:懒汉! 若问他大名,人多挠后脑勺。

如果不是那个偶然,他只不过是个小土豪,犯不着劳我费墨。

懒汉人生之彩,出在那个偶然。

2011年年初,懒汉喷着酒气,打镇政府门前趔趄而过。忽然,门里蹦出一个小个子。懒汉,想和你商量件事。

懒汉膀大腰圆,血管里淌着彪悍,往那儿一站,不怒自威。可是,看到小个子,却自觉矬了矬身。喔,是方书记,找我?

小个子方明,一张奶油脸,地位不容小觑:杨林镇党委书记。

村委会要换届,我们拨拉半天,主任人选难产,刚才在楼上看到你,我忽然冒出念头,何不请你试试?

不行,不行。懒汉打了个饱嗝,摇起拨浪鼓。我搞工程还行,当干部不是料。

怎么不行? 你工程做得好,说明脑子好使;在外面闯荡多年,社会阅历丰富;手下队伍棒,说明善于管理;为人豪爽办事泼辣,肯定有开拓精神。

都说嘴皮薄、口才好,方明果然会忽悠。

一个空壳村,欠债几十万,人心散了架,这副烂摊子,谁愿挑? 你另请高明吧。懒汉人醉心清,边说边退,准备开溜。

方明一把拽住。看你血气方刚,有能力有思路,指望你重振雄风,不料是个懦夫。东坑口人丢尽脸,被叶兰坞人嫌弃!

成功男人有弱点,十有八九怕激将。懒汉一蹦三尺高:方书记,你狗眼看人低,尽揭疮疤!

叶兰坞是畲族村,人口全镇最少,以前属东坑口,"文革"时,被东坑口当包袱甩了。东坑口人说起叶兰坞,那口吻,像上海人说乡下人。

然而,风水轮流转,这十多年,东坑口顺坡溜,叶兰坞逆坡上。这不,镇里欲合并两村,儿子竟嫌老子穷,投奔了富村川南。东坑口人羞啊,差点脑袋掖裤裆。

懒汉一跺脚,腾起一缕烟。方书记,树要皮,人要脸,我干!

你若愿干,赶紧报名,村民选不选你,不好说呢! 方明拿捏着火候,不动声色,再将一军。

一个月后,村民投票。懒汉七百一十二票,第二名五十三票。

二

我离开家乡时,懒汉尚穿开裆裤,鼻下两条黄虫。一晃三十年,再没相遇过,只知他大发了。如果不是那个偶然,这辈子,我俩八竿子打不着。

忽然有一天,接到陌生电话。哥,我是懒汉,东坑口的懒汉。

懒汉? 哪个懒汉? 村子不大,懒汉不少。在浙西乡下,懒汉,癫痫,是高频词,街上吼一嗓子,回头率不低。

住您大姐隔壁的。

噢,原来是黄虫孩子。

我刚选上村主任,您见识广,路子多,多帮衬啊。

好说,好说,只管吩咐。我声音提高八度。

放下电话,念头一闪。这个懒汉,不愧老板,甫当村干部,急于公关。

不过,能被乡邻认可,是件高兴事。有的人,在外面人五人六,却被乡邻嗤之以鼻,做人很失败。

打那以后,这个号码成了热线,隔三岔五就响,有时天蒙蒙亮,有时天麻麻黑。

懒汉爱晨跑晚遛,听说我习惯早起,便瞅准空当。他说,尽是鸡毛蒜皮小事,知道您忙,怕耽误您上班。瞧瞧,虽然五大三粗,心像女人般细。

电话里,懒汉絮絮叨叨:想安装路灯啦,想建垃圾箱啦,想拓宽村道啦,想道旁搞绿化啦,想户户通水泥路啦,想给水库清淤啦,想在村头建公园啦,想在大樟树下建戏台啦……

每次絮叨完,懒汉会说,哥,您看行不? 帮我出出点子。久了,我发现,他做事很少拍脑袋,自己先有谱,再向人请教,并且是出选择题。比如建戏台,他传我两套效果图,让我选一套。

这个农民不简单,懂得科学决策呢。我暗想。

光有想法不够,还得有钱办事。仗着脸厚嘴甜,懒汉到处化缘。开化财政底子薄,我纳闷,蚊子腿上三两肉,他是怎么割下的?

我是急性子,不爱电话唠叨,三言两语就挂机,可是奇怪,懒汉的话句句勾魂,放下电话,魂魄出窍,飘飘荡荡,飞越万水千山。那个小乡村,生我,养我,让我魂牵梦萦,泪湿枕巾。天下游子,倦鸟思归呀。

他的设想,多成新景。每次回村,皆有惊喜。三年来,他对我敬重未减,我对他叹服渐深。

哦,我美丽而贫穷的家乡哟,如果多几个懒汉,多几个充满创业激情的农民,还有什么不能改变!

三

镇政府设在东坑口。一条小溪,穿村而过。桥那头是镇政府,桥这头是我大姐家。

大姐家两层楼房,二十年了,旧了点,模样还过得去。门前有个场院,平时堆柴搁物,秋时摊晒稻谷。这些年,因村道拓宽,场院被蚕食,剩下巴掌大,矮墙半截,顽强守护。楼旁菜园,渐次萎缩。园里茅厕,露了出来,兀立在路边,与镇政府隔溪相对,颇煞风景。

去年清明,我回乡扫墓,眼睛一亮:茅厕无影,矮墙无踪,村道变宽了,车辆畅通无阻。不过,也有遗憾,场院没了,村道连着台阶。

大姐哼了一声,语气倒算平静。懒汉说了,你家是门面,要光鲜点。拆茅厕,拆矮墙,我同意。但这么点场院,我舍不得。他说,要不我同你弟讲,让他做工作?哼哼,我怎能让你为难?

这小子,竟用我来压大姐!心里嘀咕,嘴上却说,好看多了。

为我哥的事,他又搬出了我。那天晚上,他先诉了半天苦:会上议修路,人人都说好,真占谁家地,祖宗也挨骂,气得我要抢拳头。

我开导他:多磨嘴皮,别动粗,乡里乡亲的,抬头不见低头见,伤了和气不好相处。

懒汉话头一转:刚才,你哥好凶,骂得我七窍生烟。

我哥在宁波打工,嫂子去了温州,帮女儿带孩子,家里铁将军把门。

我一惊,出啥事了?他道出原委。

路修到哥门前,须推倒围墙,征用菜园。我哥提条件,征用菜园行,围墙应砌好。懒汉说,征地只赔钱,不代建,他不能破例。

我哥脾气像炮仗,一语不合,嚷嚷起来:不砌围墙,不让征地!摔了电话。

我连忙道歉:他不明事理,别和他一般见识。你看这样行不?他不在家,缺人手,路修好后,你安排把围墙砌好,费用我来出。

懒汉说,不是钱的事,一两千元钱,我垫也行,只是村民要误会,以为搞特殊,会闹着攀比。

我二话不说。行,就按你说的办,我哥的工作我做。

拨通电话,我哥还喘着粗气呢。我耐着性子,听他发泄完后,才慢声细语说:懒汉当主任,钱没多挣,气没少受,图什么? 还不是为大家好? 他回村三年,村里变化多大? 你为村出过啥力? 你让一步,就当是帮他,行不?

我这老哥,除了脾气暴,还是头犟驴。这回,听我这一说,他居然不喘粗气了。

我指了条路:你请人砌围墙,费用我来出。

咋能让你出钱呢? 哥瓮声瓮气,让步了。

我趁热打铁:懒汉被你气坏了,你打个电话道声歉吧。

围墙我修就是了,还道歉? 让我老脸往哪儿搁? 老哥嗫嚅着。

你不打? 我替你打。

我打,我打。

一会儿,懒汉电话里笑成了串:哈哈,今晚我可以睡个好觉了,哥放心,我不会让咱大哥吃亏的!

呸! 得了便宜还卖乖。

不过,这家伙借力使力,我不仅未反感,反而欣慰,为他的办事公道。在农村基层,干群关系紧张,最大病因就是:干部办事不公。

四

数一数,我已被这家伙算计了三回。

去年元旦前,他热切地问:哥,元旦回家不?

才三天假,路上要花两天,不回了。有事?

声音低下去,又扬起来:您回来一趟行不? 我有事想求您。

你只管说,我尽力而为。我这人,就是好面子,怕人求,惜弱。

村里新建两栋楼,大的出租,小的办公,想把村里的能人请回来,搞个启用仪式,座谈一下,出出点子,再聘几个顾问,您是第一个。

别看咱村小,千把人,还真出了几个人才,恢复高考后,全镇首个大学生,全县首个清华大学生,都出自咱村。现在,有电力专家、留美博士、政府官员、团职军官、新闻记者、企业老总。

人家都盯着您呢,您来,他们来;您不来,他们不来。这样行不? 您飞到杭州,我派车接。懒汉继续缠着。

接倒不必,不过,元旦当天赶不上。

那我改到 2 号。

我没的选择,只有答应。

懒汉如数家珍:办公楼是多功能的,有便民中心,有农家书屋,有乒乓球室,有老年活动中心,有办公室,有会议室……

我连连称好。

好是好,只是里面空荡荡的。懒汉吞吞吐吐。

我明白了,忙表态:你直接讲,需要我送什么?

送实物吧,您太远,不方便。要不,干脆送个红包?

没问题,多少合适呢?

两三千就行。其实呢,我不是图您的钱,是想请您领个头,带动其他人。您捐,和别人捐,大不一样呢!

瞧瞧这张嘴,抹了蜜似的。我忽然想,这个狡黠农民,对别人也这么说吧?

两三千拿不出手,我捐一个月工资吧。

您工资多少?

一万多点。

电话那头笑出声来:哎哟,太多了,太多了,您出个整数,一万就行!

1 月 2 日上午,我如约而至。嗬,满屋子的人,八旬老支书来了,历届村干部来了,乡贤们也从京城、省城、外省赶来了,只剩国外的没来,并且都没空着手,捐款捐物,折合二十五万元。

座谈会上,七嘴八舌。不愧是乡贤,点子不一般。有的说,开化是钱江源头,该搞生态旅游。有的说,方志敏在这打过仗,搞红色旅游好。有的说,搞生态农业,规模经营。有的说,多种阔叶树,保持水土,美化山林。有的说,河道筑几道坝,保持水体,便利灌溉,还添景观。

我领到一本聘书,红彤彤的。论级别,这是中国最低的顾问吧?可我捧在手里,沉甸甸的。

这时,有人嚷起来,怎么才聘三个顾问?我大老远赶来,咋没我的份儿?

懒汉眼睛乐成一条缝:你们要当顾问,欢迎啊,只要多做贡献,我们一定聘,一定聘!嘿嘿!

我有感而发,写了篇千字通讯,《乡贤热议"生态村"》,发在2013年1月4日《人民日报》上。

五

9月底的一天,手机响起,里面劈头一句:国庆回家吗?

这回不是懒汉,是县教育局局长齐忠伟。此君笔头了得,当过县委报道组组长,把开化吹得天花乱坠。

手头事情多,不回了。我说。

你最好回来一趟,有件事你得出面。他一不寒暄,二不客套,口气很严肃。

什么事?我心头一紧。

都是懒汉惹的事。齐忠伟气急败坏。

我们搞教育改革,撤了东坑门村小学,并到镇中心小学。县里费了好大劲,与深圳企业家达成协议,打算投资几个亿,把村小学改造成特色学校。

这不是好事吗?我不解。

浙江母亲河钱塘江,源头就在开化。2000年,开化确立"生态立县"思路。去年又提出,打造国家东部公园。建特色学校,既能促进开化招商,又可带动村里"三产"。

懒汉要把好事搅黄哩！他想收回校舍,借口修路,推倒了传达室。校舍是国有资产,他这是犯法呀！我派人去交涉,他横竖不买账。听说他敬重你,你回来一趟,帮我劝劝他。

我立马拨通懒汉的手机。

哥,有事啊？电话那头,声音很愉悦。

你个大老粗,好歹不分,还犯法！我没好气。

我良民大大的,犯啥法？

我把事一说,他嘿嘿一笑:我就是要把事情闹大。

闹大对你有好处？

校舍虽然是县里的,可地是村集体的,没有办过手续。他们只与镇里谈,没把村放眼里。村民意见很大,以为我得了啥好处呢。你说,我能这么便宜他们吗？

我语塞。他说得在理。征地纠纷,已成为攸关稳定的火药桶,政府漠视群众利益,难辞其咎。

你虽然占理,也不能蛮干,好好说呗。

你树底下讲风凉话。好好说？压根没人找我们,我们对谁好好说？会有人听吗？一个破传达室,值几个钱？谈得拢,赔就是了。

我无语。可不是嘛,懒汉不来这一手,齐忠伟也不会绕着圈找我。

看来,这个农民不只狡黠,而且智慧。

你看这样行吗？你把村民意见理出几条,双方坐下来,心平气和谈,别漫天要价。

哥,您放心,我们虽是粗人,却是讲道理的。去年4月,高速公路征地,全村一百三十一亩水田、二十七座坟,涉及一百一十户,一个星期就搞定,全县最快。有的村,征四五十亩地,三个月还征不下呢。

我把懒汉态度一说,齐忠伟沉吟起来。是我们工作没到位,就按你意见办。

过了几天,齐忠伟报喜:谈妥了,多亏了你,我和懒汉约定了,国庆你必须来,好好喝几杯!

六

这次回乡,听到几件喜事。村里欠债已还清,固定资产原先空壳,现在有七百多万;楼出租后,村集体一年进项二十万;新办两家来料加工厂,一个制衣,一个制鞋,一百三十八名妇女就业,最大的六十五岁,去年人均收入两万。

还有,叶兰坞人后悔了,想回到老东家;看到懒汉干得欢,其他村的老板动心了。

高兴劲还没过,严颂华找到我,一脸焦灼:村两委将换届,懒汉要辞职,他若走,村里会走下坡路,你做做工作吧。严原先是镇长,两年前接的方明。

我急忙找到懒汉。村里刚上路,你怎么撂挑子?

不当村主任前,村里人见了我,客客气气。现在呢,自己的业务耽搁,往村里贴钱不说,还时不时挨骂,想想不值。懒汉说。

不值?当村主任前,村民有这么认可你吗?县里、镇里有这么看重你吗?我会认识你吗?

懒汉低着头,不吭声。

我灵光一闪。你是不是想当支书?

他迅速抬头,瞥我一眼,眸里闪过一道光。我怎么好意思和东方争?

东方姓余,厚道本分,人缘不错,是个老好人,支书当了十多年,可就是缺乏闯劲,不温不火。

我顾不了得罪人,向严颂华直陈:懒汉当支书更合适,选村干部,要选敢于担当、有创业激情的人,老好人成不了事,这十几年就是证明。

严颂华一拍大腿:咱俩想到一起了,我也猜出他心思,不过,东方已干四届,没功劳有苦劳,有点不忍心。

我出了个主意:要不,让他俩一起竞选,票高者上?

严颂华略一思忖。行,我来协调,既让懒汉参选,又让东方留下。

过了几天,严颂华打来电话。我同他俩谈过了,懒汉愿意参选,东方有点低落,想去儿子公司,我做工作后,他答应把懒汉扶上马送一程。

11月上旬,村支部换届。票选之后,镇党委宣布,懒汉为村支书,东方和另一名党员为村支委。

前些天,我问严颂华,他俩配合得好吗?

好,很好! 严颂华说。东方脾气好,懒汉性子急,东方打前站,懒汉收摊子,一个唱红脸,一个唱白脸,回旋余地大多了。

我释然了。有的村,新班子清算老班子,老班子暗地使绊子,水火不容。

刚挂断弟弟电话,懒汉电话就来了,滔滔不绝描绘蓝图:想建座饮用水池,解决夏天饮水难;想把村口那座桥改造成廊桥,方便村民歇息聊天……

我的喉咙忽然有点紧。村里底子薄,你干点事不容易,真难为你了。不过,要提醒你两点:"双肩挑"后,一别做村霸,二别糟蹋集体钱。

哥,您放心,我不会让您失望的。懒汉的鼻音也有点重。

他的话,我信。

这个懒汉啊,人糙心不糙,治村有一套。

(发表于2014年3月19日《人民日报》副刊《大地》)

一篇"插柳"之作

徐锦庚

严颂华当过党校教师,是个笔杆子,爱舞文弄墨。我给他出主意,以懒汉为例,写篇农村工作心得，我帮他发表。他欣然应允。然而，几个月过去，没见动静。

有一天，我从济南坐高铁，回宁波探亲。上车后，忽然想起这事，打电话催他。他支支吾吾，先是推托忙，后来说实话：几次提笔，不知如何开篇，实在难把握。正理屈词穷、东躲西藏时，忽然耍起回马枪：对了，你这么了解他，不如你亲自写，对对，就你写！你最合适！没容我接招，他已挂了电话，逃之夭夭。

这招太狠，竟将我杵进泥淖，难以自拔。放下电话，不知不觉，我陷入沉思：我来写？写什么呢？

这一想，闸门洞开。往事如潮，喷薄而出。懒汉活色生香，在我面前晃动，让我按捺不住。"我涌起一阵冲动，要为这个小人物立个传"，于是，打开电脑，敲起键盘。

从济南到宁波，要坐5个小时。我一埋头，4小时眨眼过去，直到广播通知到站。旁边的乘客，先是侧头斜眼，后干脆倾过身，两眼不离电脑。我不忍拂其兴头，任由他看。他看罢，啧啧有声：这是小说吗？好看！

第三天，我返回济南。上车后，惦记起这事，掏出电脑，又埋头4小时，不知不觉到了济南。以前嫌路长，这回却嫌路短。来回8小时，两气呵成，写了8000多字。后来，限于报纸版面篇幅，忍痛割爱，删掉一小节。

有了创作冲动，并未信马由缰，而是意有所指。我来自农村，了解农村，知道农村缺什么、农民盼什么。懒汉身上的闪光点，恰是当下农村的及时雨：

一是创业激情。"哦，我美丽而贫穷的家乡哟，如果多几个懒汉，多几个充满创业激情的农民，还有什么不能改变！"农村领头人，必须具备干事创业的激情，才能带领农民勤劳致富，改变农村落后面貌。农村出身的企业老板，如果都能像懒汉这样，富有激情、报效桑梓，农村将升腾起新希望。

二是科学决策。"他做事很少拍脑袋，自己先有谱，再向人请教，并且是出选择题。比如建戏台，他传我两套效果图，让我选一套。"决策失误，是最大失误。农村干部遇事习惯于凭直觉、拍脑袋，缺少科学决策。懒汉文化不高，却懂得做"选择题"，不简单。

三是公平公正。"在农村基层，干群关系紧张，最大的病因就是：干部办事不公。"干部要想让群众信服，办事必须公开、公平、公正。说起来，懒汉对我够敬重吧？但是对我的亲属，并没有特殊照顾，而是一视同仁，殊为难得。

四是借力使力。现在是人情社会，农村干部光埋头拉车还不够，还要善于借力使力，充分调动社会资源。发挥乡贤作用，就是一条捷径。懒汉头脑活络，先是鼓动我带头捐款，再号召其他人，还让我出面做兄姐工作，省了他不少口舌，这就是借力使力。所以，我说他是个"狡黠农民"。

五是合理诉求。"征地纠纷，已成为攸关稳定的火药桶，政府漠视群众利益，难辞其咎。"政府在拆迁、征地等涉及群众切身利益方面，有时罔顾群众合理诉求，肆意侵占群众利益，群众无处说理，被迫采取过激手段维权，这已成为影响农村和谐稳定的导火索。民众维权的群体性事件，全国每年多达十余万起。其中，强行征地和补偿不足引发的群体性事件，占六成左右。自20世纪90年代起，中国农村的重大事件中，65%为侵占土地问题。懒汉与教育局长作梗，在情理之中。

六是同心同德。"有的村，新班子清算老班子，老班子暗地使绊子，水火不容。"这是普遍现象，已成农村顽疾，令人头疼。然而，懒汉与前任书记却关系融洽，一个打前站，一个收摊子；一个唱红脸，一个唱白脸。新老支书配合如此默契，值得借鉴。

《人民日报》要求记者"站在天安门上想问题，站在田间地头找感觉"。报告文学创作何尝不是这样？反映新时代，传递正能量，这是文学永恒的主题。

无心插柳柳成荫。此文在《人民日报》首发后，《新华文摘》《浙江日报》《衢州日报》等多家媒体转载，入选《2014年优秀报告文学》《2014年中国报告文学精选》，被中国报纸副刊研究会评为2014年全国报纸副刊年度精品一等奖，并收入《中国报纸副刊优秀作品集萃2014年度》。中国作协原党组副书记王巨才评价，"别看《'懒汉'治村》篇幅不长，在中国文学史上，必将留下一席之地"。浙江省委领导批示，浙江卫视制作"最美浙江人"专题，浙江电台以广播剧形式播放，"懒汉"一夜成名，获评省"千名好支书"。

北方水困境与汉水大移民

梅　洁

　　南水北调中线工程，汉水流域 82 万移民，在长达 50 余年的岁月里，为了解救北方水困境，他们背井离乡，痛失家园。他们所经受的巨大磨难，北方受水区人不知道。北方人不知道自己所处的干渴处境，不知道水源区人民的牺牲与奉献，甚至不知道中线调水。即使知道，也不知调的是长江水还是汉江水。有人说，我们不屑知道，有没有水那是政府的事。再说，水管里哪天没有水呀……

　　有没有水，真的只是政府的事，与自己没有干系吗？十几万个家庭几十万人在为此受苦为此奉献真的不屑知道吗？水管里的水从哪儿来的、还能维持多久真的不想知道吗？

一

　　中国是极度贫水国家，人均水资源量仅为 2000 立方米，是世界人均水量的四分之一，相当于美国的四分之一，日本的二分之一，加拿大的四十四分之一，在世界排名第 110 位以后，被联合国列为世界 13 个贫水国家之一。

　　联合国审议人与水资源短缺标准为：人均水量在 2000 立方米以下就是缺水国家，人均水量不足 1000 立方米，即为严重缺水国，人均等于或小于 500 立方米，为生存极限缺水。

　　以此标准，包括京、津、冀在内的北方 16 省市，人均水量已是生存极限缺水！许多地方不及阿拉伯沙漠国家人均水量的二分之一或三分之一。我们就像一群搁浅在沙滩上的鱼……

北方不仅有河皆干,而且有水皆污!!

全国水环境监测网对全国九大流域 700 多条河流水质监测评价,结果表明,在 11.4 万公里的河长中,不能饮用的四类、五类和劣五类水竟长达 4.8 万公里!

北方因缺水,年经济损失高达 4700 多亿元人民币!3 亿多人用不上健康、卫生的饮用水!中国每年发生成千上万起环境污染纠纷,因环境和水污染问题引起的群体性事件以年均 20%多的速度递增。

没有水怎么办?打井超采地下水!从 20 世纪七八十年代开始打井,年年打,年年超采!眼下,240 万眼机井已将华北地下水几近抽干,大地已被打成筛子眼!北京公主坟一带的地下水早已打到了基岩,打到基岩的概念就是地下水一万年都难以恢复。

全民打井的结果,最终使黄淮海三片出现 9 万平方公里的漏斗区,成为世界漏斗区之最……

惊人的是,至 2005 年仅河北一省就出现 5 万平方公里的地下水开采漏斗区和地面沉降区!为世界最大漏斗区,已占去河北平原面积的三分之二!漏斗中心区地下水最大埋深已达二三百米!地面沉降最大已到 2.2 米!北京市区地面沉降已达 1 米还多,天津已沉降 2.6 米!

我们脚下的土地在沉陷!房屋在开裂!建筑物在倾斜倒坍!海水在倒灌!土壤在污染!庄稼在枯死!

二

北京,这座远离江河湖海的国际都市终因水资源的先天不足和人口、经济的巨大膨胀,最终遭遇了城市生存和发展的最大疾障。

应该说,从 20 世纪 80 年代至今,干旱一直横扫北京。在北京历史上作用非凡的泉水如今已全部销声匿迹,20 世纪 50 年代以来兴修的大小 85 座水库,现在只剩官厅、密云水库两盆水,且官厅水库从 20 世纪 90 年代以来一直是污染严重不能饮用的四类、五类水。由于连续干旱和上游工农业及经济的发展,官厅、密云的来水已越来越少,全市入境水量锐减到 4 亿立方米。以永定河上游的官厅水库为例,20 世纪 50、60、70 年代年平均来水量分别为 19 亿、13 亿和 8 亿立方米,80 年代每年来水只有 2 亿多立方米,90 年代只剩 1 亿多立方米。

半个世纪以来,永定河上的官厅水库在向北京人提供了 400 亿吨生命之水后,它满目疮痍了,连年的干旱使它常常降到死库容以下,即使在 20 世纪 80 年代、90 年代北京持续干旱、许多水库塘堰干得亮了底之后,水量已降到死库容的官厅水库还坚持着向北京供水。它戎马倥偬了近半个世纪以后终于躺倒了,因水量不足加之沿途的工业、生活污染严重,1997 年,它不得不退出向北京提供饮用水,有限流来的污染水只能为少数工业所用。

北京人偌大的一个水盆就这样说没就没了!

而这时的母亲河永定河呢,自官厅水库建成后,永定河上共修了 3 座大型水库,19 座中型水库,28 座小型水库。修水库就是在江河上建大坝拦截江水或河水,层层建坝,层层拦截,最终,北京的母亲河断流了,干涸了,一个生命之河死亡了!

20 世纪 80 年代以来,北京一直水资源紧缺,为了满足城市用水,三家店以上永定河水几乎全部引入市区,使三家店以下 70 多公里的河道长年断流,河道两边土地沙化,近些年永定河沙石盗采猖獗,致使河道内沟壑遍布,河床裸露,每到冬春季节,西北风顺河而下,京城顿时风沙弥漫。由于根本无水补给永定河,加上严重超采地下水,北京西部地区第四纪地下水已经全部疏干,永定河的生态系统已经受到严重破坏。昔日的"卢沟晓月"已经不再,饱经七百多年风雨沧桑的卢沟桥,孤寂而衰败地架立在荒草萋萋、流沙滚滚的永定河床上。人们只是在想起那场战争时才偶尔想起它,唯独桥栏上 700 多尊石狮阅尽了人世沧桑……

2013 年 5 月,北京水资源再度告急——人均水资源量降至仅有 100 立方米!这是个极为恐怖的数字——人均 100 立方米水量仅是中东沙漠国家人均水量的三分之一啊！而 2000 多万人口的北京依然在无忧无虑地消费水资源中欢乐着、享受着……

三

与北京一样，在汉水、长江水到来之前，天津水荒一年接一年，不舍昼夜！

在漫长的几十年中，天津不得不喝咸苦水，人们说，"天津人炒菜不着盐"。

泥沙滚滚的黄河，曾经断流了 21 年的黄河，仅为三类、四类水质的黄河，哺喂了流域内几亿人的黄河，曾 5 次千里迢迢北上，解救嗷嗷待哺的天津。

20 世纪 80 年代，十几万义务劳动大军修筑的"引滦工程"，在 22 年里为天津人送来了 168 亿立方米生命水之后，不堪重负的潘家口水库的水已降到死水位，一个原本 29 亿立方米库容量的水库，年入库水量只有 1 亿立方米。

面临断水的天津又连连向中央呼救。于是，2000 年之后，国务院又连续四年做出"引黄济津"应急调水的决定。

与京津的干渴一样，人均水量仅有 270 立方米的燕赵大地饥渴难耐。

河北东部几百万人因喝深井抽上来的超标准高氟水而经受着氟骨病的折磨：黄牙、牙齿脱落、骨质疏松、驼背、腰腿变形而失去劳动能力。衡水、沧州地下水位已降至 300 米以上，机井打下去数百米也难抽上水。即使这样，嗓子干得冒烟的河北，为保卫首都，2008 年迄今，已从黄壁庄等 4 座水库向北京送水 16 亿吨……

然而，不知道北方干渴处境的人们却依然对水挥霍无度。几亿人寄居的中国北方、几千万人寄居的北京，却难以使用中水，用从几百米深的地层下抽出的宝贵饮用水冲厕所、洗车、浇草坪打高尔夫球、冻冰凝雪造人工滑雪场……一个高尔夫球场、一个滑雪场用的水是几百上千个家庭一年的用水量！

而人均 8000 立方米水量的美国、人均 8.8 万立方米水量的加拿大依然在百分之九十地回收中水，依然在发明"雾水收集法"……

四

一方面在对水挥霍无度,一方面国家在花巨资给北方调水。

南水北调中线工程 2014 年 10 月即实现汉水北上,北方将有 1 亿多人受益。北京每年将获得 12 亿吨补充水量,天津年均将获得 10 亿吨,河南年均获得 38 亿吨,年均获水量 35 亿吨的河北 90 多个县、80% 的平原地区都将受益于汉水。汉水三千里迢迢北上,将极大地缓解北方四省市水困境,沿线的环境、生态、人民生活等都将得到极大的改善。

在这个世界上罕见的引水工程背后,无数鲜活的生命为此而牺牲着、奋斗着。正如水源区一位移民工作者说的那样:南水北调中线工程是建设者的汗水、移民工作者的苦水、移民的泪水和烈士的血水共同铸就的一座无言的丰碑。

早在 1959 年 12 月 26 日,经过 10 万筑坝民工长达 10 年的奋战,汉江丹江口工程截流合龙。三千里汉江在人们高呼"万岁"声中被拦腰截断了……

此后,汉水和丹水开始倒流……

48 万库区移民(湖北十堰 28 万、河南淅川 20 万)开始了艰难的迁徙之路……

处在"大跃进""文革"那个灾难性的历史时期,移民的方式也错综复杂,移民在简单、粗暴、无序或"以水撵人"中历经了太多的磨难,他们含泪走向异乡,人均只有几百元迁建费,即使这少得可怜的费用也是统一使用,并不发给移民本人。移民有投亲靠友的,有举家迁往外县外省的,有后靠到本地荒山野岭的。

但无论哪种迁徙方式,他们都上演了中国水库移民史上最悲惨的一幕。

人们扶老携幼、一步一回头地含泪离开了故乡,他们号啕着、眼睁睁地看着倒流的江水吞没着自己的家园,他们祖祖辈辈赖以生存的汉水两岸的肥田沃地瞬间被水葬在江底,他们遮风蔽雨的房屋在一片"命令声""呵斥声"中被拆除。

在那个一切"以阶级斗争为纲"的年代,移民们被迫走上了异乡之路。由于生活的艰辛、劳作方式的不适应,思乡的移民开始成千上万地返迁,他们不顾一切地又回到了各自的故乡,哪怕是一路乞讨要饭。但他们在故乡已没有了一切:没有户口、没有房屋、没有土地,他们属于"黑人"。根据当时的政策,故乡的政府根本不可能收留他们,除了劝说、办学习班外,就是强行催撵。于是,他们撵了就跑,跑了又回来。他们成为一个庞大的游民群体。

他们在河边、库边、城边搭茅庵睡席片,库水上来了,他们就跑;库水下去了,他们就在江边消落的泥地上撒把种子,收多少算多少。在一些公路、码头、城区边,返迁移民的庵棚长达数公里。

丹江口库区,如同一位贫病潦倒的老人,在风雨中艰难前行……

五

从 1990 年长江水利委员会在库区进行了长达两个多月的实物指标调查并下了禁建令,至 2008 年 10 月国务院南水北调工程建设委员会宣布南水北调中线移民工程启动,在这 18 年中,工程一直处在"要上马"的时紧时松的喧嚷声中,库区百姓和政府就再也不敢建设、也不让建设了。2002 年,南水北调中线工程再度启动,次年,国家正式下达停建令,规定 172 米水位线下一律不准再建任何项目,否则一律不予补偿。自此,库区经济、人民生活完全处于"冻结"状态。

一晃 18 年过去了,他们错过了中国改革开放后经济发展最辉煌的年代!

对于几十年来依然生活在艰难、贫困之中的库区移民,他们时时都在大声疾呼:要搬快搬,我们实在拖不起了!我们的房子都拖塌了!我们的媳妇都拖没了!

湖北省丹江口市均县镇镇委书记张兆华说:"1992 年,库区开始执行国家停止建设的'禁建令',均县镇发展停滞,镇上不建车站、村里不修公路,村民房屋变危房便租用帐篷度日以待搬迁。本以为等一等就要移民了,而这一等,就是十七八年。十几年来,我们镇几乎没有变化。市里一位领导前年过来视察时说,这里比十年前还破落。全国其他农村的'村村通'工程在这里被取消了。建了也白建,还是要淹没,建了也不赔偿。洪家沟那几个村至今未通水泥路,一到雨天,泥泞不堪,孩子们上学要坐船到十几里外的村子。许多村民的土坯房不断出现裂缝。到 2008 年,眼见着有几户房墙裂缝大得能伸过手臂,风一刮就摇摇欲垮。但移民的命令还没有下,不得已,镇上给村里有危房的家庭发了救灾帐篷,有几户村民一家老少三代都挤住在帐篷里。帐篷冬冷夏热,许多家在帐篷里一挤就是好几年。"

湖北十堰一位 35 岁男性移民在网上这样感慨:"南水北调让我惆怅,这里将是一片汪洋。漫长的等待呀,不知让我们搬向何方,哪里将会是我们新的村庄,何时我才能找到我的新娘?暂时的住所呀,如今我像被逐出家门的小羊……"

我曾沿着汉水、丹水走了三个月,三个月里,我仿佛总在听到一个焦灼的声音:南水北调,你到底什么时候上马?我们实在等不起了!

六

2008 年 10 月,国务院第 32 次常务会议和国务院南水北调工程建设委员会第三次会议终于决定,南水北调中线移民工程正式启动,湖北丹江口水库 2013 年开始蓄水,2014 年汛期后往北方四省市送水。

消息传来,作为有 18 万移民的十堰和有 16 万移民的河南淅川,便开始了规模宏大的、远比三峡移民更为复杂、更为艰辛的一场大移民行动!

南水北调中线工程,是从湖北丹江口水库调汉水一路北上,解决河南、河北、北京、天津的水危机。蓄水量为 290 亿吨的汉江丹江口水库,原定 2010 年开始每年向中原、华北输送 95 亿吨生活、生产用水,后因种种原因,改为 2014 年开始向北方四省市送水,2030 年以后,每年将输送 130 亿至 140 亿吨水!丹江口水库将成为中国北方人最大的一口水井!一口生命之井!

湖北十堰,将成为中国的水都!

丹江口大坝加高至 176.6 米开始蓄水,3000 公里的库岸线,290 亿吨水,相当于 20 个十三陵水库、7 个密云水库的库容。1000 多平方公里的水面将淹没湖北十堰、河南淅川数千公里公路、1000 多个码头、数百家企业、十几个集镇,损失非常惨重。这么多基础设施的恢复需要时间,困难可以想象。

而真正的困难是移民!20 世纪六七十年代,丹江口大坝建成蓄水,为当时世界之最的 48 万移民离别了家园;眼下,南水北调迫在眉睫,34 万移民又进行了感天动地的故园大迁徙。

中央领导说:中线调水成败的关键在移民。鄂豫两省领导说:中线调水移民是天大的事!

今天的移民与 20 世纪六七十年代的移民,处境已是天壤之别!

"一切为了移民,为了移民一切! 必须把移民安置点建成社会主义新农村的典范",这是水源区政府对移民安置的刚性指令。

举全省之力,完成移民的外迁、后靠,保证一江清水按时送往北京,已成为鄂豫两省各级政府和人民强大的行为动力!

面对紧迫的调水倒计时,河南省委、省政府提出"四年任务,两年完成",要求南阳淅川县 16.2 万农村移民搬迁完成时间,由原计划的 2013 年年底提前到 2011 年 8 月底。全省上下按照这一决策,万众一心,众志成城,排除万难,历尽艰辛,在中原大地展开了一场波澜壮阔的移民大搬迁。

湖北省委、省政府规划"四年任务,两年基本完成,三年彻底扫尾",即"四二三计划"。

面对紧迫的"四二三计划",时任湖北省委书记李鸿忠说,南水北调工程是党中央、国务院交给我们的神圣政治任务,必须确保完成。完成好这个任务,是全国的大局,没有代价好讲,我们是共产党员,是一级政府的负责人,我们在岗在位,就必须承担这个政治责任,这是岗位职责所在、党纪政纪所在。也可以不干,不干就不要戴这个帽子,让出这个帽子才可以不背这个政治责任。

鄂豫吹响集结号！

百万名库区移民包保干部宣誓："忍辱负重，在所不惜！一切为了移民！为了移民一切！"

七

作为湖北省唯一有 18 万移民任务的移民大市十堰和河南省唯一有 16 万外迁移民的淅川县，政府要人们在 2010 年这个春节，都有一种莫名的心紧。心紧的原因就是大搬迁要开始了。除了数不清的工作要做、数不清的矛盾要化解之外，他们还要等待安置区房屋建设完工，而恰恰是建房过程中，移民对房屋质量的敏感和不满意每每上访、围堵政府；他们心紧的还有一个原因是那个决定他们政治前途的"时间节点"：34 万移民要在两年或三年内搬迁完毕！这是一个什么速度啊！三峡大移民 18 年才外迁 16 万人，秭归也是一个县，10 年才迁了 3 万人！中线移民 34 万只有几个月啊。如果把 2009 年一年的前期工作算上，也只有一年多时间，真是天大的工程、天大的任务、天大的艰难啊。

时任湖北十堰市委书记陈天会在大会上强调"移民是十堰市天字号工程"。他说："移民工作做好了了不得，做不好不得了！"又说，"我们处在这个地区，赶上了为国家做贡献、为国家建功立业的时代，不能错过这个机会，不当功臣，便当罪人。"

陈天会的讲话在库区各县市引起巨大反响，一个声音、一个意志、一个纪律，在各级移民干部心中轰鸣："不当功臣，便当罪人！"

为了缓解北方水困境，丹江口库区 34 万移民开始了大迁徙——

不能忘记：

那位 95 岁被担架抬着上移民车的老爹爹告别的眼泪……

那位病重的大姐坚持到达几百公里外的新家后才安然闭上双眼……

那个出生六天的婴儿和刀口还没拆线的母亲一起迁徙……

把老家的一串钥匙埋进父亲的坟里而后含泪离去的儿女……

夜色里,舒家沟移民齐刷刷站在路边,含泪向故乡望去最后一眼……

几百人站在山梁上放声大哭,然后齐声大喊:洪家沟,再见了……

还有:

为了一江清水北送而给移民亡亲下跪的移民干部……

为了一江清水北送而倒下、累死的 20 多个年轻生命……

还有:

那些宁死也守在主人家废墟上的万只忠犬……

这是一场没有硝烟的战役,前面没有一个敌人,战胜的全是自己!

这是一场没有硝烟的战役,却必须用意志、信念、责任和血肉之躯穿越枪林弹雨!

鄂豫两省儿女浸着汗水、噙着泪水,践行着"祖国在上,我把家乡献给你""万众一心,一江清水送北方"的庄重承诺。

2011 年 8 月 25 日,河南省农村移民历时 211 天,完成大规模搬迁 193 个批次,投入搬迁车辆 3 万台次,共转移移民财物 30 万吨,搬迁行程 1700 万公里,成功完成了 16 万人的大迁徙,做到了不伤、不亡、不漏、不掉一人,实现了河南省委、省政府既定的"四年任务,两年完成"的目标。

在这场举世瞩目、艰苦卓绝的移民大搬迁中,全省上下经受住了严峻的考验,在人类移民史上留下了浓墨重彩的一笔。

2010 年 11 月 28 日,是湖北移民史上值得纪念的日子。

全省完成丹江口市、郧县、郧西县、武当山特区 4 个县(市、区)、21 个乡镇、163 个村的移民外迁,十堰市共组织 119 批次、18023 户、76652 人迁往湖北省 9 个市,武汉、襄阳、荆门、荆州、天门、黄冈、潜江、仙桃和随州等 9 市所属的 21 个县、81 个乡镇、194 个安置点全部安全接迁。十堰市先后出动搬迁车辆 10333 台次,累计行驶里程超过 850 万公里,做到了"车不掉漆、人不破皮、不伤亡不漏掉一人",实现了平安、有序、和谐搬迁。

就在移民外迁落下帷幕之际,湖北十堰又开始了10万移民的内安、后靠,移民们在更高更远的山岗上创建家园。经过仅仅一年零九个月的生死鏖战,2012年9月,13个城集镇建设全部竣工,10万农村移民顺利搬迁。

至此,湖北18万移民,在"四年任务,两年基本完成,三年彻底扫尾"的号令下,全部如期顺利迁徙,这是中国乃至世界水利移民史上从未有过的奇迹!

滚滚北上的汉水不会忘记万众一心的峥嵘岁月,在长达1000多个日日夜夜里,鄂豫两省各级政府官员、数百万移民干部和建设队伍、34万移民全部卷进了南水北调中线大移民这场没有硝烟的战役之中。无数的艰难和困苦,不尽的血汗与泪水,诠释了一个国家的意志、一个执政党的信心,一个以局部的牺牲赢取全局利益的大政只有在中国才会实施、才会成功!

2014年10月,三千里汉水就要北上,站在美丽汉水就要滋润的土地上,愿每一个受润的生命怀一颗感恩的心,庄严向南一躬,说一声"谢谢",然后倍加珍惜每一滴来之不易的生命之水!

(发表于2014年12月3日《人民日报》)

世上最难的写作

梅洁

应该说,我至今认为我不是一个纯粹意义上的报告文学作家,我一直倾心于散文的写作。我还固执地认为诗与散文的写作是我生命的另一种形式。然而,我要说,是报告文学给了我无上的荣誉,是这一最具诚实品格的文学样式,成就了我写作的光荣和生命的质地。

从 1980 年开始创作迄今，几十年一路走来，我深感报告文学写作是世上最难的一种写作。在决定要从事这种写作之始，你必须做好准备：a.准备吃苦；b.准备一生要说真话；c.准备洞察社会的思想与知识储备；d.准备有目光选择有重要意义的题材进行创作；e.准备一腔体恤、关怀民众生活和底层人命运的情怀。当然，这最后两个也许不叫"准备"，叫"修炼"，或叫"岁月磨砺"。要说，报告文学的"最难"，以上五个准备，做到哪一个不难？ 五个都做到有多难？

就说第一个"难"。报告文学不是坐在屋里风不吹雨不淋日不晒就能完成的，面对社会的大事件和人物，没有数天数月的采访，不走百里、千里甚至万里的长路，根本无法真实再现生活的真相，根本无法体察生活的真谛。比如：我写《西部的倾诉》和长篇纪实文学《创世纪情愫》，曾于 1998 年两次赴甘肃、青海、宁夏，到达最贫困的回族、东乡族、土族、撒拉族地区，走到"苦甲天下"的西海固，走过毛乌素沙漠、西鄂尔多斯荒原，数次翻越海拔三四千米的青藏高原，前后两次行走 48 天，2 万多里！ 一路上全是自己挤公交车、火车，吃掉的方便面达 30 多盒，住最简陋的旅店或借住西部贫民家中。最终写出了集人类学、民族学、教育学、宗教学、文学为一体的长、中篇纪实文学《创世纪情愫》和《西部的倾诉》，真实反映了中国西部所经历的真实的贫困，尤其是教育贫困和环境贫困的生存境况，引起社会广泛关注和好评。《创世纪情愫》一书于 2001 年获第八届全国"五个一工程"奖，《西部的倾诉》于 2001 年获第二届"鲁迅文学奖"和首届"徐迟报告文学奖"。

作品获得文学大奖固然是十分快乐、开心的事情，但最快乐、开心的事，莫过于在经历了无数的艰难困苦之后，你的作品被广泛认可。这认可包含两个方面：a.你的作品是一个真实的存在，因其内容、思想、文学的品质会被历史和时间记住。真正有价值的直面写作，会成为那一段历史的不被忘却的记录，成为事件湮灭后的一种历史打捞和补救。这种意义的写作怎不开心？ b.因你的作品对人民命运和生存状态的真实书写，人民产生的对你的尊重和关爱。比如：为反映中国南水北调调水源头人民，在长达半个多世纪里，为解救北中国巨大的水困境，83 万移民经受的漫长的磨难和生存困境，以及他们失去家园背井离乡情感的深重创痛，我于 2005 年，背负着丈夫去世的痛苦,抱着陷入病苦的身体,独自奔赴调水源头的十堰、郧阳、丹江口、淅川、钟祥、襄阳、武汉等地采访,最终,沿着汉水走了100天。反过身,又在极度缺水的河北、北京、天津等地采访100天。前后200天里独自走访几十个乡镇,上百移民、水利工作者、政府人员。全程都是自费,没有任何政府和个人资助。待采访200天后回家,家里因耗电完毕,冰箱里的东西已化成一摊臭物溲水,且长满蛆虫……此后,开始了长达5个多月、千万余字的阅读、梳理、构思,之后,又用8个半月的时间创作了45万字的《大江北去》。2007年北京十月文艺出版社以首印3万册的印数出版了此书,作品于2010年获第三届"徐迟报告文学优秀奖",2014年该书重印1.5万册,2017年获第八届北京市文学艺术奖,此奖为北京市政府最高文学奖。

从1993年至2012年,我用20年时间,先后为调水源头人民写了百万余字、三部长篇《山苍苍,水茫茫》《大江北去》《汉水大移民》,现已普遍被称为"中国南水北调移民三部曲"。因这样的写作,湖北省十堰市政府先后授予我"十堰市荣誉市民""首届感动十堰十大杰出人物"称号。故乡人普遍认可:他们有一个女儿一直在进行神圣的写作……

作为一个写作者,倘若作品的文学价值被文学认可、社会价值被民众认可,那还有比此更大的快乐和开心吗?

诗词，滋养心灵的沃土
——记中国古典诗词专家叶嘉莹

江胜信

【叶嘉莹小传】

1924 年生于北京书香世家。1945 年毕业于辅仁大学。1948 年作为国民党海军家眷，随丈夫前往台湾。其后历任台湾大学教授、美国哈佛大学和密歇根大学客座教授。1969 年定居加拿大，任不列颠哥伦比亚大学终身教授。

1979 年起回国讲学，先后受聘为国内多所大学客座教授。1991 年在南开大学创办"比较文学研究所"，1996 年更名为"中华古典文化研究所"，任所长。现定居天津。

2008 年，获中华诗词学会首届"中华诗词终身成就奖"；2013 年，获国家"中华之光——传播中华文化年度人物奖"。

【引子】

阳光，恩泽般透过窗纱，满屋子弥漫着诗的香气。

又到周六，又一台诗词的盛宴。

"宴会厅"设在南开大学叶嘉莹先生寓所的客厅。这里透着禅意：几枝翠竹，一株兰草，整面墙的书柜旁边挂一幅字，上书"自在飞花轻似梦，无边丝雨细如愁"，对面墙上有幅画，画着几枝粉荷，还有一块匾，刻着老师顾随写下的"迦陵"二字。"荷"是叶先生的小名，先生一生写了数十首与荷花有关的诗词,但她更爱用“莲”这个喻佛之字。“迦陵”是叶先生的别号,原取“嘉莹”之谐音,但恰好佛经中一种鸟的名字就叫“迦陵频伽”,此鸟性灵,能传递钧天妙音。

享受诗词盛宴的约20人,有叶先生的博士生,有热爱中国古典诗词的美籍华裔母女,有听了她35年课的超级“粉丝”……客厅两侧的沙发挤不下了,大家熟门熟路去取加座——十多张重叠摞放的圆凳子。

为大家奉上盛宴的是年届九旬的叶先生。她整衣端坐,胸有成竹,清了清嗓子。

对于人的寿命与状态的关联,孔子只说到70岁,七十而从心所欲不逾矩;庄子说到80岁,八十而独与天地精神相往来;古人没有说到90岁会怎样。

90岁的叶先生,会让人一时间恍惚,分不清眼前的是她,是诗,或是——诗的化身?

开席了!诗词的色香味牵引着我们的视线、鼻息、味蕾甚至是听觉、意念。叶先生那优雅而不失豪放的举手投足,柔婉而不失顿挫的行腔吐字,考证而不失神游的条分缕析,营造着魔法般的磁场。仿佛赐你一把密匙,穿越历史之门——此刻不存在了,回到唐玄宗天宝三年夏天;客厅不存在了,来到洛阳城一间酒肆;你我不存在了,变成了衣袂飘飘的诗中圣、诗中仙,怀才不遇的杜甫初会辞官乞归的李白,一见如故,“遇我夙心亲”……

这样的一见如故,在35年前的1979年,当叶先生第一次从加拿大归国讲学走进南开大学课堂时,也曾有过。“用《楚辞·九歌》里的一句诗形容,那就是‘满堂兮美人,忽独与余兮目成’,我感到我与他们的心灵是相通的。”与李白和杜甫聚散随缘、心心遥对不同的是,叶先生把一见倾心演绎成了以心相许,终身相随。2014年9月回到南开以后,她决定结束天津和温哥华两地之间的候鸟生活,留下不走了。离公寓不远处,“迦陵学舍”刚刚封顶,正待启用。这座以叶先生别号命名的集科研、办公、教学、生活于一体的小楼,将成为她的家园。

“呃咳……”一阵咳嗽,叶先生扶好老花镜,看看闹钟:“两个小时了,今天就讲到这里吧。”然后从加了靠垫的椅子上缓缓起身,慢慢挪步。这是刚刚还神采飞扬、心游八荒的您吗?还有,李白呢?杜甫呢?叶先生您把他们收哪里去了?

博士生熊烨还在流连刚刚的氤氲,正在准备论文的他“太享受与先生共处的时光,舍不得毕业”;追随了先生30多年,两鬓染霜,已从教师岗位退休的“老学生”们,与先生相约“下个星期还来听课”;旁听的我一时间回不过神来,体会到为什么有观众在听到叶先生的电视讲座后,会在来信中将那种美好的感受描述为“三月不知肉味”。

我还理解了,这个初冬,肺部感染、大病初愈的叶先生为什么一下病床就问:“什么时候让我给学生讲课？"她说她一生有两大嗜好，一是好诗，二是好为人师。从 1945 年起，整整七十载，叶先生执鞭杏坛从未间断。

我曾在武汉的古琴台读到叶先生留下的诗，"翠色洁思屈子服，水光清想伯牙琴"。高山流水遇知音，如果把叶先生的讲诗授业比作伯牙琴，那些用心灵倾听"琴声"、让"琴声"滋养生命的学生，不就是"钟子期"吗？那些恍惑中循着"琴音"，发现"琴音"背后美妙之境，触到古人血肉之躯和高洁之魂的学生，不就是正在走来的"钟子期"吗？

诗词，曾支持她走过忧患，她深知诗词的力量。

当现代人的迷失用物质和科技解决不了而回到传统文化中求解的时候，她想要传递这种力量。度己之后度人，她将此当作今生的使命。

因为使命，所以慈悲。不论你的年龄，不论你的学识，她都会循循善诱，不厌其烦。

因为慈悲，所以虔诚。授课的前一天，她尽量排除外扰，如辟谷一般净化身心、纯粹思绪。

因为虔诚，所以圣洁，如同她 15 岁时写下的《咏莲》："植本出蓬瀛，淤泥不染清。如来原是幻，何以度苍生。"

因为圣洁，所以，她像中华诗词之美，可以滋养灵魂、度引苍生。

1989 年，叶先生当选为加拿大皇家学会院士；2008 年，荣膺中华诗词学会首届"中华诗词终身成就奖"；2013 年，获国家"中华之光——传播中华文化年度人物奖"。声名日隆，她保持着清醒："'声闻过情，君子耻之'，名声超过现实的话，应该感到羞耻。"

叶先生对自己的定位是：首先是老师，其次是研究者，最后才是诗人。面对别人"年纪大了，多写点书，少教些课"的好意劝说，先生淡然道："当面的传授更富有感发的生命力。如果到了那么一天，我愿意我的生命结束在讲台上……"

如果真的、真的到了那么一天，蜡炬泪干，春蚕丝尽，回望来时路，是否可以看到泪干薪火映，丝尽衣钵传？

上篇　雁去雁归

又到长空过雁时,云天字字写相思。
(摘自叶嘉莹《浣溪沙·为南开马蹄湖荷花作》)

离乱

1948 年初春,带了些随身衣物,24 岁的叶嘉莹出嫁南下。"很快就会回来的。"之前从未出过京城的她,来不及守住这个简单而笃定的念头,就如同一叶扁舟卷入大海,漂到中国台湾,漂到美国,漂到加拿大,待再次寻见故乡的港湾,竟已过 26 年。

岁月无情,青丝已飞霜。

那个装过她童年全部天地的四合院,已变成大杂院。窗前修竹呢? 阶下菊花呢? 那些她曾吟咏过的赋予性灵的花花草草呢?

那个点过她早慧诗心的伯父,已前往另一个世界。膝下无女,把侄女当作女儿垂爱的他,曾作诗《送侄女嘉莹南下结婚》:"有女慧而文,聊以慰迟暮……"岂料一别成永诀,伯父的暮年,谁来慰藉?

那个开拓她诗词评赏眼界的恩师顾随,竟已于 1960 年驾鹤西去。顾随对资质出众的叶嘉莹偏爱有加,师生常有唱和。在抗战最艰苦的时期,顾先生取雪莱《西风颂》中"假如冬天来了,春天还会远吗"的意境,写下两句词:"耐他风雪耐他寒,纵寒已是春寒了。"叶嘉莹遂将这两句填成一阕《踏莎行》:"烛短宵长,月明人悄。梦回何事萦怀抱。撇开烦恼即欢娱,世人偏道欢娱少。软语叮咛,阶前细草。落梅花信今年早。耐他风雪耐他寒,纵寒已是春寒了。"顾先生阅后评批:"此阕大似《味辛词》(《味辛词》为顾随早年词集)。"然而,先生对她的期望并不止于亦步亦趋、替师传道的"孔门曾参",而是成为"别有开发,能自建树"的"南岳马祖"。

这样的当面点化、师传道承,持续 6 年之久,除了 1942 年至 1945 年叶嘉莹就读辅仁大学这段时间,在她毕业之后去 3 所中学教书期间,还常去旁听先生的课,直至 1948 年离京。时局动荡,音信断绝,唯有梦境可以一次又一次潜过台湾海峡,回到旧时光——下课后和最要好的女同学一起去拜望恩师,却困于一片芦苇荡,路总是不通——突然惊醒,怅然中,独对壁上悬挂着的那首她装裱好了的《送嘉莹南下》的诗幅。

这是顾先生与她话别时的赠诗。多年后,顾先生将此诗抄录,转赠给另一位学生,即后来成为红学大家的周汝昌:"……分明已见鹏起北,衰朽敢言吾道南(老朽我敢说,大鹏北起,将把学问向南传播)……"周汝昌问:"叶生是谁?现在何处?"顾先生没有回答。那个南下的"叶生",已是他难以再续的念想和无以安放的期待……

他只知道,她经历过和他同样的早年丧母之痛,他不知道,她正在经历离乱和忧患;他只知道,她再望也望不到的海峡那一岸,他永远不知道,有一天她会辗转回来,来寻他,而他已不在。

但他仿佛从未离开,无论是口传心授,还是天各一方,或是阴阳两隔,恩师始终在"度"她。顾先生常说:"以无生之觉悟,为有生之事业;以悲观之心态,过乐观之生活。"这句箴言犹如黑夜中的烛光,照亮了她的坎坷路。

1948 年 11 月,叶嘉莹作为国民党海军家眷,随丈夫前往台湾。次年,丈夫因"匪谍"嫌疑被捕。半年后,在"白色恐怖"镇压之下,叶嘉莹执教的彰化女中被抓走了包括校长在内的 6 位老师。她携着尚未断奶的大女儿一同入狱,不久获释。母女俩无家无业、无处可归,只得借住在亲戚家走廊上。丈夫被关 3 年后出狱,性情大变,找什么工作都干不长,干脆闲居在家。一家 5 口,包括老父亲和刚出生的小女儿,全指靠叶嘉莹一个人。

在师友的荐助下,她接下了台大、淡江和台湾辅仁 3 所大学的国文、诗选、词选、杜诗、曲选等课程,又兼任了夜校和电台的讲授任务,承担了超负荷的工作量。每当她疲惫不堪回到家中,还要为无法分担更多家务而面对丈夫的指责。此时的她已无力争辩,默默烤着女儿的尿片。

生计的压迫和体力的透支让她染上了气喘病,一呼一吸之间,胸腔隐隐作痛,心肺似被掏空。再加上精神上的沉郁,她时常想起王国维《水龙吟》中咏杨花的句子:"开时不与人看,如何一霎蒙蒙坠。"自己不正是那不曾开放就零落凋残的杨花吗?

但就算零落凋残,不也可以迎着风雨,舞出最凄美的姿态吗?不也可以像老师所说的"以悲观之心态,过乐观之生活"吗?所以,再难再苦,她的嘴角总挂着淡淡的微笑,一讲起课来,更是浑然忘却了自己的不幸,换作去经历古人的幸或不幸。

活下去,这是重压之下的生活主题。那一阶段,叶嘉莹创作很少,但从仅有的几首作品中,依旧可以读出她浓浓的乡愁:比如《浣溪沙》中的"昨宵明月动相思",《蝶恋花》中的"雨重风多花易落",诗作《转蓬》中的"转蓬辞故土,离乱断乡根",《郊游野柳偶成四绝》中的"潮退空余旧梦痕"……

"环境把我抛向哪里,我就在哪里落地生根,自生自灭。"叶嘉莹如是总结自己被动的一生,"结婚的先生不是我的选择,他的姐姐是我的老师,是老师看中了我。去台湾也不是我的选择,谁让我嫁人了呢?后来去加拿大,也不是我的选择。"

"我过去从来不知道有个叫 Vancouver(温哥华)的地方。"1969 年,叶嘉莹原本的目的地是美国。

此前,叶嘉莹作为台大的教授,应邀被交换到美国密歇根大学和哈佛大学,从事了两年多时间的教学和研究。对台湾没有好感的丈夫,带上一双女儿,跟着去了美国。交换期满,叶嘉莹只身回到台大,再次收到哈佛大学聘书之后,她打算把父亲也一同带去。签证官说:"这不成了移民了?你办移民吧。"可她不能等,她在台湾的收入,无法支付丈夫和女儿在美国的费用。在哈佛大学教授的建议下,她改赴加拿大,受聘于加拿大不列颠哥伦比亚大学。一家人最终在温哥华定居下来。

"我渴望回到故乡,却跑到了更远的加拿大。"叶嘉莹将难以诉与他人的乡愁,凝成诗作《异国》:"异国霜红又满枝,飘零今更甚年时。初心已负原难白,独木危倾强自支……"当她在地球另一端的课堂里,每次讲到杜甫《秋兴八首》第二首中的"夔府孤城落日斜,每依北斗望京华",几乎都要落泪。

遥远的故乡正在经历一场浩劫,我有生之年还能回去吗?

1970 年,中国和加拿大正式建交,我真的可以回来了!

乡根

在叶嘉莹被动的人生中,有一件事情是主动的——申请回国教书。

那是 1978 年暮春,温哥华寓所前的树林中,落日熔金,倦鸟归巢。她穿过树林走到马路边的邮筒,寄出回国教书的申请信。马路两边的樱花树,落英缤纷。繁华终将飘零,余晖终将沉没,春光终将消逝,年华终将老去,而书生报国的愿望,何日才能实现? 年逾半百的叶嘉莹触景生情,吟出两首绝句:

> 向晚幽林独自寻,枝头落日隐余金。
> 渐看飞鸟归巢尽,谁与安排去住心。

> 花飞早识春难驻,梦破从无迹可寻。
> 漫向天涯悲老大,余生何地惜余阴。

她原以为,自己所学,在国内派不上用场了。中加建交后,叶嘉莹和北京的两个弟弟恢复了联系。1974 年,她第一次回国探亲,街头贴着大字报,还在批林批孔。

1977 年,她第二次回来。火车上有乘客在读《唐诗三百首》,名胜古迹的导游能随口背出很多古诗,这让她感动不已。她刚刚经历了又一场情感的劫难——1976 年,才结婚不满 3 年的大女儿夫妇因车祸双双罹难;她的祖国,正在走出"文革"和唐山大地震的阴霾。天有百凶,必有一吉,她从《天安门诗抄》感到祖国的同胞依然在用诗歌表达心声。"看到诗歌的传统还在,我当时就想,我应该回来,把自己对古典文学的一点点学识贡献给我的祖国。"

寄出的申请信有了回音。1979 年春,教育部安排叶嘉莹到北京大学讲学。随后,南开大学的李霁野先生邀请她到南开讲学。

这年春夏之交,叶先生为南开大学中文系学生开了两门课,白天讲汉魏六朝诗,晚上讲唐宋词。几节课下来,口口相传,外系、外校,甚至外地的一些学生也赶来听课。300 个座位的阶梯教室里,加座竟然一直加到了讲台上,窗口、门口全是人,大家汗流浃背。叶先生得侧身从人群中挤过去,才能走进教室、步上讲台。

为了控制人数,保证本系学生听课,南开大学中文系想出了发听课证的办法。200 张听课证,却让 300 多人获得了合法席位。就读天津师大的徐晓莉多年后道出秘密:"我们不甘心哪。大家各显神通,制作山寨版的听课证。我用萝卜刻成'南开大学中文系'图章的样子,扣在同样颜色和大小的纸片上……每次去听课,内心的忐忑就像是偷嘴吃的孩子。今天我才恍然,当年我所偷吃的,原来是一粒仙丹、一颗圣果。"徐晓莉的生命从此浸润到了诗词之中,她在天津广播电视大学执教时讲授的是古典文学,退休后又到老年大学开了诗词课。一有机会,她还会回到南开,听叶先生讲课。

安易是 1979 年听叶先生讲课的另一名学生,回忆起当年"盛景",她的脸上浮现出很享受的表情:"受政治运动影响,很多教授讲解诗词使用的是阶级分析法,但叶先生讲的是原汁原味的'兴发感动',而且旁征博引,兴会淋漓,这让我们耳目一新,眼界大开。"安易后来成了叶先生的秘书,如今虽已退休,但依然追随先生,每课必听。

聚散终有时，两个月后，到了分别的时刻。最后一课，学生不肯下课，让叶先生一直讲、一直讲，直到熄灯号吹响，才不得不话别。此情此景，叶先生用诗句记录了下来："白昼谈诗夜讲词，诸生与我共成痴。临歧一课浑难罢，直到深宵夜角吹。"

南开之行让叶先生坚定了他年再来的决心。20 世纪 80 年代，先生在加拿大不列颠哥伦比亚大学还有教学任务，她只能利用长假回来。那时候，国内大学教授的月工资只有几十元，她不收任何报酬，自己承担往来机票等费用。她只有一个念头，让经历文化断层的同胞因为她的讲授而珍视古典诗词这一文明瑰宝，这既是对养育她的这片热土的回报，也是对《诗经》《离骚》、李白、杜甫的告慰。此拳拳心迹，流淌在叶先生 1979 年所写的《赠故都师友绝句十二首》之十二中："构厦多材岂待论，谁知散木有乡根。书生报国成何计，难忘诗骚李杜魂。"

不论是北京大学、南开大学，还是之后数次回国所到的复旦大学、南京大学、天津大学、华东师范大学、北京师范大学、四川大学、云南大学、湖北大学、湘潭大学、辽宁师范大学、黑龙江大学、兰州大学、新疆大学等几十所高校，叶先生的课堂，必定是人头攒动，热情高涨。听众从十七八岁的青年到七八十岁的老者，无不痴迷赞许。

在异乡和祖国讲授诗词，有什么不一样呢？叶先生答道："在国外讲，固然是对中华文化的一种传播，却很难使诗词里蕴含的感发生命得到发扬和继承，只不过给人家的多元文化再增加一些点缀而已；诗词的根在中国，是中国人最经典的情感表达方式，是经几千年积淀而最具代表性的文学体式，是整个民族生存延续的命脉。"

叶先生一首小诗《鹏飞》中写的"鹏飞谁与话云程，失所今悲匍地行"形象说明了这种差别。用母语讲诗，可恣意挥洒，像鹏鸟展翅般自由快乐；用英文讲诗，那种隔膜感就如同大鹏失去了天空，只好匍地而行。诗歌的美感都在语言之中，把语言文字改变了，美感也就消失了。

叶先生对中国传统文化的感情和定力也曾遇到过"挑战"——1986 年 9 月

在南开讲学时,面对学生中出现的"出国热"和"崇洋"思想,以及"学习古诗有没有用"的疑虑,叶先生巧妙地运用西方流行的现象学、符号学、诠释学等"新批评"理论剖析诗词,意在透过西方文学的光照,辨析中西文学理论上的异同,彰显中国古典文学的精妙,尤其是名篇佳句所包含的涵养心灵、陶冶性情、净化风俗的作用,进而让学子重拾文化自信。

1990 年,从加拿大不列颠哥伦比亚大学退休后,叶先生将工作重心移回国内。1991 年,在南开大学创办"比较文学研究所"。1996 年,在海外募得资金,修建了研究所教学大楼,并将研究所更名为"中华古典文化研究所"。作为所长,叶先生教学、行政两头忙,每天忙到次日凌晨 2 时睡觉,清晨 6 时 30 分起床,堪比陶渊明的"晨兴理荒秽,带月荷锄归"。

陶渊明是叶先生和她的老师顾随都非常喜欢的诗人,"采菊东篱下,悠然见南山",那是陶公透悟人生之后对大自然的亲近。叶先生欣赏他"豪华落尽见真淳"的境界,因此,叶先生看到的,并不是他的归隐,而是那片真淳。

叶先生的田园,就在她脚下;叶先生的"菊花",就在她手中;叶先生的"南山",就在她眼前。

1999 年仲秋,从研究所回寓所的路上,路过南开园马蹄湖,天上的雁鸣勾起了她的诗情,吟出一首《浣溪沙·为南开马蹄湖荷花作》:"又到长空过雁时,云天字字写相思。荷花凋尽我来迟。莲实有心应不死,人生易老梦偏痴。千春犹待发华滋。"

生于荷叶田田的 6 月,叶先生的小名叫"荷",晚年的她自比"残荷"。莲有莲实中的莲子,花落又何妨? 雁已飞越重洋归来,来迟亦无妨!

下篇　凤栖凤鸣

不向人间怨不平，相期浴火凤凰生。

（摘自叶嘉莹《鹧鸪天》绝句其二）

诗可以兴

诗是什么？

对不同的人，叶先生用不同的方法来解释。

若给幼儿园孩子上课，她先从篆体的"诗"字说起：字的右半边上面的"之"好像是"一只脚在走路"。接着她又在"之"字下画一个"心"："当你们想起家人，想起伙伴，想起家乡的小河，就是你的心在走路。如果再用语言把你的心走过的路说出来，这就是诗啊。"

若接受记者的采访，她会考一考你，《唐诗三百首》第一首是什么，赋比兴怎么理解。她会跟你谈起钟嵘的《诗品》，"气之动物，物之感人，故摇荡性情，形诸舞咏""嘉会寄诗以亲，离群托诗以怨"。简而言之，诗是对天地、草木、鸟兽，对人生的聚散离合的一种关怀，是生命的本能。

若给博士生、硕士生上课，她就从鉴赏的角度来谈。"凡是最好的诗人，都不是用文字写诗，而是用整个生命去写诗的。成就一首好诗，需要真切的生命体验，甚至不避讳内心的软弱与失意。"叶先生举例说，杜甫《曲江二首》中"朝回日日典春衣，每向江头尽醉归"两句，从表面上看，这种及时行乐的心态与杜甫"致君尧舜""窃比稷契"的理想抱负相悖，而这却符合他的情感逻辑和心灵轨迹，杜甫的可贵在于排斥了人生无常的悲哀及超越了人生歧路上的困惑。诗人不是神，而是有血有肉、有情有义的人。读他们的诗，你能感受到一种生生不已的活泼的生命，这是心灵的大快乐。

子曰:"兴于诗,立于礼,成于乐。"孔子认为,人的修养开始于学《诗》,"兴于诗"是孔子教育学生的根本。

叶先生品诗赏诗讲诗评诗,兴发感动是最大的特点,用心灵来体会诗词中的意境,达到今人与古人的情感共鸣,这正是沿袭了祖师爷"兴于诗"的传统。

叶先生保持着一种习惯,写学术文章可用白话文,但一旦要记述自己的情感,必用诗词。今天,诗词这种含蓄、唯美、深沉的表达方式已越来越多地出现在贺卡上、问候中、致辞中、微信里,这既是传统,也是时尚,但都是"生命的本能"。

诗之大用

2013 年 12 月,在"中华之光——传播中华文化年度人物奖"颁奖典礼上,手捧奖杯的叶嘉莹公开了养生益寿的独家秘诀——钟嵘《诗品·序》里有句话:"使贫贱易安,幽居靡闷,莫尚于诗矣。"一个人无论是贫贱艰难,还是寂寞失意,能够安慰人、鼓励人的没有比诗词更好的了。

从事古诗词教学 70 年之后仍然守着三尺讲台,叶先生坦陈,这并非出于追求学问的用心,而是出于古典诗词中所蕴含的感发生命对她的感动和召唤,情之所至,不能自已。"你听了我的课,当然不能用来加工资、评职称,也不像经商炒股能直接看到收益。可是,哀莫大于心死,而身死次之。古典诗词中蓄积了古代伟大诗人的所有心灵、智慧、品格、襟怀和修养。诵读古典诗词,可以唤起人们一种善于感发、富于联想、活泼开放、高瞻远瞩之精神的不死的心灵。"

生于书香门第的叶先生从小接受了传统"诗教"。读诗先从识字始。父亲写下"数"这个字,告诉她,"数"有 4 种读法,可念成"树""蜀""朔",还有一种现在已不常用,念成"促",出处是《孟子·梁惠王》篇,有"数罟不入洿池"的句子。"罟"是捕鱼的网,这句话的意思是:不要把细孔的网放到深水的池中捕鱼,以求保全幼苗的繁殖。

"古人都明白的道理,现代人却置之不顾。"说到这里,平和的叶先生一下子激动起来，"我最近看新闻报道，渔民用最密的网打鱼，小鱼捞上来就扔掉，这是断子绝孙的做法。现代人眼光之短浅之自私之邪恶，不顾大自然不顾子孙后代，这种败坏的、堕落的思想和习惯是不应该的。"让叶先生痛心的是，如今很多年轻人守着文化宝藏，却因为被短浅的功利和一时的物欲所蒙蔽，而不再能认识到诗歌对心灵和品质的提升功用，可谓如入宝山空手归。"而我是知道古典诗词的好处的。知道了不说，就是上对不起古人，下对不起来者。所以我的余生还要讲下去。"

"诗教"认为，诗可以"正得失，动天地，泣鬼神"，但现代人总爱追问有什么用，仿佛看不到立竿见影的实惠，就是无用。叶先生的学生、退休后去老年大学讲授诗词的徐晓莉也总要面对这样的问题。"诗词有'无用之大用'，就像底肥。"徐晓莉这样解答，"下了底肥的植物长得高大粗壮，喜欢诗词的人，路可以走得更远。"一听这话，有些老人就把家里的孙儿带来，课堂上出现了爷孙辈一起背诵、互相考问的温馨一幕。

诗词对于叶先生之大用，不仅在于患难时给予的抚慰，更在于内化成了她坚忍平和的气质。

叶先生一生中经历过三次大的打击——

第一次是1941年，考上辅仁大学的叶嘉莹刚刚开学，母亲去天津治病，谁知手术失败撒手人寰。那时候，父亲远在后方没有音信，沦陷区的两个弟弟需要照顾，叶嘉莹被突然失去荫蔽的"孤露"之哀所笼罩，一连写下8首《哭母诗》。次年，顾随先生来教唐宋诗。顾先生虽衰弱多病，但在讲课中所传递的则是强毅、担荷的精神。顾先生《鹧鸪天》中的"拼将眼泪双双落，换取心花瓣瓣开"和《踏莎行》中的"此身拼却似冰凉，也教熨得阑干热"，深深触动了叶嘉莹，她一改此前悲愁善感的诗风，写出了"入世已拼愁似海，逃禅不借隐为名"的句子，表现出直面苦难、不求逃避的决心。

第二次打击是1949年及1950年，夫妇俩在台湾"白色恐怖"中连遭幽禁，出狱后，丈夫动辄暴怒。为了全家生计，叶嘉莹承受着身心的双重压力。那时候，她喜欢那种把人生写到绝望的作品,比如王国维的《水龙吟》《浣溪沙》,仿佛只有这类作品,才能让她因经历过深刻痛苦而布满创伤的心灵,感到共鸣和满足。后来读到王安石《拟寒山拾得》的诗偈:风吹瓦堕屋,正打破我头。瓦亦自破碎,匪独我血流。众生造众业,各有一机抽。且莫嗔此瓦,此瓦不自由。(编者注:据叶嘉莹自述,她引用的王安石此诗与原诗并不完全一样,但她更喜欢自己记住的诗句。此处保留叶嘉莹所记诗句,特此说明。)此诗句恍如一声棒喝,使叶嘉莹对早年读诵《论语》时所向往的"知命"与"无忧"的境界,有了勉力实践的印证,并逐渐从悲苦中得到解脱。她默默要求自己:不要怨天尤人,对郁郁不得志的丈夫要宽容忍让。

第三次打击是1976年,结婚不满3年的长女与女婿外出旅游时,不幸发生车祸双双殒命。料理完后事,叶先生把自己关在家中,以诗歌来疗治伤痛。她写下多首《哭女诗》,如:"万盼千期一旦空,殷勤抚养付飘风。回思襁褓怀中日,二十七年一梦中。""平生几度有颜开,风雨逼人一世来。迟暮天公仍罚我,不令欢笑但余哀。""尽管写的时候,心情是痛苦的,但诗真的很奇妙。"叶先生说,"当你用诗来表达不幸的时候,你的悲哀就成了一个美感的客体,就可以借诗消解了……"

叶先生至今仍清晰记得开蒙时读到《论语》中"朝闻道,夕死可矣"时的震动:道是一个什么样的东西啊,怎么有那么重要,以至于宁可死去? 当生活以最残酷的方式让她从诗词里参悟缘由时,当她一次次从古诗词里汲取力量面对多舛人生时,道已渐渐亲近内心,让她无惧生死。

在叶先生九十寿诞时,温家宝写来贺信:"……您的诗词给人以力量,您自己多难、真实和审美的一生将教育后人……"审美,是所有苦难的涅槃重生。

冬日的斜阳中,她银发满头,眼神清澈,像一尊发光体,发散着祥和的光晕和欣欣的生命力,仿佛岁月眷顾,灾难从未来过。

词之弱德

叶先生在古典诗词研究上一个很突出的学术成果是,将词的美感特质归纳为"弱德之美"。

初中时,母亲曾送她一套"词学小丛书",叶嘉莹对其中收录的李后主、纳兰性德等人的短小令词十分喜爱。参照诗歌的声律,她无师自通学会了填词。

"词学小丛书"末册附有王国维先生的《人间词话》。王国维认为,宋人写的诗,不如写的词真诚。他还说,"词之言长""要眇宜修",意思是词给人长久的联想和回味,具有一种纤细幽微的女性美。

王国维的《人间词话》和张惠言的《词选》,是对后人影响最为深远的两套说词方法。尽管在很多看法上各有分歧,但对于词有言外之意的美感特质,两者都认同。但到底是一种什么美,两者又都没有说清楚。

"词非常微妙。"叶嘉莹介绍道,"诗是言志的,文是载道的,诗和文都是显意识的,但词不过是歌筵酒席上交给歌伎们去演唱的歌词,不受政治和道德观念的约束,内容大都离不开美女和爱情,被称作'艳词'。大家一开始认识不到词的价值与意义,以为都是游戏笔墨。陆放翁就曾说过,我少年的时候不懂事,写了一些小词,应该烧掉的,不过既然这样写了,就留下来吧。"

词兴于隋唐之间,流行于市井里巷,但正是因为摆不上台面,所以直到300多年以后的五代后蜀,才出现最早的词集《花间集》。此后一路发展,清朝时走向中兴。清代词人张惠言认为,词可以道出"贤人君子幽约怨悱不能自言之情",有言外引人联想的感发作用。

这就对判定词的好坏给出了一个标准,那么多写美女和爱情的词,其中能给读者以丰富联想的,就是好词。叶嘉莹说:"任何文学作品,都是内涵越丰富越好。比如《红楼梦》,每个人都可以从中读出他自己的一套道理来。"

只是,词的言外的情致,却很难形容。正如张惠言的继起者周济所言:"临渊窥鱼,意为鲂鲤;中宵惊电,罔识东西。"意思是:你在深渊边,看到水里有鱼在游,但看不清楚是鲂鱼还是鲤鱼;半夜被闪电惊醒,却不知道闪电来自东面还是西面。

叶嘉莹先生并不满足于这样的模棱两可。无论是鉴赏,还是讲解,都对她提出了新要求。从 20 世纪 60 年代至 21 世纪初,她结合词作,对传统词话和词论进行更细微的辨识、更深入的反思、更切身的体认和更全面的发展,将词的美感特质提炼为"弱德之美",从而给予词应有的文学地位。

叶先生认为,没有显意识的言志载道,这个最初让词比诗文卑微的原因,恰恰也是词最大的优势。写词时不需要戴面具,反而把词人最真诚的本质流露出来了。在诗文里不能表达的情感,都可以借词委婉表达。"弱德",是贤人君子处在强大压力下仍然能有所持守、有所完成的一种品德,这种品德自有它独特的美。"弱"是指个人在外界强大压力下的处境,而"德"是自己内心的持守。"行有不得者皆反求诸己",这是中国儒家的传统。

以"弱德之美"反观叶先生一生,经历了国破之哀、亲亡之痛、牢狱之灾、丧女之祸,却能够遇挫不折,遇折不断,瘦弱之躯裹一颗强大的内心,自疗自愈,同时传递出向上之精神意志,这不正是"弱德之美"的最好诠释?

中西观照

"叶嘉莹是誉满海内外的中国古典文学权威学者,是推动中华诗词在海内外传播的杰出代表。她是将西方文论引入古典文学从事比较研究的杰出学者。""在世界文化之大坐标下,定位中国传统诗学。"这两段,分别引自 2008 年"中华诗词终身成就奖"和 2013 年"中华之光——传播中华文化年度人物奖"的颁奖词,都称赞了叶先生运用西方文论将中国诗词推向世界的功劳。

对叶先生而言,她既无意标新立异,更无意标榜自己的博学多才,这只是在被迫的情状中为寻找突破而意外达到的一种效果——在美国密歇根大学和哈佛大学讲解诗词,尤其是不得不用全英文在加拿大不列颠哥伦比亚大学授课时,她发现自己原来的那一套讲课方法不完全适用于西方文化背景的学生。

"比如,你说这首诗很高逸,那首诗很清远;这首词有情韵,那首词有志趣;这句话有神韵,那句话有境界。你怎么表达?他们怎么理解?"

西方的诗歌和中国的诗词从根本上不同。叶嘉莹介绍道:西方的诗歌起源于史诗和戏曲,是对一件事情的观察和叙述,风格是模仿和写实的;中国从《诗经》开始就是"情动于中而形于言",是言志的,讲究兴发感动,很抽象。"西方的诗歌好比在马路上开汽车,道路都分得很清楚;中国的诗词像是散步,想要达到那种寻幽探胜的境界,必须自己步行才能体会得到。"

文化背景差异给中国古典诗词的海外传播造成的屏障如何突破呢?叶先生开始寻求外来的器用。"我这个人好为人师,其实更'好为人弟子'。我去旁听西方文学理论,还找来英文的理论书籍。想弄懂那些艰涩的术语非常吃力,可我还是一边查字典,一边饶有兴趣地看下去。"

"这个太好了,把我原来说不明白的东西说明白了!"对西方文学理论的研读,让叶先生豁然开朗。符号学、诠释学、现象学、接受美学……以这些理论为佐证,叶先生寻到了中国古典诗词在西方世界的悟诗之法、解诗之法、弘诗之法。

兴起于德国的现象学,研究的是主体向客体投射的意向性活动中主体和客体之间的相互关系,而中国古老的比兴之说,所讲的正是心与物的关系。西方近代文学理论中的符号学认为,作品中存在一个具有相同历史文化背景的符号体系,这个体系中的某些"语码",能够使人产生某种固定方向的联想,这个"语码"不正暗合了中国传统文化中的"用典"和"出处"吗?西方接受美学将没有读者的文学作品仅仅看作"艺术的成品",只有在读者对它有了感受、得到启发之后,它才有了生命、意义和价值,成为"美学的客体",这正好印证了诗词的感发生命。诠释学认为,任何一个人的解释都带有自己的色彩和文化背景,以此为依据,则可拓宽对中国古典诗词的诠释边界。

有了对西方文学理论的领会和借鉴,叶先生在加拿大不列颠哥伦比亚大学开设的中国古典文学课,在兴发感动之外又注入了逻辑和思辨的色彩,老师讲通了,学生听懂了,甚至听得津津有味。叶先生颇为得意地说:"刚教的时候,选读这门课的只有十六七个人,教了两年变成六七十个人。连美国教授听过我的讲演,都说我教书是天才。"

少儿诗教

古人说:熟读唐诗三百首,不会作诗也会吟。从小就背诗、吟诗的叶嘉莹,正是在吟诵中不知不觉掌握了诗词的声律。

"我是拿着调子来吟的。"叶先生随口吟起杜甫的《春夜喜雨》,"好雨知时节,当春乃发生。随风潜入夜,润物细无声……"婉转的古音绘声绘色。她特别强调:"'好雨知时节'的'节'字和'当春乃发生'的'发'字应读入声,现在的音调没有入声,可以用短促的去声代替。这样念,平仄才对。"

掌握了平仄,才会写诗。叶先生写诗,"从来不是趴在桌子上硬写,句子它自己会随着声音'跑'出来"。

叶嘉莹开蒙所读的第一本书是《论语》。《论语》中的哲理,随着她人生的旅程,得到愈来愈深入的体悟与印证,可谓终身受益。所以叶先生主张:"以孩童鲜活之记忆力,诵古代之典籍,如同将古人积淀的智慧存储入库;随着年岁、阅历和理解力的增长,必会将金玉良言逐一支取。"

叶先生回忆:"我小时候念李商隐的《嫦娥》:'云母屏风烛影深,长河渐落晓星沉。嫦娥应悔偷灵药,碧海青天夜夜心。'讲的是我熟悉的故事,我以为读懂了。等到我经历忧患之后,偶然给学生讲到《资治通鉴》'淝水之战'中苻坚乘着云母车时,我联想到了'云母屏风',忽然间被《嫦娥》这首诗中所蕴含的悲哀寂寞感动了。"

1995 年起,叶先生在指导博士生的同时,开始了少儿诗教。她与友人合编了《与古诗交朋友》一书,为增加孩子们的学习兴趣,她亲自吟诵编选的 100 首诗,给读本配上了磁带。此后,她还多次到电视台教少年儿童吟诵诗歌。叶先生还设想在幼儿园中开设"古诗唱游"的科目,以唱歌和游戏的方式教儿童们学习古诗,"在持之以恒的浸淫熏习之下,中国古典文化就会在他们心里扎根"。

但对于国内一些少儿国学班让不识字的孩子摇头晃脑吟诵经典这件事,叶先生是反对的。"学诗要和识字结合在一起,还要遵照兴、道、讽、诵的步骤。"叶先生介绍道,"这种古老的读诗方式起源于周朝,兴是感发,道是引导,讽是从开卷读到合卷背,最后才是吟诵。"叶先生拿杜甫的《秋兴八首》举例,"先要让孩子了解杜甫其人,知晓他的际遇,再在吟诵中感受诗人的生命心魂。这样才能'入乎耳,著乎心,布乎四体,形乎动静'。"

薪尽火传

为庆祝叶先生九十寿诞,北京大学出版社推出了精装精校版《迦陵著作集》,包括《杜甫秋兴八首集说》《王国维及其文学批评》《迦陵论诗丛稿》《迦陵论词丛稿》《唐宋词名家论稿》《清词丛论》《词学新诠》《迦陵杂文集》等8本。但最让叶先生骄傲和欣慰的,并非学术上的著书立说,而是另外两件事——

一件,是她将老师顾随先生当年讲授诗歌的8本听课笔记交由顾随之女顾之京整理出版。当年的同班同学看到由笔记辑成的《驼庵诗话》时惊呼:"当年没有录音,你这笔记简直就像录音一样。"在离乱迁转中,叶先生将这些笔记当作"宇宙之唯一",每次旅途不敢托运,必随身携带。作为一名听顾先生讲课6年之久的学生,叶嘉莹认为,顾先生的最大成就在于他对古典诗歌的教学讲授。"因为顾先生在其他方面的成就,往往还有踪迹可寻,只有顾先生的讲课是纯以感发为主,全任神行,一空依傍。是我平生所接触过的讲授诗歌最能得其神髓,而且也最富于启发性的一位难得的好教师。""所以我在听课记笔记的时候,那真是心追手写,一个字都不肯放过。"

另一件事与她近年来从事的中华吟诵抢救、研究、推广工作有关。到了海外之后,叶先生认识到古诗吟诵的重要性,于是请求她在台湾的老师戴君仁先生用最正宗的吟诵录下了一卷带子,包括古近体、五七言诗。戴先生不顾年事已高,把通篇的《长恨歌》和杜甫的《秋兴八首》从头吟到尾。这卷记录了最传统的吟诵方式的录音带被叶嘉莹带回大陆,送给从事吟诵推广的朋友。多年后,在考察一家幼儿园时,叶嘉莹惊喜地发现,小朋友吟诵时用的正是当年戴君仁先生的音调。

将"为己"之学转变为"为人"之学,这是一种逐渐的觉醒。"也许是因为我在中西文化对比中越来越感受到中华传统文化的宝贵,也许是我不愿意看到古典诗词被曲解被冷落,也许是我年岁大了自然想到了传承的问题。"叶先生说,"个体生命的传承靠子女,文化传统的传承靠年轻人。既然我们从前辈、老师那里接受了这个文化传统,就有责任传下去。如果这么好的东西毁在我们手里,我们就是罪人。"

15年前,叶先生将养老金捐献出来,在南开大学中华古典文化研究所以老师顾随先生的名号设立了"驼庵奖学金",既是对老师的告慰,也希望学子们透过"驼庵"的名称,担任起新一代薪火相传的责任。

叶先生曾在两首《鹧鸪天》中自问自答:"……梧桐已分经霜死,幺凤谁传浴火生……柔蚕枉自丝难尽,可有天孙织锦成。""不向人间怨不平,相期浴火凤凰生。柔蚕老去应无憾,要见天孙织锦成。"一边是忧心,一边是信心。而她能做的,只是吐尽最后一缕丝——90岁的叶先生仍然坚持每周授课。她说:"我是强弩之末了,不知道能讲到哪一天。"她几十年的讲课资料和几千小时的讲课录音,正在学生们的协助下陆续整理。"哪天我讲不动了,它们还在。"

(原载《时代报告·中国报告文学》2015年第3期)

我找不到别的捷径

江胜信

2016 年底，我为叶嘉莹先生撰写的 8 万字小传《讲诗的女先生》出版。此书被纳入李炳银老师主编的国家出版基金项目"中国精神——我们的故事"丛书。李老师之所以把极有分量的叶先生交给我来写，一个重要原因是，我在两年前即 2014 年底完成的短篇报告文学《诗词，滋养心灵的沃土——记中国古典诗词专家叶嘉莹》（以下简称《心灵沃土》）质量尚可，有幸进入了年度报告文学十佳排行榜。

2014 年夏末的一个周六，我去天津南开大学叶先生的居所听她讲课。美妙的听课感受自然被我放入了《心灵沃土》一文的引子部分。我相信很多人走近叶先生，正是通过听课，那么，此文不妨也通过"听课"，领着读者一起走近她。

叶先生是古典诗词专家，写她宜用相对典雅的笔调。为此，我在琢磨《心灵沃土》一文的结构时，先学习了叶先生创作的部分诗词。我抓住了她诗词中的飞鸟形象：一为大雁，如"又到长空过雁时，云天字字写相思"（摘自叶嘉莹《浣溪沙·为南开马蹄湖荷花作》）；二为凤凰，如"不向人间怨不平，相期浴火凤凰生"（摘自叶嘉莹《鹧鸪天》绝句其二）。我从关于大雁的这一句引出"雁去雁归"四字，又从关于凤凰的这一句引出"凤栖凤鸣"四字，分别作为《心灵沃土》上篇与下篇的小标题。

"雁去雁归"暗指叶先生的飘零命运。叶先生曾说过，"我被动的一生中，只有一件事情是主动的，那就是申请回国教书"。《雁去雁归》部分着重记述了叶先生被动的离散和主动的归国。她所经历的国破之哀、亲亡之痛、牢狱之灾、丧女之祸略微道来就足以让人唏嘘，她遇挫不折、遇折不断的柔韧品格不需渲染就足以让人敬佩。

"凤栖凤鸣"暗指叶先生的教书生涯。叶先生之所以能够执鞭杏坛 70 余年而依然坚守三尺讲台,不单是"老凤"的情怀在作支撑,还在于"老凤""幺凤""相期浴火",其中的欣慰之情流露于叶先生 2019 年初(戊戌冬日)为中宣部"学习强国"学习平台新创作的一首诗中:"中华诗教播瀛寰,李杜高峰许再攀。喜见旧邦新气象,要挥彩笔写江山。"

在上篇《雁去雁归》中,我有意识地强化了几组对比,比如 1948 年,24 岁的叶嘉莹出嫁南下,本以为很快回京,没想到再回来时青丝已飞霜;她渴望回到故乡,却像扁舟一般漂到中国台湾,漂到美国、加拿大,越漂越远;1974 年终于回到故土,她最想见的是伯父和恩师顾随,他们却都已经驾鹤西去……

在下篇《凤栖凤鸣》中,写作技巧不重要,重要的是领会叶嘉莹先生是怎么做到有教无类的,她怎么看待古典诗词的功用,她在词学研究方面有什么独到发现,她如何用西方文论解读中国诗词,她如何担起传承大业……这就需要对她相关书籍的阅读、领会、提炼了,除此我找不到别的捷径。

一个村庄的抗战血书

铁 流

一

车出小城，闹市的喧嚣被甩在了车轮后，再前行，有牛羊鸣叫，乡土气息渐浓，路旁的绿树，如两条玉带蜿蜒远去，迎面是无边的田野，葱茏的庄稼刚经了一场透雨，显得格外茂盛茁壮。

"很快就到板桥泉镇渊子崖了。"

同来的莒南县党史办的人随口说道。

听到"渊子崖"三个字，我的心中不禁遽然一紧，眼神从田野一下子收了回来。

"渊子崖"是我最近心中一直念叨的名字，在我的脑海中不知滚过了多少遍的名字。

车子在村口戛然停住，我的心一热，渊子崖，我们来了！我急切地搜寻着什么，可根本找不到我想要的东西，眼前的渊子崖村房屋林立，街道整齐划一，到处透着农家日子的殷实和富足。

党史办的人看我怅然的样子，笑笑，指着不远处道："看到那个塔了吗？渊子崖自卫战纪念塔!"

"快!快!"

我连声催促,抬步就走。

耸立在村北面的"渊子崖自卫战纪念塔",建于 1944 年,塔身为六角七级,正面碑文是渊子崖自卫战简述,犹如一幅惊心动魄的画作,寥寥几笔,就勾勒出了当年那个残酷的血腥场面。背面刻的是在这场自卫战中战死村民的英名,他们虽都不是军人,但皆以烈士相称,这百余人的烈士中,既有 80 余岁的耄耋老人,也有 10 多岁的青涩少年,其中,妇女战死 10 人,有老妪,也有花一般的少女。塔的两侧是开国上将、时任滨海军区司令员陈士榘等人及县参议会题词。参议会的题词是:"云山苍苍,沭水泱泱;烈士之风,山高水长!"

在战事繁杂的烽火年代,为农民立塔以志纪念,可见其重要。

更撼动人心的,还有那封至今都还口口相传的"抗战血书"。

70 多年前的那场自卫战随着时间之梭湮没在了历史深处,立在塔前,俯视着丘陵下恬静的村庄,听着远处偶尔传来鸡鸣狗吠,我恍惚中站在了历史的交会处,一边是枪炮声和喊杀声,一边是祥和的生活。如果你记忆中没有存储这段血染的史文,你能相信就是在这片土地上,在这个普普通通的村子里,发生了一场中国抗战史上村民自发组织的规模最大,也是最悲壮、最具民族不屈精神的自卫战吗?要知道,这群世代躬耕土地的农民,面对的是武装到牙齿的日本正规军。据老人说,血战过后几年里,被战火焦化的土地还能嗅到异味,当年惨烈可见一斑。

渊子崖自卫战不久,滨海军区司令员陈士榘很快就把这一战事上报中央,红色电波穿越千沟万壑迅速到了延安,正在窑洞里批阅文件的毛泽东从椅子上腾地一下站了起来,拍着桌子连声道:打得好!打得好哇!日本鬼子的武士道精神在我们农民兄弟面前都不灵了!如果全中国人民,都有渊子崖村农民这种不怕死精神,任何侵略者都统统会被打败的!

　　话毕,毛泽东深深吸了口烟,伸手拿起案头上的毛笔,挥毫写下了这样几个字:村自卫战的典范。

　　随后,毛泽东沉思片刻,写下了一篇高度评价"渊子崖自卫战"的短文,文中道:抗日战争村自卫战,渊子崖是典范! 他随后告诉秘书:通知《解放日报》,明天见报!

　　第二天,《解放日报》配以社论发表了毛主席的这篇文章,此文虽短,可发聋振聩。

　　渊子崖被誉为"抗日第一村",名震中外,当时的日本《大阪每日新闻》都作了报道:皇军1000余人包围了渊子崖,开始虽遇上强大抵抗,最终将其攻陷,敌人伤亡无数,云云。

　　一声雷动,群山回应,渊子崖自卫战很快传遍了四方,在全国抗战军民中引起了强烈反响,正在沂蒙山崇山峻岭中与日寇浴血奋战的115师代师长陈光、政委罗荣桓把毛泽东的文章传达给了全军指战员,还特邀请渊子崖幸存的自卫队员来现场讲述。

　　数日的采访,穿梭在时光的隧道,徘徊在历史的长廊,我那颗原本平和的心在血与火的交织中煎熬着,凝视着被岁月暗淡了的纪念塔碑文,已经远去的渊子崖自卫战渐渐浮出历史的水面。

二

　　渊子崖立于沭河东岸,离沭河几箭之遥,有350余户人家,1500余口人,在当时算是大村。20世纪20年代初,土匪如蝗虫般密集,且日益猖獗,他们昼伏夜出,骚扰四乡八村,渊子崖为抗击匪患,发动男女老少筑围墙修炮楼。从远处端详,渊子崖就是一座密不透风的城堡,墙高5米,厚的地方1米有余,围墙上建有大小炮楼10余座,东南西北各有双扇木门,每至夜晚,都是双门紧闭。墙内搭建了成排木架子,一旦有风吹草动,自卫队员即可各就各位,通过墙上无数垛口、枪眼予以还击。村内安置自制土炮 9 门,每门重达 30 公斤,射程 250 米,自卫队员手里还有各类土枪 10 余支。村民自幼尚武,村里有一林长老,鹤发童颜,武功了得,冬闲之时,他开场子为男男女女走拳授武,能武者甚多,外村笑称渊子崖的狗都会打拳,足见渊子崖村民的彪悍。1927 年 6 月 23 日,一股土匪夜袭渊子崖,被村民一顿痛击,所捉头目当场被村民斩了脑袋,其他作鸟兽散。

当年幸存自卫队员林崇岩、林庆栋等人,如今大都已经故去,前几年,他们每每向后人回忆起往事的时候,都斩钉截铁地说:没一个当逃兵的! 每年的这个时候,林崇岩车轱辘一样念叨:就是这一天开战的,汉奸梁化轩是个引子,是他勾来了小日本,那叫个撕心裂肺呀,从天蒙蒙亮,一直打到了大晚上!

梁化轩的确就是导火索,这是他几年后被捕时交代的。

那个日子应该从 1938 年说起。这年开年的两日,在隆隆的炮声中,日军攻占了地处沂蒙山腹地的蒙阴县,八百里沂蒙,陷入了侵华日军的铁蹄下,每一寸土地,都在炮火中战栗着。

同年的 9 月 29 日,中国共产党六中全会在延安桥儿沟召开,会上,毛泽东提出了向山东派兵的主张,不久,山西八路军总部接到了毛泽东派兵的亲笔书信。翌年初春,八路军 115 师在罗荣桓的率领下,昼夜行军,千里跃进沂蒙山,由此拉开了沂蒙军民血战侵华日军的序幕。

1941 年 3 月,八路军 115 师进驻莒南,几年后,山东省政府又在此成立。当年,刘少奇、罗荣桓、朱瑞、陈光、黎玉、萧华、陈士榘、谷牧等人曾长期在莒南战斗过。莒南一度成为山东省党政军指挥中心,被誉为"小延安"。那个时候,渊子崖地处敌占区和根据地的交错处,这里群众基础好,村民都有血性,党组织和八路军为了尽快落脚生根,拟把渊子崖作为抗日堡垒村,就在 115 师进驻莒南后的阳春 5 月,115 师战士剧团、山东纵队突进剧社、抗大一分校文艺工作团等八大剧团在渊子崖进行了 10 天文艺大会演,节目有《下关东》《回到前线去》《生产大合唱》等。渊子崖当时日日歌声飞扬,天天唱响英豪。

这么多剧团同时在一个村庄演出,战争年代还是鲜见,据说政委罗荣桓曾担心招来敌军,虽做了周密部署,但这位久经沙场的老兵还是捏了一把汗。当时,渊子崖家家户户都住进了文艺兵,村民林福祥家里来的女兵柳絮,长相洋气清秀,用村里女人的话说,那眉眼都能笑出花来。林九兰笑自己的老婆:你看人家那个女兵,走起路来像个天仙女似的,再看看你,走起路摇来晃去的没个章程。

这个花一样女兵的到来,开始让林福祥家慌成了一团,他们担心家里太脏,让这个洋娃娃别扭不习惯,到了晚上林福祥的老婆道:她爹,你看人家这闺女从头到脚水洗的一样干净,咱这灰里土气的家咋能容下她呀?柳絮看出了门道,笑吟吟地道:大娘,军民是一家,你可别拿我当外人。林福祥的女儿林欣刚过18岁,床上虽洁净,可席子又破又烂,躺上去能扎得肉疼,可柳絮一点不嫌弃,脱了外衣就上了床,还笑着在上面打了个滚,床一阵咯吱咯吱响。

接下来一件事,感动了全村人,让全村人都伸出了大拇指。林福祥患有哮喘,开春更是雪上加霜,这天上午,林凡义、林九兰正在福祥家闲聊,福祥喘着喘着像拉风箱一样急促起来,脸也憋成了紫茄子,须臾,福祥就躺在地上张大嘴巴翻开了白眼。大家正不知所措,柳絮说我来,奔过来俯下身子嘴对嘴就吸了下去,接着一扭头,一口带血丝的浓痰吐在了地上,林福祥哎呀一声缓了过来。林九兰盯着柳絮,又看了眼那口带血丝的浓痰,哇的一声吐了起来,福祥的妻子赶忙端来一碗水让柳絮漱口,她擦着眼泪道:闺女,你可救了她爹一条命呀!周围的人一脸骇然,最后都唏嘘不已。林凡义道:就是一家人又能怎么样?共产党是真真实实地为咱老百姓的!林九兰满村里赞叹:我这条命从这以后就交给他们了。

中国炮兵之父、时任中共山东分局书记的朱瑞和115师政治部主任萧华走街串巷、进门入户,对村民嘘寒问暖,宣传抗日道理,恰巧这天萧华来到林福祥家,林欣当面向萧华提出参军,林福祥见萧华一时没说话,就给女儿说情:这闺女从小喜欢唱歌,收下她吧,交给自己人我放心!林欣参军没几个月,后在渊子崖自卫战中牺牲。

犹如干柴遇上了烈火,渊子崖村抗日热情日益高涨,村里成立了党支部、村政权、农救会、妇救会等各级组织,时年 19 岁的林凡义被推为村长,34 岁的共产党员林庆忠为副村长。

林凡义中等个子,瘦瘦的,面皮白净,他性格刚烈,不屈不挠,虽年龄不大,却主意多有见识,在村里一呼百应,号召力强。都说嘴上没毛,办事不牢,可林凡义一肚子的主张和门道,在村里有着很高的威望。渊子崖有 9 族,每族推出族长,9 个族长选一人为村长,林凡义年龄最小,却被众人一致推为村长,可见他的为人和威信!

多年后,林凡义的儿子比画着这样描述他的父亲:大战前夕,我父亲把棉袄唰的一声脱了,随手往脚下一摔,几步就蹿到了南大门高高的木架子上,大冬天的,他就光着两个膀子,挥起那把心爱的虎头大刀,瞪着一双血红血红的眼吼道:"我们不当软蛋!"

从 1941 年 9 月始,日军第 12 军司令官土桥一次中将调集 5 万兵马,分赴沂蒙山。出兵前,土桥一次中将扬言:踏平沂蒙山,消灭罗荣桓部,让沂蒙山根据地变成死地、绝地! 土桥一次把 32 师团和独立混成第 10 旅团置于新泰、蒙阴、平邑、费县地区;派第 21 师团和独立混成第 5、第 6 旅团于沂水、莒县地区;把第 17 师团主力、第 33 师团一部置于临沂地区。

在后来公布的日军作战日志中发现,土桥一次企图封锁临沂、沂水、蒙阴三角地带;而后,用多路、多梯队并进,以达到合击目的,最终形成对沂蒙山区的全面"铁壁合围"。

日军的这次大行动,为不久后的渊子崖自卫战埋下了伏笔。

日军的嚣张气焰,让众多汉奸挺直了腰杆子,出头鸟则是汉奸队长梁化轩。梁化轩 30 岁左右,脑袋瓜子多是点子。沭河、沂河,是沂蒙山的母亲河,抗战时期,沭河以西乃是日寇老窝,河东为根据地,在敌占区小梁家据点,多以汉奸为主,梁化轩就是这个据点的队长。1941 年旧历十月的一天清晨,梁化轩正在屋里闭目养神,汉奸队副队长孟金龙推门走了进来,他咳嗽两声道:大哥,又在想啥? 梁化轩睁开眼,不耐烦地说:想啥? 你猪脑袋呀? 已经年尾了,我在想怎为弟兄们打打牙祭！你有啥点子？孟金龙嘿嘿一笑：我就是为这事来的，皇军正在扫荡，咱们也得浑水摸鱼，召集各庄村长开会，布置下去，让他们备米备面，杀猪宰羊！

梁化轩哈哈一笑：说到我心坎上了！孟金龙拍了一下桌子：我这就通知去！梁化轩一挥手：慢！光有喂肚子的还不够，还要大洋。渊子崖那帮泥腿子，腰粗着呢！让他们出1000大洋，少一个子儿都不行！孟金龙闻言笑出了声：大哥真有你的，这年头光混个肚子圆还不行，还得硬通货！孟金龙说完，哼着小调走了。

下午，梁化轩就在白常村召开了村长会，他见渊子崖村长林凡义没到，只来了林兆岭、林崇义两个村民，立刻暴跳如雷，摘下帽子往桌子上一摔：渊子崖就是个难剃的头，老子偏就给他剃了！随后写了个条子，对俩村民吼道：你留下，你回去送条子，老子就不信这个邪了！

林兆岭捏着条子，拔腿就向渊子崖方向跑去。

村长林凡义接过林兆岭手中的条子，看了眼，一下子撕了个粉碎，他一字一顿道：你回去告诉他，鸡、鸭、鱼、肉、面、钱都有，就是没有他的份儿，老子不能把他们喂饱了当小鬼子的狗腿子，干些自己人打自己人事！听蝲蝲蛄叫，我们就不种庄稼了？！来一个杀一个，来一双杀一双，渊子崖的父老乡亲一点都不含糊！说完，他手起一刀，一棵碗口粗的小树被齐腰斩断。

林九兰哼了一下鼻子：共产党八路军是咱真真的贴心人，咱的米面是留给他们吃的，绝不给这帮狗杂种一粒米、一把面！

30多岁的林九兰虽顶了个女人名字，实是个铁骨铮铮的男子汉，长得虎背熊腰、膀宽腿长。

林庆海道：奶奶的！困死他狗汉奸，饿死他小日本！饿得他们扛枪扛不动，举枪打不响！

林凡义点了点头道：兵来将挡，水来土掩。大家伙分头准备去吧！

梁化轩听了村长林凡义的回话后，恼羞成怒，他朝着孟金龙吼道：给老子集合队伍，今天我就要给渊子崖一点颜色看看，让这帮泥腿子也知道马王爷到底有几只眼睛！

太阳刚偏西，就在渊子崖每家每户备战之时，梁化轩率伪军150多人来叫阵了，梁化轩还要往前拱，被孟金龙一下子拽住了：大哥，渊子崖可不像其他的村，个个彪悍，手里都有家伙！当年土匪也怵他们三分呢。梁化轩愣了一下：怕啥？攥锄头把子的手能干过我正规军？我这快枪是吃素的？梁化轩嘴上这样说，还是后退了几大步，他瞪了瞪眼：给我喊话，要是不老老实实把礼送出来，我眨眼工夫就攻进去！

孟金龙咳嗽一声，仰起脖子喊道：林凡义，你别敬酒不吃吃罚酒，该进贡进贡，该送大洋送大洋！

孟金龙话音未落，一阵石子如冰雹般落了下来，几个伪军被砸得鼻青脸肿，鲜血横流。

梁化轩红了眼：妈的，用石头砸，小孩过家家呀！你们渊子崖就这点出息呀?！冲上去给我狠狠打！

林凡义手握大刀环视一下左右：靠近了打！见伪军已近围墙，林凡义挥刀吼道：下家伙！一时间土炮齐鸣，跑在最前面的伪军像割麦子一样倒下了一片。梁化轩的左脸划破了，血淋淋的。他愣住了：这渊子崖还真有几下子。说着捂着伤口扭头就跑，队伍也跟着像潮水般退去。林凡义见状喊道：杀出去！说完就跃下了木架子，自卫队员手持长矛、大刀、土枪冲出了渊子崖，一个个踢、打、摔、拿、跌、击、劈、刺，甚是了得，伪军丢盔弃甲，纷纷向沭河西岸遁去。梁化轩败在庄稼汉手里，心有不甘，边跑边发狠：要血洗渊子崖。

渊子崖首战告捷，区长冯干三来到村里大加褒扬，他鼓励一番后道：估计他们还会卷土重来，一定提高警惕，小心应付！冯干三还有别的任务，临行他又嘱咐林凡义：渊子崖多年积累了些基础，再加上人人勇猛，暂时胜了一仗，可毕竟他们都是些训练有素的队伍，特别是日本鬼子，更是不可小看，据八路军同志说，他们不仅作战凶猛，还有勇有谋！紧急时候，马上派人通知区里和八路军！

林凡义其实也意识到了这一点，晚年他回忆道：咱农民在庄稼地里锄、耙、耕、种,可以说样样精通,可打仗咱是外行,那真是擀面杖吹火一窍不通。当年我带着大伙抗击日寇,说白了咱就是靠着一股子血气和血性,一股子精神,不是你死,就是我活!

林凡义连夜动员,全村男女劳力无一缺席,修炮楼固工事,男女老少都往围墙下运送大小不等的石头。妇救会会长春妮率妇女把家家户户储存的炸药、铁砂子分送到各炮位。数百自卫队员,分9个小队,分段守卫,他们手里武器不一,除了大刀片,还有菜刀、铡刀、锄头、耙子、镢头、锨。过去渊子崖为方便八路军进出,杀了全村的狗,又在围墙掏了数个窟窿,大家也一一堵上。

让林凡义放心不下的是那批数千斤的粮食,这是渊子崖乡亲从牙缝里省出来支援八路军的。日军进入沂蒙山后,扬言要困死八路军,艰难时日,指战员常以树皮、野菜充饥,渊子崖村民尽管饥寒交迫,可勒紧腰带也要接济八路军,有时断了炊,也没有动那一粒粮食。

村长林凡义曾拍着胸脯子对115师政治部主任萧华下保证:渊子崖就是咱八路军的粮仓,我们的肚皮就是饿得贴到后脊梁了,也要让你们吃饱肚子打鬼子!

也就是这天晚上,全村男女老少都聚到了林凡义家的院子里,林凡义看着面黄肌瘦的乡亲们,很久没有说出话来,他一时开不了这个口呀。沉默了一会儿,林凡义道:父老乡亲们,粮食是咱们的命根子,可也是八路军的命根子,他们吃饱了,才能和小日本干呀!咱们要保证一粒粮食都不能落到小日本和汉奸的手里!我也知道,现在有的户要断粮了,可再怎么样,咱也不能动那些省下来准备送给八路军的军粮。咱们先想想办法,有粮的户先接济一下没粮的,要不就到亲戚家化化缘。

林九兰道:这些粮食是大家伙饿着肚子省下来的,当初家家户户拿出来,就没想着再拿回去!林九星老人道:父老乡亲们哪,咱们一尺布做军装,一个儿送战场,一粒粮食也要做军粮啊!就是饿昏了也绝不去动那些粮食!众乡亲都纷纷响应。林九星将了将长须道:渊子崖还没干过不讲规矩的事!空口无凭,咱们得立下个保证书。

大家你一言我一语,随后,林凡义口述,村文书执笔,写下了后来被称为"抗战血书"的信,全村人除了幼儿,都签上自己的名字,最后又咬破手指在自己大名上摁上了血印。随后,这封信连同粮食被埋在了一间老屋子里。

一夜平安无事,渊子崖很多人议论,这一伙汉奸肯定吓破了兔子胆,他们不敢来了,嘴上吆喝得厉害,说白了就是软蛋子。林凡义见有人放松了绷紧的弦,就黑着脸道:他们可不是吃素的,咱谁也不能泄了气,眼睛都一个个瞪圆了! 渊子崖的人不知道,梁化轩与孟金龙正密谋借刀杀人,给渊子崖一个下马威!

一场血战已经逼近渊子崖。

三

1941 年的初冬,天气还不是很冷,尽管庄稼人都穿上了棉袄,可渊子崖周围的一些河道还没有结冰。12 月 19 日这天早上,空气中竟还有丝丝的暖意,像初春一般,清晨的河面上,偶尔还能看到几只在河里扑腾的鸭子。城堡似的渊子崖在鸡鸣声中醒来了,牛羊叫声此起彼伏,一缕缕炊烟同往日一样飘向了空中。短暂的平静,让人们暂时忘记了战乱年代带来的伤痛。

可枪声还是很快打破了乡村的平静。枪响前林凡义正在自家小院里劈木柴,忽听外面锣声大作,铁哨子也响得急促,知道又有新情况了,他提起身边的大刀就走,这时枪声划破了清晨的寂静。

林凡义和林庆忠碰头商量了,就分头调兵布阵。林凡义登上木架子细看,见还是梁化轩的汉奸队,就稍稍松了一口气。

18 岁的林庆玉哈哈笑了:还是那天的王八羔子,看来又欠揍了!

说话间,枪声骤然密集起来,林凡义觉得有些奇怪,暗下思忖:这么远就没有目标地打枪放炮干什么? 照这样下去渊子崖毫发无伤呀。林凡义此时没有想到,一队千余人的日军正向渊子崖扑来,此部队为驻新浦日军,被调到沂蒙山执行"铁壁合围"任务,正要西渡沭河返回驻地,听到枪声,骑在高头大马上的日军联队长坂田翻身下马。

40多岁的坂田是中国通,他摘下望远镜连忙向远处查看,翻译官张明见状跑上前来:太君,枪声在渊子崖,渊子崖八路大大的。坂田大喜道:用你们中国人的话说,踏破铁鞋无觅处,得来全不费工夫!这下找到八路踪迹了!坂田拔出军刀一挥:进攻渊子崖!

后来据说,梁化轩先行与张明通了气,张明在这一刻正好乘机进言。

日军联队途经刘家庄时,恰逢刘家庄逢集,密集的人群挡住了去路,日军一时性起,便放枪驱赶。几年前,1938年5月30日,农历五月初二,日军飞机呼啸而至,对着刘家庄集市一阵枪弹,当场死亡300余人,伤200余人,刘家庄惨案,震惊了全国。

刘家庄与渊子崖相隔不远,立在渊子崖的围墙上,集市便能尽收眼底,林凡义听到远处枪声,扭头向刘家庄方向望去,只见一队人马正向渊子崖赶来,是日本鬼子!林凡义这才恍然大悟,脱口道:怪不得汉奸队乱打一气呢,这是在勾引小鬼子呀!正说着,门外一阵嘈杂,林凡义见下面有一货郎和几个推车子的人,小货郎跳着脚喊:俺们是赶集的,还没到集市就听到枪响,快让大家伙进去避避难吧!林凡义见日本鬼子已经逼近了,急忙让人开门放小货郎他们进来。

渊子崖村南有河,北为大沟,日军由北而来,前面是马队,接着是路队,后面是炮兵,浩浩荡荡的,真是大兵压境,梁化轩老远就跑到了坂田面前,一惊一乍地道:太君,渊子崖有大大的"小毛猴",有大大的军粮哇。坂田一愣:什么的小毛猴?梁化轩一笑,连忙道:小毛猴就是八路军!坂田摇了摇头:八路军可不是小毛猴,是大猩猩,懂吗?随后冷笑一声:大大的好!你带队从南面上!说完一挥刀,日军从西北方向呈扇形包抄过来。此时,战马嘶鸣,马队在外围扬起一阵阵尘土。上午的阳光格外明亮,渊子崖人放眼望去,开阔的田野里黄压压的一片,枪刺闪着明晃晃的光。丘陵高处,日军几十挺轻重机枪一字摆开。大炮口徐徐而起,黑洞洞地瞄了过来。

这阵势让渊子崖村民倒吸了口凉气,不知谁道:这家伙,比汉奸凶着呢!有人开始慌了:村长,看这架势厉害着呢,鸡蛋碰不了石头的,咱还是逃命吧!林凡义这时已经脱去棉袄,上身只剩下件贴身的白坎肩,光着膀子挥了挥手中的刀,大声吼道:谁再喊逃,我先砍了他!看这阵势,我们还能逃吗?杀一个鬼子值,杀两个鬼子赚!我们拼了!

林崇岩当年正是风华正茂的少年郎,60多年后,他已是风烛残年,佝偻着腰,说话有气无力的,可回忆起林凡义那番话时,林崇岩的那声"拼了!",竟也掷地有声,声若洪钟。

坂田对翻译官张明道:喊话!张明心领神会,他点了点头,挺起胸脯叫了起来:乡亲们,太君说了,只要开门投降,交了军粮,交了八路,一个不杀,要是来硬的,一个不留!

昨夜留在村内的区武工队副队长高秀兰这时开了一枪,一个日军应声倒地。坂田听这清脆的枪声,是三八大盖,断定渊子崖果真有八路军,他大刀一挥,日军大炮轰鸣起来,几十发炮弹呼啸着落进村里,一时间,响声四起,烟尘滚滚。短短时间,村内死伤10余人。有几发炮弹击中了围墙,只在围墙上留下了几个小坑,子弹打在上面,竟无痕迹。渊子崖围墙当年都是用三合土夯实,坚硬又有弹性。大家见围墙安然无恙,都松了一口气。有人耐不住了,从架子上探出头来看,引来了机枪一阵鸣叫,一颗子弹击中了林清臣的额头,他哎呀一声就倒了下去。

林凡义急了:你们这是找死呀?!都卧下!等上来再打!说话工夫,日军攻了上来。林凡义一声打,土枪土炮呼啸起来,土炮中厉害的当数"五子炮",五子炮有五个炮核,一炮过后换下一个,退下的炮核再添上子弹备用,所谓子弹无非就是些铁砂子碎铁片。该炮射程数百米,发射时呈扇形。

这时几炮下来,日军就在围墙外留下了10余具尸体,其余人纷纷退去。日军第一轮攻击被坚固的围墙挡在了外面。

坂田用望远镜对渊子崖一一查看,看得很慢很专一,不放过蛛丝马迹,林凡义从围墙炮眼中看到了坂田的举动。遽然,坂田的望远镜转到村东北角停下了,坂田反复端详着,林凡义心里咯噔一下,糟糕!敌人看出破绽来了。

渊子崖村堡修建多年,随着村民日渐增多,再也没有空地修房盖屋,大家便傍村盖起了新房,修筑了围子,新围墙草草了事,薄且不坚固,谁也没想到有一天会用它来抗倭。可数年之后,这段由村堡衍生的围墙,却成了渊子崖人的一个沉痛的梦魇。

坂田收起望远镜,挥了挥手,一个持小旗的士兵向东北角摆动起来,日军开始向村东北角运动,几匹马拉起大炮也赶了过去。

林凡义最担心的事最终还是发生了,他抹了一把额头上的汗珠,对身边的林清杰、林庆海道:那面墙就像纸糊的,快把五子炮调到东北角去!林清杰几人抬起五子炮就跑。老围墙外的这片房子,村里人称其东北圩子,住着林秉彪、林秉铎两堂兄弟,秉彪膝下5子,秉铎有6个男丁。在这场自卫战中,他们家战死10余人,几近灭门。

在日军向此运动的时候,林九兰和林九乾等人将土枪土炮已经准备停当。林九兰提着把大铡刀,瞪着一双虎眼左右巡视着。在渊子崖,提起林九兰,无人不伸大拇指。林九兰人送绰号"林老七",在秉铎膝下排行老四,年方三十,方脸红面,一米八几的身材,力大无比,声如洪钟。

九兰命运多舛,村里人都说他克妻,第一个老婆病故,岳父念及九兰好处,就把小女送来续弦,拜堂不久,媳妇又暴病归西,三媳妇进门没几年,又撒手而去。有人叹息,九兰宽宽的胸脯,咋就睡不下一个小女人呢?九兰也自叹命运不济,一时变得心灰意冷,恰巧本族里一个嫂子寡居,九兰常对女人帮衬,日久生情,水到渠成,两人欲成家立业,族长觉得伤风败俗,大怒,随之横加阻拦。九兰生性倔强,哪屑于这些陈规陋习,择日便与寡嫂拜了天地,让渊子崖的人刮目相看。

日军第二轮强攻开始了,四门大炮连同若干钢炮朝着东北角一番轰炸,炮弹像密集的冰雹一样砸了下来,几间木匠铺瞬间被夷为平地,围墙也被炸出了一个缺口。一队日军在小队长松田指挥下冲了上来,东北角几十名火炮手各就各位,日军近了,林九兰、林崇松点燃了五子炮,爆炸声后,日军倒下了一片。

日军十几挺机枪同时响起,在围墙上织成了密集的火网,炮手林久胜脖子一歪倒了下去,旁边有人把他拉到一边用麦秸盖了起来。日军见对方被机枪压住了,再攻,又败。林长老的腿被日军子弹打瘸了,林凡义劝他下去,林长老拗不过,向村里走去,边走边道:我回去制土弹,炸这帮狗孙子!

双方再次对峙起来,林凡义让自卫队员尽快休整。村里的女人肩挑手抬,送来了一担担热饭热水。菊花提着一个大桶赶了过来,林九兰正在往墙下抱石头,看到妻子菊花道:啥好东西?菊花道:炮弹落到家里,炸死了几只鸡,我炖了给大家伙吃。说完摆开一溜儿碗,把汤肉一一分到碗里。林九兰招呼大家:都过来尝鲜,老子刚有了儿子,运气算是来了,本想过几天好日子,这小日本就眼红了。来,吃饱了好杀这帮孙子。林秉彪、林秉铎哥儿俩都年逾七十,两人抽了几口长烟杆,又拿起了鱼叉和镢头上了木架子。林欣头上是女八路发型,为了不暴露身份,她继母给她编了一个假纂。

林欣说要唱首《大刀向鬼子们头上砍去》,刚唱了个开头,红晕就飞上了双颊,在父老面前她羞得再也张不开口。父亲林福祥见大家都竖着耳朵想听,喘了几口粗气道:都是一家人,有啥不好意思的?林欣抿嘴一笑,放开嗓子唱了起来。

这一刻,林凡义和林庆忠正在各段巡视,林凡义嘶哑着嗓子一直没停:准备打大仗!恶仗!

林凡义对林庆忠说:看准机会得把老人、妇女、儿童转移出去,不能等死。林庆忠点了点头:看这架势很难,出去几个算几个吧!区武工队副队长高秀兰道:一会儿把火力全用起来,掩护乡亲们出去。林凡义扭头对林欣说:你当八路也几个月了,起码有些经验,你带父老乡亲走。林欣点了点头。几个老人闻听,坚决不同意,林秉彪说:要死就死在一起!林凡义红着眼道:乡亲们,这样咱们不值当的呀!

一切准备停当,自卫队员的土炮响了起来,南门慢慢地开了,几个村民刚跑出门口,就被日军的机枪扫射在地,其他人马上缩了回去,林欣胳膊上也挂了彩,幸亏只被子弹擦破了点皮。

坂田势在必得,间隙,他观察了一下前方,又低头察看士兵伤口,骂一句八格!这伤不是正规兵器打的,这里没有八路军,围子里面统统的都是老百姓。言毕,他重新调兵布阵。

日军继续重点强攻东北角,同时也兼攻其他墙段,想以此引起渊子崖恐慌,首尾不能相顾。太阳刚偏西,坂田又发动了新的攻势,密集的炮声过后,东北角围墙被炸开了,村民被埋在了土里,死伤无数,林凡义疯了一样地叫道:堵住缺口!为首的鬼子冲了上来,20多岁的林端午抡起铡刀就砍,一下子斩掉了鬼子的脑袋,再次把刀举到半空时,一个日军刺穿了他的肚子,端午刚吃过豆腐,白花花的豆腐从肚子里撒了出来。林九宣见儿子倒在了血泊里,号叫一声,举起长矛扎进了一个日军的胸脯里,他刚抽出长矛,一个鬼子端着枪转身向他刺来,林凡义一刀劈在了鬼子的后脑勺上。一番厮杀,林九宣已身中数刀,靠着围墙坐了下去,墙壁上留下了一片鲜血,他吃力地说:凡义,就是剩下一口气,咱也要拼出渊子崖爷们儿的血气来,就是死也要死出个好模样来!咽气后的林九宣眼睛还瞪得圆圆的。

林凡义虎啸一声:小日本鬼,我杀了你们这帮龟孙子!林凡义吼着,抡圆大刀扑到了两个日军面前,正拼杀中,膀大腰圆的林九乾提刀冲了上来,嘴里发出一阵咻咻声,他手起刀落,一个日军被砍翻在地,机枪响起,林九乾的胸脯成了蜂窝状,保持着一个举刀的动作倒了下去。林九乾的妻子梅花正运弹药,见状拿起脚下的镢头就扑了过来。九乾还在喘气,凡义俯身去拉,一把刺刀陡然抵在了他的脑门上,反击已经来不及了,凡义下意识地眨巴了一下眼睛,正等着挨这一刀时,日军慢慢瘫倒在了地上,林凡义看去,见梅花正举着一把大镢头。他顾不得说什么,转身杀将而去。梅花满脸茫然,一屁股坐在了九乾的尸体旁。

喊杀声弱了,日军退去,但见四处尸体密布,一汪汪流淌的血水,在冬日的寒风中,渐渐凝固了。林秉彪提着鱼叉跑来,见旁边坐着一个披头散发的女人,像雕塑一样动也不动,他推她一把吼道:人都死了,还坐他身边发什么呆?快起来运石头!梅花见是公公,一下子哭出了声:爹,九乾他死了!林秉彪在尸体面前愣怔了一下,见儿子两眼圆睁,嘴巴也张着,好像在大喊什么,就扭身抓过旁边的一捆麦秸盖在了九乾脸上,抹了一把眼道:"孩子,快站起来!现时顾不上这些了,站起来和小鬼子拼到底!"说毕,扛起门板堵在了缺口上。林崇州扛着门板也赶了过来,刚至缺口,一发炮弹落到他身上,门板被炸得粉碎,林崇州身体全无。炮火间隙,机枪又响了起来,男男女女把一筐筐石头、一袋袋沙土往缺口送,不时有人倒了下去。林九臣的妻子林王氏本性泼辣,胳膊被子弹削掉了一块皮,鲜血渗出了棉衣,旁边人让她包一包,她正抱着一块上百斤的大石头,呼哧呼哧地说:叫蚊子咬了一口。

林庆玉后来描述:那子弹就像下雨,可还是往那缺口送石头,就像冒雨下庄稼地一样。开始怕,后来见亲人们一个个倒下了,就红眼了,啥也不怕了,只想着报仇杀鬼子。

一个上午,渊子崖人在战斗中学会了战斗,学会了怎样麻痹敌人,村民不时在四面围墙上燃起一挂挂爆竹,声声爆竹,干扰了进攻的日军。村东南有一麦秸园,与围墙相接,少年林凡华带着10多个孩子在架子上用小石头和弹弓打击日军,这些孩子从小练就了好身手,小石子在他们手里就像长了眼睛一样,砸得日军哇哇乱叫。九选提来一桶滚烫的水,见日军到了围墙跟,当头就浇了下去,烫得日军满地打滚,孩子见状哈哈大笑,齐喊:小日本,喝凉水,打得伸直小鳖腿!

炮声再次轰鸣起来,其他战斗点也连连告急,林凡义一身的血,光着膀子各个战斗点轮番跑,车轱辘一样地转,炮声中得大着嗓子喊,喊得他嗓子都哑了,嘴就那么张着,舌头都耷拉下来了。

林庆玉当年被林凡义调来调去四处跑,他开始在东北角炮位,后来北面告急,他与另一个壮汉扛起炮就跑,这一会儿刚刚堵上的缺口又被炸裂开来,林庆玉他们抬着炮又赶到东北角,一路上尸体随处可见,路上血汪汪的。

土炮用的铁砂子碎铁片打完了,众乡亲用石头砸,危急时刻,林欣和春妮等一大帮子女人赶来了,有的拎着小锅,有的头上顶着大锅,到了墙下,她们抡起锤子就砸,一会儿工夫,碎铁就堆成了小山,土炮再次轰鸣起来。

日军此时又调来了山炮,每一炮响得天摇地动,村民听声音就觉得比先前的炮厉害,炮弹落下来,炸得也格外烈,缺口越来越大,武工队副队长高秀兰刚举起枪就倒下了,旁边小名叫牌的年轻人一把抓过枪,见屋顶上有一个日军,抬枪把他打了下来。

缺口的人渐渐减少,林崇岩见墙角处的四叔林九兰手举铡刀等着日军上来,大哥林崇松也是这样的动作,一小撮日军已经冲上了缺口,躲在墙角的众好汉跳出来就砍,林九兰大吼一声,顺势把一日军头砍了下来,然后飞起一脚,把尸体踢到了墙外,接着转身又砍死了两个日军,有几个日军倒在了林崇松和林庆海的刀下。

牌见一个日军正偷袭林九兰,一个箭步冲上前来,举枪就刺进了日军的胸膛。少年林九选搬起一块石头砸向日军,日军低头躲过,瞪着眼冲了过来,九选情急之下一把攥住了日军枪刺,那日军飞脚端在九选的肚子上,手中的枪借力猛地一抽,九选的双手一下子开花了,那枪刺在他手掌上犁出了道道血口,皮肉都翻在了外面,露出了白森森的骨头,九选疼得一阵大叫,俯身去搬石头,日军一枪刺在了他的脖子上,血柱喷涌而出,足有一米多高。

林九兰的弟弟林九京被日军砍倒在眼前,九兰号叫一声,挥起铡刀砍在日军的脑袋上,他看了眼九京的尸体:兄弟,你死得值了!九兰的侄子林京用手榴弹炸死了两个日军,刚拔出腰间的另一颗手榴弹,日军一枪把他击倒在地,另一个日军从九京身边经过时,林京突然抱住了日军的右腿,顺势拉响了手榴弹。林清武的刀都砍弯了,弯腰欲去抓地上的鱼叉,日军一刺刀扎在了他的屁股上,他疼得大叫一声,一个前扑后,紧接着鹞子翻身,把锋利的鱼叉刺进了日军的肚子里。

日军此时像潮水般涌了过来,林凡义见再守无望,喊了声撤,大家择路而退。林九兰和林九先兄弟钻进了东炮楼。日军蜂拥而至,二人掷石块打击敌人,有的日军已经钻进了炮楼,林九兰见护炮楼的一段墙已摇摇欲坠,暗示了九先一眼,兄弟合力向楼墙推去,轰隆一声,几个日军被砸死在了墙下,炮楼底下的日军一时都怔住了。九兰喊一声:"纳命来!"就和九先持刀双双跳了下来,九兰连着砍倒了3个日军,再举刀时渐显体力不支,一梭子子弹打在他身上,真是虎到绝路,他挂着铡刀摇晃了一下,用力吼道:小日本,老子死了也不当孬种! 言毕,九兰口喷鲜血,如一尊铁塔般轰然倒在了断壁残垣上。

九先见九兰死了,泪水一下子涌了出来,嘴里喊着:我的兄弟呀! 他砍翻一个日军后,受伤的双膝再也不支,一下子跪在了地上。几个日军围上来同时刺向了他,九先遍体是伤,开始大笑,最后声音渐弱,一头扎在了地上。

夕阳西下,残阳如血,渊子崖上空的西半天红彤彤的,好像被血水浸过一般。

多少年后,渊子崖的人说起这个血红的天气时,都道是被渊子崖的血染红的。

就在这火红的夕阳里,东北缺口拥进了大量的日军,渊子崖村民又和日军展开了激烈的巷战。日军没有想到,进了村堡就似进了迷宫,渊子崖大围墙还套着一圈小围墙,中间是狭窄的更道,为更夫巡夜之路,村里除了几段大街,其他都是肠道。林崇岩和林庆海顺着更道向西跑去,二人扛着一门两米有余的土炮,气喘吁吁,跑不远日军就追上了,在黄昏的余光下,日军的面庞已经清晰可辨,林崇岩对身后林庆海喊:快点炮! 轰的一声,几个鬼子倒在地上,林庆海急急地道:兄弟,快逃命吧! 二人扔了土炮就跑,林崇岩被日军紧紧咬住了,他推磨一样跑了几圈也没甩掉,情急之下扎进一个小院,见脚下有一地窖子,顺势跳了下去。他竖起耳朵,听到院子里的人越来越多,还伴随着日军哇啦声,接着是翻译官的声音:都站好了! 院子里很快就响起一阵扑哧声和惨叫声。林崇岩突然听到了父亲的吼声:你们这些杂种,王八蛋,王八羔子! 又是扑哧一声,父亲就再也没有声音了。

一阵杂乱的脚步声过后,院子寂静了,林崇岩见外面再没动静,爬了上来,他见院子里横七竖八地躺了十几具尸体,都是父老乡亲,有的被枪刺扎了好几刀。林崇岩这才知道,刚才的扑哧声,是刺刀刺进身体时发出的。他看到父亲趴在墙角,身体呈扭曲状,他把父亲翻过来,见父亲肚子破了,肠子流了一地,胸口也有一个血窟窿,在瑟瑟寒风中,血已经凝固了。

四

东炮楼沦陷后,另一路日军冲进了西炮楼。跑进西炮楼的林庆海,抡刀砍翻一个日军,另三个日军围住了他,林庆海左手还捏着一段火绳,他哈哈一笑,把火绳抛进了不远处的火药罐里,轰隆一声,火光一下子包裹了炮楼。从火海中冲出来的林庆海,成了一个火人、黑人,垂胸的长须都烧没了,三个日军也被烧得哇哇大叫。林庆海大声喊:西炮楼来鬼子了! 林崇松、林凡义、林庆会、林庆玉闻声冲了进来,杀死这三个日军,众多日军又蜂拥而至,几人用大刀、长矛对敌。林崇松砍死一个日军时中弹身亡,被烧伤的林庆海也已气息奄奄,他一下子搂住两个日军的脖子,倾力喊道:凡义,你们快跑! 两个日军把林庆海摔倒在地,照着他的胸口刺了数刀,直到林庆海一动不动才停止。

林庆玉跑到院子里,发现一个小柳条囤,就把自己倒扣在了里面,几个日军一屁股坐了上去,林庆玉正患感冒,他刚屏住呼吸,觉得嗓子眼痒得厉害,忍不住打了个喷嚏。听到声音,日军跳了起来,一日军用刺刀把小囤挑开了,林庆玉暴露无遗。两个日军狞笑着,架起林庆玉就推进了火海,林庆玉瞬间成了火人,疼得一下子蹦了出来,日军复又把他推了进去,林庆玉再次跳出,一头扎进猪圈的粪水里不动了。外面枪声大作,日军纷纷向外面跑去,后边的一日军朝着林庆玉开了一枪,子弹打在了林庆玉的后肩上,幸亏没有致命。听到日军走了,林庆玉就去脱还在燃烧的衣服,手已经烧伤了,浸了水的衣服又紧紧裹在身上,怎么也脱不掉,疼痛袭来,最后昏迷了,在粪水里整整躺了一夜。

林凡义和林庆会这时跑到了村东南的一个巷口,见负了重伤的林崇州正趴在地上喘粗气,二人把他架到了柴园里,林凡义道:你在这里歇息,别露头了。林崇州急了:凡义呀! 房子烧了,乡亲们一个个死了,我还歇息? 我有一口气就能干死一个小日本! 说着,他喘息几声就昏了过去。林凡义让林庆会照看林崇州,自己提刀跑了出去。就在林凡义拼杀时，几个日军冲进了柴园，林庆会和林崇州本躲在草垛里，林庆会听到日军叫，一时按捺不住，冲出草垛，扬起长矛就刺进了一个日军的胸脯，另有日军一枪打在庆会的腿上，庆会扑上前抱住日军，一口咬掉了他的无名指。林崇州醒了，听到外面喊杀声，爬了出来，他摇晃着身体抡起镢头欲砸向日军时，又倒了下去，数个日军架起林崇州、林庆会就往火里推。突然，二人各自抱住一个日军扑倒在火海里，林庆会还在熊熊大火里喊：老子就是死了，也要拉一个日本鬼垫背。接着大笑，笑声渐弱，直到全无。

林凡义胳膊也受了伤，血淋淋的，他晃晃手臂，觉得还能动，就顾不上这些了，他翻过几道墙，见林九臣的妻子从一个巷口冲了出来，手里握着一把菜刀，林凡义拉住她，急急道：快躲起来！林妻挣开林凡义的手：孩子他爹死了，我也杀一个够本！林凡义急了，你平时胆小，连只鸡都不敢杀，不是白送命吗？林妻咬着牙道：兔子急了还咬人呢！正说着，林清洁跑了过来，后边跟了3个日军。林凡义拉着林妻闪进了院内，日军刚近门口，红了眼的林妻就杀将出来，一刀砍在了一个日军后脑勺上。跑在前边正追赶林清洁的两个日军，回过身就把林妻刺死在墙角。林凡义和反身而回的林清洁刚砍死了这两个日军，又有数个日军闻讯冲了过来。林清洁中弹倒地，林凡义刚蹿到另一个巷口，前面就拥来了日军，林清武从日军身后闪了出来，见林凡义危险，把一颗手榴弹扔进了敌群，边喊边跑：我是八路，我是八路！没被炸死的日军都转身去追赶清武，清武跑到街口处，见一井口，纵身跳了下去，日军朝井内打了一阵枪，幸亏清武紧贴在井壁，躲过了此劫。

林凡义脱身后穿过几处巷道，又经过几个院落，身边已经聚集了10多个自卫队员，牌还是拿着那杆长枪，肩上斜挂着子弹袋，看到林凡义，他拍着子弹袋道：我以为高队长这袋里满是子弹，没想到他是用高粱秆子充当子弹迷惑小日本的，就剩下13颗子弹了，我报销了3个小鬼子。林凡义连声道：好样的！一干人和日军打起了麻雀战，用林凡义后来的话说：得势就打，失势就溜！十几号人，打着打着就散了。牌又打倒两个日军，最后被一串子弹射中，这一幕被牌的父亲林春文看在眼里,他奔过来抓了把干草盖在牌的脸上,抓起枪骂了声:小日本,你爷爷跟你不算完。在另一巷口,他干掉了一个日军,林守玉从一街口跑了过来,手上的大刀片上还滴答着血,见了林春文,张口就道:我把一个小日本的后脑勺砍掉了。林春文道:牌死了,这是他的枪。忽然一颗流弹飞来,把林春文手腕打断了,枪也掉在地上。林守玉捡起枪,见远处墙角下一个日军正在瞄准,急忙拉栓,还没等放枪,日军先开了火,林守玉头上的小圆帽被打掉了,子弹在他头皮上犁出了一道沟。这以后成了一条明晃晃的疤痕,从此毫发未生。

林九星、林清义等10余位老人,在日头还有一竿子高的时候,遭遇了松田小队长等数日军。松田见是些老汉,就放松了警惕,对着翻译官叫了一通,翻译官对老人道:交出了八路,交出了军粮,太君就放你们回家!林九星用力咳嗽了一声道:这就是俺们的家!俺们都是些快入土的人了,什么都不知道!松田好像没多少耐性,挥了挥手,日军都举起了枪,林九星喊道:老伙计们,咱们手里的家伙也不是吃素的呀!说完就冲了上来,其他老汉也扬起了手中的大刀、鱼叉、长矛。日军没有想到,藏粮的老屋近在咫尺。这些老人知道日军进村后,自发组织来护粮的。

一阵肉搏,老人悉数倒在地上,松田见还有几个老人活着,让日军提来一桶汽油浇在他们身上,松田瞪了一眼翻译官,翻译官急忙说:还是那句话,说了就留你们性命。老人都一言不发,松田打着火机,骂了声八格,点燃了老人身上的汽油,几团火腾地燃烧起来,老人惨叫着在地上爬来爬去。

松田对翻译官又说了一番话,翻译官点点头:太君说了,不杀你们,看谁命大!你们跑吧!藏粮的房子旁就有个小汪(死水),10多米远,可老人为了不暴露粮食,竟没一人过去,都向着相反的方向爬行,最后皆烧死在巷道里。

林九星他们巷战之时,发出阵阵喊声,林凡义听到后,曾率几个年轻人前去搭救,但日军用几挺机枪封锁了街口,几经冲锋,根本无法穿越,林凡义挥了挥手,大家只能含泪离去。

林欣和春妮带着一帮女人跑到了一条小巷,林长老看到了她们的身影,这时一帮日军从另一小巷赶来,日军只要出了巷口就会发现春妮她们,只几步距离。本想躲避的林长老停住脚步,一声大叫,高声唱起了京剧《挑滑车》,老人唱得有板有眼,悠长的声音在黄昏中的渊子崖上空回荡着,日军被吸引过来,他们见这个老人浑身是血,瘸着条腿,一手提个篮子,一手捏着一根火绳,正放声唱着:俺只待威风抖擞灭尔曹!日军一脸诧异,举枪围了上来,林长老见林欣转过了墙角,哈哈一笑,捋了一把长须道:这是中国,天要黑了,我得送你们回日本老家了!说完,把火绳伸到了篮子里,一声轰鸣,篮子里自制的土弹爆炸了,几个日军被炸翻在地。

林欣和春妮把妇女带到了一间房里,春妮说:这里要安全些,大家都不要出声,我出去看看还有没有其他姐妹。林欣惦记着家里不足7岁的弟弟,弟弟本来和其他孩子藏在地洞里的,哭得不行,又回了家。

林欣和春妮急急走了,刚到一个巷口,前面有个日军赶了过来,林欣对春妮道:我引开他们!还没等春妮反应过来,林欣大叫一声向另一巷口跑去,日军听到声音追了过去。

春妮穿过一条街后还是落入松田之手,松田见审不出什么,押着她一路向南走来,春妮被日军打得遍体鳞伤,身后留下了一串血印。林凡义他们这时刚出巷口,迎面就遭遇了松田,双方对峙起来,松田对着翻译官哇啦一阵,翻译官对林凡义道:你们马上说出粮食的下落,要不她就得死!松田抽出刀架在了春妮的脖子上。林凡义怔住了,张了张口没说出什么来。

春妮大声对林凡义道:开枪打死我!开枪打死我!一个村民骂道:小鬼子,别拿女人说事,我来!说完他就走上前来,松田一枪把他打倒在地。春妮乘机猛地挣开日军的手,喊了声打鬼子呀!一头撞在墙上,倒地而亡。

林九兰的六弟林九席就立在林凡义左边,见状端起手里的土枪就打,混乱中,林凡义带着大家撤了出来。

林欣一阵疯跑,转过几个巷道后就把日军甩掉了,此时,这个年轻的姑娘还不知道,她的父亲已经战死了,回到家时,林欣见弟弟林凡善大张着嘴就是哭不出声,知道弟弟这是哭哑了嗓子。她见继母没在家,背起弟弟就出了家门,没跑多远,林欣和弟弟被几个日军截住了,这次还是松田,他绕着林欣转了一圈,见林欣清秀可爱,一下子笑了:大大的美,你的大大的美! 松田目光一下子落到了林欣脑后的假纂上,嘿嘿两声,拔出刀一下子把她的假纂挑开了,翻译官吓破了胆,跳着脚喊道:女八路,女八路! 松田一挥手:带走! 一个日军哇啦几句,把刺刀抵在了林欣的胸前,见林欣无动于衷,那日军八格八格地叫着,上来就推林欣,凡善紧紧拽住林欣的衣角不放,日军火了,上去就给了凡善一巴掌,凡善松开姐姐,抱住日军的大腿狠狠咬了下去,那日军疼得嗷嗷大叫,众日军都嘿嘿地笑,那个日军火了,对着凡善就开了一枪,凡善一声没吭就倒下了。

林欣犹如暴怒的母狮,惨叫着扑向松田,一口咬掉了松田的半个耳朵,松田一脚把林欣踢翻在地,林欣挣扎着刚要站起来,松田的刀一下子刺穿了林欣的太阳穴,刀尖从另一边太阳穴露了出来,林欣扑通倒在了弟弟的身上。

林欣至死也没有想到,倒地的弟弟并没有死,那一枪,子弹只是穿过了他脖子的皮肤。林欣的遗体在凡善身上压了一夜,给弟弟的一条胳膊留下了终生的残疾。

第二天早上,人们听到哭声后才把凡善救了出来,目睹林欣的惨状,众人无不落泪。

林欣遇难的时候,日军把30余名村民赶到了村南的柴园里,日军小队长伊藤领教了渊子崖村民的厉害,他怕村民反抗,把他们一个个五花大绑起来,并用绳子连在一起。日军见林凡华矮个子,又是个孩子,就没给他上绑。

这个时候,起风了,几个日军把几桶汽油泼在大家身上,林凡华见状,扑过来飞起一脚踢在了伊藤的裆部,伊藤嗷的一声蹲在了地上,一个日军端着枪冲上来对着林凡华胸口刺了下去,林凡华退了一步靠在墙壁竟没有倒下,就那样圆瞪着双目直直地立在了那里。

日军点燃了几个草垛,几十个村民瞬间被火海吞没了,柴园里发出一阵阵惨叫声。后来人们发现,烧焦了的林凡华最后也没有倒下,移走尸体后,墙上竟有一个清晰的人影。风萧萧,好似少年的呜咽声,众人无不动容!

另一边,林九席、林凡秀和弟弟林凡章等20余人被日军押到了南边一个大粪池旁,一个个也都是五花大绑,伊藤对梁化轩耳语几句,梁化轩问众人:谁认识字?林凡荣、林庆平、林凡坤同声道:我认识!日军把这三人拉到了一边。林凡荣大声问:识字也枪毙呀?!伊藤一挥手,日军向站成排的人开了枪,枪声夹杂着惨叫还有日军的嬉笑声。林凡秀后来说,他只觉得后背好像被人拍了一巴掌,又好像被马蜂蜇了,接着就倒进了粪池。他当时挣扎了几下,日军见他没死,就抱起石头砸了过去,林凡秀再没有动,那颗子弹并没有致命,后来八路军一个戴眼镜的军医检查发现,子弹由林凡秀背部椎处进入,穿过前胸从右乳而出。

另一些村民是在村南的河边被刺杀的,一一倒在了水中。日军的刺刀还未捅到林九席后背上,林九席就趴进了水里,那日军见状,跳进水里再刺,林九席身上棉衣被水浸透了,像裹了件铠甲,日军刺得很费力。村外的枪声响了,那日军见林九席不动了,懒得再刺,急急上岸走了。林九席后背被刺了几个血窟窿,还有一刀刺在脖子上,在挣扎中刺偏了,只挑去了一块血肉。到了深夜,九席被冻醒,往村口爬去,后被人救起。

外面喊声连天,枪炮齐鸣,藏在地洞里的孩子都大气不敢喘一声,妇救会的小菊在里面专门看护孩子,她把最小的孩子搂进怀里,连声说着不怕,可自己的心在咚咚地跳着,好像要跳出嗓子眼一样。此时这个女人还不知道,她的丈夫已经战死了。

被派出寻找武工队、八路军的村民林海明、林清水,费尽周折终于在黄昏时刻找到了救兵,林海明浑身的棉衣都湿透了,见到区长冯干三时,一卜子就瘫坐在了地上,他放声大哭:区长,快去救渊子崖呀!晚了渊子崖就全完了,全完了!冯干三顾不上多问,马上集合武工队驰援渊子崖,这个时候,八路军数十人的队伍也向渊子崖赶来。

林凡义还惦记着那些老人,他知道,日军还在屠杀,从今夜起渊子崖就没了,没了,林凡义泪水满面,心如刀绞,他跑过一个巷口,遽然觉得,村内枪声淡了,稀了,村外却响起了枪声,随后又骤然密集起来,愈来愈烈。

是八路军、武工队来了?!

林凡义跑到老人激战的巷口,一下子怔住了,遍地尸体,有几具尸体烧焦了,趴在地上,还保持着努力爬行的姿势,林凡义一声号叫:小日本鬼子,你们连老人都不放过,你们不得好死呀!

林凡义突然看到,墙角的那堆尸体动了,接着一只手伸了出来,林凡义急忙搬开尸体,一个面目全非的老人露了出来,身上的皮肉都被烧焦了,动一下就掉下一块皮肉来。林凡义把老人揽在怀里:我是凡义,你是谁呀?老人身体抖得厉害,喘息了几声:凡义呀,俺是九星,俺没给渊子崖抹黑,没给中国人丢脸! 到死俺也没当孬种! 这些老伙计也都没当孬种! 个个好样的。言毕,气绝身亡。

五

林凡义听到村外密集枪声的那一刻,冯干三部和八路军战士正与日军在村东南岭头上展开鏖战。武工队离渊子崖一里之遥时,冯干三就急乎乎道:快打枪,把敌人引出来。日军联队长坂田听到村外枪声,知道是渊子崖的外援,他指挥部队弃渊子崖全力迎战。

坂田从枪声判断,援兵是小股力量,事实如此,区武工队和八路军部相加不足50人。双方交手后坂田下令全歼外援,武工队、八路军不久就陷入日军的重重包围,冯干三一直想冲出去,他担心村里还有日军。包围圈愈来愈小,武工队、八路军弹尽粮绝,日军骑兵冲来挥刀就砍,双方又展开了短暂的白刃战。冯干三他们寡不敌众,悉数倒下。

一个整编联队与村民竟然激战了一整天,且伤亡惨重,坂田觉得羞辱,他本想杀个回马枪,把渊子崖从沂蒙山版图上抹掉,最后见夜色渐浓,担心再有大股外援来战,只得率队撤离。为了不留下笑柄,坂田下令把战死的日军带走,包括从村子里带出来的那些日军尸体。

115师总部最初得到消息,救援渊子崖的战士全部牺牲,事实上有一人幸存下来,此人叫徐坦,县武装部部长,身上重伤数处,清理战场时,大家把他放在了尸体堆里,后来他哼了一声才知道没死,遂被救起。徐坦醒来就放声大哭:都死了,都死了呀!冯干三临死还说,渊子崖每条巷道他都熟悉,咱们得打进去救父老乡亲呀!

徐坦伤愈后归队,不久就牺牲了。

冯干三上身被敌人骑兵砍得血肉模糊,面目全非,右手已经断了,左手直直地指向渊子崖,他倒地后向渊子崖方向爬了一米开外,留下一道血污,一位老人见状号啕大哭:老冯这是惦记着咱渊子崖呀!他到死都放不下心呀!

林凡义和冯干三交情很深,凡义家就在村北门旁,干三每次来了,都先到他家落脚,两人常促膝交谈,每每至深夜。如今见干三惨状,凡义长啸一声,口喷鲜血倒在地上,自此,他昏睡了三天三夜。

副村长林庆忠伤后昏迷了数日。

翌日清晨,渊子崖的凄惨悲壮暴露无遗,房屋十有八九被烧毁,瓦砾遍地,尸体横陈。村民重伤138人、严重伤78人、重度烧伤17人。

一个年老的女人冒着寒风在村里一遍遍地喊着:儿呀!回来吧,你回来吧,快过年了,娘等你过年呀!林九兰那条狗一直守候着主人僵硬的尸体,九兰被埋到祖坟后,狗昼夜守候,哀鸣不断,直至饿死。

渊子崖之殇,给村东头的坟场平添了一百多个新坟头,整个坟场上飘满了白幡。阴沉了数日的天气,飘下来一场鹅毛大雪,整整下了两天两夜,村中一位3子皆丧的老叟,满村地喊:乡亲们哪!老天有眼呀,这是给咱渊子崖穿白戴孝了呀!声声如泣!老叟跌跌撞撞,不时跪倒在雪地里。第二天,有人在坟地里发现了老叟,见他佝偻着身子坐在坟头前,一如雕塑一般,近前端详,已经气息全无,嘴角挂着冰霜,垂胸的长须凝成一串串冰溜子。

战后渊子崖断了粮食,藏在村民林庆本那间老房的粮食竟无一人去动,颗粒无损。

太阳升起来了，小菊把孩子们都带出了地洞。八路军也很快开进了村，张团长正下令抢救伤员，一少年过来拉着他来到了藏粮的老屋。几个村民挖开地洞，成袋的粮食露了出来，上面有一张叠好的纸，张团长展开一看，见是一张血书：

八路军、武工队领导：

　　俺们渊子崖村随时都会遭受灭顶之灾，这些粮食是我们省出来，有朝一日送给部队的，无论多么饥饿，村民谁都不能动一粒粮食，立血书为证！另外渊子崖10岁以下的孩子全都躲在老槐树下那间屋的地洞里，俺们大人要是都不在了，你们一定把他们带走，长大了跟着队伍打鬼子去，有了他们，俺们渊子崖的明天就有盼头了呀！

下面是密密麻麻的名字和血印。

一封血书，张团长看得荡气回肠，泪流满面。

罗荣桓政委得知这封血书时，沉默良久，最后含泪道：民心是共产党的胜利之本啊！

陈毅元帅晚年也曾由衷感叹：我进了棺材也忘不了沂蒙山人，他们用小米供养了革命，用小车把革命推过了长江。

渊子崖蒙难的消息传到各个剧团后，那个曾经在林欣家住过的柳絮和众女兵哭成一片。大家都在心里为渊子崖默默祈祷，祝福自己的房东。

文工团员林克悲愤揪心，连夜写出了歌曲《当兵的把仇报》：房子烧啦，东西没啦，只剩下一片焦土几片瓦，只剩下满地骨头架。可恨的日本鬼，三光真毒辣，这样的仇恨怎能罢，来吧！当兵把仇报呀，记住！仇不报，不回家！牛马没啦，人不见啦，我们的爹妈谁杀啦，我们的姐妹谁抢去啦。

渊子崖自卫战随着歌曲传遍了根据地。

渊子崖那个照看孩子的小菊，婚后不满一年丈夫战死，身边无一亲人，怀有身孕的小菊，终日以泪洗面。林凡义的母亲林大娘见村里已无年轻人能娶小菊，跑遍了十里八乡,终一日为小菊觅得郎君,小菊的嫁妆,是全村家家户户凑钱置办的,酒席也是百家席。小菊出嫁那天,全村男女老少都来送行。林凡义说:你是咱们渊子崖的功臣,渊子崖就是你的娘家!一句话说得众人泪汪汪的。

小菊双眼含泪,依依不舍,她拉过3岁的儿子,一下子跪倒在地上:这些年都是乡亲们照顾俺娘儿俩,俺给娘家人磕头了。

说完,她重重地磕了3个响头,泪水也洒了一地。

林大娘抹把眼泪,拉起小菊道:孩子,上轿吧!

小菊最后还有一个要求,让轿子抬着她围着渊子崖转一圈,林凡义含泪点了点头,轿子颤悠悠地走了,唢呐手也绕着渊子崖吹了一圈,唢呐声响彻渊子崖的上空。轿子行至纪念塔时,她示意停下,牵着幼小的儿子跪倒在纪念塔前:他爹,俺和虎子来看你了,俺做主给孩子起了个虎子小名,让他长大像你一样虎气,身体棒棒的好打日本鬼子!

指挥这场自卫战的林凡义、林庆忠的人生际遇各有不同,林庆忠第二年春天就调往区里任武工队队长,如果不是1948年因病离开岗位,也许他的未来还有更好的去处。

林凡义平淡看人生,战后一直悉心躬耕土地,伺候老娘,唯有不同的,这个抗战英雄,后来竟不敢宰鸡,有人笑他:小日本再来了怎么办? 林凡义双眼一瞪:照样杀!

后来,渊子崖在纪念塔周围搞起了果园,身患疾病的林凡义提出去守果园,第一夜,他坐在纪念塔旁彻夜未眠,嘴里念叨着:父老乡亲们,我来守果园,其实是来守你们的呀! 我守了这座塔40多年了,如今睡在旁边的小屋里,离你们就更近了。这么多年,这纪念塔一直压在我心上,让我离不开渊子崖呀!

果树结果了,那果子红彤彤的,林凡义每年都摘下几个供在纪念塔下,年年如此。20世纪80年代初,守了10余年果园的林凡义,病重后不得不离开这里,他直接去了医院再也没回来。咽气前几日,半醒的林凡义一直都在喊着"冲""杀"两个字,声震病房又传至走廊。直至闭上双眼,这位老人才停止喊叫。

那个被姐姐林欣压残的弟弟林凡善，岁月的风霜让他变成了耄耋老人，可没有让他走出阴影和痛楚，在那个惨烈的日子不久，凡善的继母见生活无望，突然改嫁远走他乡，凡善是吃着父老乡亲的饭长大的。

因为残疾，他终生未娶。

凡善喜爱姐姐，常去纪念塔抚摸姐姐的名字。岁月的风雨让纪念塔上的一些名字已经变得模糊，凡善害怕姐姐的名字也被岁月隐去，就用一个细细的錾子轻轻地"描"，久而久之"林欣"二字竟比别的名字深入许多，看上去光滑、清晰。

凡善平日里多是借酒消愁，每次半醉时，就去纪念塔喊姐姐的名字，声音悠长又苍凉，喊得全村都能听见，喊得全村人都泪汪汪的。

六

我特地去拜望了那两个当年死里逃生，如今还健在的自卫队员，一个是九十有余的林庆玉，一个是百岁有余的林九席，两位老人住的小屋，简陋而又破旧，与村里的砖瓦房显得很不协调。看着他们沧桑的面庞、累累的伤痕，我心里沉甸甸的。

林庆玉这位建国前的老党员，当年虽然逃过了劫难，可那双被日军烧伤致残的手给他余生带来无尽的痛苦。他双手已经严重变形了，手指都粘连在一起，如今右手面常向外冒脓水，每隔些时日就得找医生治疗。

从老人嘴里知道，渊子崖被血洗后，很多受伤的村民治了三四年都未能痊愈。

林九席耳聋了，可口齿还清楚，他反复念叨着：刘家庄的集到现在还有，也还是那一天，每年一到刘家庄集，俺心里就痛。老人捂着胸口：痛呀！言毕，老泪纵横。俺命大活了100多岁，可那些死去的孩子呢？

告别老人，面对着蓝天我自语道：和平多好！

离开渊子崖时,村里的老人林祥松执意让我再去看看纪念塔。他是渊子崖历史的维护者,也是渊子崖自卫战的传播者。每有外人来寻找这段历史,老人都滔滔不绝。

他的执意,让我又有了收获。细端详纪念塔,确实如老人所言,纪念塔向东北倾斜了。1947 年初,国民党 74 师残兵败将从此经过,见纪念塔,如鲠在喉,欲毁掉,可苦于身边没有炸药、手雷,最后数十人喊着号子推,致塔倾斜,再推,塔岿然不动,一军官见状大怒,朝着塔开了一枪,子弹崩去了塔身一块石片。我举目寻找,果然在塔第三层东南角有一缺口。

小名为"牌"的少年,在这塔上终于有了大名,名为:林麻牌。刻碑之时,临到"牌",牌还未有大名,匠人面露为难之色,有一老人道:他一脸麻子,就叫林麻牌吧。现实比虚构往往还撼动人心,历史竟以这种惨烈的方式让牌有了自己的大名。

1944 年秋天,八路军俘获了汉奸梁化轩,115 师政委罗荣桓道:就在渊子崖纪念塔前执行枪决,以此告慰烈士! 历史无常,据说,当年为纪念塔起草碑文的临沭县政府文书王学三,后竟叛变投敌,陆续策反了 40 余人。不知他死后,该如何去面对那些在自卫战中战死的村民。

渊子崖自卫战中,1000 余名日军与数百名伪军对 310 名青壮年和妇孺老人,一方是训练有素的正规军外加精良的快枪大炮,一方是世代与土为伍的农民外加土枪、土炮、农具,正规军、农民,如此悬殊不对等,如果日军念及人性,历史本可以绕过这一页的,可最后还是真实地发生了。双方激战一整天,147 名村民战死,日军阵亡人数是多少呢? 这得从一段历史上找到答案。

日军撤走后,那 3 个"识字"村民林凡荣、林庆平、林凡坤被带走了,之后他们充当了骑兵的马凳,脚穿大皮靴的日军一次次从他们背上踏过,皮肉都磨烂了。林庆平熬不过难挨的日子,在初春的一个早上逃跑时,被日军击毙在一条沟里。时隔不久,一个叫张举善的地下党设法营救了林凡荣、林凡坤,张举善告诉他们:鬼子攻打渊子崖时,死 112 人,联队长坂田让皇军大失颜面,被撤了职。

林凡荣、林凡坤把这一数字带了回来。

日军在侵华战争中,所到之处几乎皆有妇女被奸污,可在渊子崖,没有一位妇女受辱。在后来发现的一名日军的日记中,我们知道了个中原委:渊子崖的妇女个个能杀,用中国人的话说,都是拼命三郎,面对着这些拼杀的美丽女人,我们都无从下手。

渊子崖自卫战传到日本后,经媒体报道,引来上下一片哗然,天皇裕仁沉默片刻,长叹一声道:中国平民都如此硬骨头,我们岂能征服中国?!

从这以后,日军每下乡扫荡,遇渊子崖都绕道而行,再不敢轻举妄动。罗荣桓元帅晚年曾说:渊子崖自卫战是完全有资格写进历史和军史的。而那位远在日本的联队长坂田,晚年撰写回忆录时这样感慨:我至今对我的对手感到不可思议,他们是一帮农民呀! 这是我军对华作战以来平民最大最顽强的抵抗,几乎打了个平手,他们到底依赖了什么? 这是我作为一个军人的奇耻大辱,也是整个皇军的大辱! 台儿庄大战让我震惊,八路军百团大战让我震惊,可更让我震惊的是这帮平民!

民众不可欺! 由此上溯到 1841 年"三元里抗英斗争",一帮农民也曾经让强大的侵华英军失魂丧胆,如果清廷上下都有这种精神,那第二次"鸦片战争"和"火烧圆明园",就会打一个问号;抗战时期如果我们多一些"渊子崖的血气",平民也许会少一些牺牲,汉奸的数量也会大大减少!

历史不能假设,可我们还有现在、未来!

2015 年 7 月 20 日,莒南县人民政府向临沂市人民政府递交了《关于将渊子崖抗日自卫战牺牲村民评定为烈士》的红头文件。在历史上,只有牺牲的公职人员和军人才能被评为烈士。如今,战死村民的后人已经所剩无几,对他们的追认不是为了抚恤,更多的是对他们这种精神的褒扬。

因为,他们代表的不仅仅是他们自己!

时隔不久,也就是中国人民抗日战争暨世界反法西斯战争胜利 70 周年之际,在国家公布的第二批 600 名著名抗日英烈、英雄群体名录中,渊子崖抗日楷模村村民赫然在列。在此名录中,渊子崖村民是唯一的一个英雄农民群体。

我看到,在上报的一长串名单中,有 3 人的名字因为风雨的侵蚀已经无法辨认。随着时光的流失,还有世俗的喧嚣,我们有多少后人还能把他们记起?!我把他们的这次申请,更多地看作对信仰和精神的抢救!

是的,他们应该成为"烈士"!

尽管,这场惨烈的自卫战已经过去 70 多年了。但那段历史,那封震撼人心的"抗战血书",却应该永远铭刻在人们记忆的深处。

(原载《人民文学》2015 年第 10 期)

短篇有短篇的好处

铁流

对很多作家来说,总觉得写出洋洋几十万言的长篇作品,才能展现自己的整体水平和实力。是啊,厚厚的一本书,拿在手里该有多么踏实,多么熨帖。我也不例外,前些年,我一直在忙于长篇作品的创作。自己总认为长篇视野宽广,可以在纵深处驰骋,可以在文学的长廊里塑造一个又一个精彩的人物。

长有长的优点,短有短的好处。所谓"尺有所短,寸有所长"就是这个道理。茅盾先生在谈短篇小说时说:"短篇小说主要是抓住一个富有典型意义的生活片断,来说明一个问题或表现比它本身广阔得多、也复杂得多的社会现象的""它的篇幅不可能长,它的故事不可能发生于长年累月(有些短篇小说的故事只发生于几天或几小时之内),它的人物不可能太多,而人物也不可能一定要有性格的发展"。短篇小说如此，短篇报告文学亦应该如此。徐迟先生用诗一般的语言写就的《哥德巴赫猜想》，仅有 18000 字左右，可所产生的影响是巨大的，说《哥德巴赫猜想》是短篇中的顶峰之作是毫不过分的。

2015 年，《人民文学》发表了我的报告文学《一个村庄的抗战血书》。这个题材得来比较偶然，是从电视上知道的信息。后来我按捺不住兴奋，很快就来到了故事的发生地莒南县渊子崖村，经过数日的深入采访，我获得了丰富素材。以素材而言，完全可以写一个洋洋数万字的作品。可是这一次，我没有这样做，没有像以前那样铺张开来写，而是在"寸"上下功夫，于是就有了这个短篇报告文学。作品发表后，产生了较好的反响。一家影视公司还把它改编成了电影《渊子崖保卫战》，该电影已在中央电视台多次播出。这些年，我尝到了写短篇的好处，先后创作了《叫声大爷大娘》《代村人的好日子》等，篇篇都不足万字，可也写得酣畅淋漓。

报告文学作品，是作家用脚走出来的，在我看来，无论长篇短篇，都要深入采访。没有扎实的挖掘，长篇写不好，也不会有好的短篇。

这就是我多年的一点体会，虽然采访苦点、累点，甚至还要下点笨功夫。

可对一个作家来说，这都不为过。

玛多,一个人的记忆

陈启文

　　端详着眼前这个像高原岩土般质朴的汉子,我最关注的不是他为何能成为劳模,而是一直在琢磨,一个人在环境的极限状态下如何生存。这个人骨子里无论有多么顽强的韧劲,又怎能在高寒缺氧的生命禁区里长久地坚守? 又怎能忍受那漫长乏味的、几乎与世隔绝的生活? 这三十多年他是怎样熬过来的? 当我脱口问了这样一个愚蠢的问题,他黢黑的脸孔下意识地一抖,又难得一笑:"你不要问我是怎么度过的,你要问我是怎么活过来的。"

——采访手记

一　一个人的出现

　　如果你要去黄河源头,这是你无法绕开的一个地方,玛多。在并不遥远的过去,一个人走到这里,仿佛走到了世界的尽头。若再往黄河上游走,已是一派苍凉肃杀的无人区。一条黄河从源头流到这儿,河水才映现出那荒凉河谷中颤抖的身影。

　　颤抖源于流水的波动,也是那些走得离黄河最近的人正在一阵一阵颤抖。

　　如果说玛多给我留下了什么记忆,我只能说,这是一个让我一阵一阵颤抖的地方,一个让我头疼欲裂的地方。我实在不甘心用恶劣甚至十分恶劣来形容这里的自然环境,但对于人类,尤其是我们这些来自高原之外的人,这儿又的确是生存环境最严酷的地区之一。玛多是青海省甚至是全国海拔最高的县境,平均海拔四千五百米。在这里别提春夏秋冬,一年只有冷暖两季。除了短暂的夏天,一年里的八个月都是冰天雪地,国庆节刚过,院子里的井水就开始结冰,随后便是气温骤降。冷,可以冷到人类生存的极限,最低达零下四十八摄氏度。暖呢,我来这里时,季节已入伏,离大暑也很近了,太阳几乎直射北回归线,然而在北半球热死人的酷暑,这里早晚还冷得要穿毛衣。我在县城玛查里留宿的那个风雨交加之夜,终于体验到了什么是高寒缺氧,每一次呼吸都牵扯得神经一阵阵疼痛,又冷得连棉被也裹不住瑟瑟发抖的身子骨……

这就是我用短暂的一天一夜体验到的玛多,一生一世都不会忘记。如果一个人,将要用三十多年的时间来体验这一切,那又该是怎样铭心刻骨的记忆? 在这如人间绝域的地方,又是什么在如此深深地吸引他? 如果说神秘的黄河源让我充满了无穷的想象,我觉得一个人的内心也许比黄河源更神秘。

一个人的出现,让我忽然有些疑惑,这就是我想要找的那个人吗?

他有些迟缓、蹒跚地挪动着脚步,一看就知道这是一个长期在高原上生活的人,焦黑的脸色,青紫的嘴唇,这模样绝对不像一个五十多岁的汉子,仿佛一个历尽沧桑的老人。他看了我一眼,脸上似乎也带着和我一样的疑惑。直到落座,喝茶,抽烟,这每一个细节都进行得非常缓慢又有条不紊,而那双关节突出的手,就像特写一样令人瞩目。

透过这样一个身影,我遥想着那个血气方刚的小伙子。那是 1977 年,黄河水利学校又有一批应届生要毕业了,将分赴大河上下。这所始建于 1929 年的学校,被誉为黄河技术干部的摇篮。在莘莘学子中,一个叫谢会贵的学生,从不显山露水,一心埋头于学业,然而在毕业前夕却干出了一桩轰动校园的事情,他向学校递交了一份决心书,"好男儿志在四方,我们应该到最艰苦的地方!"而大河上下最艰苦的地方在哪儿? 黄河人都知道,玛多。有人说,社会上最艰苦的行业之一是水利,水利行业最艰苦的地方在黄河,黄河上最艰苦的地方是水文,水文最艰苦的地方是上游,上游最艰苦的地方在源区,源区最艰苦的地方在玛多。

那年谢会贵刚刚二十岁,我也曾想过,二十岁,弱冠之年,还是个连胡子都没有长黑的毛头小子呢，他递出那份决心书，兴许是头脑发热一时冲动吧，又或许是他对玛多有多么艰苦还不大了解吧。但要说谢会贵不了解玛多又有点说不过去。他是青海省贵南县人，那儿也属黄河源区，离玛多并不遥远，玛多是个啥地方，他是从小就听说过的。而他的家乡在黄河源区是海拔最低点，在龙羊峡至共和盆地一带。说来，谢会贵一个农家子，可以说是黄河改变了他的命运。为了修建龙羊峡水库，他们家乡成了库区，被迁移到了"天下黄河贵德清"的贵德县，那可真是一个山清水秀的好地方。而为了妥善安置库区移民就业，政府又将一部分符合条件的移民子弟通过考试，择优录取到黄河水利学校。谢会贵属于老三届的最后一批，1975年高中毕业，原本就打算回乡务农了，却有了这样一个机遇。对于他，这是一次如鲤鱼跳龙门的人生飞跃，却又因为谢会贵自己的选择，而跌入了一个人间绝域。凡到过青藏高原的人都知道，海拔三千米以下是一个世界，越过海拔三千米是一个世界，越过海拔四千米又是一个世界，也就是所谓生命禁区了。然而，过了三十多年后，一个早已过了知天命之年的黄河汉子，对自己弱冠之年的选择依然不悔，他的想法，远比我的描述要简单得多，"青海是我的家乡，我自己都不去，谁还会去呢？"

这一去又有多远呢？如果以今天的时速，一条青康公路（214国道）在五六个小时之内就可以把我从西宁送到黄河源头的第一座县城玛查里，而在当年，这条路还是一条在高山深壑、悬崖绝壁间往复穿插的砂石路，又加之高原冻土层的沉降起伏，更有风云莫测的气候，一旦山洪暴发、大雪封山，一条路就断了。而谢会贵要去的玛多，人烟稀少，车也非常少，大多是搭乘去玉树州方向的过路车。谢会贵在西宁等了八天八夜，才终于等到了 趟路过玛多的汽车，又在路上走了四天四夜，才抵达了玛多。当那辆一路颠簸、风尘仆仆的汽车把一个小伙子吐出来，就像吐掉了一粒枣核。在这空旷得令人绝望的高原上，一个人真的觉得自己就像一粒枣核，突然被抛弃在了一个来路不明的地方。好一会儿，小伙子还傻乎乎地站在那里，这其实是高原反应，脑子缺氧，转得也慢了。但哪怕浑浑噩噩，一眼也能看穿整个县城，一条灰扑扑的土街，两旁散落着几十栋破破烂烂的土坯房,在街道转弯处便是这座县城最高的、最显眼的标志性建筑,一座两层的电影院。而整个县城才一千多人口,除了县直机关的干部职工、家属和驻军,九成以上都是清一色的藏民。小伙子忽然想到了远在中原古都开封的母校,这县城里所有的人口加在一起,一幢四五层的教学楼就可全部装下了。而你在这里想问路,也几乎没有人能听得懂。这些藏胞对汉人很友善,可在那岁月,还极少有汉人来这里,由于交流太少,汉藏之间语言不通,微笑与手势,在这里,就是人间最好的语言。

小伙子就是在一个藏族大爷的手势指引下,走到了当年县城最偏远的地方,却是离黄河最近的地方,玛多水文站。这里将成为他走出校园后的第一个归宿,对于短暂的人生,这将是他最漫长的一个归宿。黄河有多长,水文有多长。这是黄河水文人挂在嘴边的一句话,还应该加上一句:水文有多长,他们走过来的路就有多长。人生记忆里,最难忘的也许就是那些个第一。是的,这里有太多的第一,这里是黄河源头最上游的一个水文站,人称万里黄河第一站。不用说,这里也是青海省乃至全国海拔最高、条件最艰苦的水文站。但它也是黄河源头最重要的水文站之一。追溯历史,青海省水文事业以1951年首设西宁等五个水文站为开端,最早来这里建站的老一代水文工作者都是从祖国各地奔赴青藏高原的,有的还是从大城市来的。玛多于1955年6月建站,这在黄河水文史是破天荒的。

那可真是破天荒啊,尽管中华人民共和国成立五六年了,在这荒凉河谷里还有嗜血的野兽与流窜的匪徒神出鬼没。一场惨案不久就发生了。那是1957年2月26日清晨,白茫茫的大雪几乎覆盖了天地之间的界线。这样的冰天雪地,是极少有人出门的,但有两个人却必须在早晨八点钟准时出门,他们是玛多水文站建站之初的两位职工。他俩都不是玛多本地人,一个叫李创姓,时年二十五岁,甘肃永登县人;一个叫王际元,时年二十四岁,山东寿张县人。那时玛多水文站还在小县城最偏远的黄河沿,两个年轻人扛着沉重的测量仪器和破冰的钢钎在冰天雪地中艰难地跋涉,一人肩上还背着一支七九式步枪,这家伙,还是晚清训练新军时从西欧引进到中国的,和三八式一样,是比较典型的手动步枪。那个年代的水文人竟要背着枪测流,可想而知那时候这里有多么荒僻和凶险。从水文站到观测断面有五六里,而在这种连站着也要拼命喘气的地方,他们扛着那么重的东西走路,每走一步还要在深陷的大雪里用力拔脚。除了他们自己,没有人知道他们是怎样走过来的,一切只是人们后来的猜想。哪怕是猜想,也让我突然之间胸口闷塞,如同窒息一般难受。我知道,这两个年轻的生命已经走上了一条不归路,但此时他们还一无所知。哪怕有极其不祥的预感,感觉自己正在迫近一个深渊,他们也不会停下脚步。当他们走到测流的断面,一定已疲倦至极。在稍做准备后,他们便开始打冰测流。那沉重的凿冰声一如既往,仿佛要使劲打破天地间那可怕的沉寂。一阵枪声猝然响起,王际元连喊一声也来不及就连同手中紧攥着的钢钎一起倒下了。后来人们才发现,一颗子弹击中了他的左胸,穿透了一颗年轻的心脏。几乎在同时,另一颗子弹也击中了李创姓的胸部,他倒下后,还在白雪覆盖的冰河上往前艰难地爬了十几米,一伙从山沟里冲出的匪徒又追上来在他身上连刺了几刀。没有人听见枪声。两个倒在黄河源头的遗体,在那个人所不知的世界,一直静静躺在一条冰河之上,而冰川之下,静水深流。直到两天后,他们才被人发现,而我在时隔六十多年后描述的情景,是人们根据他们倒下的位置和姿态而猜想的。那渗进冰雪的鲜血像色泽鲜艳、质地莹润、生长极缓慢、不可再生的红珊瑚。

这两位水文人被匪徒残杀,看似有些偶然和极端,背后却有着意味更为深长的必然性。这些离黄河最近的水文人,在和平年代他们干的是最危险的事,也可以说是高危职业。每当暴风骤雨降临之际,每个人的第一个条件反射就是找个遮风避雨的地方,他们的第一个条件反射却是在第一时间测出准确的水文数据,而预警机制、抗洪抢险的预案,就靠他们提供的数据作为决策的依据。我不想用坚如磐石来形容他们,他们和我们一样,每个人的生命都非常脆弱。河流往往是最危险的雷击区,但他们必须长时间在电闪雷鸣中测流。而那随时都会夺走他们生命的惊涛骇浪,别说一个人,连一条船都可以席卷而去。但无论怎样险恶,黄河水文人从未退缩。在玛多这被两位水文人的鲜血染红的河谷里,那早出晚归测流的水文人,依然是这河谷里一旦出现就再也不会消失的身影。一个刚刚二十岁的小伙子,命定将要成为这河谷中的一个身影,一个最长久的身影。如果说这就是命运,那也是他自己选择的命运。

尽管在来之前,谢会贵对玛多有多么艰苦都想过了,也有了十足的心理准备,然而,对于一个刚刚走出校门的学生娃,玛多的现实还是与想象的反差太大。最强烈的反差还不是一个县城的大小,而是他将要开始的生活、每天都要过的日子。那时候玛多县城没有电,连煤油灯也没有,从生火做饭到煨热自己的身体,只能烧牛粪。把生米煮成熟饭,原本是世界上最简单的一件事,在这里却成了天下第一难,别说煮饭炒菜,连水也烧不开,看着那沸腾的开水,最多也不过七八十摄氏度。从吃第一碗夹生饭,到喝第一碗温暾水,谢会贵就这样开始了他漫漫无期的高原人生。

对于来这里的每个人,高原反应比生活反差来得更加强烈。谢会贵没有忘记他在玛多度过的第一个夜晚,这也是他将在未来的漫长岁月里度过的所有的夜晚。在那冷得让人瑟瑟发抖的寒夜,一间房里生一个小火炉就是世间唯一的温暖。每个人在睡前都会将炉子烧得通红了,但哪怕烤得脸颊和胸膛滚烫,背脊还是一阵阵发凉。隔一米来远,你就感觉不到这火炉的暖意了。那时候大家睡的是床板,铺的是毛毡和羊皮褥子,但往被褥里一钻,就像钻进了一个冰窟窿。好不容易把被褥焐热了,迷迷糊糊地睡了一会儿,又被从窗缝里、门缝里钻进来的寒风冻醒了。那门窗在睡前明明闩紧了,却还是被狂风吹得吱吱嘎嘎的,偶尔发出哐当一声闷响,像是被吹开的木门撞到了墙上,又像是有什么东西打在了墙上。在这不可名状的恐怖中,隐隐还能听到狼群在荒原上传来的低沉的嗥叫。这一夜不知醒过来多少回,或是冻醒了,或是惊醒了,或是被一口气给憋醒了,无论你以怎样的方式醒来,那身体贴着褥子,就像一层冰似的冻结在床板上。这也是我在玛多亲身体验过的。所谓高寒缺氧,除了高寒,还有更难以忍受的缺氧。这里的含氧量只有平原的百分之四十,头痛欲裂,心慌胸闷,恶心呕吐,这样形容还只挨着皮毛，那种难受劲实在难以形容，躺在床上，身上就像压着一块大石头，压得你没有气力呼吸了，还得拼了命似的爬一座高山，那种喘息，喘得你连舌头都要吐出来。这时候，每个人都会折磨得直后悔，我就后悔过，实在不该来这个鬼地方，活受罪啊。

谢会贵后悔了吗？我看了看眼前这个一脸黢黑的汉子，他没说出一个悔字，却发出一声叹息："唉，有时候突然很想家，难以克制地想家！"

这其实也是一种高原反应，更是一种与世隔绝的孤独与寂寞，但对于当年的一个小伙子，还只是刚刚开始。那时候他不是没有想过，如果让他回家当一个农民，至少也能和一家人团聚在一起，等到结婚成家，也能过上老婆孩子热炕头的日子，这寻常的日子，虽说庸常，却也是人间最寻常、最质朴的一种温暖。他脑子里萌生出的这种很单纯的想法，全被老站长看在眼里了。在这里熬过了漫长岁月的老站长，看着这个身子还有些单薄的小伙子，其实也在打心眼里替他着想。谢会贵犹犹豫豫地还没有开口，老站长就主动提出让他回家去住些日子。难道老站长就一点也不担心，小伙子这一走恐怕就再也不会回来了？这个，老站长心里似乎比谁都清楚，一个人勉强留在这里，留得了十天半月、一年半载，也留不了他的一生。在那个年代，一个人既然来到了这里，先就要有在这里熬过一生的准备。

谢会贵没有让老站长失望，他回家待了不到二十天，又气喘吁吁地出现在水文站大门口。老站长信心十足地看了他一眼，笑着说："小谢子，回来了？有人说你这一走就不会回来了，我还打赌呢，说你一定会回来！"这半开玩笑的话，让腼腆的谢会贵还有些脸红，他低声说："我是自愿到玛多来的，我不能打退堂鼓，绝不能当逃兵……"

或许是刚刚经历长途奔波，小伙子的声音显得有些低沉疲倦，但老站长一听，心里似乎更有数了。如果说谢会贵在毕业分配时递交了一份决心书，多少还夹杂着一个小伙子心血来潮般的豪言壮语，一份决心书，说穿了不就是一张纸嘛。而此时，谢会贵说出来的每一个字，在阅人阅世的老站长耳里，那都是过了脑子的，前思后想后从心底里吐出的实诚话。这让老站长心底里有了一个笃定的判断,这小伙子一定会在玛多留下来,他这一次回来,比上一次似乎多了点什么,骨子里多了一股初来乍到时还没有的韧劲儿……

二 那股骨子里的韧劲

那股骨子里的韧劲,是很多水文人能够在世界的某个偏僻角落里一生坚守的漫长诠释。很多人可以在瞬间爆发出巨大的热情、惊人的能量,甚至是舍身赴死的英勇,而以如生命一样漫长的坚守,往往比短时间的爆发更能考验一个人的顽强意志与耐力。如果没有骨子里的那股韧劲,别说熬过二三十年,你连两三天也受不了。

这些年我一直在大河上下奔波,在荒凉河谷中见得最多的就是水文人。哪怕作为一个旁观者,我也感觉到他们的日子是如此单调乏味。用谢会贵的话说,他们每天要干的事情很简单,就是看水。但要真正干起来,却又非常不简单,量水位、测水量、报水情,他们是为江河把脉的人。水文站一般是严禁外人入内的,我得到了水利部、黄委会的特别许可,才有幸探访过大河上下的数十个水文站,在他们值班室的墙上,都无一例外地贴着一张图,红色的格子上用铅笔细细地画着三条曲线。如果没有他们解释,我是根本看不懂的,这是水位流量关系曲线图,一条曲线代表一年的流速,一条曲线代表一年来河流断面面积,而用流速乘以他们监测的断面面积,就得出一年的流量。这每一条曲线又由三百六十五个点构成,每个点都代表了一天测得的数据,每一个数据都要经过初作、初校、复核三道严格的程序。这看似简单的一张图纸,用水文人的话说是"一天一个点,一年一条线",每一个点每一条线都凝聚着水文一线职工日复一日、年复一年的心血。

每天早上 8 点,无论刮风下雨、天寒地冻,他们必须准时出门、定时巡测。我已经反复描述过玛多的严寒,这里每年八个多月都要烤火,一年四季也离不开火炉。哪怕在大暑天,玛多的早晨也寒冷刺骨。出门前,他们先要穿好皮大衣、毡靴,戴上口罩、皮帽,扎好围巾,然后戴上烤热的皮手套。但有一点,早上出门时他们从不洗脸,脸上一沾水,出门时就结成一层冰壳子了。他们只能用烤热的双手使劲揉搓着冰冷的脸颊——这就跟猫儿洗脸一样,他们也爱开玩笑,时常拿自己取乐。一出门就骑上自行车,一路猛蹬,潮湿的浓雾在那死气沉沉的河谷里弥漫着,雾中隐约透出水文人暗淡的身影。骑了一半路,一双手差不多就冻僵了。到了断面,俯身一看,那黄河跟明镜儿似的,立马就照出了玛多水文人真实的面孔,那眉毛、口罩、帽檐儿上都结了白花花的一层霜。

黄河流到玛多黄河桥下,从源头那不过一米宽的小溪流变成了宽约七十米的大河,在黄河源区没有比这更大的河流了。每次测流之前,他们便开始摩拳擦掌——他们的存在让我对中国式成语有了更接近本义的理解,这绝不是什么"精神振奋,跃跃欲试"的样子,他们必须先把冻得麻木了的双手摩擦发热,让每一个关节都能灵活运转,还得使劲跺着冻僵了的双脚,以此来获得生命的热量。这样,才能投入他们一天的工作了。而在当时,所有设备都是最原始的,测流断面,没有测量车,只有一种笨重的捆绑式测流工具——绑在一根铁制悬杆上的测量仪器,水文人把那家伙叫铅鱼,还真像,只是比鱼重得多,而一根几米长甚至十几米长的铁悬杆加上铅鱼的重量,两个人才能使劲抬起来。但玛多站人手少,谢会贵也就只能一个顶俩了。捆绑好悬杆和铅鱼,等他直起身来,油污已沾了一身。操控铅鱼是最沉重也是最危险的,这也是谢会贵干得最多、最长久的一个角色。随着他不紧不慢地操控着探入水流的铅鱼,此时的黄河就像受到了神灵的控制,也牵动着谢会贵的每一根神经。在铅鱼发出的电铃声中,开始显示出一个个数据,另一个水文人员蹲在一旁,在膝头摊开的笔记本上快速而准确地记下一个又一个稍纵即逝的数据。一秒,一分,一刻,一个钟头,两个钟头,时间一如单调而有节奏的钟表。时间也是最好的老师,谢会贵干这活干得久了,压根就不用看表,他早已有了自己的生物钟。时间和数字,都是最单调、最枯燥的,而水文人的执着,就是从单调里找到意义,从枯燥中发现乐趣。

何时开始测流每天都是定时的,但何时能够测完则是难以把握的,在涨水期测一份流量就要用两三个小时,甚至更长。每到防汛抗旱的关键时刻,有时一天要测量四五次。而一旦洪水暴涨,一条平日里看上去风平浪静的黄河,忽然变得汹涌澎湃,浊浪排空,一不小心,连人带杆就会被浊浪与激流席卷而去。越是危急关头,一个处于龙头位置的水文站越要抢在第一时间测出水位、流量、含沙量等准确完整的洪水资料,为下游的抗洪抢险提供水情数据,也为黄河水资源的调配和水利枢纽提供宝贵的第一手水文数据。此时要掌控那剧烈摆动的铁制悬杆和水中的铅鱼,你咬着牙硬挺是挺不过去的,除了使尽力气,还得深谙这条河流的水性,如此才能驾轻就熟,游刃有余……

每当谢会贵把沉重的铅鱼从水底收上来时,这次测流就算告一段落了。但这还只是玛多站监测的第一个断面,也是离县城最近的一个断面,还有两个分别距玛多县城六十多公里的监测断面,所谓"分别",是这两个站不在同一个方向,也不在一条路上,想要顺便捎带上根本不可能。关于那条路有多少艰难险阻,这里暂时一笔略过,而接下来的一切如同重复。这就是他们度过的很普通的一天,而他们从早上出发,在夜幕降临时一身泥一身水地回到小站,就表明这一天终于顺利地度过了,一切正常。而高原的天气瞬息万变,正常之日太少,非常之日太多。有时候,刚才还是蓝天白云、明晃晃的大太阳,突如其来一阵风,在这无遮无挡的高原旷野,一刮风便是飞沙走石,顷刻间,狂风便席卷着漫天大雪和冰雹铺天盖地而来。而在这高原绝地,你想找一棵可以搂紧的树干也没有。没有任何树木能在这里生长,在这里唯一能看见的植物只有低矮耐寒的野草,几乎是紧贴着地皮、匍匐在大地上生长。在狂风的猛烈冲击下,这其实也是人类最适合的姿态。这时候你千万别痛苦地支着身子、死劲地顶着风,趴下!赶紧就地趴下!

一个人可以趴下,但骨子里那股韧劲儿绝不能趴下。或许就是凭着老站长早就看出来的、认准了的那股骨子里的韧劲儿,谢会贵在来玛多的短短两年里,就摸清了这一段的河流特性和测验方式,成了站里的骨干。而一个人对水文如此投入,只因他对这条伟大的河流、这份平凡的事业如此热爱,才会如此执着和坚韧地守望下去。一个人可坚韧到什么程度?谢会贵在1979年的冬天验证了自己。在入冬之前，上级就给玛多站下达了一项前所未有的测验任务——冰期试验，谢会贵被选拔为这次试验的骨干。此时，玛多的温度已骤降到了零下四十多摄氏度，河上坚冰厚达一米五，冰上还铺着一米多深的积雪。在人类生存的极限状态下，连走路都连连打晃，谢会贵却要先扒开积雪，然后打一溜冰孔。打冰，不是有打冰机吗？有，可在这高寒缺氧的地方，人类还在艰难地蠕动，打冰机却早已冻得一动也不动了。无论你怎么想办法，就是无法启动。血肉之躯的人类，有时候真是比机器还顽强，谢会贵二话没说，就挥着一个两米长、二十斤重的冰钎，开始一下一下地打冰。在这鬼地方，有劲也使不上，稍一用力就喘息不止，打了一会儿，又浑身发热，他们脱掉了皮袍子，一个冰孔好不容易打透了，已累得满头大汗。打，接着打，要不这汗水都变成冰溜子了。滴水成冰啊！每次，他都要打十几个冰孔，一干就是两三个小时。而一溜冰孔终于打完了，这还只是刚刚开始，每小时还得测一次流。可等你安装流速仪时，冰孔立马又结了一层冰，还得再打一遍，清除冰塞，把打碎的冰块捞干净了，才能把流速仪放进去。在放下流速仪之前，还得先用热水把仪器的运转部分慢慢冲开，从冰洞里放进河流的仪器才能正常运转。

那一个冬天的冰期试验，让二十二岁的谢会贵打出了一个一辈子属于自己的品牌："玛多打冰机"。要说这是对他的称赞其实还有点低估了他，他不是机器，但他验证了人类比机器更能忍受高寒缺氧的极限。这次打冰测流，也差点儿就让他把这条命交给黄河了。那是在鄂陵湖打冰测流时，一场漫天大雪骤然而至，白茫茫的原野看不清方向。他把一只手举到额头在飞舞的雪花中辨别方向时，隐约听见脚底下响起冰裂声。好在谢会贵那时年轻灵活，反应敏捷，在冰面上疾速地向后滑溜了数米，他才躲过一场灭顶之灾。若稍有迟疑，一头栽进那冰窟窿里，就没有眼下坐在我面前闷头抽烟的谢会贵了。干水文原本就是一个高危职业，尤其是一线的水文人，流水无情，危机四伏。1991 年 1 月份，那是玛多历史上气温最低的一个月，低到了零下五十四摄氏度的极端温度。谢会贵和同事林伟扛着仪器，踏着冰雪，一步一步艰难地走到测流的断面，在破冰之后，为了将铅鱼沉入河底,测到更精确的数据,谢会贵穿着胶皮裤跳入了河水中。那极度严寒的冰水足以穿透胶皮衣裤,让人感到钻心彻骨的寒冷。而除了能感觉到的严寒,还有难以察觉的暗流。谢会贵刚刚在水中放好了铅鱼,一股从冰层缝隙里袭来的暗流,像电流一样把谢会贵击倒了,好在林伟眼疾手快,一把将谢会贵从河里拖了起来。多年后林伟回想起那个瞬间,还下意识地连打了几个寒战,那哪像是捞起来一个人啊,就像从冰河里拖起来了一根硬邦邦的大冰棍。谢会贵能够活转来,就像死过一次又重生了一次。按说他该休息几天吧,可到了第二天早上 8 点,这个死过一次的人又像平时一样早已做好了出发的准备,而且又一次走在了最前边……

　　冬去夏来,河流与时间,在时空中不舍昼夜地流逝着。不知不觉间,玛多水文站已换了七八任站长,那个当年身子单薄、眉宇间还有一股英气的小谢子,渐渐变成了玛查里街上谁都一眼就能认出的谢光头,而他那看起来比实际年龄要大许多的面孔,也让玛多的小娃儿一口一声地叫他老阿爷。岁月不饶人,谢会贵也并非不服老,但无论你叫他什么,"玛多打冰机"依然是不变的身份。每次打冰测流,他总是抢在同事的前头,第一个跳下水。但毕竟上了岁数,又加之长期坚守在高原上,已落下了一身高原病,尤其是一直折磨他的老胃病,在冰河里受了刺激,立马就发作起来,一旦发作,一张黢黑的脸孔便变得越来越苍白,那些年轻小伙子眼看他就支撑不住了,都争着过来要换下他,但他却死死地握着手里的铁标杆不肯松手。别争了,危险,我能坚持! ——这是一个不爱言语的人,说得最多的一句话。

　　他也挺实诚地说过,他也不是铁打的,人心也是肉长的,也怕死,如果他死了,老婆孩子怎么办? 这些话根本不用去想,句句都是人之常情,人同此心,心同此理,天底下哪一个人不想好好活着呢? 可每次他又把最大的危险留给了自己,最大的危险就是生命危险,只因他不想让那些还没有太多经验的年轻人去冒生命危险。干水文这一行,与河流打交道,还真得有阅历,对这条变幻莫测的河流有长时间的感受。他说:"我同这条河打了三十年交道,对这里的水性、河床的变化规律,我都比别的人了解,一旦遇到了危险情况就可以随机应变,让那些年轻小伙子下去,我在岸上看着,还真不放心啊。"

谢会贵不光是打冰测流,多少年来他都是一个人干两个人的活,比如开车。如果把他开过的车一溜儿连接起来,就是玛多水文站三十多年来的历史,从最初的手扶拖拉机、摩托车、解放牌卡车、跃进客货两用车、北京吉普、切诺基到如今的皮卡,他至少开过七八辆了,从接手每一辆车到把一辆车开到报废,他都无法计算,他在这黄河岸边的一条条山道上跑过多少公里了。这些车,都是玛多水文站各个不同历史阶段的巡测车。黄河源区的路,我已亲身体验过,从玛多到黄河源头,比从玛多到青海省会西宁还要遥远,遥远的不是空间距离,而是一路上折腾的时间太长了,那路况也实在太差了。黄河源作为国家级保护的核心区域,又加之生态极其脆弱,也不能开山劈石地修路。而一条蜿蜒狭窄的土路,到处都是烂泥坑,陷车是正常的,不陷车才是不正常的。

一旦陷车,发动机立马就熄火了,一辆车彻底趴窝了。在高寒山区,车子趴窝的原因,不是发动机缺氧,就是发动机打不着火。而在这冷死人的地方,你要把车子重新发动,先得把发动机焐热。而在这呼啸的寒风中,连个火星子也打不着,更没有可以燃烧的干柴树枝,又拿什么去焐热那冰冷的机器?只有用你的胸膛,你胸膛里的热血散发出的热气。这是谢会贵经常要干的,每次汽车一趴窝,他总是第一个脱下大衣,然后把自己的胸膛紧贴在发动机上。等到发动机终于启动了,车轮还在泥坑里不断打滑,在这大雪覆盖的旷野里,连找个石头垫一下车轮都遍寻不着,还不如干脆把衣服垫在车轮下,这也同样是谢会贵经常要干的。然后,谢会贵几乎是光着膀子在车上猛踩油门,其他人喊着号子使劲推,一辆趴窝的车才像老牛一样气喘吁吁地爬出了烂泥坑。

那样的遭遇还算是幸运的,有多少次,一辆车趴窝后,那冰冷的机器连人类的胸膛和热血都焐不热,只能靠人来推了。在一个风雪肆虐的日子,谢会贵和三个同事去黄河乡热曲断面破冰测流,收工时已是傍晚 6 点,狂风一直在怒吼。在返回玛多途中,谢会贵最担心的事发生了,在距黄河乡二十来公里的一个坑洼里,由于大雪覆盖了路面没看清楚,汽车猛地颠簸了一下,就深陷在雪泥里。谢会贵一会儿栽到车底下,一会儿又揭开机箱盖,什么法子都试过了,连测流时穿的救生衣都垫在车轮底下了,但那车依然趴在那里。——没办法了! 谢会贵说,推吧。四个人在那个被狂风吹得狰狞可怖的雪夜里,又沿原路把一辆车推回黄河乡,推了整整一夜。除了一条回头路,几乎什么也看不清。

三　在人类生存的极限下

端详着眼前这个像高原岩土般质朴的汉子,我最关注的不是他为何能成为劳模,而是一直在琢磨,一个人在环境的极限状态下如何生存。这个人骨子里无论有多么顽强的韧劲,又怎能在高寒缺氧的生命禁区里长久地坚守? 又怎能忍受那漫长乏味的、几乎与世隔绝的生活? 这三十多年他是怎样熬过来的? 当我脱口问了这样一个愚蠢的问题,他黝黑的脸孔下意识地一抖,又难得一笑:“你不要问我是怎么度过的,你要问我是怎么活过来的。”

这话让我心里猛地一震,又一抖。时常听黄河人说,在那种人类生存的极限状态下,不要说在黄河上破冰测流,更不要说像谢会贵那样一个人干两个人的活,就是你啥也不干,只要能在那儿待下来,就是人间奇迹。所谓人间奇迹,只因超越了人类生活的常态,或经历过非人的折磨,或有非同寻常的过人之处。是啊,凡是来过这里的人,哪怕像我这样来这里看看就走的匆匆过客,也深深地感受到了,即使空手站立不动,心脏也承受着数倍于平原地区的负荷。而要长久地待在这里,随时都有生命危险,暴风雪,洪水,泥石流,凶险的道路,听说以前这里还流行过鼠疫,危机四伏,险象环生,要不怎么被称为生命禁区呢。在这离人间最远、离天空最近的地方,人的生命和大自然的生态都显得十分脆弱,生与死的距离也是如此之近,一场寻常的感冒就可能夺走一个人的性命。

往事如烟,又历历在目。一位早已习惯于沉默的汉子,对我所有的疑问似乎都觉得没必要回答,只是一支接一支地抽烟。那手指上被烟火燎过的痕迹,是这个汉子的又一个特征。我也是个老烟鬼，但没他抽得这么凶。他笑了笑说，这还不是最凶的，尤其是在那些酒后的夜晚，最多的时候他一晚上抽过五六包。他语不惊人，仿佛早已习以为常，这其实也是很多水文人长年养成的习惯。每个水文人，除了难以言说的艰苦，更有难以忍受的孤独与寂寞，这也是我同水文人交心时他们掏心掏肺的倾诉。他们每天从早干到晚，一身泥一身水地回到站房，在那些寂静得可怕的夜晚，没有电，更不说电视、电脑了，除了偶尔去那唯一的电影院里看看靠柴油机发电的电影，他们几乎无处可去，而待在屋子里也没有任何排遣孤独寂寞的方式。一个月才能收到一次邮件，等到最新一期的日报到了他们手里已是月报，当日的新闻对于他们早已是一个多月前的旧闻。可明明知道这已是旧闻，每个人都抢着看，看了一遍又一遍，直到把一张报纸翻烂了，他们还在把一个个老故事像刚刚发生的事情一样传播。而站里的一台半导体收音机，几乎就是水文站与外界沟通的唯一渠道。除此之外，陪伴他们的只有烈酒和烟火，还有黄河在那黑暗而漫长的时空里隐隐约约传来的流逝声。而水文人又长年累月与河水打交道，每个人都是一身风湿，酒是他们往命里灌的东西，那一点儿闪闪烁烁的微光，则是比烈酒更长久的打发孤寂、挨过长夜的方式。

与世隔绝，说到底还是交通极为不便，而交通不便给他们带来一个更可怕的伤害是吃不上蔬菜。在这高寒缺氧的地方是长不出蔬菜的，从粮食到蔬菜都只能从千里迢迢的西宁运过来，可想而知，在那一个月才能收到一次邮件的年代，哪怕是再新鲜的蔬菜运到这里也腐烂了，而玛多人唯一能吃到的蔬菜只有冻成了冰疙瘩的冻白菜。谢会贵告诉了我冻白菜的做法，先放在开水中焯，再放在凉水中拔，最后放在油里炒。这样几经折腾，那菜中人类最需要的维生素就所剩无几了。但哪怕这样的冻白菜，没几天就吃完了，一年大多数时间只是咸菜就馒头、清水煮面条。由于长时间吃不上新鲜蔬菜和水果，别说吃，连见也见不着，有些职工回到了远方的家里，看见家人买来了水果，脑子会像高原缺氧一样突然短路，怎么也想不起来这水果叫什么，只好说"那个，那个"，其实那都是最平常不过的水果，香蕉、梨子、苹果。你说他们傻吧？他们也觉得自己在高原上待傻了，像是来自另外一个世界。事实上，从玛多回一趟家，在那时也真是遥远得像两个世界的距离。由于难得回一次家，难得吃上一次蔬菜和水果，谢会贵和他的同事们均患上了不同程度的维生素缺乏症，每个人都早早就脱发谢顶，你再看看他们的指甲，不是凹，就是翘，这就是维生素严重缺乏的症状。

对于我们这些来自高原之外的人，雪域高原是绝美的风景，而对于长久地生活在这里的人，一棵小草、一朵小花、一点儿绿意，在他们眼中都是绝美的风景。有一年春天，谢会贵回家探望生病的老母亲，他是个难得尽孝的孝子，也是一个有泪不轻弹的硬汉子，看到躺在病床上的母亲，他也没掉一滴眼泪，可一眼看见家门口绽放的一朵小花，泪水一下涌了出来，一滴一滴地洒在花瓣上，多少年了，他都忘了世界上还有这么娇艳的色彩。别看谢会贵一副木讷寡言的样子，他心里充满了生活情趣。每年天气转暖的季节，他都会拿出平常采集的草籽，播撒在水文站的小院里，这是玛多水文站最美的风景，也是这雪域高原的一道独特风景。

对于每个人，恋爱结婚，生儿育女，既是人生大事，也是人间常事。但长期奔波于江河、在野外作业的水文人，想要找个对象，特别难，尤其是在玛多这种条件非常艰苦的水文站，非常难。在我走访过的水文人中，像谢会贵这一代，还有他的前辈们，基本上是一头沉，半边户，妻子都是农村户口。哪怕到了现在，我还遇到了很多找不到对象的年轻水文职工，有的谈了六七个对象，到头来都吹了。在黄河源、三江源等青藏高原腹地的水文站，很多人过了而立之年，个人问题依然悬而未决。但这其实不是什么悬念，很多年轻水文人都不约而同地道出了实情，他们谈过的对象，不是对他们才能人品不满意，而是明确提出，只要他们愿从海拔四千多米高的地方调到海拔三千米以下，这些姑娘都愿意成为他们的新娘。但让我感动而敬佩的，哪怕在今天这样一个物欲横流的年代，也依然有很多年轻人难以割舍他们心爱的水文站，对那些跟他们吹了的姑娘，他们也没有一丝怨艾，而是为她们设身处地，以满心满意的真挚去理解她们。在这样一个生命禁区，又有哪个姑娘能受得了呢？又有哪个姑娘的父母亲愿意把自己的女儿嫁到这里来活受罪呢？在这里,可不是一般的受苦,还随时都有生命危险,一场很普通的感冒,很可能就会夺走一个年轻的生命。

又不能不说,谢会贵同很多水文人相比还真是幸运,他的个人问题几乎毫无悬念,在他来玛多的第三个年头,还不到二十三岁呢,就在玛多县城找上对象了。他对象是县民贸公司的出纳员,单位好,工作好,人更好。在很多人眼里,那真是一桩美满而浪漫的姻缘,有多少小夫妻能像他们一样,有雪域高原为他们祝福,还有黄河为他们证婚。第二年,他们的第一个孩子就降生了,是个小子。可这小子长到五六岁时,由于在玛多唯一能吃到的就是在保存上比较耐久的苹果,他竟然以为天底下唯一的水果就是苹果,只有苹果。这让两口子突然意识到,如果让孩子在这种与世隔绝的环境下长大,那就废掉了。为了让孩子有个能与外面的世界接触的环境,给他找个好的学校,妻子几次向谢会贵提出,想在西宁安个家。还有一些好心的朋友也劝他,老谢呀,你就是再没本事,回西宁卖冰棍,给人家擦皮鞋,也比待在那鬼地方强啊,起码可以照顾孩子生活和学习呀！然而,谢会贵在玛多待的时间越长,越是不想离开玛多,有人说他简直是待傻了。妻子眼看大小子都过上学年龄了,在几经犹豫后忍痛做出了抉择。1992年,妻子与他离婚,带着八岁的大儿子离开了玛多,把一岁的小儿子留给了他。十年夫妻,家破人离,在黄河面前发誓要"执子之手,与子偕老"的谢会贵,又为了黄河只能肝肠寸断地看着妻子携儿远去。妻离子散,原本是人间最不幸的事,转眼便成了他的遭遇。而唯一能够给他消愁的只有往命里灌的烈酒,他一边流泪一边唱着在玛多淘金人中传唱的青海花儿《沙娃泪》:"哎——孟达地方的撒拉人,尕手扶开上了玛多的金场进了,一路卜少年(哈)唱不完,不知呀不觉地翻过了日月山。哎——出门人遇上了大黄风,吹起的沙土打给着脸上疼,尕手扶拦下着走不成,你推我拉的麻绳俩拽。哎——连明昼夜地赶路程,一天地一天地远离了家门……"

长歌以当哭,那歌声真像哭一样。一段往事诉说到这里,我眼前这位一直木讷寡言的硬汉子,声音有些颤抖,眼眶里已有泪光隐约闪烁。离婚后,他独自带着一岁的小儿子留在了玛多,既当爹又当妈,从原本在玛多还算温暖幸福的生活一下变得举目无亲,很多人都担心他迈不过这道坎,但他一如既往,每次测流依然是走在最前边的一个人,依然是穿着胶皮裤第一个跳到冰河里的人。为了不耽误工作,没过多久,他又忍痛把小儿子送回老家让姐姐照顾,一个团团圆圆的四口之家,在谢会贵三十六岁的本命年,又如同轮回般转回了原点,他又变成了孑然一身的单身汉。对前妻的离去,谢会贵没有丝毫怨言,而说到两个儿子,他黢黑的脸上充满了愧色。大儿子是前妻带大的,小儿子是姐姐带大的,而身为人父,他连自己的儿子是怎么长大的都不知道,但对这里的水情、河势,他比谁都清楚。

　　对于有过家的人,或家在外地有家不能回的人,那白天难见人烟、夜晚孤灯冷月的生活,愈加难以忍受。尤其是过年时,一年到头,回家团聚,对于这些水文人,原本是一天数着一天期盼,而过了十个团圆年的谢会贵,这个年,还真是跟他过不去了。大年夜,去西宁采办年货的同事因大雪封山赶不回来了,一座半埋在雪堆里的水文站,只有谢会贵和卡文明两个光棍汉。卡文明是玛多站唯一的藏族职工,他其实不是光棍汉,但家在外地,一年到头难得回一趟家,跟打光棍差不多。这大过年的,他原本是急着要回家过年的,可由于大雪封山,一条回家的路被老天爷断绝了。这两个民族的兄弟,在这与世隔绝的水文站里,还真是相依为命啊。他们吃不上团圆的饺子,更没有辞旧迎新的鞭炮,只有两条硬邦邦的生羊腿。他们一边喝着老烧锅,一边蘸着盐巴一口一口地啃着生羊肉,那凶狠的样子像狼一样。开始,谢会贵神志还挺清醒,还像大哥一样,对卡文明这个满脸忧伤的藏族兄弟又是劝慰又是开导,可还没等卡文明额头上的愁结解开,他这个大哥自己先哭了,他一哭,卡文明那堵在胸膛里的孤独与郁闷一下如排山倒海,两个汉子紧紧抱在一起放声恸哭,也只有这样的恸哭,才能把堵塞在胸口的那比烈火烧心更强烈的痛苦倾吐出来……

　　这种在酒后放声恸哭的男人往往是最质朴、最真率的,也是人们常说的真性情吧,这样的人往往又是最豁达的。在谢会贵离婚两年后,朋友们帮他在西宁介绍了一位女友,第一次见面,他就老老实实地告诉她,玛多是个怎样的地方,他又是什么原因离婚的。他的真率, 他的朴实, 还有他的忠厚, 没有让女友退避三舍, 在见了一面之后, 又有了见第二面的念头。一段姻缘, 几乎又毫无悬念地降临了, 谢会贵也终于在西宁安了一个家。但他在这个家里待的时间很少, 用他妻子半开玩笑半是嗔怨的话说, 这个家就像是他的旅店, 几个月也难得回来一次, 而他真正的家, 还是那个青藏高原、黄河源头的玛多水文站。

哪怕老谢一言不发, 我也越来越感觉到这个人从未后悔自己的选择。事实上, 他不是没有离开玛多的机会, 如果他真想离开这里, 也许早就离开了, 他的人生也许将以另一种方式来书写。在大多数人眼里, 那无疑是一种更合乎情理、更有出息的方式, 然而一个难得的机遇却被他自己断送了。

那是他来玛多的第二年, 谢会贵参加了黄委会河源查勘队, 既是向导, 又是测流骨干。1978 年 7 月 27 日, 这是他忘不了的一个日子, 也是历史应该铭记的日子。谢会贵对黄河河源玛曲和卡日曲分别进行了测流, 对两条河流第一次在同日测得了精确的可比流量, 这些数据, 为黄委会确定黄河正源, 也为长期以来一直相持不下的黄河正源之争提供了最直接也最有说服力的实证 (实测数据)。而在这次查勘途中, 一个致命的意外事件发生了, 查勘队长董坚峰的坐骑在幽险的山道上被磕绊了一下, 突然受惊了, 而在这高山深壑间的山道上, 步步惊心, 一匹狂奔的惊马, 随时都会摔进万丈深渊。幸亏谢会贵眼疾手快, 那反应比高原反应还快, 他纵马往前一跃, 用自己的马拦住了董队长的马, 又死死挽住惊马的缰绳。那一场人与马的较劲和角力, 让在场所有人都惊呆了, 在所有人屏息敛气的死寂中, 那惊马仰天发出的一声声嘶鸣在空气中阵阵震荡。当惊马终于被制服了, 驯服了, 每个人都看见了谢会贵手上那被马缰勒出的一道深深的血痕。这次考察结束时, 董坚峰问谢会贵愿不愿到郑州工作。这绝非单纯的感激, 董坚峰更看重的还是谢会贵在测流中表现出来的那种专业水平和不畏艰险、十分投入的敬业精神, 如果把这样一个人才放在一个更高的平台上, 无疑有更大的发展空间。要说一个二十来岁的小伙子, 对此一点不动心也是假的, 郑州是黄河水利委员会的大本营, 也可谓黄河之都, 一个最底层、第一线的水文人, 能从这世界最边缘的角落里调到那中原之中心的大都市，足以用一步登天来形容。但每到这关头，谢会贵立马又想到了他的那份决心书，这是他的诺言，而为了信守自己的诺言，他在送别董坚峰时，婉言谢绝了董队长的好意。其实，只要他改变主意，也还有机会。董坚峰在完成这次考察后不久，就担任了谢会贵母校的党委书记，1982年又担任了黄河水利委员会水文局党委书记、局长。这是黄河水文战线的一把手了，但他一直没有忘记那个甘居水文第一线、最底层的小伙子。谢会贵也从来没有忘怀这位关心自己的领导，却一直没有去找他。

随着谢会贵在玛多待的时间越来越长，年岁越来越大，他自己不想走，上级也几次三番想把他调走。玛多站的顶头上司是西宁水文勘测局，局领导苦口婆心给老谢做思想工作。这个思想工作做得挺有意思，一般做谁的思想工作，是让他到祖国最需要的地方去，而祖国最需要的地方往往就是条件最艰苦的地方，而给谢会贵做思想工作恰恰相反，是要把他从最艰苦的玛多调到那些海拔较低、条件较好的水文站去。不说去西宁，退而求其次，就是回到他移民搬迁的家乡贵德水文站，也是不错的选择。我去贵德看过，那里是"高原小江南"，又是省会西宁的后花园，谁都知道，天下黄河贵德清啊！但这个老谢，还真像是在高原上待傻了，说来说去就是那句话："玛多虽说艰苦，可那儿的环境我早已适应了，情况也熟悉。反正工作总是要有人来做，与其换其他同志来吃苦，还不如我继续在这里干。"这话听着很平实，却暗含着一股子比石头还笃定的倔劲儿，这个老谢，不像是在那高原上待着呢，他仿佛已经将自己的生命与黄河源头的那片高原融为一体了，除非你把他搬下山，他自己绝不会走下山。

他还真是被人搬下山了。那是 2003 年，谢会贵突发脑血栓，幸亏这时候青康公路的路况好多了，赶到医院时，老谢已经认不得人了。但这个历尽奇险的水文人，又一次让人们见证了生命的奇迹，连大夫也惊叹，这是一个特别顽强的生命。对于谢会贵，这也是他又一次死里逃生。他还在病床上躺着时，来医院里探望的局领导就开始盘算，这次老谢下来了，就不能让他再上去了，就在西宁给他找个清闲点的事儿干干吧。可等到领导再次来医院看望他时，老谢却不见了踪影。接下来便是一个在西宁局闹得上上下下都知道的"寻人事件",而他们要寻找的那个人,又将毫无悬念地出现在那个叫玛多的地方……

四 时空中的一个坐标

在玛多,我也时常听到这样一句话:"四十岁前拿命换钱,四十岁后拿钱保命。"

几乎无人不知,一个长年累月生活在高寒缺氧的环境中,那伤害的程度足以用对生命的摧残来形容。有人给我透露了一个冷酷的数字,在玛多这地方,人均寿命只有五十四岁左右。而一个人在高原上待了多年后,哪怕离开了高原,在余下的生命里也将是一个只能靠药物来维持生命的"药罐子"。在青藏高原工作的地方干部,一般干够二十年就可以轮换或退休了,而像谢会贵这样一干就是三十多年的,还极为罕见。所谓地方干部,这里还得解释一下,这是用黄河人的眼光来看的,水利部黄河水利委员会是中央政府直属机构,而玛多水文站麻雀虽小,却也是黄委会垂直管理的一个最底层的中央直属单位,在他们看来,那些非中央直属单位的干部就是地方干部。但像水文站这样的中央直属单位,又一直处于边缘化的状态。由于他们每天都在与水打交道,很少与人打交道,与地方上、社会上少有接触,社会上对他们的存在也不大关注。他们时常被人们看见,却很少被人们认识,哪怕对他们比较了解的,也只是大致知道他们在河谷里测流,却不一定知道他们每天干的事都与自己的生命财产息息相关。很多人看到这些一脸黢黑、木讷寡言的水文人,第一个感觉就是他们在那荒凉河谷里待傻了,而他们一旦闲下来,也时常长久地发呆。这也是水文人下意识的一种习惯。

由于对他们缺乏了解,很少有人知道,这些最底层的、第一线的水文人工资待遇很低,比那些同在玛多工作的地方干部低多了。如果说一个人年轻力壮时来到高原打拼,就是"四十岁前拿命换钱",这个目标谢会贵过了五十岁没有实现,一辈子也难以实现。从刚到玛多水文站每月拿三十多块钱工资,到如今,他每月也就能拿到三千多块钱的工资。他一个人干两个人的活，别说拿双倍工资，愣是连一天的出车补助他也没有拿过。如果说这微薄的工资就是他拿命换来的钱，那谢会贵的命、水文人的命也太不值钱了，太廉价了。而"四十岁后拿钱保命"，却是谢会贵用生命来验证了的痛苦的现实。他从二十二岁那年获得了"玛多打冰机"这个响当当的称号，如今这台"打冰机"也日渐磨损老化了，一身的高原病加上水文人的职业病——风湿痛、关节痛、胃痛，还有致命的脑血栓，从三十岁之前就开始折磨他，年岁越大越是厉害，无论在玛多水文站还是西宁的家里，那大大小小的药罐子，不是治胃病的，就是治风湿痛、关节痛的，有时候药罐子摆得太多了，他还得在这些药罐子上分门别类贴上标签，一不小心，就吃错了药。

那么，谢会贵又拿自己的生命换来了什么？回首二十岁时，他用一张纸把自己送到了这个雪域高原，从此他就认了，一辈子交给玛多了。在接下来的漫长岁月里，他以自己的坚守和全身心的投入，为自己换来了上上下下的夸奖，几乎每一任站长都这样夸奖他，"别看老谢是咱们玛多站资历最老的，可干起活来愣是一点儿也不含糊……"夸奖的话多了，既是不断地重复，也是在不断地强调，而他每次听了也只是憨厚而实诚地一笑。除此之外，他也为自己换来了一大堆荣誉证书，从黄委会系统劳模到全国五一劳动奖章获得者，作为一个最底层的水文人，应该说，他已经抵达了人生荣誉的高峰，然而说穿了，同一个人的生命相比，同他一生最宝贵的强壮年岁月相比，这些荣誉证书说穿了也不过是一张纸。而每次在光环闪耀中领奖时，他也只是憨厚而实诚地一笑。如果这一切都是纸，但他还用生命换来了更重要的东西，尽管写在纸上，却绝对不是纸，那是他和他的同事们在玛多测量的数以万计的水文数据。那上面记录了黄河源头各个季节、各种气候、各类不同自然条件下的流量、蒸发量、降水量、泥沙量等数据，这每一个高精度的水文数据，都在填补中国乃至世界水文的空白，更是国家防总、黄河防总、黄河水利委员会在防洪减灾、水资源开发利用、流域生态环境保护、水污染监测治理等方面的第一手数据。要说这每一个数据都关乎国计民生，绝对不是我在夸大其词。没有这些数据，水利部黄河水利委员会就不可能打造一条数字黄河,中国第二大长河源头的水文数据将是绝对空白,一条如同巨龙般的黄河,从龙头开始就是个处于失明状态的瞎子。想想也知道,要不,国家怎么会在人类生存的极限下设一个水文站呢? 这里根本不具备设站条件,但必须设站! 玛多水文站就是黄河的第一只眼,谢会贵就是这只眼睛里的一只瞳仁……

　　每当老谢陷入沉默时,我总是下意识地注视着他背后的黄河流域图。若从管理层级看,从水利部、黄河水利委员会、黄河水利委员会水文局、黄河上游水文水资源局到西宁水文水资源勘测局,西宁局已是黄河水文的第五级管理机构,这是一个比县区还低半级的机构,但从其测区范围看,以玛多水文站为龙头,地跨青海、四川、甘肃三省(流域面积14.5万平方公里),除了黄河流域,西宁局还要代管长江流域的四川甘孜水文站。用局长王瑛的话说,"线长,面广,点多"。这些水文监测站点,或在玛多这样的雪域高原,或在人迹罕至的荒滩僻野,或在凶险莫测的深壑长峡之中,而在中华人民共和国成立之前,这些站点大多是黄河的盲点,如果没有像谢会贵这样的水文人一代代在这里坚守,这条长河的最上游,将如绝对空白的地图。

　　对谢会贵这些长年累月坚守在水文一线的职工,黄委会一直是十分关心的。听谢会贵说,前任黄委会主任李国英(现任水利部副部长)、现任黄委会主任陈小江都曾到玛多或到他家里来慰问过他。但他们关心的绝不只是一个谢会贵,而是所有的水文人。怎么才能把成千上万的水文一线职工从繁重的工作和艰苦的生存境遇中解放出来? 这首先要采用现代科技手段,推进水文测报走向现代化。而灾难有时候也是转机,在1998年长江大水,尤其是2010年至2011年长江、淮河等流域出现跨流域、跨年份的大旱灾后,中央出台了中华人民共和国成立以来第一个关于水利的一号文件,不仅重申了水利关系到防洪安全、供水安全、粮食安全,而且首次把水利提高到"关系到经济安全、生态安全和国家安全"的战略高度。随着国家对水利的投入加大,近年来,黄委会以河源区水文情势变化规律研究为重中之重,对水文水资源监测、预测预报技术进行提质改造,针对不同河段、不同时段的水沙特性和重点,推进和构建相互关联、相互协调、各有侧重、各具特点的黄河上游水文体系。如今,很多水文站可以在巡测车、巡测船上操作着电脑监测流量,有的还实现了水文观测的全自动化,只要坐在监测室内点点鼠标,就可以通过连接设备测出比人力更精准的水文数据。

玛多水文站现在也挂上了玛多巡测站的牌子,那开着一辆越野车来西宁机场接我的,就是现任站长张红兵,一个大高个儿的西北汉子,还不到四十岁,不过看上去比他的实际年龄要大。一路上,他车里都放着那首《水文人之歌》:"我们像繁星一样,镶嵌在共和国蓝图上。山高路远,坚强守望,见证江河的消消涨涨。雨打风吹,一如既往,预测水势的闲闲忙忙。共和国知道水文,祖国腾飞有水文的热和光……"

越是高寒缺氧的地方,越需要水文人的热和光。玛多,依然是黄河水文战线最艰苦的地方,但如今的玛多站与谢会贵那一代人相比已经好了不止一个时代,那漫长的黑夜早已被电灯照亮了,还连接上了卫星电视和宽带网络,这让一个孤悬于青藏高原、黄河源头的小站和世界的距离一下缩短了。而现代科技从来不是抽象的、冷冰冰的,许多艰险而繁重的任务,原来必须用人力来完成,如今配备了巡测车和现代化的测流设备,大大减轻了劳动强度和危险性。以前一年到头都要定时监测,现在则以遥测为主、巡测为辅,这既扩大了信息收集范围,提高了测报质量,也让长年累月坚守在水文一线的职工由驻守变为巡测,有的河段和时段甚至可以由巡测变为无人值守。而一线水文职工的住房和生活条件也今非昔比,每一个水文站看上去都是那样舒适而温暖,小院里还建起了蔬菜温室大棚,一年四季都能吃上新鲜蔬菜了。而我觉得,最具人性温度的还是制度,在跨入新世纪后,黄河源区水文站就实施了轮休制度,每年11月至次年3月,是黄河上游的冰封期,这些水文一线职工就可以回到远方的家里。

有了这样温暖的人性制度,又有可以替代人力的遥测设备,谢会贵就是不想走也得走了,要么他真的是个傻子。如今,黄河源区的老一代水文人大多已退休,还有的已离开了人世。他们的早逝,让人扼腕叹息,如果不是长期守望在这片高原上,他们也许会活得更长一些。在这样一个生命禁区里坚守,真是在提前预支生命啊。而谢会贵在 2009 年从玛多调到西宁局时，他已是在这里待的时间最长的，也是当时年岁最大的。若按现在的年龄标准，五十六七岁的老谢其实并不老，还处于春秋鼎盛的壮年呢，但长期生活在高寒缺氧的高原上，他看上去真像一个历尽沧桑的老人了。

一个人，从二十岁的憧憬与抵达，到知天命之年步履蹒跚地离去，这就是他漫长而简单的人生履历。无论当初的选择是热血沸腾还是心血来潮，他已在人类生存的极限下，以三十二年的生命和岁月验证了，那就是他矢志不移的选择，那也是他一生中唯一的选择。我有幸抵达了黄河源头的青藏高原，又有幸找到了一个走得离他最近的机会，但他不愿意谈自己，他谈得最多的是那个水文站和他的那些老前辈和同事，"说啥呢，做得比我好的大有人在"。但黄河可以做证，青藏高原可以做证，一个人在海拔四千五百米的高原上坚守三十二年，哪怕再平凡，也足以用崇高来形容。

老谢虽说离开了玛多，但没有离开黄河、离开水文，他的魂，就像掉在黄河源头了。没有人比他更牵挂黄河源头的水情和生态变化。从雪线上升、冰川消融，到湖泊湿地的干涸萎缩，到黄河径流量的锐减，这生态不断恶化的灾难，依然像高原反应一样牵扯着他敏感的神经。他第一次在同日测得了玛曲、卡日曲两条源流精确的可比流量，他也眼睁睁地见证了黄河最上游的干流乃至源头从 1997 年到 1999 年连续三年跨年度断流的灾难性事实，向人类频频发出警示。而如今，随着黄河源头从过去的无人区变成一个个旅游景点，很多游客又没有生态环保意识，老谢对游人带来的各种污染以及对生态的损害也格外担心。他多么希望有幸来此一游的游客们，能够像那些心有神明的藏胞一样，对这里的每一滴水，对我们这条伟大的母亲河保持一种神圣的敬畏、虔诚而纯粹的信仰。黄河孕育了我们这个民族，她是我们的生命之源，每个人在这里抛弃的任何东西，都是对母亲的玷污，也将污染着我们的生命。还有一个让他担心的是，现在虽说有了现代化的测流设备，但在玛多那处于极限状态的地理环境和气候条件，仪器设备是无法全部代替人力的，它们比人更不适应那里的恶劣环境和气候。事实上，他的担心不是多余的,我听现任站长张红兵说,玛多巡测站现在主要还是靠人工观测……

当我起身告别时,王瑛局长说了一句话:"老谢代表了那个时代的劳模,我们不希望出现第二个谢劳模。"这话乍一听,让我非常惊诧,但他接下来的话又让我立马释然了,"老谢这辈子受苦了,太苦了,再也不能让我们的职工在那里一待就是三十多年,这不合适,以人为本,绝不是一句空话,从管理手段、管理机制上,从人性、人情上,都必须以人为本……"

这话让我心里一阵感动,但王局长也给我透露了一个苦衷,由于水文站是国家直属单位,按国家有关规定,特别强调文凭,但那些有文凭的大学生谁愿意到最底层的水文站来啊!干水文这一行,最重要的不是文凭,而是实用人才,如今我们实行轮休、轮岗了,可还是特别需要像老谢这种扎扎实实的、特别坚韧、特别能吃苦的精神……

精神,也许这就是黄河人身上特有的黄河精神吧。是啊,除了精神,你也无法解释这个在生命禁区里守望的人,还有他们守望着的一切。

对于我,玛多只是一条必然之路上的短暂驿站。我已无从进入一个二十岁的小伙子当年抵达的那个玛多县城玛查里,三四十年过去了,我眼中的玛多县城依然像是内地的一个偏远小镇,人口不过三千,很多都是近年来在县城周边安置的生态移民。一条主街实际上就是穿城而过的青康公路,在公路两边延伸出一里多路的两排院落,但以一座水文站为坐标,还是可以看出这个县城比原来大多了,玛多水文站原来坐落在县城边上,如今已坐落在县城中心。在我离去前,又一次深深凝望,一个仅有五间房的小小院落,它的存在,让我们错杂的内心一下变得简单明了,面对它,一切都会得以逼真地映现。唯愿在我接下来的奔波于大河上下的漫漫长旅上,它的存在如同时空中的一个坐标,一个闭上眼睛也能看见的坐标……

(原载《清明》2016 年第 2 期)

关于报告文学的人物形象刻画

陈启文

报告文学如何刻画人物形象,我在《玛多,一个人的记忆》中做了一些尝试。

报告文学不同于小说等虚构类文体,但报告文学也是文学,文学即人学,必须具有鲜活生动的人物形象。不同的是,小说对人物形象可以任其想象、虚构和塑造,而报告文学必须严格地恪守真实性原则,既不能虚构,又不能放纵自己的想象(创造性想象),更不能采用移花接木等小说笔法。诚如李炳银先生所言:"对于完全真实的社会对象,报告文学作家就只有选择、观察、认识和尊重表达的权利,而没有改变、塑造和虚构的权利。"那么,在有限度的前提下,报告文学对于人物形象的描述又怎样得以实现?

这里就以本文的主人公谢会贵为例,我这样描述了我对他的第一印象:"他有些迟缓、蹒跚地挪动着脚步,一看就知道这是一个长期在高原上生活的人,焦黑的脸色,青紫的嘴唇,这模样绝对不像一个五十多岁的汉子,仿佛一个历尽沧桑的老人。他看了我一眼,脸上似乎也带着和我一样的疑惑。直到落座,喝茶,抽烟,这每一个细节都进行得非常缓慢又有条不紊,而那双关节突出的手,就像特写一样令人瞩目。"于此可见,报告文学虽然没有塑造和虚构人物形象的权利,但可以选择真实的人物,在不违背本质的前提下加以提炼和刻画。

人物、情节、环境,在文学教科书中被视为小说三要素,但这并非小说的特权,报告文学也可以运用典型的事件、细节、环境描写来衬托人物,刻画真实的人物形象。但同小说相比,这种"典型化"也是有本质的区别,"典型"对于小说来说是塑造出来的,对报告文学而言则是从真实的人物中选择出来的。如本文中,我通过自己的亲身体验，来反衬谢会贵的生存环境："颤抖源于流水的波动，也是那些走得离黄河最近的人正在一阵一阵颤抖。如果说玛多给我留下了什么记忆，我只能说，这是一个让我一阵一阵颤抖的地方，一个让我头疼欲裂的地方。……我来这里时，季节已入伏，离大暑也很近了，太阳几乎直射北回归线，然而在北半球热死人的酷暑，这里早晚还冷得要穿毛衣。我在县城玛查里留宿的那个风雨交加之夜，终于体验到了什么是高寒缺氧，每一次呼吸都牵扯得神经一阵阵疼痛，又冷得连棉被也裹不住瑟瑟发抖的身子骨……"对于我，这仅仅只是一天的体验，对于谢会贵，这是一生的体验，"端详着眼前这个像高原岩土般质朴的汉子，我最关注的不是他为何能成为劳模，而是一直在琢磨，一个人在环境的极限状态下如何生存。这个人骨子里无论有多么顽强的韧劲，又怎能在高寒缺氧的生命禁区里长久地坚守？又怎能忍受那漫长乏味的、几乎与世隔绝的生活？这三十多年他是怎样熬过来的？当我脱口问了这样一个愚蠢的问题，他黢黑的脸孔下意识地一抖，又难得一笑：'你不要问我是怎么度过的，你要问我是怎么活过来的。'"

本文正是从追问开始，追寻和刻画了谢会贵这一真实的人物形象，其中也有"合理想象"。小说的虚构是创造性想象，而报告文学则是再造性想象，这种想象也可谓语言的艺术。从我个人的写作实践看，我是从小说写作转向报告文学的，一直到现在，我都是在小说和报告文学间交替写作，对报告文学的人物形象描述有一种本能的自觉。一部优秀的报告文学作品，不但要靠语言来承载所要报告的事实，还必须依靠充满了活力、具有生命的特性人物形象，把读者带到你所描述的现场，如同直面你所描述的人物。只有把人物形象写活了，这个报告文学才是活的。

一个记者的九年长征

艾　平

　　2011 年,新华社在筹办成立 80 周年纪念活动时,制作了一枚金光闪闪、刻有"新华通讯社一等功"浮雕字样的勋章。从 2011 年到 2015 年,这枚立功勋章,静静地陈列在新华社大厦的某个房间里,等待着一个足以承担这份光荣的人脱颖而出。几年之后,新华社高级记者,新华社内蒙古分社编委、政文部主任汤计,获得了这枚标有"新华社第 001 号"的勋章,成为 84 年来,唯一获得这份殊荣的新华社记者。

　　2015 年 1 月 22 日,新华社在北京总社召开表彰大会。新华社社长、党组书记蔡名照发表讲话:"在新华社的长期推动下,2014 年 12 月,内蒙古自治区高级人民法院经再审,撤销原判,判决 18 年前被判处死刑的呼格吉勒图无罪。从 2005 年发现'4·09'强奸杀人案一案两凶,呼格吉勒图可能被错判的重大线索之后,新华社内蒙古分社记者汤计秉持职业良知,坚守社会正义,坚持不懈采访,在总社、分社的坚定支持和共同努力下,通过翔实、准确、权威的报道有力推动了问题的解决,最终使冤案得以昭雪。"

　　汤计在获奖感言里说道,做新华社记者三十余年,我时时刻刻铭记的,就是老社长穆青的话——勿忘人民。

　　2005 年初冬的一天,汤计正在通辽出差,接到单位资料室的一位同事的引荐电话,不久,汤计约见呼格吉勒图的父母李三仁、尚爱云,从此开始了匡正呼格吉勒图冤案的九年长征。

一

1996 年 4 月 9 日晚上，在呼和浩特烟厂做工的呼格吉勒图上夜班，吃饭的时候，他和工友闫峰一起喝了点小酒，分手后，他在回家取钥匙的路上，上了一趟厕所。当时，正值性懵懂年纪的呼格吉勒图，趴着墙缝往女厕所看了看，发现里面有个躺倒的女人。在那一丝酒劲的驱动下，他进了女厕所，想看那女人是不是死了，当然，也不排除他用手触动了一下那具尸体，总之吓得心惊肉跳往回跑，回到车间就把这件事告诉了工友闫峰，并拉着闫峰一起到厕所看了看，确认了那就是一具女尸，他们便一起去报案。然而在报案的时候，呼格吉勒图遭遇了警察怀疑的目光，震慑之下，他变得语无伦次，就这样被警察扣下，他所说的每一句话都被渐渐演绎成了审讯者期待的罪证。这就是轰动一时的"4·09"案件。

在呼格吉勒图被带到公安局 48 小时之后，警方作出结论，呼格吉勒图是一个流氓杀人犯，他在女厕所对死者进行流氓猥亵时，将其掐脖子致死。

当年 6 月 5 日，也就是在案发 57 天之后，内蒙古自治区高级人民法院和呼和浩特市中级人民法院作出呼格吉勒图犯流氓罪、故意杀人罪的判决。5 天之后，呼格吉勒图被执行死刑，一个仅有 18 岁的无辜生命，结束在法律的名义下。

十年之后，终日悲伤的李三仁和尚爱云突然听到了如雷贯耳的消息——警察带着一个重刑犯，到当年那个女厕所的位置上，指认作案现场来了！难道苍天有眼，当年作案的真凶现身了？！

被带来指认现场的罪犯叫赵志红，是一个强奸杀人惯犯。他落网之后交代，自己曾经作案 27 起，其中包括"4·09"女尸案。

李三仁和尚爱云来到当年办案的呼和浩特市赛罕区公安分局询问情况，分局表示无可奉告，让他们到呼和浩特市公安局询问。市公安局的主管副局长好像很忙很忙，他一边摆弄着手机，一边这样回答老两口："这个事情别找我，我不知道。"

李三仁的亲戚给他们出了个主意——打官司,用法律争取公正。老两口一听,说,对。咱们家虽然穷,但就是卖房子、喝稀粥,也要找最好的律师,为二子申冤!二子是呼格吉勒图的小名,九年之中,这个家,没人敢提"二子"这两个字,现在为二子申冤,是全家人每一分钟都在苦苦思索的问题。

老两口双双跪在了何绥生律师的面前,哭着请求何律师帮他们为可怜的儿子找回清白。

何绥生是一位有经验的律师。经过多方打听,他得知这个案子案发 62 天就完成了审理定案和执行的全过程,快得有些匪夷所思,难保没有问题。另外,支撑该案成立的证据只有被告人的口供,而且这份口供十分简单明晰,用律政界常用的说法叫"干净"。经常接触案件的律师有一个共识,往往口供越是"干净",就越有问题,说明口供已经被人修改过多遍了。此案时过多年,一审、二审的法官都已经被提拔成了领导,当年的办案人员也早已立功受奖,看来自己办不成这个案子。思前想后,他给李三仁老两口提了个建议:"这个案子要想翻过来,走正常的申诉程序似乎办不到,靠律师的力量也办不到,唯一的途径是找媒体。找一般的媒体也很难办成,在呼和浩特,只有找新华社内蒙古分社记者汤计,还有一线希望。"

二

作为新华社政法记者,汤计履职将近三十年,用自己手中一支笔,记录百姓疾苦之声,伸张社会公平正义,留下了写满故事的生命日记,也积累了丰富的司法专业知识和经验。

汤计听了李三仁老两口的陈述,虽然一时没有表示什么,但是他的内心已经无法平静。这个案子有问题!一案两凶,说明啥?说明肯定有一个是冤枉的。

汤计向分社党组汇报了这件事。分社领导认为此事人命关天,案情重大,支持汤计进行采访,并指示抓紧报道,认真履行新华社记者的职责。

随即,汤计一个电话打到了呼和浩特市公安局副局长赫峰处,了解到"4·09"女尸案确实出现了另一个凶手,就是前不久落网的连环强奸杀人犯赵志红。这个残忍的罪犯曾经作案27起,他知道自己所犯的是死罪,可能是为了争取从轻判刑,也可能为了自己心灵能舒服一点,主动交代了警方没有掌握的"4·09"女尸案。

汤计还了解到,内蒙古自治区公安厅已经成立了"4·09"案件专案组,着手复核呼格吉勒图一案,但是遇到的阻力相当大。

根据这些情况,汤计很快写出了内参《内蒙古一死刑犯父母呼吁警方尽快澄清十年前冤案》,于2005年11月23日发到新华社总社,引起了党中央和自治区党委的高度重视。2006年3月,内蒙古自治区党委政法委抽调法学专家与侦查专家,组成了以副书记宋喜德为组长的"呼格吉勒图流氓杀人案"核查组,开始复查这起沉睡多年的冤案。

汤计查阅了当时发表在《呼和浩特晚报》上的一篇通讯《"4·09"女尸案侦破记》:

> 1996年4月9日晚8时,呼和浩特市新城区公安分局刑警队接到电话报案称:在锡林南路与诺和木勒大街相交处的东北角,一所旧式的女厕内发现一具几乎全裸的女尸。报案的是呼市卷烟厂二车间的工人呼格吉勒图和闫峰。警方立即驱车前往现场。
>
> 张铁强(化名)副局长和报案人简单地交谈了几句之后,他的心扉像打开了一扇窗户,心情豁然开朗了。
>
> 按常规,一个公厕内有具女尸,被进厕所的人发现,也许并不为奇。问题是谁发现的?谁先报的案?而眼前这两个男的怎么会知道女厕内有女尸?
>
> 冯副局长、刘旭队长等分局领导,会意地将目光一齐扫向还在自鸣得意

的两个男报案人,心里说,你俩演的戏该收场了。

　　那两个男报案人,看见忙碌的公安干警,又看见层层的围观者,他们想溜了。然而,他俩的身前身后已站了"保镖"。

　　"我们发现了女尸,报了案,难道我们有罪了?"报案人惶惶然了。

　　…………

　　此通讯极力赞美,把办案人员描述得神机妙算,智勇双全。但是汤计慢慢研究下去,却发现文本破绽百出,许多地方显示出当年办案的不实、不准、不当,甚至涉嫌非法。

　　文中写道,简单交谈后,专案组组长张铁强(化名)等觉得两个男的怎会发现女厕所里的尸体,于是便顺着这种怀疑,开始了推理,实际已经在主观上确定了案子结论的方向。

　　当时呼格吉勒图和闫峰是理直气壮的——"我们发现了女尸,报了案,难道我们有罪了?"没做亏心事不怕鬼叫门,这是正常的心态。

　　文中时任呼和浩特市公安局副局长王某的指示也显现出一种意图——"找到证据,让呼格吉勒图放弃侥幸心理。"这说明警方在没有证据的时候,就已经把罪犯定位在呼格吉勒图身上了。他们之后进行的审讯,不是要弄清真相,而是在为自己的怀疑找佐证。

　　文中透露出,口供是从"只是让你们去写个经过"到"……熬了48小时之后才获得的","在审讯呼格吉勒图的过程中,由于呼的狡猾抵赖,进展极不顺利"。如果只是写个经过,能说是"熬"吗?那么是怎么"熬"呼格吉勒图的呢?这中间张铁强他们做了什么?是否采用了非法手段刑讯逼供?

　　文中最后的结论是:"市公安局技术室和内蒙古公安厅进行了严格科学的鉴定。最后证明和呼格吉勒图指缝余留血样(血型与女尸)是完全吻合的。杀人罪犯就是呼格吉勒图。"汤计认为,血型化验不同于DNA(脱氧核糖核酸)检验,只能证明群体的同一,不能证明个体的同一,因此不能作为关键的证据。

三

汤计的目光久久地停在一个老熟人的名字上——张铁强。

1988年,新城区发生一起命案,犯罪嫌疑人在刑侦大队的审讯室意外"触电身亡",作为负责此案的刑侦大队大队长,张铁强被免职,降为普通民警。1992年,张铁强竟然咸鱼翻身,担任呼市公安局刑警大队副大队长;1994年,调任新城区公安分局副局长,分管刑侦。

汤计第一次见张铁强,是在1989年。汤计去采访张铁强所侦破的一个吸毒案件。当时张铁强给汤计的直觉印象是虽然说话直白,却心细如丝,在本职工作方面很上心。万没有想到,就在提审一个女性吸毒者的时候,张铁强让汤计瞠目结舌,看到了他粗鄙残暴的一面。

张铁强瞬间就变成了另外一个人——像抓小鸡似的把一个瘦瘦的女子"咣"一下搡在了汤计面前。

汤计一看,这个女子还很年轻,但是身体已经被毒品作践完了,瘦得像一根干枯的树枝,苍白的皮肤透出青紫,一副有气无力的样子。

汤计问:"原来干啥工作的呀?"

女子回答:"在劝业场经商。"

汤计说:"当老板?"

女子:"有四个柜台,还开了一家饭店。"

汤计为了缓和气氛,一笑说:"那你可比我趁多啦……"

女子说:"都吸光了。"

汤计说:"多好的日子,为什么好上这个呢?"

女子很懊悔地低着头:"我戒了……"

气氛开始松弛,汤计正准备继续提问。就在这时,可能是听到女子说自己戒了,好像意味着"我已经戒了,不应该抓我",张铁强突然间照着女子的后背就是一巴掌,嘴里还骂着:"你戒了,狗都能改了吃屎。你戒了,还用得着卖×!"

张铁强是个彪形大汉,这一巴掌把那女子打了个趔趄,眼看着就上气不接下气地抽搐起来。

别看汤计生得高大魁梧,他的心肠却软得像草原上的流水,这样的情形他看不下去,只好匆匆结束采访,不欢而去。

再次和张铁强打交道时已经到了 2002 年。当时内蒙古自治区国税局发生一起大案。案情是这样的:国税局稽查处有个女处长,她坐在办公桌前,右手握着一支笔,正在写字,被人用铁锤砸死。甚至大脑神经都来不及反应,死后一直保持着写字的姿势。

因为是大案,汤计前去采访。他到了国税局一看,楼上楼下走来走去的都是警察,正常的工作秩序已经被打乱。一问,是呼和浩特市公安局赛罕分局局长张铁强带人在此办案,吃住均在这里,一切费用由国税局承担。

张铁强告诉汤计,案子不好破,光是 DNA 就检验了 500 多人,花了很多钱,还是没有发现什么有价值的线索,仅此而已。

公安机关办案,为什么非要吃住在案发单位呢?原来在侦查女处长被杀案的过程中,张铁强发现北京商人阎某,平常与局长肖占武称兄道弟,经常承揽自治区国税局的工程,在呼和浩特存有 460 万人民币、4 万美金,就把这个人抓起来审讯,问他这些钱的来路,不说就打,直打得阎某受不了了,交代出这钱不是自己的,是肖占武局长的。

张铁强抓住了肖占武的七寸,却私瞒消息,继续留在国税局骚扰式"办案",给肖占武施压。肖占武当时十分刚愎自用,没有把张铁强放在眼里,直接给自治区公安厅和呼和浩特市公安局相关领导打电话,让他们撤回去。

张铁强脸色一沉,二话没说,做出坚决服从命令的姿态,一夜之间,撤得干干净净,肖占武心里自然放松了许多。

不久汤计突然接到张铁强的电话,他以为是女处长的案子有了新的进展,谁知,张铁强却抖搂出了肖占武的犯罪线索。当然,张铁强的讲述中,始终做出一副出于公心的样子。多年之后,汤计才弄明白,张铁强一身正气的背后暗藏着很深的私欲。他分析,如果当初肖占武悟出张铁强的真实目的,给张铁强一二百万,恐怕事情就不会是这样的结局,贪官肖占武也许在天网恢恢下暗度陈仓,继续享受荣华富贵。

四

有了分社的鼎力支持,汤计决定不惜任何代价深入调查呼格吉勒图一案。他派助手李泽冰到原烟厂和案发厕所的位置,进行了现场勘查,又了解到,在公诉期间,也就是1996年5月7日晚上9时20分,呼和浩特市检察院两位检察官对呼格吉勒图进行了讯问,留下了一份1500字的讯问笔录。笔录显示,呼格吉勒图反复说:"今天我说的全是实话,最开始讲的也是实话……后来,他们的人非要让我按照他们的话说,还不让我解手……他们说只要我说了是我杀了人,就可以让我去尿尿……他们还说那个女子其实没有死,说了就可以把我立刻放回家……我当晚叫上闫峰到厕所看,是为了看看那个女子是不是已经死了……后来我知道,她其实已经死了,就赶快跑开了……她身上穿的秋衣等特征都是我没有办法之后猜的、估计的……我没有掐过那个女人……"

呼格吉勒图全盘翻供,并反映了专案组有诱供逼供。遗憾的是,呼格吉勒图的这些话,遭到办案检察官使用"你胡说"等语言制止。

李三仁和尚爱云详细地给汤计讲述了1996年5月23日呼和浩特市中级人民法院对此案进行开庭审理的过程。他们看到,儿子穿着一件在卷烟厂做工时的旧衣服,人瘦得皮包骨头,强打着精神拼命抗争着。他们把儿子当时所说的每一句话,都牢牢地记下了。记得当时呼格吉勒图承认自己是因为喝了酒,进了女厕所,但是他没有杀人。

由于一直不让见儿子,辩护律师是开庭前一天才找到的,这位律师起初为呼格吉勒图做的是无罪辩护,最后不知什么原因却以他"认罪态度好、是少数民族、年轻"为由,在法庭上做出求情陈述。

大约进行了五分钟的休庭合议之后,法官当庭宣判,以"故意杀人罪"和"流氓罪"判处呼格吉勒图死刑。尚爱云说:"法官问我儿子,还上诉不? 儿子就说了两个字,上,上,这两个字说得特别响亮,我就知道儿子是冤枉的。"

没人理睬呼格吉勒图的上诉,仅仅两周后,6 月 5 日,内蒙古高院二审裁定"维持原判",这也是终审死刑核准裁定。

内蒙古高级人民法院、呼市中级人民法院两级法院的判决书仅有 155 字,汤计反复看了几遍,怎么也看不出来法院认定呼格吉勒图流氓罪、故意杀人罪两宗罪名的关键证据是什么,看不出法院是如何认定呼格吉勒图犯罪的。

多年的新闻调查经验告诉汤计,凡事不能轻言结论。不能依赖别人的转述,非亲自接触第一手资料不可。

很快,来自公安机关的四份审讯笔录,放到了汤计的桌上。

赵志红一共交代了自己所做的 27 起强奸杀人或抢劫、强奸案,由于 1996 年"4·09"案,是他第一次杀人,因此对作案过程记忆很清楚,基本还原了自己的作案过程:

> 1996 年 4 月,具体哪天忘了。
>
> (我)路过烟厂,急着小便,找到那个公厕。听到女厕有高跟鞋往外走的声音,判断是年轻女子,于是径直冲进女厕。两人刚好照面,我扑上去让她身贴着墙,用双手大拇指平行卡她喉咙,她双脚用力地蹬。五六分钟后,她没了呼吸。
>
> 我用右胳膊夹着她,放到靠内侧的坑位隔断上,扶着她的腰,强奸了十几分钟后射精了。
>
> 她皮肤细腻,很年轻。我身高一米六三,她比我矮,一米五五到一米六的样子,体重八九十斤。
>
> 我穿 40 的鞋,鞋底是用输送带做的。

这四份笔录是分别由四组警官,在不同时间、地点对他进行审讯的实录。比照研究之后,汤计发现,四次口供之间没有大的差异,而且一次比一次交代得清晰,其中的地点、时间、周围情况、受害人体征等细节和警方掌握的情况吻合。汤计知道,如果作案人编造假供词,这四次审讯笔录一定会出现不一致甚至互相矛盾的地方。

问题太严重了!汤计赶紧打电话联系皋凤存。

皋凤存是内蒙古自治区公安厅大要案支队负责人,也是主持赵志红专案的警官。他科班出身,且实践经验丰富,与汤计是志同道合的好朋友。

皋凤存告诉汤计,一听到赵志红交代出自己是"4·09"案件的真凶,自己的脑袋就嗡一声大了。当年流氓杀人案的真凶呼格吉勒图不是已经毙了,怎么又出来一个?是不是赵志红这个小子感到压力大,顺嘴胡说八道呢?

皋凤存告诉下属,把赵志红带到院子里放放风,清醒清醒。

放风的时候,赵志红为了证明自己在说真话,又交代出一起杀人案。两个月前,他开车拉了一个十八九岁的女孩子,将其强奸杀害,尸体埋在呼市小黑河边的树林里。皋凤存当即带着赵志红去找,果然在一个小土包下,找到了那个女孩子的尸体。看来,赵志红没有骗警察。

皋凤存看着眼前这个猥琐矮小、獐头鼠目的赵志红,恨不得一拳头揍扁了他。可怜那个小小年纪的呼格吉勒图,真的是含冤而死,倒在了法律的名义下!

从小黑河边回来已经是凌晨,皋凤存在床上仍然不能入睡,于是起身在专案组住的宾馆院里踱步思考。这时,守卫人员告诉他——张铁强来这里了!

听到这里汤计急了,赶紧问:"张铁强来这个地方干什么?"

皋凤存回答:"未经请示,擅自提审赵志红。"

汤计一听,这还了得!张铁强是当年专案组组长,呼格吉勒图一案到底是怎么办出来的,他的心里最清楚。现在张铁强手中握有权力,他的这个举动,令人产生种种猜想——第一,张对自己办的案子心虚,来问个究竟;第二,如果哪一天赵志红来个"意外死亡",或者翻供,也未可知。

皋凤存告诉汤计,呼和浩特市公安局副局长赫峰已经掌握了这个情况。为了保证不被干扰,现在赵志红已经被转移到内蒙古自治区公安厅刑警总队的警犬基地,由10名武警替下了原来的民警,日夜严格看守,同时已经要求张铁强回避。

抓住了惯犯赵志红,让内蒙古自治区公安厅去了多年的心头之患,但一案两凶的事实,又提出一个触目惊心的问题。半年之内,他们先后从公安部请来三个刑侦专家指导侦查。其中有公安部第一研究所的教授杨成勋,他是我国第一台测谎仪的发明者,他使用最先进的PG-10型六道心理测试仪,对赵志红进行了心理测试。这位德高望重的老专家宣布结果时,先是捂着脸,许久,才把手放了下来,很沉重地说:"赵志红说的属实,那个孩子被杀错了。"然后,又捂住了脸,人们看到泪水从指缝中涌出。

曾经多次对比过呼格吉勒图和赵志红卷宗的刑侦专家吴国庆,对此案发表看法时直言不讳:"我的态度很明确,我也多次向公安部和中央领导汇报过,一案不会有两凶,其中必定有一个是冤枉的。"

跑完了自治区和呼和浩特两级公安局,汤计来到自治区政法委,找政法委副书记、专案核查组副组长胡毅峰了解情况。胡毅峰告诉汤计,核查组为了复原案情,几乎找到当年的每一个相关人员,反复再现案发现场实况。呼格吉勒图当年交代的作案手段,虽然每次的供词都不一样,他们还是一一进行了模拟,证明他所说的每一种动作都杀不死人,显然是没有行凶杀人行为事实依据的临时编造。可以做出结论,当年判处呼格吉勒图死刑证据严重不足。

可是庭审时,赵志红的十起命案,检察机关只起诉了九起,唯独漏了毛纺厂公厕里的"4·09"强奸杀人案。开庭那天,罪犯赵志红当庭问公诉人员:"我杀了十个人,你们怎么说我杀了九个?少诉了一条人命啊!"参加旁听的呼格吉勒图案再审专案组人员一听,很是惊诧气愤。如果不起诉"4·09"案,就把赵志红执行死刑,呼格吉勒图一案将从此"死无对证"。他们迅速将这一重大问题反映给了汤计。

事情已到千钧一发的时刻,必须用自己的笔力挽狂澜!因为掌握了大量确凿信息,汤计有了出手的底气,他很快写出了第二篇内部报道《呼市"系列杀人案"尚有一起命案未起诉让人质疑》。汤计的报道发出后,最高人民法院获知赵志红案背后的复杂情况,指示此案一审暂时休庭。

五

汤计着手调查呼格吉勒图一案(以下简称呼格案)的消息,已经不胫而走,最起码,在呼和浩特市和内蒙古自治区司法系统已经不是秘密了。这期间,汤计与老熟人张铁强,也曾在会议上、饭局上相逢,彼此的目光偶然一撞,又迅速错开,一切不言而喻。张铁强知道是汤计在积极为呼格吉勒图申冤,他那犀利的笔锋正在跟踪着自己,但是从未向汤计提及此事。而汤计总是有意无意地绕开张铁强,他知道,随着自己一篇篇檄文出手,案子再审的可能性日益增大,亮剑的那一刻必然到来。就这样,9年之中,一个赤手空拳舍生忘死的无冤之王,一个使枪弄棒深藏不露的武夫,两个一米八几的高大男人,沉默地较量着,像深海之下的两股激流,汹涌撞击,却不在海面上掀起一丝波澜。

李三仁和尚爱云也告诉汤计,他们已经被监视跟踪了,不论是去买菜、上街、走亲戚,都有人不远不近地跟在后面。

而汤计每次下去调查,在听到善意的提醒之时,也感到有一些阴冷的眼睛在跟随着他。他对整日提心吊胆的妻子说:"有啥可怕的,咱们也不是没见识过。"

到底是得道多助。在汤计推进呼格吉勒图案再审的第二篇内部报道发出七天之后,一个中年男人悄悄地来到了他的办公室。

汤计抬头一看,此人身着便装,站姿挺拔,两个眼睛透露出机警。他看见屋里有人,没说话,也没有退出,一个手插在口袋,站在汤计跟前。汤计见状,打发走了和他谈事的学生。

非常时期,汤计很敏感,他问:"警察吧?"

来人说:"汤老师,你真行,看出来了。我是呼市看守所的。"说罢从口袋里拿出警官证让汤计过目,随后又拿出一张复印件。

汤计接过复印件一看,非常感动。这位警察拿来的是赵志红在狱中递出来的偿命申请书复印件。他担心在特殊形势下,这份偿命申请书递不到领导手里,所以复印了一份给汤计送来。没等汤计反应过来,他已经转身离去了。汤计知道,他是冒着风险做这件事的。

赵志红的"偿命申请书"是这样写的:

尊敬的高级人民检察院检察官:

你们好!我是"2·25"系列杀人案罪犯赵志红,我于2006年11月28日已开庭审理完毕。其中有1996年4月18日(准确时间是4月9日)发生在呼市一毛(第一毛纺厂)家属院公厕(的)杀人案,不知何故,公诉机关在庭审时只字未提!案确实是我所为,且被害人确已死亡!

我在被捕之后,经政府教育,在生命尽头找回了做人的良知,复苏了人性!本着"自己做事、自己负责"的态度!积极配合政府彻查自己的罪行!现特向贵院申请派专人重新落实、彻查此案!还死者以公道!还冤者以清白!还法律以公正!还世人以明白!让我没有遗憾的(地)面对自己的生命结局!

综上所诉(述),希望此事能得到贵院领导的关注,并给予批准和大力支持!

特此申请。

谢谢!

呼市第一看守所二中队十四号罪犯赵志红

2006年12月5日

汤计分析,赵志红写这个东西,不管是出于何种动机,就"4·09"女尸案一案两凶这一新闻事件来讲,等于又出现了新的重大案情。那么,作为一个新华社记者,必须及时予以上报。但是,这篇内参稿子怎么写呢? 就这么几十个字,前面的案情没必要重复,后面的事情还看不出端倪……经过反复沉思,汤计终于想出了办法,他决定把赵志红的偿命申请书原文呈送上级。于是,他仅加了一些说明文字,以《"杀人狂魔"赵志红从狱中递出"偿命"申请》为标题,附上赵志红的原文,向总社发出了关于此案的第三篇报道。稿子看上去简单了点,总社能发吗? 结果,从分社到总社,从编辑到领导,一路绿灯,最后,新华社总编辑何平亲自签发了这篇稿件。

过了几天,时任内蒙古人民检察院检察长邢宝玉打来电话,听语气有点不太高兴:"汤计,赵志红的偿命申请书是写给我的,你怎么拿去了?"

汤计一听明白了,邢宝玉要的应该是原件,这说明他没有见到原件,也说明中央领导对此事做了批示,并且已经传达到了自治区。

汤计告诉邢宝玉:"我没有原件,只有复印件。"

邢宝玉很奇怪:"那原件哪里去了?"

汤计说:"你到现在还没有见到原件,说明你那里有肠梗阻!"

此时,汤计不知道多么感激那位警察兄弟,他真是有点料事如神,如果当时他不把复印件给汤计送来,那么原件或许真的会永远消失。

一个小时之后,邢宝玉又打来电话:"汤计,对不起,原件没有传到我这里,问题出在我们这里。"

就这样,在中央、最高法、最高检领导的关注下,赵志红作为呼格案的关键证人被留了下来。

看似一切都在顺理成章地进行着,呼格案的再审指日可待。

呼格吉勒图一家人眼巴巴地盼着,时时刻刻准备着。汤计也在乐观地等待着,他们每天都要接到来自朋友、同志、领导的电话询问,社会各界都在关心着这件事。可是,他们盼望的那个电话迟迟没来。

六

一年过去了,再审不仅没有启动,事情还变得扑朔迷离起来。

汤计去自治区政法委询问。胡毅峰告诉他,核查组已经有了结论——用法律术语讲,当年判处呼格吉勒图死刑的证据明显不足,用老百姓的话说,就是冤案。可是政法委无权改判,要经过法律程序。核查组副组长、自治区政法委监督室主任姜言文说:"核查组的工作已经结束,已经拿出了意见和结论,但这不是最后的法律结论,法律结论得体现在法院的判决书或者裁定书上。"

重走法律程序,需要经过公检法三个系统。公安、检察系统应该没有什么问题,自治区公安厅和呼和浩特市公安局在赵志红交代自己是"4·09"案的真凶以后,成立了专案组,进行了追查,得出赵志红是真凶的结论,一案没有二凶,那么呼格吉勒图就不是凶手;自治区检察院的意见是,呼格吉勒图案子证据不足,就应该疑罪从无,予以改判。

走法律规定的审判程序,首先应该由检察机关就呼格案向法院提出抗诉,也就是要求法院予以再审,这是检察机关代表国家监督法院的权利。抗诉不能轻易启动,法院如果用维持原判来回应抗诉,按我们国家司法条文,二审如果维持了原判,即为终审。现在,问题的关键是如何让自治区高级人民法院认识到当年的错误,积极主动地提起再审。

虽然中央有关领导、最高法院、最高检察院对这个案子的再审有过指示,自治区党委和政府也有明确态度,但是内蒙古高级人民法院就是不提起再审。因为再审此案,势必要追究当初办案人员的责任,自治区高级人民法院还要支付国家赔偿,当时的自治区高级人民法院领导顾虑重重,迟迟按兵不动。说到底,还是从局部利益着想,没有考虑这个案子不再审,受伤害的不只是李三仁一家,还有损亿万国人对法律的信心,有损党和国家的形象。

当年呼格吉勒图案二审的审判长,连呼格吉勒图案的卷宗都没看,就让一个书记员替他签字把呼格吉勒图勾决了。当汤计得知这种情况，气得拍案而起："啥叫草菅人命，这不就是活生生的案例吗？"

公理有公理的逻辑，私欲也有私欲的门道。每次自治区政法委召开研究呼格吉勒图案联席会，自治区高级人民法院总是派出这个本应该回避的审判长参加。此人已经升任自治区高级人民法院刑一庭庭长，由他代表自治区高级人民法院参加研讨呼格案的会议，严重影响办案。

李三仁和尚爱云去自治区高级人民法院上访，好不容易拦住了院长，院长却把这个审判长找来应对他们。尚爱云一见到这个人，就火冒三丈。她拍着桌子质问那位院长："他是你亲戚还是啥？你就这么袒护他，你懂不懂回避制度？当年就是他错杀的我儿子，现在他应该回避，你叫他来是什么意思？"

行到水穷处，坐看云起时。汤计想明白了。虽然事实明明摆在那里，法院却在事实的外面建起一道玻璃墙，把你和你要的东西隔离开了。汤计心说，你们不动，我就动用舆论来促使你们动。

七

2006年底，汤计把呼格案的相关材料梳理一遍，写出两篇通讯——《死刑犯呼格吉勒图被错杀？——呼市1996年"4·09"流氓杀人案透析（上）》《死者对生者的拷问：谁是真凶？——呼市1996年"4·09"流氓杀人案透析（下）》，发表在新华社内部刊物上。《瞭望》新闻周刊总编辑姬斌看到后，认为这是一桩有典型意义的司法事件，如果公开发表，会对全国的司法进步以及民众法律意识的提高产生积极影响，他即刻让政治编辑室主任史湘洲给汤计打电话，商量找几个法律专家深入探讨，形成一篇文章在《瞭望》杂志公开发表。很快，《瞭望》编辑室的相关人员采访了几位法学专家，与汤计合作写成了《疑犯递出"偿命申请"，拷问十年冤案》一文，并于2007年1月9日公开发表。

这篇文章采用专家的观点提出对呼格吉勒图案重启再审程序的三个可行途

径,同时,也提醒各级法院落实好最高法当年1月1日收回的死刑核准权,使慎杀少杀的原则在实践中得到体现。法律剥夺一个人生命的过程越复杂,就意味着当事人的合法权利能够得到最大限度的伸张,更意味着冤假错案发生的概率将被降到最低。尊重和保障严格的司法程序,维护法律程序本身的独立价值,是最大限度避免冤案发生的根本途径,也是中国走向法治国家的必然选择……

呼格案就这样从内部走向公开。一石激起千层浪,情形果然如姬斌总编辑预料的那样,国人皆知呼格案,网络热议呼格案,媒体穷究呼格案,汤计和李三仁夫妻,每天接到数不清的电话和网络留言,四面八方一片关切支持之声。

赵志红案的一审已经远远超期,按照规定,早该判刑送二审了。

社会舆论哗然,将这种情形作为一种司法不力的冷笑话:"报案小伙儿已冤死,杀人恶魔仍苟活……"李三仁、尚爱云委托的律师苗立发声:"呼格吉勒图是否错杀,不应该由赵志红是不是'4·09'案件的真凶来确定。如果说赵志红对'4·09'案件的供述,促使了有关部门开始复核呼格吉勒图的死刑判决,现在复核的结果已经有了,当年判处呼格吉勒图死刑的证据明显不足。那么,就应该对呼格吉勒图案提起再审。"

李三仁、尚爱云夫妻在2006年底就将相关法律材料递交自治区高级人民法院,一直没有得到答复,律师到自治区和呼和浩特两级法院要求审阅案卷,也被以种种理由拒绝了。

为了了解情况,寻找新的突破口,汤计去请教他的一位老朋友——呼和浩特市中级人民法院院长。这位院长是一位法律专家。他告诉汤计,法院认为,公安局找不出物证能证明是赵志红作案,只有他的口供。根据法律,不能只凭口供定案。按照这个逻辑下去,不是赵志红,就是呼格吉勒图……这大概恰恰是某些人此时希望的结果。

物证,人证……汤计马不停蹄,跑公安局,请教专业人士,搜集与呼格案有关的一切信息。强奸案,首要的证据就是强奸犯的精斑。案发时,女子的尸体裸着下半身,被放倒在厕所的隔断矮墙上,是不容置疑的强奸案。那么,第一件事就是要提取精斑,而精斑在哪里呢?

法院现在反过来要求公安局提供这一证据。

知情人的说法大相径庭。有人告诉汤计,现场没有采集精斑;有人说采集了,但是工作不认真给弄丢了;有人说,当时要求从严从快,经费又紧张,办案人员认为有其他证据支撑,就放弃了精斑鉴定;也有人直言不讳——采集精斑以后,发现不是呼格吉勒图的,另有凶手,就把精斑扔掉了。汤计去调查,警方说是采了,交给检察院方面了,而检察院方面却说什么也没有收到。按照制度,交接物证是需要手续的,谁签收的?无案可稽。

最关键的证据就这样永远地不得而知了。

汤计思索,警方既然承认提取了精斑,交给了检察院,就说明这是一起强奸杀人案,那为什么最终给呼格吉勒图定了一个流氓杀人罪?为何回避女尸被强奸过的事实?这就和"发现精斑不是呼格吉勒图的,另有凶手"的说法有了吻合处,这中间掩盖着什么秘密?汤计百思不得其解。

第二个证据是血型,汤计无法看到卷宗,不知道呼格吉勒图的血型,然而即便他和死者的血型一样,同样血型的人有的是,不足以证明罪犯就是呼格吉勒图。

第三个证据是皮屑。汤计怀疑呼格吉勒图当时喝了酒,又正值性萌动的年龄,他趴在墙头上往女厕所里看,看见有个女人一动不动,很奇怪,就进去触动了一下,发现是个尸体,也吓了一跳。为了掩饰自己趴了墙头,就说听见女厕有喊叫的声音,才闯进了女厕所。结果,这句话他就永远解释不清了,成了办案人员"顺藤摸瓜"的线索。

案发现场还应该有其他物证,如罪犯的脚印、女尸脖子上的掐痕、毛发等等,办案人员都没有提取留存。这又是什么原因?

关于作案时间,汤计再一次请教皋凤存。皋凤存是这样分析的:据判决书记载,呼格吉勒图是晚8时40分作案。但是证人闫峰两次做证——当晚8时45分他和呼格吉勒图要回车间上班,他们是掐着表吃的饭,8时40分离开的饭馆。

而被害人的同事证明，被害人是 7 时 40 分出去上的厕所，所以呼格吉勒图 8 时
40 分见到的应该已经是一具尸体了。那么，法院认定的时间和实际案发时间就
有一个小时的差距，足以证明呼格吉勒图不是作案人。难道办案人没有注意到
这个时间差吗？

关于口供，事实上呼格吉勒图在庭审时已经翻供，说出办案人员涉嫌严重的
刑讯逼供、诱供，这样的所谓口供已经失去可信度，不能作为证据使用了。相反
赵志红的口供是比较符合逻辑的。尸检报告及照片显示，死者短发烫发，呼格吉
勒图交代的却是披肩发、不烫发；赵志红交代的死者身高到他脖子左右，准确地
说出在 155 到 165 厘米之间，法医测量的尸长果真是 155 厘米，而呼格吉勒图交
代的死者大约高 165 厘米，明显不准确。另外，呼格吉勒图交代，他与受害人曾
有对话，受害人说普通话，可是死者的亲人、同事却证明，死者只会说地方话……
汤计采访了很多看过卷宗的警察和专家，他们一致认为，即便只凭口供对照，也
该为呼格吉勒图平反。

法院就是坚持要物证。

汤计感到自己的钥匙丢了。人家说，你不是要证明这间房子是你的吗？那
么拿出你的钥匙。汤计说，房间里有我的手稿、书籍还有手机，细细解释手稿是
啥手稿、书籍是啥书籍、手机是啥牌子的，可是人家不管这些，就是要钥匙。

你说你有理有据，你说你真理在手，都没有用，你把钥匙拿出来好了。

八

怎么办？汤计再次求教邢宝玉。对于呼格吉勒图案，邢宝玉的态度是"有错
必纠，实事求是"。他认为呼格吉勒图如果得以平反，必然提升全民对司法的信
心。

邢宝玉曾经给汤计设计过一个思路：法院死咬着说呼格案没有证物，可以按
照"疑罪从无"的思路去解决问题。这样，法院方面可以不处理人，压力就小了，

这个孩子的罪也就洗清了。等平反后,再去申请国家赔偿和追究相关人员的责任。但是他和汤计商量之后,又觉得呼格吉勒图家人难以接受这个思路,李三仁和尚爱云坚持上访、上诉这么多年,就是要为儿子找回无罪的清白名誉。

汤计和邢宝玉相对而坐,像在写字台上下一盘棋那样凝神深谈。这一次,汤计问邢宝玉:"你们检察院为什么不去抗诉?检察院一抗诉法院就得开庭再审啊!"

邢宝玉说:"这可万万使不得。法院现在不在状态,我抗诉他就会维持原判,法律上规定再审就是终审,一旦维持原判,程序上就成死结了,那边就可以把赵志红执行死刑,呼格案也就永久成谜了。"

邢宝玉提醒汤计说:"你们新华社应该继续发稿子,建议最高法把呼格案拿到外省市法院跨地区审理。"

邢宝玉的建议使汤计眼前一亮。他很快采访了相关律师、公安民警、法院领导、政法委领导和法律界的相关人士,征求他们的意见,果然获得了他们的共识。2007 年 11 月 28 日,汤计发出第四篇内部稿件《内蒙古法律界人士建议跨省区异地审理呼格吉勒图案件》。

不久,最高法派人到内蒙古高院协商异地再审,但前提是呼格吉勒图父母要提出申请。对此李三仁和尚爱云完全没有思想准备,当自治区高院派出一个副院长和他们谈的时候,老两口觉得非常突然,觉得在内蒙古有这么多正义之士支持尚且如此艰难,去了外地人生地不熟的,恐怕问问案子都困难。所以,李三仁与尚爱云拒绝了异地审理的提议。

在上级和舆论的压力之下,内蒙古高院称正在进行内部复查,还是没有启动再审程序。谁知这一拖,情况就发生了变化,呼格吉勒图案的再审进入了长达三年之久的冰冻期。

九

2008 年到 2011 年这段时间，积极推进呼格吉勒图案再审的自治区政法委书记和核查组组长退休，常务副书记胡毅峰调到自治区人大常委会做秘书长，政法委秘书长、核查组副组长也都相继调离，已经有了结论的案子和原本热烈的舆论，日趋淡出人们视线。

李三仁和尚爱云上访的火车票，已经攒了厚厚的一沓，他们到内蒙古高级人民法院申诉询问也已经有 90 多次了。

为了能见到时任自治区高院院长，尚爱云甚至豁出被撞的危险，去拦院长的座驾。

走投无路的老两口打起了条幅，站在自治区两会会场外面，希望引起关注。

而张铁强却代表着国家机器，在会场外面吆三喝四地指挥安全保卫。有一次，他看到了李三仁和尚爱云，马上给出了一个眼色，下边的人冲过来拽住尚爱云，拧着她的胳膊要带她找个地方谈谈。尚爱云冲着与会的代表大声喊："我不去，我怕你们偷摸害死我……"他们这才松手。

到会采访的汤计看在眼里，痛在心里。

为了要李三仁、尚爱云保持信心，汤计一次次把他们请到自己的办公室，推心置腹地嘱咐他们，要相信这个国家是有正义的，相信中国的法制建设会不断进步，坚持正常渠道上访，到日期就去自治区高级人民法院询问何时再审，千万不要做出偏激的举动，他也支持老两口争取舆论支持。

在北京，人民大会堂前，老两口找到一位来自河南的农民工全国人大代表，陈述自己的冤情，那位人大代表收下他们的申诉材料，带到了会上；他们一直与北京《法制晚报》保持联系，及时披露案情的变化，让轰动全国的呼格吉勒图一案始终不脱离公众的视野。经过漫长的申诉之路，李三仁和尚爱云变得理智了，坚强了，他们的视野和格局也变得开阔了，他们说，我们要找回儿子的清白，愿天下不再发生冤案,就是维护中国法律的光明正大。

汤计已经把推进呼格案的再审作为自己毕生的使命,还有一个无私无畏的人作为同盟军,始终与汤计站在一起,他就是赫峰。赫峰时任呼和浩特市公安局副局长,与呼格案的始作俑者张铁强同在一个领导班子里工作,分管刑侦。是他率队破获了赵志红案,并根据赵志红的交代,带人去现场核实,确认赵志红是真凶;在成立专案组后,是他第一个发现当年侦办此案的张铁强举止反常,并迅速向公安厅领导汇报,令张铁强离开专案组,保证了复查顺利进行;复查卷宗时,也是他第一个发现呼格翻供的笔录被故意隐匿;在政法委、公安厅已经得出呼格案是错案的结论,却没有进一步结果的情况下,是他第一个寻找正当途径,向上级反映情况的;也是他第一个接受采访,披露案情,为汤计的 5 篇内参提供了主要材料。2012 年张铁强擢升呼市公安局副局长,时任内蒙古自治区公安厅厅长赵黎平(现已因涉嫌持枪杀人罪被捕)专门出具手谕,证明“张铁强与呼格案无关”,在这种情况下敢于冒犯领导,第一个质疑张铁强的也是赫峰。

在长达九年的时间里,汤计与赫峰风雨同舟,和李三仁、尚爱云一家成了息息相关的亲人。他的坚持也从一开始的职务行为变成了义不容辞的责任。

2011 年 1 月,仿佛残存的坚冰开始酥软,传递出来一丝淡淡春意,“胡毅峰”这三个字,突然回到了他们的视野里。自治区两会传出消息,胡毅峰当选自治区高级人民法院院长。尚爱云接到大儿子昭力格图电话的时候,高兴地问了一遍又一遍:“儿子啊,你听准了吗? 真的是胡毅峰,原来政法委的那位副书记?”

汤计认为胡毅峰当选后定会担当道义,推进呼格案的再审,但是如果他一到任,立即推动呼格案的再审,在高院内部应该有一定阻力。必须给他创造一个由头,让他顺理成章地提出这个问题。

汤计再次发起攻势。他考虑到网络媒体的力量不可低估,受众面广,反馈迅速,就组织分社电视记者邹俭朴、林超,在 2011 年清明节做了一期视频节目《十五年冤案为何难昭雪》。汤计本人和李三仁、尚爱云、赫峰出镜。

在这期被《新华视点》采用的节目里,赫峰有理有据,直言不讳——“为了更慎重起见,我和公安厅的有关领导把这两部宗卷拿到公安部,当时公安部刑侦局的主要领导分析完以后表示,单从这两部宗卷内容来看,认定谁是这个案子的真凶,那必定是赵志红。

"当时给呼格吉勒图定罪的那些物证已经灭失了,不存在了,你回过头来再想找到那些物证去给赵志红定罪,那不可能,因为物证它有一个保存期,过了保存期就不留它了。

"这个案子当时办得很粗糙,如果当时公安机关、检察院审理这个案子,法院审判这个案子都认真一点、负责一点,不至于会出现这样的问题……"

在节目现场,记者先后拨通内蒙古自治区高级人民法院和内蒙古自治区检察院几位负责人的电话,他们表示对本案还在调查中,或者表示不清楚情况,拒绝透露更多的消息。内蒙古自治区公安厅有关负责人对记者说:"'4·09'命案成了各方不敢碰触的烫手山芋,起诉卷从呼市公安局转到呼市赛罕区分局,最后又退回了公安厅,目前正在等着开公检法协调会……"

在节目的最后,主持人呼吁:"如今,距离呼格吉勒图被执行死刑已经过去了十五年,而真凶落网也已经过去了近六年。为了还儿子一个清白,李三仁、尚爱云老两口已经奔走了十五年。我们不知道,为了替儿子申冤,他们还要坚持多久?"

这一节目被优酷网转发,点击量达到数十万,新华社的呼吁得到了积极回应。汤计感受到新媒体的力量,他抓住时机又发出了题为《呼格吉勒图案复核六年后陷入僵局,网民期盼真凶早日伏法》的内部报道,中央领导很快做出了批示。

最高人民法院专门派人到内蒙古高级人民法院督查。胡毅峰已经做好了准备,顺势而为,成立了呼格案复查组,选了五名具有法学硕士以上学历的精干法官,反复研究案卷,找办案警察和检察官调查,很快把案情搞清楚了,得出了正确结论。

2012年的一天,汤计在胡毅峰的办公室里见到了厚厚的呼格案卷宗。这是胡毅峰院长让人复印的,他说自己看了第一遍,就用了整整三天,后来又反复看了几遍。汤计和他谈起案情,发现他对每一个细枝末节都研究得十分透彻。胡毅峰说:"汤计,你可不能再写了,我这里调查组正在调查着呢,你看看我自己还亲自审案卷呢。"

到了这年夏天,在一次会议上,汤计与胡毅峰相遇。胡毅峰扯着汤计的衣角,把他叫到一边,悄声说道:"呼格案已经复查完,准备彻底平反了。"

一切都在向好的方向发展,就像人们常说的那样,万事俱备,只欠东风。

只是在赫峰那里,压力仍然不小。

十

2012 年 11 月 8 日,党的十八大召开,中国的历史开启了崭新的一页。

新一届自治区党委同意对呼格案进行重新审理。

由于长期劳累,汤计的身体出现了问题,临床症状是便血,浑身乏力。体检结果出来了,结肠中的恶性肿瘤已经长得连肠镜都无法穿过。

躺在病床上的那些日子,汤计整天讲段子、扯闲篇儿,为的是安慰妻子和孩子们。夜深人静,他却无法入眠,一个劲儿地胡思乱想。

最叫他挂心的人,是李三仁与尚爱云老两口,他们已经是老年人了,还能坚持多久?没有谁能比自己更熟悉这个案子的来龙去脉,没有谁能有新华社这样坚如磐石的后盾,如果此时撒手,后事难料。更重要的是,这个案子成功了,就是中国死刑冤案再审的第一案,应该是党的十八大以后中国司法进步的具体体现,对全面依法治国的进程会产生正能量。

一个人在身体虚弱的时候,往往会回首往事。不知因为啥,就想起了少年时代经常背诵的毛泽东语录——为人民利益而死,就比泰山还重。那么自己在和这个世界说再见之前,能为人民做的事情,莫过于呼格吉勒图一案的平反昭雪了。他暗暗告诫自己,汤计,你要坚持,无论如何也要坚持重返工作岗位,必须亲眼看到这老两口脸上的愁容变成笑颜,你才能闭上眼睛。

手术后活检结果显示,汤计的结肠癌为早期发现,无须放疗化疗,可以出院保守治疗,全家人转忧为喜。汤计重返工作的第一件事就是继续推进呼格案的再审。

他了解到,经过反复审核,自治区高院已认定呼格吉勒图无罪。在这一结论确立的前提下,以什么理由来纠正呼格案,自治区高院再次统一了认识,再审判决书最终认定呼格吉勒图为作案人的事实不清、证据不足。

2014年6月,自治区党委政法委召开公检法三长会议,为呼格案平反做维稳预案;成立了呼格案平反领导小组,组长由自治区党委副书记兼政法委书记李佳担任,自治区高院院长、检察院检察长、公安厅厅长任副组长;大组里分六个小组:维稳组、审判组、教育组、国赔组、安抚组、问责组。九年功夫,九年发力,呼格案的再审,就像一只时而冲锋、时而徘徊的足球,终于闯过一道道防线,来到了球门之前,现在就差临门一脚了。

为什么好消息迟迟不来?眼看要到国庆节了,汤计实在不愿意看到这件事拖到2015年。

汤计在办公室里实在坐不住了。他邀请新华社内蒙古分社副总编辑吴献一起来到了内蒙古高院胡毅峰院长的办公室。

汤计没有任何寒暄,甚至带着一些急躁,开门见山地说:"我们是来协调推进呼格案尽快再审的,请正面回答我们的采访,不要讲官话,我们的稿子要把您的话写进去。"

当汤计把写好的稿子传真给胡毅峰,胡毅峰审阅后很痛快地答应,可以发表!

11月4日,吴献和汤计写的稿件被新华社作为通稿发出:"内蒙古自治区高级人民法院院长胡毅峰在办公室接受了记者采访,他指着厚厚的呼格吉勒图案卷宗复印件说:'法院正在依法积极复查,此案的每一个细节都深深印在我的脑海里,我们将以事实为根据,以法律为准绳,把这起案件复查好,让人民群众感受到公平正义。'据胡毅峰介绍,复查过程中,法院并没有遇到障碍和阻力,一切都在严格按照法律程序进行。"

汤计立即联系《法制晚报》，请他们跟进发布了一条"呼格案将立案再审"的重磅消息。

汤计积极和中央电视台《法治在线》栏目组沟通，请他们到呼和浩特来专题采访呼格吉勒图被错杀案的再审。

汤计对赫峰只说了一句话，因为他知道这句话对于赫峰来说，就是一道闪电，足以一扫他眼前全部的畏葸。他的这句话是："赫局长，咱俩都是共产党员，需要我们站出来的时候到了！我把猛料全部抖搂出去了，现在就看你的了。"

咱俩都是共产党员啊……说话之间，汤计被自己打动了，泪水难以抑制，热汗将握在手里的电话浸湿。

电话里一片沉静，只听到赫峰的唏嘘之声。

这一次，已经被勒令闭嘴的赫峰又勇敢地出现在中央电视台的镜头前。

焦点！焦点！呼格案以焦点的方式，凝聚了天下父母的关切，凝聚了社会各界的声援，凝聚着正义和法律的力量！汤计及时推波助澜，安排青年记者邹俭朴收集网上舆情，采写了第六篇内部报道——《呼格吉勒图案舆情持续发酵，网民呼吁尽快再审》。这篇稿件于 2014 年 11 月 16 日抄送最高人民法院院长。

依法履行了一系列程序之后，2014 年 12 月 13 日下午，内蒙古自治区高级人民法院在微博上发布了呼格案再审判决的送达预告。尚爱云急匆匆地给汤计打来电话，告诉他，法院已经通知他们，将把判决书送到他们家里。

汤计放下电话，立刻向社领导汇报，请求启动采访预案，第一时间向全国现场直播。

2014 年 12 月 15 日，内蒙古自治区高级人民法院常务副院长赵建平带队来到呼格吉勒图父母家，将案件再审判决书送到李三仁和尚爱云手中。判决书内容一是撤销内蒙古自治区高院 1996 年作出的二审刑事裁定、呼和浩特中院 1996 年对呼格吉勒图作出的一审刑事判决；二是宣告原审被告人呼格吉勒图无罪。

赵建平副院长同时通知李三仁和尚爱云可以向内蒙古高院申请国家赔偿。

赵建平站起身来，深鞠一躬，真诚道歉说："我这次来是受胡毅峰院长的委托，也代表自治区高级人民法院，向你们表示真诚的道歉，对不起。我们从今以后一定会吸取这个教训，深刻反思办这个案子过程当中法院存在的问题，绝不能让呼格吉勒图这种悲剧重演。"赵建平还为呼格吉勒图父母带来 3 万元慰问金。

李三仁和尚爱云，接过法律文书，逐字逐句读罢，默默地签名，按手印。

汤计身着大红色的冲锋衣，站在人群之中，屏声静气，双手合十。九年拼搏，时光历历，他终于看到了正义的到来，看到了法律的胜利。

程序结束，赵建平带队离开。各媒体记者和诸位见证人，也纷纷告别离去。汤计起身正要出门，李三仁和尚爱云突然一起扑到他的身边，汤计展开宽大坚实的胸怀，和他们紧紧拥抱在一起。再也无须克制，三个人泪水合流，久久不能平静。

至此，汤计完成了一个记者的九年长征。

2016 年初，27 名对呼格冤案负有责任的相关人员受到了党纪政纪处分，其中涉嫌犯罪的张铁强正在接受司法侦查。

在汤计的帮助下，呼格吉勒图草葬于荒野的骨灰迁入新墓。

（原载《人民文学》2016 年第 10 期）

最关键的是要保持真实

艾平

《一个记者的九年长征》发表在《人民文学》2016 年第 10 期上，是从十三万字的《一个记者的长征》一书中选发的一部分。原书书写了新华社记者汤计从业三十余年,恪守新闻记者的职业道德,在内蒙古社会生活的第一线,心系人民群众的冷暖安危,用手中的新闻之笔,做党的喉舌,担负人民的委托,不断向党中央和媒体通报社情民意,匡扶正义、惩治邪恶的故事。这一部分原始近三万字,现在又删减到一万八千字左右,讲述了汤计坚持九年,以上书新华社平台与在各种媒体上获取舆论支持相结合的方式,匡正轰动全国的"呼格吉勒图奸杀冤案"的非凡历程。

我采访汤计,跟随他下乡调研,听他的同事介绍他几十年来所完成的一件件新闻公案,和呼格吉勒图父母一起流泪,了解到汤计为了一个记者的使命所付出的种种艰辛和代价,我感觉始料未及,没想到在自己的身边竟有如此惊心动魄的生活,也感到眼前一亮——毕竟,在我们这个信仰不断受到冲击的时代里,仍然有人不忘初心,恪守着一个新闻记者和共产党员洁净而高尚的理想。汤计能够咬定青山不放松,经受赴汤蹈火一般的考验,完成中国司法史上第一例死刑案平反昭雪,绝非一时冲动,一蹴而就。这部作品的主人公是和他身后的岁月一起成熟的,一起栉风沐雨的,如果您能阅读一下《一个记者的长征》,您将深深感动。

报告文学的写作,尤其是处理此类特殊题材,肯定会遇到种种挑战,其中,最关键的一点是保持真实,每一个细节都要经得住现实的诘问,也要经得住时间的考验,采访之初到落笔之时,一定要保持打破砂锅问到底的精神。当有了不容置疑的细节,再将一个个生活的碎片组织起来,一点点打磨,人物的精神就会慢慢透出不可磨灭的光芒。这时候细节会充满力量,引导叙述向前运动,我们把握好方向,谋篇布局、提炼语言等等就是自然而然的事情了。

塖罕坝时间

李青松

　　塞罕坝。——啥意思？

　　在这里,既有森林的壮阔,也有森林的细微,更有森林的饱满和丰沛。森林的里边是森林,森林的那边还是森林。有人说,塞罕坝的森林是翡翠。也有人说,塞罕坝的森林是绿肺。好嘛！说起塞罕坝就一定带着森林吗？当然。可是,塞罕坝,塞罕坝,塞罕坝是啥意思？

　　森林,塞罕坝的森林真美。美得令人心醉。

　　换个角度看,或许印象更清晰。——绿,深绿,翠绿,墨绿。卫星云图显示,塞罕坝这片人工林海,不就是一只墨绿色的展翅翱翔的雄鹰吗？112万亩,三代人,一件事,用了整整55年的时间。种树种树种树。磨出了多少老茧,磨坏了多少锹镐,数也数不清。此间,有抱怨与绝望,有荣耀与悲伤,有坚韧与抗争,有寂寞与欢乐,有荒谬与智慧,有灵魂与激情……然而,故事从未停歇,每天都是开始。这片林海负载着塞罕坝三代人的希望和梦想。这片林海是塞罕坝之根本,没有了这片林海,塞罕坝就没有了今天,也没有了未来。

　　然而,时光倒转回去,早先的塞罕坝却是一片蛮荒之地,甚至被称作坝上的"青藏高原"——天高风冷水硬人横。

　　话说20世纪60年代初,风沙紧逼北京城。每逢春秋时节,小伙子戴风镜、姑娘戴口罩是北京街头的常态。一入冬,西北风嗷嗷叫,风沙肆虐,沙粒子砸在面上生疼生疼。怎么回事？林业部不是管造林的吗？有没有什么办法呀？

北京风沙脾气暴跟塞罕坝啥关系？问风风不理睬，照刮；问沙沙不言语，照砸。还是问问脚步吧——脚步丈量的结果：浑善达克沙地与北京的直线距离仅有 180 公里，平均海拔 1000 多米，而北京的平均海拔仅 40 多米。有专家形象地说"如果这个沙源阻挡不住，就相当于站在屋顶上向院子里扬沙子"。必须把沙子挡住，塞罕坝恰好处在那个能挡沙子的特殊地理位置上。怎么个特殊呀？这么说吧，如果说内蒙古浑善达克沙地与北京所处的华北平原之间隔着一道门的话，那么塞罕坝就是那道门的门闩。

门闩起啥作用？人人家里都有门，出门进门，进门出门，门闩起啥作用还用我说吗？

事实上，早先的早先，塞罕坝也是草木葳蕤、獐狍野鹿出没之地。塞罕坝属于木兰围场范围。《围场厅志》记载：此地"落叶松万株成林，望之如一线，游骑蚁行，寸人豆马，不足拟之"。康熙曾多次带领将士来此围猎，还即兴留下过一些诗句，"……鹿鸣秋草盛，人喜菊花香。日暮帷宫近，风高暑气藏"。看来，康熙当时的心情不错。

然而，随着清王朝的没落，秋狝的弛废，大批流民涌入，肆意垦荒，断了塞罕坝的根，致使塞罕坝元气大伤。后又几经军阀匪寇劫掠，反复折腾，森林荡然无存，塞罕坝一片肃杀凄凉。

去的去了，是因为来的来了。从此，沙魔长驱直入。那道门闩也闩不住了。何况，那道门闩本来就已经破败，被丢在一边了。

塞罕坝，塞罕坝，塞罕坝是啥意思？

——这微弱的发问，早被滚烫的大漠蒸发了。

风雪弥漫中，一个健壮的身影出现在塞罕坝。

1961 年，为了破解风沙南侵的困境，时任林业部国营林场管理总局副局长的刘琨，率专家组来到塞罕坝，他要用自己的眼睛看看那道门闩究竟是怎么回事。他眉头紧锁，视野里"尘沙飞舞烂石滚，无林无草无牛羊"。他在塞罕坝荒凉的高岭台地上考察了三天,没有找到那道门,当然也就没有找到那道门闩。但是,他却拿到了第一手珍贵的资料。回去后经过专家们的反复论证,最后得出结论:塞罕坝上可以种树,可以竖起一道绿色的屏障,阻挡风沙的南侵。

也就是说,没有门可以安上一道门,没有门闩可以安上一道门闩。

1962 年,塞罕坝机械林场正式成立,任命承德专署农业局局长王尚海为第一任场长。随后,林业部工程师张启恩带着妻儿来了,王尚海的爱人带着 5 个孩子来了,由全国 18 个省市的 369 人组成的林场第一支建设大军来了,河北承德农专的 53 名毕业生来了,承德二中刚刚毕业的陈延娴等 6 名女高中生来了,一批新毕业的大学生来了。他,她们和他们用自己的青春和热血在这片荒野上开始书写动人的传奇故事了。

塞罕坝,塞罕坝,塞罕坝是啥意思?

然而,建场之初,塞罕坝地区生活条件非常之差。没有房屋可居住,就搭马架子、盖窝棚、挖地窖子解决住宿问题。严寒的冬天,马架子和窝棚被厚厚的积雪压塌是常有的事,而地窖子阴冷潮湿,住在里面一点都不浪漫。那时的塞罕坝,完全落在寂静里。只有暗夜包围着的地窖子里,时而传出几声长长的叹息。

食物更是严重短缺。当地有一句谚语:"坝上的庄稼——山药蛋"。当时在坝上能够生长的农作物很少,只能种植一些适应高寒地区生长的白菜、土豆和莜麦等。坝上气候不适宜种小麦、玉米等粮食作物,种不成西红柿、豆角等蔬菜,苹果树、梨树、桃树等更是想都甭想了。

种啥吃啥。有啥吃啥。当初在塞罕坝莜面最通常的吃法:把水烧开,把干面直接往锅里撒,一边撒一边搅拌。搅拌熟了,外表成球状,黑平平的,俗称"驴粪蛋儿"。大家开玩笑说,总吃"驴粪蛋儿"也不是事呀,人都快成"驴粪蛋儿"了,换换样儿吧。于是,伙房师傅也真费了一番心思。清水煮土豆白菜,莜面窝头。清水煮土豆白菜,莜面卷儿。清水煮土豆白菜,莜面片儿。到底是该哭,还是该笑?

塞罕坝,塞罕坝,塞罕坝是啥意思?

——也许,白菜土豆莜面"驴粪蛋儿"知道。也许,苦寒的日子知道。

站在坝上放眼望,路在哪儿呢?

前望不见,后望不见。左望不见,右望不见。原来,路被移动的沙漠吞噬了。

当时,塞罕坝的交通条件极其不便。只有一条蜿蜿蜒蜒的土路,一头连着围场县城,一头连着遥远的内蒙古高原。路况相当差,去趟一百公里外的围场县城,有时要走两三天的时间。此地偏僻、高寒的地理环境自不必说了,单是没有电、没有自来水的不便,就足够考验这些年轻人了。更不要说没有娱乐设施,业余生活的单调、枯燥和无味。好在若是冬天,白日里在冰天雪地里干活,夜晚就守着炉火,在煤油灯微弱的光亮中听着段子。烧的什么?干透的牛粪饼。炉火"曛曛"地燃着,加一块牛粪饼,再加一块牛粪饼。炉面上,往往烤几个土豆。听得入神,土豆烤煳是常有的事。而段子不是谁都能讲的,往往就是那个干体力活儿最差,却读书最多戴着瓶底般眼镜的人。

不过,说他们的生活枯燥乏味也不全对。因之那些牛粪饼和那些段子,寒凉枯寂的夜晚温暖而生动了。

他们也写打油诗:

> 渴饮沟河水,饥食黑莜面。
>
> 白天忙作业,夜宿草窝边。
>
> 劲风扬飞沙,严霜镶被边。
>
> 雨雪来查铺,鸟兽绕我眠。
>
> 老天虽无情,也怕铁打汉。
>
> 满山栽上树,看你变不变。

当年的马架子宿舍门前,还有这样一副对联:

> 一日三餐有味无味无所谓;

　　爬冰卧雪冷乎冻乎不在乎。

　　"无所谓""不在乎",这些饱含着眼泪和痛苦的词句,表现了塞罕坝人一种乐观的精神。然而,塞罕坝虽然来了很多人,但塞罕坝还是缺人。不缺男人缺女人,最缺的是姑娘。

　　当地有一句顺口溜:"塞罕坝真荒凉,又有兔子又有狼,就是没有大姑娘。"

　　当时林场新来的那批大学生除个别人年龄小,绝大多数都到了谈婚论嫁的年龄。可是在这闭塞的荒原上,年轻人到哪里寻觅自己的另一半呢?

　　新来大学生的个人问题一时成了这个寒冷荒原上的热点问题。好嘛!这些有知识有文化的年轻人怎么可以没有对象呢?坝上有个叫棋盘山的古镇是个牲畜交易集散地,是一个人流、物流、信息流集中的地方。一个偶然的机会,林场技术员张凤元和镇上姑娘隋莲芝谈上了恋爱。"塞罕坝居然来了那么多新毕业的大学生!"镇上人一嚷嚷,一传俩,俩传仨,后来又互相介绍,便有不少的年轻人不惜遥遥路途开始交往,结婚成家了。一时间,塞罕坝的小伙子们很多都成了棋盘山的女婿。

　　人们便打趣儿说,棋盘山成了"老丈人窝子"。没过两年,这个"老丈人窝子"又成了"姥爷窝子"。——娃娃出生,女人带着刚会说话的娃娃回娘家。娃娃奶声奶气地唤一声姥爷,镇子里满街探出喜滋滋的脑袋。

　　人在哪里,哪里就有生活的逻辑和意义。生活虽然艰苦,但苦中也有爱情,也有快乐,也有幸福。绿色需要坚韧,需要劳作,需要不懈的努力;绿色需要空间的分布,也需要时间的积累。绿色的面积在一寸一寸扩展着,增长着,延伸着。

　　让我们向当年的英雄们致敬!

　　塞罕坝的第一代建设者,现在大都已经退休或者故去。当年,他们是怀着革命的理想和远大抱负来到这里的,他们对自然和社会的认识,自然与现在的年轻人不同。冰雪和荒野中曾经有过他们的血汗与悲壮,豪情与困苦,坚忍与疲惫。他们对塞罕坝的眷恋之情是现在的年轻人所无法理解的。然而,在无可抗拒的命运面前,生命在这里显得如此无助而茫然。

他们的眼神多半是忧郁的。然而,同他们谈起塞罕坝,谈起当年的事情,他们的眼神里却又闪烁出兴奋的光芒。近年来,他们的思乡之情越来越浓烈,然而,省亲之后他们又多半打消了返乡的念头。因为,家乡的人早已把他们视为塞罕坝人,家乡的土地上已没了他们可耕的田、可以生存的空间。

塞罕坝,塞罕坝,塞罕坝是啥意思?

——河有源,树有根。源在塞罕坝,根在塞罕坝。

不要以为种树那么容易。不就是挖个坑,种棵苗吗?其实,种活一棵树不比养活一个孩子简单。种树是个技术活儿。

头两年,塞罕坝人从东北地区调来的绿化苗木种下的树,都死了。有诗为证:"天低云淡,坝上塞罕,一夜风雪满山川;两年种树全死完,壮志难实现,不如下坝换新天。"不都是英雄,也有人卷起行李悄悄溜走了。

溜走,总是有原因的。然而,留下来的不需要理由。可是,如果连树都种不活,那留下来还有什么意义?

必须搞清树死的原因!原来,外来的苗木水土不服,抗性太弱。要想在塞罕坝地区种树成功,必须自己育苗,育适应当地土质和环境生长的苗木。塞罕坝人开始进行技术攻关。首先攻克了在高寒地区育苗这一关,继而在塞罕坝地区育苗获得成功。之后,又改造了从苏联进口的种树机,将它由原来只能在平坦地方种树的性能,改造成了适应塞罕坝地区山地、丘陵地,照样能种树。由此,用机械种树也获得了成功。可以说,从那时起,塞罕坝营造百万余亩人工林的大幕,算是就此拉开了。

1964 年,春节刚过,林场党支部书记王尚海、场长刘文仕等人就骑着马,带着技术人员上山了。马蹄坑,是塞罕坝人选择的头一个战场。经过 30 多个昼夜的奋战,近千亩落叶松小苗扎根在了马蹄坑,塞罕坝人终于在这片荒凉的土地上,种下了属于自己亲手培育并植造的第一片林子。7 月,塞罕坝的野花盛开了,一棵棵幼苗也绽放出了笑颜。

　　"文革"期间,别处一片喧嚣,塞罕坝人却只顾埋头种树。塞罕坝人自己问自己——我们来到这里干吗? 就是来创业嘛! 不是享福来了,更不是搞运动整人来了。牢记使命,不忘初心,种树不止。

　　数字,也许是抽象的,不能带给人美感。但数字也是鲜活的,灵动的——塞罕坝在"文革"期间及其前后历年种树的面积:1966 年以前种植 3.4 万亩,1966 年种植 5 万亩,1967 年种植 6 万亩,1968 年种植 5 万亩,1969 年种植 5 万亩,1970 年种植 6 万亩,到 1983 年,塞罕坝上的有林地面积已经达到了 110 万亩。

　　这一组数字的背后,洒满了塞罕坝老一辈建设者的血汗,凝结着塞罕坝老一辈建设者的绿色情怀。他们几乎是用生命的代价换来了这片林海,在荒原上树立起了一座绿色的丰碑。

　　塞罕坝,塞罕坝,塞罕坝是啥意思?

　　——林海无语,丰碑无言。

　　林子多了是好事也是难事。难就难在防火。

　　暖泉子望火楼。尽管时令已经进入 3 月,许多地方是暖融融的春天了,但塞罕坝依旧是白雪皑皑,冷风刺骨。为了探访护林人的生活,我走进了暖泉子望火楼。这里毫无神秘可言。室内的陈设虽然简单,但很整洁。一张床、一张桌子、一台电视机、一部电话,墙上挂着一幅地图和一个打着卷儿的日历。

　　护林员陆爱国和妻子王春艳,已经在这里坚守了 15 年。

　　"心里那根弦,整天绷着,不敢有片刻懈怠。"身穿迷彩服的高个子陆爱国一边架起望远镜,一边一字一句地说,"一般每年的防火重点期是 3 月 15 日到 6 月 15 日和 9 月 15 日到 12 月 15 日,这六个月必须待在望火楼里,15 分钟汇报一次瞭望情况。"

　　我瞥了一眼桌上的电话,心里充满敬意。

　　"这些树是我父亲那辈人种下的,可不能在我们这代人手里毁了。"陆爱国说。坝上地区每年的无霜期只有 70 多天,冬天几乎都会大雪封山。我打量一下望火楼的角落,对并排放着的三个装满了雪的水桶有些不解。我指了指桶里的雪问王春艳："这是干吗的?"王春艳说："雪水是用来洗衣服的,如果大雪封山,下山挑水困难,有时也喝雪水。"

陆爱国和妻子初到这里时,生活条件非常艰苦。吃水还得到山下两公里以外的暖泉子去背,水从桶口儿晃出,洒在后背上,浸湿衣服,后背冰凉,夏天还好,冬天后背的棉袄就冻成了冰棒。冬天路上雪滑,路又陡,一跐一滑,跌了多少次跤,摔坏了多少个桶? ——也许人忘了,桶却知道。

当好护林员除了要有强烈的责任心,还要有过硬的观察本领。为了熟悉地形,尽快报出火情地点,夫妻俩把从望远镜里所能观察到的山头、洼地都一一编成号,牢牢记在心上。一旦有情况,报警时马上就能说出地名和方位。通过长时间的对比、观察,他们还熟练地掌握了一套识别烟火的本领,能在最短的时间内,快速准确地识别出是烟、是雾还是霞光。

陆爱国说："不怕一万,就怕万一!"某日下雨打雷,断电了。糟糕,一旦有火情就不能用电话报警了。可偏偏在这个节骨眼儿上出现了情况。陆爱国用望远镜瞭望时,发现御道口的马溜进了新种的林地,急得他出了一头的汗,没办法,他只能跑下山去喊人。直到把马赶出林地,交给主人,他才放心。

陆爱国1962年出生在塞罕坝,他的父亲是林场的第一代创业者,他的大儿子现在在林场的扑火队开消防车。可以说,一家三代人都是务林人。有一次,他骑摩托车下山确定一个疑似起火点,由于匆忙,路又陡,连人带车摔出去很远,把腿生生摔坏了。陆爱国双手拄着拐杖,咬着牙,硬撑着当班,没下山休养一天。

他说,三代人的命运跟林场的命运连在了一起,林场在他们在,林场好他们跟着好,林场亡他们只能去逃荒。所以,不能让林子受一点损失,多苦多累多难,都心甘情愿。

我问："山上生活寂寞吗?"

王春艳说："夫妻在一起还好些,但还是很寂寞,两个人能有多少话说,话说完了,只能大眼瞪小眼。都是人,有时候心里难受了,我们俩就吵架。"

我扭头问旁边的陆爱国："是这样吗?"陆爱国不言语,只是笑。

"不过,马鹿、狍子、野猪、山兔、野鸡、黑琴鸡等野物常常来光顾望火楼,让我们觉得,这山上不光是我们两个人呢。"停了停,王春艳继续说,"曾经有一对驻守望火楼的夫妻,他们的孩子是在山上生的,也是在山上长大的,可由于平时交流少,都三岁了才只会说几句话。"

我望了一眼汹涌的林海,一时不知该说什么了。

塞罕坝共有 9 座望火楼。个个高耸,座座威严,毫无懈怠地矗立在林海高山之巅。每一座望火楼上都有一双瞪大的眼睛,注视着森林里一草一木。

最近几年,林场在防火事情上不敢有丝毫差池,整个防火系统形成了探火雷达、空中预警、高山瞭望、地面巡护的有机监测网络,实现了林区监测全覆盖,360度立体掌握。这么说吧,小鸟在林子上空拉泡屎,都逃不过雷达和护林人的眼睛,更不要说发生火情了。

建场 50 多年来,塞罕坝百万余亩人工林海,没有发生过一起森林火灾。

寂寞守望,孤独坚守。——这就是塞罕坝护林人的生活。

可是,我还是要问:塞罕坝,塞罕坝,塞罕坝是啥意思?

塞罕坝的一只蝴蝶扇动一下翅膀,就有可能掀起太平洋上一个巨浪。生态是个整体,有一根看不见的线连着呢。

"塞罕坝的生态地位非常重要,它处在内蒙古高原向华北山地及平原过渡带上,是滦河等多条河流的源头,阻挡北边风沙南侵,是一道不可或缺的生态屏障。"国家林业局副局长刘东生说,"这片林海,不仅起到涵养水源、减少水土流失的作用,有利于生物多样性的保护,而且可以大量吸收和固定二氧化碳,成为碳汇库,对减少全球气候变暖具有重要意义。"

1993 年,塞罕坝林场被批准建立了国家级森林公园,开启了森林生态旅游的新篇章。

生态之美,不光是用眼睛看的,而且是用心去感受的。生态存量很难数字化,很难标准化,也很难货币化。因为生态是不可复制的、不可批量生产的,也是不可腾挪的、不可位移的。

贪婪导致人的占有欲无边无际,拥有了房子豪车等物质的东西不说,甚至连空气也想罐装回家了。事实上,在物质主义盛行的时代,我们占有的越多,与自然的距离就越远。要知道,森林、晨曦、花朵和许许多多琐细的事物,才是构成世界的美丽所在。

近几年,塞罕坝每年接待游客50万人次以上,每年门票收入4000多万元,带动了周边乡村生态旅游,生态产品和手工艺品销售甚旺,社会总收入超过6亿多元。七星湖是塞罕坝的一处景区,一到暑期木屋住宿的游客爆满。多好的旅游项目!本应多建一些木屋,扩大森林和湿地旅游承载规模,但林场场长刘海莹对此说不。

刘海莹说:"从根本上来讲,塞罕坝的生态还是脆弱的,生态的承载力还是有限的。我们不能干竭泽而渔、杀鸡取卵的事情。吃祖宗的饭,断子孙粮不算能耐;还祖宗的账,留子孙粮才算真本事。"

尽管生态旅游效益可观,但塞罕坝还是实行了控制游客进山总数的硬性约束机制,即游客进山总数到达一定"红线"后,便一概拒于山门之外。刘海莹摇摇头说:"说心里话,这是让自己很痛苦的事,因为来游客,就意味着增加收入呀。可是,没办法——痛,是为了长久的快乐。"

"我们既要绿水青山,也要金山银山。宁要绿水青山,不要金山银山,而且绿水青山就是金山银山。"——或许,刘海莹对习近平总书记的这段话有着更深刻的理解。

塞罕坝,森林生态系统正稳步形成。落叶松、油松、白桦、赤桦、蒙古栎、椴树、黄菠萝等乔木树种结构分明,错落有序。榛子、沙棘、柠条、火棘等灌木应有尽有,各自占据着属于自己的空间。林间,溪水淙淙。崖壁上飞瀑喷雪吐浪。苔藓更是爬满巨石上、树干上、腐殖层上,甚至灵芝和蘑菇上。过去多年未见的野生动物,也重现了踪迹。野鸡、野兔、狍子、猞猁、狗獾是常见的,云豹时有出没不说,成群的野猪几乎多得成灾了。

刘海莹的耳畔常常响起一位印第安老酋长的声音："我们熟悉树液流经树干，正如血液流经我们的血管一样。我们是大地的一部分，大地也是我们的一部分。芬芳的花朵是我们的姐妹，牛羊、骏马、雄鹰是我们的兄弟，山岩、森林、草地、动物和人类全属于一个家庭。"

在印第安人眼里，万物皆兄弟，万物皆一家。

不能不提塞罕坝的白桦林和黑琴鸡。捷克作家卢斯蒂格写过一本小说，叫《白桦林》，讲述的是一个忧伤的爱情故事。朴树有一首流行歌曲，唱的也是白桦树，曲调是那么柔美，柔美中还略显忧伤。柔美，忧伤；柔美，忧伤。若没有这一段段故事，白桦林就只剩下了柔美，绝没有什么忧伤了。然而，我宁愿相信白桦林没有忧伤，因为我来到塞罕坝，看到的是白桦林的美丽、白桦林的漂亮。塞罕坝白桦树干直挺耸立，上有线形横生的孔，远看好像生着无数的眼睛在向四周瞭望。枝叶疏散，枝条柔软，迎风摇曳。树皮洁白，光滑细腻，有层白霜，像纸一样可以分层剥离。俄罗斯人把白桦称为亭亭玉立的新娘，而塞罕坝人却没有心情那么浪漫，种树种树，忙着呢！

塞罕坝的白桦林里栖息着珍贵的稀有动物——黑琴鸡——这可是我亲眼所见啊！在塞罕坝，一定是先有的白桦林，后有的黑琴鸡吧？这一静一动，一白一黑，看上去是那么协调，那么和谐，那么欢喜无比。

那天，我们驱车在林间防火公路上行驶，忽然两只黑琴鸡蹿上了公路。我们停车观看，个个瞪大惊喜的眼睛。它们玩耍着，旁若无人，不惊不躁。在路面上，它们互相追逐，一边"跑圈"，一边"咕噜噜、咕噜噜、咕噜噜"地叫。最后，它们回头觑一眼我们，抖抖翅膀双双飞进白桦林中。

是啊，森林群落绝对不光是我们所看到的那些树，还包括野生动物等更多的生物形态。塞罕坝的森林里充满着生命的律动。"咕噜噜，咕噜噜，咕噜噜……""咕咕哇，唔哇唔，嘎嘎嘎……"

塞罕坝，塞罕坝，塞罕坝是啥意思？

——黑琴鸡，你们知道吗？

印第安人语："树木撑起了天空。如果森林消失，世界之顶的天空就会塌落，自然和人类就会一起毁灭。"从一定意义上说，树木与人的关系，就是人与自然的关系。

我曾多次来到塞罕坝，一直在思索塞罕坝的故事，并试图从中领悟人与自然到底是一种什么样的关系，找到那个隐秘的图谱。人，在残破的自然面前到底起什么样的作用呢？

习近平说，人与自然是一种共生关系，对自然的伤害最终会伤及人类自身。绿水青山就是金山银山。——此语饱含着尊重自然，谋求人与自然和谐发展的价值理念和发展理念，是一种大情怀、大境界。

中国，正在大步向着绿色发展的目标迈进；中国，正在向着生态文明的目标迈进。

塞罕坝，塞罕坝，塞罕坝到底啥意思？塞罕坝意味着什么？塞罕坝代表着什么？该回答这个问题了——塞罕坝人说，塞罕坝是蒙古语和汉语的组合。塞罕是蒙古语，美丽的高岭的意思；而坝是汉语，台地的意思。把它们组合在一起即可表述为美丽的高岭台地。哎，原来塞罕坝竟是一种有高度、有广度、有厚度的美呀！

塞罕坝已经不是一个地理的存在，而是几代人理想的集体和个体的集合，是一种生活的气息和氛围，是一段飘荡的情绪和记忆，更是一个不朽的绿色传奇。从这个意义上说，塞罕坝，没有同义词。

忽然想起两句话——一句话叫"山厚水厚人忠厚，山薄水浅人轻浮"；另一句话叫"森林涵养水源，生态涵养文明"。

置身塞罕坝壮美的百万亩林海，倾听着松涛的声音，深深呼吸一口那弥漫着松脂芳香的空气，顿时有一种洗心润肺的感觉了。隐隐地，我对塞罕坝似乎又有了一层新的理解——塞罕坝就是绿水青山，塞罕坝就是金山银山，塞罕坝就是我们心底那个绿色的梦。——那个梦，并非虚幻缥缈，并非无根无蒂，那个梦真真切切，就在眼前。

塞罕坝！——塞罕坝！——塞罕坝！

（发表于 2017 年 8 月 11 日《人民日报》副刊《大地》）

《塞罕坝时间》背后的故事

李青松

2017 年 8 月上旬，我接受了中国作家协会下达的一项重要任务——赴塞罕坝采访并创作一篇报告文学。8 月 7 日早晨，我匆匆赶到报到地点，一看，好家伙，还有刘醒龙、蒋巍、冯秋子、牛庆国等腕级写手，准确地说，我不过是采访团成员之一。我虽被封了个副团长(刘醒龙是团长)，但我一点领导的感觉也没有，迎面而来的只有压力。好在塞罕坝是个老典型，我过去去过多次，一直想写篇东西，但总是七差八差没有成文。

从北京到塞罕坝的路上，我问自己：确定一个什么样的主题？写什么？怎么写呢？考斯特中巴一路疾驰，我无心欣赏车窗外坝上的美景，任凭向日葵和野菊花呼呼向后闪去。

之前，媒体记者对于塞罕坝的报道连篇累牍。据说，仅六七月间，先后就有 200 多名记者到塞罕坝采访，发表的稿件有上千篇。我们这批作家，如果不另辟蹊径已经很难写出有新意的作品了。塞罕坝还是那个塞罕坝，人还是那些人，故事还是那些故事，可是，用什么样的方式、什么样的语言来讲述，对一个作家来说，无疑是一场考试。由于长期从事生态文学创作和研究，自然，我更习惯于从生态文学的角度来审视和看待这次任务了。生态文学是以自觉的生态意识反映人与自然关系的文学，强调人对自然的尊重，强调人的责任和担当。虽然生态问题催生了生态文学，但就本质而言,生态文学却是关于美的文学。塞罕坝三代人,用了55年的时间,只做了一件事——种树。种了112万亩。其间,磨出了多少老茧,磨坏了多少锹镐,数也数不清。我想,我应该用我的笔来呈现塞罕坝森林的美、塞罕坝人的美、塞罕坝人与自然关系的美。

塞罕坝意味着什么?塞罕坝代表着什么?隐隐地,一个声音告诉我——塞罕坝就是绿水青山,塞罕坝就是金山银山,塞罕坝就是我们心底那个绿色的梦啊!——我突然顿悟,这就是主题呀!这就是我将要创作的报告文学所要表达的内容啊!

创作的主题明确,要表达的内容清晰,采访自然就不必走弯路,不必做无用功了。连续几天的采访下来,把我过去几次采访积累的素材也激活了。第四天,我即开始投入写作了。写作时,我一反常规,倒着写——即先写结尾,也就是定好目标,把突出主题的关键句子写好,再写开头。然后试图按照时间顺序,向着既定的目标稳健地推进。可是,怎么推进呢?激情在澎湃中一时又搁浅了。我久久伏案,苦思冥想却找不到那个能够推进的东西了。

恰巧,一个朋友打来电话,问我在哪里呢?我说在塞罕坝呢。他问塞罕坝?我说对,塞罕坝。他问塞罕坝啥意思?我说,就是啥啥的意思。是呀,几乎所有没来过塞罕坝的人都会问到这个问题:塞罕坝啥意思?突地一下,眼前仿佛划过一道亮光,还找什么呢,那个推进的东西不是已经破门而入了吗?——塞罕坝,塞罕坝,塞罕坝啥意思?何不用这种追问的句式来推进呢?——气脉接通,文思涌动,激情随之重新激荡起来。

我在文中一次又一次地重复追问"塞罕坝,塞罕坝,塞罕坝啥意思?",而故意不作回答。最后一次出现这句话是在结尾部分,增加了"到底"二字,把这句话推向了极端,极端到必须回答了。——其实,整篇作品就是在回答这句话。

整整熬了两个通宵,一篇8600字的报告文学《塞罕坝时间》终于成稿。

故事,故事,还是故事。如果说贯穿全文的主题是一篇报告文学的筋骨的话,那么写好若干个生动的故事及其细节就是报告文学的血肉了。我想,一个有情怀的作家不该是把苦寒生活写得更加苦寒,而是要写出,人在苦寒生活中那种乐观的态度,那种在苦寒生活中的幽默和境界，或许是更重要的。

正是基于这样的考虑，我把"驴粪蛋儿"莜面和夜晚"讲段子"的故事，在《塞罕坝时间》中进行了生动描述。但是，这样还不够，因为人在哪里，哪里就有生活的逻辑和意义。生活虽然苦寒，但苦寒中一定也有爱情，也有快乐，也有幸福。——刚毕业来塞罕坝创业的大学生找对象问题是怎么解决的？我注意到，几乎所有媒体上的新闻作品都忽略了这一问题。而在采访中，我无意中了解到，棋盘山镇是塞罕坝年轻人的"老丈人窝子"，心中暗喜——这正是我需要的。在《塞罕坝时间》中，我写道："没过两年，这个'老丈人窝子'又成了'姥爷窝子'。——娃娃出生，女人带着刚会说话的娃娃回娘家。娃娃奶声奶气地唤一声姥爷，镇子里满街探出喜滋滋的脑袋。"但是，我认为这样仍然不够，还应该有更具体的"人的故事""植物的故事""动物的故事"，才能构筑以塞罕坝为缩影的生态中国的故事。于是，暖泉子望火楼护林员陆爱国和王春艳出场了；于是，在略带忧伤的歌声中白桦林出场了；于是，一对咕咕叫着"跑圈"的黑琴鸡出场了。

是的，塞罕坝已经不是一个地理的存在，而是几代人集体和个体的理想集合，是一种生活的气息和氛围，是一段飘荡的情绪和记忆，更是一个不朽的绿色传奇。

《塞罕坝时间》成稿后，我按照程序交卷了。接着，倒头便睡。

令我意外的是，不出48小时，2017年8月11日，《人民日报》副刊《大地》赫然以整版篇幅刊出了《塞罕坝时间》。更令我想不到的是，《人民日报》文艺部主任、著名书法家梁永琳亲自手书了标题。事后，我还听说人民日报社副总编辑、著名文艺理论家张首映在报纸大样上做了一大段批示，对此文给予充分肯定。说句心里话，我有点惶恐——几十年写作生涯中，很少有过这样的礼遇。很快，《塞罕坝时间》又被《新华文摘》等名刊转载，也被几家出版社收进不同版本的报告文学佳作年选。

无疑，塞罕坝是生态文明建设的生动范例。

我们正在步入新时代——这个时代是绿的时代，也是美的时代。绿是发展方式，也是生活方式，而美是强国的目标。我们所建设的现代化，是人与自然和谐共生的现代化。现代化强国的标志，除了富强、民主、文明、和谐，还有"美丽"二字。——

这是现代中国的巨大进步，也是我们对人与自然关系认识的一次重大飞跃。

塞罕坝的故事告诉我们，人与自然是生命共同体，人类必须尊重自然、顺应自然、保护自然。——我们已经这样去做，我们正在这样去做。如何理解生命共同体？也许每个人都有自己的解读。而我的理解，生命共同体则意味着，人与自然的关系，不再是你就是你，我就是我，也不再是我中有你，你中有我，而是我就是你，你就是我。

虽然在塞罕坝采访和写作仅有五天时间，但我不会忘记那些与文学深度接触的时日。某晚写饿了，曾相邀刘醒龙、牛庆国到镇子里吃烤玉米。我们吃得满嘴黑黑的，却开心无比。蒋巍老师总是溜号，喜欢单独行动。他曾半夜三更去找采访对象喝酒，为的是掏出人家肚子里的故事。冯秋子老师画了很多速写，临别时，选出一幅《塞罕坝的向日葵》赠送我，令我感动。

这，就是我创作《塞罕坝时间》背后的一些故事和感受。

生命的重量

王剑冰

一

谢延信本来不姓谢,姓刘。在豫北的车村,刘姓是第一大姓,谢姓是第二大姓。

多少年后,谢延信想起和兰娥的好,眼前还像放电影。

延信是在村口碰见兰娥的。延信不知道几回碰见,都是兰娥预先打了埋伏。前些时兰娥去找弟弟彦妞,猛不丁被姑姑叫住了。姑姑在村里开着一个小门店,问过兰娥就拿这拿那地给兰娥,兰娥不要。姑姑说不是给你,给彦妞哩。姑姑说这么大的闺女啦,该找婆家了。姑姑问最近又有谁给介绍了,姑姑说前街的那个亮我看人挺好,你俩不是还在一块儿说过话?兰娥脸就红了,说姑,人家啥时候说话了。姑姑说别啊,我都看见了。

延信的小名叫亮。兰娥说你昨天跟人家打架啦?延信说没有啊。兰娥说还没有,你看你脸上的那一道子。人家都说是他先动的手,把你打成这样,你咋不跟你三哥说说?三哥是乡里的棉花技术员。兰娥知道理在延信这里,延信看见人家不好好打花杈,就好言好语劝说。人家不听他那一套,还跟他动起了手,结果因为延信的让,吃了亏。村里都说延信家兄弟多,堂兄延丕还是大队会计,肯定不会白吃亏。延信说那个花杈他要是掰掉了,俺就不跟他认真了,你说了他还是那样,还是不好好打花杈,俺也是太认真了。兰娥说生产队的庄稼,你恁认真干啥?光得罪人。延信听了有些不高兴,谁让俺当技术员来?俺既然当了这个技术员,俺就得认真,不认真,这一片棉花地将来要被人笑话哩。兰娥笑了,笑中带着赞许,你呀,吃亏也就吃亏在太老实,太实在。

兰娥回姑姑说,那也是走到路口碰着了,说了两句。姑姑说那可不一样,看着可亲密。有一回,你不还给了人家一个苹果?兰娥的脸又红了。咋着姑姑啥都知道。那天兰娥拿着一个苹果,看见延信走过来,说,给。延信不好意思,说俺不要。兰娥说为啥,怕俺下药?延信说,不是,你吃吧。兰娥说,俺吃,俺吃了还在这里等你?延信说,那你吃一半给俺留一半。兰娥说,那不行,你没有听人家说不能分梨吃。延信说苹果又不是梨。兰娥说,都一样。好了,俺吃还不行?兰娥咬了一口,然后给延信递了过来。延信知道兰娥的意思,除了兰娥,谁还能咬一口给你呢?延信大口咬着苹果,咬得满口汁液。

谁承想就让姑姑看到了。兰娥说姑,你再这样说俺走啦。兰娥真的走了,兰娥急着去找弟弟回家吃饭。姑姑看着兰娥的背影噗的一声笑了。刚转进柜台,正好延信来买煤油。延信叫了一声姑,姑姑答应着,又和延信聊了起来,说亮啊,说媳妇了吗?延信说,没,没有。姑姑说,那咋不着急,大小伙子了,该成个家了。延信说,俺哥们儿多,家里条件不好,现在的闺女眼光都高。姑姑说那是她们不识货,亮一看就是个实在人,心眼儿好,咋能没人喜欢呢?姑回头给你介绍一个。延信说,姑你可别逗俺。姑姑说,谁逗你了,放心吧,姑姑肯定给你介绍一个好的。

转眼又是一个黄昏,兰娥嗑着瓜子,在村口跟延信说话。兰娥说,咱姑跟你说啥没有?延信装糊涂,说,说啥啦?兰娥急得跺了一脚,你,真不知道还是装不知道?就是,就是……兰娥把瓜子甩了一地,嗨,你觉得俺咋样吧?延信心里笑,嘴上却说,你说呢?兰娥说俺咋知道,你要是觉得……俺也没啥说的。延信说那你对俺啥看法？兰娥说俺对你没啥看法，俺早看着你人好心眼儿好。延信说可是俺家条件不好。兰娥说俺家条件好？俺家里有个拖累人的弟弟。延信知道那个天生智障的彦妞，比他姐姐兰娥小不了多少，却整天张着嘴呵呵呵地在村子里跑来跑去，兰娥经常喊着找他。延信说可你家是工人家庭哩。兰娥说，你别说那么多，俺只图人。

兰娥说这话时眼里噙满了泪水。在这之前，兰娥已经在家和父亲闹了一场。父亲站在那里发脾气，说不行，咱家的情况你又不是不知道，咱家有一个人在矿上挣钱，咋着在村子里也站得起来，他连个正儿八经的房子都没有，娶了你咋生活？不行！兰娥说，现在是俺找对象，爹说不行就不行？俺看好了，俺就要嫁给他。你说咱家条件好，俺弟弟现在这个样子，实际上也拖累人家了。父亲说，你别说那么多，彦妞有你妈和我，那算啥不好，总不能让彦妞随着你嫁给他。你别执迷不悟，选个好人家比啥都强，爹还想着给你招个上门女婿哩。兰娥说爹，俺弟弟总不能跟你一辈子，到头来还得找他姐，还得是俺来管他。俺看亮是个老实人，将来成家了，您俩年龄大了，俺把弟弟接过来，俺想亮也不会对他赖了。找其他的人，俺信不过。父亲还是一副犟脾气，说你别跟我扯那么多，就冲他那一大家子人俺也不愿意。要想找俺闺女，除非他姓谢！

娘冯季花有主心骨，娘说他爹，俺咋看着这亮是个好娃儿，她姑姑都说这小伙子中，如果妮子愿意，就让他俩成了吧。

这些话兰娥都告诉延信了，延信都知道，就因为延信知道，延信才觉得兰娥好，她没有拿他当外人。延信喜欢兰娥，他喜欢这个在爱情方面有性格的倔强的姑娘，这个姑娘没有在意家人的想法，只是认定她的喜欢。她的喜欢和延信的喜欢碰在了一起，碰出了爱情的火花，也碰出了爱情的力量。延信想，这一生都不会离开这个姑娘了。

兰娥信得过延信，延信当然能让她信得过。前些时，在地里干活的延信被兰娥叫住，说你看见彦妞了吗？她正急得四处找弟弟彦妞，村里都找过了也没有见着。延信让她别急，便帮着去找。最后在村后的水塘里找到了。彦妞是去撵猪玩了,猪一路顺着熟路往苇丛正旺的泥坑里跑,一进泥坑就拖泥带水地拱了进去。彦妞也就拖泥带水地摔倒了,幸亏水塘边上不深,幸亏他没有再往里挣扎。延信扒去了彦妞那身泥水衣裳,又把自己的衣裳脱下来给彦妞穿上。那个时候已经是深秋,兰娥看到延信只穿着一条短裤浑身是水地背着彦妞从苇塘出来,眼睛立刻就潮了,眼睛一潮,心里反而暖了。

二

延信和兰娥的女娃降生了,那是他们婚后的 1974 年。婚后的延信一直沉浸在新婚的甜蜜中。妻子兰娥很快融入了这个和睦的大家庭,家里地里都是一把好手,并且孝敬公婆,与妯娌们相处也很好。有了闺女,延信当爹了,给妮取名叫变英。再等个一年半载,给变英要一个弟弟,就更圆满了。延信在兰娥月子里不停地为兰娥趸摸吃的,不是去买老母鸡,就是去逮鲫鱼,整天高兴着哩。延信哪里知道,一场灾难正在悄悄地朝他走来。

村子离滑县县城有 70 里远,就是到半坡店乡上也不近。那个时候,接生都是找的村里人,没有多少知识。兰娥产后受了感染,只是当成生产的正常现象来对待。女人不好多说,男人自然也不好多问。兰娥连续发烧,想着坐完月子也许就好了,没有想到,坐完月子反倒更重,没有几天,兰娥竟然闭眼归去了。兰娥一直坚持着,让人感觉不出她快到了生命的尽头,她只想让自己的孩子多接受一些母爱,她坚持到了满月,然后又坚持了最后的 10 天。延信一直这样想,他一直想着是兰娥在争取时间,兰娥是为了孩子而忘记了自己的危险。

同心爱的人刚过上一年幸福的日子,那个人就永远地去了,这让延信如何也接受不了。埋了兰娥的那些天里,延信精神恍惚得如同隔世。眼前还在拉着兰娥的手,兰娥的眼泪滴在手上,热热的,凉凉的。兰娥说了什么?兰娥说,俺过不去了,俺不能跟你到白头了。延信不让这么说,延信说你别瞎说,变英还等着叫你妈哩。兰娥听了又一滴热泪滚了出来,兰娥说,给她再找个妈吧,孩子不能没有娘,你也不能没有个家。延信听着兰娥的话,他完全没有注意到自己早已泪流满面。他不敢让她看见,偷偷地扭过脸去擦掉。

兰娥的抽泣声慢慢地消失了,屋子里回归了平静。延信说,兰娥,你说话,你跟俺说话……看到呼吸越来越微弱的兰娥,延信还是忍不住呜呜地哭了。兰娥又强睁开眼睛说,唉,好人,人的命,天注定,俺不能跟俺的好人过一辈子了,俺的命俺认了,可,可俺就是不甘心,俺爹俺娘咋这么苦呀,俺个傻兄弟咋这么苦呀,他们就该跟着俺享不了啥福,还搭上一辈子痛苦?

延信猛然抹了一把泪水,说,兰娥你别说了,你说了俺心里疼得很,俺娶了你,俺已经叫了爹娘、兄弟,俺就不会再改口。你放心,他们有俺在,就跟有你在一样!兰娥听了这话,嘴角露出了微笑。兰娥断断续续地说,好人,你、这么说,俺、放心了……兰娥微微地颤抖,不停地颤抖,并且用力地张开眼睛看着延信,呼出了最后一口长气。延信紧紧地抱着怀里的兰娥开始哀号,深沉地孩子样地哀号。

延信记得,兰娥最后使劲地将指甲抠紧了延信的手,抠着,一直不放松。延信觉出了疼,直到现在,延信还觉得疼。

延信把岳母和智障弟弟彦妞接回了家,开始了一个新的艰难的生活历程。他要抚养刚过满月的女儿,还要照顾和自己差不多大的弟弟。岳母身体不好,有着肺气肿、胃溃疡、低血压、关节炎多种疾病,早就不再下地干活。但是她乐意帮助延信照看小外孙女,孩子太小太可怜了,延信怎么能带得了?

在焦作矿务局朱村矿上班的岳父谢召玉抽空回来了。延信过去请岳父,岳父一见延信就来了怨气,说姓刘的小子,俺说你是个扫帚星吧,人家还不信,俺闺女不嫁给你也不会死,嫁给你还没过上啥好日子,你就让俺家弄到现在这步田地,你还有啥说,你还有啥脸再往这个家里凑?你走吧,俺不认你!延信流着眼泪,说爹,你让俺在这个家吧,俺给兰娥说过话,俺要为您两位老人养老送终。岳父说,你别说了,俺没空儿听。你不走是吧?你不走,俺走!岳父怒气冲冲地离开了家。

延信初为人父，并不会照料刚过满月的女儿。他抱着变英四处串门，看谁家正给孩子喂奶，就央求喂变英一口。村里人也可怜他和孩子，都愿意帮他。那个时候看着变英在人家怀里吃得那个急，延信跪下的心都有。但这也不是个办法，到了晚上孩子饿的时候还是哭闹不止。孩子奶奶让三哥延胜从亲戚家牵来了一只刚下过崽的母羊。母羊的奶水流入小变英的口中。

还有弟弟彦妞，他三天两头地会给延信带来麻烦，以前有姐姐照应着，现在姐姐不在了，延信就多了一份责任。有时候彦妞吃不好饭，撒得哪里都是，延信还要一点一点地喂他。他跑出去不回家的时候，延信就四处去找。

这些岳母冯季花都知道，岳母的心里也是十分矛盾，她不能骗自己。因为老听到村里人说闲话，说亮干的就是一个傻事儿，亮还年轻，他完全可以给变英再找一个妈。可现在有一个傻兄弟拖累，一个有病的岳母拖累，没有人愿意跟亮啊。岳母不再出门，她把自己关在家里。

岳父回来了，岳父还是那句话，他对冯季花说，你咋就这么死心眼，人家姓刘，不姓谢，亲不亲，姓上分，闺女死了，女婿的名分也久长不了，更不可能成为你的儿。他就是抹不去那个脸，一时一会儿的事儿，能照顾你一辈子？死了这条心吧，早晚他得娶妻生子脱离咱们。你别让村里的唾沫星子把你淹死，说你赖上人家。我看这儿不能待了，咱还是走吧！

有那么一天，延信收工回来发现岳母和弟弟不在了。延信四处寻找。娘抱着小变英对延信说，岳母跟着岳父走了，去焦作了。延信知道这一切肯定是岳父的想法。娘也说别去了儿，别跟着傻啦，在家好好守着娘，找个人成个家，过好后边的时光吧。延信的心里五味杂陈，他一天不见岳母一家人，一天心里就乱得慌。他无心打理农活，也无心照顾小变英，兰娥是咋着跟你说的，你又是怎么跟兰娥说的？兰娥临终的惦念和自己的承诺像上堂鼓，不断地敲打着。

他必须得走了。他去找生产队长，找村主任，找大哥二哥三哥找爹娘不断地重复自己的想法，实际上是坦陈自己的诚意。延信最后说，爹娘还有三个哥哥在家照顾，少了自己一个也算不了啥，可那边一个顶事的孩子也没有！延信几乎是求他的亲人了。

结果是延信抱着变英赶去了焦作。

三

你咋着是个死心眼啊,你缠磨着俺这半死不活的有啥好?拖不死你也累死你,你说你傻不傻?你比彦妞还傻!岳母见了延信,也变了态度,她是越说声音越大。你还年轻着哩,变英还小,你别不识事儿。快给俺滚!

延信不明白,从来通情达理的岳母咋说出了这样狠的话。岳母边骂边往外赶他。小变英在延信的怀里哭起来。岳母心里一紧,想伸手去抱,又停住了,还是往外撵延信。延信眼里一下子涌出了泪水,说娘,您要是嫌俺来家是个累赘那俺就走,要是怕俺娶不上媳妇就赶俺,打死俺也不走!

岳母听后,扭过头趴在床上失声痛哭起来。

岳母家只有一间房子,延信就在旁边搭个窝棚住了进去。白天他去找临时活儿,不是去搬运队当装卸工,就是去建筑队打小工,或是到附近农村的砖窑上搬砖,再累再脏的活儿他都接受。

晚上回来就照顾着岳母一家,逗哄小变英。

岳父谢召玉回家看到延信,还是生气,还是那个态度,他训过延信,撵过延信,不理不睬延信,无论延信说什么,冯季花说什么,态度始终没有一点改变。看撵不走延信,谢召玉干脆住到矿上不回来。

岳母则暗暗地接受着延信的好,尽力地帮着延信照看外孙女。

延信的三个哥哥看延信过得实在艰难,也知道谢召玉一直不接受延信,多次悄悄来矿上劝延信回家。延信自然是不听劝说,他觉得时间会证明一切,也会改变一切。

时间就这样往前走着。突然有一天,一个晴天霹雳又砸向了这个家。1979年春,岳父在职工宿舍中风晕倒了!

延信赶紧抱着变英,拉着彦妞和岳母往矿上的总医院赶。赶到了急诊室,看到进出匆匆的医生护士,看到戴着氧气罩、插着输液管昏迷不醒的岳父,岳母当时就哭晕过去。

延信也呆愣了,屋漏偏遇连阴雨!以前,尽管自己难,可还有岳父这根柱子撑着,现在这根柱子也倒了,这还让人咋活?他诅咒天地为什么对他这么不公平。可诅咒又有什么用?他痛苦得心中只剩下最后一点力量,那就是面对妻子嘱托时自己的承诺,还有一颗本真的良心。他生命里的火焰只能燃烧,不能熄灭啊。他一遍又一遍地呼喊着岳父,观察着岳父病情的变化,看着这瓶子那管子,随时去叫医生。岳母身体不好,还要照看两个孩子,不能守在医院,病床边就总是延信一个人。别的病人陪护还有个替换,延信一天24小时没有一时清闲。

护士走进来,总是发现延信在那里忙前忙后。有时候他坐在一个墙角睡着了,手里攥着半个干窝头。有时候他就睡在了一片席子上,那种疲劳的样子,让人不忍叫醒他。护士站的人议论起了这个16床的亲属,真是个孝子啊,这么多天就他一个人在这里忙来忙去,他家八成没有啥人,要么咋就把一个人累成那样?也有人说了,不是有时候还来个老太太吗?嗨,那不还带着一大一小?管不了事。

谢召玉的手指轻轻抖动了一下,又抖动了一下,然后他的眼皮儿微微地睁开了一道缝。他看见了白色的世界。白得刺眼。

这样一个小小的变化,竟然让延信发现了,他兴奋地喊,醒过来了,快来人啊!然后就跑去叫护士。有护士跑了过来,护士跑过来又扭头去叫医生。

与死神搏斗了七天七夜之后,谢召玉终于从昏迷中睁了一下混浊的双眼,而后又迷迷糊糊睡着了。这回是真的睡着了,静静的呼吸显得匀称。

等他再醒过来的时候,他真的看见了一个白色的世界。墙是白色的,房间是白色的,床是白色的,被子是白色的,连来来去去的人穿的衣服也是白色的。我这是在哪里?在医院。是的,是在医院。都是谁?是谁在守着我?他看见了一个面孔,这个面孔他不愿意看。这个面孔对他叫了一声爹,他没有答应,反而声音浓重地说,你走吧……旁边的老伴冯季花说你看你,刚醒了就说这话。你不知道,亮守了你多久?他天天都在地上睡。这个时候谢召玉扭过头来看周围,他看见了地上那个凌乱的地铺,看见延信还在笑着高兴着,搂着那个憨憨的彦妞。

冯季花还在说着,说你都昏迷了七天了,都以为你醒不过来了,是亮一直守着你,喊你叫你,给你搓手搓脚。

倔强的谢召玉把头扭向了床里,闭上眼睛,不再看任何人。但是他的眼角分明涌出来一滴泪水,那泪水滚烫滚烫,顺着他的脸颊一直流到枕头上。

护士站又有人说了,听说16床的陪护不是老人的儿子呢。不是儿子能是谁,这么孝顺。听说是女婿哩。女婿?女婿会是这个样子?那他的女儿呢?女儿不在了,早就不在了。众人更是张大了口。

一只勺子伸了过来,延信说爹喝点儿水吧,你看你的嘴唇太干了,你不说话,你只张开嘴,我慢慢地喂你。谢召玉顺从地张开了嘴,一股温暖而湿润的水润到了嗓子里。

延信高兴了,老爷子终于醒了,终于明白了。延信的努力没有白费,其实在这以前他还是很害怕岳父的,现在不怕啦。他告诉岳父要把一切都放下,他会很努力地照顾好这个家,照顾好弟弟。他说他真的是想做老人的儿子,而不是女婿,让老人颐养天年,活个大岁数。

岳父谢召玉虽然被救活了,却永远无法再站立起来。三个月后,医生告诉延信,回到家里照顾得好,可以多延续几年生命,照顾不好就难说了。面对现状,延信犯难了,变英太小,岳母体弱多病,内弟还顾不了自个儿,岳父需要静养和照顾。这个家怎么办呢?多少次产生的念头,像按下的葫芦,又一次浮了上来,延信不得不选择舍弃自己的女儿。

不懂事的女儿被带回了老家,延信临走时,女儿拉着父亲的衣角说啥也要跟着回去,奶奶千哄万哄也无济于事。这是他和兰娥生的女儿,如何不让他倍加怜爱?可岳父一家的窘况,还是使他强忍着夺眶而出的眼泪,狠心掰开女儿的小手,头也不回地走了,身后响起一阵撕心裂肺的哭叫。延信说,不是我心狠,是不敢回头啊!

延信用平板车把老人接回了家,这是矿上为他们调整的有着两间房屋的新家,延信把老人的床铺搬到靠窗的地方,不断为岳父开窗换气。医生交代,千万不能得褥疮,一旦得了褥疮,就有可能转为败血症而丢掉性命。延信记住了,每天给老人翻身几次,擦洗身子,抹爽身粉。还不断地背着老人到门口去晒太阳,去看大千世界。老人在阳光下变得开朗起来。他本来觉得女儿不在了,一切都是浑浑噩噩的,没有想到生活的阳光又照在了自己身上。

为了补贴家用,延信坚持去窑上打工,他已经适应并干得熟练了,也得到了人家的认可。脱坯,装窑,烧窑,出砖,他样样能干,干得也精细,成了窑厂的一把好手。别人都是临时地用一用,不合适就走人,延信却能够一干好长时间。晚上回到家里,延信就抓紧收拾,岳父大小便失禁,岳母双手不能沾冷水,每天一大盆沾满屎尿的衣服、床单等着延信洗,洗完了还要为岳父擦身、烫脚、按摩、活动四肢关节。老人患病后,大便时常干结,延信就用手一点一点地掏。有时候岳父被折腾得受不了,就会老脾气上来,大骂延信,延信也不恼,笑着像对孩子似的安慰说,好了好了没事了。岳父自然是过后又会送上后悔自责的眼神。

外人说起来,说搁谁身上也受不了,可延信就这么坚持下来,直到18年后岳父离世。邻居冯翠玲见人就说,我可是在那里帮忙亲眼见的,老谢走时身上干干净净的,一个病人瘫痪在床这么多年,还不是延信照顾的……

四

延信这次回了一趟滑县老家。这是一个多么艰苦的行程啊。从焦作往东北去,他要经过大路,经过小路,经过坑坑洼洼的不平的路,要越过好些个县好些个乡好些个村。300多里的长路,延信骑着一辆破车子,他是怎么骑到的呢?万一路上车子坏了怎么办?这些都没有考虑过,就是一味地向前骑着,只要有力气,车轱辘就在转动,不停地向前转动。他有时候会觉得头昏脑涨,眩晕,但是下了车子在路边休息一下、方便一下，又继续前行。

他终于看到了一片林木，那些掉了叶子的林木围绕着一个村庄，那就是他的村庄，叫作车村的村庄，他的家，好久没有回来了。

延信找了爹娘，又去找他的哥哥，让自家人和家族管事的开个会，说他做出了一个决定，这个决定在他的心里已经好久好久了，深深地铆在了那里，他说他决定要改姓，不再姓刘，他要姓谢。

亲人们听到他这个决定，先是一愣，随即就有人提出不妥，尽孝可以，但不一定非得改姓，不能为了前妻忘了祖根。随后大家就沉默了，久久地沉默，没有人表态。延信就不停地解释，说自己改姓谢，是为了照顾两位老人，让老人认可自己。延信说兰娥走得早，俺要对得起她。说兰娥的时候延信就流了眼泪，延信说姓不是主要的，自己姓刘姓谢都没啥，即使是把刘姓改成了谢姓，刘家也不会不要俺吧。延信说但是把姓改成了谢，把一家两姓，变成一家同姓，就让谢家老两口放心了，觉得自己是一心一意地回到那个家庭，照顾他们，和他们合为一体。说到这里的时候，延信扑通一声跪了下去，说俺在这里给大家磕头了，望长辈们亲人们理解俺……

众亲一看这个情形，无不动容，七嘴八舌地小声议论起来，觉得这个孩子是铁了心认了真了，不让他改也没有办法。而且这孩子的想法和举动从道义上说是对的，没有啥错。这个后生让刘家的人看好，不会给刘家丢脸。

最后老族长站起身来说话了，老族长说好，就这样定了。说亮，来，一起跪下给祖宗上炷香！

延信就这样把自己的姓从刘改成了谢，从这一天他不再叫刘延信，而叫谢延信了。怀里揣着村子的证明回到了焦作，延信一直兴奋地笑着。他在家里干得更来劲了。

这天早上阳光明媚，阳光照进了窗子，家里暖融融的。放在窗前的花儿也开了。延信像往常一样，打开一扇窗子，然后为岳父翻身、擦背，之后把换下的被褥拿到外边晒上，又在屋子里喷了花露水。9平方米的房间里透出了清新的气息。

延信照顾着岳父起床洗了脸,喂着吃了饭。等弟弟彦妞从卫生间出来,一切都收拾妥当。岳母也坐在了岳父的床前。延信这个时候就跟岳父岳母说了,说爹、娘,其实俺一直就是想做您的亲儿子哩,可人家老说一个女婿半拉儿,俺想成为谢家的一个儿,俺不当那个半拉儿了,从今天起,俺就是您的亲儿,俺把刘姓改成谢啦!

岳父没说话,但是他的肩膀明显抖动了一下,低着的头抬起来,又低了下去。延信看到,岳父的眼里含了泪光。岳母说你傻了,孩子,你把姓改了,你要让人说你哩,你娘你哥他们还有刘家的人能愿意? 那是说笑话哩。延信说爹、娘,俺这回回去就是办这个事儿了,俺可不是随便说说,俺是找了人哩,俺跟俺爹娘、俺哥俺嫂他们、俺舅还有族长都说好啦,他们都愿意了,俺都给祖宗磕过头上过香了,您就放心吧,您看,这是村里出的证明。延信拿出那张盖着大印的证明,俺今天就姓谢啦! 延信拉起了岳父岳母的手,放在自己的手里攥着,深深地叫了一声:爹! 娘!

谢延信来到了兰娥的墓前,那坟墓的周围已是高高的黄黄的茅草,还有一棵树也长得老高老高了,长成了大树。树枝摇摆扑扑簌簌摇下了叶子,叶子把坟墓罩了一层。

谢延信给坟头培了土,在上面压上了黄纸,然后摆上供品,点着了三炷香,坟前烧了纸。然后他对兰娥说,兰娥,俺来看看你,你走的时候,你给俺撂下的话俺都记住了,你就放心吧,咱爹咱妈还有咱弟弟俺都会照顾好的,你要是不放心你就看着俺,俺知道你看着俺哩。延信说着说着就掉泪了,延信想了好多话,现在都说不出来了。最后延信还是告诉兰娥,说一切都过去了,厂里还给咱调了房子,咱家几口人都有了住处,咱爹妈身体也好,俺一直也都挺好的,你就放心吧……延信还说,兰娥俺跟你说,俺姓谢了,俺现在叫谢延信了。

五

谢延信戴上矿灯,穿上矿工的衣服,然后进了矿车下到了很深的井下。他感到一切都是那么新鲜,他觉得新的一天开始啦,他可以给家里挣钱了,可以代替岳父下井了,他成了一名工人,名副其实的工人,响当当的工人。

那个时候成为一个正式的工人,是多么难得的一件事情。岳父不能再上班了,腾出了一个名额,让谢延信去顶工。这可是雪中送炭。谢延信干着零工今天有活明天没有活的,怕不能维持一个家的生活,现在岳父有了退休金,自己再进矿当工人,就会给这个家带来一定的收入。

谢延信成了一名工人,他要好好干,好好表现。这些都是他的想法,而他的做法是那么自然,因为他不会脱滑,他只会努力地干。他很听话,干得很认真,他的活总是让工长很满意。张建良说,全组最好分配工作的就是谢延信,无论是擢煤还是运搬,他从没有二话。

发工资了。手里攥着沉甸甸的40多元工资,谢延信觉得那是多么大的一笔钱啊,以前从来没有见过这么多的钱,这钱能干什么? 这钱能买吃的,买穿的,买用的。但是谢延信想着应该先给岳父买一件东西,这件东西太重要太重要,这件东西就是一部收音机。他跑去了五交商店,左挑右选花去了工资的一半。

谢延信把这个能说会唱的匣子送到岳父的床前,拿着这个匣子听到里边传出豫剧《朝阳沟》的唱腔,岳父笑了。岳父的小屋子,因为有了这个小匣子,从此不再寂寞。看着岳父的笑谢延信也笑了。岳父问这得花多少钱哪? 谢延信说没有多少钱。

下井的职工每个人都发给两个油酥烧饼。那烧饼真好吃呀,谢延信三口两口就下到了肚里,然后看着手里的另一个烧饼,嘴角动了动,最后还是把它包起来揣进了怀里。同在掘二区一个组工作的赵超敏见了,说延信,你不饿吗,还不趁热吃了? 谢延信说不饿了,一个就够了。

终于盼到了下工上井。回到了家里,谢延信掏出油酥烧饼递给岳父,说爹这烧饼可好吃了,你尝尝。岳父把烧饼放在了嘴里,啊,是好吃呀,这是你省下的吧,你可是专门省的?谢延信说俺吃一个就够啦,俺还有其他的饭食,爹喜欢吃俺每天都给你带回来。

好像形成了习惯,每天到了下工的时候,岳父都急迫地等着谢延信,这个老人,他开始有了盼望。他盼望着亮回来,不仅是给他带来好吃的东西,还等着亮回来给他聊天,给他唱戏,给他念书。他是真的把亮当成了自己的儿了,他甚至有了某种担心,亮回来得稍晚些,他都会急得六神无主,不停地叨叨。

谢延信去买了一个炉子,带着明晃晃的烟囱。以前的炉子是一个铁皮桶做的,一般人家还买不起带烟囱的铸铁炉子。谢延信说其他的可以节省,买炉子不能节省。他把炉子搬到岳父岳母的屋子里,圆圆的银白色的烟管从窗户里伸了出去。谢延信其实还有一个想法,有了这个铁炉子还可以给岳父烤衣服,他做了一个铁丝的架子放在炉子的周围,架子上搭满了岳父的用品,还有弟弟的袜子、鞋子,这样就解决了大问题。

彦妞也跑过来,把手伸得长长的,高兴地笑着,谢延信对彦妞说你可不要到跟前来,它会烫着你。谢延信一次次做着被烫着的痛苦表情,弟弟好像明白,他不敢再到炉子跟前去了。

谢延信拍拍弟弟彦妞笑了。

晚上谢延信给彦妞灌了暖水袋提前放在被子里暖暖热,等彦妞钻进被窝的时候,谢延信又把暖水袋包上毛巾放在弟弟的脚下。最冷的时候,谢延信会在炉子上烧一块砖,在砖上包了破布放在自己脚底下,当暖水袋用。

六

细窄叶子的嫩草在风中飘摇着,它们那么普通,平时没有谁注意到。

在田地间的沟坎上,谢延信带着彦妞走走停停,他已经认识了这种叫茅草的草。岳父的腿有些浮肿,而且总是解不下小便,邻居告诉他一个偏方,茅草根熬水给病人喝能利尿、消肿,此后这种草同他产生了长久的关系。

彦妞喜欢到田野里玩,谢延信就连他也带上了。谢延信给彦妞做了一把小铲子,只要看到茅草,就教他去剜下来,彦妞,你看,抓住茅草叶子,然后使劲地往下剜,对,把下边的土都松掉,对,对了,再用劲拔出来,哎,用劲!好,真好。彦妞终于拔出了一棵连着根的茅草,之前他都是从半截铲断了。听到哥哥的夸赞,彦妞呵呵地笑了。他又抓住一棵草,准备下铲子。谢延信说,彦妞,那不是,那是曲曲菜,也可以吃,你就剜出来吧,我们回家凉调了吃。彦妞答应着,把自己周围的曲曲菜都铲下来,虽然铲得零碎不堪,但还是受到了哥哥的夸奖。

谢延信还会带着彦妞去矿上的食堂,那里有师傅们为他留下的冬瓜皮。师傅们看见谢延信带着彦妞过来,就会递给彦妞一块茄子或者一块萝卜。彦妞就咧嘴呵呵地高兴,回家也会告诉爹娘,让爹娘也高兴。现在无论是矿上还是邻居,都知道了谢延信家里的事情,大家都热情地力所能及地给他们提供帮助。谢延信已经感受到了集体的温暖、人情的温暖,这些都使他增强了信心和力量。谢延信用茅草根、冬瓜皮,每天给岳父熬水喝,来减轻老人的病痛折磨。

有时候谢延信还要去山里捉蝎子,当然这个时候就不带彦妞了。以前,那些压在小石头下面的蝎子是那么可怕,现在他眼里充满了喜爱,只要翻过来一块石头,有蝎子,他就会兴奋度上升,哪怕半天只是捉住一只,他也感到满足,回去把蝎子焙干,也能给岳父治病。

说起来世事总是那么难料,命运总是那么多舛。就在谢延信在这个家尽职尽责的时候,没有想到自己的亲娘会因心脏病突发离世,得到噩耗谢延信如五雷轰顶,慌不迭地告别岳父岳母回家奔丧,离村子不远就哭号开了,一直哭倒在母亲的棺上。回来的路上,他仍然难掩心中的悲伤,止不住地淌泪。

谢延信这天早起打开窗户,突然听到了布谷鸟的叫声,咕咕咕。布谷鸟清脆的叫声传到窗前,谢延信心情好起来,他跟两位老人说布谷鸟都叫啦,咱们应该去踏春,去野外看看吧。他早早地给岳父穿好了衣服,特意穿厚一点,又给岳父找帽子戴上,用车子推着岳父,和岳母、弟弟彦妞一起出了院门。

住的地方离野外并不远,他们很快就来到了旷野,看到了一大片一大片的油菜,油菜已经开出了黄花,散布在阳光下。布谷鸟在头顶上飞去,麦子墨绿墨绿的,衬在远远的天边。

由此也让谢延信起了念头,为了节省日常开支,谢延信后来在自己看的泵房外开荒种起了油菜。春天油菜趁嫩的时候凉拌吃,长老了炒着吃,一直到初夏,收了油菜籽还可以换油吃。那个时候,谢延信的工资与岳父的退休金加起来有100多元,两位老人吃药打针,一家人的生活费用,100多元钱每月都是不见两头就花完。每月为节省出10元的菜钱,谢延信一年四季都不闲着,他到地里挖面条菜、蒲公英、马齿菜,拾扔掉的红薯叶、白菜帮,然后腌制好了下饭吃。

七

不知从什么时候开始,谢延信总是觉得自己有些不舒服,是病了吗?不会吧,但是分明头有些晕,目有些眩,这是怎么回事?他不明白,但是他绝对不会相信高血压病渐渐侵入他的生命里。

终于有一天,他晕倒了。这是1990年。根据他的病情,医生建议他停工休养。

他一听就急了,停工休养,就表明收入减少大半。他去找矿上,矿上的领导理解他也关心他,把他的工作从井下调到了井上。在那个离家不远的瓦斯泵房,他干得依然很精心,一切整理得井井有条,收拾得干干净净,还养了花,让人进去就赏心悦目。人们知道,谢延信总是自觉、敬业,当然也是感恩和回报。

灾难再次降临:谢延信的岳父病情恶化。他突然昏迷,口齿不清,目不识人。谢延信把他送到了医院进行抢救,医生说需要住院。岳母心里很清楚老头子的病不可能再治好,坚持不让再花钱,人活多大是个够啊!但是谢延信不听,他又去四处筹借,而后没日没夜地在病床前陪伴岳父。

一年以后岳父走了,这是谢延信用了最大的努力和最后的努力也无法挽回的事情。在岳父去世的前一天晚上,谢延信竟然听到岳父在迷蒙中"亮——亮——"地叫着自己的小名,谢延信忍不住跑出病房失声痛哭。

这一年的冬天格外冷。谢延信在街上走着,他找了一辆板车,车上拉着从五金店里新买的炉子。这种煤球炉是刚刚兴起的新产品,能带两组暖气片。谢延信要往家里装暖气。这是这个家属院大楼里的头一家。

岳母看见他买了炉子就说老的还能用,咋着又花钱?谢延信说这个不一样了,该花的钱还是要花。谢延信和工人一起鼓捣,到最后都装完了,岳母才发现两组暖气片一组装在了自己和彦妞的房子里,另一组装在了客厅里,这都是他们母子生活和活动的场所,而谢延信的屋子却没有装。岳母问谢延信为什么不装一个,谢延信说那屋子里不冷。还在搬房子的时候,谢延信就给自己选择了背阴的一间。那屋子能不冷?放一盆水都会结冰。谢延信知道装的暖气片多了,炉子带不动,热量就会降低。谢延信知道,岳母何尝不知道?亮儿孝顺呀!

又一个明媚的早晨,谢延信叫了一声娘,说该梳头了,娘您坐好,我给您老梳梳头。

谢延信一下一下地抚着老人的头,梳子在发上滑上滑下。银色的发,让谢延信的心里起波澜。娘老了,头发都白完了。可是谢延信的嘴里却说,娘,您老的头发可真好,人家说,头发好,身体就好。娘正闭着眼睛享受着,她不只是享受着梳子滑上滑下的过程,还是在享受着亮儿的细致入微。多少回,多少年了,亮就是这样给她梳过来的。

因为有病,冯季花的手早就举不起来,拿着梳子试了几次,都没法放到头上。谢延信看到了,说娘,让俺给你梳吧。她开始还不好意思,不唯谢延信是个男娃,他还不是自家亲生,怎好让这老大不小的亮给自己梳头呢?可是看着亮儿的眼睛,她到底安稳地坐在了凳子上。

但是她没有想到,女婿谢延信也会生大病出危险。2000 年,谢延信在家里突发脑溢血,岳母冯季花对不省人事的谢延信喊着,儿啊,你可不敢出事啊,你可要挺住啊！救护车即将开动的瞬间，年近八旬的冯季花发疯似的追着车子撵了老远。

冯季花边收拾东西准备去医院，边不停地抹眼泪，亮啊，你要是有个三长两短，你可叫娘咋办呀？邻居们来劝她，她还是哭着说，俺这家啊，就像扁担上立个鸡蛋，没有亮早就碎了……亮的病都是俺一家人拖累的，他爹药不断，俺的药也没断过，他得了那么严重的高血压，就是不舍得给自己买点药！患这个病那么多年，就吃醋泡黑豆，醋泡黑豆，那咋着会管用哟……

经过抢救，谢延信醒过来了，他看着闪着泪花的岳母冯季花说，娘，俺没事，俺好好的，俺这就回家。冯季花说，你说啥也要在医院里好好看一看。谢延信还是很快就回家了，他待不住，家里有他的牵挂呀。

内弟彦妞 2011 年 1 月走了以后，岳母就不想再活了，她总是少气无力地躺在床上。谢延信发现了她明显的变化，就问，娘你咋着什么都不愿意吃了？你说你想吃啥，儿给你买。岳母说，唉，娘已经感到你爹你兄弟的召唤了，娘今天脱下的鞋，明天不一定能穿上了。谢延信说娘你千万别这么说，俺知道你是因为俺爹俺弟走了，你心里想他们，可你知道还有俺呢，俺跟你做伴，俺陪伴你到老，你可不敢胡思乱想，你要是有个啥事，俺活着还有啥意思？娘说，说傻话哩亮啊，娘这病歪歪的身子，拖累了我儿这么多年，娘要是闭眼走了，俺儿就轻松了，俺儿现在也是一身的病啊。

谢延信扑通跪倒在娘的跟前，他落泪了。

娘一见亮儿落泪，也抹起了眼泪。娘心里的泪实际上比谢延信多呀，娘只是不轻易说。娘说，唉，亮呀，娘听儿的，娘好好活着还不中？娘要看着亮儿好好的。去吧，你去给娘买点肉，买点韭菜，娘想吃饺子了……

冯季花走的时候没有一点征兆，这个知情达理的岳母，不想给谢延信再增加任何负担，她安详地在腊月的一个黎明走了，那年是 2013 年，她活到了 90 岁。她很知足，活了那么大的岁数，有个那么孝顺的儿子，跟谁比她都不差，在人面前，她有的是值得夸耀的。

爱需要承诺,或也不需要承诺。谢延信的爱真的在这个小家里埋了种,开了花。那是对岳父岳母和内弟的一片真挚之情,没有任何虚情假意,也就不为先前的承诺担责受累。他觉得这些亲人身上都流着他的最爱的血,他们的音容笑貌都带有那个最爱的影子。

谢延信的胡子白了,头发脱了,眼睛花了,腿脚不便了。

又一年的门对贴过,鞭炮响过,阳光照进这个小屋,照在小桌一堆的药盒子上,那是谢延信每天的伴守了。

(原载《中国作家》2018 年第 11 期)

报告文学创作手法是多样的

王剑冰

我接受写谢延信,完全是受了谢延信事迹的感动。尊崇孝道,是我们中华民族的光荣传统,在当今这个物欲横流的时代,孝道更应该得到提倡和发扬,它直接对应了人的本质,大凡懂得孝道的,都还保有某些发光的东西。更何况谢延信所尽的孝道,并非他的血脉骨亲,这就更应该去宣扬,因为其更多了一层人与人的关系问题,符合我们弘扬的社会正气。

但是这个感动,还只是源于那些事迹性的文字,如何以报告文学的手法去表现,还需要认真地思索。说实在的,知名的模范人物是不好写的,弄不好就馏了剩饭,写出的东西没有什么味道。我以为报告文学不同于通讯特写,它既要报告实情实事,又要体现出文学特点,所以必须有深入的采访。这种采访不能走新闻采访的路子,完全要按照文学写作的需要,去捕捉,去感受,哪怕是生活中的影影绰绰、话语里的缕缕丝丝。

　　我去了主人公所在的焦作，找到了矿区宿舍，见到了那个光环满身的老人。这个老人由于生病的原因，已经有些木讷，但还是友善地笑着，对于提到的问题，慢慢思索后会吐出一些，我知道，我来得尚是时候，不能再晚了。他的家人补充着他的话语，那些补充在我的引导下，都更加接近生活的滋味。

　　我在这个家里看到了想象不到的简单和朴素，看到了冷清和曾经的热闹，看到了小桌上闹闹嚷嚷的药瓶子，我后来还看到了各种各样的关于谢延信的报道和照片。我详细地询问了了解他的人，我从侧面发出我的疑问，谢延信为什么要这么做，为什么会坚持这么多年，谢延信是什么时候被宣传部门发现的，如果人们没有发现，谢延信又会是怎样？我必须找到一个真实的谢延信，找到那个人的本真与实在。我要走进他的内心，同他真实地对话，以我的真情，换取他的真情，这样，我才能进入我的写作，才能用文字将这个人展现出来。我不想拔高他，他就是那么朴实自然，就是那么以情做事，他不是在表现，不是在迎合，他做的就是实实在在的他自己。所以我就这么写了，我故意削弱了报告的部分，突出了文学部分。

　　我不是一个手快的人，用了不短的时间来汇集材料，寻找创作感觉，然后才动笔，断断续续写了大致一个月才完成。最后给了《中国作家》纪实文学版，他们很快采用并且发在了显著位置，可见肯定了这篇作品。对此，我感到了欣慰。这里选用的是删节版，由于篇幅的原因。

　　我以为，报告文学是没有界定的，报告文学的展示手法是多取向的，不可能框在某一个范式里，否则，文学就死板了，不活泛了。只要人物是真实的，事件是真实的，就够了，一棵大树立在那里，枝枝叶叶需要文学去铺排，铺排得好，才能显出大树的美，才能有丰茂感、摇曳感、景象感。

行走的脊梁
——泰山挑山工纪事

徐锦庚

> 岱宗夫如何？齐鲁青未了。
>
> 造化钟神秀，阴阳割昏晓。
>
> 荡胸生层云，决眦入归鸟。
>
> 会当凌绝顶，一览众山小。

泰山，五岳之首，华夏脊梁。游人至此，莫不仰其雄奇，叹其峻秀。然而我，却折服于一群小人物：肩负重担，脸淌汗珠，步履沉稳，目标坚定，一步步，一级级，不气馁，不懈怠，历尽艰辛，直达玉皇顶。

他们，就是挑山工。

轮盘上的将军

人生在世，皆有辉煌。陈广武的辉煌，在那个轮盘上。

一张泛黄照片，见证他的辉煌：数十壮汉，簇拥一硕大轮盘，弯腰弓背，负重前行，状如蚂蚁搬家。轮盘上，立一大汉，手握喇叭，威风凛凛，势若将军，横刀立马。那汉子，便是陈广武。

照片摄于1982年冬，云步桥。陈广武袖揩相框，往事在目：20世纪80年代，泰山建索道、扩工程，进口几大件，件件数千斤。山势险峻，道路狭窄，坡陡弯多，人力难及,直升机也不敢冒险。负责人上门求助,他沉吟半晌,迸出一字:干!

俗话说,没有金刚钻,别揽瓷器活。陈广武就是金刚钻!

陈广武生于 1942 年,大津口乡沙岭村人。沙岭居泰山东脚下,涉十三道河,小道直达岱顶,自古就兴挑山。年轻时,生产队缺粪肥,他在岱顶五所搞清洁,收集粪便,夜宿碧霞祠,伺候香火,开门关门,防火防盗,一干十二年。其间,插眼拔空,挑几趟山,挣俩活钱,一百五十斤担,四小时不歇,一口气到顶。

泰山兴起旅游后,庙宇维修、宾馆改造、索道建设,一砖一瓦,材料设备,都须挑上山,挑山工成为热门,陈广武干脆当头。

1982 年冬,"大家伙"来了,是索道驱动轮,需搬到南天门。此时,陈广武年富力强,经验丰富,手下百余人。急难险重活,自然想到他。

驱动轮是铁的,直径三米,重两吨多,要挪到山顶,需大架抬。大架的构成,是陈广武琢磨的。选两根电线杆,粗大结实,作顺杠(竖杠),中间绑两根由子(横杠),形成井字形,固定住轮盘。顺杠两端,绑若干由子。每根由子两端,各绑短顺杠。短顺杠两端,再系绳索,穿上杠子,两人一组,四人一抬。杠的布局、绳的捆绑,都极为讲究,既要结实平稳,又要受力均匀,稍有差池,轻则压伤身体,重则盘毁人亡。

搬运轮盘,还有一大难题:云步桥宽仅三米半,盘道阁坊狭窄。大架须精心设计,太宽,通不过;太窄,不平稳。

这天,朔风呼啸,寒彻入骨。汉子们内穿单衣,外裹棉袄,六十四人上肩,三十六人拉纤,还有几个打闲的,从中天门出发。行不多久,头就冒汗了。大家脱掉棉袄,打闲的抱着,一路紧跟,歇息时,赶紧递袄裹严——越往上,风越大,极易着凉。陈广武举着喇叭,奔前跑后,嗓子嘶哑。

接连三天,众人喊着号子,行快活三里,过五大夫松,攀朝阳洞,越对松山,经方台子,绕翠屏斋,穿六个阁坊,登三千三百二十八级台阶,终至南天门。

1993 年夏,又来一大块头:索道液压缸。相比驱动轮,它更庞大:长九米半,重近四吨,上粗下细。沿途七个弯道,这么长家伙,只能直上,不能拐弯,咋办?

为扎大架,陈广武绞尽脑汁,一夜白头,终于画出图:缸两端绑由子,由子两端绑顺杠,大顺、二顺、三顺;顺杠再绑由子,大由、二由、三由。大架扎成后,连缸带架,重逾四吨,长十三米。

"上!"陈广武手一挥,一百五十名汉子,光着脊梁,呼啦而上,前端四十八人,后端六十四人,齐齐上肩,三十八人拉纤,打一声号子,往上登一步。

又到了云步桥,这里的弯最急,人称"三瞪眼",无法用肩扛,须举杠过顶。这么重,岂是人力能举的?好在陈广武事先有备,学习鲁班,在崖顶安绞盘,借力使力,这才解围。

为安绞盘,陈广武险些进局子。

崖顶有一巨石,三间屋大。安绞盘,须在石上打眼。仁石匠力使大了,石头破裂,碎石滚落下山,砸断三棵树。这还了得!景区民警堵上门,沉下脸,对陈广武说,带上铺盖卷,跟我走吧。索道公司慌了,赶紧求情,钱我们赔,关了他,这百十号人没头儿了哩,这大件咋办?民警想想也是,挥挥手,饶了他。

泰山石阶,最陡莫过十八盘。烈日下,一片古铜色脊梁,铺满盘道,似一群苍鹰,直冲霄汉;队伍中,一颗颗汗珠子,大如豌豆,在台阶弹跳,摔成八瓣,落地锵然。队伍过后,阶梯一片潮湿。那场面,令人血脉偾张!

陈广武指挥若定,众汉子一鼓作气,苦干四天,把巨缸送达山顶。劳动者的勇敢智慧,也被他们镌刻在山。

不过,陈广武创造辉煌,也落下病根:搬运液压缸时,因心力交瘁,得了胸疼病。

几年后,陈广武回村,料理果园。如今,七十六岁仍在果园忙碌,骑着旧摩托,揣着救心丸,整日腚下冒烟。这摩托,1983年买的,全乡第一辆,三十五年下来,依然灵便。

老人生性乐观,说话风趣。有一次,他骑车进城,被民警拦下,发现驾驶证过期,要扣车。他急中生智,掏出救心丸,苦着脸说,俺有心脏病呢。民警吓一跳,敬了个礼,大爷,您走好!

我问老爷子："您信神吗？"

"不信！"他头一梗，愤愤然，"俺在山上伺候十二年，神却不保佑俺！"

原来，他膝下两子，长子也是挑山工，前些年，在山上意外死亡。

"那么，您信啥呢？"我刨根问底。

"自食其力！"

泰前五朵花

银行行长千金，女挑山工，两者之间，范秀荣画了等号。

范大姐小名秀荣，生在青岛，命运奇特：父亲是银行行长，1949年7月，酒后突发急病，下午3点咽气，她6点降生。母亲悲愁无助，几次欲扔她下海，狠不下心，怀里抱着她，手牵仨孩子，投奔婆家。婆家在泰前，泰山前脚下。

受孩子所累，母亲孤苦一生，劳作一世。穷娃当家早，秀荣六岁学做饭，摊煎饼，擀面条，从未上过学，十六岁出工。苦难磨砺人，她泼辣要强，不让须眉。记工分，男壮劳力十分，她九分半，是妇女队长。

在泰前大队三队，还有四个姑娘：张金华、訾胜兰、刘景春、常爱玉，都是苦出身。常爱玉文盲，刘景春上一年学，张金华学两年，訾胜兰学三年。五人年龄相仿，脾气相投，个个"铁姑娘"，男人干啥活，她们一样不落，都拿九分半，人称"五朵金花"。其他女劳力，仅拿六七分。

生产队种地，地里不来钱，十分不过七八毛。到了年关，工分折算成粮，剩余分红。歉收年份，肚里瘪瘪，口袋空空。队长揽来副业：挑山。山上有单位，有游客，垒墙盖瓦，煤面油盐，都从山下担。

开始，姑娘们担六七十斤，三步一喘，五步一歇，赶不上男劳力。长者点拨：孩子，紧走不如慢逛荡，别歇着，越歇越累。姑娘们咬着牙，两肩轮换，渐渐赶上队伍，终于一气到顶。分量逐渐增加，能挑百余斤，远超体重。时间久了，两肩积厚茧，后颈长疙瘩，像一层盔甲。褂子还没褪色，肩膀头早烂了。

虽是苦力活,姑娘干得欢,喘着气上山,唱着歌下山。为啥欢?能挣钱呗!红门到岱顶,六千八百一十一级台阶(2000年重修后,七千八百级),一天一趟,百斤三块钱。这点汗水钱,不全揣口袋,只能抽两成,其余交队里记工分。这两成,多数交爹娘,仅剩几个子儿,攒起来,买双鞋,添双袜,恣得很。

有一次,队里接大活,送电缆上山。一捆电缆上千斤,需二十六人抬。男劳力不够,五朵金花齐上。抬到十八盘下,一个中年汉累垮了,两腿哆嗦,瘫在道上,站不起来。

众人激将,瞧五朵金花,没一个叫苦,你大老爷们儿,咋装熊哩?

中年汉哭丧着脸,哪是装熊?是真熊哇!爱谁谁,刀架脖子上,俺也上不了!

杠子须两人抬,半道上,到哪儿找人手?无奈,只好绑住杠子一头,二十五人凑合抬。此时,人人体力透支,多一斤,重千钧。壮汉尚且吃劲,何况姑娘?好家伙!五朵金花瞪圆眼,咬紧牙,一步不落,步步跟紧,一直抬到山顶。

挑山累不怕,最怕雪天滑。有一次,鹅毛大雪飞舞,姑娘们鞋缠草绳,给宾馆送馒头。登上南天门,穿过天街,刘景春贪近,抄便道。便道不是道,游客踩出的。送达后,五人变四人。咦,景春呢?

左等右等,不见人影。姐妹们沿着便道下,扯着脖子喊,毫无回应,慌了手脚。积雪盖过鞋面,一步三滑。行至坡下,赫然看到,刘景春浑身泥巴,趴在地上,货担压脖子,嘴巴贴雪地,动不得,喊不出,正在嘤嘤哭。

馒头抬到宾馆,欲点个数验货。打开布袋,傻了眼:满袋碎末,无一囫囵。原来,馒头冻得脆硬,全摔碎了。

刘景春抹把泪,一跺脚,明天说啥也不来了!

第二天,她又没事人似的,照样嘻哈上路。姐妹们撇嘴,昨天谁赌咒发誓来着?她脸一红,俺想添双袜哩。

金花们能干,也能吃。有年夏天,受队长指派,她们上朝阳洞割牛草,夜宿山上,在农家打尖,整月未下山。队长挑着面条,上山犒劳。姑娘们馋坏了,狼吞虎咽,一气吃数碗。刘景春最馋,连吃十一碗,撑得肚滚圆,眼也直了。队长目瞪口呆。

有一次,姑娘们带着干粮,上摩天岭栽树。过了饭点,范英荣饿虚了,连吃七个煎饼,仍没觉饱,又顺了訾胜兰一个,足有一斤。

几年后,姑娘们谈婚论嫁,舍不得娘家,不愿远嫁,要么留本村,要么嫁邻村,要么招婿上门,户口无一外迁。此后,有的做工,有的务农,五朵金花,各枝绽放。然而,一段佳话,流传至今。

采访时,五朵金花,我只见三朵:范、訾硬朗,张大姐抱病。一朵凋零,常爱玉病故多年;一朵萎靡,刘景春重病卧床,不便探望。

聊起当年挑山,老姐妹眉飞色舞,高门大嗓,神态再现铁姑娘。

大姐们说,那时啊,苦是苦,累是累,就是不缺精气神!

独臂侠

寻找梁京申,缘于一幅图。

这是侧影图,游客抓拍的:一个汉子,难辨面容,似从水中钻出,左袖垂落空荡,左肩压副重担,无倚无靠,悬在空中,正在费力登阶。图片无背景,只写"无臂挑山工"。

我的心,瞬间被电击:无臂?! 他是谁? 哪里人? 咋保持平衡? 如何换肩? 按图索骥,辗转打听,寻到红门三十公里外,终于得见。

在良庄镇山阳东村,梁京申伐树归来。一照面,顿觉欣慰:还好,右手健全,孔武有力。

老梁生于 1962 年,身材敦实,皮肤黝黑,脸上沟壑纵横,模样沧桑,远比实际年龄大。不过,目光坚毅,中气十足。语气平静,往事却揪心。

1990 年 11 月 19 日,老梁在徂徕山采石,打好炮眼后,塞进炸药,插入雷管,点上炮捻,躲到一边。左等右等,不见爆炸。眼看天麻黑,他有些焦躁,上前查看,手刚拨了下,"轰隆"巨响,腾起一股气浪,将他掀出老远,失去知觉。醒来时,躺在别人怀里,全身血肉模糊,被拖拉机载着,正颠簸而行,一扭头,左臂只剩残肢。"俺的手呢?!"他撕心裂肺。

镇医院不敢收,拖拉机又拉进城。幸亏抢救及时,保住了命,左臂却连根截了。

出院后,老梁想,自己废了,孩子还小呢,还要养家糊口,可不能趴下。次年开春,他来到泰山,沿着盘道,捡拾塑料瓶、易拉罐,背到山下,卖几个钱,收入寥寥。

这时,挑山工吸引了他。这活他不怕,从小扛着扁担长大。他来到中天门,找到赵平江。

赵是挑山队长,瞅瞅他,摇摇头,这活你干不了。

咋干不了?

你走路都晃荡,这么陡的盘道,摔倒咋办?货摔坏谁赔?

他低声下气,俺试试,少担点,先担沙子砖头,行不?

赵拗不过,答应了。嘴里嘟囔,挑那么点,还不够俺开票呢。嘟囔归嘟囔,还是吩咐工友,帮他捆绑沙袋。

第一次,老梁挑六十斤,晃晃悠悠上路。游客大为惊讶,叽叽喳喳:呀,一只胳膊哇!真可怜!

见众人围观,老梁发窘,好像身在动物园,自己成动物。他本腼腆,不善交流。若在别处,早避开了。可盘道狭窄,无处可躲,硬着头皮上。

虽然挑惯担子,也走惯山路,可独臂挑担登山,还是不适应。他习惯使右肩,挑累了,缺一只手,无法换左肩,只能歇担。歇多了,耽搁工夫,得学会换肩。

盘道人来人往,老梁怕换肩不当,被游客笑话,每到平坦无人处,赶紧练习,右肩甩左肩,左肩甩右肩。一个月后,掌握要领:甩肩时,担子往上一颠,让扁担颤起,迅速扭身后错,肩膀落在中心。

学会换肩后,老梁开始加担,每次加五斤。加到一百斤时,换肩自如,货担平稳,耍杂似的。挑的货,也不止于建材,鸡蛋、啤酒,百十斤易碎品,从未失过手。

工友们见了,啧啧称奇,也学他换肩,但无论咋学,总不得要领,只得作罢。

人的得失,是守恒的。命运关你一扇门,必为你开一扇窗。

为了多挣钱,老梁越挑越重,最多能挑一百八。人家一天两趟,他三趟。然而,残疾的身体,注定多份风险,尤其恶劣天气。

有个大雪天,盘道白茫茫,工友们缩在被窝里。老梁舍不得歇息,独自挑沙上山。盘道陡滑,他一个趔趄,身子前扑,担子失衡,右手急撑台阶,咔嚓一声,疼痛钻心,担子滑脱滚落。起身一看,无名指弯曲,关节外凸,大概折了。他忍住痛,费劲重整担子,一步一挨。登上南天门,低首回眸,整个盘道上,只有一串脚印。回到工棚,他没吭声,舀了勺盐,烧盆热水,浸泡止疼。

晚上,手指滚烫,肿成两指粗,痛楚阵阵,犹如鸡啄米。老梁辗转难眠,寻思天明下山,回家疗伤。

天亮后,痛感减轻,天气晴朗。老梁来了精神,打消念头,连挑五天,这才下山,配点消炎药。

独臂的老梁,成为泰山一道风景。游客称他"独臂侠",有的争相合影,有的帮挑几步,有的塞给他钱,十元、二十元、五十元。一份钱,一片情,点滴暖心。他已习惯被围观,坦然承受各种眼光。那眼光,有惊讶,有好奇,有怜悯,有钦佩,有感动,有激励。

每隔十余天,老梁独臂骑车,往返百余里,回家取粮食、干农活。家有八亩地,春播秋收,独臂劳作。每次返山,驮一摞煎饼,捎一袋咸菜,车子存放红门,背着粮食上山。

一天、两天、三天,一年、两年、三年。从春夏到秋冬,从酷暑到严寒,老梁挑山不止,连挑二十五年,直到 2016 年底。他用这血汗钱,养育俩闺女,新盖五间房,支撑一个家。家境不算好,从不缺欢笑,也充满希望。

这两年,老梁不再挑山,除了干农活,还养牛,五母三犊。他能吃苦、肯下力,谁家有重活,伐树扛木头,都爱找他,每天一百元。俩闺女初中毕业,大闺女成家,他当了姥爷,二闺女在外打工。

老梁的手,骨节粗大,糙如锉子,无名指弯曲变形。握着这糙手,我心里叹服:铁打的汉子!

梦是蝴蝶翅膀

"俺为理想而来。"玉国一张口,让我吃一惊:为理想挑山?

泰山建货运索道后,挑山活锐减。中天门挑山队,鼎盛时三百多人,现仅剩十余人。玉国入伙俩月,年龄最小,"挑龄"最短。

玉国姓夏,生于1982年,东平县接驾山人,初中毕业上驾校,开过货车,当过维修工、电焊工、空调工,有俩孩子。2015年冬,游玩泰山时,第一次见挑山工,就喜欢上了。两年后,终于遂愿。

"你的理想是什么?"

"自由。"透过厚镜片,玉国目光淡定。光头新理,刚冒硬楂儿。近视七百度,电焊所伤。

"挑山工自由?"

"想干就来,愿离就走。想轻就轻,愿重就重。想挑就挑,愿歇就歇。随时兑工钱,兼顾家里农活。"

午饭后,玉国送货玉皇顶,有仪器,有蔬菜,单上写九十一斤。我试了试,不太压肩,但要登山,绝非轻活。

我本想选副轻担,体验一回,犹豫再三,最终放弃。年少上山砍柴,上百斤柴担,如履平地。可是,养尊处优久了,早没这副筋骨。别说挑担登山,徒步也需勇气。这些年,十上泰山,均乘缆车。

玉国挑起担,沿山涧上行,我紧随其后。行不远,拐向盘道。

过了云步桥,玉国将担搁在护墙,脱下外套,绑在担上,掏出手机。一会儿,响起悠扬歌声,是小虎队的《爱》。他说,听着音乐,来了精神,担子也轻快了。刚来时,只会背,不会挑,练了几天,才学会。

收拾停当,玉国上路。挑山工明白,久歇无久力。这时,歌曲换了,仍是小虎队,《蝴蝶飞呀》:梦是蝴蝶的翅膀,年轻是飞翔的天堂,放开风筝的长线,把爱画在岁月的脸上,心是成长的力量,就像那蝴蝶的翅膀……

"你听!歌词多好,句句唱到俺心里!"玉国停下步,扭过身。青皮头上,闪闪发光,额头缀满豆珠。

我顿悟:他的理想,恰如蝴蝶翅膀,虽然弱小,却在飞翔!

我紧随其后,头挨脚后跟。忽然发现,他抬脚处,一串水珠,晶莹剔透,沿阶而洒。那是他的汗珠!

蝼蚁也有理想,何况人类?一代代挑山工,在蜿蜒盘道上,在串串汗珠中,寄托多少梦想!

有个小伙,高中毕业,来此挑山,邂逅几位外宾,简短几句英文交流,让外宾大为讶异,鼓励他参加高考,还送他几本书。小伙发奋,复习半年,如愿考上大学,改变自己命运。

孙殿峰也是高中毕业,知道知识的力量,勒紧腰带,省吃俭用,用挑山所得,供孩子上学。放暑假时,领着挑山,激励孩子,不读书,没出息。孩子少小励志,八九岁时,背八块砖,十多岁时,挑二十斤沙,从山脚至山顶。长大后,一路读完博士,娶研究生为妻,供职科研机构。

梦圆,也有梦碎。民办教师樊继友,大津口村人,暑假挑山,妻在山上帮工,随其下山,遇山洪暴发。过河时,妻不慎滑倒,他急拽,一同掉进激流,冲到瀑布之下,双双遇难,抛下幼儿。

开山到了。抬头望去,险峰高崖,嵯峨峻拔,巨石嶙峋,苍松蟠虬,吸翠霞而夭矫。

转过对松山,就是十八盘。十八盘长八百米,垂高四百米,逾一千八百级,羊肠逶迤,陡如天梯,尽头就是南天门。"仰视天门窎辽,如从穴中视天。"

玉国小憩,我挑起担子,蹒跚拾级。岂料,登不足百级,两腿筛糠,如坠重铅,胸似鹿撞,气如牛喘,牙龇眼突,腰塌力竭,身子晃荡,险些后仰,不敢造次,慌忙搁下。玉国接过担子,垂首弓背,不疾不徐,沉稳踏实。我喘着粗气,亦步亦趋,脸上淌汗,心里羞愧。

挑山有诀窍:之字行走,边道换肩。玉国却是直行。歇担时,我问其故。他说,走之字形,虽然平缓省劲,但路程延长很多,不易避让游客。

"山再高,往上攀,总能登顶;路再长,走下去,定能到达。"终于,南天门到了!从高山仰止,到触手可及,负重两小时,洒下多少汗水!

这天,从济南到泰安,一路雾霾深锁,巨锅般笼罩。泰山脚下,仍是中度污染。然而,岱顶阳光明媚,天空透蓝,空气清澈,呼吸畅快。泰安人揶揄,出逃千里,不如登高千米。果不其然!

交货后,为赶时间,玉国两级一跨,疾步而下。我双腿发软,不敢效仿,只好碎步紧跟。行至开山下,邂逅王荣泉。他是玉国工友,也是刚交货,捎回一段护栏。

王荣泉四十八岁,岱岳徂徕人,十八岁上山,已挑三十年。在"现役"工友中,"挑龄"最长。

"你喜欢这活?"

他笑了:"不喜欢,能干三十年?"

也是。没人强迫,自觉自愿,劳累筋骨,蜗居工棚,吃煎饼,啃咸菜,一干三十年,足以说明一切。

"为啥喜欢?"

"自由呗!农闲时来,农忙时走,不耽误农活,还可挣俩钱。"

答案惊人相似。然而我想,自由需付代价,理想更须力行。

"除了自由,还有啥?"

"自豪。"王荣泉头一昂,"俺也是泰山建设者!"

我肃然起敬。

北大教授杨辛先生,四十六次登泰山,耳濡目染,激情澎湃,深情吟诵:挑山工,挑山工,性实在,不谈空。步步稳,担担重,汗如泉,劲如松。顶烈日,迎寒风,春到夏,秋到冬。青春献泰山,风光留大众。有此一精神,何事不成功!

告别泰山,回眸远望,蓦然发现,十八盘上这群背影,不正是行走的脊梁吗?

（发表于 2019 年 1 月 2 日《人民日报》副刊《大地》）

不要被自己的眼睛蒙蔽

徐锦庚

挑山工?苦力活!几乎所有人这样说。采访之前,我也这样想。

挑山工是个古老职业。长期以来,无论在世人眼里,还是在媒体报道中,他们卖苦力、住窝棚,是个弱势群体,被寄予同情、怜悯,需要被人关爱。

泰山中天门山谷里,散落着一些窝棚,三三两两,倚山而搭,石块垒墙,木条作椽,盖着塑料布,只有半人高,须弯腰进去,没有窗,没有门,没有电灯,塞着两张床,空间逼仄,转身都困难。窝棚旁有座小平房,兼作卧室、厨房、餐厅,烟熏火燎久了,黑不溜秋。墙壁上,挂着很多塑料袋,花花绿绿的,内盛煎饼、咸菜、馒头、面条,是各人的口粮,防老鼠偷吃。平房虽然简陋,相比窝棚,仿佛豪宅。这便是挑山工的住地。

眼前的景象,让我心情沉重:挑山工干着苦力,居然住这么破、吃这么差,如果不是生活所迫,谁愿遭这个罪?对挑山工的境遇,愈发同情、怜悯。

然而,当我辗转泰安各地,同几代挑山工促膝长谈时,感受渐渐变了。

老一代挑山工陈广武,经验丰富,敢作敢为,面对重达数吨的大件,开动脑筋,精心设计,借鉴鲁班经验,指挥上百号人,像蚂蚁搬家一般,把多件大件平安搬运上山。

从他身上，我看到了劳动者的勇敢智慧。

挑山活吃苦受累，男劳力尚且发怵，"五朵金花"却不让须眉，不惧重担，在苦累中享受快乐，"苦是苦，累是累，就是不缺精气神"。从她们身上，我看到了劳动者的坚忍乐观。

挑山工是重体力活，需要有好体魄，非残疾人所能为。"独臂侠"梁京申，不自暴自弃，不消沉颓废，敢向命运挑战，风雪无阻，连挑二十五年，春播秋收，独臂劳作，养育俩闺女，新盖五间房，支撑一个家。从他身上，我看到了劳动者的自强不息。

干挑山工，是生活所迫吗？80后夏玉国，"挑龄"最短，"为理想而来"。他的理想就是自由："想干就来，愿离就走。想轻就轻，愿重就重。想挑就挑，愿歇就歇。随时兑工钱，兼顾家里农活。"四十八岁的王荣泉，没人强迫，自觉自愿，劳累筋骨，蜗居工棚，吃煎饼，啃咸菜，一挑三十年，喜欢这活的原因，除了自由，还有自豪："俺也是泰山建设者！"从他俩身上，我看到了劳动者的积极向上。

采访归来，我咀嚼回味，陷入沉思。

卖苦力、住窝棚、啃咸菜，挑山工们为什么心甘情愿、乐在其中？因为他们懂得知足。这种知足，既有物质层面，也有精神层面，看似混沌质朴，实则充满智慧，可谓把握了人生真谛。正是这种知足，才使他们以苦为乐、以劳为荣、心态平和、健康向上。

不能说挑山工职业高尚，这毕竟是原始的劳动形态，工具简陋，技术简单，方式直接。然而，当挑山工们甩着满头汗水，在崎岖山路健步、在陡峭盘道登攀时，他们的行为已升华为"勇挑重担、永不懈怠"的精神力量，给人激励，催人奋进，令人肃然起敬。

我豁然开朗，颠覆了此前的认知。关怀弱者，固然是一种美德。但是，我们对挑山工的同情怜悯，貌似关怀弱者，实则是一种肤浅认知，是以优越者的姿态俯视劳动者。事实上，这是一群勇敢智慧、坚忍乐观、自强不息、积极向上的劳动者。他们应该让我们尊重，而不是同情怜悯。只要我们以热切的眼光，深入他们丰富的内心世界，就能发掘出平凡中的非凡，捕捉到人性的光辉。而这，恰是新时代迫切需要的精神激励。

这次采访过程,给我启示:耳听固然有虚,眼见未必为实。

即使先贤圣人,也会被自己的眼睛蒙蔽。《孔子家语》中,记载了这样一件事:有一次,孔子受困缺粮,七天粒米未进。弟子颜回讨来一些米。饭快熟时,孔子看见颜回用手抓锅里的饭吃,但他假装没看见。饭熟后,颜回请孔子吃饭,孔子故意说:"我刚才梦见了先父,这饭很干净,我用它先祭过父亲再吃吧。"颜回赶紧说:"使不得!刚才煮饭的时候,有点炭灰掉进了锅里,弄脏了米饭,丢掉不好,我就抓起来吃掉了。"孔子叹息道:"人应该相信自己的眼睛,但即便是眼睛看到的仍不一定可信;人依靠的是心,可是自己的心有时也依靠不住。学生们记住,了解一个人是多么不容易呀。"

如何才能擦亮眼睛?

一是离真相近些再近些。正如美国战地摄影记者罗伯特·卡帕所言,"如果你拍得不够好,那是因为靠得不够近"。观察事物切忌急功近利、浅尝辄止,须沉下心来,拨开迷雾,抽丝剥茧,寻求真相。

二是透过表象寻找本质。事物的本质和规律,往往隐藏于现象之中,不是看一眼就能抓住的。只有克服困难和惰性,锲而不舍,追根溯源,艰辛探索,打破砂锅问到底,才能透过现象看本质,得到真理和事实。

三是善于独立思考。人有惯性思维,容易被别人的话"拐"走,顺着别人的角度思考,人云亦云。这就要求我们锻炼逆向思维,独辟蹊径,从内心深处分析思考,形成自己的立场观点。

此文在《人民日报》发表后,中宣部《新闻阅评》专题刊文肯定。